READER'S DIGEST

DIE SCHÖNSTEN BÜCHER

FÜR JUNGE LESER

READER'S DIGEST

DIE SCHÖNSTEN BÜCHER

FÜR JUNGE LESER

Verlag DAS BESTE · Stuttgart – Zürich – Wien

ISBN 3 87070 059 9

Die Kurzfassungen in diesem Buch erscheinen mit Genehmigung der Verleger

208

PRINTED IN GERMANY

INHALT

Eine Kurzfassung des Buches von Wilhelm Speyer

Illustrationen von Wilhelm M. Busch · Ungekürzte Buchausgabe:
„Der Kampf der Tertia“ · Rowohlt Taschenbuch Verlag GmbH, Reinbek bei Hamburg

Der Kampf der Tertia

Der Sohn eines wohlhabenden Berliner Fabrikbesitzers war unter den ersten Schülern des Landerziehungsheimes Haubinda, das Hermann Lietz 1901 im Thüringischen gegründet hatte. Fast drei Jahrzehnte später hat dann der Schüler von einst, Wilhelm Speyer, den ländlichen Schulstaat in seinem bekanntesten Buch, „Der Kampf der Tertia", dargestellt. Es geht um eine aufregende Aktion, die eine ganze Klasse gegen eine tierfeindliche Stadt durchführt. Man ahnt in dem Heim, daß die Tertia Pläne hat, man weiß von einer merkwürdigen Nachtfahrt, und doch wird den Jungen unter der Leitung des dicken und meist schläfrigen „Großen Kurfürsten" gestattet, für zwei Wochen der gemeinsamen Nachmittagsarbeit fernzubleiben. Das entsprach der von Hermann Lietz gewünschten Partnerschaft zwischen Lehrern und Schülern, damals neue, ja revolutionäre Ideen. Sie paßten aber in die sich ändernden Zeiten: Es entstanden mit viel Idealismus und meist wenig Geld weitere Landerziehungsheime, und die gaben und geben wieder den öffentlichen Schulen Anregungen, ob es nun die Koedukation war, die immer noch nicht zu Ende diskutierte Schülerselbstverwaltung ist, oder es um handwerkliche, künstlerische, naturwissenschaftliche Arbeitsgemeinschaften geht.

Sich ändernde Zeiten hat auch Wilhelm Speyer zu spüren bekommen. 1933 emigrierte der erfolgreiche Romanautor, der übrigens noch ein Buch über die Tertianer geschrieben hat („Die goldene Horde", 1931). Er lebte vom Beginn des Krieges an in Kalifornien, wo sich Thomas Mann, dessen Haus er nahestand, für ihn eingesetzt hat. „Ich habe den literarischen Werdegang Wilhelm Speyers von seinen ersten Veröffentlichungen an mit Interesse und aufrichtigem Respekt verfolgt." Bald nach dem Kriege kehrte er zurück und brachte dem Land, das ihn vertrieben hatte, einen Roman über das alte Deutschland mit. „Das Glück der Andernachs" gilt als sein bestes Werk. 1952 ist Wilhelm Speyer fünfundsechzigjährig in Basel gestorben. Der Dichter Alfred Döblin schrieb im Nachruf: „Das Jugendliche in seiner Unmittelbarkeit, die ursprüngliche Begabung des Herzens, das Begeisterungsfähige, das Leuchten der Flammen im Blut, dies an Schicksalen sichtbar zu machen, darauf legte er sein Dichten an."

1

Die Tertianer hatten sich noch eben gewaltig gestritten. Sie waren einige Kilometer vom Schulhaus entfernt, in ihrem Feldlager. Das Feldlager war sehr geschickt ausgewählt, es befand sich auf einem mit Bäumen bestandenen Abhang des Hochwaldes. Man konnte von dort einen Teil der Ebene mit vielen Dörfern, Äckern, Teichen und Bächen übersehen: ja, an klaren Tagen ging der Blick bis zu den ersten Häusern der feindlichen Stadt.

Allerdings herrschte schon seit einigen Wochen Friede. Und dies war auch der Grund, weshalb man sich eben gestritten hatte. Man stritt sich nämlich sozusagen um einen Dreck. Man kehrte einander verächtlich die Rücken zu, warf sinnlos Steine und Äste gegen die Baumstämme oder zerrte an den Fellen und Pfoten seiner Hunde, die gespannt auf ihren Bäuchen lagen und darauf warteten, ob es bald losgehen werde.

Aber es ging nicht los. Es gab hier nichts mehr zu tun. Grollend schlief man sich in leichte Juninachmittagsträume hinüber.

Der Große Kurfürst übrigens, der dicke Anführer der Bande, schnarchte bereits seit langem. Er hatte sich ein einziges Mal aufgerichtet, wie der Lärm übermächtig geworden war, dann war der Fürst der Tertia zurückgesunken. Nur der Posten wachte, obwohl es hier gar nichts zu bewachen gab.

Borst blinzelte zur Hexenkuppe hin. Er hatte einen mißmutig-besorgten Ausdruck, wie er sein kleines Affengesicht nach oben wandte. Denn dort stieg ein vereinzelter, höchst abgesonderter Rauch auf.

Es war Rauch aus Danielas Zelt.

Weil Daniela, das Mädchen der Tertia, seit Wochen mit der Klasse grollte und sich an den freien Nachmittagen in ihrem Zelt verborgen hielt, deshalb lag man untätig, unmännlich in seinem Lager auf den Bäuchen. Ohne Daniela einen Streich aus-

führen? Man hatte es versucht. Es war daraus etwas geworden, das gut genug für die Quarta war, ein kleinmütiger Ulk ohne Saft und Kraft.

Borst stand auf. Pflichtvergessen trollte er sich von seinem Posten davon.

Josua, ein struppiger Bastard, dessen Mutter eine echte Pudelin, dessen Vater aber ein unechter Schnauzer gewesen war, gesellte sich ihm zu. Er hatte als ein richtiger Tertiahund dieser faulen Zeiten auf der Seite gelegen, die vier Pfoten von sich gestreckt und ein wenig in die Sonne geblinzelt. Kaum hatte er Borsts Bewegung in seine Nase bekommen – denn ein guter Hund riecht die Bewegung –, war er in zwei Sprüngen hinter ihm her.

Borst strolchte, absichtslos scheinbar, so herum. Wo ging die Straße hin? Zur Hexenkuppe. Also dorthin! Nach einiger Zeit blieb er furchtsam stehen. Er war an einer Eiche angelangt. An ihrem untersten Ast war ein Pappdeckel angeheftet, auf dem mit Blutschrift zu lesen stand:

HALT! WER WEITERGEHT, WIRD ERSCHOSSEN!

ICH, DANIELA!

Borst erinnerte sich. Vor einiger Zeit war Fritz Lüders weitergegangen. Er hatte einen Pfeilschuß bekommen. Es war eine richtige Wunde im Oberschenkel daraus geworden, denn Daniela schoß ihren sorgfältig zugespitzten Pfeil von einer echten Indianerwaffe ab.

„Das muß ja ein merkwürdig spitzer Stein gewesen sein, auf den du da gefallen bist", hatte der Anstaltsarzt gesagt.

Borst sah Josua und Josua sah Borst an. Dann sahen sie beide in die Richtung von Danielas Zelt. Borst wurde von einem kalten Schauder ergriffen. Seltsamer Wahn, der ihn hierher getrieben hatte! Konnte denn irgendein Junge im Ernst glauben, Danielas Zelt je betreten oder es auch nur von ferne anschauen zu dürfen? Nicht einmal einer von der alten Garde wie der Große Kurfürst, Reppert, Lüders, Hornbostel oder Otto Kirchholtes war so vermessen. Selbst in den herrlichen Tagen des guten Einvernehmens mit Daniela, wer war so frech gewesen, hier eindringen zu wollen? Daniela war in den Unterrichts- und Arbeitsstunden, bei den Mahlzeiten, abends in der Kapelle – was aber hatte das mit Daniela im Zelt zu tun?

Borst horchte sehnsüchtig und ganz heiß vor Angst auf einen Laut. Hatten die Doggen Danielas angeschlagen, diese gelben Hunde mit den leopardähnlichen Fellen? – Nichts. Diese verschmähten es, auch nur einen Laut zu geben, weil Borst der Kleine und der jammervolle Bastard zu seinen Füßen vor der Bannmeile des Zeltes standen. Doch wußte der Spähende, daß vier Tieraugen, vielleicht sogar zwei Menschenaugen ihn beobachteten.

Seufzend wandte Borst sich ab. Eilig trabte er zurück.

Da hörte er Schritte. Erwachsenenschritte! Obwohl sie ganz deutlich zu vernehmen waren, hielt Borst es für angebracht – denn so hatte er es bei den andern gesehen –, sich platt auf die Erde zu werfen und mit dem Ohr am Boden zu lauschen. So kam es, daß der Ankömmling ihm fast den Kopf zertrat.

Borst schielte über seine Nase hinweg nach oben. Froh sprang er auf. „Herr Falk!"

Ein Mann stand vor ihm, der ein richtiges Falkengesicht hatte, mit zwei dicht an der krummen Nase anliegenden runden Raubtieraugen. Es waren die Raubtieraugen eines gezähmten Falken, der alt geworden ist und nicht mehr mittun mag. Falk war Tierwärter in der Stadt Maineweh, wo er im Botanischen Garten den sogenannten Tierpark zu betreuen hatte: das heißt, einen ausgerupften Adler, ein Reh, eine Kreuzotter, ein Gnu, einen Biber, einen Pfau, ein paar Perlhühner und einen irischen Wolfshund. Falk war so mager wie diese Tiere, so verhungert und abgezehrt. Die Stadt hatte für Tierwärter und Tiere nicht viel übrig. Ein Sohn der Stadt, der einmal in Afrika und in Asien gewesen war, hatte diesen Miniatur-Zoologischen Garten gestiftet. Nun galt es, Falk und seine Zöglinge zu erhalten, mit Ach und Krach und mit viel jammernden Debatten in der Stadtverordnetenversammlung, die sich alljährlich wiederholten.

Falk lüftete höflich seinen schäbigen Hut. „Kann ich den Herrn Großen Kurfürsten sprechen?“ fragte er trüb und höflich.

Borst überlegte. „Ist es etwas Wichtiges, Herr Falk? Er schläft nämlich“, sagte er ängstlich. „Alle schlafen. Sie sind ja arbeitslos.“

„Das könnte anders werden“, erwiderte Falk bitter.

„Also bitte, Herr Falk. Aber vorsichtig.“

Es war unklar, weshalb sie vorsichtig gehen sollten, aber Borst mußte seine Gründe haben. Man konnte den Großen Kurfürsten nicht wie jeden gewöhnlichen Sterblichen wecken.

Borst zerrte also Lüders an seinem verwundeten Bein, wofür er fast eine Ohrfeige bekommen hätte.

Lüders kroch sodann zu Reppert hin, der erst einmal ein finsteres und eigensinniges Gesicht machte, jedoch schließlich den Häuptling zu wecken auf sich nahm.

Es brauchte lange Zeit, bevor man dem Kurfürsten klarmachen konnte, worum es sich handelte, obwohl es doch ein verhältnismäßig einfacher Tatbestand war.

„Herr Falk ist hier und will dich sprechen.“

„So?“ sagte der Große Kurfürst, und er starrte in den Wald. „Hat es denn schon zum Aufstehen geläutet?“

Reppert rang die Hände. „Zum Aufstehen! – Zu was für einem Aufstehen läutet es denn bitte im Walde?“

Der Häuptling lehnte sich gegen seinen Adjutanten, der wie ein Indianer auf den Knien hockte und fast umgefallen wäre. „Ist es denn nicht Morgen, Lieber? Haben wir verschlafen?“

Plötzlich schien der Große Kurfürst die ganze Sache kapiert zu haben. Er hatte zuweilen solche überraschenden Anfälle von

schneller Intelligenz. „Aufstehen! Aufstehen!“ brüllte er mit jener Tonstärke, die er des Morgens um sechs Uhr anzuwenden pflegte und um derentwillen er berühmt war.

Das war Alarm! Wer noch geschlafen hatte, sprang hurtig auf die Beine und sah nach der Sonne. Es mochte vier Uhr nachmittags sein.

„Herr Falk ist da“, rief Reppert mit schneidender Kommandostimme.

„Herr Falk sagt, daß er uns Arbeit bringen will! Darf ich ihn holen?“ rief Borst. Er hatte Falk im Wald zurückgelassen, denn ohne Einwilligung des Kurfürsten oder der gesamten Bande durfte kein Fremder das Feldlager betreten, und Borst war sehr stolz darauf, das alles so richtig gemacht zu haben.

Der Große Kurfürst legte sich das durchlöcherte, ehemals grüne Cape wie einen Krönungsmantel um die Schultern. Den rechten Arm hielt er frei, damit der verschlissene, mit Goldfäden eingestickte Präfektenstern auf seinem Ärmel sichtbar bliebe.

„Herr Falk soll erscheinen."

Die Knaben blickten mit freudig gespannten Gesichtern nach der Richtung des Waldes, aus dem Herr Falk hervortreten sollte.

Dieser schritt auch sogleich herzu, und abermals lüftete er den Vogelscheuchenhut. „Guten Tag", sagte er bescheiden.

„Guten Tag, Herr Falk", antwortete der Große Kurfürst, und nun antworteten auch all die andern vierundzwanzig Tertianer: „Guten Tag, Herr Falk."

Schweigend ließ man sich in der Runde nieder, Falk auf dem abgestumpften Kegel eines Eichenstammes, die Knaben auf ihren Knien hockend.

Die Tabakspfeife wurde angezündet, sie ging ringsum. Und dann begann Falk die große Angelegenheit vorzutragen, die ihm so bitterlich am Herzen lag.

Still hörten die Tertianer ihm zu. Zuerst mit Erstaunen, dann mit Entrüstung, mit Empörung, schließlich mit kleinen Schreien! „Sauber! Sauber!" – „Pfui Teufel, da muß man ja kotzen!" – „Ja, sind die denn vom Satan gebissen?" Und sie spuckten aus, oder sie fuhren besorgt mit den Händen in die Felle ihrer Hunde, die ihre Köpfe auf die Knie der Knaben legten.

Wie Falk seine Rede beendigt hatte, sagte er noch: „Jawohl. So ist das. Man soll nicht glauben, daß ich übertreibe."

Er sagte stets „man", weil er nicht wußte, ob er die Tertianer mit „Du" oder „Sie" anreden sollte. Er hatte ganz einfach den Tatbestand erzählt. Wie ein großer Diplomat hatte er es vermieden, die Tertianer unmittelbar um Hilfe anzugehen.

Aber das war auch keineswegs vonnöten. Die Tertianer wußten, woran sie waren. Ihre struppigen Haare loderten im Feuer ihrer Empörung und Entschlußkraft. Auch die Haare des Katers Karlemann auf dem Baum und aller Hunde unten hatten sich gesträubt.

Die Hände an den Halsketten der Hunde, die in Jagdstellung sich zu ihren Knien hielten, so blickten sie alle nach Westen, nach der Stadt, Falk hinter ihnen.

Dann aber drehte der eine oder der andere sich um. Fragende Blicke gingen zu dem strengen, abgesonderten, feindlichen Rauch im Hochwald. Würde er sich bald mit dem Rauch ihrer Lagerfeuer hier unten vermischen?

Erregt faßten sie sich an den Händen und an den Armen. Sie wußten es, sie hatten jetzt Arbeit bekommen, Arbeit bis zu den großen Ferien!

2

Noch zur Zeit der Abendkapelle ahnte niemand im Schulstaat, daß die Tertianer eine ganz große Angelegenheit vorhatten. Nur ein Umstand wurde allgemein beachtet, bald aber wieder vergessen. Der Große Kurfürst nämlich schickte zu dem Mexikaner Pedro Caballero, einem Jungen der Untertertia. (Wir nennen die unsern der Kürze halber Tertianer, obwohl es sich um Obertertianer handelt. Sie waren aus allen Bevölkerungsschichten gesammelt – Söhne armer und reicher Eltern –, und sie befanden sich auch in unterschiedlichen Lebensjahren. Da waren kaum Vierzehnjährige, wie Borst, und andere, wie Lüders, die hart an sechzehn streiften.) Diesem Pedro nun legte der Große Kurfürst einen Zettel vor, auf den man einen Satz aus der Fibel aufgeschrieben hatte.

„Wir möchten dich nur bitten, uns diese fünf Worte ins Spanische zu übersetzen. Aber richtig."

Pedro schrieb den verlangten Satz darunter. Er veränderte noch zwei Worte.

„So ist es besser", sagte er, und nachdem man ihm vielmals aus drohenden Augen gedankt hatte, schritt er in seinem schlendernden Cowboygang davon. Doch im Rücken spürte er einen Schauder. „Es nutzt mir gar nichts, daß ich der Stärkste in meiner Klasse bin. Wenn ich ein Wort nur von dieser Übersetzung verrate, so werde ich am nächsten Frei-Nachmittag fünfzehn Minuten lang hintereinander verhauen."

Eine halbe Stunde später schickte die Obertertia einen Bevollmächtigten zur Untersekunda, der für eine wichtige und unaufschiebbare Arbeit um den Schlüssel zum chemischen Laboratorium bitten sollte. Wenn es sich um die Obertertia handelte, pflegte die Untersekunda gern Schwierigkeiten zu machen. Denn die Untersekunda war pedantisch, korrekt, streng sachlich und gerecht. Sie zeigte sich also bereit, den Schlüssel zum Laboratorium herauszurücken, wenn man ihr angeben würde, welch eine unaufschiebbare Arbeit man dort noch am Abend zu verrichten hätte. Die Tertianer zeigten wiederum dieselbe verdächtige Höflichkeit wie zuvor.

„Wir wollen einen blutroten Kleister aufrühren, der uns eingefroren ist."

Mißmutig sah sich die Untersekunda das Gesicht des Abgesandten an. Gern ging man einem Konflikt mit der Tertia aus dem Weg, wenn er nicht unbedingt nötig war. Man rückte also mit dem Schlüssel heraus, wobei man mit gerunzelter Stirn bemerkte, daß man jede Verantwortung ablehnen müsse, falls Dr. Wunder später schelten werde.

Dann senkte sich Dunkelheit über das Land. Bald lag tiefe Stille über dem Haus, über dem Gutshof und den Äckern unten und über den Lehrerhäusern oben im Wald.

Doch den Feinfühligen unter den Schülern war es nicht verborgen geblieben, daß irgendeine Spannung in der Luft lag und daß sie wieder einmal von der Tertia ausging. Nur war es noch ungewiß, ob sich die Explosion schon morgen oder erst in den nächsten Tagen entladen werde. Man sprach darüber, zumal in den Schlafsälen der Untertertia. Dann wurde eine Zeitlang alles still.

Doch etwas später richtete der eine oder der andere sich wieder halb in seinem Bett auf. Sie hörten unten ein Motorrad, das auf der Straße nach Maineweh davonfuhr. Einige Obertertianer und viele Sekundaner hatten Motorräder, und die Primaner hatten sogar Miniaturautos, ebenso Alexander Kirchholtes, der Präfekt der Obersekunda. Aber da ihre Phantasie nun einmal rege geworden war, so glaubten die Halbschläfer der Untertertia, daß sie jetzt Repperts schwere Maschine hörten.

In der Tat, Reppert und Borst hatten sich aus dem Schlafsaal davongeschlichen. Nun sausten sie mit fünfzig Kilometer Geschwindigkeit in der Nacht davon. Ihr Beiwagen war mit geheimnisvoller Fracht beladen: geschlossene Eimer, zentnerschwer, gefüllt mit blutroter Farbe.

Borst saß auf dem Sattel hinten. Er hielt den starken, schlanken Leib des Jungen vor ihm umklammert. Er war jeden Augenblick in Gefahr, herunterzupurzeln, so schnell ging die Fahrt, so holprig war die Landstraße, so schwach waren seine Arme, und – das Schlimmste von allem – so elend fürchtete er sich. Er konnte nicht begreifen, weshalb man gerade ihn unter fünfundzwanzig Tertianern zu diesem nächtlichen Patrouillenritt auserwählt hatte. Nicht, daß er es nicht wunderschön gefunden hätte, aber er war der Kleinste von allen, der Jüngste, der Schwächste und der Ungeschickteste, und befand sich nicht länger als ein halbes Jahr im Schulstaat. Er bekam deshalb auch stets die lächerlichsten Aufgaben zugewiesen, wie zum Beispiel heute nachmittag: Posten stehen, während alle anderen schliefen. Man verachtete ihn keineswegs, man sah nur über ihn hinweg.

Borst biß die Zähne zusammen. Er hatte fürchterliche Schmerzen zu all seiner Angst zu erleiden. Es war ihm nämlich von Reppert ein ausgebogenes Holzstück auf die Schultern gebunden worden, mit zwei starren Hebeln rechts und links, an denen wiederum je ein kleiner, geschlossener Eimer voll Farbe hing. Das Ganze war ein verrostetes und verbogenes Gerät. Das harte Holz auf den Schultern preßte den kleinen Borst wie ein Gummimännchen zusammen, er saß auf dem Motorrad, als habe er furchtbare Leibschmerzen. Zudem rann ihm feuchte Farbe, die des Abends noch im Laboratorium hergestellt worden war, wie dunkel schimmerndes Blut an den nackten Beinen hernieder. Obwohl er doch ganz genau wußte, daß es eben nur zinnoberrote Farbe war, so konnte er sich von dem Gedanken nicht befreien, daß er auf dieser Motorradtour nach Maineweh langsam verblute. Er hätte etwas darum gegeben, wenn Herr Falk heute nachmittag nicht in das Lager gekommen wäre.

Dann aber fiel ihm etwas ein: der kleine Pudel-Schnauzer, der ihm immer so freundlich zu folgen pflegte, obwohl er gar nicht Borst allein gehörte, sondern der ganzen Klasse. „Du mußt nicht immer so tun, als ob Josua dir allein gehört", hatte ihm einmal warnend einer von der Bande gesagt. „Du hast nur einen sechsundzwanzigstel Anteil an Josua." Borst aber dachte in diesem Augenblick an den ganzen, unteilbaren Hund Josua, dessen Leben bedroht war, wie das Leben aller Hunde und Katzen im Lande ringsum. Und plötzlich hatte er keine Schmerzen und auch keine Ängste mehr.

Dennoch sehnte Borst sich danach, daß Reppert ein einziges aufmunterndes Wort zu ihm sprechen möge, das hätte ihm die Not gelindert. Aber er wußte, daß es Reppert gar nicht im

Traum einfallen würde, Ermahnungen von sich zu geben, wie zum Beispiel: „Halte dich ja gut fest, daß du nicht herunterfällst!“ oder tröstende Fragen: „Tut es dir weh?“

Borst umklammerte seine Eisenstangen, an denen die Töpfe hingen, und Repperts Rücken. Reppert kämpfte mit den tausend Hindernissen einer nächtlichen Straße, die durch Wälder und Dörfer, über Brücken und Bahngleise, bergauf und bergab führt. Und er kämpfte auch seinen stillen Kampf mit der Angst des Burschen dort hinter ihm, der sich ungeschickt an ihm festhielt und die Eimer schwappen ließ. Reppert wollte nämlich alles organisieren. Jeder Raubzug in der Nacht, jeder Sport, jede Entdeckungsfahrt, alles mußte organisiert werden. Sogar der Kleine dort hinter ihm sollte organisiert werden. Reppert fand, daß Borsts Kräfte bisher für die Tertia brachgelegen hatten, er wollte zusehen, was man aus ihm herausziehen könne, und deshalb hatte er ihn, den Untauglichsten von allen, zu dieser Fahrt auserwählt.

Kurz vor Maineweh machte er halt. Er leuchtete das Kartoffelfeld zur Linken ab. Er suchte einen Weg durch die Äcker.

Sein Lichtstrahl fiel auf das erste Haus einer Stadt, ein verfallenes, einstöckiges Mietshaus. Die Radlampe beleuchtete die fensterlose, schwarze Rückwand. Dorthin leitete Reppert sein Gefährt, während er mit seiner Hupe Zeichen gab.

Alsbald flammte in einem Fenster an der Seite ein winziges Licht auf.

Reppert drehte sich um. „Hast du Farbe verschüttet?“

Borst war gar nicht mehr imstande, eine vernünftige Antwort zu geben. Er glitt halb besinnungslos von seinem Sitz herab und ließ das Holz von seinen Schultern fallen. Reppert sah sich kopfschüttelnd Borsts blutigrote Beine an, und dann prüfte er, was noch an Farbe in Borsts Eimern übriggeblieben wäre.

„Du hast unsern Weg verraten“, sagte er – übrigens ohne Strenge. „Das nächste Mal werden wir das besser organisieren. Es muß nämlich im Verlauf der nächsten Tage nach der Arbeitsstunde noch dreimal soviel Farbe herbeigeschafft werden.“ Und nun erst zog er die Stirn in strenge Falten. „Herr Falk darf keine in der Stadt kaufen. Herr Falk darf sich überhaupt nicht bloßstellen. Das könnte ihm seinen Posten kosten... Diese Schufte!“

Das letzte war eine freundliche Anrede nach der Richtung der Stadt hin.

Jetzt hörten sie den Schritt gedämpfter Holzpantinen.

Reppert ging voraus. „Guten Abend, Herr Falk. Wir müssen schnell machen, denn der Kleine da muß ins Bett. Wieviel Uhr ist es?“

„Halb zwölf.“

„Also, dann bitte los!“

3

Die Tertia hatte eine der großartigsten Erfindungen gemacht, die je in den Gehirnen von Knaben entstanden war. Um sich Straffreiheit für ihre Verbrechen zu erwirken, zeigte sie sich musterhaft in den Unterrichtsstunden. Schläfrig blinzelnd hatte der Große Kurfürst den Grundsatz aufgestellt: „Man muß arbeiten!“ Reppert hatte diesen Gedanken sofort zum Gesetz erhoben. Er entwarf einen Arbeitsplan für die ganze Klasse. Er organisierte den Schutz der Schwachen. Wer in irgendeinem Fach bewandert war, hatte die Verpflichtung, den Zurückgebliebenen Nachhilfeunterricht zu erteilen. Jedermann gab acht, daß keiner zurückblieb. Man hielt wöchentlich eine Volksversammlung ab, an der ein jeder teilzunehmen hatte und bei welcher die Schüler über sich selbst berieten.

All dies geschah nicht aus Freude an der Tugend des Studiums, sondern aus Herrschsucht. Sie wollten die Ersten im Schulstaate sein und unbeschränkte Macht in den Freistunden ausüben.

Am Morgen nach der nächtlichen Motorradfahrt verbreitete sich im Erziehungsheim das Gerücht, daß einige Jungen der Obertertia in der Nacht ausgebrochen und erst gegen Morgen in das Schulheim zurückgekehrt seien. Mr. Graig, der englische Lehrer, sprach während der Unterrichtsstunden in der Obertertia in der ihm eigentümlichen gewundenen Art von gewissen Schülern einer gewissen Klasse, die mit übermüdeten Gesichtern und vor Schlaflosigkeit schweren Gliedern zu den Unterrichtsstunden kämen. Er schloß seine Ausführungen, indem er etwas von den verbrecherischen, ewig straflos einhergehenden Lieblingen dieser Anstalt in seinen blonden Vollbart hineinmurmelte.

Die Tertianer lächelten nur. Mr. Graig wußte so gut wie sie, daß er heute keine Fehlantworten auf seine Fragen erhalten werde, denn gerade im Englischen hatten sich alle, die Schläfer sowohl wie die beiden Ausgebrochenen, noch abends auf das beste vorbereitet.

Der Tag bis zur Mittagsmahlzeit verging ohne weitere Ereignisse. Als man sich jedoch zur Feldarbeit vor dem großen Haus versammelt hatte, da ging durch die Hand des diensthabenden Lehrers ein Zettel an die Leitung im Wald. Auf diesem Zettel bat die Tertia ohne Angabe von Gründen, doch in ehrerbietigen Worten um die Vergünstigung, in dieser und in der nächsten Woche von der Arbeit auf den Feldern und in den Werkstätten befreit zu werden. Die Tertia versprach, sich während der Arbeitsstunden eine zwar vorläufig private, späterhin aber das ganze Gemeinwesen fördernde Beschäftigung auferlegen zu wollen. Die Tertia glaubte, eine Bitte wie diese aussprechen zu dürfen, denn die Saaten auf den Äckern erhoben sich im täglichen Sprießen, ohne der schaffenden Hände der Knaben bedürftig zu sein; der Schwimmteich war gebaut; das Holz war im Winter und im Herbst herbeigeschafft worden.

Die Voraussicht der Tertianer war richtig gewesen. Während sie auf dem gemeinsamen Marsch mit den andern Klassen zu einem entfernten Acker begriffen waren, kam die Botschaft, daß die Leitung im Wald die Bitte der Tertia bewilligt habe.

Der Große Kurfürst meldete sich bei dem Präfekten der Obersekunda ab. Er gab ein längeres Zeichen mit der Hand, woraufhin Reppert mit einer Stimme kommandierte, welche die fernen Wipfel der Tannen erzittern machte: „Obertertia kehrt!“

Die Obertertia und ihre Hunde, die sie überallhin begleiteten, schieden sich aus dem allgemeinen Trupp ab. Vor dem großen Haus, im Angesicht ihrer Schulfenster, wurde ein kurzes Palaver abgehalten, in welchem jedem sein Amt und seine Tätigkeit zugewiesen wurde.

Nur Daniela war von alledem ausgenommen. Man wußte nichts von ihr, und niemand sprach von ihr. Doch glaubten die meisten, Daniela habe die Erlaubnis erhalten, in der Werkstätte der Schuhmacher die Anfertigung von Sandalen zu erlernen.

Schräg vor der Front des Schulhauses fielen die Gemüsegärten bis zu den unten an der Landstraße gelegenen Gutsgebäuden ab. Die Rückseite jedoch war gegen einen nun steil ansteigenden, eng bewaldeten Berg gelehnt, und auch die beiden Schmalseiten des Hauses waren so nahe in den Wald getaucht, daß die Äste der Tannen sich gegen die Korridorfenster drängten. Schon mancher war auf dem Weg dieser Äste nachts zum Erdboden gelangt.

Nun aber befand sich einhundert Schritt vom Haus entfernt im Waldgebiet zur Rechten eine Lichtung, die jetzt im Juni mit jungem, kräftigem Wiesengrün bedeckt war.

Hier steckten sich die Tertianer mit ihren Spaten einen Platz von vierzig Metern im Geviert ab. Und dieser Raum wurde in größere und kleine Quadrate abgeteilt, wie ein Wohnhaus mit vielen gleichmäßigen Kammern. Von andern Tertianern wurden kräftige Tannenstämme gefällt, Äste und Laub wurden weggehauen, die Stämme zerschnitten und unten mit den Beilen zugespitzt. Andere wieder waren zum Gutsinspektor hinuntergeschickt worden, um mit ihm wegen des billigen Ankaufs von Maschendraht zu verhandeln. Sie alle hatten, je nach ihren wirtschaftlichen Kräften, ihr Taschengeld hierfür beigesteuert. Kurzum, sie standen im Begriff, einen großen Tierzwinger zu bauen, der wieder in einzelne Drahtkammern abgeteilt wurde. Oder sollte hier in der geschützten Waldeslichtung eher ein Tierasyl als ein Zwinger errichtet werden?

Einige Jungen anderer Klassen, die wegen irgendwelcher Leibesschäden von der Nachmittagsarbeit befreit worden waren, lungerten in der Nähe der Lichtung herum und machten ihre Witze über die neue Arbeit der Obertertia. Kam aber ein Tertianer zufällig dort vorüber, so versuchten sie ihn mit falschen Freundlichkeiten zur Preisgabe seines Klassengeheimnisses zu bewegen. Da sie jedoch entweder gar keine oder offenkundig irreführende Antworten bekamen, so machten sie sich über die Tiere der Tertia lustig, die ein Gefängnis im Wald erhalten sollten.

Die hauptsächlichen Tiere der Tertia aber waren: die Wolfshündin Lama und ihre zwei prachtvollen Kinder; der Bastard Josua; ein Sealyham namens Peggy, ein richtiger Babyhund, wie man ihn auf englischen Kinderbildern findet; eine schwarze

Dogge mit weißen Flecken, die eine seltsame Freundschaft zu einem glatthäutigen Miniaturfoxterrier unterhielt, der nachts gleichsam in der Ohrmuschel der Dogge schlief; jedoch standen diese beiden in einem etwas gespannten Verhältnis zu Danielas leopardähnlichen Doggen; endlich mit tiefschwarzem Pelz und bernsteingelben Augen der Kater Karlemann, der die Eigentümlichkeit hatte, den Tertianern zu ihrer Arbeit und in das Feldlager zu folgen, bei größeren Streifzügen jedoch kehrtmachte.

Borst arbeitete tapfer mit, obgleich man ihm erlaubt hatte, sich irgendwo in den Wald zu legen und dort auszuschlafen. Er war blaß, hatte blaue Streifen unter den Augen, eine gerötete Stupsnase und fieberhafte Bewegungen. Er sammelte die abgehauenen Tannenäste ein. Er bat sogar um ein Beil, um die Äste einer von Lüders gefällten Tanne kappen zu können. Er wußte, daß er diese furchtbare Waffe nur von Lüders erhalten werde, der alles, was er anfaßte, mit einer rasenden Tapferkeit tat und der infolgedessen auch keine Schonung für Schwächere oder Kleinere kannte.

Stolz und fieberig glucksend ging Borst mit seinem Beil auf der Schulter davon, während die arbeitenden Tertianer zu ihm hinschielten, was nun kommen würde.

Es kam sogleich.

Gewaltig wie ein Holzschwerarbeiter holte Borst vor seiner auf dem Boden liegenden, ganz mit Grün bedeckten Tanne aus, schlug mit der scharfen Schneide nach unten und hatte sogleich auf seinen Backen einen kohlpechrabenschwarzen Pelz mit fürchterlich kratzenden Krallen sitzen, aus dem irgend etwas Schlundartiges wild fauchend hervortrat.

Sämtliche Tertianer gingen zu ihm hin. „Was tust du denn?" fragten sie streng, nachdem sie einen Halbkreis um ihn gebildet hatten. „Du hast ja Karlemann den halben Schwanz abgehauen."

Borst verstand gar nichts. „War das da in meinem Gesicht Karlemann?" fragte er verwundert.

„Schau einmal her!" Hornbostel, der fast so klein wie Borst war, zeigte auf die Tanne zu ihren Füßen. „Da sind ja noch ein paar Haare von seinem Schwanz."

Nun blickten sie alle zu einem noch aufrecht stehenden Stamm mit hochgelegenen Ästen empor, in die Karlemann sich geflüchtet hatte. Er saß dort und beleckte mit rasenden Bewegungen die Spitze seines Schweifes.

„Also“, sagte Königsmarck. „Wenn du hier alle Tiere halbieren willst, dann brauchen wir uns ja weiter keine Mühe zu geben.“ Und er schmiß seine Axt hin.

„Hack doch dem Karlemann ein anderes Mal den Schwanz gleich hinter dem Kopf ab. Dann hat er seinen Frieden.“

Der Schnauzer-Pudel stellte sich mit schützendem Bellen vor Borst hin. Er wollte es nicht dulden, daß man seinem Sechsundzwanzigstel-Herrn ein Leid antat. Borst aber, der zeigen wollte, was er eigentlich als Holzarbeiter wert war, hieb wie besessen in die Zweige ein.

Er hatte seinen großen Tag. Es gelang ihm nämlich ohne weiteres, jetzt mit einem Hieb Josua zu erledigen. Mit Jammergeheul räumte der Schnauzer-Pudel das Feld. Er brachte das Kunststück fertig, sich wie ein Kreisel um sich selbst zu drehen und dabei doch in weniger als sieben Sekunden eine Entfernung von einhundert Metern zwischen sich und Borst zu setzen. Seine verdutzt flehenden Augen klagten seinen eigenen Hintern an, daß er ihm solch grimmigen Schmerz bereite.

„Was tust du denn?“ schrien die Tertianer. „Du tötest ja den Schnauzer!“

Reppert trat herzu. Er sah Borst mit strengen grauen Augen ins Gesicht. Er nahm ihm das Beil ab, wie einem Kind die Schelle. „Geh jetzt schlafen!“

Borst senkte den Kopf. Ein sekundenschnelles, trockenes Schluchzen ging zitternd über seine kleine Gestalt dahin.

„Geh schlafen“, wiederholte Reppert, etwas milder.

Borst trollte sich. Tief im Waldesdickicht fiel er auf dem Moos nieder. Die kleine matte Stirn auf den Händen, so fühlte er sich schnell ins Traumreich hinübergleiten. Er träumte, daß Josua neben ihm lag und die Wunde beleckte, die er ihm zugefügt hatte.

Borsts Hand tastete zur Seite. Da spürte er die lebendige Wärme eines Felles. Er öffnete blinzelnd die Augen.

Josua lag neben ihm und beleckte die Wunde, die Borst ihm zugefügt hatte.

Borst lächelte zufrieden. Er schlief sich in ein anderes Traumland hinüber.

4

Die Tertianer zogen singend durch die Nacht. Sie waren ausgebrochen. Fünfundzwanzig Jungen waren die Bäume vor den Korridorfenstern oder ganz bequem die Feuerleiter herabgekrochen. Es ging wie am Schnürchen.

Es war die Nacht vom Sonnabend zum Sonntag, eine laue, noch mondlose Juninacht. Geheimnisvolles wurde gesponnen; in allen Pflanzen, die wuchsen und gediehen, die Kräfte und die Säfte des Lebens zum nahenden Sommer vorbereitet.

Und dennoch hatten gerade in dieser Zeit ein paar spindeldürre Männer mit grauen Bärten und stumpfen Augen Verordnungen über das Land hingehen lassen, die so manches Lebewesen bedrohen oder vernichten sollten.

Deshalb zogen die Tertianer durch die Nacht. Sie marschierten nicht auf der Landstraße dahin, sondern auf Schleichwegen, sieben Glieder zu je drei Mann. Voran der dicke Häuptling, der im allgemeinen das Marschieren nicht leiden mochte, heute aber den denkbar schnellsten Schritt anschlug. Reppert rechts und Lüders links zu den Flanken der Bande, und hinten als Arrieregarde Hornbostel, der Zweitkleinste. Der Allerkleinste jedoch war gut in der Mitte eingeschlossen; es gab für ihn nicht die geringste Möglichkeit, etwas Dummes anzustellen.

Jeder von ihnen, bis auf den Großen Kurfürsten natürlich, trug Marschgepäck bei sich: Farbe und Pinsel. Sie waren entschlossen, die feindliche Stadt gut anzumalen.

Wie sie endlich die Bergeskuppe erreicht hatten und unten das frühlingsumsponnene Land zwischen Linden und Birken im Wolkenmondlicht aufblitzen sahen, da blieben sie stehen, und sie versammelten sich im Kreis, um sich ein letztes Mal noch zu bereden. Denn hier wurde Reppert mit sechs Mann, darunter Borst, detachiert, um die großen Farbeimer, die sie in der Nacht und an den folgenden Tagen in der Kiesgrube nahe bei Falks Haus vergraben hatten, in die Reservestellung herbeizuschaffen. Der Große Kurfürst stand allein in der Mitte, erhob sein imperatorisch fettes Haupt und streckte den Arm hoch nach oben. In solchen Augenblicken konnte man recht deutlich sehen, was man an seinem Führer hatte. Da war kein organisierender Reppert mehr, kein mutsüchtiger Lüders – da war nur er und er allein verantwortlich und gebietend. Nun war er nicht schläfrig, wie gewöhnlich, oder verdrießlicher Laune, sondern auf eine furchtbare Weise wach.

„Otto Kirchholtes?“

„Steintor! – Deutsch!“

„Lüders?“

„Hauptstraße! – Englisch!“

„Hornbostel?“

„Wilhelmstraße! – Deutsch!“

„Nestor?“

„Bechermachergasse! – Spanisch!“

„Reppert?“

„Zuerst Reserve. Dann Bahnhofstraße! – Italienisch!“

„La Roche?“

„Lindenauer Straße! – Französisch!“

„Van Taak?“

„Bismarckplatz! – Holländisch!“

„Schabzieger?“

„Bezirksamt! – Deutsch!“

Hier entstand höhnisches Gelächter. Drohungen und Ausspucken.

„Ruhe! – Königsmarck?“

„Amtsgericht! – Deutsch!“

„Hauptquartier? Reserve?“

„Botanischer Garten! Am Käfig der Gnus!“

„Parole?“ fragte der Große Kurfürst zum Schluß, und er drehte sich im Halbkreis.

„Es lebe der Hund! Es lebe die Katze!“

„Feldruf?“

„Oberamtmann Knötzinger! Götz von Berlichingen!“

In ihr jubelndes Gelächter sandte der aus östlichen Wolken vortretende Mond seinen ersten, feierlichen Strahl.

„Vorwärts!“

Reppert und sein Trupp gaben ihren Handvorrat ab. Sie winkten einander zu.

„Macht's gut!“

„Wir machen es gut!“

Bald erklangen ihre Rufe aus größerer und immer größerer Waldestiefe, bis die sechs dort unten die ersten Saaten der Ebene erreicht hatten.

Der Große Kurfürst und die Seinen schritten weiter, bis sie die ersten Häuser von Maineweh erreicht hatten, von wo sie sich, immer zu zweit, in die schlafende Stadt einschlichen. Sie wollten erst einmal ihre Rucksackmunition an blutroter Farbe verfeuern, bis Reppert und die Seinen mit der Reserve nachkämen.

In dieser Nacht wurde die Stadt von dem Polizisten Holzapfel bewacht. Er hatte seinen Standort am Bahnhof. Nicht etwa, daß nach Mitternacht noch ein Zug angekommen wäre. Aber vor dem Bahnhof befand sich der Kreuzungsplatz der zwei Landstraßen, und es geschah drei- bis viermal in der Nacht, daß hier Autos passierten. Dann war der große Augenblick gekommen, wo Holzapfel den Arm erhob und winkte. Wegfreiheit! Und es machte ihm nichts aus, daß die Großstädter am Steuer ihrer Wagen sich mit lachendem Dank vor ihm verbeugten. Er wußte, was sich gehörte, er hatte in der nächsten großen Stadt einen Kursus „Verkehrspolizei" mitgemacht.

Abgesehen von diesem nächtlichen Autoverkehr gab es in Maineweh nichts zu bewachen. Man stahl in Maineweh am Tage. Die Dienstmägde stahlen zwanzig Pfennig oder Unterröcke, die Lehrlinge ließen Fünfzehn-Pfennig-Marken verschwinden oder etwas Kupferdraht oder was sonst sich in ihrer Branche darbot, und die Schüler bestahlen ihre Eltern oder Verwandten bis zu drei Mark. Einbrüche waren selten, sie wurden ebenfalls am Tage, meistens während der Erntezeit am Mittag, und nur von Landstreichern vorgenommen. Betrunkene gab es nach halb ein Uhr nachts gewöhnlich nicht mehr. Kurzum, die Stadt ruhte, und Holzapfel ruhte mit ihr im Stehschlaf. Er hatte es in diesem Sport zu einer großen Vollkommenheit gebracht, er war schon beim Militär einer der begabtesten Stehschläfer seiner Zeit gewesen.

So konnte die Tertia ungehindert an ihr Werk gehen. Sie schlichen zu zweit durch die schmalen Gassen, um zu erkunden, ob auch jedermann schon zu Hause angelangt sei. Erklang noch irgendwo ein Schritt in der Stadt oder wurde in fernen Straßen der Gesang eines Berauschten laut, so warfen die Patrouillen der

Tertia sich auf die Bäuche, oder sie blieben stehen und wurden zu Stein hinter dem Stein, zu Holz hinter dem Zaun, zu Eisen hinter dem Laternenpfahl.

Dann aber begannen sie ihre Arbeit.

Sie schrieben ihre vier oder fünf Wörter an die Hausmauern, je nach der ihnen zugeteilten Sprache. Sie hatten sich das so ausgedacht: in fremden Sprachen zu schreiben, obwohl doch kaum irgendeiner in der Stadt eine andere Sprache als Deutsch verstand.

Zuerst einmal wollten sie gerade hiermit die Phantasie anregen. Die aus den fremdsprachigen Bezirken sollten zu den andern kommen und fragen: „Könnt ihr das lesen? Was steht bei euch?“ Gerade das Unentzifferbare sollte sie aufregen.

Dann aber sollten sie eben durch jene fremden Sprachen wissen, wer eigentlich des Nachts in ihre Stadt eingebrochen war. Wer schrieb französisch, englisch, spanisch, italienisch und holländisch an die Wände der Häuser? Doch nur die Schüler des Schulstaates.

Endlich aber leitete die Tertia noch ein Gedanke. Mit ihnen nämlich sollte ein Stück Europa in die schlechte, faule und barbarische Stadt dringen.

So nahmen sie denn ihren Farbpinsel zur Hand, und in großen Lettern schrieben sie:

SEID GUT ZU DEN TIEREN!
SOYEZ BONS POUR LES ANIMAUX!
BE KIND TO ANIMALS!
SIATE BUONI COGLI ANIMALI!
SED BUENO CON LOS ANIMALES!
BEHANDEL DE DIEREN MET ZACHTHEID!

Es war ihnen nicht genug, ihr Menetekel unten an die Fassaden der Häuser zu malen. Hornbostel, der Zweitkleinste, der wie eine Katze klettern konnte, holte mit seinem Gehilfen eine Leiter von einem Neubau in der Wilhelmstraße. Er stieg auf ihren Sprossen hoch hinauf. Er war nicht der Junge, der Schwindelgefühle kannte. Er wollte Flieger werden.

So stellte Hornbostel in dieser Nacht, um einen Anfang mit seiner Karriere zu machen, einen Höhenrekord mittelst seiner Leiter auf. Er fürchtete sich nicht davor, von der dritten Etage eines Wohnhauses herunterzustürzen, er vertraute seinem Genius und dem Kameraden da unten, der mit verzweifelter Anstrengung die Leiter hielt, er malte in die schwindelnde Höhe hinein:

Seid gut zu den Tieren!

Wie das Haus, von dessen Fassade er herniederstieg, so mit Blut bemalt war Hornbostels Gesicht. Er verfügte nun über keine Farbe mehr. Er mußte in den Botanischen Garten, zurück in die Reserve und in das Hauptquartier des Großen Kurfürsten, und dort zusehen, ob Reppert und die Seinen bereits mit neuer Munition eingetroffen wären.

Auf seinem Weg begegnete er andern Tertianern, die ebenfalls ihre Munition verschossen hatten. Sie schlichen in den Garten vor den Käfig der Gnus.

Aber sie fluchten nicht wenig, als es sich hier zeigte, daß Reppert mit seiner Reserve noch nicht eingetroffen war. Und mit ihnen fluchten die andern, die bereits im Hauptquartier warteten. Wütend warfen sie sich auf den Rasen. Sie bildeten in Hockerstellung einen Kreis um den Großen Kurfürsten, der sich gemütlich ausgestreckt hatte.

„Sie werden uns noch alles verderben“, murrten die Tertianer.

„Auf mich sind sie schon aufmerksam geworden“, sagte Königsmarck. „Kaum war ich fertig mit der Wirtschaft ‚Zur Eisernen Jungfrau‘ beim Amtsgericht, da geht gegenüber die Haustür auf, und es kommt ein Mann in Hemd, Hose und Pantoffeln und beschaut sich alles. Er befühlt auch die Farbe. Wie er sieht, daß er Rot an der Hand hat, bekommt er einen gräßlichen Schreck und verschwindet wie ein Geist.“

„Ja“, sagte Königsmarcks Patrouillenbegleiter. „Er hatte noch lange Licht in seinem Haus. Wir haben es gesehen, als wir durch dieselbe Straße zurückgeschlichen sind. Ich glaube, er hat das ganze Haus geweckt.“

„Seht ihr“, riefen andere, und sie sahen den Großen Kurfürsten empört an, „so werden sie uns noch das ganze Nest wecken, wenn jetzt nicht bald neuer Schießvorrat kommt.“

„Ihr seid immer viel zu hastig“, sagte der Große Kurfürst. „Ich mache mir wirklich Sorgen, was einmal im Leben aus euch werden soll.“

Hiermit ahmte er Dr. Wunder nach, der sich stets Sorgen machte, was noch einmal aus den Tertianern werden sollte.

Aber niemand fand es angebracht, jetzt Späße zu machen.

Ärgerlich standen die Knaben auf. Sie gingen zu den Käfigen. Das Gnu kam dicht zu ihnen heran und ließ sich die zottige Stirn streicheln. Das Reh steckte die Nase zwischen die Stäbe seines Käfigs. Und dann trat auch der mächtige Wolfshund herzu, der Stolz des Gartens. Er schnupperte an den Kleidern der Knaben, er roch den guten Hundegeruch, der an ihnen haftete, den Geruch von Lama und ihren Kindern, von Josua, Peggy und der schwarzen Dogge und sogar den von Karlemann.

Der Grund, weshalb die Schlacht nicht vorwärts ging, lag natürlich wieder einmal an Borst.

Im ersten Abschnitt war bei Reppert alles auf das beste verlaufen. Sie holten mit Hacke und Spaten die angesammelten Farbvorräte aus der Kiesgrube, und sie schafften den von Falk am Abend bereitgestellten Handwagen herbei. Sie kamen sogar auf den glücklichen Gedanken, die Räder dieses Wagens mit Rupfen zu bespannen. Denn es gab keinen Punkt der Stadt, von dem aus Holzapfel sie nicht hätte hören müssen. Dazu war das Pflaster zu holprig.

Zuerst einmal verlief alles geschwind und in bester Ordnung. Sie hatten nicht umsonst den großen Organisator zum Anführer.

Bald jedoch blieben sie stehen. Die Ladung rollte nicht weiter. Der Kübel, den sie ins Hauptquartier schleppen sollten, hatte sein hübsches Gewicht.

„Mensch! Der ganze Rupfen ist an den Rädern durchgescheuert ... na sauber", rief einer vom Nachwuchs aus. Der Nachwuchs liebte es, die alte Garde in ihren Maßnahmen zu kritisieren.

In der Tat, Reppert mußte es mit unwillig hochgezogenen Augenbrauen eingestehen: es gab ein Höllengepolter, von dem die Führer bei der Beratung des Feldzugsplanes daheim nichts geahnt hatten. Bekanntlich können auch die größten Strategen nicht alle Zwischenfälle der Schlacht voraussehen. Das meiste muß dem Genie des einfachen Soldaten überlassen bleiben.

Das wußte Borst, und er beschloß im geheimen, solch ein Soldatengenie zu beweisen. Er träumte davon, der Held und Erretter der gefährdeten Tertia zu werden. In seinem Geist sah er, wie man ihn mit Tränen in den Augen umarmen und ihm alles Unrecht abbitten würde, das man ihm angetan hatte, zum Beispiel die Vorwürfe wegen seiner Waffenübungen mit dem Beil und dergleichen mehr.

Er kannte seinen Charlie Chaplin gut. Er hatte es sich genau gemerkt, wie man mit Polizeibeamten umzugehen hat. Zum Beispiel: macht der Polizist ein paar riesige Schritte, um einen zu packen, so ist man mit einer Wendung plötzlich im Rücken des Mannes. Oder man stellt sich mitten in der Flucht an die Straßenecke und läßt den Tolpatsch an sich vorübersausen. Borst hatte das alles sehr bedachtsam studiert.

Auch hatte er in Kriminalromanen gelesen, daß man gut daran tut, beim „Schmiere-Stehen“ den Polizisten anzurempeln und durch ungebührliches Benehmen seine Aufmerksamkeit auf sich zu lenken. Dann konnte der Spießgeselle ungestört seine Arbeit verrichten.

Während die andern mit ratlosen Gesichtern in der ersten Straße der Stadt berieten, wie man die Ladung in den Botanischen Garten zöge, ohne Aufmerksamkeit zu erregen, und als bereits der erste Adjutant des Großen Kurfürsten, Bamberger, auftauchte, den man sogleich zur Beratung hinzuzog, entschwand Borst unbemerkt in der Dunkelheit. Er wußte genau, wie man die Gefahr zu bannen hätte.

In der Tat waren die Tertianer in einer viel größeren Gefahr, als sie selber es ahnten.

Da sie Holzapfel zu kennen glaubten, so hatten sie seine mächtige polizeiliche Wirksamkeit mißachtet und deshalb versäumt, einen Beobachtungsposten aufzustellen.

Der Polizei aber war vor einigen Tagen ein Wink von oben zuteil geworden, in den Nächten gut achtzugeben. Der Oberamtmann selber hatte gemurmelt, einige „Lausejungens“ im benachbarten Schulstaat beabsichtigten, irgendeinen Streich gegen die öffentliche Ordnung auszuführen.

Nun hatte Holzapfel es sich nicht nehmen lassen, schon drei Nächte hintereinander aufmerksam zu wachen. Er hatte nicht das geringste bemerkt, und deshalb überließ er sich wieder seinem Lieblingssport, dem Stehschlaf.

So träumte er denn am Bahnhof vor sich hin, ohne irgendein verdächtiges Geräusch in der Stadt wahrzunehmen. Nachdem er sich jedoch wieder etwas zurechtgeträumt hatte – es war ein wunderschöner Beförderungstraum von einer höheren Gehaltsstufe –, da ertappte er sich bei dem sonderbaren Gedanken, daß er schon seit einer Stunde zwergenhafte Gestalten, bald rechts, bald links, bald geradeaus, auftauchen und wieder verschwinden sehe.

Holzapfel rieb sich die Augen. Er verließ seinen verantwortungsvollen Posten als Verkehrspolizist, er begann langsamen Schrittes einen Patrouillengang anzutreten. Seine schweren Dienststiefel dröhnten auf dem Pflaster.

Der Polizist blieb zuweilen stehen und schnupperte in der Luft.

Es roch nach irgend etwas – nach was eigentlich?

Er hatte es bald heraus: es roch nach Farbe. Daran war weiter nichts Bedenkliches. Der Geruch kam wohl vom Neubau in der Wilhelmstraße.

Nun lauschte Holzapfel wiederum, wo er diesen so spät noch rollenden Wagen abfangen könnte. Es war ihm nicht recht klar, was für einen Weg das Gefährt in der Nacht nahm. Es wurde häufig angehalten und dann wieder weitergelenkt.

Da blieb Holzapfel verwundert stehen. Er sah die große Leiter am Haus Wilhelmstraße Nr. 3.

Sie hatte zuvor nicht dort gestanden. Holzapfel notierte sich die Sache mit der Leiter in sein Dienstbuch. Er sah nach der Uhr. Ein Uhr dreißig. Er beschloß, der Sache energisch auf den Grund zu gehen.

Da hatte er schon, was er suchte.

Wie aus dem Erdboden aufgetaucht, stand ein Knirps vor ihm, der ihm kaum bis zum Nabel reichte. Er trug eine tellerflache Savoyardenmütze aus blauem Tuch auf dem Kopf, er war also ein Bürger des Schulstaates. Der Knirps taumelte gegen sein Knie, krallte sich an seinem Unterleib fest und grölte dabei.

„Du bist betrunken, du Luder!" schrie Holzapfel empört, und er versuchte den Jungen zu greifen.

Aber da war der Betrunkene plötzlich verschwunden.

Mit blödsinnigem Gesichtsausdruck drehte Holzapfel sich um.

Da stand der betrunkene Zwerg hinter ihm.

„Warte!" schrie der Polizist. „Du sollst mir noch – !" Aber er vollendete nicht, was der Zwerg ihm noch sollte, denn irgend etwas zerrte an seinem Stiefel, und der gewaltige Holzapfel stolperte. Wie er aufsprang, war der Zwerg abermals verschwunden.

Holzapfel jagte um die Ecke, in die Schreinergasse hinein. Da mußte er bemerken, daß der Zwerg an der Straßenecke stand. Der Polizist war an ihm vorbeigerast, und jetzt mußte er schnell einmal auf der Stelle treten, um bremsen zu können.

„Halt!" brüllte der Polizist. „Halt!"

Plötzlich stand der Junge stocksteif da.

„Du bist verhaftet, du Aas, du", rief der Polizist.

„Ja", entgegnete Borst ganz leise. „Bitte führen Sie mich doch ab, Herr Polizist."

Der Polizist griff ihm nach den kleinen Handgelenken. Er zerrte den Übeltäter gewaltig.

„Du kommst auf die Wache ... Besoffen in der Sonnabendnacht ... Das will einmal ein Herr werden ... Feine Erziehung das ..."

Borst antwortete nicht. Er trabte demütig neben dem Polizisten einher und schielte ängstlich zu ihm empor.

Hörte er denn nicht, wie da in entfernten Straßen ein Wagen nach dem Botanischen Garten gezogen wurde?

Aber Holzapfel gab auf keinen Wagen und kein Geräusch der Welt mehr acht. Während er Borst auf die Wache schleifte, sah er sich seine Beute an. Er bekam einen ganz träumerischen Gesichtsausdruck. Er dachte an die höhere Gehaltsstufe.

Borst wurde in die Polizeiwachstube gezerrt. Es war ein sachlicher, öd getünchter Raum, mit einem Dienstschrank aus gelb gebeizter Fichte, einem Tisch und Bänken aus dem gleichen Holz. In der Mitte hing eine elektrische Birne, die blendete.

„So", sagte der Polizist. „Jetzt wirst du verhört, und dann kommst du ins Gefängnis."

Borsts Herz erzitterte, vor Angst sowohl wie vor Freude. Solange er hier verhört wurde, konnten die anderen draußen ungestört kämpfen und siegen. Mit aller Willenskraft beschloß er, nicht dem Schlafe nachzugeben.

„Name?" fragte der Polizist.

„Bitte?" fragte Borst höflich. Er sah wie ein Vogel aus, der seinen Hals über den Rand des Nestes reckt. Borst hatte die

große Begabung, bald wie ein Affe, bald wie ein Vogel auszusehen, manchmal sogar wie ein Vogel und Affe zugleich ...

„Bist du immer noch betrunken?“ brüllte der Polizist. „Deinen Namen, Bürschchen.“

„Borst“, entgegnete Borst.

Der Polizist zögerte. Er wollte sich vor dem studierten Tertianer nicht blamieren.

„Vorname oder Nachname?“ fragte er, und er räusperte sich unsicher.

„Spitzname“, entgegnete Borst leise, und er schlug die Augen nieder.

Der Polizist überlegte. Er erinnerte sich, daß man bei Schwerverbrechern in einem Polizeibericht auch den Spitznamen niederzuschreiben pflegt.

Er ließ sich „Borst“ buchstabieren und dann den Vornamen und den Familiennamen sagen. Er schrieb: „Gibt als Spitznamen an: Borst.“

„Geboren?“

Borst nickte ihm eifrig zu: „Jawohl!“

„Geboren?“ brüllte Holzapfel.

Borst zog den Kopf in die Schultern. Es war ihm ganz unmöglich, zu begreifen, was der Herr eigentlich damit meinte. Während er über diese und ähnliche Fragen nachzudenken schien, hob er zuweilen die bleiche kleine Stupsnase und spitzte die Ohren, ob er von der Schlacht etwas zu hören bekam.

Dann begann er eine weitschweifige Fabel zu erzählen. Er habe sich verirrt. Er sei aus Teicha gekommen und habe in den Schulstaat zurückgewollt. Er nannte eine Menge ganz unsinniger Dorfnamen, die alle gar nicht hierhergehörten. Es waren kreuz und quer liegende Ortschaften im ganzen Bezirk. Er habe sich vorgenommen abzukürzen. Aber gerade beim Abkürzen verliere man immer so viel Zeit, fügte er seufzend hinzu.

Dem Polizisten schwirrte es vor dem Kopf. Von Teicha über Berka, Lindenau, Wiesenau, Maiblumenau nach dem Schulstaat abkürzen und in Maineweh endigen?

„In wieviel Wirtschaften eingekehrt?"

„In fünfzig", gestand Borst.

Der Polizist riß die Augen auf. „Was getrunken?"

Borst überlegte furchtsam. Was trank man denn in Wirtschaften? Schnell kam ihm die Erleuchtung. „Bier. Viel Bier."

„Auch Schnaps?" fragte der Polizist.

Borst nickte eifrig, während er wiederum die Ohren spitzte. Sie mußten da draußen bald fertig sein und heimkehren. Er blieb allein im Gefängnis zurück. Ein kleines Weinen stieg in seiner Kehle auf.

Holzapfel schnupperte mit seiner großen, fleischigen Nase an ihm herum. „Du riechst ja gar nicht?" fragte er mißtrauisch.

Borst schluckte tapfer die Tränen herunter. „Bei mir riecht es nie, wenn ich saufe."

Der Polizist sah ihn grüblerisch an. Immerhin, das kam wohl vor.

„Jetzt möchte ich schlafen", flüsterte Borst, und er zog die Knie hoch, um sich auf der Bank auszustrecken.

Holzapfel legte die Fäuste an die Schläfen. Er wußte nicht, was er mit dem Knirps hier anfangen sollte. Schließlich war es ein Schüler des Schulstaates. Das war nicht die erste beste Persönlichkeit. Die Leitung war der größte Grundbesitzer des ganzen Bezirkes. Zudem war sie Patron mehrerer Kirchen. Sie war insgeheim mächtiger als manche Behörde ...

Der Polizist begann das Protokoll zu verlesen.

„Unterschreib das mal hier", sagte er verlegen, und er reichte Borst das Protokoll hin.

Gehorsam stand Borst auf. Er unterzeichnete das Protokoll. Er hätte auch sein eigenes Todesurteil unterzeichnet.

Da aber klopfte es an die Tür. Es klopfte so laut und energisch in der nächtlichen Stille, daß Holzapfel einen richtigen Schreck bekam.

„Herein!"

Der Große Kurfürst und Reppert standen in der Tür.

Borst liefen die seligen Tränen über die Backen.

„Guten Abend, Herr Wachtmeister!" riefen der Häuptling und sein Adjutant frisch und geradezu militärisch, und sie rissen die blauen Mützen vom Kopf. „Wir wollten nur unsern Kameraden holen, der sich verlaufen hat."

„Was?" fragte Holzapfel dumm. „Verlaufen?"

„Jawohl", rief der Große Kurfürst. „Wir machen zum Spaß mit einem unserer Lehrer eine Nachtwanderung. Wir suchen den Burschen da schon seit einer Stunde. Herr Doktor Frey und die andern sind schon alle voraus."

„Aber bitte sehr, ‚verlaufen!'" protestierte Holzapfel. „Das da hat er eben unterschrieben."

Und er las das Protokoll von den Abkürzungen und den fünfzig Wirtschaften vor.

Die beiden Jungen machten große Augen.

Verdrießlich wandte sich der Große Kurfürst an Borst, der durch geheimnisvolle Zeichen eine Verständigung anstrebte.

„Marsch! Heraus mit dir!" kommandierte der Große Kurfürst mit gelangweilter Stimme. „Was bindest du da dem Herrn Wachtmeister für einen Quatsch auf? Weißt du nicht, daß es strafbar ist, einen hohen Beamten zu belügen?"

„Das ist der Dümmste von uns allen, Herr Wachtmeister", erklärte Reppert, als spreche ein Beamter zum andern. „Sie müssen kein Wort glauben, was der einem erzählt. Der hat keine Spur von Ordnung in seinem Kopf."

„Zerreißen Sie das Protokoll, Herr Wachtmeister", flüsterte ihm der Große Kurfürst zu, als rate er seinem besten Freunde von einer Dummheit ab. „Sie haben nur Unannehmlichkeiten davon, wenn Sie es zu Gericht geben. Man macht sich dann über Sie womöglich noch lustig."

Er fügte gelangweilt hinzu, weil Holzapfel so schwer begriff: „Sie sehen doch, daß der nicht betrunken ist. Der prahlt bloß. Der hat in seinem Leben noch an keinem Bier oder Schnaps gerochen."

„Nun aber schnell“, kommandierte Reppert, ohne die Entscheidung des Polizisten abzuwarten. „Herr Doktor Frey wird sonst ärgerlich.“ Er wandte sich höflich an Holzapfel. „Haben Sie nicht ein Stück Strippe, mit dem wir ihm die Handgelenke binden können? Sonst kommt er uns auf dem Heimweg wieder aus.“

Der Polizist stand mit gesenktem Haupte da. „Meine Herren“, erklärte er, „ich habe zwar einen Wink von oben bekommen, auf die Herren Schüler in der nächsten Zeit achtzugeben. Dennoch, meine Herren: ich liefere Ihnen den Gefangenen aus.“

Und er öffnete ein Schubfach und holte Bindfaden. Der Große Kurfürst und Reppert bedankten sich. Borst wurde gefesselt.

Der Häuptling und sein Adjutant nahmen ihn in die Mitte. Sie hielten ihn fest am Bindfaden wie einen ungebärdigen Hund.

„Der hat absolut keinen Funken von Vernunft in seinem Schädel“, sagte Reppert, und er warf Borst einen furchtbaren Blick zu. „Morgen kommt er vor das Schülergericht.“

Borst schwanden die Sinne. Bisher hatte er immer noch geglaubt, daß es sogleich draußen vor der Tür des Polizeiamtes dankbare Umarmungen und Bruderküsse geben und daß man ihn auf den Schultern davontragen werde. Nun aber dämmerte es ihm, daß die Sache mit dem Schülergericht keine Komödie sein werde. Ihm war, als habe er nur noch Luft in den Kniegelenken.

Holzapfel aber lachte jetzt befreit. „Na, dann bin ich auch ganz froh. Was soll man hier mit so einem? – Gute Nacht, junge Herren. Mit Ihnen kann man doch reden. – Da haut man sich wohl am besten jetzt hin, was?“

„Das glaube ich auch“, erwiderte der Große Kurfürst. „Es ist doch bald Morgen, und jetzt geschieht ja nichts mehr in der Stadt. Gute Nacht, Herr Wachtmeister.“ Sie entschwanden mit Lachen.

Holzapfel sah zum Fenster hinaus. Im Westen, über dem Turm des Bezirksamtes, zuckte der erste Strahl.

Er gähnte wie ein Tiger. Er zerriß das Protokoll.

5

Am Sonntagmorgen um neun Uhr wurde, wie gewöhnlich, unten auf dem Gutshof Parade abgehalten.

Die Knaben mußten in ihren marineblauen Anzügen erscheinen. Die Sonntagsanzüge unterschieden sich im Schnitt nicht im geringsten von den Wochenanzügen. Diejenigen, die einmal früher für die Einführung langer Hosen und eines Eton-Jacketts gekämpft hatten, waren unterlegen; man wollte keinen angelsächsischen Sonntag, keine Langeweile, kein Maß in den Bewegungen und keine Bedachtsamkeit auf die Kleidung.

Sämtliche Klassen standen in Paradeaufstellung auf dem Gutshof. Doch wurde jeder Anschein eines militärischen Drills vermieden. Diese Gruppe hier sah eher wie eine Ansammlung von Cowboys aus, mit sauber gebürsteten Kleidern und blankgewichsten Stiefeln.

Trotzdem gab es eine Art von „Stillgestanden“, als die diensthabenden Lehrer erschienen.

Zur Verwunderung aller zeigte es sich, daß die höchste Persönlichkeit des Schulstaates fehlte. Mr. Graig befehligte die Parade.

Er stellte sich mit den andern Lehrern an den rechten Flügel der Obersekunda und rief, nachdem eine erwartungsvolle Stille eingetreten war (es war jedermann klar, daß diese Parade unmöglich friedlich verlaufen könne, da der nächtliche Ausbruch allenthalben bekannt geworden war):

„Herr Doktor ist krank. Er läßt alle, mit Ausnahme einer gewissen Klasse, grüßen.“

Herr Doktor war noch nie in seinem Leben krank gewesen. Jetzt aber erhoben die Obertertianer begeistert ihre Arme. Sie schwenkten die Hände über den Köpfen. Sie schrien: „Wir wünschen Herrn Doktor schnelle Genesung! – Sagen Sie bitte Herrn Doktor, Mr. Graig, daß wir ihn tausendmal grüßen lassen!“

Einen Augenblick herrschte sowohl bei den Lehrern wie bei den Schülern die größte Verblüffung über diese Kundgebung. Dann aber erhoben auch die andern Jungen ihre Arme, und die

Bürger des ganzen Schulstaates brüllten: „Wir wünschen Herrn Doktor schnelle Genesung! – Sagen Sie Herrn Doktor, daß wir ihn tausendmal grüßen lassen!“

Mr. Graig ließ seine wasserblauen Augen unruhig zu den Seiten schweifen, dorthin, wo die Hunde der Tertia aufmerksam auf ihren Bäuchen liegend lauerten. Der Anblick dieser Tiere schien Mr. Graig nicht genehm zu sein, und so richtete er den Blick nach oben auf den First der großen Getreidescheune. Doch da gewahrte er Karlemann, der mit der Urweisheit einer ägyptischen Katze herunterschaute, was sich unten bei den Menschen begab. Auch die Anwesenheit dieses weisen Haustieres schien Mr. Graig unwillkommen zu sein. Der große Grammatiker, der die Sätze der deutschen Sprache wie ein Geschenk des Himmels genoß, begann jetzt seine Rede:

„Eine gewisse Klasse dieses stolzen Schulstaates, die ihre eigene geistige Begabung stets sehr hoch einschätzt, während sie die geistige Begabung der andern, Lehrer sowohl wie Schüler, mit Vorliebe zu mißachten pflegt, gibt sich an diesem Sonntag den Anschein, als habe sie es wegen ihres Übermaßes an Intelligenz nicht nötig, zu begreifen, welche von allen Klassen dieses stolzen Schulstaates die Leitung im Walde von ihrem allgemeinen Gruß an die Bürger dieses Schulstaates auszunehmen wünschte, weswegen uns diese mit einem jesuitischen Gebrüll entgegentrat, welches jedoch niemanden darüber hinwegtäuschen wird, daß hier der zu bestrafende Missetäter es ist, der seinen Richter hochleben läßt, um ebendiesen Richter und seine Kollegen durch ihre Begeisterung für das Strafrecht dumm zu machen!“

„Hurra!“ brüllte die Tertia. Es war eigentlich ein Hurra für die glückliche Beendigung eines grammatikalisch bewunderungswürdigen Satzes.

„Ich danke vielmals für das Hurra“, sagte Mr. Graig, während die jungen Lehrer hinter ihm, zumal Dr. Frey, der Freund der Tertia, gegen ihr Lachen kämpften. „Doch ich bin der Ansicht – und ich glaube, daß mir hierin unser hochverehrter Anstaltsarzt Dr. Heßler beistimmen wird –, daß dieses Hurra einer gewissen Klasse, das wir soeben zu hören bekamen, nicht so frisch und verwegen, wie wir es an ihr gewöhnt sind, sondern eher etwas heiser, ja geradezu übernächtig klang. Ich möchte unsern hochverehrten Arzt fragen, ob er nicht eine gleiche Beobachtung an der Beschaffenheit der Stimmbänder einer gewissen Klasse machte, wie ich sie tat?“

Herr Dr. Heßler nickte Mr. Graig lächelnd zu. Mr. Graig richtete sich energisch auf.

„Da der ärztliche Befund mit meinen eigenen laienhaften Eindrücken übereinstimmt, so verordne ich hiermit: In Anbetracht dessen, daß der Gesundheitszustand der Obertertia zu wünschen übrigläßt, meldet sich diese Klasse krank. Sie tritt, mit Ausnahme von Daniela, sofort von der Parade ab und bezieht für den Rest dieses Sonntags ihre Schlafräume als Quartier. Der würdige Präfekt dieser Klasse bürgt der Leitung des Schulstaates dafür, daß jedes Mitglied seiner Klasse sich in fünfundzwanzig Minuten ausgezogen hat und in seinem Bett befindet.“

Ohne sich auch nur eine Sekunde zu besinnen, als habe er das alles längst kommen sehen, trat der Große Kurfürst vor die Front seiner Abteilung und kommandierte:

„Alles ausziehen bis auf die Hosen! In zwanzig Minuten Lauf der schwererkrankten Tertia bis zur Rotbuche und wieder zurück! Fünf Minuten später ist jeder im Bett!“

Mit rasenden Bewegungen rissen sich die Tertianer die Kleider von den Leibern. Und in vierzig Sekunden waren sie angetreten.

Der Große Kurfürst hob den Arm. Fünfundzwanzig Tertianer brausten über den Gutshof dahin, als gelte es, den Janikulus zu erstürmen.

6

Einige von den Tertianern schliefen, andere lasen Bücher oder spielten mit ihren Hunden und mit Karlemann. Obwohl es verboten war, lagen die Hunde auf ihren Betten. Die schwarze Dogge zum Beispiel und ihr Freund, der Miniaturfoxterrier, lagen auf Lüders' Bett, so daß Lüders seinen Karl May nur noch halbwegs auf der Kante lesen konnte. Josua lag geborgen in jener Bucht, die Borsts Knie, Leib und Brust bildeten. Sein Herr schlief – nicht mit dem Gewissen des Guten, denn das Schülergericht erwartete ihn. Er war ja in Verruf. Seit jenem Augenblick, in dem ihn der Große Kurfürst und Reppert gefesselt aus dem Wachtlokal gezogen hatten, mochte niemand von den Tertianern das Wort an ihn richten oder ihm auch nur einen Blick schenken. Das Schülergericht sollte heute nachmittag tagen, falls die Tertia die Erlaubnis erhielt, vor dem Abendessen aufzustehen. Borst sehnte das Gericht über seine Untat herbei. Wenn nur dieser furchtbare Zustand ein Ende hätte.

Die meisten von den Tertianern, zumal die Gescheiten unter ihnen, waren traurig, schlecht gelaunt oder mutlos. Für sie war es eine ausgemachte Sache, daß der Feldzug mißlungen und beendigt sei. Sie hatten keinesfalls damit gerechnet, daß ihr nächtlicher Ausbruch straflos bleiben werde. Sie waren ja auch klug genug, um zu wissen, daß die Bemalung der Stadthäuser manche Ungelegenheiten für die Leitung im Walde zur Folge haben werde. Trotzdem hatten sie mit einem geheimen Einverständnis gerechnet. Jetzt aber war die Strafe so ausgefallen, daß sie einer Verdammnis gleichkam. Die Abwesenheit des Herrn aus dem Eichenwald während der Parade und die schmachvolle, lächerliche Art der Strafe zeugten dafür.

So wurden sie zum Beispiel auch beim Sonntagsessen wie Kranke behandelt, es wurde ihnen Suppe und Gemüse in den Schlafsaal geschickt, weiter nichts. Kein Sonntagsgeflügel mit süßem Apfelmus und vor allen Dingen keine Nachspeise.

Die schwächeren Charaktere trauerten diesen herben Verlusten nach, zumal da sich nun die Aussicht bot, daß es auch zum Tee keine dieser Pflaumenkuchen geben werde, die Fräulein Sachse so trefflich zu bereiten verstand.

Der Große Kurfürst gehörte freilich nicht zu den Mutlosen. Er lag mit dem Gesicht der Wand zugekehrt und schnarchte. Es war nun einmal der Hauptbestandteil seiner stoischen Lebensweisheit, daß alle Dinge sich durch den Schlaf verbessern. Was Reppert betraf, so war er zwar verzagt und sorgenvoll, aber er stellte sich schlafend, um den Kameraden ein Vorbild des Gleichmutes und der Zuversicht zu geben.

Und wieder wandten sich die Gedanken sehnsüchtig zu jenem vereinzelten Rauch im Walde hin, der sich gewiß jetzt am Sonntagnachmittag in völliger Freiheit über den Wipfeln der Hexenkuppe erhob. Wenn es gelänge, Daniela zu versöhnen und für das große Ziel zu begeistern, so würde die Leitung im Eichenwald gewonnen werden. Denn das wußten sie allzu gut: nichts hatte ihnen im Eichenwald so geschadet wie Danielas Zorn und Danielas Abwesenheit gestern nacht.

Da, gegen drei Uhr, eine Stunde vor dem Tee, traten, nachdem sie zuvor höflich angeklopft hatten, die Präfekten der Sekunda in den Schlafraum, Alexander Kirchholtes, der Präfekt der Obersekunda, und Knötzinger, der Präfekt der Untersekunda. Der letztere aber war der Sohn des Oberamtmannes in Maineweh, von dem einige sagten, er sei weniger aus Liebe zum Schulstaate hier in diese Anstalt geschickt worden als vielmehr aus dem Bedürfnis des Amtmannes nach Spionage. Und als die Knaben den Untersekundaner in ihrem Schlafraum sahen, verdunkelten sich ihre Augen in Haß.

Die Wachen weckten die Schlafenden.

Kirchholtes setzte sich auf das Bett seines Bruders Otto. Knötzinger aber lehnte sich streng gegen das Fensterkreuz.

Mittlerweile waren die Entfernteren aus ihren Betten aufgestanden. Zu dritt oder zu viert ließen sie sich auf den Betträndern derjenigen Kameraden nieder, die in der Gegend des Kirchholtesschen Bettes hausten. So saßen vier Jungen auf Bambergers Bett, vier auf dem des Großen Kurfürsten, vier auf Hornbostels Bett. Zwei bildeten mit Reppert eine Gruppe. Borsts Bett aber, das sich ebenfalls in dieser Gegend befand, wurde gemieden, als sei es das Lager eines Leprakranken.

Der Große Kurfürst, der wußte, daß man noch dem hassenswertesten Feinde einen Platz an seinem Feuer anbietet, sobald er die Höhle betreten hat, rief jetzt Königsmarck zu: „Mach einen Stuhl frei für Knötzinger."

Königsmarck fegte mit einer verdrießlichen Bewegung des nackten Fußes die Kleider von seinem Stuhl, den er dem Präfekten der Untersekunda mit einem Tritt zuschob. Dieser aber schüttelte ablehnend den Kopf.

Der ältere Kirchholtes begann nun ohne Umschweife: „Die Leute in Maineweh sind heute morgen aufgewacht und haben die Wände ihrer Häuser, ihrer Fabriken, ihrer Amtsgebäude, manchmal bis hoch in die dritten Stockwerke hinauf, mit roter Schrift angemalt gefunden. Sogar haushoch aufgestapelte Bretter der Holzfirma Gottloeber & Söhne sind mit dieser Schrift bemalt worden, ebenso Kino- und Konzertplakate, amtliche Anschläge, Bahnhofsfahrpläne, Firmen- und Reklameschilder. Ich selbst bin heute nach der Parade mit einigen andern hinuntergefahren, um mir das alles anzusehen. Aber wir mußten uns so schnell wie möglich wieder zurückziehen, denn die Empörung über den nächtlichen Einbruch in die Stadt war allzu groß. Nun möchte ich euch im Auftrag der Leitung fragen, ob ihr euch dazu bekennt, diese Schrift geschrieben zu haben. Ob ihr bejahenden Falles alle gemeinsam handeltet oder ob sich irgendwelche Mitglieder der Klasse ausgeschlossen haben. Und ob ihr irgendwelche andern Helfershelfer hattet."

Der Große Kurfürst, der sein lockiges Haupt schwerfällig in der flachen Hand ruhen ließ, rief mit kaum vernehmbarem Spott: „Borst! Antworte du!"

Borst machte ein Gesicht wie eine Maus, die man bei ihren Ohren aus dem Bau hervorgezogen hat. Er erschrak gewaltig. Alles hatte er erwartet, nur das nicht: daß er hier vor allen Kameraden dem großen, sehr geachteten und sehr geliebten Kirchholtes in einer so ernsten Frage Antwort erteilen sollte.

Er faltete die vor Angst verschwitzten kleinen Hände.

„Also?" fragte der Große Kurfürst mit streng gerunzelten Brauen.

Da gab sich Borst einen Ruck. Er schluckte wild und antwortete alsdann klar und vernünftig: „Wir alle haben die Schrift angemalt. Wir haben keine Helfershelfer gehabt. Es haben alle mitgemacht."

Kirchholtes sah Borst mit Wohlwollen an. Der Große Kurfürst aber war mit Borst nicht zufrieden. „Haben wirklich alle mitgemacht?" fragte er streng.

Borst bekam einen Schreck. Er hatte eine ganz bestimmte, sehr wichtige Angelegenheit vergessen! „Daniela war nicht in der Stadt", sagte er leise.

Alexander Kirchholtes sagte: „Ihr habt der Leitung des Staates sehr viel Ungelegenheiten bereitet. Es wird Klagen wegen Sachbeschädigung, wegen Beamtenbeleidigung und dergleichen mehr geben. Ihr habt vielleicht die Macht dieses Schulstaates überschätzt. Gerade die Behörden warten nur darauf, uns Schaden zuzufügen. Gewisse Kämpfe, die von der Leitung im Wald ausgekämpft werden müssen, sind euch gewiß unbekannt, sonst hättet ihr vielleicht eure nächtlichen Schreibübungen eingestellt."

„Keineswegs!" unterbrach der Große Kurfürst fast heftig den Präfekten der Obersekunda. „Im Gegenteil. Wir unterstützen die Leitung in ihrem Kampf."

Da öffnete Knötzinger zum erstenmal den höhnisch-strengen Mund: „Es könnte die Frage aufgeworfen werden, ob der Leitung diese Unterstützung vierzehn- oder fünfzehnjähriger Schüler erwünscht ist."

Die Tertianer richteten ihre Häupter insgesamt zu dem Sohne des Oberamtmanns hin. Ihre Augen hatten starrenden Ausdruck. Dann wieder kehrten sie, wie in einer großen Scham, die Häupter von ihm ab.

Kirchholtes aber unterbrach die fast schmerzliche Stille, die im Schlafsaal der Tertianer eingetreten war.

„Wollt ihr mir nun sagen, ob ihr euch mit der nächtlichen Mahnung an die Stadt Maineweh begnügen werdet oder ob ihr noch ein anderes Vorhaben in dieser Angelegenheit der Tiere habt? Wollt ihr mir auch sagen, zu welchem Zweck ihr die Tierzwinger in der Waldeslichtung erbaut habt?"

„Reppert, erkläre das", sagte der Große Kurfürst, der zu faul war, das zu erklären.

Reppert stand von seinem Bett auf und setzte sich auf das Bett des jungen Kirchholtes, so, daß er Schulter an Schulter neben dem älteren saß. „Ich will versuchen, dir alles in der größten Ordnung vorzutragen. Aber ich muß ganz offen gestehen, daß die Tertia sich dir gegenüber viel rückhaltloser aussprechen könnte, wenn wir hier unter uns wären und keinen Verräter zu fürchten hätten."

Knötzinger stand mit gelbem Wutgesicht hoch aufgerichtet am Fenster.

Kirchholtes aber sagte gütig und verweisend: „Ihr habt keinerlei Verrat von irgendeiner Seite zu fürchten."

„Wirklich nicht?" rief Hornbostel hitzig dazwischen. „Wir haben nämlich eine interessante Entdeckung gemacht!"

Kirchholtes sah Hornbostel fragend an.

„Der Polizist Holzapfel nämlich hat dem Großen Kurfürsten und Reppert in seiner Dummheit ausgeplaudert, daß er einen Wink von oben bekommen hat, in den Nächten gut aufzupassen. Ich möchte Knötzinger fragen, ob er hier im Schulstaat spioniert und uns bei seinem Vater angegeben hat?"

Knötzinger hatte blaßrote Flecken über den breiten Backenknochen. „Ich bin nicht hierhergekommen, um Auskunft zu geben. Ich bin hier im Auftrag der Schulleitung, um Auskunft zu bekommen. Im übrigen tue ich meine Pflicht als zukünftiger Staatsbürger, und ich werde stets die Staatsgewalt in ihrem Bestreben unterstützen, hier in unserer Gegend ebenso wie überall sonst im Bezirk die größte Ordnung walten zu lassen."

Wie aus einem Munde schrien die Tertianer auf.

„Lump! – Kinder, einen Eimer zum Kotzen! – Sauber! Sauber! – Dieses Vieh unterstützt die Staatsgewalt! – Mensch, sag nicht ‚Vieh'! Das ist eine Beleidigung für Josua und Karlemann! – Er verrät an die Behörden, was hier vorgeht! – Spione werden erschossen! Er soll in die Stadt gehen, hier hat er nichts mehr zu lachen!"

Und plötzlich erklang aus dem Chaos ihrer Empörung der große musikalisch-rhythmische Ruf – sie wippten auf den Sprungfedern ihrer Betten; sie trampelten mit nackten Füßen oder mit Holzpantinen, mit denen sie in den Waschraum zu gehen pflegten; sie hoben auch Stühle in die Luft und pflanzten sie mit den vier Beinen auf den Erdboden; sie stampften mit Stöcken und Besenstielen; sie nahmen jeden nur immer tönenden, Krach machenden Gegenstand für ihren leidenschaftlichen Ruf:

„Verräter raus! – Verräter raus!"

Sie sangen es, ihre Hunde bellten es, sie überbrüllten die Hunde, sie wurden betrunken von ihrem eigenen Lärm.

Der Verräter hatte die Augen niedergeschlagen, und die Haut über seinen Backenknochen zitterte ein wenig. Aber er war nicht feige, obwohl er Grund genug hatte, die Gewalttätigkeit der rasend gewordenen Tertia zu fürchten.

Kirchholtes sprang auf und erhob die Arme hoch über seine Schultern, mit einer Bewegung, die zugleich gebietend und versöhnend war. „Ruhe, Jungens! – Ruhe!"

Niemand anders im ganzen Schulstaat – mit Ausnahme natürlich der einen, der höchsten Person –, keinem Lehrer und keinem Schüler wäre es gelungen, was jetzt Kirchholtes gelang: die Tertianer zu besänftigen und zum Schweigen zu bringen.

„Ihr habt kein Recht, Knötzinger zu beleidigen!“ rief Kirchholtes. „Denn die Leitung im Wald hat ihn zu euch geschickt, und er steht hier als der Abgesandte aus dem Wald.“

Da schlich ein jeder knurrend in sein Bett zurück.

Jetzt aber nahm zur allgemeinen Verwunderung und Freude der Große Kurfürst selber das Wort. Die Tertianer drehten ihm mit stolzem Vergnügen die Köpfe zu, denn nach ihrer Ansicht war im ganzen Schulstaat keiner redegewandter, klüger und spöttischer als ihr Häuptling. Und auch Kirchholtes sah ihm achtungsvoll entgegen. Knötzingers Gesicht aber zeigte die Willensanspannung eines Menschen, der weiß, daß er vor seinem gefährlichsten Feind steht.

Der Häuptling begann unter atemloser Stille aller zu sprechen: „Drüben auf der andern Seite des Hochwaldes, in einem der ärmsten Dörfer des Bezirks, in Niederteufen, hat ein Gendarmeriegehilfe Schießübungen auf einen angeblich tollwütigen Dackel abgehalten. Da fürs erste keine großen Aussichten auf einen neuen Krieg bestehen, so will man schließlich zeigen, was man mit einem Armeedienstrevolver leisten kann. Dieses Schwein da hat dem Dackel mit sieben Volltreffern den Hintern abgeschossen. Ein Fräulein im Pfarrhof da drüben, die Schwester des Pastors, um deren Dackel es sich handelt, hat dem Schützen gesagt, was sie von ihm denkt. Daraufhin wurde sie in Maineweh wegen Beamtenbeleidigung zu dreihundert Mark Geldstrafe verurteilt. Die arme alte Person wird ins Gefängnis wandern müssen, denn sie kann im Leben keine dreihundert Mark bezahlen. Und der Pfarrer, der ärmste Geistliche im ganzen Bezirk, ebenfalls nicht. Der Pfarrer erfreut sich keiner Beliebtheit bei den Behörden in Maineweh, weil er in seinen Predigten gegen die unchristlichen Hetzereien des Oberamtmanns Stellung nimmt. Der Dackel seiner Schwester war also angeblich tollwütig. Der Fellhändler Biersack, der Hunde nicht leiden mag – das aber ist nicht der einzige Punkt, worin er mit dem Herrn Oberamtmann und einigen seiner Kreaturen Ähnlichkeit hat –, Herr Biersack hat erklärt, daß der Dackel ihn gebissen hat, obwohl der arme Dackel wahrscheinlich froh war, wenn Herr Biersack ihn nicht gebissen hat. Der Kopf des Dackels wurde, anstatt, wie es Vorschrift ist, nach Berlin, der Zeitersparnis halber und wegen der verringerten Kosten irgendwo in die

Nachbarschaft geschickt. Auch verstehen sich die Leute hierzulande ja viel besser auf die Tollwut als im übrigen Deutschland, denn hier hört seit dem Krieg die Tollwut nicht mehr auf. Allerdings nur die der Menschen. Ein einwandfreier Fall von Hunde- oder Katzentollwut wurde hierzulande noch nie festgestellt. Ich habe mich genau darüber erkundigt. Kurzum, hier haben sie sofort in dem Kopf des Dackels aus Niederteufen – Spätzle hieß er – den berühmten Tollwut-Stoff wiedererkannt, den sie in ihren eigenen Köpfen beherbergen. Reppert und ich, wir sind neulich persönlich mit Genehmigung der Leitung nach Niederteufen gewandert und haben uns mit dem guten Pfarrer und seiner guten Schwester unterhalten. Die beiden trauerten sehr um ihren armen Spätzle, und sie lachten nur schmerzlich, als wir sie fragten, worin sich denn die Tollwut des Dackels gezeigt haben soll. ‚In besonderer Sanftmut', erwiderte der Pfarrer.

Aber der arme Pfarrer kann dem Herrn Oberamtmann nichts anhaben. Für den Herrn Oberamtmann, der die Jugend des Landes im männlichen Streit stählen will, für ihn war die Tollwut-Diagnose ein gefundenes Fressen.

Kurz und gut, es kam die Hunde-, nein, es kam auch die Katzensperre. Denn derselbe Herr Biersack hat mit den Tieren Pech. Den hat nicht nur der Dackel Spätzle gebissen, sondern es ist ihm auch noch in demselben Niederteufen eine erbsensuppenfarbene Katze mit gelben Augen fauchend in das Gesicht gesprungen und hat ihm die Nase zerkratzt.

Obwohl es nun überhaupt gar keine landschaftliche Verbindung zwischen den Dörfern da drüben, Oberteufen und Niederteufen, mit dem ganzen übrigen Bezirk gibt, so wurde die Sperre natürlich über den ganzen Bezirk verhängt, denn es kommt ja nicht auf Logik, sondern auf Verwaltungseinteilungen an.

Mit der Hundesperre ist es folgendermaßen: Maulkorb und Leine. Schön.

Wie ist es aber mit der Katzensperre? Für Katzen gibt es keine Maulkörbe und Leinen. Katzen kann man nicht in den Häusern festhalten. Katzen streunen herum. Was tut man da? Das ist doch ganz einfach, nicht wahr, Knötzinger? Man läßt sie alle insgesamt, wie sie da im Bezirk vorhanden sind, totschlagen.

Und wie schlägt man Katzen tot, da man keine Mittel dafür aufwenden will, einen Gaskasten anzuschaffen?

Das will ich dir jetzt erzählen, Kirchholtes, und dir, lieber Knötzinger."

Die Tertianer schlichen sich vor das Bett ihres Häuptlings und kauerten sich dort nieder.

„Das Bezirksamt hat angeordnet, daß jeder, der eine Katze zum Totschlagen zur Stelle schafft, zehn Pfennig erhält. Man hat es erst einmal für Niederteufen und Umgegend angeordnet. Wißt ihr, was sich zugetragen hat? Die liebe Schuljugend da oben hat eine herrliche Treibjagd auf Katzen veranstaltet. Wer eine Katze gefangen hat, schleift sie zur Stelle. Man nimmt sie an den Hinterläufen und schlägt sie mit dem Kopf gegen die Mauern, so daß das Gehirn herausspritzt. Dafür bekommt man zehn Pfennig. Das ist noch beinahe menschlich. Aber zwanzigmal zehn Pfennig sind zwei Mark. Also sammelt man die Katzen in Säcken ein. Dann greift man zu einem Knüppel und schlägt zur allgemeinen Belustigung auf diese Säcke ein. Aber zuweilen gelingt es den Katzen in ihrer Verzweiflung, sich durch den Rupfen der Kartoffelsäcke, zumal wenn diese etwas schadhaft sind, einen Weg zu bahnen und zu entfliehen. Manche schleifen ihre Eingeweide oder ihre zerbrochenen Gliedmaßen hinter sich her. Bald war das Land dort oben voll von solchen Katzen-Deserteuren, die sich nicht in den Säcken totschlagen lassen wollten, sondern es vorzogen, auf entfernten Baumkronen elend zu verrecken. Kam ein frisch-fröhlicher Zehn-Pfennig-Weidmann in ihre Nähe, bissen und fauchten sie – natürlich! Sie waren ja tollwütig genug, die Menschen nicht mehr so zärtlich wie früher anzuschnurren, wenn sie zu ihnen hintraten.

Trotz der feigen Drückeberger aus den Kartoffelsäcken waren der Herr Oberamtmann Knötzinger und sein Adjutant, der Herr Biersack, der die Angelegenheit da oben persönlich überwachte, mit dem Resultat zufrieden, besonders der Herr Biersack. Dieser nämlich hat alle Katzen im Sack gekauft, das heißt, er hatte eine Vereinbarung mit der hohen Behörde getroffen, die ihn berechtigt, das Fell der Katzen zu einem bestimmten Preis zu erwerben. Er zahlt nämlich der Behörde zwei Pfennig pro Katze. Die Unkosten der Behörden betrugen also nur acht Pfennig pro Leichnam. Da die Ergebnisse zufriedenstellend waren und es da oben bis auf die paar Deserteure, die ja auch früher

oder später in ihren Wäldern eingehen müssen, keine Tollwut mehr gibt, so werden diese Maßnahmen in der nächsten Woche auch in Maineweh und Umgegend, das heißt also womöglich auch bei uns, wiederholt werden. Hunde, die frei herumlaufen, auch wenn sie einen Maulkorb haben, werden von den Gendarmen erschossen. Katzen jedoch werden in Säcken in der Kiesgrube abgeliefert und dort, wie oben gezeigt, unter der Oberaufsicht des Herrn Biersack ins Jenseits befördert.

Nun frage ich dich, Kirchholtes, war es verbrecherisch, an die Hauswände der Stadt Maineweh, in der sich in dieser Woche der große Tiermord zutragen soll, mit roter Farbe in den Sprachen Europas anzuschreiben: ‚Seid gut zu den Tieren!'?"

Alle sahen Kirchholtes an. Der aber starrte durch das geöffnete Fenster, wo sich die Tannen des leicht ansteigenden Waldes in einem sanften Nachmittagswind bewegten. Kirchholtes stand auf. Er fragte: „Hast du noch etwas zu sagen, Knötzinger?"

Knötzinger sah mit militärischer Geradheit vor sich hin. „Ich behalte mir meine Entschlüsse und die Entschlüsse der Sekunda vor."

Kirchholtes wandte sich ganz schnell, noch bevor Knötzinger sein letztes Wort gesprochen hatte, an die Tertianer. „Ich muß euch um Entschuldigung bitten, es ist schon halb vier. Ich habe euch eine halbe Stunde Freiheit weggenommen. Die Leitung hat erlaubt, daß ihr um drei aufsteht."

Ein Jubelruf aus fünfundzwanzig Kehlen. „Das macht gar nichts, lieber Kirchholtes! – Wir danken dir tausendmal!"

Kirchholtes winkte ihnen mit der Hand zu, und alle Tertianer, in Hemden, in Pyjamas oder halbnackt, gaben ihm durch den Waschraum bis zum Korridor das Geleit. Um Knötzinger, der mit starrem Gesicht stockbeinig Kirchholtes folgte, kümmerte sich niemand mehr.

In zwei Minuten waren die Tertianer angezogen.

Eine halbe Stunde lang trieben sie sich vor dem Haus herum, dann gongte es zum Tee. Lärmend und triumphierend zogen sie in den Speisesaal ein. Wie hungrige Wölfe warfen sie sich auf Fräulein Sachses Pflaumenkuchen, während die mißbilligenden Blicke der Untersekunda ihnen folgten.

Nach einiger Zeit stand ein Sekundaner auf und ging an den Tisch der Tertia. Vor dem Stuhl des Präfekten der Tertia blieb er stehen.

Die Tertianer schielten über den Rand ihrer irdenen Teetöpfe verwundert und neugierig zu ihm hin, was jetzt wohl wieder kommen werde.

Der Botschafter der Untersekunda sprach: „Da ihr durch euren fortgesetzten Aufruhr bei Tag und in der Nacht dem Schulstaat Unehre macht und ihn in einen Konflikt mit den Behörden des Landes hineinhetzen wollt, denen wir als gute Bürger zu gehorchen haben; da ihr ferner unsern Präfekten in eurem eigenen Schlafsaal beleidigt habt und in ihm die gesamte Untersekunda – so erklärt euch meine Klasse hiermit, daß sie nichts mehr mit euch zu tun haben will. Sie ist aber bereit, wenn ihr es wünscht, in jedem Sport, zum Beispiel im Fußballmatch, gegen euch anzutreten." Sprach's und drehte sich um.

Die Tertia begann zu brüllen und zu johlen. Sie verkündeten es im ganzen Speisesaal bis hoch hinauf zum Lehrertisch:

„Die Untersekunda hat uns den Krieg erklärt! – Sie schmeißt gleich Bomben auf unsern Pflaumenkuchen ab! – Sie wird uns die Teetöpfe von der Schnauze wegschießen! – Sie fährt mit Tanks über unsern Zucker weg! – Hurra für die Sekunda und ihren Präfekten!“

7

Borst hatte Bauchschmerzen vor Angst. Um sechs sollte das Schülergericht tagen.

Die Tertianer arbeiteten an ihrem Zwinger in der Waldeslichtung. Gleich nach dem Tee hatten sie sich aufgemacht. Es war ihnen gleichgültig, ob es Sonntag war oder nicht. Sie arbeiteten.

Nur Borst war ausgeschlossen. Borst mochte sich herumtreiben, wo immer er wollte. An dem gemeinsamen großen Werk hatte er so lange keinen Anteil mehr, bis das Urteil des Schülergerichtes ergangen war.

Man arbeitete lautlos. Ein jeder machte sich so seine Gedanken. Der Häuptling hatte sie im Schlafsaal herrlich vor Kirchholtes herausgehauen. Aber er konnte nicht jeden Tag solch eine ciceronianische Rede halten. Er wäre auch viel zu faul dazu gewesen, das wußte man.

Man mochte sich durch Arbeit noch so stark betäuben – dem Leibe der Tertia war ein Arm abgehauen worden. Fast konnte man sagen, daß es der rechte Arm war, der ihr fehlte: Daniela.

Mit tief gesenktem Gesicht, die schmierigen kleinen Hände fest auf den Leib gedrückt, so schlich Borst durch die Wälder. Er versuchte sich in Gedanken eine Verteidigungsrede auszuarbeiten. Aber er konnte gar nicht reden. Ihm fiel kein einziges Wort ein. Er war nicht der Große Kurfürst.

Es war eine seltsame Tatsache in Borsts Leben, daß alle seine Wanderungen in der Nähe der Hexenkuppe endigten. Gern ging er den einsamen, von niemandem als von Daniela beschrittenen Waldweg hinauf, und Josua mit ihm.

Borst und Josua kannten den Weg gut, allzu gut. Da war ein Engpaß, von mächtigen Tannen bestanden, und eine Stelle des gekrümmten Weges, die kaum jemals vom letzten Regen trocknete, denn sie war gegen Norden gelegen, und weder Sonne noch

Wind hatte Zutritt zu ihr. Dann aber weitete sich der Weg, ging immer höher hinauf, und auch Borsts Beschwerden stiegen mit dem Weg empor, vom Bauch zum Herzen. Denn der Rauch aus Danielas Zelt wurde sichtbar. Und obwohl Borst heute von einer andern Seite herangeschlichen kam als damals, so stand er auch hier vor einer Tafel:

HALT! WER WEITEGEHT, WIRD ERSCHOSSEN!
ICH, DANIELA!

Borst starrte diese Tafel, die ihm doch nichts Neues sagte, mit einem etwas blödsinnigen Lächeln an. Daniela mochte diese Tafel wohl in hastigem Zorn geschrieben haben, denn es fehlte das r im Worte „weiter“, es stand da „weitegeht“. Borst fand das sehr interessant. Er grübelte darüber nach. So stark waren Danielas verletzter Stolz und ihre Empörung gewesen, daß sie vergessen hatte, das kleine r zu malen.

Er kauerte sich nieder, zog Josua zu sich heran, und seufzend spielte er mit ihm das Ohrenspiel. Es galt, das eine Ohr mit der Spitze in die Muschel des andern Ohrs zu stecken. Josua riß sich los. Sogleich geriet er in einen Zustand höchst alberner Raserei. Er kümmerte sich nicht um die Warnungstafel und lief weit über die Grenze des von Daniela Erlaubten hinaus, kehrte sodann im Galopp zurück, wobei er den Kopf zwischen die Vorderbeine warf, stellte sich vor Borst hin, bellte ihm auffordernd zu, und im Galopp warf er sich wieder weit in Danielas Gebiet zurück.

Warum wird er eigentlich nicht erschossen? dachte Borst.

Daniela war oben auf der Hexenkuppe, das zeigte der Rauch. Aber es schwirrte kein Pfeil aus ihrem Köcher.

Schon wieder wurde Borst von Großmannssucht ergriffen. Er träumte von einer Tat, die ihm die Verzeihung der Tertia einbringen werde. Hatte Borst vielleicht noch etwas zu verlieren, anderthalb Stunden vor Beginn des Schülergerichts?

Er stand auf. Er überschritt die Grenze. Jeden Augenblick konnte der furchtbare Pfeil mit der scharfen Holzspitze ihn verletzen. Er kannte dieses bösartige Sausen gut aus früheren Tagen, als Daniela noch bei der Bande gewesen war. Es klang, als durchschneide ein giftiges Insekt die Luft. Sogleich würde ein Schmerz ihn ergreifen, er stellte es sich genau vor. Eine Wespe hatte ihn einmal in die Zunge gestochen. In Gedanken erhob er diesen Schmerz in die dritte Potenz: Wespenstich hoch drei! Würde der Pfeil nur den Schenkel treffen, wie bei Lüders? Borst neigte mehr zu dem Glauben, daß er seinen Hals durchschneiden würde. Er hatte davon so manches in der Ilias gelesen, Trojaner und Achäer sanken mit durchbohrter Kehle danieder.

Er durchschritt den Weg zu Danielas Zelt mit gekrampften Händen über dem Bauch, dennoch leuchtete die Sonne eines heiteren Todes über seiner faltigen kleinen Affenstirn.

Und so strebte er denn mit Josua, seinem Schnauzer-Pudel, dem Zelt des zürnenden Peliden zu.

8

Einige Schritte vor dem höchsten Punkt der Hexenkuppe stand eine alte hohe Rotbuche. Wer auf ihrem Wipfel saß, übersah das weite Land.

Dort hatte sich Daniela aus zwei Brettern einen Anstand gebaut. Wie eine Gebirgsbrücke über dem unten schäumenden Strom, so waghalsig gingen zwei schief angenagelte Bretter auf dem Wipfel der Buche von einem Ast zum andern.

Mit lang herabhängenden Beinen, auf den Knien ein Buch, den rechten Arm schräg nach oben gestreckt, wo die Hand den letzten Ast vor dem Gipfel umklammert hielt, während die linke ausgebreitet neben ihrem Schenkel auf dem rauhen Brett ruhte – so hoch hatte sich die zürnende Daniela emporgeschwungen.

Sie hatte eine Lederhose an und ein Hemd, das über der Brust offenstand. Die Sehne des Bogens hing schräg über ihrer Brust, und hinten auf dem Schulterblatt hing der Köcher mit den sechs gefiederten Pfeilen. Die Sandalen hatte sie herabgeworfen. Nun schaukelten die nackten Füße im Wind.

Sie hatte hellgoldenes kurzgeschnittenes Haar. Sie hielt eine Vogelfeder schräg wie eine Zigarette im Mund und las auf eine ähnliche Art in ihrem Buch, wie die Tiere im Wald sich dem Schlaf zu überlassen pflegen. Jeden Augenblick sah sie sich wachsam und mißtrauisch, mit strengen grauen Augen, in der Runde um. Unten zwar hüteten die leopardähnlichen Doggen, Meleager und Atalante, ihr Kriegerzelt, aber der Geruchssinn der

Doggen war größer als ihr Gesichtssinn. So mußte hoch oben Daniela ihre eigenen Augen gebrauchen.

Obwohl die Tertianer in den Betten lagen, wie Daniela zu ihrer höhnischen Freude es glaubte, so war an den Sonntagen wie auch an jedem Frei-Nachmittag eine erhöhte Alarmbereitschaft geboten. Man konnte nie wissen, ob die da unten nicht eines Tages einen Überfall ausführen und Daniela schrecklicher demütigen würden, als sie es bereits getan hatten. Sie war entschlossen, Gift zu nehmen, wenn man sie je wieder an den Marterpfahl binden werde. Sie hatte sich aus dem Laboratorium ein Stück Schwefel gestohlen. Sie meinte, es werde genügen, sie vor jeder neuen Erniedrigung zu schützen.

Noch aber war sie Beherrscherin ihres Gebietes. Noch war der Bogen mit der echten Rentiersehne immer zur Hand, noch der Köcher mit den schneidenden Pfeilen. Noch waren die Augen scharf, obwohl so manche Träne sie hätte trüben können. Und Atalante und Meleager hatten Raubtierzähne in ihren breiten Mäulern und Bärenstärke in ihren Gliedern.

Damals hatte sie die Tiere nicht auf die Tertia gehetzt. Heute aber würde sie den großen Jagdschrei ausstoßen. Und mochten die Knaben sich zerfetzt in ihrem Blut wälzen!

Während sie noch daran dachte, mindestens zehn Tertianer zu töten, ging ihr Blick forschend über das weite Land.

Am Rande des Niederholzes blieb er argwöhnisch haften. Dort, an der Grenze der Brombeersträucher, vor ihrer Tafel, hatte es sich geregt. Sie hatte die Augen eines Sioux. Keine Bewegung des Gesträuches in der Meilenrunde konnte ihr entgehen.

Plötzlich stieß Daniela einen kleinen rauhen Schrei aus. Zu gleicher Zeit bellten unten am Zelt Atalante und Meleager.

Ein Feind mit seinem Hund hatte die Grenze überschritten! Gefahr! Ihr Zelt, die Zuflucht ihres Stolzes, und ihre Würde waren in Gefahr!

Sie riß den Bogen von der Schulter. Ihre Faust griff in die Wölbung des Bügels. Schon lag der Pfeil auf der gespannten Sehne. Sie zählte. Drei Schritte noch, und ich nagele die Sohle seines Fußes auf dem Erdboden fest!

Die Gestalt entschwand einen Augenblick hinter Baumstämmen. Doch zögernd sichtbar blieb der Hund.

Jetzt erkannte Daniela den Hund und an dem Hund auch den Herrn.

„Der Köter!“ Ganz schief vor Verachtung stand der Mund in ihrem Gesicht. Die Sehne spannte sich aufs neue. „Ich will die beiden da unten lehren, hier zu spionieren ... Den ganzen Tag über läßt mich der nicht aus den Augen ... Den haben sie sich zum Spion abgerichtet, denn zu was anderm taugt er nicht.“

Josua war in Lebensgefahr. Er schien etwas Ähnliches zu vermuten. Es lag etwas in der Luft. Er lief durchaus nicht mehr im Galopp durch das feindliche Gebiet. Er legte sich in den Schatten eines Baumes, als sei er plötzlich sehr müde geworden. Er legte sich auf den Bauch und öffnete japsend das Maul. Es schien ihm heiß vor Angst geworden zu sein.

Da wurde Daniela anderen Sinnes. Sie war entschlossen, der Sache jetzt endlich einmal auf den Grund zu gehen. Sie wollte den Spion lebendig in ihre Hand bekommen. Und wenn er keine genügende Entschuldigung vorzubringen hätte, dann wollte sie ihn an den Marterpfahl binden, ihn und seinen Hund.

Als fahre ein Blitz von der Krone herab zischend durch das Laub, durchschnitt Daniela das raschelnd zurückwehende Laub ihres Baumes.

Die gelben Doggen sprangen am Buchenstamme hoch, an dessen Fuß sie angebunden waren. Daniela warf sich mit einem Satz über sie hinweg, um nicht von ihrer stürmischen Begeisterung zerrissen zu werden, und ergriff sie an den Riemen. Die Hunde widersetzten sich. Sie wollten frei sein und stürmen. Sie wollten Borst und vornehmlich Josua zerreißen. Aber Daniela griff mit heftiger Hand in ihre Halfterriemen und zerrte an den Würgehalsbändern.

Der Bogen und der Köcher hingen wieder über den Schultern. Die Vogelfeder lag schräg und verächtlich im Winkel des Mundes, in jeder Faust lag der Zügel eines Raubtieres – so schritt Daniela im flimmernden Schatten der Rotbuchenblätter dem frechen Feind entgegen, der es gewagt hatte, den Burgfrieden ihres Bezirkes zu verletzen.

Dieser Feind aber trat demutsvoll auf Daniela zu.

„Kannst du nicht lesen, du Schwein?“ fuhr Daniela ihn an, und sie spie die Vogelfeder aus dem Mund, während sie sich rückwärts stemmte, um Meleager und Atalante zu bannen.

„Kann ich dich nicht mal sprechen, Daniela...?" stotterte Borst, während er besorgt zu den sich bäumenden Doggen hinschielte. Man konnte überhaupt nicht verstehen, was man sich zurief, so laut bellten diese Raubtiere.

„Was?" schrie Daniela zornig. Wütend griff sie in ihren Köcher über der Schulter. Borst bekam einen entsetzlichen Schreck, aber Daniela gebrauchte den Pfeil als Peitsche für die Tiere. Sie schlug auf Meleager ein, der sich in seinem Schmerz gegen Atalante kehrte. Mit einem neuen Hieb ihres Pfeiles gab Daniela die Hunde frei, und die Doggen stürzten aufeinander los.

Daniela griff mit der Faust in Borsts Haar.

„Du bist gefangen!"

„Ja", erwiderte Borst leise. Er war es allmählich gewohnt, gefangen oder verhaftet oder gebunden oder angeklagt zu werden. „Jawohl, Daniela", wiederholte er. „Wir sind deine Gefangenen."

Daniela zog Bindfaden aus ihrer Hosentasche. Sie fesselte Borsts Handgelenke mit heftigen Schnitten. Auch daran hatte sich Borst in der letzten Zeit gewöhnt.

„Dir werde ich die Sohlen rösten, du Sohn einer Hündin. Ich habe noch Feuer." Sie zeigte auf den glimmenden Haufen, über dem an einer Stange ein Aluminiumkessel hing. „So frech wie du ist niemand hier. Und ihr Schweine müßt ja am Tag in den Betten liegen."

„Ja", erwiderte Borst höflich, und mit beglücktem Lächeln sah er zu seiner Siegerin auf.

Das bemerkte Daniela. Ihre grauen Augen flammten auf. „Du lachst mich aus?" Ihre Hand griff in Borsts Nacken.

Borst fiel in die Knie, die gefesselten Hände auf dem Rücken. Daniela drückte sein Gesicht gegen die Glut des Feuers hin.

Aber wie sie nicht den geringsten Widerstand in den Muskeln dieses Nackens spürte, wie sie sogar bemerkte, daß Borst tapfer das Gesicht der Glut des Feuers genähert hatte – da erstaunte sie, und ein Gefühl ergriff sie, das sie nie zuvor gekannt hatte.

Sie hob Borst auf. Sie standen beide plötzlich wie Kinder da, die einander soeben erst kennengelernt haben und nicht recht wissen, was für eine Art von Spiel sie spielen sollen. Dann aber drehte Daniela sich um. „Wir wollen auf meinen Baum klettern", sagte sie, und sogleich schwang sie sich am Stamm ihrer Buche empor.

„Ich kann nicht, Daniela“, rief Borst und bewegte die gefesselten Hände auf dem Rücken.

Daniela überlegte einen Augenblick. Dann sprang sie von ihrem ersten Ast auf den Waldboden zurück. Mit ihren langen schlenkernden Schritten ging sie in ihr Zelt.

Sie kehrte zurück, einen verrosteten Dolch in der Hand, und durchschnitt Borsts Fesseln. Dann fuhr sie in die Krone ihres Baumes empor.

Borst folgte ihr. Er brauchte lange Zeit. In der Mitte des Stammes blickte er keuchend auf den Erdboden zurück.

Da lag Josua einträchtig zwischen Meleager und Atalante, und alle drei Hunde hatten die Köpfe erhoben.

Lange Zeit saßen die Kinder schweigend auf dem Wipfel der Buche.

Borst hatte nicht gewagt, neben Daniela auf dem Brett Platz zu nehmen. Er hockte auf einem tiefer gelegenen Buchenast, sein Gesicht war von der Asche geschwärzt und seine Augenbraue von der Glut versengt. Er wagte nicht, Daniela anzusehen, auch nicht zu ihr zu sprechen. Daniela aber verschmähte es, ihm auch nur ein einziges Wort zu geben. Borst sollte nicht etwa glauben, daß sie neugierig sei, das Geheimnis der Tertia von ihm zu erfahren.

Sie blickten über das weite Land hinweg. Die Ferne erweckte unstillbare Sehnsucht. Die Nähe wurde mißachtet, denn sie war ihnen aus ihren tausend Streifzügen wohlbekannt. Sie sahen die Wolken nicht über ihren Scheiteln, sondern verlangend blickten sie zu jenen Wolken am Horizont hin, die weiterzogen und immer neue Fernen suchten und den Abend und die Nacht und den neuen Tag. Und zu den Bussarden sahen sie hin, die über dem letzten Friedhof der Ebene wie Träume des Lebens schwebten.

Plötzlich ergriff Borst ein Schreck. Er sah nach dem Stand der Sonne. Das Schülergericht! Gab es eine verächtlichere Feigheit, als sich vor ihm zu drücken?

„Ich muß gehen ...“, stammelte der Gefangene mit einem schiefen und hilflosen Blick.

Daniela verschmähte es, auf solch einen blödsinnigen Ausruf auch nur eine Antwort zu geben. Ging ein Gefangener nach Haus, wenn es ihm beliebte?

„Daniela", flüsterte Borst, „weißt du vielleicht, wieviel Uhr es ist?"

Daniela sah hochmütig zur Sonne hin. „Das sieht man doch", erwiderte sie geringschätzig. „Viertel sechs."

„Ich muß nämlich zum Schülergericht um sechs."

Daniela spitzte die Ohren. Das war interessant. „Bist du Richter?" fragte sie, doch schon bereute sie es, ihrem Stolz mit dieser Frage etwas vergeben zu haben.

„Nein. Angeklagt."

„Weshalb?" Sie hatte schon wieder eine andere Vogelfeder im Munde, an der sie kaute.

„Ungehorsam. Auskneifen vor dem Feind."

Daniela kaute verächtlich. Ein Seitenblick aus ihren Augen. „Bist du feige?"

Borst wurde blutrot. „Nein!" entgegnete er heftig.

Jetzt sah Daniela ihn aufmerksam an. „Du hast dich sehr gut vor dem Feuer gehalten. Du bist manchmal verrückt, aber feige bist du nicht."

Borst antwortete nicht. Er hatte keine gute Jugend gehabt daheim, denn sein Vater war wirklich verrückt gewesen, und die Mutter hatte viel Not des Lebens zu erdulden.

„Was will die Bande von dir?"

„Das ist eine lange Geschichte, Daniela", murmelte Borst schüchtern und schlau.

„Dann erzähle! Los!" Sie befahl streng: „Ich will alles wissen. Aber lüge nicht."

„Ich werde doch nicht lügen", rief Borst vorwurfsvoll.

„Also los! Aber von vorn!"

Da begann Borst von vorn zu erzählen. Von der Ankunft Falks angefangen bis zu dem Tumult im Schlafsaal heute nachmittag.

Daniela schwieg eine Weile. Sie richtete das Gesicht nach oben. Die Raubvögel vom Horizont waren zu ihren Wäldern und Horsten zurückgekehrt.

„Ich mag keine Katzen", sagte Daniela und weiter nichts.

Borst sah sie vorwurfsvoll an. „Soll man die Katzen in den Säcken totschlagen?"

Hierauf gab Daniela keine Antwort.

Sie wollte nicht von Katzen sprechen. Sie wollte jetzt von den

Dingen sprechen, die ihr die wichtigsten auf der Welt waren. Sie wußte nur nicht, wie sie an ihren Gegenstand herankommen sollte.

Borst sagte: „Ich muß jetzt zum Schülergericht. Aber wenn ich sage, daß ich bei dir war, Daniela, dann –"

Er vollendete nicht, was dann wäre, aber Daniela verstand ihn sehr gut. Sie wußte jetzt, was sie für die Tertia wert war. Ihre Augen flammten. „Euch lasse ich noch alle hier barfuß knien – wie der deutsche Kaiser in Italien", sagte sie düster. „Ihr habt bei der Häuptlingswahl den Kurfürsten gewählt – der soll euch jetzt auch helfen! Wenn ich euer Häuptling gewesen wäre, wie es mir zukommt, dann hätte ich euch keine albernen Schreibübungen an die Häuser der Stadt malen lassen. Ich hätte die Stadt an einem Tage überrumpelt und gestürmt. Ich hätte schon längst alle eure Katzen und Hunde hier im Wald. Ihr habt den Kurfürsten gewählt. Jetzt seht zu, wie ihr da herauskommt." Unwillig stieß sie mit ihrem Knie Borsts zu ihr aufblickendes Gesicht hinweg. „Ich bin sehr gern hier allein in meinem Zelt – mit meinem geliebten Meleager und Atalante."

Daniela hatte Tränen in den Augen. Sie tat aber vor Borst so, als habe ihr der Abendwind die Tränen in die Augen getrieben.

„Du weißt doch, Daniela, wie die Abstimmung war –"

Daniela sah ihn streng an. „Dreiundzwanzig Stimmen sind für den da unten abgegeben worden."

„Ja", sagte Borst leise. „Und zwei für dich."

„Zwei!" höhnte Daniela. „Ja! Zwei für mich!" Plötzlich sah sie ihn groß an. Aber sie sprach kein Wort mehr.

Borst schluckte aufgeregt. „Ich weiß nicht, wer die andere Stimme abgegeben hat." Er betonte „die andere".

Daniela drehte stolz den Kopf. „Die Wahl ist geheim. Mir ist das vollkommen gleichgültig, wer für mich gestimmt hat." Sie strich mit der Vogelfeder nachdenklich über ihre Augenbraue. „Hast du für mich gestimmt?" fragte sie ganz sanft.

„Ja", flüsterte Borst beschämt.

„Lügst du auch nicht?"

Borst sah Daniela nur an.

„Und wer war der andere?" fragte Daniela sachlich.

Borst hob die Schultern. „Ich habe keine Ahnung."

„Aber du warst auch unter denen, die mich gebunden haben."
„Daniela!" sagte Borst, und er war erschrocken über seinen eigenen Mut. „Sie haben dich doch nur gebunden, weil du nach der Wahl so getobt und Reppert gebissen und Königsmarck angeschossen hast."
„So? Und warum hast du Feigling mich nicht verteidigt, wie sie mich an den Baum gebunden haben?"
„Daniela, ich bin doch der Kleinste und Schwächste in der Klasse."
Daniela lachte rauh. „Du bist eben doch ein Feigling."
„Was sollen sie denn machen, wenn du sie alle verhaust?" rief Borst fast heftig. „Da blieb doch gar nichts anderes übrig, als dich an den Baum zu binden." Er fügte zaghaft hinzu: „Gemartert haben sie dich doch nicht. Keiner hat dann auch nur eine Hand gegen dich erhoben."

„Wer mich an den Baum bindet, muß sterben!“ erklärte Daniela, ohne Borsts Einwand zu beachten. „Reppert, Lüders und Königsmarck und Hornbostel haben mich gebunden – die müssen alle sterben, und der Große Kurfürst muß auch sterben!“

Erschrocken hörte Borst diese Todesurteile an.

„Kannst du dich besinnen, ob Otto Kirchholtes auch unter denen war, die mich angerührt haben?“

„Das weiß ich wirklich jetzt nicht mehr“, beteuerte Borst.

„So? Gib dir Mühe“, befahl Daniela. „Besinne dich mal.“

Borst gab sich große Mühe. „Ich glaube, ich könnte schwören, daß er nicht dabei war, Daniela.“

„Kannst du mir dein Ehrenwort daraufhin geben?“

„Nein!“ erwiderte Borst entschlossen. „Mein Ehrenwort kann ich dir daraufhin nicht geben.“

Daniela sah zur Seite. „Dann muß Otto Kirchholtes auch sterben!“ Sie rief plötzlich heftig: „Jetzt marsch zu deinem Schülergericht! Du bist auch nur ein Verräter.“

Sie stieß ihn fast mit dem Fuß die Buche hinunter. Aber Borst klammerte sich an den Zweigen des Baumes fest. Er schwebte über einem höllischen Abgrund.

Das sah Daniela, und sie begann zu lachen. „Setz dich da hin“, befahl sie, und sie deutete auf ihr Brett.

Sie hatte dem Gefangenen erlaubt, auf dem Brett neben ihr Platz zu nehmen.

Daniela zog ein Notizbuch mit Indianerfransen aus der Hosentasche. „Hast du einen Bleistift?“ fragte sie.

„Ich habe einen Füllfederhalter“, entgegnete Borst strahlend vor Stolz.

„Gib her“, befahl Daniela.

Sie wollte schreiben, aber sie blinzelte zuvor nach der Sonne. „Du kommst schon zu spät. Es ist mindestens Viertel nach sechs. Du bekommst eine gehörige Strafe.“ Dann begann sie etwas in ihr Notizbuch zu kritzeln.

Borst schielte hinüber, was es wohl sei, denn er saß ja jetzt ganz dicht neben Daniela. Aber wie Daniela bemerkte, daß er ablesen wollte, drehte sie ihm den Rücken zu.

„So!“ sagte sie, als sie fertig war. „Ich habe mein Siegel nicht hier oben, und deinetwegen klettere ich nicht noch einmal hinunter.“

Sie riß die beschriebenen Seiten aus dem Notizbuch und faltete sie schmal zusammen. „Du gibst mir jetzt dein Ehrenwort, daß du nicht liest, was hier steht. Du hast den Brief so zusammengeknifft zu lassen, wie er da ist, hörst du? – Also! Dein Ehrenwort!“

Borst stand auf, er schwankte ein wenig. Er reichte Daniela die Hand hin, er machte dazu ein bitterlich ernstes Gesicht. „Mein Ehrenwort, Daniela.“

„Gut. Du gibst diese Urkunde hier dem Großen Kurfürsten, sobald du jetzt vor das Gericht trittst.“

„Ja, Daniela“, sagte Borst, erzitternd vor Stolz und Freude, daß er, Borst, der Kleinste und der Schwächste, mit einer Botschaft von Daniela vor das Gericht hintreten werde. Er stürzte sich die Buche hinab, wie ein Schwimmer, der den Kopfsprung macht. Er riß sich die Stirn blutig, denn er kletterte zum Gotterbarmen ungeschickt.

„Darf ich wiederkommen?“ rief er von unten herauf.

Aus dem funkelnden Wipfelgewirr kam die Antwort:

„Nein!“

9

Borst war trotz Danielas „Nein!“, trotz des Schülergerichts und trotz der wegen seiner Unpünktlichkeit doppelt zu erwartenden Strafe in der übermütigsten Laune. Er machte einen Dauerlauf, zusammen mit Josua, ins Feldlager hinab. Aber wie er an Danielas Schild vorbeikam, blieb er stehen, nahm seinen Füllfederhalter aus der Tasche, reckte sich auf die Zehenspitzen und malte ein r zu „weitegeht“ hinzu. Es war der eine schwarze unter den roten Buchstaben.

Im Feldlager unten nahm ihn der Posten in Empfang, Pipps war es, der ihm die Hand auf die Schulter legte mit den Worten:

„Na warte!“

Borst aber wartete gar nicht, sondern er schritt unbekümmert vor sich hin. Er ging einen schmalen Waldweg geradeaus, und am Ende dieses Weges befand sich im Feldlager ein fest in die Erde gerammter Tisch, an dem der Häuptling, Reppert, Lüders, Hornbostel, Bamberger, Königsmarck und Otto Kirchholtes

saßen. Ihm war es, als durchbohrten ihn von weitem vierzehn Augen, die ihm rund zu sein schienen wie Insektenaugen.

Tapfer schritt Borst auf die Augen zu. Zehnmal im Verlauf des langen schmalen Weges verließ ihn der Mut, zehnmal stolperte er. Aber er richtete sich auch zehnmal wieder mutig auf, denn er drückte Danielas Zettel an sein Herz.

Borst pflanzte sich vor dem Tisch der Richter auf. Die andern Tertianer im Halbkreis auf der Erde umgaben ihn als gemessene, stumme Zuschauer.

Der Häuptling hob eine Taschenuhr auf, die auf dem Tisch lag, und fragte mit einem unwilligen Stirnrunzeln: „Du solltest pünktlich um sechs hier erscheinen. Es ist dreiundzwanzigeinhalb Minuten nach sechs. Weißt du das?"

Borst seufzte tief. „Ich weiß es leider."

„Da du es leider weißt, so wird das Schülergericht dich erst einmal wegen deiner unehrerbietigen Unpünktlichkeit in Strafe nehmen. Die allgemeine Ansicht nämlich ist die, daß wir alle die Sache mit dir ziemlich satt haben. Ich schlage vor" – der Große Kurfürst sah seine beisitzenden Richter an –, „Borst vierzehn

Tage lang wegen Unpünktlichkeit die süße Speise bei den Mahlzeiten und den Kuchen beim Tee beziehungsweise in der Woche das Pflaumenmus zu entziehen."

Vier Hände erhoben sich zum Zeichen der Zustimmung. Nur Otto Kirchholtes und Reppert hatten ihre Hände nicht erhoben. Reppert zeigte auf seiner ernsten Stirn das deutliche Bestreben, keine Leidenschaftsurteile abzugeben.

„Hast du etwas einzuwenden, Reppert?"

„Nach meiner Ansicht kann man das Pflaumenmus nicht der süßen Speise gleichsetzen. Das Pflaumenmus am Nachmittag macht unser schwer verdauliches Brot bekömmlicher. Ich halte das Pflaumenmus am Nachmittag ebensowenig für einen Luxus wie Kartoffeln oder Gemüse. Man muß unvoreingenommen denken."

„Gut", sagte der Große Kurfürst, der Repperts Rede über das Pflaumenmus langweilig fand. „Das Pflaumenmus als wertvolles Chemikal für seine Verdauung kann er meinethalben fressen."

Jetzt erhoben sich sechs Hände zustimmend. Dann schrieb es Otto Kirchholtes nieder, mit einem freundlichen Lächeln zu Borst hin: „Borst – Entzug der süßen Speise und des Sonnabends- und Sonntagskuchens für vierzehn Tage."

So. Das war nun der Anfang.

Jetzt sollte die Verhandlung beginnen.

Der Große Kurfürst, der mit einem Bleistift spielte und in ziemlich nachlässiger Haltung auf seinem Präsidentenstuhl saß, fing sein Verhör folgendermaßen an: „Wir wollen jetzt deutsch mit dir reden, lieber Borst."

„Ja", erwiderte Borst bescheiden.

Der Große Kurfürst sah seine Beisitzer erstaunt an. „Was sagtest du eben?"

„Ich sagte: Ja. Ich wollte auch bitten, daß ihr Deutsch mit mir redet, weil ich Französisch oder Englisch so schwer verstehe. Ich bin ja erst kurze Zeit hier, und in der Staatsschule haben wir Griechisch und Latein gehabt."

„Ist der Kerl eigentlich so dumm oder tut er nur so?" fragte der Große Kurfürst ganz verwundert.

Borst schlug beschämt die Augen nieder. „Er ist so", entgegnete er leise.

Der Große Kurfürst setzte sich ganz steif und richterlich in seinem Sitz auf. „Dein Schwachsinn, mein Junge, ist ein trüber Wein, den du uns zu trinken gibst, und ein elender Tobak."

Borst war jetzt geradezu entrüstet. „Ihr glaubt wohl auch, daß ich Wein getrunken und geraucht habe, weil ich das dem Wachtmeister gesagt habe! Ich bin doch mit bei der Bande gewesen, bis wir den Wagen abgerollt haben. Wie kann ich denn da in der Zwischenzeit betrunken geworden sein?"

Borst war in seinem gerechten Zorn so unehrerbietig, die Arme empört in die Seiten zu stemmen. Er sah vor dem Richtertisch wie ein rebellisch gewordener Pilz aus, der da unten irgendwo an den Füßen des Tisches aus dem Waldboden hervorstieß und gedeihen wollte.

Der Große Kurfürst und alle Richter sahen ihm scharf ins Gesicht.

„Du bist doch in den Unterrichtsstunden gar nicht so idiotisch", sagte Hornbostel plötzlich.

„Wir lassen uns doch von dir nicht dumm machen", rief Lüders mit Zornesadern auf der Stirn, und er hieb mit der Faust auf den Tisch.

Reppert aber zeigte zwischen den grauen Augen zwei senkrechte Falten, die so groß waren wie die Anführungszeichen unserer Schrift. „Mir geht das hier alles zu sehr durcheinander. Das ist kein gut geleitetes Verhör."

„Also!" sagte der Große Kurfürst energisch. „Wir fangen jetzt an: Aus welchen Gründen bist du in der Sonnabendnacht vom Detachement Reppert ohne Erlaubnis deines Führers verschwunden?"

„Hier ist ein Brief", sagte Borst.

Der Große Kurfürst war nicht so leicht aus der Fassung zu bringen. Aber jetzt war er geradezu sprachlos über diese neue Unterbrechung seines Verhörs. „Ein Brief?" stotterte der Häuptling.

Und sogar Reppert wiederholte fassungslos, und Lüders und Hornbostel: „Jetzt plötzlich ein Brief?"

„Den soll ich abgeben", sagte Borst. „Er ist von Daniela."

Die Jungen in der Arena sprangen auf. „Von Daniela?" riefen die Richter ungläubig.

„Er ist an den Großen Kurfürsten", sagte Borst gleichmütig, als wäre dies die selbstverständlichste Sache von der Welt.

Auch Borsts Richter waren jetzt aufgesprungen. Nur der Große Kurfürst zeigte noch so viel Würde, sitzen zu bleiben.

Langsam entfaltete er das Schriftstück. Er las es bedächtig und genau. Dann hob er die gebietende Hand. „Es ist ein Brief von Daniela an die Tertia. Ich lese ihn euch vor."

Die Knaben im Halbkreis und die Richter hoben die Gesichter zum Himmel, damit ihre Aufmerksamkeit durch nichts abgelenkt wurde – so groß war ihre Erwartung. Der Häuptling aber las mit einer Stimme, als lese der Apostel des Herrn den Urchristen eine Epistel vor:

„Ihr seid alle Kaffern und Idioten! Ohne Borst säßet ihr jetzt im Loch. Borst steht unter *Meinem* Schutz. Wer Schülergericht über Borst abhält, wird von mir und Meleager und Atalante eigenhändig und eigenmäulig abgerieben. Ich verbiete das Schülergericht. Borst hat freien Zutritt zu meinem Zelt.

Ich, Daniela"

Eine tiefe Stille war entstanden.

„Lies noch einmal!" riefen die von der Arena. Nachdem der Große Kurfürst zum zweiten Male den Brief gelesen hatte, senkten alle Jungen tief ihre Stirnen.

Und wiederum schwiegen sie tief.

In diesem Augenblick war es, wie gewöhnlich, der Große Kurfürst, der als erster seine Fassung zurückgewann. Er hob die gebietende Hand.

„Posten!"

Der Posten trat hervor.

„Das Gericht berät. Bringe Borst bis zur großen Eiche. Sobald Lüders mit dem Tesching schießt, bringst du Borst zurück."

Der Posten tat, wie ihm geheißen war. Nach fünf Minuten ertönte der Schuß aus Lüders' Tesching, und der Posten geleitete Borst zurück.

Niemand vom Gericht saß noch auf seinem Sitz. Alle standen.

Borst trat mit niedergeschlagenen Augen vor das Gericht hin und blieb mit einem leisen Seufzer vor seinen Richtern stehen.

Der Große Kurfürst senkte das gelockte Imperatorenhaupt.

„Bist du deshalb vorhin unpünktlich gewesen, weil du bei Daniela warst?" fragte er.

„Ja", antwortete Borst.

„Dann ist deine Strafe aufgehoben", flüsterte der Häuptling. Er hob das Gesicht. „Ich glaube, es ist Zeit, daß wir jetzt gehen."

Er machte eine Handbewegung, als lasse er Borst den Vortritt.

Borst zögerte. Er wußte nicht, was er zu tun hatte. Dann ging er, schlotternd vor Stolz und Angst, voran.

Sämtliche Tertianer folgten ihm.

10

IM VERLAUF der nächsten Tage zeigten die Tertianer sich enttäuscht, daß die Angelegenheit mit Daniela keine rechten Fortschritte machen wollte. Die Zeit drängte. Es wurde schon wieder etwas von einem neuen Fall von Tollwut gefabelt, der sich diesmal in der Gegend der Stadt zugetragen haben sollte. Falk behauptete, daß der Fellhändler Biersack diese Gerüchte ausgesprengt hätte. Allmählich richtete sich der Haß der Tertianer auf diesen Fellhändler. Sie waren in Hinsicht auf ihn zum Äußersten entschlossen, um die Maßregeln des Oberamtmannes abzuwenden, auf den er den größten Einfluß hatte. Nichts wollten die Tertianer unversucht lassen, um den großen Schlachttag zu vermeiden und die Tiere auf friedlichem Wege zu retten.

Die Lage der Tertia war schwierig. Sie hatten die Kriegserklärung der Sekunda, sie mußten also damit rechnen, daß diese Klasse ihnen hinter der Front zu schaffen machen werde. Und Daniela verhielt sich weiterhin feindselig.

Die Tertianer konnten sich zwar der geheimen Sympathie einiger junger Lehrer erfreuen, jedoch die älteren und also die einflußreicheren zeigten sich ablehnend. Was aber der höchste Gott in seinem Eichenwald dachte, das war völlig in Dunkel gehüllt.

So waren die Tertianer unter Umständen genötigt, einen Zwei-, einen Drei-, sie wußten nicht einen Wieviel-Fronten-Krieg zu führen.

Einige unter ihnen murrten über die Führung. Sie fanden, daß der Große Kurfürst alles laufen ließ, wie es laufen wollte.

Sie fanden, daß er Borsts Beziehung zu Daniela nicht weiter ausgenutzt hatte. Sie fanden, daß es jetzt an der Zeit war, eine Abordnung zu Daniela zu schicken, um sie mit allen Mitteln zu versöhnen. Es gab sogar einige Jungen – aber das waren nicht die maßgebenden in der Bande –, die zwischen ihren Zähnen etwas davon murmelten, der Große Kurfürst solle eine neue Häuptlingswahl anordnen, und dann werde man Daniela als Feldhauptmann auf den Schild erheben. Jetzt, am Tag vor der Schlacht, wo alles so verzweifelt hinsichtlich der diplomatischen Situation der Tertia stand, sei es wichtiger, Daniela zum Häuptling zu haben, deren Ansehen sowohl bei der Sekunda wie bei den Lehrern und vor allen Dingen bei der höchsten Person bedeutend war, als den Großen Kurfürsten, dessen Klugheit und Redegewandtheit der Bande im Augenblick nicht weiter von Nutzen sein konnte.

Es war eine gefährliche Spaltung, die da entstand, sie konnte zur Zersetzung der ganzen Klasse führen.

Für die Gegner dieses Gedankens, für die patres – das waren diejenigen Jungen, die schon seit der Sexta Bürger des Schulstaates waren, für Reppert also, für Lüders, Hornbostel, Königsmarck und Bamberger –, für alle diese stand es fest, daß Daniela persönlich diese neuen Strömungen beeinflußte und lenkte. Nur Otto Kirchholtes, der ebenfalls zu den patres gehörte, gab keinerlei Meinung zum besten.

„Wir hätten Danielas Brief in den Wind blasen sollen!“ rief Lüders heftig aus. „Was haben wir jetzt davon, daß wir uns so schimpflich vor ihr gedemütigt haben? Einen Spion von ihr im eigenen Lager! Den Burschen ziehe ich demnächst an der Eiche hoch, gerade vor Danielas Nase.“ Und Lüders kaute gewaltig an seinem Gummi. Er pflegte immerfort zu kauen, bei Gemütsaufwallungen sogar mit rasender Heftigkeit.

Die andern patres waren nicht der Ansicht, daß Borst für Daniela spioniere. Besonders Otto Kirchholtes wandte sich gegen diesen Gedanken. Dennoch betrachteten sie alle den Kleinen vom Tag des Schülergerichtes an mit einer Art von höflichem Mißtrauen. Augenscheinlich war der Junge doch gar nicht so dumm, wie er sich stellte. Die Worte in Danielas Brief hatten sie recht stutzig gemacht: „Ohne Borst säßet ihr jetzt im Loch!“ Hatte Borst sie in jener Nacht durch seine eigenmächtige Entfernung aus der Schlachtfront wirklich gerettet? War er etwa gescheiter gewesen als sie alle?

Wohin man nur blickte: Zweifel, Mißtrauen und Zwietracht.

Das war die Lage am Dienstag, drei Tage vor der Entscheidungsschlacht.

Die Lehrerschaft schien es zu allem Ungemach noch darauf angelegt zu haben, die Tertia völlig zur Verzweiflung zu treiben. Möglicherweise war die Tertia nur ein Abbild der Kämpfe, die sich auch innerhalb des Kollegiums abspielten. Die Lehrer nämlich erteilten in diesen Tagen häufig Befehl und Gegenbefehl. Von den älteren wurde die Bande in diesen denkwürdigen Zeiten unausgesetzt beschäftigt. Sie sollte, so schien es, kaum je eine freie Minute zur Beratung oder zur Vollendung ihres Zwingers gewinnen. Da in den Unterrichtsstunden wieder einmal nichts auszusetzen war – denn die Tertia hatte auf Befehl des klugen Häuptlings ihren Studienfleiß in diesen Tagen verdoppelt –, so kam jeden Augenblick ein Befehl zu irgendeiner landwirtschaftlichen Verrichtung im Gutshof oder an den äußersten Grenzen des Schulgutes. Kaum aber waren sie an ihrem Bestimmungsort angelangt, so gesellten sich jüngere, viel geliebte und viel geehrte Lehrer kameradschaftlich zu ihnen und zeigten in jedem ihrer Worte ein höfliches Bestreben zu stiller Unterstützung und zur Kräftigung des Mutes und der Zuversicht. Dr. Frey, ihr bester Fußballkamerad und Liebling unter den Lehrern, sagte sogar einmal beim Fortgehen: „Ihr habt gute Freunde hier, die euch nicht fallenlassen werden, wenn ihr etwas Vernünftiges unternehmt."

Dieses Wort machte die Runde in der ganzen Schule. Die Sekundaner zogen finstere Gesichter, als sie es hörten. Freilich hatten sie mit den jungen Lehrern niemals besonders gut gestanden, und die jungen Lehrer wiederum gaben nur ungern in der Untersekunda Unterricht.

All diese Stimmungen zeigten sich am deutlichsten in dem Fußballmatch, das am Dienstag ausgefochten wurde. Es war ein Vorbereitungsmatch für das Sportfest, das vor Beginn der großen Ferien in Anwesenheit vieler Eltern und Gäste veranstaltet werden sollte.

Gewöhnlich wurde dreimal in der Woche Fußball gespielt. Die erste Halbzeit fand von fünf bis fünf Uhr fünfundvierzig statt, die zweite von sechs bis sechs Uhr fünfundvierzig. Die Primaner spielten getrennt von den andern, sie nahmen jedoch auch einige von den fähigsten Obersekundanern, beispielsweise den älteren Kirchholtes, in ihre Mannschaft auf. Auch junge Lehrer beteiligten sich an diesen Kämpfen.

Die andern Klassen spielten unter sich. Doch die Obertertia hatte sich, wie in allen andern Leibesübungen so auch im Fußball, derart hoch emporgezüchtet, daß sie mit den Untersekundanern spielen durfte, und zwar gemischt, so daß sich ungefähr gleichviel Untersekundaner auf beiden Seiten befanden.

Nach der Kriegserklärung der Untersekunda schickte der Große Kurfürst dieser Klasse Borst, den Unwürdigsten, als Botschafter zu, und er ließ ihr sagen, daß man darauf verzichte, zum Sportfest mit der Sekunda gemischte Mannschaften zu bilden. Man werde gegen sie spielen, ein reines Tertia- gegen ein reines Sekundaspiel.

Die Sekunda nahm diese Botschaft mit einiger Verblüffung und danach mit viel Geringschätzung hin. Schließlich war man in der Untersekunda ein bis anderthalb Jahre älter als die Obertertia...

Der Große Kurfürst hatte mit dieser Entscheidung wieder einmal eigenmächtig gehandelt. Es konnte ein geschicktes Manöver sein, es konnte aber auch zu seinem endgültigen Untergang führen. Augenscheinlich wollte er die Tertia immer weiter isolieren, sie alsdann unter seiner Häuptlingsstandarte sammeln und das Letzte aus der Bande herausholen, was herauszuholen war. War sie erst einmal ganz auf sich selber gestellt, so war die Gefahr der Zwietracht überwunden. Zeigte es sich jedoch schon bei den vorbereitenden Spielen zum Sportfest, daß die Tertia der Sekunda nicht gewachsen war und daß auch gar keine Aussicht bestehen werde, die Sekunda zum Fest zu schlagen, so war die ohnedies zermürbte Herrschaft des Großen Kurfürsten beendigt, und Daniela würde den Thron besteigen. Und hier war wieder einmal der Punkt, wo die besten Freunde des Häuptlings, also vornehmlich Lüders, Reppert und Hornbostel, ihre Köpfe schüttelten. Sie fanden die Botschaft des Großen Kurfürsten an die Sekunda von Leidenschaften diktiert und geradezu töricht.

Hauptsächlich Reppert war ein Gegner des reinen Tertiaspieles. Er stand mit nacktem Oberkörper am Dienstagnachmittag am Rande des Fußballplatzes. Den Sweater hatte er sich mit den Ärmeln um den Hals gebunden, er hing ihm wie ein blutroter Fetzen auf dem Rücken. Reppert sprach zu Otto Kirchholtes, der auf der knorpeligen Krone eines niedrigen Weidenbaumes saß.

„Bei uns geht jetzt seit einiger Zeit alles drunter und drüber. Hat der Kurfürst dich vielleicht gefragt, Otto, bevor er Borst zur Sekunda schickte?“

Otto schüttelte verneinend das Haupt. Während er dies tat, summte er die Melodie einer Violinsonate vor sich hin, die er neulich beim Schülerkonzert vorgespielt hatte. Es war Daniela von der Leitung befohlen worden, Otto zu begleiten. Sie hatte sich heftig dagegen gesträubt. Ihre Rache für den Zwang war eindeutig gewesen: sie hatte hundemäßig gespielt. Sie beide sollten nun beim Sportfest vor den großen Ferien in Anwesenheit der Eltern und Gäste ihr Musikstück zum Vortrag bringen. Aber Daniela hatte laut erklärt, daß keine Macht der Welt sie zwingen werde, mit Otto Kirchholtes tagein, tagaus zu üben und sich mit ihm wie in einem Zirkus zu produzieren. Sie spreche nun einmal mit keinem Tertianer, und es sei unmöglich, eine Sonate einzustudieren, ohne daß man miteinander spreche. Sie werde eher der Anstalt den Rücken kehren, als sich mit einem ihrer Todfeinde vor denselben Wagen spannen zu lassen. Otto Kirchholtes aber schien das alles Daniela nicht sehr übelzunehmen. Und so sang er denn auch gleichmütig und freundlich seine und Danielas Mozart-Sonate vor sich hin.

„Mich hat er auch nicht gefragt“, sagte Reppert mißbilligend. „Und nun ist doch meiner Ansicht nach der Kernpunkt der ganzen Frage der: was geschieht mit Daniela? Wie können wir gegen Knötzinger und seine Horde anstehen, wenn wir Daniela nicht in unserer Mannschaft haben? Daniela hält den Rekord bis einschließlich der Obersekunda über einhundert Meter. Sie ist nur eine dreiviertel Sekunde hinter dem Primanerrekord zurückgeblieben. Alle, die was davon verstehen, sagen, daß sie beim Fest überhaupt den ganzen Schulrekord drücken wird. Sie soll nämlich drüben auf der Aschenbahn enorm trainiert haben. Königsmarck hat sie einmal mit der Stoppuhr kontrolliert, ohne daß sie es wußte. Da soll sie einhundert Meter 12,5 gelaufen sein. Das ist schon unter dem Primanerrekord. Und beim Fußball ist sie unser bester Stürmer! Ohne Daniela werden wir mit Pauken und Trompeten geschlagen. Verstehst du das Ganze? Das geht doch geradewegs auf Selbstmord des Häuptlings aus."

Otto Kirchholtes lächelte freundlich und gleichmütig von seinem Weidenbaum herab. „Vielleicht will er das."

„Dann soll er sich gleich umbringen", räsonierte Reppert. „Dazu braucht er die ganze Bande nicht lächerlich zu machen und noch dazu unsere große Sache zu schädigen. Ich kann mir nur noch denken, daß er sich bereits heimlich mit Daniela ausgesprochen hat. Das wäre dann allerdings ein Meisterstück."

Otto lächelte. „Das werden wir ja gleich sehen. Dann muß ja Daniela jetzt hier auf dem Platz erscheinen."

Kaum hatte Otto das Wort ausgesprochen, als Daniela sichtbar wurde.

Sie kam langsam herangeschlendert, mit hochmütigen und zerstreuten Seitenblicken, die Hände in den Taschen ihrer Sporthose. Würdig und ernst folgten ihr Meleager und Atalante. Am Rande des Spielfeldes legten sie sich mit breit ausgestreckten Vorderpfoten auf die Bäuche, denn sie wußten es wohl, daß sie den Platz nicht betreten durften. Sie hatten es in harten Lektionen lernen müssen, daß auf diesem Felde mit ihrer Herrin geschehen konnte, was nur immer geschehen mochte, helfend durfte man zu keinem Zeitpunkt hier eingreifen.

Reppert sah Daniela begeistert an. Es war kein Zweifel mehr, dem Häuptling war das Meisterstück aller Meisterstücke gelungen: er hatte Daniela gewonnen! Daniela, die sich niemals mehr hier beim Fußballspiel gezeigt hatte und die viel zu stolz gewesen war, um hier auch nur zuzusehen – die mit ihren Hunden eilig vorübergegangen war, um drüben am andern Ufer des Flusses auf der Aschenbahn zu trainieren –, Daniela machte halt. Daniela kauerte sich am Rand des Platzes unter einer Weide nieder, sie hatte auch, wie alle gleich sahen, Fußballschuhe und keine Spikes an. Es war kein Zweifel, Daniela spielte mit der Tertiamannschaft.

Stolz richteten die Knaben sich auf. Sie zeigten ihre Freude mit keinem Wort, aber sie segneten den Tag, an dem der Große Kurfürst die eigenmächtige Entscheidung getroffen hatte. Nun erst machte ihnen das Sportfest Vergnügen. Aber nicht das Fest war ihnen diesmal das wichtigste. Daniela war versöhnt. Die große Sache, der sie dienten, war so gut wie gewonnen.

Otto Kirchholtes war von seiner Weidenkrone herabgesprungen. Seine Beine waren stark und fest. Er stellte überall seinen Mann, er war gewandt und muskulös, und dennoch hatte er eine leichte, fast mädchenhafte Grazie. Er umfaßte einen Baumstamm mit der Hand und schwang sich wie im Karussell herum.

In diesem Augenblick ertönte die Pfeife des Präfekten der Untersekunda. Knötzingers schrille und Gehorsam erheischende Pfeife. Das Signal, daß das Spiel beginnen solle.

Die Tertianer erhoben sich am Rande des Spielplatzes, mit geröteten Gesichtern und glänzenden Augen. Sie schielten etwas unentschlossen zu Daniela hin. Wer von ihnen sollte aus der Mannschaft ausscheiden, um Daniela Platz zu machen? Sie warteten auf den Befehl ihres Präfekten.

Aber der Häuptling rührte sich nicht von der Stelle. Er stand auf seiner Tribüne und starrte mit dem sonderbarsten Gesichtsausdruck der Welt in die Luft. Die Tertianer wunderten sich weiter nicht, daß er sich so regungslos zeigte, denn es war „sauber", sich nicht sogleich zu rühren, wenn die Pfeife ertönte. Man pflegte sich möglichst gleichgültig an den Spielplatz heranzupirschen, und man pflegte sogar noch auf dem Feld selbst in irgendeiner Unterhaltung begriffen zu sein, knapp bevor das Spiel begann.

Wie nun aber auch Daniela, als letzte, saumselig sich erhob, wurde die Tertia aufs neue ungeduldig. Warum in des Teufels Namen ging der Häuptling nicht auf Daniela zu und fragte sie, ob sie der Rechts- oder der Links-Außenstürmer sein wollte? Und warum bestimmte er nicht endlich denjenigen Außenstürmer, der für Daniela auszuscheiden hatte?

Da aber begab sich ein sonderbarer Vorgang, dessen Bedeutung nur die Geistes-Schnellsten unter den Tertianern sogleich erfaßten.

Daniela nämlich ging zu den Sekundanern hinüber. Und dort drüben gab sie einigen Sekundanern, darunter ihrem Präfekten, lässig die Hand. Sämtliche zehn Sekundaner traten jetzt herzu, Daniela zur Begrüßung die Hand zu schütteln – ja, es kamen sogar noch Sekundaner, Daniela höflich und ehrerbietig zu begrüßen, die nicht in die Fußballmannschaft eingeteilt waren.

Im ersten Augenblick glaubten die meisten der Tertianer – eben die, die nicht schnellen Geistes waren –, Daniela habe da drüben nur etwas zu besprechen und werde sich jetzt umkehren, um sich über den Platz hinweg zur Mannschaft der Bande zu begeben. Jetzt aber schritt der Große Kurfürst von seiner Tribüne herab, und er stellte sich als Tormann der Tertia vor seinem Goal auf.

„Los!" rief er mit plötzlicher Ungeduld. Die Pfeife des jungen Lehrers, der den Schiedsrichter machte, ertönte zum Spielbeginn.

„Was wird denn nun?" schrien die Dummen unter den Tertianern ärgerlich. „Daniela ist doch noch gar nicht auf ihrem Platz! Wir sind ja zwölf!"

„Los!" schrie der Große Kurfürst Reppert zu. „Daniela spielt drüben!"

Die Tertianer sahen sich an. Dann aber ergriff sie die Tertia-Wut, das ist die Wut ohne Beispiel. Sie knirschten mit den Zähnen, ihre Kiefer mahlten. Sie waren nunmehr nur noch ein Leib, sie wollten wie ein Leib zusammenstehen. Sie kämpften nicht nur gegen die Untersekunda, gegen ihre erbittertsten Feinde – sie kämpften auch gegen den Verrat in ihren eigenen Reihen. Die mochten sich vorsehen, die dort drüben! Es würde ihnen nicht das geringste ausmachen, wenn es heute ein paar zerbrochene Knochen gäbe. Es war ihnen völlig gleichgültig, ob es dabei vielleicht hin und wieder nicht sportlich korrekt zugehen würde.

Fast mit Erschrecken sah Dr. Frey die Gesichter seiner Tertiafreunde, die brausend auf ihn zukamen. Schon in der ersten Minute wußte die Sekunda, daß es heute einen Kampf geben werde, wie ihn der Schulstaat noch nie gesehen hatte.

„Zeigt, was ihr könnt!" rief Knötzinger rauh seinen Stürmern, Läufern und Verteidigern zu.

„Kinder, laßt Blut sehen!" rief der Große Kurfürst.

Nur Daniela blieb gleichmütig.

Die Tertianer waren sogleich am feindlichen Tor. Knötzinger zog den Ball an die Brust. Die Tertianer stürmten aufs neue.

Einer der feindlichen Verteidiger schlug das Leder mit einem Kopfstoß seit-vorwärts seinem Half zu. Der fütterte seinen Stürmer mit einem flachen Ball. Aber Lüders nahm ihn dem Stürmer ab.

Sogleich waren die Tertianer-Stürmer wieder am Tor der Sekunda. Knötzinger ging in die Knie. Er hatte den Ball einen Schritt vor dem Tor mit den Händen abgefangen.

Bald wieder führten Reppert und Lüders ihren Ball stürmisch vorwärts. Reppert flog hin. Lüders und jetzt Hornbostel trieben. Der Ball strich über den Platz. Mit einer fast grausamen Folgerichtigkeit wurde er von Hornbostel dorthin getrieben, wo alle Tertia-Sehnsucht ihn hindrängte: scharf an Knötzingers Fresse vorbei und – durch!

Aber Knötzinger wurde von seinen Verteidigern gut gedeckt. Es kam ein Kopfstoß von Hornbostel, Knötzinger fing das Leder auf.

Die Tertia stürmt.

Daniela hat überhaupt nichts zu tun, als wachsame Sprünge zu machen. Man legte sie lahm. Man hat das in der Tertia mit keinem Wort verabredet, aber es gibt eine geisterhafte Verbindung zwischen den Fußballspielern einer Mannschaft. Die Tertia gibt Daniela nicht die geringste Möglichkeit, ihrerseits zu stürmen. Der Ball dringt kaum je in ihre Nähe.

Das Spiel ist vom ersten Augenblick an auf dem Feld der Sekunda. Der Ball weicht von ihrem Tor nicht ab.

Die Tertia stürmt. Die Tertia stürmt.

Zehn, zwanzig, dreißig Angriffe hat die Sekunda abgewehrt. Der dreißigste, der einunddreißigste, der zweiunddreißigste, jeder Angriff überbietet den andern an Wildheit, an Raserei.

Zwei Sekundaner müssen bereits ausgewechselt werden. Umsonst ermahnt der Schiedsrichter die Bande, sich zu bezähmen, den Sport und seine Gesetze nicht zu vergessen. Die Tertianer lachen nur kurz und erbittert auf. Zwei Sekundaner lahmen davon. Die Sekundaner werden von einer ähnlichen Wut ergriffen, wie die da drüben sie haben.

Es sammeln sich immer mehr Zuschauer auf den Tribünen und auf den Weidenbäumen, Lehrer und Schüler und sogar einige der Bauern aus dem Gutsdorf.

Und alle feuern die Tertia an. Je besser die Tertia spielt, desto stärker wird die Bewunderung des ganzen Schulstaates für diese teufelsmäßige kleine Mannschaft dort, die nicht erlaubt, daß der Ball auch nur ein einziges Mal in die Nähe ihres Tores kommt.

Hornbostel, Lüders und Reppert spielen meisterhaft miteinander. Königsmarck und Bamberger zeigen eine wache Intelligenz, eine Vielfalt der Sinne, als spielten sie am Sonntagnachmittag vor Zehntausenden von Menschen im Stadion von Berlin. Aber Otto Kirchholtes, der Außenstürmer, der Daniela gegenübersteht, Otto Kirchholtes ist der einzige aus der Tertia, der versagt, der völlig enttäuscht! Man ist verzweifelt in der Bande, wie sehr sich Otto heute gehenläßt.

Es sind noch zwei Minuten, dann ist die erste Halbzeit beendigt. Dreiundvierzig Minuten lang hat die Tertia das Tor der Sekunda berannt, dreiundvierzig Minuten lang haben die Sekundaner die Tertia abgewehrt. Der Ball fliegt rechts über die Torlinie, links über die Torlinie. Knötzinger wirft sich oder wird in allen nur erdenkbaren Verrenkungen zu Boden geworfen. Und immer wieder ist sein großer, stämmiger Körper eine Brustwehr seiner Mannschaft. An seinem quadratischen, erzgeschmiedeten Kopf prallen die Hiebe der Tertia ab.

Die Tertia stürmt.

Königsmarck sinkt dahin. Man zieht ihn an den Beinen aus dem Feld. An seine Stelle tritt Schabzieger.

Daniela macht hohe Sprünge, ganz vergebliche. Der Zorn über ihre Untätigkeit erhebt ihre Sprünge zu einer fast übermenschlichen Höhe. Eine Minute noch! Verzweiflung über ihre fruchtlose Raserei malt sich auf den Gesichtern der Bande!

Da aber dringt aus den hinteren Reihen Otto Kirchholtes

hervor, in kurvenförmigem Laufe, den Ball zu seinen tänzerisch starken und schönen Füßen.

Sogleich, mit einem rauhen Schrei, stürzt Daniela ihm entgegen.

Aber Otto Kirchholtes, der einzige aus der Bande, den das Lächeln nicht verließ, umgeht Daniela in einem Bogen mit so geringem Radius, daß sie sich seitwärts tief in ihren Hüften krümmt, die beiden Arme schief über den Schultern und parallel erhoben. Sie fliegt ins Leere. Otto Kirchholtes aber ist längst an ihr vorüber; Lüders hat er den Ball vor die Füße getrieben.

In diesem Augenblick weiß jedermann auf dem Fußballplatz, von Knötzinger herab bis zum stumpfesten Bauern, der zuschaut, daß es in dieser letzten Minute zum Äußersten geht. Umsonst rufen die Gegner sich warnend ihr „Achtung! Kirchholtes!“ zu. Otto Kirchholtes nimmt seinem Kameraden das Leder ab und erhebt das Knie wie zum Tanze. Der Fuß des Knaben spielt den Ball auf den Rist, zielt und – trifft. Vergeblich wirft sich Knötzinger dem Leder entgegen.

Die Tertia hat ein Tor.

Gleich danach ertönt die Pfeife des Richters. Die erste Halbzeit beendigt. 0:1!

Die Zuschauer klatschen in die Hände, am wildesten von allen Borst.

Der Große Kurfürst legt seine Hand auf Ottos loderndes Haar. Der Junge lächelt, aber die Augen sind ganz ernst.

Auch die Sekunda wird begrüßt, mit freundlich-matter Anerkennung.

Niemand aber auf dem ganzen Platz sieht Daniela an. Wo immer sie sich zeigt, wenden sich die Augen von ihr fort. Lehrer, Primaner, Obersekundaner, sogar die vom Gut unten – es gibt keine Daniela mehr im ganzen Schulstaat.

Daniela bleibt stehen. Sie hat die Hände tief in den Taschen ihrer Sporthose. Sie blinzelt der Sonne zu, die gegen Westen sich senkt. Dann sucht sie mit den Augen eine Gestalt unter den Tertianern. Sie sieht Otto Kirchholtes an, der sich ausruht.

Aber Otto sieht sie nicht an.

Daniela nimmt es hin, daß Otto ihren Blick nicht erwidert. Sie betrachtet ihren Sieger mit der gleichmütigen, undeutbaren Ruhe eines Tieres.

Dann wendet sie sich Meleager und Atalante zu – fast mit Innigkeit. Sie senkt die Stirn sanft gegen die Stirnen der Tiere. Und während sie sich so zu ihren Hunden herniederbiegt, weiß sie mit einem Male, welches die zweite Stimme im Duett der Häuptlingswahl zu ihrem Lob und Preise war.

Doch dann ertönt die Pfeife des Richters zu neuem Spiel.

Die Tertianer sind müde geworden. Sie sind abgekämpft. Daniela treibt den Ball dreimal in das Tor ihrer Klasse. Aber niemand zollt ihr Beifall. Das Spiel verflacht.

Und endlich, wie der kalte Abend kommt, senkt Trauer sich über alle Gemüter.

11

Jetzt aber wollen wir uns an Daniela rächen!" riefen die jüngeren Tertianer, die kurz zuvor noch für Danielas Wahl zum Häuptling eingetreten waren. „Wir wollen ein neues Gericht über Danielas Kreatur! Wir wollen Borst zu einer barbarischen Strafe verurteilen!"

Doch der Häuptling und seine Freunde lehnten diese Zumutung als unfair ab.

„Wir haben das Verfahren gegen Borst nicht vertagt, sondern wir haben es eingestellt", erklärte Reppert. Bamberger seinerseits legte dar, daß es unter der Würde der Tertia sei, Leidenschaftsurteile zu fällen. Da schwiegen die Jüngeren beschämt.

Auch sprach fortan niemand mehr von einer neuen Häuptlingswahl. Daniela hatte sich höllisch verrechnet, das war die Meinung aller. Sie hatte geglaubt, durch ihren Übergang zur Sekundamannschaft der Bande deutlich vor Augen zu führen, was man eigentlich an ihr haben konnte. Anstatt dessen hatte sie die Herzen aller, auch ihrer Anhänger, verloren.

Borst hatte wieder einmal schwere Tage. Zwar sprach man mit ihm, man war nicht einmal unfreundlich zu ihm, aber er hatte das Gefühl, ein Tertianer vom Sirius zu sein, während seine Kameraden durchaus Tertianer dieser Erde waren.

Inzwischen hatten die Tertianer im Amtsblatt die Verordnung des Oberamtmannes gelesen. Am Freitag vormittag um elf Uhr sollte die Abschlachtung der Katzen beginnen. Drei herumlaufende Hunde waren schon erschossen worden. Es stand täglich im Amtsblatt verzeichnet. Die Tertianer richteten sich nicht im geringsten danach, was in Maineweh geboten wurde. Sie erlaubten zwar ihren Hunden nicht zu streunen, sie hatten ein scharfes Auge auf sie, aber sie legten ihnen weder Maulkorb noch Leine an.

Alle Einsichtigen wußten, worum es ging. Der Freitag nämlich war kein Frei-Nachmittag, sondern der Donnerstag. Bekam man von der Leitung im Wald Freitag Urlaub, so war hiermit gesagt, daß die jungen Lehrer und die Tertia gesiegt hatten und daß ihr Unternehmen von der Leitung gebilligt worden war. Bekam man keinen Urlaub, so war man ebenfalls im klaren. Dann aber lag die Entscheidung beim Häuptling. Ausbrechen oder nicht?

Lüders beklagte sich beim Kurfürsten heftig über die miserable Führung der Klasse. „Entweder du hast einen Wink bekommen – dann sage es uns gefälligst, und wir wissen, woran wir sind. Oder du weißt so wenig wie wir, was der Wald vorhat – dann hast du die Bande so geführt, daß du verdienst, aufgehängt zu werden. Entschuldige, daß ich dir das sage, aber du stellst alle Alten bloß, die sich für deine Wahl eingesetzt haben, und du nimmst ihnen jedes Ansehen."

Reppert zeigte seine Zustimmung zu diesen Worten, und auch Hornbostel deutete durch Kopfnicken an, daß er Lüders' Ansichten teile. Otto Kirchholtes aber schwieg.

Der Häuptling tat nichts anderes, als hochmütig die Schultern zu heben. „Was haben wir heute für ein Datum?"

„Mittwoch", entgegnete Lüders gereizt.

Der Häuptling spielte mit Josua. Er schleuderte Steine in den Obstgarten, die Josua schweifwedelnd unter den Stachelbeersträuchern hervorsuchen mußte. „Dann wird es eine Zwei-Tage-Schlacht geben, vielleicht auch eine Drei-Tage-Schlacht, wie bei Leipzig ... Morgen nachmittag geht die Kiste los. Adieu!"

Die alte Garde sah ihm sprachlos vor Erstaunen nach. Bewunderung kämpfte mit Ärger auf ihren Gesichtern.

Morgen um drei also ging die Kiste los.

Aufstehen!" brüllte der Häuptling.

Die Tertianer erhoben sich aus ihren Betten. Sie wußten sogleich, daß es Donnerstag war, der Tag des freien Nachmittags, heute aber der Beginn der großen Schlacht. Sie drängten sich in den Waschraum mit nackten Leibern.

Zehn Minuten später waren sie vor dem Haus angetreten, zum Lauf durch die Wälder.

Die Tertia lief für sich, in Kolonnen zu dreien, mit einem Anführer. Sie waren mit Sporthosen und Sandalen bekleidet. Ihre Oberkörper dampften. Sie liefen bergauf und bergab. In großen Schleifen kehrten sie endlich zum Haupthaus zurück. Sie kamen in einem Zustand in die erste, die englische Stunde, daß Mr. Graig eine syntaktisch außergewöhnlich begabte Rede in Hinsicht auf die übertriebenen sportlichen Leistungen der Tertia hielt, wobei er der Bande den disziplinierten und gemäßigten Geist der Untersekunda als Vorbild entgegenhielt.

Daniela hatte auch heute, wie immer in der letzten Zeit, am allgemeinen Lauf nicht teilgenommen. Obwohl sie eigentlich keine Erlaubnis hatte, so befreite sie sich selber davon, irgend etwas Gemeinschaftliches mit der Bande vorzunehmen. Sie war in ihrem Zimmer drüben in der Wald-Villa später als die andern Tertianer aufgestanden, und so kam sie sehr sauber und gepflegt, im übrigen aber mit einem bleichen Schimmer um Nase, Kinn und Wange in den Unterricht. Hätte sie auch nur einer in der Klasse angesehen, so hätte er bemerken können, daß Daniela augenscheinlich schlecht geschlafen hatte. Aber niemand gab ihr auch nur einen Blick, nicht einmal Borst.

Borst aber war es, der in der großen Pause, gleich nach dem Frühstück, in das Klassenzimmer zurückkehrte, seinen Füllfederhalter sorgfältig an einem Tintenputzer putzte und folgenden Brief auf eine Seite Papier schrieb, die er aus einem seiner Hefte herausgerissen hatte:

Liebe Daniela!

Ich kann nicht mehr mit Dir sprechen, weil Du zur Sekunda

übergegangen bist. Ich finde, wir müssen treu zur Tertia stehen, deshalb kann ich nicht mehr mit Dir sprechen oder Dein Gefangener sein. Es muß alles zwischen uns aus sein.

Dein Dich sehr liebender und getreuer

Borst.

Er machte einen ganz dicken Punkt hinter Borst. Er steckte den Brief in ein Kuvert und schrieb darauf:

Fräulein Daniela
Obertertia.

Aber als er mit der Zunge lecken und das Kuvert zukleben wollte, fiel ihm etwas ein.

Er stieg in den Obstgarten hinunter, wo der Häuptling mit Reppert und Lüders in heftigen Gesprächen begriffen auf und nieder ging. Borst blieb bescheiden stehen und wartete darauf, bis die patres der Tertia ihm Beachtung schenken würden.

„Was ist los?“ fragte ihn Reppert ernst, nachdem Borst eine ganze Weile gewartet hatte.

„Ich möchte den Kurfürst sprechen“, erwiderte Borst. Er sah den Brief in seiner Hand an. Gewiß war es diesmal ein Meisterstreich, was er vorhatte – besser noch als die andern alle. Die drei großen Herren der Tertia gingen an ihm vorüber. Plötzlich bemerkte der Kurfürst Borst mit dem Brief in der Hand. Er streckte den Arm aus.

„Gib her!“

Borst tat, als sei er ganz bestürzt, er reichte den Brief hin. „Ich wollte ... ach nein! ... Ich wollte ja nur fragen – ob wir heute nachmittag die Waschhosen ...“

„Die Waschhosen?“ fragte Lüders drohend, und er legte den Kopf zur Seite, als werde er Borst sogleich mit der Faust unter das Kinn langen.

Reppert sah Borst finster an. „Was störst du uns hier mit deinem Gequatsch? Siehst du nicht, daß wir hier Wichtigeres zu tun haben als deine Waschhosen?“

„Was soll ich denn damit?“ fragte der Kurfürst verwundert, während er den Brief las.

„Gar nichts“, sagte Borst gekränkt. „Du hast mir ja den Brief aus der Hand gerissen.“

„Ich habe dir den Brief aus der Hand gerissen?“ fragte der Kurfürst erstaunt. „Du hast mir doch den Brief gebracht.“

„Ich werde dir doch nicht den Brief bringen, Kurfürst! Der Brief ist doch gar nicht für dich bestimmt!“

„Ja, wenn er nicht für mich bestimmt ist, weshalb streckst du ihn mir denn hin?“

„Ich wollte ja nur wegen der Waschhosen etwas fragen. Da hast du mir den Brief aus der Hand gerissen!“

Der Häuptling sah Borst an. Er bekam in den Tiefen seiner Augen ein verstehendes und wohlwollendes Lächeln für Borst. Hier war einer, der dieselbe korsische Schlauheit hatte wie er selber. Das imponiert jedem Bonaparte.

Er las den Brief noch einmal durch. Dann trat er mit Borst zur Seite. „Du bist ein kleiner, frecher Esel“, sagte der Kurfürst. „Du wirst diesen Brief gefälligst nicht abschicken!“

„Nicht?“ fragte Borst.

„Nein, nicht. – Dich brauche ich noch später und deine Daniela. Fort mit dir!“

Borst wollte sich trollen. Da rief ihn der Häuptling zurück.

„Du, höre mal – wenn man einen Absagebrief an jemanden losläßt, dann unterschreibt man nicht: ‚Dein Dich sehr liebender und getreuer‘ –, da unterschreibt man: ‚Hochachtungsvoll‘, oder ‚Mit der Ihnen zukommenden Wertschätzung‘. Merk dir das mal, mein Sohn. Adieu.“

Borst stiefelte davon, mit seinen einwärts gekehrten Füßen. Oben in der Klasse, vor Beginn des Unterrichts, schritt Borst würdevoll an den Papierkorb. Er zerriß den Brief an Fräulein Daniela, Obertertia, und zwar auf eine Art, daß der Große Kurfürst es genau sehen konnte, denn der Große Kurfürst ging nämlich zufällig gerade an ihm vorüber. Wohlwollend legte er Borst die Hand auf den struppigen Kopf, das Haar gab förmlich eine Staubwolke, denn Borst war kein besonderer Liebhaber von Bürsten, Kämmen und Seife.

„Sehr brav übrigens, mein Junge“, sagte der Häuptling ganz laut vor allen.

Niemand verstand, was an Borst wohl „sehr brav“ sein mochte.

Borst aber setzte sich mit zufriedenem Glucksen auf seinen Platz.

13

NACHMITTAGS stand Reppert Punkt zwei Uhr auf der trigonometrischen Höhe VII. Er beobachtete scharf die Straße nach Maineweh. Er hielt einen großen Spiegel in der Hand. Mit dem sollte er Signale geben, sobald er den Feind bemerkte.

Der Feind mußte jeden Augenblick mit seinem Einspänner an der Biegung Lindenau-Maiblumenau erscheinen. Falk hatte dem Großen Kurfürsten ins Gutswirtshaus telephoniert, daß der Einspänner soeben Maineweh in der Richtung nach Lindenau verlassen hatte.

Kurz vor halb drei hob Reppert den Spiegel ins helle Licht. Er ließ den Spiegel kreisen. Für den Notfall hatte man auch ein Feldtelephon gebaut. Aber auf das Telephon war kein Verlaß. Es war ein alter Kasten.

Ein Pfiff ertönte aus dem Wald. Repperts Botschaft war aufgenommen und verstanden worden.

Dort, wo der Pfiff herkam, lagerte die Tertia im Straßengraben. Der hohe Buchenwald ging zu beiden Seiten dicht an die Straße heran, und die Straße stieg leicht bergauf. Kaum war der Pfiff ertönt, so sah Reppert von seiner Höhe aus, wie ein Motorradfahrer – Königsmarck – aus dem Buchenwalde hervorflitzte und die Straße nach Schwanderloch hinunterraste. Mitten auf der Straße blieb er stehen. Er gab mit seinem Fähnchen Winkerzeichen.

„Die Sache klappt", sagte Reppert zufrieden.

Zuerst kam dort hinten der Einspänner in langsamstem Trott. Dann kam er selber auf seinem trigonometrischen Punkt. Dann kam der Haupttrupp, den man nicht sehen konnte, da er wohlgeborgen, wie es sich für Räuber gehört, im Graben lag. Dann wiederum kam der winkende Königsmarck, schon weit, weit drüben, ungefähr drei Kilometer vor dem Dorf Schwanderloch. Und endlich kamen die, denen Königsmarck zuwinkte und die Reppert wiederum nicht sehen konnte: Hornbostel und Borst. Reppert selber hatte sie an der Wegeskreuzung postiert. Sie lagen in einem Birkenwäldchen. Reppert lief, was er konnte, zum

Haupttrupp hinab, um ihn durch seine Person, die nun als Beobachter überflüssig geworden war, zu verstärken.

Im Graben der Straße nach Schwanderloch, dort also, wohin Königsmarck Winkerzeichen gegeben hatte, lagen Hornbostel und Borst im Birkenwäldchen. Es war eine ungeheure Auszeichnung für Borst, daß er mit Hornbostel auf einen so überaus wichtigen Posten gestellt worden war. Er fieberte vor Aufregung. Er schwor es sich selber zu: er wollte Hornbostel in allem sklavisch gehorchen. Hornbostel war zwar kaum größer als Borst, aber er war doch eben ein alter, erprobter Raubritter.

Sie schwiegen beide. Borst träumte von einer Freundschaft mit Hornbostel, obwohl Hornbostel eigentlich noch ein bißchen klein war und Borst die großen Jungen, wie Lüders und Reppert, mehr liebte. Er hatte wieder einmal ganz vergessen, weshalb er hier im Straßengraben lag, so tief träumte er.

Aber Hornbostel hatte die Straße keine Sekunde aus dem Gesicht gelassen. Plötzlich sprang er auf.

„Los!“ schrie er wie besessen. „Er winkt!“

Borst war im ersten Augenblick ganz verdutzt. Wer winkt? Dann aber ging es gleich los.

In zehn Sekunden hatten sie eine Barrikade, wie man sie zur Straßenabsperrung benötigt, aus ihrem Birkenwäldchen heraus quer über die Landstraße gezogen.

Die Straße war gesperrt!

Ein Schild, mit großen lateinischen Lettern in roter Farbe gemalt, hing daran.

HALT! STRASSE NACH LINDENAU-MAINEWEH FÜR FAHRZEUGE ALLER ART WEGEN STRASSENAUSBESSERUNG GESPERRT.

Sie krochen in ihr Versteck zurück.

Zuerst klopfte ihnen beiden doch etwas das Herz. Dann aber grinsten und kicherten sie.

Es kam nämlich wie auf Kommando sogleich ein Kleinauto angesaust. Der Mann darin, ein Elektromonteur aus Maineweh, den die Jungen gut kannten, denn sie kauften ihre Radiowerkzeuge und ihre Taschenlampen bei ihm, stoppte dicht vor der Barriere. Sein roter Vollbart stand kerzengerade vor Verwunderung. Straßenausbesserung? Davon wußte er ja gar nichts! Er war ja erst vor einer halben Stunde hier vorbeigekommen, da hatte es noch keine Straßenausbesserung gegeben.

Er schimpfte. Das war eine grobe Ungehörigkeit des Straßenbauamtes, einem so ohne weitere Ankündigung von einer Stunde zur andern die Straße vor der Nase weg zu sperren. Er stieß seinen Wagen schräg zurück. Aber die Herren machen ja mit einem, was sie wollen. Der Rotbart gedachte das heute abend im Wirtshaus einmal gehörig zur Sprache zu bringen.

Hornbostel und Borst drückten die Schläfen eng aneinander, so mußten sie unter ihren Birken lachen. Man sah es dem Hanomag ordentlich von hinten an, wie er da grollte, während er staubend davonfuhr.

Gleich danach kam ein Motorradfahrer. Das war ein Berliner Radrennfahrer. Der schurrte, ohne sich einen Augenblick zu besinnen, von ferne so heftig mit dem Fuß, daß die kleinen Steine splitterten, riß sein Rad mit einer eleganten Wendung herum, und in ein paar Sekunden war er verschwunden. Schließlich kam noch ein Radfahrer, der sich nicht beruhigen mochte. Immer wieder ging er an die Barriere hin, betastete das Holz, befühlte die blutrote Schrift, roch dann an seiner Fingerspitze, schielte nach der Richtung des Schulgutes, denn er schien die rote Farbe irgendwie mit dem Schulgut in Verbindung zu bringen, zog auch schließlich eine Karte hervor, die er eifrig studierte, worauf er sich aufs neue die Tafel betrachtete und zögernd, maulend und mißtrauisch entschwand.

In diesem Augenblick kam etwas sehr Schlimmes, etwas ganz Unerwartetes: ein Soldat zu Pferde. Er wiederum beachtete die Barriere überhaupt nicht. Er ritt Schritt in den Wald hinein.

Hornbostel war ganz blaß geworden. Er sprang auf. „Hören Sie! Herr Unteroffizier! Die Straße ist gesperrt!"

„Mahlzeit", sagte der Soldat freundlich und ritt auf der andern Seite der Schranke weiter.

Das war Gefahr! Das war entsetzlich! Der Soldat mußte genau zu jener Minute bei der Horde eintreffen, zu der dort der Überfall stattfinden sollte.

Hornbostel zog seine Pfeife. Das war das verabredete Signal: Bei uns ist die Sache schiefgegangen! Jemand kommt!

Aber das Signal kam zu spät. Der Überfall war bereits im Gange.

Ein Einspänner geht bergauf die Straße entlang. Da ertönt plötzlich im Wald ein Pfiff, und zwanzig Räuber springen mit „Hurra!" und „Es lebe der Hund! Es lebe die Katze!" aus dem Gebüsch. Sogleich sind mindestens fünf davon um das arme Pferdchen versammelt, das, dankbar für die Rast, den Räubern in das Gesicht pustet, und die fünf Räuber haben nichts anderes zu tun, als das gute Pferdchen zu streicheln und es mit drohenden Blicken auf den Besitzer zu trösten: „Dir geschieht ja nichts, Alter."

Aber der Besitzer? Ein Mann mit graublauem Schnurrbart und graublauem Bartschein auf den Wangen, mit einem violetten Gesicht und einer Narbe über der Stirn, die von irgendeiner Schlägerei oder vielleicht von der Kralle irgendeines wütenden Tieres herrührt.

„Sie sind Gefangener der Tertia", erklärt ihm der Häuptling kalt. Und fünfzehn feste Jungenfäuste legen Hand an ihn.

Der Mann aber schüttelt die Fäuste unwillig ab, und es gelingt ihm auch, eine Sekunde lang sich zu befreien.

„Hier ist wohl Fastnacht im Juni?" fragt der Mann.

„Was ist hier?" fragt Lüders höflich, und nun hat er seine

Faust wieder am Arm des Mannes. Und zehn andere Fäuste helfen ihm, zehn Fäuste von entschlossenen Jungen.

Der Mann hat noch die Peitsche in der Faust. Aber diese Faust wird von vier Räuberfäusten festgehalten.

Der Mann überlegt.

Er macht keinen dummen Eindruck. Der Häuptling, der ihn scharf beobachtet, sieht es.

Das ist ein teufelsschlaues Vieh, so entscheidet der Kurfürst bei sich.

„Sehen Sie da oben hin!" sagt der Große Kurfürst streng zu dem Fuhrwerksbesitzer.

„Da oben?" fragt der Mann mit einem feigen Witz. „Ich soll wohl aufgehängt werden?"

„Sie verdienten das", entgegnet der Häuptling trocken. „Aber jetzt meinte ich etwas anderes. Sehen Sie da auf dem Abhang die Hexenkuppe? Dort auf halber Höhe ist unser Feldlager. Wir bitten Sie, uns dort hinauf zu folgen, ohne zu mucksen."

„Was soll ich denn da oben mucksen?" fragt der Mann dummschlau. „Ich muß ein Geschäft in Schwanderloch um drei abschließen."

„Ihre Geschäfte werden wir Ihnen versalzen, guter Sir“, sagt der Häuptling kalt, und alle Tertianer lachen über das „guter Sir“.

Mitten in ihr Gelächter herein aber ertönt die Pfeife von Hornbostel.

„Verflucht!“ schreit der dumme, wenn auch sehr tapfere Lüders. „Jemand kommt!“

„Natürlich!“ ruft ein Jüngerer aus der Bande empört. „Wo Borst dabei ist, muß es ja schiefgehen!“

Der Gefangene macht ein höhnisch-frommes Gesicht.

„Also los! Vorwärts!“ schreit der Kurfürst.

Aber wenn der Mann sich weigert? Schließlich kann man ihn den Berg nicht hinauftragen.

Und der Mann weigert sich. Er stemmt sich fest in die Erde.

Zehn Tertianer zerren an ihm herum. Es hilft nicht viel, man bringt ihn keine zehn Schritte weiter.

Und da erklingt auch schon Pferdegetrappel. Der Soldat biegt um die Waldesecke.

Der Überfallene schreit ihm etwas zu.

Der Soldat nickt.

„Mahlzeit“, sagt er, und er nickt allen freundlich zu, den Räubern sowohl wie ihrem Opfer. Noch einmal schreit der Mann dem Soldaten verzweifelt etwas nach. Aber der Soldat ist schon wieder um die nächste Ecke herum.

Zwanzig rote lachende Knabengesichter! Sie wiehern vor Freude.

„Also schön“, sagt jetzt der Mann mit einem kläglichen Versuch, gut gelaunt zu erscheinen. „Ich ergebe mich. Das hat mir meine Mutter auch nicht an der Wiege gesungen.“

Zwei Jungen bleiben bei Pferd und Wagen.

Königsmarck saust im Motorrad zu Hornbostel und Borst, um die Straßenabsperrung aufheben zu lassen und das gute Gelingen des Überfalls mitzuteilen.

Die andern bringen ihre Beute ins Feldlager.

„Nun gut“, sagte der Häuptling oben im Feldlager nach heftiger Rede und Gegenrede. „Wir haben Ihnen Krieg oder Frieden angeboten, Herr Biersack! Wir haben unser Taschengeld von ein paar Monaten für Sie gesammelt und eine Anleihe auf das künftige gemacht. Wir bieten Ihnen für den entgangenen

Verdienst fünfundneunzig Mark, wir können es auch noch zur Not auf hundert Mark bringen. Aber Sie wollen Krieg, wie es scheint, ja?"

„Bieten Sie doch dem Oberamtmann fünfundneunzig Mark", entgegnete der Mann verbissen.

„Der Oberamtmann ist Ihr Freund. Erklären Sie ihm, daß es genügt, die Katzen im Haus zu halten, und daß es überflüssig ist, frei umherlaufende Hunde gleich zu erschießen. Man kann sie einfangen."

„Ich bin ein einfacher Geschäftsmann."

„So einfach ist Ihr Geschäft gar nicht, guter Sir. Sie leihen Geld aus. Sie kaufen Fahrräder und Kleinautos als altes Eisen den Bedrängten unter dem Leibe weg. Sie kaufen den Katzen bei lebendigem Leibe das Fell für zwei Pfennig ab, und Sie verkaufen es für fünfzig Pfennig! Und der Herr Oberamtmann schwört auf Sie, weil Sie zu seiner Partei gehören. Also los! Zeigen Sie, was Sie können!"

Der Mann stampfte voll Wut mit dem Fuß auf. „Ich kann gar nichts! Ich habe keine Zeit mehr! Ich gehe jetzt!"

„Sie können ruhig gehen, Herr Biersack! Wir haben auch keine Zeit mehr. Wir haben Sie nur gefangengenommen, damit Sie unser Angebot in Ruhe anhören."

„Wir sprechen uns noch. Das nennt man Freiheitsberaubung. Der Hardecker-Berthold hat dafür neulich zwei Jahre bekommen."

Die Tertianer lachten wild. „Sie machen sich ja in der ganzen Landschaft lächerlich, wenn Sie erzählen, daß wir Sie gefangengenommen haben."

„Hören Sie zu, Herr Biersack", begann der Große Kurfürst würdig und väterlich zu sprechen. „Wir haben nichts Besonderes gegen Sie. Wir wollen unsere Tiere, weiter nichts. Nehmen Sie unser Geld an, Herr Biersack. Vielleicht können wir unsere Eltern bitten, uns später noch etwas mehr zu geben. Die meisten von uns sind arm, aber wir haben ein paar Kameraden, deren Eltern wohlhabend sind – warum wollen Sie sich mit uns auf Jahre hinaus verfeinden? Es gibt immer Dinge, die wir bei Ihnen zu guten Preisen kaufen können, denn Sie handeln ja mit vielerlei. Wird die Verordnung bis morgen mittag zurückgezogen, so bekommen Sie bis drei Uhr nachmittags einhundert

Mark. Und hat es bis zur Aufhebung der Sperre keinen Tiermord mehr gegeben, so bekommen Sie noch einmal so viel. – Meint ihr nicht, daß wir auch das noch einmal zusammenbringen?"

„Ja!" riefen die Jungen. „Ja!"

Und nur die schwächeren Charaktere unter ihnen dachten einen Augenblick daran, auf wieviel herrliche Dinge des Lebens man in den nächsten Monaten werde verzichten müssen, um so viel Geld zusammenzubekommen.

Der Mann rechnete und überlegte. Er dachte sich wohl, was ein Angebot von solchen „Lausejungen" wert sei. Das waren keine Volljährigen, mit denen man einen Vertrag abschließen konnte, auf Grund dessen eine Forderung einklagbar war. Da waren sie an den Richtigen gekommen. Ihn konnten gerade ein paar Straßenjungen betrügen, mochten auch einige von ihnen aus den feinsten Familien des Landes sein.

„Nein!" sagte der Mann.

„Dann gehen Sie jetzt", sagte der Häuptling ganz ruhig. „Ihr Wagen ist von zwei Kameraden behütet worden. Die haben die Taschen voll Zucker für Ihr Pferd."

Der Häuptling gab Lüders und Königsmarck ein Zeichen. Diese beiden begleiteten den grollenden Mann zu seinem Wagen zurück.

„Krieg!" sagte der Kurfürst.

„Krieg!" wiederholten die Tertianer.

14

Die Tertianer bezeichneten ihre Feinde in der Stadt verächtlich mit dem Namen „Knötzingianer"!

Die Knötzingianer waren keine durchaus bösartige Rasse. Keine Jungen- und keine Mädchenrasse auf Erden ist durchaus bösartig. Sie waren nur gedankenlos, schlecht geleitet, kleinlich, dumpf und roh, wie ihre Vorfahren. Ihre Stellung zu den Tieren beispielsweise war ihnen vorgezeichnet – da gab es nichts zu denken und zu fühlen. Das Vieh war auf Erden, um Milch für die Leute herzugeben; um im Gespann zu arbeiten; um gejagt, getötet und verspeist zu werden. Der Hund war seiner

Wachsamkeit wegen geschaffen worden. Die Katze, um Mäuse zu fangen. Tiere, die zu nichts nutze waren, wurden erschlagen, wo immer man sie antraf. Das war seit Bestehen der Menschheit so – darüber gab es nichts zu grübeln.

Die Knötzingianer waren überzeugt, daß die Tertianer die Hunde- und Katzensperre nur zum Anlaß genommen hatten, um wieder einmal Streit anzufangen. Die meisten unter ihnen glaubten, daß die Tertia lediglich aus Gewinnsucht handele. Nach ihrer Ansicht galt es, einen rein geschäftlichen Konkurrenzkampf auszufechten.

Es gab einige Knötzingianer, die sich auf den Freitag wie auf einen Feiertag freuten. Sie sollten in der Tat die letzten zwei Schulstunden frei bekommen, um sich dem staatlichen Gebot dienstbar zu erzeigen. Sie sollten auf die Katzenjagd gehen. Man würde die Katzen in Säcken sammeln, immer zu zehn, dann die Knüppel in die Hand nehmen und darauf losschlagen. Es war keine bewußte Grausamkeit bei alledem im Spiel, sondern vielmehr die Abwesenheit jedes Mitgefühls.

Doch es waren auch Schüler genug in dieser Stadt, die sich gelobten, während des Mordens in die Felder zu gehen und erst zurückzukehren, wenn alles vorüber sein werde.

Man war im Schulstaat in der letzten Zeit an Überraschungen gewöhnt, wenn es sich um die Tertia handelte. Jedoch, was man am Freitagmorgen dort erfahren mußte, war ohne Beispiel. Es mochte schon vorkommen, daß ein einzelner Schüler einmal einen halben Tag lang verschwunden war – aber konnte eine ganze Klasse so mir nichts, dir nichts verschwinden?

Das aber war mit der Bande der Fall. Sie war am frühen Morgen, als die Präfekten in den verschiedenen Schlafstuben ihr „Aufstehen!“ brüllten, nicht mehr vorzufinden!

Das Sonderbare aber war, daß auch gar keine höhere Weisung erging, nach der Horde zu fahnden. Man nahm es hin, so schien es, daß eine ganze Klasse nicht beim Morgengebet, nicht beim Lauf und Frühstück, nicht beim Unterricht zugegen war. Das verursachte zumal der Sekunda schwere Stunden. So also ging die Disziplin, die Nährmutter alles edlen Strebens der Menschheit, zum Teufel! Wie konnte der geradezu widerliche Elan der Tertia dem Vaterland und der Menschheit zu Nutzen sein, wenn sie nicht beim Unterricht war?

Währenddessen befand sich die Tertia an diesem Morgen im Vorgelände von Maineweh.

Dort in einem Wäldchen standen im Morgengrauen mit ihren Hunden fünfundzwanzig Tertianer, bis an die Zähne bewaffnet. Reppert aber hatte einen Lederbeutel am Gürtel hängen. Reppert zahlte gerade jedem die Munition aus. Er hatte eine Unmenge von Zehnpfennigstücken zur Verfügung, die er sich tags zuvor bei der Bank erstanden hatte.

Die Bande hatte bei den Lehrern, beim Gutsinspektor und bei den Handwerkern des Schulstaates eine große, freilich zinslose Anleihe aufgenommen. Sie war eine Gesamtbürgschaft eingegangen. Jetzt war sie verschuldet, daß es ein Graus war.

Reppert war im Begriff, Borst fürs erste einmal fünfzig Zehnpfennigstücke auszuzahlen.

„Wirst du uns wieder reinlegen?“ fragte Reppert streng, während die andern aufhorchten.

Borst schlug vorwurfsvoll die Augen auf. „Ganz bestimmt nicht.“

„Also! Was hast du zu tun?“

Borst schwenkte einen riesigen Kartoffelsack, den er, wie die Soldaten ihre Mäntel, in feldmarschmäßiger Ausrüstung fest zusammenrollte.

„Ich habe den Bezirk Bahnhofstraße–Bechermachergasse.“

„Gut. Und?“

„Ich gehe in jedes Haus und frage, ob Katzen darin sind, die abzuliefern sind.“

„Gut. Und?“

„Ich sage, daß das Bezirksamt zwanzig Pfennig pro Katze bezahlt.“

„Gut. Und?“

„Ich biete dreißig Pfennig pro Katze mehr.“

„Nun?“

„Sowie ich fünf, im Höchstfall aber zehn Katzen im Sack habe, liefere ich sie im Hauptquartier ab.“

„Wo befindet sich das Hauptquartier?“

„Hier im Wäldchen.“

„Wenn dir einer deine Katzen rauben will, was tust du?“

„Ich kämpfe.“

„Jawohl! Du kämpfst, bis du nicht mehr kannst, hörst du?

Aber das genügt noch nicht. Was hast du noch zu tun, sobald du angegriffen wirst?“

„Ich pfeife, was ich kann!“

„Zeig deine Torpedopfeife.“

Borst zeigte sie her.

„Was geschieht dann?“

„Die Reserve oder mein Nachbar kommt mir zu Hilfe.“

„Jawohl! Und so lange hast du auszuhalten, mein Junge, und wenn du krepierst. Wer sich seine Katzen rauben läßt, der ist wie ein Soldat, der sich seine Fahne hat rauben lassen. Verstanden?“

„Ja, Reppert.“

„Daß mir ja alles heute klappt!“

Kurz nach acht Uhr, als bereits alle Knötzingianer die elterlichen Häuser verlassen hatten, begannen die Tertianer als Katzenbettler an die Türen der Stadt zu klopfen.

„Wir sind gekommen, die Katzen abzuholen“, sagten sie, und sie entfalteten umständlich ihre Kartoffelsäcke.

„Ihr?“ fragten die Leute mißtrauisch. „Was habt ihr denn damit zu tun?“

„Es ist uns gelungen, den Auftrag noch in letzter Stunde zu bekommen“, antworteten die Kaufleute, und sie schwenkten ihre Säcke.

„Davon haben wir gar nichts vernommen“, antworteten die Leute. „Unsere Söhne sollten das hier in der Kiesgrube machen, und sie wollten für jede Katze zwanzig Pfennig bekommen.“

„Bitte sehr“, sagten die Tertianer gekränkt. „Wir haben eine Abmachung mit der Behörde getroffen, daß wir sogar fünfzig Pfennig bezahlen.“

„Hm“, machten die Leute, und dann schlurften sie in ihre Stuben, und dann kamen sie an und hatten die Katze oder die Katze und ihre Jungen auf dem Arm oder auf der Schulter, wo sie zärtlich schnurrend ihre Nasen gegen die Schläfen ihrer Herren stießen.

„Die Miezi war eine gute Mausejägerin“, sagten die Leute mit leisem Groll. „Und jetzt soll sie totgeschlagen werden.“

„Was sein muß, muß sein“, sagten die Tertianer, und schon hatten sie ihre Beute im Sack und zählten als ehrliche Kaufleute auf, was sie schuldig waren.

Die Leute entschwanden im Dunkel ihrer Häuser. Oder sie sagten: „Da oben bei Judefeind ist auch noch eine!“

„Danke schön“, sagte der Tertianer und lud sich den lebendigen Sack auf. Es war entsetzlich, schon mit einer Katze so wandern zu müssen. Wie würde es erst mit zehn werden? Aber man ist ein Handelsmann – man tut seine Pflicht und Punktum.

Ja, bei Judefeinds oben – da war überhaupt keine Katze im Haus. Nein, wirklich nicht.

Der Tertianer zieht die Stirn in strenge Falten. „Hören Sie, Frau Judefeind, wir sind jetzt für Sie Behörde. Wir haben ein Verzeichnis von allen Katzen in der Stadt. Ihr Name steht auch darin.“ Und er holt tatsächlich ein Verzeichnis aus der Tasche, denn die Bande hat sich mit Falks Hilfe eines angelegt.

Dieses Verzeichnis macht einen überwältigenden Eindruck. Aber es fließen Tränen. „Mein Mausemann ist doch gar nicht krank. So ein liebes, sanftes Vieh.“

„Das sagen Sie so, Frau Judefeind. Alle Katzen im Land sind toll, oder sie können es jeden Augenblick werden. Und was soll der Herr Oberamtmann dazu sagen, wenn Sie Ihre Katze nicht abliefern wollen? Außerdem zahle ich fünfzig Pfennig pro Katze."

„Das mit den fünfzig Pfennig wäre ja ganz gut – aber wer soll hier die Mäuse fangen? Nein, ist das ein Jammer!"

„Fünf Kilometer von hier, da ist doch der andere Bezirk, wo die Katzen nicht tollwütig sind – dort werden später neue Katzen angekauft."

„Ihr seid mir die Rechten. Erst schreibt ihr an alle Häuser: ‚Seid gut zu den Tieren!' Das war fast recht, und man hätte seine Freude daran haben können – und jetzt zahlt ihr fünfzig Pfennig pro Katzentod."

Der Tertianer ist beleidigt. „Ich bin hier Behörde, und Sie sehen ja, daß auch die andern ihre Viecher abgeliefert haben. Ich habe noch mehr zu tun, als mich mit Ihnen zu unterhalten."

Und schwupps ist die Katze im Sack. Aber wie der Tertianer ihn auf dem Buckel hat, sagt er: „Vielleicht sehen Sie Ihre Katze noch mal wieder, Frau Judefeind."

Bald hatten die Schnellsten und Kräftigsten unter den Katzenkäufern ihre Säcke voll oder halbvoll. War die lebendige Fracht allzu ungestüm, so daß der Junge die Krallen und Bisse nicht mehr zu ertragen vermochte, so lief er wohl auch mit nur halb gefülltem Sack zum Hauptquartier in das Wäldchen. Es bestand ja immer die Gefahr, daß die Tiere in ihrem Gefängnis ersticken würden. Zwar hatte man allenthalben Luftlöcher geschaffen, und das Leben der Katzen ist zäh, aber die scharfen Krallen der fast rasenden Tiere erweiterten diese Löcher, und da sie in ihrem höllischen Dunkel noch wütende Kämpfe gegeneinander ausfochten, tat die allergrößte Eile not.

Kaum waren die Katzenkäufer im Birkenwäldchen eingetroffen, als ihnen Reppert und der Häuptling die Säcke von den Rücken rissen und den Inhalt in die bereitstehenden Kisten entleerten. Oben waren die Latten in einem Abstand von je drei Zentimeter auf den Kistenrand genagelt, so daß ein reichlicher Zustrom frischer Luft ermöglicht wurde. Auch der Häuptling und Reppert bluteten von Bissen und Krallen; aber keiner von allen achtete dessen. Kaum war einer von der Schlachtfront mit seinen aufsässigen Beutestücken angelangt, so nahm er aus der Feldflasche einen Schluck Milch, und keuchend und fröhlich ging es wieder zurück in die Schlacht.

War aber eine Kiste gefüllt, so wurde sie auf den Beiwagen eines Motorrades verladen und in rasender Fahrt in den Zwinger im Walde verfrachtet. So war ein Pendeldienst zwischen dem Hauptquartier und dem Zwinger eingerichtet worden. Es standen ihnen drei Motorräder zur Verfügung mit je einem Beiwagen.

Bald jedoch zeigte es sich, daß sie zu gering an Zahl waren. Es mußten ständig zwei Mann, der Große Kurfürst und Reppert, im Hauptquartier verbleiben, drei jagten auf den Motorrädern hin und her, und es wurde für den Fall eines feindlichen Einbruches ein fliegendes Hilfskorps von fünf der Stärksten gebildet, die sich an der Stadtgrenze bereithielten. Zwar liefen von diesem Korps, solange es noch untätig war, die Schnellsten den aus der Schlacht Zurückkehrenden entgegen, um ihnen die Last abzunehmen oder sie beim nächstenmal wohl auch abzulösen, wenn der Träger allzusehr keuchte – alles in allem aber blieben ihnen nicht mehr als fünfzehn Katzenkäufer übrig. Auch waren die Hunde der Tertia störend. Sie gerieten in eine fürchterliche Aufregung. Sie wollten den Sackträgern die Tierbeute von den Schultern reißen, sie stürzten sich auf die Kisten und winselten und bellten, und kein Machtwort konnte sie zur Ruhe bringen. Es war deutlich, daß sie Schrecken vor den Tieren in ihren Gefängnissen empfanden.

Dennoch stand die Schlacht bis zehn Uhr morgens gut. Man konnte zufrieden sein. Es fand keine feindliche Einwirkung von außen statt. Man hatte schon einen Teil der Tiere gerettet, und die Beute wuchs von Minute zu Minute.

Um halb elf Uhr aber fanden die ersten feindlichen Angriffe statt.

In der Schule der Knötzingianer war das Gerücht entstanden, daß die Tertianer heimtückischerweise in die Stadt eingebrochen seien und sich amtliche Befugnisse anmaßten. Da waren die Verwegensten aus dem Unterricht fortgelaufen, um die Wahrheit dieses Gerüchtes zu erkunden.

Otto Kirchholtes sah mit seinem Sack auf dem Rücken an einer Straßenecke drei Jungen, die ihm drohend entgegentraten.

Sogleich legte Otto Kirchholtes seinen Sack auf den Erdboden. Er stellte sich in Boxerstellung auf. Er ging sogleich zum Angriff über. In wenigen Augenblicken taumelte der Stärkste von den dreien gegen die Hauswand. Er hielt die gekrümmte Hand unter die Nase. Er mußte Nasenblut einsammeln anstatt Katzen. Die beiden andern sahen entrüstet, mit offenen Mündern und gelähmten Armen Otto zu, wie er sich den Sack auf die Schultern lud und gemächlich wie ein Lastträger davonschritt.

Zu derselben Zeit bekam Borst die ersten Stockschläge. Er zog sein Holzschwert, er fletschte die Zähne vor Wut und Angst, er stand in einer Haltung sinnloser Kampfesbereitschaft einer Überzahl von Angreifern gegenüber, von denen der Schwächste genügt hätte, ihn zu überwältigen.

Man lachte ihm ins Gesicht. „Seht den Affen!" riefen sie, und sie entrissen ihm im Nu seine Katzen.

Da zog Borst seine Torpedopfeife. Das Signal ertönte.

Sogleich erklangen in den benachbarten Straßen Rufe. „Wir kommen! – Kommen!"

Die Knötzingianer liefen schnell mit dem Sack davon. Aber sie liefen geradezu in ihr Verderben. Denn wie ein Ungewitter fegte das Hilfskorps durch die Straßen, friedliche Passanten überrennend. Ehe die Knötzingianer überhaupt begriffen hatten, was mit ihnen geschah, war ihnen die Katzenbeute entrissen worden. Das Hilfskorps entschwand, mit Borst in der Mitte. Während sie dem Hauptquartier zueilten, lachten sie alle erhitzt und froh, und sie lobten Borst, der schnell das verabredete Signal gegeben hatte.

Borst erglühte. Er hatte schon gefürchtet, sie könnten ihn für feige halten. Und er hatte doch gerade den Mut entdeckt. Er fand seine neue Entdeckung herrlich schön. Er gelobte sich, bei der nächsten Gelegenheit sogleich wieder mutig zu sein. Im Hauptquartier schlug er Lüders mehrmals auf die Schulter, wobei er seine Gestalt gewaltig hochrecken mußte. Er schrie: „Donnerwetter, Mensch, das hätten wir geschafft!"

Lüders' Nasenflügel wurden vor Staunen geradezu platt. In seinem Gehirn stand ihm der Verstand still und in seinem Gaumen der Kaugummi. Er wollte nach langer Zeit etwas sagen, aber da war Borst schon bei Reppert, den er heißblütig aufforderte, mit ihm zu ringen.

Reppert sah ihn finster an. Die Luft roch nach Ohrfeigen. Nun besann sich Borst noch zur rechten Zeit, und etwas kleinlaut zog er sich zurück.

Der Häuptling und Reppert waren nicht so wohlgelaunt wie Borst, da jetzt aus allen Himmelsrichtungen die ersten Meldungen feindlicher Angriffe eintrafen.

Nur einen Augenblick zögerte der Große Kurfürst, dann verwandelte er die fünf Mitglieder des Hilfskorps in fünf Adjutanten, und er befahl:

„Das Ganze sammeln! Die Schlachtfront wird ins Birkenwäldchen zurückgenommen!"

Im Verlauf von einer halben Stunde war die Bande vollzählig um den Häuptling versammelt. Der Motorraddienst wurde eingestellt. Man hatte seine drei Kisten voll Katzen, Schabzieger mußte sie im Wald bewachen, an einem unzugänglichen Platz.

Inzwischen hatten die Knötzingianer von elf Uhr an Freizeit bekommen. Diejenigen von ihnen, die entschlossen waren, dem Morden nicht beizuwohnen, schlenderten beobachtend umher. Die Mehrzahl jedoch lief nach Haus, mit Zorn im Herzen, daß ihr Feind einen so großen Vorsprung errungen hatte. Geschwind holten sie ihre Kartoffelsäcke, und sie begannen nun ihrerseits die Häuser nach Katzen abzusuchen. Diejenigen Einwohner, die ihre Tiere bereits an die Tertia abgeliefert hatten, wurden entrüstet darauf hingewiesen, daß sie ein Opfer von Betrügern geworden seien, denn das Bezirksamt habe sie, nur sie, bevollmächtigt, die Tiere einzuziehen.

Natürlich gab es jetzt Hader und Streit genug. Denn von den Knötzingianern zahlte niemand auch nur einen Pfennig. Sie hatten aber gestempelte Ausweise erhalten, und so konnte kein Zweifel bestehen, daß sie zu ihrem Amt berechtigt waren.

Um die Mittagszeit war es ihnen tatsächlich gelungen, die noch verbleibenden Tiere einzusammeln, eine beträchtliche Anzahl. Kein Tertianer schien es zu wagen, sie bei ihrer Verrichtung zu stören. Kundschafter hatten gemeldet, man habe Räder und Motorräder in der Richtung nach dem Schulgut davonfahren sehen.

In der Tat hatte der Kurfürst mit der ganzen Bande ein Täuschungsmanöver unternommen. Mit großem Lärm hatten sie sich auf ihre Räder geschwungen und waren die Straße nach

Lindenau hinabgefahren. Dann aber kehrten sie auf Schleichwegen in Falks Haus am Rande der Kiesgrube ein.

Der Große Kurfürst hatte einundzwanzig Jungen dort im Hause versammelt. Zwei nur, außer Schabzieger, fehlten. Hartwig und Borst, denn diese hatte er auf Repperts Motorrad mit einer geheimnisvollen Mission in das Schulgut zurückgeschickt.

Zweiundzwanzig Jungen standen eng aneinandergedrängt in der Küche des alten Falk und besprachen sich aufgeregt im Flüsterton, während sie das Treiben in der Kiesgrube mit den Augen oder mit dem Feldstecher des Häuptlings beobachteten.

Lüders zählte.

„Achtundsiebzig Knötzingianer!" rief er, begeistert kauend. „Meine Herren, das gibt Arbeit."

Es war nicht ersichtlich, wie viele von den Knötzingianern sich an dem Katzenmord beteiligen und sich zur Wehr setzen würden, wenn die Tertia sie angriffe, wie viele nur als Schaulustige herbeigeeilt waren. Über die Stimmung drüben war man sich bei der Bande im unklaren.

Hornbostel wurde als Spion in die Kiesgrube entsandt. Sobald dort die Knüppel sich erhoben, um auf die Säcke einzuschlagen, sollte er einen Pfiff ertönen lassen.

Kaum war Hornbostel, zwischen Kartoffelstauden einherschleichend, drüben bei den Feinden eingetroffen, als er schon sein Signal ertönen ließ.

Inzwischen hatte sich hinter Falks Haus die Schlachtfront gebildet. Drei Trupps. Der linke Flügel unter dem Kommando von Lüders. Der rechte kommandiert von Reppert. Die Mitte vom Großen Kurfürsten persönlich. Hier auch wehte die Standarte der Tertia, ein ockerbraunes Tuch, auf das mit himmelblauer Farbe ein Wolfshund und eine Katze gemalt worden waren. Die Katze aber saß mit wohlig gekrümmtem Rücken auf dem Nacken des Hundes.

Brausend, mit einem Geschrei, das die Erde erzittern machte, brach die Tertia in ihre Feinde ein!

Die Überrumpelung glückte vollkommen. Die Knötzingianer da drüben glaubten, nicht fünfundzwanzig, sondern zweihundertundfünfzig blutig bemalte Indianer vor sich zu sehen. Sie liefen, was sie nur konnten. Niemals hat man Jungen so laufen sehen!

Die Tertia war rechtzeitig gekommen. Noch war keine der Katzen getötet worden.

Sogleich stürzten sich die Tertianer über die Säcke her. Sie luden sich die Beute auf. Sie liefen in Falks Haus zurück.

Am Rande der Kiesgrube waren einzelne Knötzingianer zurückgeblieben. Sie lachten und riefen der Tertia „Bravo!" zu. Dann aber wandten sie sich höhnend gegen ihre Kameraden. Sie meinten es nicht schlecht. Aber ihre Zurufe, die den Fliehenden ihre Verachtung bezeigen sollten, gereichten der Tertia zum Verderben. Denn die da drüben wurden nun gewahr, welch einer Sinnestäuschung sie erlegen waren. Die Beherzten unter ihnen kehrten ebenso schnell zurück, wie sie davongelaufen waren. Dieselben Knüppel, die zum Tiermord bestimmt waren, wurden jetzt drohend gegen die Häupter jener Tertianer erhoben, die ihre Säcke rückwärts im Hause bergen wollten.

In diesem Augenblick traf auch der Generalissimus der Stadtfront, der Fellhändler Biersack, auf dem Schlachtfeld ein. Er schimpfte und jammerte und griff in seinem Gram nach den Tertianern, die ihm die Herden aus dem Stall forttreiben wollten.

Aus der Drohung der erhobenen Stöcke wurde der erste Schlag. Ein Jüngerer von der Bande bekam einen Hieb quer über die Mütze. Er taumelte, stürzte und stand sogleich wieder auf.

„Ich bin auf!" schrie er mit zitterndem Lachen.

Seinem Angreifer sprangen drei andere, ebenfalls jüngere und schwächere, an die Kehle. Der Bursche bekam einen Faustschlag auf die Nase. Schon lag er knockout auf dem Boden.

Allgegenwärtig war Lüders. Er riß dem Fellhändler die Fuhrmannspeitsche aus der Hand, mit der erbeuteten Waffe beschrieb er wie ein Schnitter konzentrische Halbkreise, die seinen Kameraden Luft schaffen sollten. Wo immer sich einer mit einem Katzensack auf dem Rücken zu Falks Haus hinwandte, da schaffte ihm Lüders mit seiner sausenden Sense Raum genug vor den Feinden.

„Her zu mir! Her zu mir!" rief er.

Hornbostel war von einem gewaltig starken Knötzingianer niedergeboxt worden, der nun auf der Brust des Fliegers kniete. Aber Otto Kirchholtes gab ihm, wie beim Fußball, mit dem

Spann seines Fußes einen Schlag gegen den Rücken, so daß der Goliath sich dreimal in der Luft überkugelte.

Ein erwachendes Schamgefühl hielt die Erwachsenen und die Behörden zurück. Holzapfel war sogar über Land geschickt worden. Man berichtete dem Oberamtmann von der Schülerschlacht in der Kiesgrube. Er tat, als habe er nichts gehört oder als sei es unter seiner Würde, hierzu irgendeine Bemerkung zu machen. Insgeheim vertraute er auf die Zahl und Stärke der Stadtschüler.

In der Tat füllte sich das Schlachtfeld mit neuen und immer neuen Feinden. Aus der Stadt strömte Zuzug herbei. Einige verhielten sich abwartend. Andere ermutigten zu ihrer Belustigung bald die Knötzingianer, bald die Bande. Die Mehrzahl jedoch nahm tatkräftig für ihre kämpfenden Stadtkameraden Partei.

Der Kurfürst und die Seinen waren von Feinden umringt. Sie mußten im nächsten Augenblick erdrückt und gefangengenommen werden. Der rechte und der linke Flügel hatten keine andere Deckung mehr als die von ihren Hunden. Auch war es nicht mehr möglich, einen einzigen Katzensack noch ins Haus zu bringen. Denn fast schlimmer als die Feinde im Licht waren in ihren Finsternissen die rasenden Tiere, um deren Wohl und Wehe es ging. Wer immer von den Tertianern sich einen Sack aufladen wollte, brach unter den wütenden Krallen der Tiere bald zusammen. Das Blut der Bande floß in Strömen.

Bald stand einer von den Säcken offen. In ihrer namenlosen Panik griffen die Tiere ihre eigenen Erretter an. Die Knötzingianer, mit Biersack an der Spitze, begannen eine Jagd auf die entlaufenen Katzen zu veranstalten. Sie versuchten sie mit ihren Knüppeln zu treffen. Aber die Katzen entwichen mit riesigen Galoppsprüngen in diejenigen Bezirke der Wiesen, die noch ungeschnitten waren. Diese Diversion gab der Tertia Luft, jedoch nur für einen Augenblick.

Einer nach dem andern sank dahin. Nicht einer unter ihnen, der nicht von zwei oder drei Feinden umringt wäre, während die Säcke auf dem Boden wilde Sprünge veranstalteten oder aufs neue von den Feinden geraubt wurden.

Die Hunde der Bande standen im Kampf mit den Stadthunden. Lama und ihre Jungen waren von drei Fleischerhunden überwältigt worden. Die Wolfshunde lagen halbtot auf ihren

Flanken, sie winselten zuweilen mit hilfeflehenden Blicken zu ihren Herren. Die schwarze Dogge kämpfte noch. Und ihrem Freund, dem Miniaturfoxterrier, war ebenfalls nicht beizukommen. Er war so klein, daß ihn der Feind einfach übersah. So gelang es ihm hier und da, einen Biß in menschliches oder tierisches Gebein anzubringen, wobei es ihm ganz gleichgültig war, ob es sich um Freund oder Feind handelte, um die knötzingianischen Fleischerhunde oder um seinen Kameraden Peggy, welch letzterer sich an diesem Tag – als Tor und unreifer Babyhund, der er nun einmal war – mit fortgeworfenen Holzschwertern oder mit Steinchen trefflich amüsierte.

„Unsere Hunde gehen kaputt!" rief ein Tertianer weinend vor Wut.

Einige von der Bande flüchteten sich ins Haus, aber wie sie von dort aus den Jammer der Kameraden und der Hunde sahen, ermahnten sie sich gegenseitig keuchend zu neuen Kämpfen, und mit zusammengebissenen Zähnen stürzten sie sich wieder zurück in die Schlacht.

Der Große Kurfürst, in der Linken die flatternde Standarte mit dem Tieremblem, konnte noch gerade die Signalpfeife ergreifen, bevor zwei Burschen seine Handgelenke umfaßten. Während er das verabredete dreimalige Zeichen zum Rückzug gab, wurde ihm die Standarte entrissen, und es wurden ihm die Arme auf den Rücken gedreht. Wie die aus dem Hause Vorwärtsstürmenden dies sahen, befolgten sie den Befehl zum Rückzug nicht, sondern sie stürzten sich mutig gegen die Feinde ihres Häuptlings. Er wurde befreit und die Standarte zurückgewonnen. Aber nun wurde die ganze Bande gegen die rückwärts gelegene Wand des Hauses gedrängt, dorthin, wo weder Tür noch Fenster waren.

Zweiundzwanzig Tertianer mit blutenden Gesichtern, mit kriegerischen Farben bemalt, wortlos und stolz – so standen sie gegen die Wand des Hauses gelehnt, und sie verteidigten sich mit Holzschwertern, mit Fäusten, ja sogar mit Steinen. Einer nach dem andern wurde umringt, wurde gefesselt und hinweggeführt.

Bald waren nur noch sieben Tertianer aufrecht stehend übriggeblieben, neben ihnen die schwarze Dogge, die japsend auf ihrem Hinterteil saß und zuweilen, wenn der Feind sich näherte, den Rachen matt schnappend aufsperrte. Niemand von den Tertianern konnte den Katzensäcken auch nur einen Blick zuwerfen. Man wußte nicht mehr, wo sie geblieben waren. Man wußte nicht, ob nicht dort drüben am Rande der Kiesgrube bereits das Golgatha der Tiere begonnen hatte.

Die Schlacht war verloren. Reppert lachte.

„Wir sind eine Klasse! Und da drüben sind sieben! Uns hilft niemand von zu Hause!“ Der Kurfürst an seiner Seite sah mit einem fast geistvollen Sinnen in die Menge furchtbarer Gesichter dicht vor ihm.

Lüders aber schrie, als sei er wahnsinnig geworden:

„Ich will nicht von solchen Kerlen gefangen sein! Ich will tot sein, tot sein, tot sein!“

Jetzt aber, siehe da! – wie Fanfarenruf drang das Horn eines Automobils an ihr Ohr! Ehe sie den Klang noch richtig aufgenommen hatten, sahen sie ein Kleinauto heranbrausen. Unaufhörlich gab es warnende Zeichen. Vom Feldweg her quer über den holprigen Kriegsschauplatz jagend, bog es nun um die Ecke des Hauses.

Aus dem Wagen, den Alexander Kirchholtes gelenkt hatte, sprang bogenbewehrt Daniela mit ihren Doggen, Meleager und Atalante. Wie ein wutentflammter Affe kroch hinter ihr Borst mit Josua an der Leine aus dem Wagen hervor.

Daniela hatte die Hand an den Riemen ihrer Doggen, sie stemmte den Oberkörper zurück, sie stieß rauhe Hetzschreie aus.

Zuerst einmal stürmte sie an, sie stürmte gegen Otto Kirchholtes’ Überwältiger, die ihn an den Haaren gepackt hatten und ihn am Boden schleiften.

Daniela gab die Doggen frei, die mit einem Röchelton der Entzückung auf Ottos Gegner eindrangen. Noch waren nicht zwei Sekunden vergangen, und der Knabe stand mit lachendem Gesichte frei und aufrecht vor Daniela.

Ein Schrei aus allen Kehlen:

„Daniela! Daniela!“

Und abermals Schreie:

„Atalante! Meleager!“

Und abermals Schreie:

„Alexander Kirchholtes!“

Und abermals Schreie, Jubel, Gelächter und Entzücken:

„Borst! Der Kleine! Borst!“

Nicht eine Gestalt war Daniela, sie war hundertfältig geworden. Ihr helles Haar flatterte im Sturm der Schlacht, steil sprang sie vom Stand aus in die Lüfte, und mitten ins Getümmel der Feinde ließ sie sich wie eine speerschüttelnde Göttin herab. Dort schlug sie rasend auf die Feinde ein. Sie griff auch, sobald sie Raum genug hatte, in den halbmondförmigen Bügel ihres Bogens, sie schleuderte aus großer Nähe ihre schwirrenden Pfeile, und überall dort, wo ihre Gegenwart, ihre Bogen und Pfeile, ihre Doggen waren, da wichen mit offenen, blöd staunenden Augen und Mäulern die Knötzingianer zurück, und die Knüppel entsanken ihren Händen.

Borst aber ging seiner Kriegerin nicht von der Seite. Er überschätzte seine Kräfte aufs lächerlichste und suchte sich nur die Stärksten und Größten von Danielas Feinden aus, denen er gegen die Brust sprang. Er schien von der wahnwitzigen Lust befallen zu sein, nur das Unmögliche wagen zu wollen.

Alexander Kirchholtes aber trieb die Feinde wie ein mit erhobenem Maul brüllender Löwe vor sich her. Es gab kein ehrbares Schimpfwort, das er den immer weiter Zurückweichenden nicht entgegenrief. Seine Empörung über die Schandtat der Knötzingianer brüllte er sich von der Brust.

Und dieses dreifache Bild: die Amazone mit ihren Doggen; der kleine affenartige Knabe, der den Giganten an die Kehle sprang; und der brüllende Kirchholtes erfüllte die Feinde mit Entsetzen und Furcht.

Plötzlich hatten sie keine Lust mehr am Kampf.

Sie trollten sich davon, die einen langsam, die andern geschwind. Sie ließen es zu, daß Daniela ihre Gefangenen mit kurzen, rauhen Triumphschreien befreite. Keine Schmachreden des Fellhändlers, kein höhnisches Gelächter der zuschauenden Knaben vermochte die Knötzingianer zum zweiten Male ins Schlachtfeld zu treiben, wiederum den Kampf gegen die Bande zu wagen, deren Gesichter jetzt mit einer neuen Wildheit loderten.

Daniela und ihre Doggen, die um die Errettung der Katzen kämpften, die zu neuem Leben erwachte Lama und ihre Kinder, die schwarze Dogge, Josua, der Miniaturfoxterrier und der lustig galoppierende Peggy, sie alle trieben nach Haus, was noch zögerte, sich vom Schlachtfeld davonzumachen.

Hinter dieser Phalanx sammelten sich die Tertianer. Mit Daniela an der Spitze, die jetzt die Standarte der Bande ergriffen hatte, stürmten sie zum letztenmal. Sie riefen ihr Feldgeschrei mit blutenden Lippen:

„Es lebe der Hund! Es lebe die Katze!"

Sie blieben Herren des Schlachtfeldes und seiner Beute. Dann aber brachen sie insgesamt keuchend zusammen.

Nur Daniela stand in ihrer Mitte, stand aufrecht, mit der gekrümmten Hüfte des Bogenschützen, den Daumen der linken Hand am Bügel, die rechte Faust an der Sehne. Sie zielte. Ihren letzten Pfeil gab sie dahin.

Zwei Stunden später waren ungehindert sämtliche Katzen der Stadt im Waldzwinger der Tertia geborgen.

Viele der Katzen lagen ermattet auf dem Boden. Andere bekämpften und befehdeten sich noch.

Die meisten aber putzten sich, beleckten ihr Fell und ihre Pfoten, oder sie schauten verstört und menschenfeindlich geradeaus in den Wald.

15

Es war der letzte Sonntag vor den großen Ferien.

Auf dem Gutshof, im Sonntagsmorgenlicht, vor der offenen Scheune Nr. 2, stand der Doktor aus dem Eichenwald, und hinter ihm standen die Lehrer des Schulstaates.

Das Gesicht des Doktors war eckig, klar, scharf und gütig. „Wollt ihr beim Sportfest gegen die Sekundaner spielen?"

„Ja!" riefen die Tertianer über den Hof.

„Trotzdem ihr alle Krüppel seid?"

„Ja!" riefen die Tertianer, und sie schwenkten ihre Stöcke, mit denen sie herumhumpelten oder ihre bandagierten Pfoten.

„Gut! – Es hat sich im Laboratorium nachträglich herausgestellt, daß die Tollwutdiagnose irrtümlich war. Ich habe dafür gesorgt, daß man den Kopf des Tieres nach Berlin schickte. Der Befund ist negativ. Ich bürge euch für eure Tiere!"

„Hurra! Hurra! Hurra!" riefen die Tertianer, und der Ruf wurde sogleich von der Obersekunda, dann aber von der Prima, endlich von all den Kleinen bis herab zur Sexta aufgenommen. Streng, feierlich, mit mißbilligend gerunzelten Brauen stand allein die Untersekunda auf dem Hof.

„Es tut mir leid, euch sagen zu müssen, daß unser Kamerad Knötzinger nach den großen Ferien nicht mehr zu uns zurückkehren wird, da sein Vater in einen andern Bezirk versetzt worden ist, wo er einen höheren Posten bekleiden wird."

Schweigen.

„Knötzinger hat bereits heute seinen Präfektenstern zurückgegeben."

Der Große Kurfürst erhebt den Arm. Er erhält das Zeichen, sprechen zu dürfen.

„Die Obertertia hat Daniela zu ihrem Ehrenhäuptling erwählt."

Die jungen Lehrer lachen und winken Daniela beglückwünschend zu. „Die Wahl ist bestätigt."

„Hurra!" ruft die Tertia, und Daniela steht wie ein kleines Mädchen, im sauberen Sonntagswaschkleid, vor der ersten Reihe der Bande. Doch sind ihre Augen durchaus nicht schamhaft gesenkt, sondern sie werfen scharfe, eisengraue Speerbündel in die Runde.

Der Ehrenhäuptling erhebt den Arm.

„Daniela!"

„Die Tertia bittet durch mich Herrn Doktor, den Tierwärter Falk im Schulstaat anzustellen!"

Reppert erhebt den Arm. „Die Tertia bittet, bei den Eltern, die zu uns kommen, eine Kollekte veranstalten zu dürfen, daß der Schulstaat die Tiere vom Botanischen Garten kauft!"

Der Mann, den sie lieben, wendet sich zu den Lehrern. Er bespricht sich mit ihnen.

„Bewilligt."

„Hurra!"

„Vorbeimarsch der Obertertia!"

Der Häuptling schwenkt seinen Stock. Die Tertia marschiert. Voran der Große Kurfürst, schnaufend und zerbeult. Einen halben Schritt hinter ihm der Ehrenhäuptling, frisch, rosig, ganz unversehrt, mit stolz erhobener Stirn.

Im ersten Glied Reppert, Lüders und Borst – Borst, der aus einem ängstlichen, täppischen Hasenjungen zu einem Helden wurde. Im zweiten Glied Otto Kirchholtes, Hornbostel und Bamberger, diese beiden mit Gesichtern, als seien sie in einen Bienenkorb gefallen.

Und es folgen die andern alle, zerschunden, humpelnd und an den merkwürdigsten Stellen ihrer Körper bandagiert.

Aber niemand hat sich krank gemeldet, keiner ist der Parade ferngeblieben.

Rechts und links, auf ihren Flanken, marschieren die Hunde, deren Köpfe und Pfoten mit Verbandstoff umwickelt sind, wie die Köpfe und Pfoten ihrer Herren.

Alle Tertianer geben sich die größte Mühe, anständig Schritt zu halten – so marschiert die Bande über den Gutshof hinweg.

Wie sie das Scheunentor passiert, erhebt der Doktor die Mütze über seinem Scheitel und über seinem wehenden grauen Haar. Geschwind folgen die jungen Lehrer seinem Beispiel, und zögernd die alten. Aber Mr. Graig ist unter denen, die ganz vergnügt ihre Mütze schwenken.

Und alle Schüler auf der Parade, ohne Ausnahme alle, ziehen ihre Mützen und halten sie starr, mit ausgestreckten Armen, in der Luft. Nicht mehr mit Lärm und Hurra, sondern schweigend grüßen sie jetzt ihre Kameraden von der Tertia.

Am Nachmittag ist die Tertia in Danielas Zelt zu Gast geladen.

Sie gehen zuerst einmal die Tiere im Zwinger besuchen. Voran in einer Reihe der Häuptling, Reppert, Meleager, Daniela, Atalante, Königsmarck, Hornbostel, Otto Kirchholtes, Josua und Borst. Alle andern folgen in einem Haufen. Als letzter schleicht mißtrauisch Karlemann hinter ihnen her, mit großen Pausen und gelegentlich sinnlosen Abwegen und Baumsprüngen.

Die in der vorderen Gruppe unterhalten sich höflich und gemessen. Sie sagen so kleine freundliche Dinge zueinander.

„Du hast ganz recht, Kurfürst", sagt Daniela. Oder Königsmarck sagt: „Meinst du nicht auch, Daniela?"

Daniela hat ihr Kriegsgewand angezogen: die Lederhose, das Sporthemd, die Sandalen. Der Köcher mit neugeschnittenen Pfeilen hängt ihr auf der Schulter. So erreichen sie das Tierasyl im Wald.

Stumm setzen sich die Hunde vor den Gittern auf, mit leicht wedelnden Schweifen. Karlemann springt auf jenen Ast, auf den er sich damals vor Borsts Beilhieben geflüchtet hat. Mit schiefen schwefelgelben Augen betrachtet er unverwandt, regungslos, ohne Verwunderung noch Spott die gefangenen Kameraden.

Die Tertia zieht um die Käfige herum, wie Sonntagsspaziergänger um die Käfige eines Zoologischen Gartens. Leise tauschen sie Bemerkungen über den Gesundheitszustand der Katzen aus. Sie haben vom Gut ganze Kübel voll Milch zugewiesen erhalten. Jetzt gießen sie sorgsam die Milch in die Näpfe. Es sind Untersätze von Blumentöpfen, die ihnen der Gärtner gegeben hat.

Daniela, die Katzen nicht leiden mag, geht in die Käfige und nimmt die jungen Tiere auf den Arm. Siehe, das Wunder begibt sich! Es gibt Exemplare, die sogleich mit zärtlichem Schnurren ihr Fell über Danielas Gesicht schleifen lassen.

„Du Geschöpf", sagt Daniela, und sie drückt ihr Gesicht in das Fell.

Freudig rufen die Tertianer es einander zu. Und ihre Rufe wiederholen sich, sobald sie aufs neue ein zutrauliches Tier gefunden haben, das seinem Retter schnurrend entgegenspringt.

Dann trennen sich die Tertianer von ihrer Kriegsbeute, um auf die Hexenkuppe hinaufzuhumpeln. Wie sie sich noch einmal umwenden, sehen sie Hunderte von Augen, die starr und rätselhaft im grünen Licht der Waldeswölbung vor sich hinblicken.

Behutsam, als fürchteten sie, mit ihren rauhen Schritten etwas zu zerstören, so gingen die Tertianer in Danielas Reich ein. Sie kamen an der Warnungstafel vorbei, auf welche Borst sein ergänzendes r mit dem Füllfederhalter gemalt hatte. Daniela sprang hoch, riß ihre Tafel vom Stamm und zerriß sie.

Borst aber blieb zurück, als müsse er sich nach Josua umsehen. Als niemand mehr in seiner Nähe war, sammelte er die Schnitzel von der Pappe und steckte sie hurtig in seine Hosentasche.

Oben in Danielas Zelt gingen die Tertianer staunend einher, und flüsternd machten sie sich auf alles aufmerksam. Jeder Gegenstand hier in dem bisher unzugänglichen Gebiet erfüllte sie mit Verwunderung, als ob jedes rostige Messer an der Zeltwand, der Speer aus Eichenholz, der Aluminiumtopf und das Aluminiumspeisegerät, das aufgestapelte Brennholz, die alten, schon haarlosen Woilachdecken für die Hunde – als ob das alles nie gesehene, staunenswerte und fast heilige Geräte seien.

Aber das Wunder aller Wunder war doch der Radioapparat, den Daniela zum Trost für ihre Einsamkeit während des Klassenzwistes von ihren Eltern zum Geschenk erhalten hatte.

„Wir wollen einmal sehen, ob wir Berlin bekommen", sagte Daniela. „Aber wir können auch Lyon oder England haben."

Und sie erklärte es Borst, der es noch nicht gelernt hatte, die Wellenlänge zu suchen.

Mit pfeifenden Tönen kam der Erdkreis, die Kinder im Wald zu begrüßen. Das Leben jenseits der Wälder, dem sie einstmals verfallen sein sollten, trat zu ihnen. Unbesorgt überließ Daniela das Radiowerk Repperts methodischer Obhut.

Sie ging zu ihrer Buche.

Dort lehnte Otto Kirchholtes an dem Stamm und blickte in das weite, sonntägliche, sommerliche Land, während er lächelnd sang.

Daniela ging zu ihm hin. Noch niemals hatte Daniela mit Otto Kirchholtes gesprochen, seitdem sie hier auf dem Schulgut war. Das mochte seltsam sein, aber es war nun einmal so. Und dieses Schweigen zwischen ihnen hatte wohl auch seine inneren Gesetze gehabt.

Jetzt aber tat Daniela etwas ganz Ungewöhnliches. Sie legte den Arm um Otto Kirchholtes' Schultern.

„Spielen wir morgen, wenn die Eltern kommen, unsere Sonate zusammen?"

Der kleine Gesang verstummte. „Und beim Fußball?"

„Beim Fußball spielen wir auch zusammen."

Otto Kirchholtes nickte. „Wir wollen beide stürmen, Daniela. Du rechts außen, ich links. Ich freue mich auf unser Match."

„Ich freue mich", sagte Daniela. Und dann sagte sie noch etwas, stockend und schnell: „Ihr habt doch ein Faltboot, dein Bruder und du, ja?"

„Ja."

„Wollen wir eine Flottille bilden? Der Doktor borgt mir seinen Zweisitzer. Ich nehme Borst mit, der ist arm."

„Und dann über die Flüsse und Ströme nach Haus?" fragte Otto Kirchholtes, errötend vor Glück.

„Ja. Ich habe die Karten und Wasserführer da oben auf der Buche ausgearbeitet ... Wollt ihr? ... Das heißt natürlich nur, wenn ihr Lust habt."

„Ja! Wir haben Lust. Alexander hat einen Schlafsack –"

„Ich habe in meinem Zelt ebenfalls einen Schlafsack. Und Geschirr haben wir genug. Wir brauchen vier Tage Zeit, wir brauchen kein Geld, nur für frisches Brot eine Kleinigkeit. Proviant bekommen wir vom Doktor."

„Wir übernachten an den Ufern, nah am Röhricht, ja?"

„Aber man muß früh aufstehen, Otto – kurz nach Sonnenaufgang, weißt du das?"

„Ich weiß es, und ich freue mich. Mittags aber halten wir Rast, und dann schwimmen und schlafen wir."

Sie machten gemeinsam einige Schritte.

Da begegnete ihnen Borst, der sich zur Seite schleichen wollte.

Daniela flüsterte: „Später sagen wir ihm, was wir planen."

Sie winkten Borst zu sich heran, und Daniela legte den linken Arm auf seine Schultern.

Es kamen noch andere herzu, auch die Hunde und Karlemann. Und schließlich stand die ganze Bande insgesamt auf der Hexenkuppe, in einer Kette, die Arme wechselseitig über den Schultern.

Sie sahen ernst und froh über das weite Land. Teiche und Bäche blitzten. Der Hahn auf der Stange eines Kirchturms zeigte sein schimmerndes Gefieder. Eisenbahnschienen glitzerten in der früchtereichen Ebene. Aus dem einsamen Haus am Geleise kam ein fernes, fernes Klopfen, das bald verstummte.

Da begann Otto Kirchholtes eine kleine Melodie zu summen:

„O Täler weit, o Höhen!"

Die andern von der Bande hörten es zerstreut und ohne Achtsamkeit.

Daniela aber stieß den Kopf gegen die gefiederten Pfeile ihres Köchers zurück und sang:

„O schöner grüner Wald!"

Borst folgte mit seiner kleinen, krächzenden Rabenstimme:

„Du meiner Lust und Wehen!"

Die Räuber horchten auf. Andere Stimmen setzten ein. Während sich das schöne Licht des Himmels in ihren klaren, aufwärts gerichteten Augen spiegelte, sangen die Räuber und die Streiter alle das Lied von ihren Tälern und Höhen, von dem stillen, ernsten Wort im Walde und von dem niemals alternden Herzen.

DIE PERLE

Die Perle

Eine Kurzfassung
der Erzählung
von John Steinbeck

Illustrationen
von Denver Gillen

Nach der Übersetzung
von Felix Horst
Deutsche Buchausgabe: „Die Perle"
Diana Verlag AG, Zürich 1962

Das Leben der Perlenfischer an der Mexiko zugehörigen, zerklüfteten Küste Niederkaliforniens ist gefährlich und unsicher. Wenn einer Glück hat, findet er in den vielen Austern, die er heraufholt, eine einzige, winzige Perle. Er wird sie den skrupellosen Händlern verkaufen müssen, für viel weniger, als sie wert ist. Und dann mag es Tage geben, wo er taucht, taucht, taucht und doch nur mit Körben leerer Austern ins Kanu zurückkehrt.

Kein Wunder, daß all diese armen Perlenfischer von einem besseren Leben träumen. Wenn der junge Keno solchen Träumen nachhängt, erklingt in ihm immer eine Melodie, die „Melodie der Perle". Und dann findet er eines Tages die Perle aller Perlen und der Traum will Wahrheit werden. Diese Geschichte handelt davon, was die Perle Keno und seiner kleinen Familie angetan hat.

Die Kämpfe einfacher Leute in einer erbarmungslosen Umwelt hat John Steinbeck oft beschrieben. Geboren wurde er 1902 in Salinas, Kalifornien, wo viele seiner Bücher spielen; er hat als Handlanger, als Land- und Bauarbeiter, als Pflücker in Obstplantagen und als Reporter gearbeitet und so die wirtschaftliche Depression zu Beginn der dreißiger Jahre unter den ganz Armen und Umhergetriebenen erlebt.

Die Erfahrungen dieser Zeit haben ihn als Schriftsteller geformt. In „Früchte des Zorns" geht es um die schlechte Lage von Pflückkolonnen auf den Obstfarmen, in „Von Mäusen und Menschen" wird ein tragisches Ereignis im Leben von zwei wurzellosen Erntehelfern dramatisch dargestellt, und „Die Straße der Ölsardinen" beschwört das Leben von Wanderarbeitern und Seßhaften in einer kalifornischen Fabrikstadt.

Der Familienroman „Jenseits von Eden" wurde auch als Film ein Welterfolg – und begann die kurze Karriere des Schauspielers James Dean, der dann für lange Zeit zum Idol der Jugend wurde.

John Steinbeck ist 1968 gestorben, sechs Jahre vorher hatte er den Nobelpreis erhalten.

In der Stadt erzählen die Leute die Geschichte von der großen Perle – wie sie gefunden und wie sie wieder verloren wurde. Sie erzählen von Keno, dem Fischer, von seiner Frau Juana und ihrem Kind Coyotito. Und weil diese Geschichte so oft erzählt wurde, hat sie sich in jedermanns Gedächtnis eingegraben. In ihr, sowie in allen anderen Geschichten, die dem Volk lieb geworden sind, gibt es nur Gutes und Böses, nur Schwarzes und Weißes, nur Schönes und Häßliches, aber nichts, was dazwischen läge.

Wenn diese Geschichte ein Gleichnis ist, dann wird vielleicht jeder sie nach seiner Art auslegen, und jeder wird sein eigenes Leben in ihr wiederfinden. Aber wie dem auch sei, die Leute in der Stadt sagen ...

I

KENO erwachte am frühen Morgen. Noch schienen die Sterne, und der Tag hatte im Osten erst einen bleichen Streifen Licht in den Himmel gemalt. Die Hähne hatten bereits einige Male gekräht, und die Schweine, die Frühaufsteher, schoben schon Zweige und Holzstücke zur Seite, um zu sehen, ob nicht irgend etwas Genießbares übersehen worden wäre. In einer Gruppe von Feigenbäumen neben der Holzhütte kreischte eine Brut kleiner Vögel und schlug mit den Flügeln.

Keno öffnete die Augen. Er blickte zuerst auf das helle Rechteck, das die Tür anzeigte, und dann auf die kleine Kiste, die von der Decke des Raumes herunterhing, in der Coyotito schlief. Und schließlich drehte er seinen Kopf zu Juana, seiner Frau, die neben ihm auf der Matte lag. Sie hatte ihr blaues Tuch vom Kopf über Nase und Brust bis unter ihren schmalen Rücken gezogen. Auch Juanas Augen waren offen. Keno konnte sich nicht erinnern, sie jemals geschlossen gesehen zu haben, wenn er erwachte. Kleine Sterne glitzerten in diesen dunklen Augen. Juana sah ihn an, so wie sie ihn immer ansah, wenn er wach wurde.

Keno hörte die Morgenflut an den Strand schlagen. Das Geräusch tat ihm wohl, es war Musik für ihn, und er schloß wieder die Augen, um weiter zu lauschen. Vielleicht hörte nur er sie allein; vielleicht aber hörte sie sein ganzes Volk. Dieses Volk hatte einst viele Lieder hervorgebracht; alles, was es gesehen, gedacht, getan und gehört hatte, war zu einem Lied geworden. Das war vor langer Zeit gewesen. Die Lieder waren geblieben, aber es waren keine neuen hinzugekommen. Das soll nicht heißen, daß Keno keine eigenen Lieder hatte. Gerade jetzt erklang eine klare, zarte Melodie in ihm, und wenn er fähig gewesen wäre, sie in Worten auszudrücken, dann hätte er sie das Lied der Familie genannt.

Er hatte die Decke bis über die Nase gezogen, um sich vor der feuchten Morgenluft zu schützen. Ein Rascheln neben ihm ließ ihn aufblicken. Juana erhob sich von ihrem Lager. Mit bloßen Füßen ging sie zu der kleinen Kiste, in der Coyotito schlief, und murmelte ein paar zärtliche Worte. Coyotito sah einen Augenblick lang auf, schloß seine Augen wieder und schlief weiter.

Juana ging zur Feuerstelle, zog eine noch glühende Kohle aus der Asche, brach einen dürren Ast in kleine Stücke, die sie darüber legte, und blies das Feuer wieder an.

Jetzt stand Keno auf. Er legte sich die Decke über Kopf und Schultern, schlüpfte in seine Sandalen und trat aus der Hütte, um zu sehen, wie es Tag wurde.

Draußen hockte er sich nieder und schlug das Ende der Decke über seine Knie. Er sah die Wolken über dem Golf, die sich wie Flecke am Himmel ausnahmen. Eine Ziege kam auf ihn zu und starrte ihn mit kalten, gelben Augen an. Hinter ihm war Juanas Feuer zur Flamme geworden und warf eine zitternde Lichtfläche durch die Türöffnung. Keno hörte hinter sich das Lied der Familie, und Juana, die auf einem Stein die Maiskörner für das Frühstücksbrot stampfte, schlug dazu den Takt.

Jetzt wurde es schnell hell; ein Schimmern, ein Glühen, ein Leuchten, und dann brach es wie Feuer aus, als die Sonne aus dem Golf tauchte. Keno blickte zu Boden, um seine Augen vor dem blendenden Glanz zu schützen. Er hörte, wie Juana die Maiskuchen auf die Kochplatte legte, und der Geruch des warmen Teiges drang zu ihm. Vor ihm liefen Ameisen geschäftig hin und her, große, schwarze, mit glänzenden Leibern, und kleine, staubige. Keno beobachtete eine, die krampfhaft versuchte, aus einem Sandtrichter herauszukommen, den ein Ameisenlöwe für sie gegraben hatte. Ein magerer, furchtsamer Hund kam auf Keno zu, und auf ein sanftes Wort schmiegte er sich an ihn. Es war ein schwarzer Hund, der über den Augen, wo er seine Brauen hätte haben sollen, goldgelbe Flecke trug. Es war ein Morgen wie jeder andere Morgen, aber durch seine Vollkommenheit doch anders.

Keno hörte das Seil knarren, an dem die kleine Kiste hing, als Juana Coyotito heraushob, ihn reinigte und dann ihr Tuch so um ihn schlug, daß er an ihrer Brust lag. Keno konnte all das sehen, ohne hinzublicken. Juana sang leise.

Keno war jung und stark, und sein schwarzes Haar hing ihm über die braune Stirn. Er hatte helle, feurige, wilde Augen und einen dünnen, harten Schnurrbart. Da die giftige Nachtluft gewichen war und schon das gelbe Licht der Sonne auf seine Hütte fiel, schob er die Decke vom Gesicht. In der Nähe des Zaunes fuhren zwei Hähne mit gesträubten Halsfedern aufeinander los. Keno beobachtete sie kurz und sah dann wilden Tauben nach, die landeinwärts zu den Bergen flogen. Die Welt war erwacht. Keno erhob sich und ging in die Hütte.

Als er durch die Tür trat, hatte Juana ihre Arbeit an der Feuerstelle beendet. Sie legte Coyotito wieder in seine kleine Wiege; dann kämmte sie ihr schwarzes Haar, flocht sich zwei Zöpfe und wickelte um deren Enden ein schmales, grünes Band. Keno hockte sich zur Feuerstelle, nahm einen heißen Maiskuchen, tauchte ihn ins Fett und aß. Dann trank er einen Schluck Agavensaft, und das war sein Frühstück. Außer an Festtagen hatte er morgens noch niemals etwas anderes gegessen. Als Keno fertig war, begann Juana ihre Mahlzeit. Sie hatten einst mehr miteinander gesprochen. Keno stöhnte befriedigt – und das war seine Art der Unterhaltung.

Jetzt erwärmte schon die Sonne die Holzhütte. Sie sandte helle Streifen durch die Ritzen der Wände, und einer von ihnen fiel auf Coyotitos Kiste und auf das Seil, an dem sie hing.

Eine winzige Bewegung ließ Keno und Juana aufblicken. Sie erstarrten vor Schreck. Auf dem Seil, das an der Decke befestigt war und an dem die kleine Wiege baumelte, kroch ein Skorpion abwärts. Noch hielt er seinen Stachel gerade nach hinten gestreckt, aber er konnte ihn im Bruchteil einer Sekunde vorschnellen lassen.

Keno öffnete den Mund, um das Geräusch des Atems, der durch seine Nase pfiff, zu vermeiden. Und dann wich der erschreckte Ausdruck aus seinem Gesicht, und die Starre seines Körpers löste sich. Ein neues Lied war in ihm, das Lied des Bösen, die Musik des Feindes, eines Feindes seiner Familie. Der Skorpion kroch langsam auf die kleine Kiste zu. Wortlos wiederholte Juana immer wieder eine alte Zauberformel, die vor solchem Übel schützen sollte, und murmelte gleichzeitig durch zusammengepreßte Zähne ein Ave Maria. Aber Keno war schon in Bewegung. Mit ausgestreckten Händen glitt er geräuschlos und geschmeidig durch den Raum. Er ließ den Skorpion, dem der lachende Coyotito die Händchen entgegenstreckte, nicht aus den Augen. Der Skorpion fühlte die Gefahr, als Keno in Reichweite kam. Er hielt inne und hob den zuckenden Schwanz, an dessen Ende der gebogene Stachel glänzte, bis über den Rücken.

Keno blieb ganz still stehen. Ganz langsam, ganz vorsichtig, streckte er eine Hand weiter vor. Der Stachel des Skorpions fuhr in die Höhe. Und in diesem Augenblick schüttelte der lachende Coyotito das Seil, und der Skorpion fiel herunter.

Keno fuhr mit der Hand auf ihn zu, um ihn aufzufangen; aber er fiel durch seine Finger, landete auf der Schulter des Kindes und stach. Jetzt erst konnte der aufstöhnende Keno seiner habhaft werden. Er hielt ihn zwischen seinen Fingern und zermalmte ihn in seinen Händen. Er schleuderte ihn zu Boden und schlug ihn mit der Faust in die Erde, während Coyotito in seiner Kiste vor Schmerz aufschrie. Keno aber zerstampfte den Feind, bis von ihm nichts mehr übrig geblieben war als eine feuchte Stelle am Boden. Kenos Zähne waren entblößt, Wut blitzte aus seinen Augen, und in seinen Ohren dröhnte das Lied des Feindes.

Juana riß das Kind in ihre Arme. Sie legte ihre Lippen auf die Wunde, um die sich schon eine rote Schwellung bildete, sog dem schreienden Coyotito das vergiftete Blut aus und spuckte und sog wieder.

Keno hockte sich nieder. Er konnte nichts mehr tun und stand nur im Weg.

Das Schreien des Kindes rief die Nachbarn herbei – Kenos Bruder Juan Tomas, dessen dickes Weib Apollonia und ihre vier

Kinder verstellten den Eingang, und hinter ihnen versuchten die andern in die Hütte zu schauen. Ein kleiner Junge kroch zwischen den Beinen der Leute vor, um etwas sehen zu können. Und die, die vorne standen, gaben die Worte „Ein Skorpion! Das Kind wurde gestochen!“ nach rückwärts weiter.

Juana hielt einen Augenblick inne. Die kleine Wunde war durch das Saugen etwas größer geworden, aber die rote Schwellung hatte sich ausgebreitet. Die Leute wußten über Skorpione Bescheid. Ein Erwachsener würde nach einem Stich sehr krank werden, ein Baby konnte daran leicht sterben. Sie wußten, daß erst Schwellungen, dann Fieber und Atemnot auftreten würden, dann Magenkrämpfe, und wenn genug Gift in Coyotitos Blut gekommen war, mußte er vielleicht sein Leben lassen.

Keno hatte sich oft über die Härte seiner geduldigen, zarten Frau gewundert. Sie konnte ein Kind zur Welt bringen, ohne einen Klagelaut auszustoßen. Sie konnte Müdigkeit und Hunger fast besser ertragen als Keno selbst. Im Kanu bewährte sie sich wie ein starker Mann. Aber jetzt tat sie das Erstaunlichste.

„Hol den Arzt“, sagte sie. „Geh und hol den Arzt.“

Die Worte gingen zu den Nachbarn weiter, die in dem kleinen Hof standen, und alle wiederholten: „Juana will den Arzt.“ Es war etwas Kolossales den Arzt zu verlangen. Ihn herzubekommen wäre etwas ganz Bedeutendes gewesen. Er war noch nie zu den Holzhütten gegangen. Warum sollte er auch, da er doch mehr als genug zu tun hatte, um die Reichen, die in den Steinhäusern der Stadt wohnten, zu behandeln.

„Er wird nicht kommen“, sagten die Leute, die sich in der Tür drängten, und Keno war der gleichen Meinung.

„Der Arzt wird nicht kommen“, sagte er zu Juana.

Sie sah ihn kalt an. Es war ihr erstes Kind – und es bedeutete alles für sie. Keno erkannte ihren Entschluß.

„Dann werden wir eben zu ihm gehen“, sagte Juana, richtete ihr blaues Tuch, wickelte in ein Ende das Kind und legte ihm das andere über die Augen, um es vor dem Sonnenlicht zu schützen. Die Leute in der Tür stießen gegen die, die hinter ihnen standen, um Juana vorbeigehen zu lassen. Keno folgte ihr. Sie verließen den Hof.

Die Nachbarn gingen mit ihnen. Wie bei einer Prozession marschierten sie mit kleinen, schnellen Schritten in die Stadt.

Die Spitze bildeten Juana und Keno, ihnen folgten Juan Thomas und Apollonia, deren dicker Bauch bei jedem Schritt wakkelte, und dann kamen die Nachbarn, an deren Seiten die Kinder mitliefen. Die gelbe Sonne warf ihnen ihre Strahlen nach, und sie gingen auf ihren eigenen Schatten.

Sie kamen zu dem Platz, wo die letzten Holzhütten standen und die steinerne Stadt mit gepflasterten Straßen ihren Anfang nahm, die Stadt, die nach außen hin nur rauhe Mauern zeigte, innen aber kühle Gärten umschloß, in denen Springbrunnen sprühten. Sie hörten aus diesen versteckten Gärten den Gesang der Vögel in den Käfigen und das Plätschern des kühlen Wassers auf heißen Steinfliesen. Der Zug, der nun den hellen Platz überquerte und an der Kirche vorbeikam, war angewachsen. In der Vorstadt wurde denen, die herbeieilten, gesagt, daß das Kind von einem Skorpion gestochen worden sei und jetzt von Vater und Mutter zum Arzt gebracht werde.

Und die Neuankömmlinge, besonders die Bettler, die immer vor der Kirche standen und Sachverständige für die Beurteilung der Wohlhabenheit anderer waren, warfen einen schnellen Blick auf Juanas alten blauen Rock und schätzten den Wert des grünen Bandes, das ihr Haar zusammenhielt. Sie lasen der Decke, die Keno über die Schulter geschlagen hatte, ihr Alter ab. Sie reihten die beiden bei den armen Leuten ein und gingen mit ihnen, um zu sehen, welcher Art das Drama wäre, zu dem es nun kommen würde. Die vier Bettler, die immer vor der Kirche standen, wußten alles, was sich in der Stadt abspielte. Sie wußten über jeden kleinen Skandal und über manches große Verbrechen Bescheid. Sie schliefen sogar an ihren Posten im Schatten der Kirche, so daß niemand ohne ihr Wissen hier Trost suchen konnte. Und sie kannten den Arzt. Sie kannten seine Unwissenheit, seine Grausamkeit, seine Habsucht. Sie kannten seine plumpen Fehldiagnosen und hatten gesehen, wie die Leichen jener Leute, die bei ihm Hilfe gesucht hatten, in die Kirche getragen worden waren. Da die Frühmesse vorüber war und sie kein Geschäft erhoffen konnten, folgten sie dem Zug, um zu sehen, was der fette, faule Arzt mit einem Kind armer Leute machen würde, das ein Skorpion gestochen hatte.

All diese Leute kamen schließlich zu dem großen Tor in der Mauer, die das Haus des Arztes einschloß. Sie konnten das Rauschen des Wassers hören, den Gesang der Vögel in den Käfigen und das Geräusch der Besen, die über die Steinfliesen fegten. Und sie rochen, daß im Haus des Arztes guter Speck gebraten wurde.

Keno zögerte einen Augenblick. Der Arzt war nicht von seinem Volk. Der Arzt gehörte einer Rasse an, die vor fast vierhundert Jahren Kenos Rasse geschlagen, ausgeraubt, geschmäht und in solchen Schrecken versetzt hatte, daß die Eingeborenen nur demütig zu seiner Tür kamen. Und wie immer, wenn Keno einem jener Rasse nahe kam, war er schwach und ängstlich und wütend zugleich. Er hätte den Arzt leichter töten als mit ihm sprechen können, denn alle, die der Rasse des Arztes angehörten, sprachen mit allen, die von Kenos Volk waren, als ob sie niedere Tiere wären. Und als Keno seine rechte Hand zu dem eisernen Klopfer an dem Tor erhob, schwoll die Wut in ihm, und seine Lippen preßten sich gegen seine Zähne – aber mit seiner linken Hand nahm er den Hut ab. Der eiserne Ring fiel gegen das Tor. Keno wartete. Coyotito stöhnte ein wenig in Juanas Armen, und sie flüsterte ihm beruhigende Worte zu. Die Leute drängten sich näher, um besser sehen und hören zu können.

Nach kurzer Zeit wurde das große Tor spaltbreit geöffnet. Keno sah durch die Öffnung den grünen Garten und einen Springbrunnen. Der Mann, der herausblickte, war einer seines eigenen Volkes. Keno sprach ihn in der alten Sprache an. „Der Kleine... der Erstgeborene... er wurde von einem Skorpion vergiftet. Er braucht eine heilende Hand."

Der Türspalt wurde noch ein wenig enger. Der Diener lehnte es ab, in der alten Sprache zu sprechen. „Einen Augenblick", sagte er, „ich werde fragen." Und dann schloß und verriegelte er wieder das Tor. Die Sonne warf die Schatten der Wartenden als schwarze Klumpen auf die weiße Mauer.

Der Arzt saß in seinem hohen Bett. Er trug einen roten Seidenschlafrock, den er sich aus Paris hatte kommen lassen und der ein wenig eng um die Brust saß, wenn er zugeknöpft war. Auf seinen Knien hatte er ein silbernes Tablett mit einem silbernen Schokoladekännchen und einer kleinen, hauchdünnen Porzellanschale, die so zart war, daß es geradezu dumm aussah, wenn er sie mit seinem dicken Daumen und dem Zeigefinger hob und die anderen drei Finger dabei weit wegstreckte, damit sie nicht im Wege wären. Seine Augen ruhten in kleinen Fleischwülsten, und seine hängenden Lippen drückten Unzufriedenheit aus. Er war sehr dick, und seine Stimme klang durch das Fett, das seine Kehle zusammenpreßte, heiser. Schwere, dunkle Möbel füllten den Raum. An den Wänden hingen Bilder, die Szenen aus der Bibel darstellten, und eine große, kolorierte Photographie seiner verstorbenen Frau, die, wenn ihr eigenes Geld dazu hätte beitragen können, im Himmel weilte. Der Arzt war früher für kurze Zeit in der großen Welt gewesen, und sein ganzes Leben bestand jetzt aus Erinnerungen und seiner Sehnsucht nach Frankreich. „Das", so sagte er, „hieß zivilisiert leben." Er füllte die zarte Schale zum zweiten Mal mit Schokolade und zerbröckelte süßen Kuchen in seinen Fingern. Der Diener trat in das Zimmer und wartete, bis er bemerkt wurde.

„Was gibt's?" fragte der Arzt.

„Ein Indianer mit seinem Kind ist draußen. Er sagt, ein Skorpion hat es gestochen."

Der Arzt setzte die Schale nieder. „Habe ich nichts anderes zu tun als kleine Indianer heilen? Ich bin kein Tierarzt!"

„Gewiß, Herr", erwiderte der Diener.

„Hat er Geld?" fragte der Arzt. „Sicher nicht. Diese Kerls haben ja nie Geld... Und mir, nur mir wird zugemutet, für nichts zu arbeiten. Frag ihn, ob er Geld hat."

Wieder öffnete der Diener spaltbreit das Tor und blickte auf die wartenden Leute. Doch diesmal verwendete er die alte Sprache. „Hast du Geld, um die Behandlung zu bezahlen?"

Keno griff unter seine Decke und holte ein viele Male zusammengelegtes Papier hervor. Langsam entfaltete er es, bis schließlich acht kleine, unscheinbare, häßlich graue, fast wertlose Perlen zum Vorschein kamen. Der Diener nahm das Papier und schloß das Tor. Aber diesmal kam er rasch zurück. Er öffnete das Tor gerade so weit, daß er das Papier zurückreichen konnte.

„Der Arzt ist nicht zu Hause", sagte er. „Er wurde zu einem ernsten Fall gerufen." Und aus Scham schloß er schnell wieder das Tor.

Und Scham erfaßte alle, die hergekommen waren. Sie schmolzen hinweg. Die Bettler kehrten zu den Kirchenstufen zurück, die Nachzügler gingen und auch die Nachbarn, so daß sie Kenos öffentliche Scham nicht mit ansehen mußten.

Lange stand Keno noch vor dem Tor, Juana stand neben ihm. Dann setzte er sich den Hut langsam wieder auf. Und dann schlug er ganz plötzlich mit der Faust gegen das Tor – und sah erstaunt auf die verwundeten Knöchel und auf das Blut, das zwischen seine Finger rann.

II

Die Stadt lag an einem breiten Meeresarm, und ihre gelben Steinhäuser reichten bis zum Strand, auf dem die weißen und blauen Kanus lagen. Diese Kanus trugen einen muschelähnlichen, wasserdichten Überzug, der sie für Generationen haltbar machte, dessen Herstellungsart aber von den Fischern geheimgehalten wurde. Es waren hohe, anmutige Boote mit geschweiftem Bug und Heck, in denen mittschiffs ein Mast mit einem Segel eingesetzt werden konnte.

Am Strand lag gelber Sand, der aber dort, wo das Wasser begann, von Muscheln und Algen bedeckt war. Die hungrigen Hunde und Schweine der Stadt suchten dort unentwegt nach toten Fischen oder Seevögeln, die die Flut herangeworfen haben mochte. Ein kupferbrauner Nebel hing über dem Meer, und die Morgensonne drängte sich auf ihn zu, so daß er leicht schwankte.

Die Holzhütten der Fischer lagen hinter dem Strand zur rechten Seite der Stadt.

Keno und Juana gingen langsam zu ihrem Kanu, das ihren einzigen Besitz, der Wert besaß, darstellte. Es war sehr alt. Kenos Großvater hatte es aus Nayarit gebracht, er hatte es Kenos Vater übergeben, und so war es schließlich Kenos Eigentum geworden. Es war ein wesentlicher Besitz, denn die Frau des Mannes, der ein Boot sein eigen nennt, kann sicher sein, immer genügend Nahrung zu haben. Es ist ein Bollwerk gegen den Hunger. Und Keno erneuerte jedes Jahr den harten, muschelähnlichen Überzug, den herzustellen ihn sein Vater gelehrt hatte.

Als Keno zu dem Boot kam, strich er, wie er es immer tat, zärtlich über dessen Bug. Dann warf er den Tauchstein, seinen Korb und die zwei Seile, die er mitgebracht hatte, in den Sand. Er faltete seine Decke zusammen und legte sie in das Kanu.

Juana bettete Coyotito auf die Decke und breitete ihr Tuch über ihn, damit er nicht der heißen Sonne ausgesetzt wäre. Er war jetzt ruhig, aber die Schwellung auf seiner Schulter war über den Nacken bis unter die Ohren vorgedrungen, und sein Gesicht war gedunsen und fiebrig. Juana ging zum Wasser und machte aus Seegras einen flachen feuchten Umschlag, den sie auf die geschwollene Schulter des Kindes legte. Dieser Umschlag war vielleicht ein ebenso gutes Heilmittel wie irgendein anderes, ja vielleicht ein besseres, als der Arzt hätte verschreiben können, aber für Juana war es nicht gut genug, weil es so einfach war und nichts kostete. Magenkrämpfe hatten sich bei Coyotito nicht eingestellt. Vielleicht hatte Juana das Gift doch rechtzeitig ausgesogen. Nichtsdestoweniger war ihre Angst um den Erstgeborenen geblieben. Sie hatte nicht direkt um Gesundung ihres Kindes gebetet – sie hatte gebetet, Keno möge eine Perle finden, damit sie den Arzt, der das Kind heilen sollte, bezahlen könnten.

Keno und Juana zogen das Kanu über den Strand, und als sein Bug das Wasser erreicht hatte, setzte sich Juana hinein, während Keno am Heck schob, bis es auf den kleinen Wellen leicht schaukelte. Dann arbeiteten Juana und Keno mit den Paddeln, und das Boot durchschnitt das zischende Wasser. Die anderen Perlenfischer waren schon lange unterwegs, und Keno konnte bald ihre verschwommenen Gestalten sehen, die über die Austernbänke glitten.

Das Licht drang durch das Wasser in die Mulde, in der die rauhen Austern auf dem steinigen Boden hingen, der von aufgebrochenen Austernschalen bedeckt war. Diese Austernbank hatte dem König von Spanien einst zur Macht verholfen, sie hatte ihm Geld für seine Kriege und Schmuck für seine Kirchen gebracht, die er für sein Seelenheil hatte errichten lassen. Die Austern waren grau und unscheinbar. Aber der Zufall konnte ein Sandkorn in die Falten ihres Muskels treiben und das Fleisch reizen, bis es zum Selbstschutz das Sandkorn mit einer harten, glatten Schicht überzog. Und diese Schicht wurde immer dicker, bis der Fremdkörper einmal bei stürmischer See aus der Schale fiel oder bis die Schale zerstört wurde. Seit Jahrhunderten tauchten die Männer, rissen die Austern aus ihren Betten, brachen sie auf und suchten nach diesen überzogenen Sandkörnern. Fischschwärme tummelten um die Austernbänke, um jener Stelle nahe zu sein, wo die aufgebrochenen Austern von den Perlensuchern ins Meer zurückgeworfen wurden. Denn die Perlen entstanden durch Zufall, und es war Glück, wenn eine gefunden wurde, ein Fingerzeig Gottes oder der Götter, oder beides.

Keno hatte zwei Seile. Eines band er an einen schweren Stein und eines an einen Korb. Er entledigte sich seines Hemdes und seiner Hose und legte seinen Hut auf den Boden des Kanus. Die See war spiegelglatt. Er nahm den Stein in eine Hand und den Korb in die andere, glitt, mit den Beinen voran, ins Wasser, und der Stein zog ihn in die Tiefe. Blasen stiegen auf. Erst als sich das Wasser beruhigt hatte, konnte er wieder sehen. Die Fläche über ihm war wie ein hellglänzender Spiegel, durch den sich der Boden des Kanus bohrte.

Keno bewegte sich vorsichtig, um das Wasser nicht durch Schlamm und Sand zu verdunkeln. Er schlüpfte mit dem Fuß in die Schleife des Seiles, an dem der Stein befestigt war, und riß mit seinen Händen schnell Austern los, die er in den Korb legte. An manchen Stellen hingen die Austern so dicht aneinander, daß er sie in ganzen Klumpen nehmen konnte. Als er den Korb füllte, war ein Lied in ihm, es war eine süße, geheimnisvolle Melodie; es war das Lied von der Perle, die er vielleicht einmal finden würde, denn jede Auster, die er in seinen Korb warf, konnte eine Perle enthalten. Die Möglichkeit war zwar nur gering, aber das Glück und die Götter hätten es ja einmal so fügen können. Keno wußte, daß über ihm im Boot Juana den Zauber des Gebetes heraufbeschwor, daß sie mit starrem Gesicht und angespannten Muskeln das Glück zwingen, daß sie es den Händen der Götter entreißen wollte, da sie es doch so nötig brauchte, um die geschwollene Schulter Coyotitos zu heilen.

Keno, in seinem Stolz, seiner Jugend und seiner Stärke, vermochte ohne Anstrengung länger als zwei Minuten unter Wasser zu bleiben, so daß er sorgfältig arbeiten und die größten Austern aussuchen konnte. In ihrer Ruhe gestört, hatten sie alle die Schalen fest geschlossen. Keno sah zu seiner Rechten einen rauhen Felsblock, der mit Austern bedeckt war. Aber sie schienen noch zu jung. Er wandte sich zu dem nächsten, und da, neben diesem, erblickte er unter einem kleinen Vorsprung eine riesengroße Auster, die für sich lag. Ihre Schale war halb offen, denn der Vorsprung hatte sie bis jetzt geschützt, und Keno konnte zwischen ihrem lippenähnlichen Muskel ein geisterhaftes Flimmern wahrnehmen. Dann schloß sich die Schale. Keno hörte den Schlag seines Herzens, und die Melodie der Perle, die er vielleicht einmal finden würde, erklang schrill in seinen Ohren.

Langsam brach er die Auster los und hielt sie fest gegen seine Brust. Dann zog er den Fuß aus der Schlinge, die der Stein hielt, und ließ sich an die Oberfläche treiben. Sein schwarzes Haar glänzte im Licht der Sonne. Er hob den Arm und legte die Auster in das Kanu.

Juana hielt das Boot im Gleichgewicht, während Keno hineinkletterte. Seine Augen glänzten vor Aufregung, aber er zog erst den Stein und den Korb mit den Austern vom Grund des Meeres hoch. Juana fühlte seine Erregung, aber sie tat, als ob sie nichts merkte. Es ist nicht gut, wenn man etwas zu sehr wünscht. Das Glück wird dadurch manchmal fortgetrieben. Man muß es nur gerade stark genug wünschen, darf sich aber Gott oder den Göttern nicht aufdrängen. Juana hielt jedoch den Atem an, als Keno sein kurzes, starkes Messer langsam öffnete. Suchend schaute er in den Korb. Vielleicht wäre es besser, *die* Auster als letzte aufzumachen. Er nahm eine kleine, durchschnitt ihren Muskel, öffnete und durchsuchte die Schale und warf sie wieder ins Wasser. Und dann tat er, als sähe er die große Auster jetzt zum erstenmal. Er nahm sie in die Hand und betrachtete sie. Dunkel glänzten die Schalen. Noch zögerte Keno, sie zu öffnen. Er wußte, daß das, was er gesehen hatte, nur ein Lichtreflex gewesen sein konnte, oder ein flaches Stück einer Muschel, das zufällig in die Auster getrieben worden war, oder daß er sich alles nur eingebildet hatte.

Aber Juana konnte nicht mehr länger warten. „Öffne sie“, sagte sie sanft.

Keno stieß sein Messer geschickt zwischen die Schalen. Er fühlte, wie sich der Muskel der Auster zusammenzog. Er setzte die Klinge wie einen Hebel an, der Muskel gab nach, und die Schalen fielen auseinander. Das Fleisch zuckte und fiel dann zusammen. Keno schob es zur Seite – und da lag die große Perle, glänzend wie der Mond. Sie fing das Licht ein und strahlte es gereinigt, silbern glühend wieder zurück. Sie war so groß wie das Ei einer Seemöwe. Sie war die größte Perle der Welt.

Juana holte tief Atem und stöhnte leicht auf. Und in Keno erhob sich klar und voll und triumphierend die Perlen-Melodie. Er hob sie aus der Schale, hielt sie in seinen Händen, drehte und wendete sie und erkannte, daß sie vollkommen war. Juana starrte in seine Hand, in jene Hand, die er gegen das Tor des Arztes geschmettert hatte und deren aufgerissenes Fleisch auf den Knöcheln durch das Meerwasser grauweiß geworden war.

Juana wandte sich instinktiv zu Coyotito, der auf der Decke lag, und nahm den Umschlag aus Seegras von seiner Schulter.

„Keno!" schrie sie auf.

Keno hob den Blick von der Perle und sah, daß die Schwellung auf der Schulter seines Kindes nachgelassen hatte. Er schloß die Faust über die Perle. Sein Gefühl überwältigte ihn. Er warf den Kopf in den Nacken und stieß einen Schrei aus. Die Augen quollen ihm aus den Höhlen, und er schrie, und die Männer in den andern Booten sahen erschreckt auf und paddelten, so schnell sie konnten, zu Keno.

III

EINE STADT ist wie ein lebendes Wesen. Sie hat ein Nervensystem, einen Kopf, Schultern, Arme und Beine. Wie sich Neuigkeiten in einer Stadt verbreiten, ist ein schwer zu lösendes Rätsel. Aber sie gehen schneller von Mund zu Mund, als kleine Jungen laufen, um sie zu erzählen, schneller, als Frauen sie über den Zaun rufen können.

Bevor Keno und Juana und die anderen Fischer zu ihrer Holzhütte gekommen waren, verbreitete sich in der Stadt schon die Nachricht, daß Keno die größte Perle der Welt gefunden hätte. Bevor keuchende kleine Buben noch die Worte aussprechen konnten, wußten ihre Mütter schon Bescheid. Die Nachricht stürzte sich wie eine schäumende Welle über die steinerne Stadt. Sie kam zu dem Priester, der in seinem Garten spazierte, und ließ ihn gedankenvoll zurück, da er sich erinnerte, daß seine Kirche einige Reparaturen nötig hätte. Er überlegte, ob er Keno und Juana getraut oder das Kind getauft habe. Die Nachricht kam zu den Geschäftsleuten, die ihre Herrenanzüge, die sich bis jetzt nicht hatten verkaufen lassen, überblickten.

Die Nachricht kam zu dem Arzt, der gerade bei einer Frau saß, deren einzige Krankheit ihr Alter war, aber weder sie noch der Arzt wollten dies zugeben. Und als man ihm klargemacht hatte, wer Keno war, wurde er sehr ernst und sagte: „Er gehört zu meinen Patienten. Ich behandle sein Kind, das von einem Skorpion gestochen wurde.“ Und seine Augen rollten in den Fettwülsten, und er dachte an Paris. Er blickte über seine Patientin hinweg und sah sich schon in einem Pariser Restaurant und einen Kellner, der gerade eine Weinflasche öffnete.

Die Nachricht kam zu den Bettlern, die vor der Kirche standen, und sie zitterten vor Vergnügen, denn sie wußten, daß niemand so reichlich Almosen gibt wie ein Armer, der plötzlich glücklich wurde.

Keno hatte die größte Perle der Welt gefunden. In der Stadt, in kleinen Büros, saßen die Männer, die den Fischern die Perlen abkauften. Sie warteten in ihren Stühlen, bis die Perlen gebracht wurden, und dann handelten und feilschten sie und schrien und drohten, bis der niedrigste Betrag, den der Fischer annahm, erreicht war. Aber einen gewissen Preis wagten sie nicht zu unterbieten, denn es war vorgekommen, daß ein Fischer in seiner Verzweiflung die Perlen der Kirche geschenkt hatte. Nach dem Handel saßen sie wieder allein da; ihre Finger spielten mit den Perlen, und sie wünschten sich, sie zu besitzen. Denn in Wirklichkeit gab es nicht mehrere Perlenhändler, sondern nur einen, der seine Angestellten in verschiedene Büros setzte, um so den Anschein der Konkurrenz zu erwecken. Die Nachricht kam auch zu diesen Männern, und ihre Augen zuckten, und ihre Finger juckten, und jeder dachte sich, daß der Chef doch nicht ewig leben könnte und ein anderer einmal seinen Platz einnehmen müßte. Und jeder dachte sich, daß er mit etwas Kapital die Möglichkeit hätte, noch einmal von vorne zu beginnen.

Die verschiedensten Leute begannen, sich für Keno zu interessieren. Leute, die etwas zu verkaufen hatten, und Leute, die sich eine Gefälligkeit erbitten wollten. Keno hatte die größte Perle der Welt gefunden. Jedermann fand plötzlich irgendeine Beziehung zu Kenos Perle, träumte von ihr, brachte sie mit seinen Spekulationen in Zusammenhang, mit seinen Plänen für die Zukunft, seinen Wünschen, seinen Sorgen. Nur ein Mensch stand all diesen Gedanken im Weg; und das war Keno, der so jedermanns Feind wurde. Die Nachricht ließ das Böse in der Stadt groß werden; sie war wie der Skorpion oder wie Hunger beim Geruch guter Speisen oder wie Einsamkeit bei verschmähter Liebe. Aus den schmutzigen Ventilen der Häuser strömte Gift, und die Stadt schwoll an und blähte sich unter seinem Druck.

Aber Keno und Juana wußten nichts davon. Weil sie glücklich waren, dachten sie, jedermann müßte ihre Freude teilen, so wie Juan Tomas und Apollonia es taten. Nachmittags, als die Sonne schon über den Bergen stand, hockte Keno neben Juana in seiner Hütte, in der sich auch alle Nachbarn versammelt hatten. Er hielt die große Perle in seiner Hand. Die Nachbarn betrachteten die Perle und wunderten sich, daß ein Mensch solches Glück haben konnte.

Juan Tomas, der als Kenos Bruder an dessen rechter Seite hockte, fragte: „Was wirst du jetzt, da du ein reicher Mann geworden bist, tun?"

Keno blickte auf die Perle. Ihr Lied war mit dem Lied der Familie so verschmolzen, daß das eine das andere noch schöner erklingen ließ. Und auf der Oberfläche der Perle nahmen Kenos Gedanken, die er früher oft erwogen, aber dann als undurchführbar aufgegeben hatte, Form an. Er sah in der Perle Juana, Coyotito und sich selbst vor einem hohen Altar knien, und sie wurden nun, da sie dafür bezahlen konnten, getraut. „Wir werden heiraten", sagte er. „In der Kirche."

Er sah in der Perle, wie sie angezogen waren; Juana trug ein neues Tuch, das noch ganz steif war, und unter dem neuen langen Rock konnte er sehen, daß sie Schuhe trug. Er selbst hatte einen neuen weißen Anzug an, er trug einen neuen Hut auf dem Kopf – aber keinen aus Stroh, sondern einen aus feinem schwarzem Filz – und auch Schuhe an den Füßen – aber keine Sandalen, sondern richtige Schnürschuhe. Coyotito aber, Coyotito trug einen blauen Matrosenanzug und eine kleine Mütze, so eine, wie Keno sie einst gesehen hatte, als eine vornehme Jacht im Golf landete. All das sah Keno in der Perle, und er sagte: „Wir werden uns neue Kleider kaufen."

Dann erschienen auf der schönen hellgrauen Oberfläche der Perle die kleinen Dinge, die Keno sich wünschte: eine Harpune, für die, die er im vergangenen Jahr verloren hatte, eine neue

Harpune aus Eisen, mit einem Ring am Ende des Schaftes, und – der Gedankensprung war fast zu groß für ihn – ein Gewehr. Warum nicht? Er war doch jetzt so reich! Und Keno sah Keno auf der Perle, wie er einen Winchester-Karabiner in der Hand hielt. Zögernd bewegten sich seine Lippen. „Ein Gewehr", sagte er, „vielleicht ein Gewehr."

Das Wort Gewehr riß alle Schranken nieder. War so etwas denn möglich? Mit dem Gedanken an ein Gewehr hatte er die Grenzen seiner Welt ja schon durchbrochen, und er konnte weiterstreben. Denn es heißt, daß der Mensch niemals zufrieden ist und daß er, wenn du ihm ein Ding gibst, gleich ein weiteres will. Aber man tadelt ihn zu Unrecht deswegen, denn das Streben nach mehr ist eine der größten Gaben des Menschen, die ihn über das Tier emporgehoben hat, das sich mit dem, was es hat, zufriedengibt.

Die Nachbarn, die dicht gedrängt in der Hütte standen, nickten still, als Keno seine Pläne für die Zukunft darlegte. Und einer, der ganz rückwärts stand, murmelte: „Ein Gewehr. Er will ein Gewehr haben."

Triumphierend wie ein Trompetenchor erklang die Musik der Perle in Keno. Juana bewunderte ihren Mann, den nun, da seine kleine Welt zusammengestürzt war, elektrische Kraft durchströmte. Er sah auf der Perle Coyotito an dem kleinen Pult sitzen, das er einmal durch die offene Tür des Schulhauses erblickt hatte, und Coyotito trug einen Rock und hatte einen weißen Kragen mit einer breiten Seidenschleife. Ja, mehr als das: Coyotito schrieb auf einem großen Bogen Papier. Keno sah seine Nachbarn ernst an. „Mein Sohn wird in die Schule gehen", sagte er. Juana konnte nur mühsam atmen. Ihre Augen glänzten. Um zu sehen, ob dies auch alles möglich wäre, warf sie einen schnellen Blick auf Coyotito, der in ihren Armen lag.

Kenos Gesicht leuchtete, als er weitersprach: „Mein Sohn wird lesen können; und mein Sohn wird schreiben können; und mein Sohn wird die Zahlen kennen, und wir werden frei werden, weil sein Wissen auch uns zugute kommen wird." Und Keno sah auf der Perle sich und Juana vor dem kleinen Feuer in der Hütte hocken, während Coyotito ihnen aus einem großen Buch vorlas. „Dazu wird uns die Perle verhelfen", sagte Keno. Er hatte noch niemals in seinem Leben so viel auf einmal gesprochen, und plötzlich machten ihm seine Worte angst. Er schloß die Hand über die Perle und verdeckte ihr Licht. Keno hatte Angst, so wie ein Mann Angst hat, der sich zu einer Sache entschloß, die er vorher nicht überlegt hatte.

Die Nachbarn wußten nun, daß sie Zeugen eines großen Wunders gewesen waren. Sie wußten, daß die Zeit nun von diesem Tag an gezählt werden würde und daß sie von diesem Ereignis noch viele Jahre sprechen sollten. Sie würden sich später einmal erinnern, was Keno gesagt hatte, wie seine Augen geleuchtet hatten, und sie würden sagen: „Er hatte sich verändert. Ihm wurde Kraft verliehen, und ihr seht, was aus ihm geworden ist. Ich war damals selbst dabei."

Und wenn Kenos Pläne zunichte werden sollten, dann würden sie sagen: „Damals begann es. Er benahm sich wie verrückt. Ja, Gott strafte Keno, weil er sich gegen sein Leben auflehnte. Ihr seht, was aus ihm wurde. Ich war damals selbst dabei, als ihn die Vernunft verließ."

Keno blickte auf seine geschlossene Hand und auf die verkrusteten Knöchel, mit denen er gegen das Tor geschlagen hatte.

Es dämmerte, Juana ging zu der Feuerstelle, holte eine glühende Kohle aus der Asche, brach einige Zweige darüber und blies das Feuer an. Die kleinen Flammen tanzten auf den Gesichtern der Nachbarn, die wußten, daß sie in ihre eigenen Hütten zurückkehren sollten, aber immer noch zögerten zu gehen. Plötzlich flüsterte jemand: „Der Priester kommt."

Die Männer entblößten ihre Köpfe und traten von der Tür zurück, und die Frauen verhüllten mit den Schals ihre Gesichter und senkten die Augen. Keno und sein Bruder Juan Tomas erhoben sich. Der Priester trat ein. Er war ein grauhaariger, älterer Mann mit welker Haut und wachen jungen Augen, diese Leute sah er für Kinder an und behandelte sie auch wie Kinder.

„Keno", sagte er sanft, „du trägst den Namen eines großen Mannes." Er sprach wie bei der Segnung. „Dein Namensvetter errang den Sieg über die Wildnis und besänftigte den Geist deines Volkes. Hast du das gewußt? Es steht in den Büchern geschrieben."

Keno blickte auf Coyotito, der in Juanas Schal ruhte. Eines Tages, dachte er sich, würde das Kind wissen, was in den Büchern geschrieben steht und was nicht.

Der Priester sprach weiter: „Mir wurde erzählt, daß dir großes Glück zukam, daß du eine schöne Perle gefunden hast."

Keno öffnete die Hand, und die Perle verschlug dem Priester ein wenig den Atem. „Ich hoffe, mein Sohn", sagte er dann, „daß du Ihm, der dir zu diesem Schatz verholfen hat, nicht zu danken vergißt und daß du um Seinen weiteren Beistand betest."

Keno nickte, und Juana sagte: „Das werden wir tun, Vater. Und wir werden uns auch trauen lassen. Keno hat es gesagt." Und sie blickte auf ihre Nachbarn, die feierlich nickten.

„Es freut mich", sagte der Priester, „daß eure ersten Gedanken gute Gedanken sind. Gott segne euch, meine Kinder." Er wandte sich um, die Leute machten Platz, und er verließ die Hütte.

Kenos Hand schloß sich wieder fest um die Perle, und er blickte mißtrauisch um sich, denn das Lied des Bösen war wieder in seinen Ohren, und er wußte nicht, warum.

Die Nachbarn gingen nun nach Hause. Juana hockte sich zum Feuer und setzte einen Topf mit Bohnen über die Flamme. Keno ging zur Tür und schaute ins Freie. Er roch wie immer den Rauch vieler Feuer und sah die glänzenden Sterne. Er fühlte die feuchte Nachtluft und verhüllte Mund und Nase. Der magere Hund kam auf ihn zu. Aber Keno sah ihn nicht. Er hatte seine Welt verlassen und befand sich nun in einer, die kalt und einsam war. Er fühlte sich allein und schutzlos, und das Zirpen der Grillen und das Quaken der Frösche erschienen ihm wie das Lied des Bösen. Ihn schauderte, und er zog seine Decke fester um sich.

Keno hörte, wie Juana hinter ihm die Maiskuchen formte. Er fühlte die Wärme und Sicherheit, die ihm seine Familie bot. Aber da er seine Pläne für seine Zukunft ausgesprochen hatte, befand er sich bereits auf einem neuen Weg. Ein Plan ist etwas Tatsächliches, und einmal gemacht, kann er nie mehr zerstört werden. Als sich Keno seine Zukunft ausmalte, hatten sich im gleichen Augenblick Kräfte gebildet, die seine Pläne zerstören wollten. Und da er dies wußte, bereitete er sich vor, den Angriff zurückzuschlagen. Er wußte, daß die Götter die Pläne des Menschen nicht lieben. Keno fürchtete sich daher vor Plänen, aber da er nun einen gemacht hatte, konnte er nicht mehr zurück. Er schloß sich gegen seine Umwelt ab und suchte der Gefahr zu begegnen, bevor sie noch auf ihn zugekommen war.

Als Keno so in der Tür stand, sah er zwei Männer, die sich ihm näherten. Der eine trug eine Laterne, die den Boden und die Füße des anderen beleuchtete. Vor seiner Tür blieben sie stehen. Keno erkannte in dem einen den Arzt und in dem anderen den Diener, der am Morgen das Tor geöffnet hatte. Kenos verwundete Knöchel brannten, als die beiden vor ihm standen.

„Ich war heute früh nicht zu Hause, als du zu mir kamst", sagte der Arzt. „Aber jetzt nütze ich die erste Gelegenheit, um nach deinem Kind zu sehen."

Kenos Augen flammten vor Wut und Haß auf, aber es lag auch Furcht in ihnen, denn die Jahrhunderte der Unterdrückung hatten sich tief in sie eingegraben.

„Das Kind ist fast wieder gesund", sagte er kurz.

Der Arzt lächelte; aber seine Augen lächelten nicht. „Manchmal, mein Freund", sagte er, „hat der Stich eines Skorpions seltsame Wirkungen. Erst kommt eine scheinbare Besserung, aber dann ganz plötzlich ..." Er machte „Phf!" und warf seine Lippen auf, um zu zeigen, wie schnell es kommen könnte; und er hielt seine kleine schwarze Tasche so, daß das Licht der Lampe darauf fiel, denn er wußte, wie sehr Kenos Volk von den Instrumenten beeindruckt war und wie sehr es ihnen vertraute. „Manchmal", sagte der Arzt geschäftig, „manchmal bleibt ein lahmes Bein, ein blindes Auge oder ein verkrümmter Rücken. Oh, ich kenne diese Skorpionstiche, mein Freund, und ich weiß, wie sie zu heilen sind."

Kenos Haß wich der Angst. Er wußte ja nicht genau Bescheid. Er konnte seine Unwissenheit nicht gegen das Wissen, über das der Arzt vielleicht verfügte, in die Waagschale werfen. Er saß in der Falle, so wie sein Volk immer in der Falle saß und immer sitzen würde, solange es nicht wußte, welche Dinge in den Büchern standen. Er durfte es nicht wagen, das Leben oder die Gesundheit Coyotitos aufs Spiel zu setzen. So trat er zur Seite und ließ Arzt und Diener eintreten.

Juana erhob sich vom Feuer und bedeckte den Kopf des Kindes mit ihrem Tuch. Und als der Arzt die Hand ausstreckte, preßte sie das Kind fest an sich und blickte zu Keno, auf dessen Gesicht die Schatten des Feuers sprangen.

Und erst als Keno nickte, erlaubte sie dem Arzt, das Kind zu berühren.

„Leuchte", sagte der Arzt. Und als der Diener die Laterne hochhielt, warf er einen Blick auf die wunde Schulter des Kindes. Er überlegte kurz, schob dann das Lid des Kindes zurück, betrachtete das Auge und nickte, während Coyotito sich gegen ihn zur Wehr setzte.

„So wie ich mir's dachte", sagte der Arzt. „Das Gift hat sich nach innen gezogen und wird bald wirken. Schau einmal her." Er zog das Augenlid zurück. „Schau, wie blau es ist." Und Keno, der ängstlich hinblickte, sah, daß es wirklich ein wenig blau war. Aber er wußte nicht, ob es nicht immer ein wenig blau war. Und er saß in der Falle und konnte nichts sagen.

Die Augen des Arztes wurden wässerig. „Ich will versuchen, das Gift zurückzudrücken", sagte er und reichte Keno das Kind.

Dann nahm er aus seiner Tasche ein kleines Fläschchen, in dem sich weißes Pulver befand, und eine kleine Gelatinekapsel, die er mit dem Pulver füllte. Und dann drückte er dem Kind die Unterlippe so lange herunter, bis es den Mund öffnete. Mit seinen fetten Fingern legte er die kleine Kapsel auf die Zunge des Kindes, ganz rückwärts, damit Coyotito sie nicht ausspucken konnte, nahm dann den Krug mit Agavensaft vom Boden, gab ihm zu trinken, und der Fall war erledigt. Er betrachtete noch einmal das Auge des Kindes, verzog den Mund und schien nachzudenken.

Schließlich gab er Juana das Kind zurück und sagte zu Keno: „Ich glaube, die Wirkung des Giftes wird sich in einer Stunde zeigen. Das Pulver, das ich dem Kind gegeben habe, wird es vor Schaden bewahren. Ich werde aber auf jeden Fall in einer Stunde noch einmal kommen. Vielleicht kann ich deinen Sohn noch retten." Er atmete tief und verließ die Hütte. Sein Diener folgte ihm mit der Laterne.

Besorgt und verängstigt beobachtete Juana ihr Kind und wickelte es dann wieder in das Tuch. Auch Keno starrte es an, und als er den Arm hob, um noch einmal Coyotitos Augenlid zurückzuschieben, bemerkte er, daß er noch immer die Perle in der Hand hielt. Aus einer Kiste, die an der Wand stand, nahm er ein Stück Leinen, in das er die Perle einschlug, ging dann in eine Ecke des Raumes, grub mit seinen Fingern ein Loch in den

Boden, legte die Perle hinein, bedeckte sie mit Erde und bezeichnete die Stelle. Und dann ging er wieder zum Feuer, wo Juana hockte und ihr Kind beobachtete.

Als der Arzt wieder nach Hause gekommen war, ließ er sich in einem bequemen Stuhl nieder und sah auf die Uhr. Sein Diener brachte ihm Schokolade, süße Kuchen und Obst, aber er blickte unzufrieden auf die Speisen.

Draußen in der Bucht schossen kleine Fische durch das Wasser, die einem Zug großer Fische, der auf seiner Suche nach Nahrung in den Meeresarm eingedrungen war, zu entkommen suchten. Die Leute hörten in ihren Häusern das Zischen des Wassers und das Aufplatschen der großen Fische, wenn sie sich auf die kleinen stürzten. Nebel stieg aus dem Golf und legte sich in salzigen Tropfen auf die Büsche, Kakteen und kleinen Bäume. Nachtmäuse krochen aus der Erde, und die kleinen Eulen machten schweigend nach ihnen Jagd.

In seiner Hütte aß Keno die Bohnen, wischte dann den Tonteller mit Maisbrot aus und rollte sich gerade eine Zigarette, als Juana aufschrie. Er stand auf und ging zu ihr. Sie beugte sich über Coyotito. Aber das Licht war so schlecht, daß er den Grund ihres Schreckens nicht erkennen konnte. Er warf einige Zweige in das Feuer, und als sie aufflammten, sah er, daß das Gesicht Coyotitos ganz rot war, daß das Kind nur mühsam Atem holen konnte und daß dicke Schweißtropfen an seinen Lippen hingen. Coyotito war sehr krank. Die Magenkrämpfe hatten begonnen.

Keno kniete neben Juana nieder. „Der Arzt hat also recht gehabt", sagte er und dachte dabei mit Argwohn an das weiße Pulver. Juana wiegte Coyotito, aber er erbrach und wand sich in ihren Armen. In Keno wuchs der Zweifel.

Der Arzt trank seine Schokolade zu Ende, steckte noch die letzten Brösel des süßen Kuchens in den Mund, wischte dann seine Finger an einer Serviette ab, schaute auf die Uhr, erhob sich und griff nach seiner Tasche.

Die Nachricht über die Krankheit des Kindes ging schnell von Hütte zu Hütte, denn Krankheit ist nach Hunger der ärgste Feind armer Leute. Einige sagten: „Seht ihr, Glück bringt bittere Feinde", und sie erhoben sich, um zu Keno zu gehen. Da standen sie nun wieder und erklärten, wie traurig es wäre, daß sich gerade zur Zeit der Freude ein solches Unglück ereignete, und sagten: „Alles liegt in Gottes Hand." Die alten Frauen hockten sich zu Juana, um ihr zu helfen oder sie zu trösten, wenn keine Hilfeleistung möglich wäre.

Dann stürzte der Arzt, dem sein Diener folgte, in die Hütte. Er scheuchte die alten Frauen wie Küken auseinander. Er hob das Kind hoch, untersuchte es. „Das Gift hat gearbeitet", sagte er, „aber ich glaube, ich kann es besiegen. Ich werde mein Bestes tun." Er bat um Wasser, tat drei Tropfen Salmiakgeist in die Schale, die ihm gereicht wurde, und flößte dem Kind die Flüssigkeit ein. Mit erschreckten Augen beobachtete Juana den schreienden und kreischenden Coyotito. „Es ist ein wahres Glück", sagte der Arzt, „daß ich über das Gift der Skorpione Bescheid weiß, denn sonst..." und er zuckte mit den Achseln, um anzudeuten, was hätte passieren können.

Aber Keno war argwöhnisch und ließ seine Augen nicht von der offenen schwarzen Tasche des Arztes und von dem Fläschchen, in dem sich das weiße Pulver befand. Langsam ließ der Krampf des Kindes nach, und es wurde ruhiger. Und dann seufzte es tief auf und schlief ein.

Der Arzt gab das Baby in Juanas Arme. „Er wird jetzt wieder gesund", sagte er, „ich habe den Kampf gewonnen."

Dann schloß der Arzt seine Tasche. „Und wann, glaubst du, wirst du mein Honorar bezahlen können?" fragte er Keno freundlich.

„Wenn ich meine Perle verkauft habe, werde ich bezahlen."

„Du hast eine Perle? Eine schöne Perle?" fragte der Arzt interessiert.

Und da riefen alle Nachbarn zugleich: „Er hat die größte Perle der Welt gefunden!" Und mit Daumen und Zeigefinger zeigten sie, wie groß die Perle war.

„Keno wird ein reicher Mann", beteuerten sie. „So eine Perle wie diese hat noch niemand gesehen."

Der Arzt machte ein erstauntes Gesicht. „Das habe ich gar nicht gewußt. Hast du die Perle auch gut aufgehoben, oder willst du, daß ich sie für dich verwahre?"

Keno kniff die Augen zusammen. „Die Perle liegt sicher. Morgen werde ich sie verkaufen, und dann werde ich Sie bezahlen."

„Ganz wie du willst", meinte der Arzt, beobachtete aber dabei scharf Kenos Augen. Er war überzeugt, daß die Perle hier in der Hütte vergraben war, und er hoffte, daß Keno auf die Stelle blicken und sie so verraten würde. „Es wäre ein Jammer, wenn sie gestohlen werden sollte", sagte er und bemerkte, daß Keno unwillkürlich in eine Ecke des Raumes neben einem Pfosten blickte.

Als der Arzt gegangen war und auch die Nachbarn sich wieder zurückgezogen hatten, hockte sich Keno vor die glühenden Kohlen und lauschte den Geräuschen der Nacht, dem sanften Rauschen der kleinen Wellen an der Küste, dem fernen Gebell der Hunde, dem Säuseln des Windes, der durch das Dach der Hütte kroch, und der flüsternden Unterhaltung der Nachbarn. Denn diese Leute schlafen nachts nicht pausenlos. Sie erwachen ab und zu, unterhalten sich ein wenig und schlafen dann wieder weiter. Keno erhob sich nach einer Weile und ging zur Tür.

Er ließ den Wind um sich streichen, lauschte nach fremden Geräuschen, und seine Augen durchbohrten die Finsternis, denn die Musik des Bösen erklang in seinem Kopf und machte ihn wütend und ängstlich. Nachdem er die Nacht so durchforscht hatte, ging er zu der Stelle, wo die Perle vergraben war, holte sie heraus, grub ein anderes Loch in den Boden unter seiner Schlafmatratze, legte die Perle hinein und bedeckte sie wieder mit Erde. Und Juana, die beim Feuer saß, beobachtete ihn mit fragenden Augen und sagte: „Vor wem hast du Angst?"

Keno suchte nach einer Antwort, die der Wahrheit entsprach, und schließlich sagte er: „Vor jedem." Und er fühlte, daß zwischen ihm und den anderen eine Mauer wuchs.

Nach einer Weile legten sich beide auf die Matte. Coyotito kam nicht in seine kleine Kiste, sondern Juana behielt ihn in ihren Armen. Und in der Feuerstelle verglühte langsam die Asche.

Aber in Kenos Kopf brannte eine Flamme, die nicht verlöschen wollte. Er träumte, daß Coyotito lesen konnte. In seinem Traum las Coyotito aus einem Buch, das so groß war wie ein Haus, mit Buchstaben, die die Größe eines Hundes hatten, und die Worte jagten über die Seiten. Aber dann wurde es plötzlich dunkel um ihn, und mit der Dunkelheit kam die Musik des Bösen wieder. Keno stöhnte im Schlaf auf; und als er stöhnte, öffnete Juana die Augen. Und dann erwachte Keno, und horchend lag er im Finstern.

Da drang, so leise, daß er es auch für eine Einbildung hätte halten können, aus der Ecke der Hütte ein Geräusch zu ihm, eine kleine, verstohlene Bewegung, das vorsichtige Auftreten eines Fußes. Keno hielt den Atem an und lauschte. Und er wußte, daß, wer immer es auch sein mochte, der in der Hütte war, ebenfalls den Atem anhielt und ebenso angestrengt lauschte. Dann war eine Zeitlang nichts zu hören, und Keno dachte schon, daß ihn sein Argwohn genarrt hätte. Aber da berührte ihn warnend Juanas Hand, und dann kam das Geräusch wieder: ein leiser Schritt auf trockener Erde und scharrende Finger.

Keno empfand entsetzliche Furcht, und aus der Furcht wurde, wie immer, Wut. Er griff nach seinem Messer, das an einem Riemen an seiner Brust hing, und dann sprang er wie eine wütende Katze auf und stürzte sich auf das dunkle Etwas. Er fühlte Kleider und stieß mit dem Messer zu, verfehlte sein Ziel, stach noch einmal, merkte, daß das Messer durch Kleider ging – aber da empfing er plötzlich einen furchtbaren Schlag, daß er glaubte, sein Kopf müßte vor Schmerz zerspringen. Dann war ein Rascheln an der Tür, eilende Schritte, und dann herrschte wieder Stille.

Keno fühlte, daß ihm Blut von der Stirn rann, und er hörte Juana rufen: „Keno!“, und in ihrer Stimme lag Angst. Aber ebenso schnell, wie die Wut über ihn gekommen war, wurde er wieder ruhig und sagte: „Mir ist nichts geschehen. Er ist fort.“

Er tastete sich zu seinem Lager zurück. Juana war schon bei der Feuerstelle. Sie holte eine glühende Kohle aus der Asche, schüttete einige trockene Maiskolben darüber und blies eine kleine Flamme an. Dann holte sie aus einem Versteck ein Stück einer Kerze, entzündete sie an der kleinen Flamme und stellte sie auf einen Stein. Sie arbeitete schnell. Sie tauchte ein Ende ihres Schals in Wasser und wischte das Blut von Kenos verletzter Stirn. „Es ist nichts“, sagte Keno, aber seine Stimme war hart und kalt, und der Haß in ihm wurde immer größer.

Juana konnte sich nicht länger zurückhalten. „Der Teufel hat dir die Perle in die Hand gelegt“, schrie sie. „Sie ist wie eine Sünde. Sie wird uns ins Verderben stürzen.“ Ihre Stimme wurde

schriller. „Wirf sie weg, Keno. Werfen wir sie ins Meer zurück. Sie hat uns Unglück gebracht und wird uns noch vernichten." Und ihre Lippen und ihre Augen glänzten vor Furcht im Licht der Kerze.

Aber Keno sah sie nur starr an. Sein Entschluß war gefaßt. „Wir haben keine andere Wahl", sagte er. „Unser Sohn muß in die Schule gehen. Er muß die Mauer durchbrechen, die uns einschließt."

Juana weinte. „Sie wird uns vernichten, auch unseren Sohn."

„Sprich nicht mehr darüber", erwiderte Keno. „Am Morgen werden wir die Perle verkaufen. Dann werden wir von dem Bösen befreit sein, und nur das Gute wird bleiben." Finster blickte er in die kleine Flamme, und dabei kam ihm zum Bewußtsein, daß er noch immer das Messer in der Hand hielt. Er hob es hoch, blickte auf die Klinge und sah Blut auf dem Stahl. Erst wollte er es an seiner Hose abwischen, aber dann stieß er das Messer in die Erde und reinigte es auf diese Art.

In der Ferne krähten die ersten Hähne. Die Luft veränderte sich, und es dämmerte. Der Morgenwind rauhte das Wasser in der Bucht auf, und kleine Wellen schlugen auf den sandigen Strand. Keno hob die Schlafmatte hoch, grub die Perle aus und starrte sie an.

Und er war von ihrer Schönheit, wie sie im Licht der kleinen Kerze glänzte und blitzte, geblendet. Sie war so schön und so zart und hatte ihre eigene Musik – die Musik des Versprechens, des Entzückens, des Wohlstandes und der Sicherheit. Ihre strahlende Klarheit versprach heilende Mittel gegen Krankheit und Wehr gegen Schimpf. Sie schloß die Tür zum Hunger. Kenos Augen wurden sanfter, und sein Gesicht entspannte sich. Er sah, wie sich die kleine Flamme der kostbaren Kerze auf der Perle spiegelte. Juana, die verstohlen auf Keno blickte, sah ihn lächeln. Und weil sie in gewisser Beziehung eins waren und nur einen Lebenszweck hatten, lächelte sie mit ihm.

Und sie begannen den Tag mit neuen Hoffnungen.

IV

Es ist erstaunlich, wie sehr eine kleine Stadt sich selbst und jeden einzelnen ihrer Einwohner beobachtet. So war es auch in ganz La Paz schon am frühen Morgen bekannt, daß Keno kommen würde, um seine Perle zu verkaufen. Die Perlenfischer waren unterrichtet, den chinesischen Gewürzhändlern war es zugetragen worden, und in der Kirche flüsterten es die Ministranten einander zu. Die Bettler, die vor der Kirche standen, sprachen davon. Und selbstverständlich wußten es auch die Perlenkäufer, die schon am frühen Morgen allein in ihren Büros saßen. Sie ließen die Perlen, die auf einem mit schwarzem Samt überzogenen Brett vor ihnen lagen, durch ihre Finger gleiten und überdachten die Rolle, die sie spielen sollten.

In der Stadt glaubte man, daß die Perlenkäufer unabhängig voneinander waren und daß sie gegeneinander boten, wenn die Fischer ihre Perlen brachten. Einst war es auch so gewesen. Aber es hatte sich herausgestellt, daß man mit dieser Methode nur Geld vergeudete, denn oft wurde im Zuge des Handelns um eine schöne Perle dem Fischer ein zu hoher Preis bezahlt. Das aber durfte nicht zugelassen werden, und nun war nur ein Perlenhändler in der Stadt, der seine Leute aber in verschiedenen Büros sitzen hatte. Und diese Leute warteten jetzt auf Keno. Sie wußten schon, welchen Preis sie bieten würden, wieviel sie wirklich zahlen durften und welche Taktik jeder von ihnen einschlagen würde.

Heiß und gelb brannte die Sonne an diesem Morgen. Sie zog Feuchtigkeit aus dem Golf und hing sie als glitzernde Bogen in die zitternde Luft, die alles unwirklich erscheinen ließ.

Am Morgen dieses Tages lagen alle Kanus in einer Reihe am Strand. Die Fischer fuhren nicht hinaus, um nach Perlen zu tauchen; es sollte sich doch so viel ereignen, es würde so viel zu sehen geben, wenn Keno seine Perle verkaufte.

In den Holzhütten an der Küste saßen Kenos Nachbarn lange bei ihrem Frühstück und sprachen darüber, was sie tun würden, wenn sie die Perle gefunden hätten. Einer sagte, daß er sie dem Heiligen Vater in Rom zum Geschenk machen wollte. Ein anderer meinte, daß er für die Seelen seiner Familie tausend Jahre lang täglich eine Messe lesen lassen würde. Ein dritter wollte das Geld unter die Armen von La Paz verteilen. Sie alle hofften, daß der plötzliche Reichtum Keno nicht hochmütig machen würde, daß Keno nicht zu einem „reichen Mann" werde, daß sich nicht Gier, Haß und Hartherzigkeit seiner bemächtigen. Denn alle hatten Keno gern. „Seine gute Frau Juana", sagten sie, „und das hübsche Baby Coyotito und die, die noch kommen werden. Es wäre traurig, wenn die Perle sie alle vom rechten Weg abbrächte."

Für Keno und Juana war dieser Morgen der schönste Morgen ihres Lebens, der sich nur mit dem Morgen vergleichen ließ, an dem ihr Kind geboren worden war. Alle späteren Tage sollten von diesem Tag an gezählt werden. Juana zog Coyotito die Kleider an, in denen sie ihn taufen lassen wollte, wenn sie einmal genügend Geld dafür hätten. Juana kämmte ihr Haar, flocht sich zwei Zöpfe, um deren Ende sie zwei kleine, rote Schleifen befestigte, und kleidete sich in ihr Hochzeitsgewand. Als die Sonne im Südosten stand, waren sie fertig. Keno trug zerrissene, aber reine Kleider. Er dachte, daß es der letzte Tag war, an dem er so zerlumpt herumging, denn morgen oder vielleicht schon an diesem Nachmittag wollte er sich neue Kleider kaufen.

Die Nachbarn, die aus den Spalten ihrer Holzhütten spähten und Kenos Tür nicht aus den Augen ließen, waren ebenfalls fertig. Sie gingen nicht aus Stolz mit Keno und Juana in die Stadt. Für sie war es ein historischer Augenblick. Sie wären verrückt geworden, wenn sie nicht hätten mitgehen können, und es wäre auch ein Zeichen unfreundschaftlichen Verhaltens gewesen.

Sorgfältig legte Juana ihr Tuch um. Das eine lange Ende schlug sie so um ihren rechten Ellenbogen, damit es wie eine Hängematte unter ihrem Arm hing und sie einen Zipfel in der Hand hielt. Sie legte Coyotito hinein, der nun alles mit ansehen und sich später vielleicht daran erinnern konnte. Keno setzte sich seinen großen Strohhut auf und kontrollierte, ob er auch richtig saß, ob er nicht zu sehr nach rückwärts oder auf die Seite gerutscht war und ihm nicht das Aussehen eines unbesonnenen, ledigen, sich seiner Verantwortung nicht bewußten Mannes verlieh; er achtete darauf, daß sein Hut nicht plump auf seinem Kopf saß, sondern daß er sich ein wenig nach vorn neigte und

Kenos Unternehmungsgeist, seinen Ernst und seine Kraft anzeigte. Schließlich wickelte er ein Stück weiches Fell über die Perle und legte sie so verpackt in einen kleinen Lederbeutel, den er in eine Tasche seines Hemdes steckte. Darauf hängte er sich vorsichtig seine Decke um und befestigte sie an seiner linken Schulter. Jetzt waren sie zum Gehen bereit.

Würdevoll schritt Keno aus dem Haus, und Juana, die Coyotito trug, folgte ihm. Und als sie auf den Pfad zur Stadt kamen, schlossen sich die Nachbarn ihnen an. Aber der Ernst der Stunde erlaubte es nur einem Mann, an Kenos Seite zu gehen, und zwar Kenos Bruder, Juan Tomas.

Juan Tomas sagte warnend zu Keno: „Du mußt aufpassen, daß sie dich nicht betrügen."

Keno nickte. „Ich muß sehr aufpassen."

„Wir wissen nicht, welche Preise anderswo bezahlt werden", sagte Juan Tomas. „Wie können wir beurteilen, welcher Preis richtig ist, wenn wir nicht wissen, wieviel die Perlenkäufer für die Perlen bekommen?"

„Das stimmt", erwiderte Keno, „aber wie sollen wir es auch wissen? Wir sind eben hier und nicht dort."

Sie gingen weiter, und hinter ihnen wuchs die Menge. Juan Tomas war sehr aufgeregt. „Bevor du geboren wurdest, Keno", sagte er, „überlegten die Alten, wie sie es anstellen sollten, mehr Geld für ihre Perlen zu bekommen. Sie dachten, daß es besser wäre, einen eigenen Agenten zu haben, der die Perlen für einen gewissen Anteil am Gewinn in der Hauptstadt verkaufen könnte."

Keno nickte. „Ich weiß", sagte er, „die Idee war nicht schlecht."

„Schließlich fanden sie so einen Mann", fuhr Juan Tomas fort, „und übergaben ihm alle Perlen, die sie gesammelt hatten. Man hat aber nie wieder von ihm gehört, und die Perlen waren verloren. Dann fanden sie einen anderen, den sie abermals in die Hauptstadt schickten. Aber auch er kam nie wieder, und so ließen sie den Gedanken fallen und blieben bei der alten Methode."

„Ich weiß", sagte Keno. „Ich kann mich erinnern, wie unser Vater davon erzählte. Der Gedanke war gut – aber er war gegen die Religion. Der Priester hat es erklärt. Der Verlust der

Perlen war eine Strafe für diejenigen, die sich mit ihrem Los nicht abfinden wollten. Der Priester sagte, daß jeder Mensch wie ein Soldat ist, den Gott sandte, um einen Teil des Schlosses, das unsere Erde im Weltenraum darstellt, zu bewachen. Manche stehen auf den Zinnen, manche aber tief unten in den Gewölben. Jeder muß jedoch gläubig auf seinem Posten bleiben, keiner darf einfach herumlaufen, weil die Angriffe aus der Hölle das Schloß sonst in Gefahr bringen."

„Ich habe die Predigt gehört", erwiderte Juan Tomas. „Er wiederholt sie jedes Jahr." Die Brüder kniffen im Gehen ihre Augen zusammen, so wie es schon ihre Väter, ihre Großväter und ihre Urgroßväter getan hatten, seit vor vierhundert Jahren die ersten Fremden gekommen waren, die sie überredeten, ihnen Befehle erteilten und sie die Wirkung des Schießpulvers erkennen ließen. Kenos Volk hatte in diesen vierhundert Jahren nur eine Art der Verteidigung gelernt: die Augen zusammenzukneifen, die Lippen aufeinanderzupressen und sich zurückzuziehen. Nichts konnte diese Mauer, hinter der sie sich selbst treu blieben, niederreißen.

Es war ein feierlicher Zug, denn jeder fühlte die Bedeutung des Tages, und jedes Kind, das raufen, schreien oder weinen oder einem anderen Kind den Hut stehlen und ihm in die Haare fahren wollte, wurde sofort von seinen älteren Geschwistern zurechtgewiesen. Der Zug ließ die Holzhütten hinter sich und betrat die Stadt aus Stein, in der es breite Straßen und schmale Gehwege entlang den Häusern gab. Und wieder schlossen sich die Bettler an. Die Sonne brannte in den Straßen der Stadt, und selbst die kleinsten Steine warfen Schatten auf den Boden.

Die Nachricht, daß der Zug sich näherte, verbreitete sich schnell, und die Perlenkäufer setzten sich in ihren kleinen, dunklen Büros zurecht und taten sehr geschäftig. Sie legten Schriftstücke vor sich hin, um angestrengte Arbeit vorzutäuschen, wenn Keno eintreten sollte. Die Büros der Perlenkäufer lagen alle in der gleichen engen Gasse. Ihre Fenster waren vergittert und mit Holzläden, die das Licht abhielten, versperrt, und so herrschte in den Räumen immer eine Art Halbdunkel.

In einem dieser Büros saß wartend ein behäbiger Mann. Er hatte ein väterlich gütiges Aussehen. Er war einer von jenen, die jedem Menschen „Guten Morgen" zurufen und ihm die Hand schütteln. Er war ein lustiger Mann, der jeden Witz kannte, der aber doch immer am Rand der Rührseligkeit ging, denn während des Lachens konnte er sich plötzlich an den Tod deiner Tante erinnern, und sein Mitgefühl ließ seine Augen feucht werden. An diesem Morgen hatte er eine Vase mit einer Blume auf seinen Schreibtisch gestellt, eine rote Hibiskusblüte, und die Vase stand neben seinem mit schwarzem Samt ausgeschlagenen Brett für die Perlen. Er war sorgfältig rasiert, hatte reine Hände und polierte Fingernägel. Die Tür seines Büros stand weit offen, und während er mit seiner rechten Hand Taschenspielereien übte, summte er ein Liedchen. Er ließ ein Geldstück über seine Knöchel rollen, ließ es verschwinden und wieder zum Vorschein kommen. Mühelos bewegten sich seine Finger. Er summte und schaute unentwegt zur Tür. Und dann hörte er die Schritte der näher kommenden Menge, und die Finger seiner rechten Hand arbeiteten schneller und schneller, bis er – als Keno in der Tür stand – die Münze verschwinden ließ.

„Guten Morgen, mein Freund", sagte er. „Womit kann ich dienen?"

Keno, dessen Augen von der Sonne geblendet waren, mußte sich erst an die Dunkelheit des Raumes gewöhnen. Er sah nicht, daß die Augen des Perlenverkäufers, dessen Gesicht sich bei der Begrüßung zu einem Lächeln verzogen hatte, hart und grausam wurden wie die Augen eines Habichts.

„Ich habe eine Perle", sagte Keno. Juan Tomas, der neben ihm stand, räusperte sich ein wenig bei dieser bescheidenen Feststellung. Die Nachbarn drängten sich in der Tür, und einige kleine Jungen rutschten auf Händen und Knien bis zu Kenos Beinen vor, um alles sehen und hören zu können.

„So, du hast eine Perle", sagte der Händler. „Manchmal bringt mir einer ein ganzes Dutzend. Aber bitte, zeig deine Perle her. Wir werden sie schätzen und den besten Preis dafür bezahlen."

Ganz unbewußt verstand es Keno, Wirkung zu erzielen. Langsam holte er den Lederbeutel hervor, wickelte umständlich die Perle aus dem kleinen weichen Fell und ließ sie dann über das mit Samt überzogene Brett rollen. Gleichzeitig hefteten sich aber seine Augen auf das Gesicht des Perlenkäufers. Es blieb unverändert; nur die Hand, die hinter dem Schreibtisch heimlich mit der Münze spielte, verlor ihre präzise Bewegung. Die Münze stolperte über den Knöchel und fiel lautlos in den Schoß des Perlenkäufers. Und die Hand ballte sich für einen Augenblick zur Faust. Dann aber hob der Mann den Arm und berührte mit dem Zeigefinger die große Perle. Er rollte sie über den schwarzen Samt, hob sie mit Daumen und Zeigefinger nahe an seine Augen.

Keno hielt den Atem an; ein Flüstern ging durch die Reihen der Nachbarn. „Er betrachtet sie... Noch wurde kein Preis genannt... Sie sprechen noch nicht vom Geld..."

Nun machte die Hand des Perlenkäufers eine entscheidende Bewegung. Sie warf die Perle auf das Brett zurück, und der Zeigefinger stieß nach ihr. Und das Gesicht des Händlers verzog sich zu einem traurigen und verächtlichen Lächeln. „Es tut mir leid, mein Freund", sagte er und hob ein wenig seine Schultern, um anzuzeigen, daß er an diesem Unglück nicht schuld wäre.

„Es ist eine wertvolle Perle", sagte Keno.

Der Perlenkäufer stieß mit seinem Zeigefinger noch einmal nach der Perle, so daß sie an die Leiste des Brettes sprang und wieder zurückprallte.

„Hast du schon einmal von Narrengold gehört?" fragte er. „Mit dieser Perle verhält es sich ähnlich. Sie ist zu groß. Wer würde sie kaufen? Dafür gibt es keine Abnehmer. Sie ist eine Kuriosität, aber nicht mehr. Es tut mir leid."

Keno erschrak. „Sie ist die schönste Perle der Welt", rief er, „kein Mensch hat jemals eine solche Perle gesehen."

„Das glaubst du", erwiderte der Perlenhändler. „Ich finde sie unförmig. Als Kuriosität mag sie Interesse finden. Vielleicht würde sie ein Museum seiner Sammlung von Meeresmuscheln einreihen. Ich kann dir... sagen wir... tausend Pesos dafür geben."

Kenos Gesicht verfinsterte sich. „Sie ist fünfzigtausend wert", sagte er. „Sie wissen es ganz genau. Sie wollen mich betrügen!"

Der Perlenhändler hörte das Raunen, das durch die Menge ging, als sie den Preis hörte, den er genannt hatte. Und er empfand ein wenig Angst.

„Mach mir keine Vorwürfe", sagte er schnell. „Ich habe die Perle nach bestem Wissen geschätzt. Frag die anderen, geh zu ihnen und zeige deine Perle – oder besser noch, lasse sie hierherkommen, damit du siehst, daß wir nicht im Einverständnis handeln.“ Und er rief: „He!“ und sagte zu seinem Diener, der daraufhin eintrat: „Geh zu ein paar Perlenhändlern und bitte sie, zu mir zu kommen. Sag aber nicht, worum es sich handelt.“ Und seine rechte Hand verschwand wieder hinter dem Schreibtisch, holte ein anderes Geldstück aus seiner Tasche, und die Münze rollte wieder über seine Knöchel.

Kenos Nachbarn steckten die Köpfe zusammen. Sie hatten diese Enttäuschung befürchtet. Die Perle war zwar groß, aber sie hatte eine seltsame Farbe. Sie waren schon die ganze Zeit argwöhnisch gewesen, und schließlich, dachten sie, wären tausend Pesos doch nicht zu verachten. Für einen Armen bedeuteten sie Reichtum. Keno konnte sie ruhig annehmen. Gestern noch hatte er nichts besessen.

Aber Keno war hart geworden. Er fühlte, daß sich das Schicksal ihm nahte, daß Geier über ihm kreisten. Er fühlte, daß das Böse vor ihm Gestalt annahm, und wußte nicht, wie er sich schützen sollte. Er hörte die Musik des Bösen in seinen Ohren und sah, daß die Perle auf dem schwarzen Samt glänzte.

Die Leute, die in der Tür standen, kamen in Bewegung und ließen drei Perlenhändler eintreten. Sie waren jetzt ganz still, um ja kein Wort zu überhören. Keno beobachtete sie schweigend. Er fühlte ein schwaches Ziehen im Rücken. Er wendete den Kopf und blickte in Juanas Augen, und als er sich von ihr wieder abwandte, hatte er neue Kraft gefunden.

Die Perlenhändler beachteten einander nicht. Sie schienen auch die Perle nicht zu bemerken. Der Mann, der hinter dem Schreibtisch saß, sagte: „Ich habe den Wert dieser Perle geschätzt. Aber ihr Eigentümer hält ihn nicht für richtig. Ich möchte Sie bitten, dieses ... dieses Ding hier anzusehen und ein Angebot zu machen.“ Dann wandte er sich an Keno. „Ich habe die Summe, die ich dir bot, nicht erwähnt.“

Der erste Händler, ein vertrocknetes, hageres Männchen, schien die Perle jetzt erst zu sehen. Er nahm sie in die Hand, rollte sie schnell zwischen Daumen und Zeigefinger und warf sie dann verächtlich auf das Brett zurück.

„Schließen Sie mich aus der Unterhaltung aus“, sagte er. „Ich mache kein Angebot. Ich will die Perle nicht haben ... dieses Monstrum.“ Er verzog die Lippen.

Jetzt nahm der zweite Händler, ein kleiner Mann mit einer scheuen, zarten Stimme, die Perle in die Hand und untersuchte sie sorgfältig. Er holte eine Lupe aus seiner Tasche und betrachtete die Perle unter dem Vergrößerungsglas. Dann lachte er leise.

„Man kann schon bessere Perlen künstlich herstellen", sagte er. „Ich kenne dieses Zeug. Diese hier ist kreidig, und sie wird in wenigen Monaten ihre Farbe verlieren. Schau selbst..." Er bot Keno die Lupe an und zeigte ihm, wie er sie gebrauchen sollte. Keno, der noch niemals eine Perle durch ein Vergrößerungsglas betrachtet hatte, erschrak über ihr seltsam verändertes Aussehen.

Der dritte Händler nahm Keno die Perle aus der Hand. „Einer meiner Kunden hat solche Sachen gern", sagte er. „Ich biete dir fünfhundert Pesos. Vielleicht kann ich sie um sechshundert weiterverkaufen."

Keno griff schnell nach der Perle und steckte sie hastig in die Tasche seines Hemdes.

„Ich bin ein Narr", sagte der Mann hinter dem Schreibtisch. „Aber ich bleibe bei meinem ersten Angebot. Ich biete tausend Pesos. Was machst du denn?" fragte er, als Keno die Perle an sich nahm.

„Ich werde betrogen", rief Keno wütend. „Ich verkaufe meine Perle nicht hier. Ich werde sie anderswo anbieten. Vielleicht in der Hauptstadt."

Die Händler warfen einander schnelle Blicke zu. Sie wußten, daß sie falsch gespielt hatten. Sie wußten, daß sie für ihren Fehler zur Verantwortung gezogen werden würden, und der Mann an dem Schreibtisch sagte schnell: „Ich könnte dir unter Umständen auch fünfzehnhundert geben."

Aber Keno drängte sich schon durch die Menge. Das Blut, das ihm in den Kopf geschossen war, dröhnte in seinen Ohren, und er hörte nur ganz leise das Flüstern der Menge. Juana folgte ihm.

Abends saßen die Nachbarn in ihren Holzhütten, aßen ihre Bohnen und ihr Maisbrot und sprachen über die Ereignisse dieses Morgens. Sie wußten nicht recht, was sie von der Perle halten sollten. Sie glaubten zwar, daß es eine gute Perle wäre, aber sie hatten noch niemals eine ähnliche gesehen und waren überzeugt, daß die Händler über den Wert einer Perle besser Bescheid wußten als sie selbst. „Bedenkt", sagten sie, „die Händler haben nicht miteinander über die Perle gesprochen, und jeder von den dreien sagte, daß sie wertlos wäre."

„Aber wenn sie sich vorher alles ausgemacht hätten?"

„Wenn es so wäre, dann wurde jeder von uns sein ganzes Leben lang betrogen."

„Vielleicht", meinte einer, „vielleicht wäre es besser gewesen, wenn Keno die fünfzehnhundert Pesos genommen hätte. Es ist viel Geld. Mehr, als er jemals gesehen hat. Wer weiß, ob Keno nicht eine ganz große Dummheit gemacht hat. Stellt euch nur vor, wenn Keno jetzt wirklich in die Hauptstadt ginge und keinen Käufer fände. Er würde es niemals überwinden."

„Aber jetzt", sagten andere, die furchtsam waren, „jetzt werden die Händler mit ihm überhaupt nichts mehr zu tun haben wollen. Es kann sein, daß Keno sich ins eigene Fleisch geschnitten und sich jede weitere Verdienstmöglichkeit genommen hat."

Und andere sagten, daß Keno ein tapferer Mann wäre. Und daß sein Mut ihnen allen Nutzen bringen könnte. Und sie waren stolz auf ihn.

Inzwischen hockte Keno in seiner Hütte auf der Schlafmatte und dachte nach. Er hatte die Perle unter einem Stein der Feuerstelle vergraben und starrte jetzt auf die Wollmatte, bis die gekreuzten Muster vor seinen Augen tanzten. Er hatte eine Welt verloren und keine andere gewonnen. Keno hatte Angst. Noch nie in seinem Leben war er von seinem Heim weit weg gewesen. Er fürchtete die Hauptstadt, die weit weg vom Meer lag, hinter den Bergen, mehr als tausend Meilen entfernt. Jede einzelne dieser Meilen jagte ihm Schrecken ein. Aber Keno hatte seine alte Welt verloren, und er mußte eine neue zu erreichen suchen. Er hatte gesagt: „Ich werde gehen", und damit hatte er sich verpflichtet. Wer einen Entschluß gefaßt und ihn auch ausgesprochen hat, der befindet sich schon auf dem halben Weg.

Juan Tomas betrat die Hütte und hockte sich neben Keno. Lange schwieg er, bis Keno endlich fragte: „Was bleibt mir anderes übrig? Sie sind Betrüger."

Juan Tomas nickte ernst. Er war der ältere, und Keno erwartete Rat von ihm. „Es ist schwer zu sagen", meinte er. „Wir wissen, daß wir vom Tag unserer Geburt bis zu unserem Tod betrogen werden. Aber wir leben trotzdem. Du hast dich nicht gegen die Perlenhändler gestellt, sondern gegen den Lauf unseres Lebens. Ich habe Angst um dich."

„Was, außer Hunger, habe ich zu fürchten?" fragte Keno.

Juan Tomas schüttelte langsam den Kopf. „Diese Gefahr droht jedem, aber angenommen, du hast recht – angenommen, deine Perle ist wirklich von großem Wert –, glaubst du, daß dann alles in Ordnung ist?"

„Wie meinst du das?"

„Ich weiß es nicht", erwiderte Juan Tomas, „aber ich habe Angst um dich. Es ist ein fremder Boden, auf dem du gehst, und du kennst den Weg nicht."

„Und doch werde ich gehen", erklärte Keno.

„Das mußt du auch tun", meinte Juan Tomas. „Aber ich bezweifle, daß es dir in der Hauptstadt anders ergehen wird. Hier hast du Freunde und mich, deinen Bruder. Aber dort wirst du niemand haben."

„Was soll ich denn tun?" rief Keno. „Hier erlebe ich nur Schimpf und Schande. Ich will, daß es meinem Sohn einmal bessergeht, und das wollen sie verhindern. Aber meine Freunde werden mich schützen."

„Nur solange sie nicht selbst dadurch Unannehmlichkeiten haben oder in Gefahr kommen", erwiderte Juan Tomas. Dann erhob er sich und sagte: „Geh mit Gott."

Und Keno erwiderte: „Geh mit Gott!" Aber er sah nicht einmal auf, denn die Worte klangen so kalt und fremd.

Noch lange, nachdem Juan Tomas gegangen war, saß Keno nachdenklich auf der Matte. Er war gleichgültig geworden, ein Gefühl der Hoffnungslosigkeit hatte sich seiner bemächtigt. Jeder Weg schien ihm versperrt. Aber seine Sinne waren wach. Er hörte jedes kleine Geräusch der sinkenden Nacht, den schläfrigen Streit der Vögel, die sich zur Ruhe setzten, den Liebesschmerz der Katzen, den Aufprall und das Zurückschlagen der kleinen Wellen am Strand. Juana beobachtete ihn besorgt. Aber sie kannte Keno, und sie wußte, daß sie ihm am besten mit ihrem Schweigen und mit ihrer Nähe helfen konnte. Sie hielt Coyotito in ihren Armen und sang ihm eine Melodie vor.

Keno rührte sich nicht. Er fragte auch nicht nach dem Essen. Sie wußte, daß er danach verlangen würde, sobald er es wollte.

Kenos Augen glänzten. Er fühlte, daß sich das Böse vorsichtig seiner Hütte näherte. Er fühlte die schleichenden Schatten, die nur darauf warteten, daß er in die Nacht hinausträte. Sie drohten und riefen. Er fuhr mit der rechten Hand unter sein Hemd und griff nach dem Messer. Dann stand er auf und ging zur Tür.

Juana wollte ihn aufhalten. Sie hob ihre Hand und öffnete vor Schreck den Mund. Keno blickte einen Augenblick lang in die Dunkelheit und trat dann ins Freie. Juana hörte, wie jemand vorstürzte, sie hörte stöhnendes Ringen und schließlich einen Schlag. Der Schreck ließ sie erst erstarren, doch dann entblößte sie wie eine Katze die Zähne. Sie legte Coyotito auf den Boden, ergriff einen Stein von der Feuerstelle und stürzte hinaus. Aber da war schon alles vorüber. Keno lag auf der Erde. Außer den Schatten, dem Aufschlagen der Wellen war nichts zu sehen oder zu hören. Und doch lauerte ringsum das Böse; es war hinter dem Gartenzaun versteckt, es kauerte im Dunkel neben der Hütte, es kreiste über ihnen in der Luft.

Juana ließ den Stein fallen. Sie half Keno auf die Beine und führte ihn in die Hütte. Blut rann von seinem Kopf, und auf seiner Wange, vom Ohr bis zum Kinn, war eine lange, blutende Schnittwunde. Keno war nur halb bei Bewußtsein. Er drehte den Kopf von einer Seite auf die andere. Seine Kleider waren halb heruntergerissen. Juana setzte ihn auf die Schlafmatte und wischte mit ihrer Schürze das Blut von seinen Wangen. Dann gab sie ihm Agavensaft zu trinken, während er noch immer den Kopf schüttelte, um die Dunkelheit zu vertreiben.

„Wer war es?“ fragte Juana.

„Ich weiß es nicht“, erwiderte Keno. „Ich habe nichts gesehen.“

Juana brachte einen Topf mit Wasser und wusch seine Wunde. Er starrte wie geblendet vor sich hin. „Keno“, rief Juana. „Keno, hörst du mich?“

„Ich höre dich“, erwiderte er dumpf.

„Keno, diese Perle bringt nur Böses. Vernichten wir sie, bevor sie uns vernichtet. Zermalmen wir sie zwischen zwei Steinen ... werfen wir sie ins Meer zurück, wo sie hingehört!“ Während sie sprach, kam wieder Licht in seine Augen. Seine Muskeln strafften sich wieder, und sein Wille wurde fest.

„Nein“, sagte er. „Ich werde es durchkämpfen. Ich werde siegen, und wir werden ein neues Leben beginnen.“ Er schlug mit der Faust auf die Matte. „Niemand soll uns unser Glück rauben können!“ Der Zorn schwand aus seinem Blick, und er legte seine Hand sanft auf Juanas Schulter. „Glaube mir“, sagte er, „ich weiß, was ich will. Morgen früh werden wir uns in unser Kanu setzen und übers Meer fahren, und dann werden wir über die Berge steigen und in die Hauptstadt gehen. Wir werden uns nicht betrügen lassen. Ich weiß, was ich will.“

„Keno“, sagte Juana heiser, „ich habe Angst. Du könntest ermordet werden. Werfen wir doch die Perle ins Meer zurück!“

„Sei still“, erwiderte er wütend. „Ich weiß, was ich will.“ Juana schwieg. „Morgen, beim ersten Licht, brechen wir auf. Du hast doch keine Angst?“

„Nein, Keno!“

Er sah sie mit einem zärtlichen Blick an, und seine Hand berührte ihre Wange. „Wir wollen jetzt ein wenig schlafen“, sagte er.

V

Der Mond stand am Himmel, und noch hatten die Hähne nicht gekräht. Keno öffnete die Augen, denn er hatte eine Bewegung neben sich bemerkt. Er rührte sich nicht und durchbohrte nur mit den Blicken das Dunkel. Im schwachen Licht des Mondes, das durch die Wände der Holzhütte drang, sah Keno, daß Juana aufgestanden war. Leise ging sie zur Feuerstelle. Sie bewegte sich so vorsichtig, daß er nur ein ganz kleines Geräusch hörte, als sie den Stein von der Feuerstelle hob. Und dann glitt sie wie ein Schatten zur Tür. Bei der kleinen Kiste, in der Coyotito lag, blieb sie für einen Augenblick stehen, aber schon im nächsten waren nur mehr die schwarzen Umrisse ihrer Gestalt in der Türöffnung zu sehen, und dann war sie verschwunden.

Wut erfaßte Keno. Er sprang auf und folgte ihr so leise, wie sie gegangen war. Juana ließ die Büsche hinter sich und stolperte über den steinigen Strand dem Meer entgegen. Und als sie hörte, daß er ihr nachkam, begann sie zu laufen. Sie hatte ihren Arm schon zum Wurf hochgehoben, als er sie ansprang, ihre Hand auffing und ihr die Perle entwand. Mit der geballten Faust schlug er sie ins Gesicht, sie fiel, und er stieß mit dem Fuß nach ihr. Im bleichen Licht des Mondes sah er, wie die kleinen Wellen über sie schlugen. Ihr Rock wurde mitgeschwemmt und klebte dann an ihren Beinen, als das Wasser wieder zurückfloß.

Keno fletschte die Zähne. Er fauchte sie wie eine Schlange an, aber er sah nur Juanas unerschrockene Augen auf sich gerichtet. Sie wußte, daß er zu morden fähig wäre, und sie nahm das hin. Sie wollte keinen Widerstand leisten. Aber da schwand seine Wut, und Verachtung erfüllte ihn. Er wendete sich von ihr ab, ging den Strand hinauf und dann weiter, entlang den Büschen, auf seine Hütte zu. Er war seiner Sinne nicht mehr mächtig.

Und dann hörte er plötzlich ein Geräusch, und er riß sein Messer heraus und hieb nach einer dunklen Gestalt. Er fühlte, daß sein Messer getroffen hatte, aber dann wurde er an den Knien gepackt und zu Boden gerissen. Gierige Finger durchwühlten seine Kleider, suchten ihn ab, und die Perle wurde ihm aus der Hand geschlagen. Sie rollte hinter einen kleinen Stein auf dem Pfad und glänzte im sanften Licht des Mondes.

Juana erhob sich mühsam. Im Gesicht und an der Seite fühlte sie einen dumpfen Schmerz. Sie empfand keinen Ärger über Keno. Er hatte gesagt: „Ich weiß, was ich will“, und für Juana waren das nicht leere Worte gewesen. Sie bedeuteten, daß er halb ein Wahnsinniger und halb ein Gott war. Sie bedeuteten, daß Keno gegen die Berge und gegen das Meer kämpfen wollte. Und Juana wußte, daß die Berge stehenbleiben, ihn aber abschütteln würden, daß das Meer weiterwogen, er aber ertrinken würde. Und doch war es sein Wille, der ihn in ihren Augen als Mann erscheinen ließ, halb wahnsinnig und halb göttlich, und Juana brauchte einen Mann; sie konnte ohne Mann nicht leben. Sie wußte über die Verschiedenheit von Mann und Frau Bescheid, und obwohl sie ihr so oft rätselhaft erschien, erkannte sie sie an. Natürlich würde sie ihm folgen. Vielleicht könnten die Fähigkeit der Frau, ihre Vernunft, ihre Vorsicht Keno, den Mann, aufhalten und sie alle retten. Sie ließ die kleinen Wellen über ihre aufgeschlagenen Hände spülen und wusch ihr zerschlagenes Gesicht mit dem beißenden Salzwasser, und dann kroch sie über den Strand, um Keno zu folgen.

Kleine Wolken waren vom Süden her über den Himmel aufgezogen. Nacheinander verdeckten sie den bleichen Mond und

gaben ihn wieder frei, so daß Juana einmal im Dunkel und dann wieder im Licht ging. Sie kam zu den Büschen, als der Mond gerade bedeckt war, und als er plötzlich wieder aufglühte, sah sie hinter einem Stein auf dem Pfad die glänzende Perle. Sie sank auf die Knie und hob sie auf, während der Mond wieder in den Wolken verschwand. Juana blieb auf den Knien liegen und überlegte, ob sie zurückgehen und das, was sie begonnen hatte, vollenden sollte, aber da wurde es mit einem Male wieder licht um sie, und sie sah nicht weit vor sich zwei dunkle Gestalten auf dem Boden liegen. Sie sprang auf und erkannte Keno und neben ihm einen Fremden, dem dunkles, glänzendes Blut aus der Kehle rann.

Keno stöhnte dumpf auf und bewegte nur langsam Arme und Beine. In diesem Augenblick wußte Juana, daß sie ihr altes Leben für immer verloren hatten. Der tote Mann auf dem Weg und die dunkle Klinge von Kenos Messer waren für sie Beweis genug. Bis jetzt hatte Juana versucht, etwas von der Zeit, bevor sie die Perle gefunden hatten, zu retten. Aber nun war alles vorbei. Nun gab es kein Zurück mehr, und da sie dies erkannte, gab sie die Vergangenheit verloren. Es blieb nichts anderes mehr zu tun übrig, als daß sie sich selbst retteten.

Sie empfand keine Schmerzen mehr. Schnell zog sie den toten Mann von dem Pfad in das Gebüsch. Dann eilte sie zu Keno und wischte ihm mit ihrem nassen Kleid das Gesicht ab. Langsam kam er wieder zu sich.

„Sie haben die Perle genommen. Nun ist alles vorbei“, sagte er. „Die Perle ist fort.“

Juana beruhigte ihn, wie sie ein krankes Kind beruhigt hätte. „Sei still“, sagte sie. „Hier ist deine Perle. Ich habe sie auf dem Weg gefunden. Hörst du mich? Du hast einen Mann getötet. Wir müssen weg von hier. Sie werden uns holen. Verstehst du mich? Wir müssen fort, bevor es Tag wird.“

„Man hat mich überfallen“, sagte Keno schwer, „ich habe nur mein Leben verteidigt.“

„Erinnerst du dich an gestern?“ fragte Juana. „Denkst du, daß man dir glauben wird? Erinnerst du dich an die Leute in der Stadt? Glaubst du, daß deine Erklärungen dir helfen werden?“

Keno holte tief Atem und kämpfte gegen seine Schwäche.

„Nein", sagte er, „du hast recht." Und er sah wieder klar und wußte, was er wollte.

„Geh zu unserer Hütte", sagte er, „und hole Coyotito. Bring auch den Mais mit, den wir haben. Ich werde inzwischen das Kanu ins Wasser ziehen."

Er griff nach seinem Messer und ging zum Strand, wo sein Kanu lag. Und da sah er im Licht des Mondes, der wieder aus den Wolken tauchte, daß der Boden des Bootes zerschlagen worden war. Glühende Wut erfaßte ihn. Er fühlte das Unheil, das nach ihm und seiner Familie griff. Die Musik des Bösen erfüllte die Nacht. Das Boot seines Großvaters schwer beschädigt... Er hätte es nie für möglich gehalten, daß ein solches Verbrechen geschehen könnte. Wer einen Menschen tötet, der handelt nicht so gemein wie einer, der ein Boot zerstört. Denn ein Boot hat keine Söhne, ein Boot kann sich nicht wehren, die Wunden eines Bootes heilen nicht mehr zu. Kenos Wut hatte ihn stark gemacht. Er war jetzt wie ein Tier... Er dachte nur noch daran, wie er sich verstecken und wie er angreifen könnte. Der Sinn seines Lebens war nur mehr, sich und seine Familie zu schützen. Er achtete nicht auf seine Schmerzen. Mit großen Sprüngen lief er über den Strand auf seine Hütte zu. Er kam gar nicht auf den Gedanken, ein Boot seiner Nachbarn zu nehmen.

Die Hähne krähten, und der Morgen war nahe. Der Rauch der ersten Feuer drang aus den Wänden der Holzhütten, und Keno roch, daß bereits die ersten Maiskuchen gebacken wurden. Das Licht des Mondes verlor seine Kraft, und am Himmel ballten sich die Wolken zusammen und trieben nach Süden. Ein kühler Wind blies in die Bucht, ein ruheloser Wind, der Sturm anzeigte, einen Wechsel des Wetters – und Unsicherheit.

Keno, der zu seiner Hütte eilte, fühlte sich irgendwie erleichtert, denn nun gab es keinen Zweifel mehr für ihn. Es war ihm nur noch ein Weg geblieben. Seine Hand griff erst nach der großen Perle, die in der Tasche seines Hemdes lag, und umklammerte dann den Griff des Messers.

Vor sich sah er etwas glühen, und dann sprang plötzlich brüllend eine große Flamme in der Dunkelheit hoch, und ein greller Feuerschein erhellte den Weg. Keno begann zu laufen. Er wußte sofort, daß es seine Holzhütte war, die brannte, und er wußte, daß diese Hütten in wenigen Augenblicken völlig niederbrennen können. Er rannte, so schnell er konnte – aber da kam ihm schon Juana entgegen, die in einem Arm Coyotito hielt. Das Kind schrie vor Furcht, und in Juanas groß aufgerissenen Augen lag Schrecken. Keno stellte keine Fragen. Er wußte schon, was vorgefallen war, als Juana sagte: „Das Haus war durchsucht ... Der Boden aufgerissen ... sogar die Wiege des Kindes hatten sie aus der Hütte geworfen ... als sie mich sahen, legten sie das Feuer."

Das brennende Haus warf einen grellen Schein auf Kenos Gesicht. „Wer war es?" fragte er.

„Ich weiß es nicht", erwiderte Juana. „Die dunklen Gestalten."

Schon eilten die Nachbarn schlaftrunken aus ihren Hütten. Sie beobachteten, wohin die Funken fielen, und zertraten sie, um ihre Häuser zu schützen. Keno empfand plötzlich Furcht. Das helle Licht versetzte ihn in Schrecken. Ihm fiel ein, daß neben dem Weg ein Toter lag. Er griff nach Juanas Arm und zog sie mit sich in den Schatten eines Hauses. Einen Augenblick lang überlegte er, und dann arbeitete er sich durch die Dunkelheit, bis er zu seines Bruders Hütte kam, in die er mit Juana schnell hineinschlüpfte. Er hörte, wie draußen die Kinder kreischten und die Nachbarn nach ihm riefen, die dachten, daß er in dem brennenden Hause wäre.

Die Hütte von Juan Tomas glich ganz genau seiner eigenen. Alle Hütten ließen durch die Ritzen ihrer Wände Licht und Luft herein, so daß Juana und Keno, die jetzt in einer Ecke des Raumes saßen, noch immer die züngelnden Flammen sehen konnten. Sie sahen das mächtige, wilde Feuer, sie sahen, wie das Dach ihrer Hütte einstürzte, und beobachteten dann, wie die Flammen, die das trockene Holz verzehrt hatten, schnell erstarben. Sie hörten, wie sich ihre Nachbarn Warnungen zuriefen, und vernahmen Apollonias schrillen Aufschrei. Sie, die ihnen verwandt war, erhob über den vermeintlichen Tod der Familie laute Klagerufe.

Apollonia entdeckte, daß sie nur ihren Alltagsschal trug, und stürzte in die Hütte, um ihr bestes Kopftuch zu holen. Und als sie in einer Kiste danach wühlte, sagte Keno ganz ruhig: „Weine nicht, Apollonia. Uns ist nichts geschehen."

Sie erschrak. „Wie seid ihr hierhergekommen?"

„Frag nicht", erwiderte er, „geh und hole Juan Tomas. Aber sag es sonst keinem, daß wir hier sind."

Apollonia ließ hilflos die Hände fallen und sagte dann: „Ja, Schwager."

Kurz darauf kam sie mit Juan Tomas zurück. Er zündete eine Kerze an und ging zu Keno und Juana. „Bleib bei der Tür stehen", sagte er dann zu Apollonia, „und laß niemanden herein." Juan Tomas nahm die Autorität des älteren für sich in Anspruch. „Was war?" fragte er.

„Ich wurde in der Dunkelheit überfallen", erwiderte Keno. „Ich habe einen Mann getötet."

„Wen?" fragte Juan Tomas.

„Ich weiß nicht ... es war finster ... ganz finster ... ich habe nur Schatten gesehen."

„Die Perle ist schuld", sagte Juan Tomas. „In ihr ist der Teufel verborgen. Du hättest sie verkaufen sollen, dann wäre das Böse an dir vorübergegangen. Vielleicht nimmt sie der Perlenhändler noch. Geh und kauf dir deinen Frieden wieder."

Aber Keno sagte: „Eine Schlucht hat sich vor mir aufgetan, die tiefer als mein Leben ist. Mein Boot am Strand wurde zerschlagen, mein Haus niedergebrannt, und im Gebüsch liegt ein Toter. Wir können jetzt nicht fliehen. Du mußt uns verstecken, Bruder."

Keno sah, daß sich seines Bruders Gesicht verfinsterte, und um einer ablehnenden Antwort zuvorzukommen, setzte er hinzu: „Nicht für lange. Nur diesen einen Tag, bis es wieder Nacht geworden ist. Dann werden wir gehen."

„Ich werde euch verstecken", sagte Juan Tomas.

„Ich will dich nicht in Gefahr bringen", meinte Keno. „Ich weiß, daß ich wie einer bin, der eine ansteckende Krankheit hat. Heute nacht werden wir fortgehen."

„Ich werde euch schützen", erklärte Juan Tomas, und er rief Apollonia zu: „Schließ die Tür und sage keinem Menschen, daß Keno hier ist."

Während des ganzen Tages saßen sie schweigend in der Hütte. Sie hörten, wie die Nachbarn von ihnen sprachen. Durch die Holzwände sahen sie, wie ihre Freunde die Asche durchwühlten und nach ihren Gebeinen suchten, und sie hörten, wie der Schreck die Nachbarn durchfuhr, als das zerstörte Boot entdeckt wurde. Juan Tomas mengte sich unter die Leute und verwarf ihre Vermutungen, er gab ihren Gedanken über Keno, Juana und Coyotito neue Richtung. Zu einem sagte er: „Ich glaube, sie sind entlang der Küste nach Süden gegangen, um dem Teufel, der sich an sie herangemacht hatte, zu entgehen." Und zu einem anderen: „Keno würde nie das Meer verlassen. Vielleicht hat er ein anderes Boot gefunden." Aber allen sagte er: „Apollonia ist krank vor Trauer."

An diesem Tag erhob sich ein Sturm über dem Golf, der die Wellen peitschte und an dem Gras und Unkraut entlang der Küste riß. Kein Boot auf dem Meer war sicher. Da sagte Juan Tomas den Nachbarn: „Wenn Keno über das Meer flüchtete, dann ist er jetzt schon ertrunken." Und jedesmal, wenn Juan Tomas die Nachbarn aufsuchte, borgte er sich von ihnen etwas aus. Eine kleine, aus Stroh geflochtene Tasche mit Bohnen, eine Kürbisschale voll Reis, ein Stück Salz und ein langes, schweres Messer, das, wie eine Axt, Werkzeug und Waffe zugleich war. Als Keno das Messer sah, glänzten seine Augen. Er prüfte mit seinem Daumen die Schneide.

Der Sturm heulte über dem Golf und peitschte weiße Kämme auf die Wellen, die Mangroven drängten sich zusammen wie erschrecktes Vieh, und eine Staubwolke erhob sich am Land und schwebte über das Meer. Aber der Sturm zerriß sie wieder. Er fegte den Himmel rein und wehte den Sand wie Schnee über die Stadt.

Als der Abend näher kam, sprach Juan Tomas lange mit seinem Bruder. „Wohin willst du gehen?"

„Nach Norden", sagte Keno, „ich habe gehört, daß es dort Städte gibt."

„Meide die Küste", sagte Juan Tomas. „Sie tun sich schon zusammen, um sie nach dir abzusuchen. Hast du noch die Perle?"

„Ja", erwiderte Keno, „und ich werde sie nicht hergeben. Ich hätte sie vielleicht gestiftet, aber jetzt, da sie an meinem Unglück schuld ist, da sie mein Leben so verändert hat, werde ich sie behalten." Aus seinen Augen leuchteten Grausamkeit und Härte.

Coyotito wimmerte leise, und Juana flüsterte ihm kleine Zaubersprüche ins Ohr, um ihn zu beruhigen.

„Der Sturm ist gut“, sagte Juan Tomas. „Ihr werdet keine Spuren hinterlassen.“

Bevor der Mond noch aufgegangen war, verließen sie schnell die Hütte. Juana trug Coyotito, den sie in ihr Tuch gebettet hatte, auf dem Rücken, und das Kind, das seinen Kopf gegen ihre Schulter legte, schlief schnell ein. Ein Ende des Tuches hatte sie um ihr Gesicht gelegt, um sich vor der gefährlichen Nachtluft zu schützen. Juan Tomas umarmte seinen Bruder und küßte ihn auf beide Wangen. „Geh mit Gott“, sagte er mit heiserer Stimme. „Du willst nicht auf die Perle verzichten?“

„Die Perle ist mein alles geworden“, erwiderte Keno. „Wenn ich auf sie verzichten muß, dann hat mein Leben seinen Sinn verloren . . . Gott sei auch mit dir . . .“

VI

Der Sturm warf ihnen Zweige, Sand und kleine Steine entgegen. Juana und Keno zogen die Kleider enger um sich und schritten in die feindliche Welt hinaus. Der Himmel war reingefegt, und die Sterne glänzten kalt auf dem dunklen Gewölbe. Vorsichtig gingen sie dahin und machten einen Bogen um die Stadt, damit keiner, der in einem Haustor sein Lager aufgeschlagen hatte, sie sehen konnte. Denn die Stadt kroch zum Schutz gegen die Nacht in sich zusammen, und jeder, der sich durch die Dunkelheit bewegte, wäre aufgefallen. Keno folgte dem Weg in nördlicher Richtung, bis er auf die zerfurchte, sandige Straße kam, die durch das mit Gebüsch bewachsene Land nach Loreto führt, wo die wunderwirkende Jungfrau ihre Heimstätte hat.

Keno fühlte, daß der Sturm den Sand gegen seine Knöchel trieb, und er war froh darüber, denn er wußte, daß er keine Spuren hinterließ. Hinter sich hörte er das sanfte Tappen von Juanas Füßen. Er ging schnell und geräuschlos, und Juana bemühte sich, Schritt zu halten.

Irgendein uraltes Gefühl stieg in Keno auf. Ein tierischer Instinkt regte sich in ihm, machte ihn wachsam und vorsichtig. Ein Gespür aus der Vergangenheit seines Volkes war in ihm lebendig. Der Sturm drängte ihn vorwärts, und die Sterne leiteten ihn. Stundenlang hasteten Keno und Juana durch den Busch. Schließlich erhob sich zu ihrer Rechten der bleiche Mond, und dann legte sich der Sturm, und das Land lag still vor ihnen.

Jetzt sahen sie auch den Weg, auf dem sie gingen. Er war von Wagenspuren tief durchschnitten. Und da der Wind sich gelegt hatte und ihre Schritte im Sand nicht mehr verwischte, ging Keno sorgsam in den ausgefahrenen Rinnen, und Juana trat in seine Schritte. Ein einziger großer Karren würde am Morgen auf seiner Fahrt in die Stadt das kleinste Zeichen ihrer Spur verwischen.

Sie gingen die ganze Nacht, ohne zu rasten. Das Lied der Perle klang durch Kenos Gedanken und übertönte das zarte Lied der Familie. Einmal wachte Coyotito auf, aber Juana wiegte ihn im Gehen wieder in den Schlaf. Im Busch bellten und lachten die Coyoten, Eulen kreischten und strichen zischend über ihre Köpfe, und einmal scheuchten sie ein großes Tier auf, das ins knackende Unterholz flüchtete. Keno umklammerte den Griff des großen Messers und empfand dabei ein Gefühl des Schutzes.

Sie gingen die ganze Nacht, und am Morgen suchte Keno nach einem Versteck, in dem sie während des Tages lagern konnten. Er fand nahe der Straße eine kleine Lichtung, die dem Wild Unterschlupf geboten hatte und die von Bäumen und Sträuchern, die die Straße säumten, verdeckt war. Und als Juana sich gesetzt hatte, um das Kind zu stillen, ging Keno zurück und verwischte mit einem Zweig alle Fußspuren, die sich dort, wo sie die Straße verlassen hatten, im Sand abzeichneten. Und dann hörte er im ersten Licht des Tages das Knarren eines Wagens. Er kroch an den Straßenrand und sah, daß ein schwerer zweirädriger Wagen, den zwei Ochsen zogen, vorbeifuhr. Als das Fuhrwerk außer Sicht war, trat er nochmals auf die Straße und stellte fest, daß die Spuren ihrer Schritte in der Radfurche verschwunden waren. Wieder verwischte er seine Fährte und kehrte zu Juana zurück.

Sie gab ihm die weichen Maiskuchen, die Apollonia für sie eingepackt hatte, und dann schlief sie ein wenig. Keno saß neben ihr und starrte auf den Boden. Er beobachtete die Ameisen, die in einer Reihe neben ihm vorbeiliefen, und stellte seinen Fuß in ihren Weg. Da kletterten die kleinen Tiere über seinen Rist.

Keno zog seinen Fuß nicht zurück, sondern sah zu, wie sie das Hindernis überwanden.

Heiß stieg die Sonne auf. Die Luft war trocken, und der Busch knisterte in der Hitze. Juana erwachte, als die Sonne schon hoch am Himmel stand. Keno gab ihr Lehren, die ihr schon längst bekannt waren.

„Nimm dich vor dieser Art von Bäumen in acht", sagte er. „Berühre sie nicht, denn wenn du es tust und dir dann über die Augen fährst, wirst du blind. Hüte dich vor dem blutenden Baum! Vor dem dort drüben zum Beispiel. Wenn du einen Ast von ihm brichst, wird rotes Blut zu fließen beginnen, und das bedeutet Unglück."

Sie nickte und lächelte ein wenig, weil sie über all das Bescheid wußte.

„Werden sie uns verfolgen?" fragte sie. „Glaubst du, daß sie versuchen werden, uns zu finden?"

„Sie werden es versuchen", sagte Keno. „Und wer auch immer uns findet, wird uns die Perle nehmen. Sie werden es versuchen."

Darauf sagte Juana: „Vielleicht hatten die Händler recht. Vielleicht ist die Perle wirklich wertlos. Vielleicht bilden wir uns nur etwas ein."

Keno zog die Perle aus der Tasche. Er ließ die Sonne darauf spielen, bis die Strahlen seine Augen blendeten.

„Nein", sagte er, „sie würden nicht versucht haben, die Perle zu stehlen, wenn sie wertlos wäre."

„Weißt du, wer dich überfallen hat? Waren es die Händler?"

„Ich weiß es nicht, ich habe sie nicht erkannt."

Er starrte auf die Perle und sah wieder die ihm vertrauten Bilder vor sich. „Wenn wir die Perle verkauft haben, werde ich ein Gewehr besitzen", sagte er, und er suchte auf der glänzenden Oberfläche sein Gewehr, aber er sah nur die unförmige, dunkle Masse eines Körpers, aus dessen Kehle glänzendes Blut tropfte. Und er sagte schnell: „Wir werden uns in einer großen Kirche trauen lassen." Doch auf der Perle sah er, wie Juana sich mit ihrem zerschlagenen Gesicht vom Strand nach Hause schleppte. „Unser Sohn muß lesen lernen", sagte er verbissen. Und da erschien auf der Perle das aufgedunsene und fiebrig glänzende Gesicht Coyotitos. Das Lied der Perle, das sich mit dem Lied des Bösen vermengte, klang drohend in seinen Ohren.

Die Sonne brannte. Keno und Juana rückten in den Schatten eines Busches, wo kleine graue Vögel herumhüpften. Die Hitze machte Keno müde. Er verdeckte die Augen mit seinem Hut und wickelte sich die Wolldecke um das Gesicht, um die Fliegen abzuhalten. Er schlief.

Jetzt wachte Juana. Starr wie ein Stein saß sie da, und wie versteinert war auch ihr Gesicht. Ihr Mund war dort, wo Keno sie geschlagen hatte, immer noch geschwollen, und große Fliegen brummten um die Wunde auf ihrem Kinn. Als Coyotito erwachte, legte sie ihn vor sich auf den Boden und beobachtete, wie er mit den Armen winkte und mit den Beinen stieß, wie er sie anlachte und lallte, bis auch sie lächelte. Sie hob einen kleinen Zweig vom Boden und kitzelte ihn und gab ihm Wasser aus der Kürbisflasche, die sie in ihrem Bündel trug.

Keno stieß plötzlich um sich. Er schrie heiser auf, und seine Hände bewegten sich wie im Kampf. Dann stöhnte er und erhob sich plötzlich mit weit aufgerissenen Augen. Er horchte auf, hörte aber nur das Knistern der trockenen Zweige.

„Was ist geschehen?“ fragte Juana.

„Sei still!“ erwiderte er.

„Du hast geträumt.“

„Vielleicht.“ Aber er fand keine Ruhe, und als sie ihm noch einen Maiskuchen aus ihrem Vorrat reichte, machte er beim Essen lange Pausen. Er war unruhig und sah sich um. Als Coyotito wieder leise zu lallen begann, sagte er: „Er soll ruhig sein.“

„Was hast du?“ fragte Juana.

„Ich weiß es nicht.“

Er lauschte wieder, seine Augen waren wie die eines Tieres. Dann stand er leise auf und kroch durch das Gebüsch zum Straßenrand. Er blickte durch die dicken und dornigen Zweige in die Richtung, aus der sie gekommen waren.

Und da sah er, daß sich die Verfolger nahten. Er nahm drei Gestalten wahr, zwei zu Fuß und eine zu Pferd, und wußte sofort, wer sie waren. Furcht durchjagte seinen Körper. Trotz der Entfernung sah er, daß die beiden zu Fuß ganz langsam gingen und sich tief zu Boden beugten. Es waren Fährtensucher, die selbst die Spur eines Schafes im Felsengebirge verfolgen konnten. Sie hatten den Instinkt von Jagdhunden. Vielleicht waren er oder Juana da und dort aus der Wagenfurche getreten. Diese

Jäger aus dem Innern des Landes würden die Spuren sofort entdecken. Denn sie verstanden die Sprache eines gebrochenen Strohhalms, eines kleinen, zerwühlten Häufchens Staub. Hinter ihnen ritt eine dunkle Gestalt. Über dem Sattel blitzte der Lauf eines Gewehres in der Sonne.

Keno lag regungslos da, wie der Ast eines Baumes. Er wagte kaum zu atmen, und seine Augen wanderten zu der Stelle, wo er die Spur verwischt hatte. Sogar dieser glattgestrichene Sand konnte einen Hinweis für die Spürhunde bedeuten. Er kannte diese Jäger und wußte, daß sie durch ihre Fähigkeit auch in einem Gebiet, wo es wenig Wild gab, mit der Jagd ihr Leben fristen konnten. Und diesmal jagten sie ihn! Sie hüpften wie Tiere über den Boden und fanden einen Anhaltspunkt und kauerten sich darüber, während der Reiter wartete.

Die Fährtensucher winselten leise wie aufgeregte Hunde auf einer frischen Spur. Keno griff nach seinem großen Messer. Er wußte, was er zu tun hatte. Wenn seine Verfolger die Fährte fanden, hatte er den Reiter anzuspringen, ihn rasch zu töten und das Gewehr zu nehmen. Das war die einzige Möglichkeit. Und als die drei auf der Straße immer näher kamen, grub Keno zwei kleine Gruben in die Erde, damit er besser abspringen konnte und seine Füße nicht ausglitten.

Jetzt hörte auch Juana in ihrem Versteck das Klappern der Hufe. Coyotito begann zu weinen. Sie hob ihn vom Boden, steckte ihn unter ihr Tuch und gab ihm die Brust, damit er still würde.

Als die Verfolger näher kamen, konnte Keno von seinem Versteck aus nur ihre Beine sehen. Er sah die dunklen Füße der Männer und ihre zerrissenen weißen Hosen; und er hörte den Sattel knarren und die Sporen klirren. Die Fährtensucher blieben dort, wo Keno und Juana von der Straße abgezweigt waren, stehen und untersuchten die Stelle. Das Pferd warf seinen Kopf gegen den Zaum; das Eisen klickte unter seiner Zunge, und das Pferd schnaubte. Darauf wendeten sich die Fährtensucher um und beobachteten, wie das Tier seine Ohren bewegte.

Keno hielt den Atem an. Sein Rücken und die Muskeln seiner Arme und Beine schmerzten ihn. Auf seiner Oberlippe bildeten sich Schweißperlen. Aber dann setzten sich seine Verfolger wieder in Bewegung, und der Reiter folgte ihnen. Keno wußte, daß sie zurückkommen würden, daß sie suchen und spähen, sich bücken und forschen würden und früher oder später seine Spur entdecken mußten. Keno trat nach rückwärts und bemühte sich gar nicht mehr, seine Fährte zu verbergen. Er konnte es auch nicht. Es gab zu viele verräterische Zeichen, zu viele gebrochene Zweige und niedergetretene Gräser. Eine entsetzliche Furcht stieg in ihm auf, die ihn zu kopfloser Flucht drängte. Er eilte zu der verborgenen Lichtung, wo Juana wartete. Fragend blickte sie zu ihm auf.

„Fährtensucher", sagte er. „Komm!"

Und dann überkam ihn ein Gefühl der Hilflosigkeit. Er hatte jede Hoffnung verloren. „Vielleicht wäre es besser, wenn ich mich fangen ließe", sagte er leise.

Juana sprang hastig auf und legte ihre Hand auf seinen Arm. „Du hast die Perle", schrie sie heiser. „Glaubst du, die lassen dich am Leben und du kannst dann sagen, sie hätten sie gestohlen?"

Seine Hand griff nach der Stelle, wo er die Perle verborgen hatte. „Sie werden sie finden", erwiderte er schwach.

„Komm!" sagte Juana. „Komm!"

Und als er nicht antwortete: „Glaubst du, sie würden mich am Leben lassen? Glaubst du denn, daß sie unser Kind am Leben ließen?"

Er verstand. „Komm!" sagte er, „wir werden in die Berge gehen. Vielleicht können wir ihnen dort entkommen."

Hastig raffte er das wenige, das sie besaßen, zusammen. Mit seiner linken Hand trug er ein Bündel, in seiner rechten aber hielt er das Messer. Er teilte die Sträucher, damit Juana hindurchschlüpfen konnte, und sie kämpften sich durch das Gespinst von Unterholz. Es war eine panische Flucht.

Vor ihnen waren die kahlen Berge, die sich über den Geröllhalden einsam in den Himmel reckten. Und Keno floh in die höheren Regionen, so wie es fast alle Tiere tun, wenn sie verfolgt werden.

Das Land war wasserarm. Es trug nur Kakteen, die Wasser speicherten, und Büsche, deren Wurzeln sich tief genug in die Erde bohren konnten, um ein wenig Feuchtigkeit zu erhaschen. Unter ihren Füßen lag keine weiche Erde, sondern zersplittertes, spitzes Felsgestein. Zwischen diesen Steinen wuchs ein wenig

Gras, das nach einem einzigen, ausgiebigen Regenfall emporgeschossen wäre, aber so seinen Samen nutzlos verstreute und schnell abstarb. Hie und da hoppelte ein Eselhase über die Halden und verbarg sich schnell hinter dem nächsten Felsbrocken. Brütende Hitze lag über dem öden Land, über das kühl die Berge blickten.

Und Keno floh. Er wußte, was geschehen würde. Die Verfolger würden bald merken, daß sie ihren Weg verfehlt hatten. Sie würden zurückkommen, suchen und forschen und nach kurzer Zeit den Platz finden, wo Keno und Juana gerastet hatten. Von dort aus würde es leicht für sie sein – die Steinchen, die frischen Blätter auf dem Boden, die geknickten Zweige und die Stellen, wo ihr Fuß ausgeglitten war. Keno sah im Geist, wie die Männer seiner Spur nachschlichen, und sah hinter ihnen – dunkel und nur halb interessiert – den Mann mit dem Gewehr.

Der Weg stieg an, die Felsen wurden größer. Aber jetzt hatten die Verfolgten einen kleinen Vorsprung. Sie rasteten auf der ersten Anhöhe. Keno kletterte auf einen großen, runden Felsblock und blickte über das flimmernde Land, aber er konnte seine Feinde nicht sehen. Juana hatte sich inzwischen in den Schatten eines großen Steines gekauert. Sie gab Coyotito ein wenig Wasser zu trinken, und das Kind schlürfte gierig die Flüssigkeit. Als Keno zurückkehrte, merkte Juana, daß er forschend ihre von den Steinen und dem Gestrüpp zerkratzten Knöchel betrachtete, und sie zog rasch den Rock über ihre Füße. Dann reichte sie ihm die Flasche, aber er schüttelte nur den Kopf und befeuchtete seine aufgesprungenen Lippen mit der Zunge.

„Juana“, sagte er, „du mußt dich hier verbergen. Ich werde weitergehen und sie in die Berge locken. Wenn sie hier vorbeigekommen sind, gehst du nach Norden, nach Loreto oder nach Santa Rosalia; gelingt es mir, zu fliehen, dann werde ich nachkommen.“

Sie sah ihm voll in die Augen. „Nein“, sagte sie, „wir gehen mit dir.“

„Allein bin ich schneller“, erklärte Keno barsch. „Du bringst das Kind in Gefahr, wenn du mit mir gehst.“

„Nein“, sagte Juana.

„Du mußt hier bleiben. Es ist das klügste. Ich will, daß du bleibst.“

„Nein“, sagte Juana.

Vergeblich suchte er in ihrem Gesicht nach Schwäche, Furcht oder Unentschlossenheit. Ihre Augen waren klar. Da zuckte er hilflos die Achseln. Aber er hatte Kraft von ihr gewonnen, und als sie weiterzogen, war es keine panische Flucht mehr.

Sie kamen näher an die Berge, und das Bild der Landschaft änderte sich rasch. Es gab lange, zerklüftete Granitblöcke, und Keno ging, sooft es möglich war, auf den nackten Felsen, auf denen keine Spuren zurückblieben. Er wußte, daß seine Verfolger, wo immer sie auch von seinem Weg abkamen, im Kreis gehen mußten und dabei viel Zeit verlieren würden. Und deshalb ging er auch nicht mehr direkt auf die Berge zu, sondern er änderte unentwegt seine Richtung, kehrte manchmal nach Süden zurück, hinterließ eine Spur und eilte dann wieder den Felsen entgegen. Der Pfad war sehr steil, und Keno keuchte schon beim Gehen.

Die Sonne näherte sich den zackigen Gipfeln der Berge. Keno strebte einer dunklen Schlucht entgegen. Wenn es in dieser Gegend überhaupt Wasser gab, dann konnte es nur dort sein, wo er schon von weitem Laubwerk winken sah. Und wenn es irgendeinen Weg gab, der über die Berge führte, dann war er nur dort, in dieser tiefen Schlucht. Mit diesem Ziel, das auch seinen Verfolgern auffallen mußte, waren Gefahren verbunden, doch die leere Wasserflasche ließ keine weiteren Überlegungen zu. Und als die Sonne sank, mühten sich Keno und Juana über den steilen Hang, um zu der Schlucht zu kommen.

Hoch oben in den grauen Bergen, unter einem der düsteren Gipfel, sprudelte aus einem Riß im Fels eine kleine Quelle. Sie wurde im Sommer vom Schnee gespeist, der auf der Schattenseite des Berges liegenblieb, doch manchmal versiegte sie auch, und dann zeigten nur noch trockene Algen den Lauf des Wassers an. Meistens aber strömte es kalt und klar aus dem Stein. Die Quelle speiste einen kleinen Teich, von dem das Wasser hundert Fuß tief in einen anderen Teich fiel, und von diesem stürzte es wieder weiter hinunter, immer tiefer und tiefer, bis es das Geröll des Hochlandes erreichte, wo es schließlich verschwand. Meilenweit kamen die Tiere herbei: Dickhornschafe, Rotwild, Pumas, Waschbären und Mäuse – sie alle wollten hier ihren Durst stillen. Auch die Vögel, die ihren Tag im Buschland verbrachten, kamen nachts zu diesen Teichen, die sich wie kleine Stufen in der Schlucht ausnahmen. Wo immer sich neben dem Bach genügend Erde gesammelt hatte, um Wurzeln Halt zu bieten, wuchsen Pflanzen: wilder Wein, kleine Palmen, Frauenhaar, Farnkraut, Eibischstauden und hohes Pampasgras mit gefiederten Rispen über spitzigen Blättern. Alles, was Wasser brauchte, kam hierher. Die Wildkatzen brachten ihre Beute mit und sogen Wasser durch ihre blutigen Zähne. Das Wasser machte die kleinen Teiche zu Orten des Lebens, aber auch zu Orten des Tötens.

Ein kleines Plateau aus Stein und Sand bildete die letzte Stufe, auf der sich das Wasser sammelte, bevor es noch einmal hundert Fuß in die Tiefe stürzte, um dann im Geröll zu verschwinden. Es war nur ein dünner Wasserstrahl, der in den Teich fiel, aber er genügte, um ihn voll zu halten und das Farnkraut unter dem Felsvorsprung grün aufleuchten zu lassen. Wilder Wein kletterte über die Steine, und die verschiedensten Pflanzen fühlten sich hier wohl. Überschwemmungen hatten einen schmalen Strand geschaffen, auf dessen feuchtem Sand hellgrüne Wasserkressen wucherten. An manchen Stellen war er von den Füßen der Tiere, die hierher zur Tränke und zur Jagd kamen, aufgewühlt und zertrampelt.

Die Sonne stand schon hinter den Bergen, als Keno und Juana über den steilen, zerklüfteten Hang endlich das Wasser erreichten. Von hier aus konnten sie über das unter der Sonne schmachtende Land weithin bis zum blauen Golf sehen. Sie waren völlig erschöpft. Juana warf sich auf die Knie, wusch zuerst Coyotitos Gesicht, füllte dann die Flasche und gab ihm zu trinken. Aber das Kind war übermüdet und weinte leise, bis Juana ihm die Brust gab. Erst dann beruhigte es sich.

Keno, durstig, wie er war, trank direkt aus dem Teich. Für eine kleine Weile legte er sich dann neben dem Wasser nieder, streckte seine Muskeln und beobachtete Juana, die dem Kind zu trinken gab. Aber dann stand er wieder auf, trat an den Rand des Abhanges, wo das Wasser überfloß, und suchte die Gegend ab. Und sein Blick blieb an einem Punkt haften, und er erstarrte. Weit unten am Hang sah er die beiden Fährtensucher. Er sah sie nur wie zwei kleine Ameisen, hinter denen sich eine größere bewegte.

Juana hatte sich umgewendet, um zu sehen, was er machte, und da bemerkte sie, daß sich sein Rücken steifte.

„Wie weit?“ fragte sie ruhig.

„Sie werden am Abend hier sein“, erwiderte Keno. Und dann blickte er den langen Kamin hinauf, durch den das Wasser herunterstürzte. „Wir müssen nach Westen gehen“, sagte er, und seine Augen suchten die Felsen ab. Da entdeckte er, etwa dreißig Fuß über dem Plateau, eine Anzahl kleiner Höhlen, die durch die Verwitterung des Gesteins entstanden waren. Er schlüpfte aus seinen Sandalen und kletterte hinauf und sah, daß sie nicht tief waren. Er kroch in die größte von ihnen, legte sich flach auf den Boden und stellte fest, daß er von außen nicht gesehen werden konnte. Schnell kehrte er zu Juana zurück.

„Du mußt dort hinauf“, sagte er. „Vielleicht werden sie uns dort nicht finden.“

Ohne weitere Fragen zu stellen, füllte Juana die Wasserflasche. Keno half ihr beim Hinaufklettern, und dann brachte er ihr die Bündel nach. Juana saß am Eingang der Höhle und beobachtete ihn. Sie sah, daß er nicht versuchte, ihre Spuren im Sand zu verwischen. Er kletterte vielmehr über den mit Gestrüpp bewachsenen Felsen neben dem Wasser und klammerte sich dabei an das Farnkraut und riß an den Ranken des wilden Weines. Und als er beim nächsten Plateau angekommen war, das ungefähr hundert Fuß höher lag, kehrte er um und kam wieder zurück. Sorgfältig musterte er den Fels, um zu sehen, ob keine Spur ihr Versteck verraten könnte, und schließlich kletterte er hinauf und setzte sich zu Juana.

„Wenn sie vorbei sind, werden wir wieder ins Tal zurückkehren“, sagte er. „Ich fürchte nur, daß das Kind schreit. Du mußt aufpassen.“

„Er wird schon still sein.“ Juana hob Coyotitos Kopf und sah ihm in die Augen, die ihr ernst entgegenblickten. „Er versteht“, sagte sie.

Keno legte sich jetzt am Eingang der Höhle nieder. Er stützte sein Kinn auf die verschränkten Arme und beobachtete den blauen Schatten des Berges, der über das Land, das unter ihm lag, glitt, bis er den Golf erreicht hatte.

Es dauerte lange, bis die Fährtensucher, die Kenos Spur nicht leicht zu folgen vermochten, kamen. Es war bereits dämmerig, als sie endlich den kleinen Teich erreichten. Alle drei waren jetzt zu Fuß, denn ein Pferd konnte den steilen Hang nicht mehr erklettern. Die beiden Fährtensucher eilten zu dem kleinen Strand, und noch bevor sie tranken, hatten sie Kenos Weg über den Felsen ausgemacht. Der Mann mit dem Gewehr setzte sich nieder und rastete, und die beiden anderen hockten sich in seine Nähe. Das Feuer in ihren Zigaretten erglühte und verglomm. Später sah Keno, daß sie aßen, und dann drang das Geräusch ihrer Stimmen zu ihm.

Tiefes Dunkel fiel über die Bergschlucht. Die Tiere, die um diese Zeit zum Teich kamen, näherten sich, doch der Geruch der Menschen vertrieb sie wieder.

Keno hörte ein Geräusch hinter sich. Juana flüsterte: „Coyotito!“ und bemühte sich, das Kind zu beruhigen. Und Keno erkannte an dem gedämpften Wimmern, daß Juana ihren Schal um Coyotitos Kopf gelegt hatte.

Unten am Strand flammte ein Streichholz auf, und in dem kurzen Licht sah Keno, daß sich zwei Männer wie Hunde zusammengerollt hatten und schliefen, während der dritte wachte. Im Schein der Flamme sah er den Lauf des Gewehres blitzen. Dann war es wieder finster, aber das Bild hatte sich Keno eingeprägt. Er sah noch, wo jeder der drei Männer sich befand; die zwei, die sich hingelegt hatten, und den einen, der regungslos im Sand hockte und zwischen seinen Knien das Gewehr hielt.

Keno schob sich leise in die Höhle zurück. Juanas Augen, die einen Stern widerspiegelten, glänzten. Keno kroch ganz nahe an sie heran und legte seine Lippen an ihre Wange.

„Es gibt einen Weg“, sagte er.

„Aber sie werden dich töten.“

„Wenn ich zuerst an den mit dem Gewehr herankomme...“ sagte Keno, „dann geht alles gut. Die anderen schlafen.“

Sie schob ihre Hand, die sie unter dem Schal gehalten hatte, vor und griff nach seinem Arm. „Deine weißen Kleider werden dich verraten.“

„Nein“, erwiderte er, „aber ich muß gehen, bevor der Mond aufgegangen ist.“

Er suchte nach einem lieben Wort, aber er fand keines. „Wenn sie mich töten“, sagte er, „dann bleib ruhig hier liegen. Und wenn sie fort sind, geh nach Loreto.“

Ihre Hand, die seinen Arm umklammerte, zitterte.

„Wir haben keine Wahl“, sagte Keno. „Sie würden uns morgen früh finden.“

„Geh mit Gott“, flüsterte sie.

Er blickte sie noch einmal an und sah ihre großen Augen. Seine Hand tastete sich zu dem Kind und lag für einen Augenblick auf Coyotitos Kopf. Dann berührte sie Juanas Wange, und sie hielt den Atem an.

Juana sah, daß Keno, dessen Gestalt sich vom Himmel abhob, seine weißen Kleider ablegte, denn wenn sie auch schmutzig waren, so wären sie doch in der dunklen Nacht aufgefallen. Seine braune Haut gewährte ihm besseren Schutz. Dann sah sie, daß er das große Messer an die Halsschnur seines Amuletts band, so daß er beide Hände frei hatte. Er kam nicht mehr zu ihr zurück. Noch einmal sah sie den schwarzen Schatten seines Körpers, und dann war er fort.

Juana rückte zum Eingang vor und blickte hinaus. Sie spähte wie eine Eule aus der Höhle, während Coyotito, eingehüllt in ihr Kopftuch, auf ihrem Rücken schlief, den Kopf gegen ihre Schulter gelegt. Sie fühlte seinen warmen Atem an ihrer Haut und flüsterte ihr Gemisch von Gebet und Zauberformel, ihr Ave Maria und ihren alten Spruch zum Schutz gegen die dunklen Geister.

Die Nacht schien ein wenig heller zu werden, und im Osten, nahe am Horizont, wo später der Mond aufsteigen sollte, war ein Lichtschein am Himmel. Juana sah die Zigarette des Mannes, der die Wache hielt.

Geschmeidig glitt Keno über den glatten Felsen. Er hatte seine Halsschnur so gedreht, daß das große Messer über seinem Rücken hing und nicht gegen den Stein schlagen konnte. Mit gespreizten Fingern klammerte er sich an den Berg, er stemmte sich mit den nackten Zehen gegen die kleinste Erhebung und preßte seine Brust gegen den Fels, um nicht abzugleiten. Denn jedes Geräusch, ein rollender Kiesel, ein Seufzer, eine zu rasche Bewegung, hätte den Wächter Verdacht schöpfen lassen. Jeder außergewöhnliche Laut hätte ihn aufmerksam gemacht. Denn die Nacht war nicht still; die kleinen Frösche, die in der Nähe des Baches lebten, zwitscherten wie Vögel, und das hohe metallische Gezirp der Grillen erfüllte die Luft. Und Kenos eigene

Musik erklang in seinem Kopf, die Melodie der Feinde, ganz leise pulsierend, fast eingeschlafen. Aber das Lied von der Familie war wild und schrill geworden, wie das Fauchen einer Pumakatze. Es war voll Leben und trieb ihn hinunter zum finsteren Feind. Die Zikaden schienen die Melodie aufzunehmen, und die quakenden Baumfrösche sangen kurze Stücke daraus.

Keno hielt den Mund offen, damit nicht einmal sein Atem gehört werden konnte, denn er wußte, daß er nicht unsichtbar war. Wenn der Wächter aufgeschaut hätte, dann hätte er Keno sehen können. Keno bewegte sich so langsam, um nicht den Blick des Wächters auf sich zu ziehen. Er brauchte lange, bis er das Plateau erreicht und sich hinter einer Zwergpalme versteckt hatte. Sein Herz pochte in seiner Brust, und seine Hände und sein Gesicht waren von Schweiß bedeckt. Er atmete langsam und tief, um sich zu beruhigen.

Nur zwanzig Fuß trennten ihn jetzt noch vom Feind, und er versuchte, sich an die Beschaffenheit des Bodens zu erinnern. War da irgendein Stein, über den er stürzen könnte? Er knetete seine Beinmuskeln, die nach der langen Überanstrengung zuckten. Dann blickte er besorgt nach Osten. Er mußte sich beeilen, denn in wenigen Augenblicken würde der Mond aufgehen. Er sah schon die Umrisse des Wächters. Leise zog Keno die Amulettschnur über die Schulter und löste die Schlinge vom Horngriff seines großen Messers.

Es war zu spät; als er sich erhob, tauchte der silberne Rand des Mondes im Osten auf, und Keno mußte sofort wieder Deckung suchen.

Der Mond warf harte Schatten in die Schlucht, und Keno konnte jetzt den Mann, der am Strand nahe dem kleinen Teich Wache hielt, deutlich erkennen. Der Wächter starrte auf den Mond und zündete sich eine neue Zigarette an, und das Streichholz beleuchtete für einen Augenblick sein dunkles Gesicht. Keno durfte nicht mehr warten. Wenn der Wächter sich umwandte, mußte er sich auf ihn stürzen. Er duckte sich zum Sprung.

Aber in diesem Augenblick ertönte von oben ein kleiner Schrei.

Der Wächter horchte auf, und einer der Schläfer bewegte sich am Boden, erwachte und fragte: „Was gibt's denn?"

„Ich weiß nicht“, erwiderte der Wächter, „es klang wie das Weinen eines kleinen Kindes.“

Der Mann, der geschlafen hatte, meinte: „Vielleicht war es ein Coyote. Ich hab schon einmal ein Coyotenjunges wie ein Kind schreien hören.“

Über Kenos Stirn rannen große Schweißtropfen. Und da kam der Schrei wieder. Und der Wächter blickte zu der dunklen Höhle im Fels hinauf.

„Vielleicht wirklich ein Coyote“, sagte er, und Keno hörte das Schnappen einer Feder, als er den Gewehrhahn spannte.

„Wenn es ein Coyote ist, dann wird er gleich ruhig sein“, sagte der Wächter und hob das Gewehr.

Keno war mitten im Sprung, als der Schuß krachte. Das Mündungsfeuer ließ ihn sein Ziel genau erkennen. Das große Messer sauste durch die Luft und bohrte sich knirschend ein. Es biß sich durch den Nacken und drang tief in die Brust. Noch während er das Messer aus dem Körper des Mannes zog, griff Keno nach dem Gewehr. Er war stark, genau und geschwind wie eine Maschine. Er drehte sich auf den Fersen herum und hieb auf den Schädel des nächsten Mannes, wie auf eine Melone. Der dritte kroch wie eine Krabbe über den Boden, glitt in den Teich und versuchte dann in seinem Schrecken, den Felsen, über den das Wasser herunterstürzte, hinaufzuklettern. Seine Hände griffen verzweifelt in das Gewirr der wilden Weinranken, und er wimmerte und winselte, während er sich bemühte, sich hochzuziehen. Aber Keno war kalt und tödlich wie Stahl. Er spannte den Hahn, hob das Gewehr, zielte und feuerte. Er sah den Feind nach rückwärts taumeln und in den Teich fallen. Keno trat zum Wasser vor. Ein Lichtstrahl des Mondes traf die Augen des Mannes, aus denen Angst leuchtete. Die Augen boten Keno abermals ein Ziel. Er schoß noch einmal.

Und dann stand er hilflos da. Etwas war falsch, irgendein Zeichen wollte sein Gehirn erreichen. Die Frösche und Grillen waren verstummt. Der rote Schein verblaßte dann vor seinen Augen, und er erkannte den schrillen, stöhnenden, anschwellenden, alles durchdringenden Schrei, der aus der kleinen Höhle im Felsen drang, als den Schrei des Todes.

Jedermann in La Paz erinnert sich, wie Keno und Juana zurückkehrten. Es mag noch einige Alte geben, die es selbst gesehen haben, aber auch jene, denen es ihre Väter und Großväter erzählten, wissen es ganz genau. Denn jeder erlebt es einmal in seinem eigenen Leben.

Es war spät am Nachmittag, als die ersten kleinen Jungen aufgeregt in die Stadt liefen und die Nachricht verbreiteten, daß Keno und Juana kämen. Und jedermann eilte, um sie zu sehen. Die Sonne senkte sich im Westen über die Berge und warf lange Schatten. Sie kamen auf der durchfurchten Landstraße, die in die Stadt führt. Sie gingen nicht, so wie es üblich war, hintereinander, sondern nebeneinander. Sie hatten die Sonne im Rücken, und so bewegten sich ihre langen Schatten vor ihnen. Sie schienen Dunkelheit mit sich zu bringen. Keno hielt ein Gewehr im Arm, und Juana trug ihr Tuch, in dem sich ein kleines, schlaffes, schweres Bündel befand, wie einen Sack über dem Rücken. Auf dem Tuch waren Blutflecke zu sehen. Juanas Gesicht war starr, ihre großen Augen schienen nach innen zu sehen. Sie war von allem so weit entfernt wie der Himmel.

Kenos Lippen waren dünn, sein Mund war fest geschlossen. Die Leute sagen, daß er die Furcht mitbrachte und daß er gefährlich war wie ein Sturm, der sich erhebt. Die Leute sagen auch, daß Keno und Juana über jedem menschlichen Leid standen. Sie hatten alle Schmerzen erlitten, und nun gab es nichts mehr, was ihnen weh tun konnte. Ein Zauber umgab sie, der sie schützte. Und die Leute, die herbeigestürzt waren, um sie zu sehen, drängten zurück und ließen sie vorbeigehen, ohne sie anzusprechen.

Keno und Juana gingen durch die Stadt, ohne sie zu beachten. Sie starrten nur geradeaus vor sich hin. Ihre Beine bewegten sich ruckweise, wie die von gut gemachten Puppen. Die Perlenhändler blickten durch die vergitterten Fenster, als die zwei durch die Stadt aus Stein gingen. Diener lugten durch Torspalten, aber die Mütter preßten die Gesichter ihrer Kleinsten gegen ihre Schürzen, um ihnen den Anblick Kenos und Juanas zu verwehren. Die beiden gingen Seite an Seite über das Pflaster der Straßen und dann über den Pfad zu den Holzhütten. Auch die Nachbarn traten zurück und ließen sie vorbeigehen. Juan Tomas hob seine Hand zum Gruß, aber er sprach kein Wort, und in seiner Unsicherheit blieb er einen Augenblick lang mit erhobenem Arm stehen.

Ohne sich umzusehen, gingen sie an dem verkohlten Platz vorbei, auf dem ihr Haus gestanden hatte. Sie schoben die Zweige des Gebüsches, das den Strand umgab, zur Seite, und schritten auf das Meer zu. Und sie warfen keinen Blick auf Kenos zertrümmertes Kanu.

Als sie das Wasser erreicht hatten, blieben sie stehen und starrten über den Golf. Und dann legte Keno sein Gewehr auf den Boden und holte aus seiner Tasche die große Perle hervor. Er sah sie noch einmal an, und sie schien ihm nun grau und unförmig. Teufelsfratzen grinsten ihm daraus entgegen und das Licht eines Brandes, und die Augen des Mannes in dem Teich, aus denen der Wahnsinn leuchtete, und Coyotito, dem der halbe Kopf weggeschossen war. Die Perle war häßlich wie die verkörperte Bosheit. Grell und verzerrt klang ihre Musik in Kenos Ohren. Seine Hand zitterte ein wenig, als er sich langsam zu Juana drehte und ihr die Perle entgegenhielt. Sie stand neben ihm und hielt noch immer das tote Bündel auf ihrem Rücken. Sie blickte kurz auf die Perle, sah dann Keno in die Augen und sagte leise: „Nein. Du mußt es tun."

Und Keno streckte den Arm weit zurück und schleuderte dann mit aller Kraft die Perle ins Meer. Sie glänzte im matten Schein der sinkenden Sonne noch einmal auf. Keno und Juana sahen, wie es aufspritzte, als die Perle ins Wasser fiel, und Seite an Seite starrten sie dann auf die Stelle.

Und die Perle sank in dem grünen Wasser bis auf den Grund des Meeres. Die schwankenden Zweige der Algen winkten ihr entgegen. Auf dem sandigen Boden, zwischen farnkrautähnlichen Pflanzen, blieb sie liegen. Das Wasser über ihr glänzte wie ein grüner Spiegel. Eine Krabbe kroch über den Meeresgrund und warf eine kleine Sandwolke auf. Als sich der Sand dann wieder gesetzt hatte, war die Perle verschwunden.

Und die Musik der Perle wurde zu einem Flüstern und verklang.

LOCKE SIE
WIE EINE TAUBE

Eine Kurzfassung
des Romans
von Jessamyn West

Locke sie wie eine Taube

Ins Deutsche übertragen
von Annemarie Weber
Illustrationen von John Falter
Deutsche Rechte bei:
Rainer Wunderlich Verlag Hermann Leins,
Tübingen und Stuttgart

Sie weigerten sich, vor Amtspersonen ihre Hüte zu ziehen, und das war einer der Gründe, warum die sich um George Fox im 17. Jahrhundert bildende Gemeinschaft der Quäker verfolgt wurde. Viele wanderten von England nach Amerika aus und bauten auch dort ihre schlichten Versammlungshäuser, in denen man keine Orgel hört und Laien das Predigeramt übernehmen. Sosehr sie sich immer gegen Kriege gewandt haben, so haben sie doch für ihre Grundsätze und Reformen gekämpft. Quäker setzten sich schon früh für die Sklavenbefreiung, für die Gleichberechtigung der Frau und für humane Zustände in den Gefängnissen ein. Deutschland und andere notleidende Gebiete verdanken ihnen umfangreiche Hilfsaktionen nach den zwei Weltkriegen.

„Das ist ein Buch für im Leben bewährte Liebesleute und solche, die es werden wollen“, so beurteilte die National-Zeitung in Basel diesen Roman über das Quäkerpaar Jess und Eliza Birdwell. Als Geschäftsmann ist er praktisch, aber vom Herrn ist er mit angenehmen Gedanken über Welt und Menschen beschenkt. Und wenn er sich in diesen verliert, versteht es Eliza, ihn auf den Boden der Tatsachen zurückzuführen. Einmal versteigt auch sie sich in eine Idee. Sie zieht die Gans Samantha als Schoßtier auf und führt einen Prozeß um sie, wobei sie nach Quäkerart den Eid ablehnt. Als im Sezessionskrieg (1861–65) die Truppen der rebellierenden Südstaaten die Welt der Birdwells bedrohen, gibt es auch erregte Gespräche, denn der älteste Sohn Josh will in die Bürgerwehr eintreten.

Jessamyn West ist selber Quäkerin. Sie wurde 1907 in Indiana geboren und lebt seit ihrem sechsten Jahr in Kalifornien. Während einer langen Lungenkrankheit begann sie zu schreiben, „Locke sie wie eine Taube“ erschien 1945 als ihr erstes Buch. Ihm folgten „Das Mädchen Creszent mit dem bunten Hut“, „Das vergrabene Wort“, „terra buena“. Außerdem verfaßte sie das Drehbuch für die erfolgreiche Verfilmung von „Locke sie wie eine Taube“ – „Lockende Versuchung“ in Deutschland – mit Gary Cooper und Dorothy McGuire als Jess und Eliza.

Kapitel I: *Musik am Muscatatuck*

Nicht weit vom Ufer des Muscatatuck, wo sich einst unabsehbar die dunklen Wälder erstreckten und wo Fuchsrebe und wilde Minze immer noch üppig gediehen, hatte Jess Birdwell, ein irischer Quäker, sein weißes Schindelhaus erbaut.

Hier fehlte ihm so gut wie nichts. An einem Pflock neben der Haustür hing ein Holzkäfig mit einem Star, und an der Hintertür stand ein Brunnenhaus über einer Quelle, deren eisiges Wasser zwischen irdenen Krügen voll gelbrahmiger Milch hindurchfloß. Am Eingangstor begrüßte einen eine Moosrose, und an einem Spalier über dem Wohnzimmerfenster nickte eine Präriekönigin den Rosen im Teppich zu, Blüten, die kein Handelsgärtnerkatalog je geführt hatte, aber eine muntere Gesellschaft für die nüchterne Quäkerbibliothek auf dem Sekretär: Die *Aufzeichnungen und Briefe* des George Fox, Penns *Früchte der Einsamkeit*, Woolmans *Journal*.

Jess hatte eine gute Frau – eine Quäkerpredigerin, Eliza Cope war ihr Mädchenname gewesen – und ein Haus voller Kinder. Eliza war eine großartige Person, fromm, unermüdlich tätig und hübsch anzusehen, wie man sich Predigerinnen wünscht: eine kleine, schwarzhaarige, anmutige Frau mit einem eigenen Kopf.

Auch ein gutes Geschäft besaß Jess. Er war Baumzüchter mit dem besten Bestand an Obstbäumen und Beerensträuchern westlich von Philadelphia. Er führte Äpfel wie Rambo, Mädchenröte, Frühe Ernte, Nordspion und ein halbes Dutzend weitere; er führte May-Duke-Kirschen, einen weißfleischigen Pfirsich, Birnen, Johannisbeeren, Stachelbeeren – was der Boden trug und der Markt verlangte, Jess hatte es.

Auch allerlei Ausgefallenes war am Muscatatuck zu haben: Schwarzbarsch und Katzenwelse; Baummelonen, süß wie Nektar; Felsenbirnen, herb wie der Frühling.

Im Frühling verwandelten sich Wiesen und Wegraine in Blütenteppiche; im Sommer schimmerten die großen alten Bäume – Platane, Eiche, weißer Hickorynußbaum – im Licht der Sonne. Wenn es herbstete, lag ein Dunstschleier über den Maisfeldern, so daß Himmel und Erde ineinander überzugehen schienen – und wenn Jess dann auf einer kleinen Anhöhe hinter dem Haus stand und das zum Fluß hin abfallende Land überschaute, mußte er sich vor lauter Zufriedenheit die Augen wischen und die Nase putzen, ehe er sich wieder in der richtigen Verfassung befand, zum Haus hinunterzusteigen.

Und dennoch: bei aller Zufriedenheit war Jess nicht vollkommen glücklich, und den Grund hätte auf Anhieb niemand erraten. Bestimmt nicht, weil er Eliza jeden Sonntagmorgen zum Andachtshaus der Quäker fahren mußte, wo sie auf der Predigerbank Platz nahm und sprach, wenn der Geist es ihr eingab. Da Jess von Elizas Berufung zum Predigeramt überzeugt war, machte es ihn stolz, sie in ihrer sanften Art über Gottes Barmherzigkeit und die Brüderlichkeit aller Menschen sprechen zu hören.

Nein, weder Elizas Predigeramt noch ein sichtbarer äußerer Mangel bekümmerten Jess. Was ihm fehlte, war die Musik. Jess lechzte nach Musik, nur wäre es schwer zu erklären, wie ein solches Verlangen in ihm hatte entstehen können. In den Augen der Quäker war Musik nur ein Rauschmittel für die Sinne, eine Falle für den Menschen auf seinem Weg nach oben. Aus ihren Andachtshäusern hielten sie sie fern und aus ihren Häusern auch. Natürlich, ab und an summte eine Frau beim Blankreiben ihrer Lampenzylinder vor sich hin, und hier und da kam es vor, daß ein Mann sich bei der Maisernte eins pfiff; aber richtige Musik zu hören, hatte Jess nicht mehr Gelegenheit als ein Murmeltier.

Was sich aber an Gelegenheiten bot, das ergriff er. Er richtete es öfter so ein, daß er an der Methodistenkirche vorbeikam, wenn sie ihren Mittwochsgottesdienst abhielten, und wenn die begeisterten Methodisten den Hundertsten Psalm anstimmten, dann spürte Jess, wie seine Seele in den Lobpreis einfiel. Und wenn am 4. Juli, dem Unabhängigkeitstag, Amanda Prentis' Stimme zu den hohen Tönen des „Sternenbanners" aufstieg, dann konnten nur Elizas energische Rippenstöße Jess wieder auf die Erde herunterholen.

Für längere Zeit schien dies so ziemlich das Äußerste, was Jess sich an Musik genehmigen konnte, wollte er nicht Eliza und ihre ganze Gemeinde auf dem Hals haben; das Äußerste jedenfalls bis zu seiner Reise nach Philadelphia, auf der er Waldo Quigley kennenlernte.

Jess hatte von einer neuen Frühkirsche gehört und sich entschlossen, nach Philadelphia zu fahren und einige Exemplare für die Maple-Grove-Baumschule zu bestellen. Also packte Eliza seine Reisetasche und fuhr ihn nach Vernon an den Zug.

Als erstes Lebenszeichen erhielt Eliza von Jess einen Brief, den er ein paar Tage nach seiner Abreise zur Post gegeben hatte. Waldo Quigley erwähnte er in diesem Brief mit keiner Silbe, obwohl die beiden sich inzwischen schon angefreundet hatten. Der Brief war kurz: Gesundheit in Ordnung, Gegend hübsch, sonst nichts – bis auf eine Nachschrift: „Vielen Dank, liebe Eliza, für das kleine Päckchen, das Du mir in meine Tasche gesteckt hast."

Das „kleine Päckchen" enthielt Pfefferminzpastillen. Auf Reisen war Jess immer gesellig, und weil er Waldo Quigley eine angeboten hatte, waren sie ins Gespräch gekommen. Waldo Quigley hatte das Pfefferminzpastillchen in den Mund gesteckt und dann seine stattliche, wohlbeleibte, schwarzgekleidete Gestalt auf dem Sitz Jess gegenüber niedergelassen.

„Nun, Sir", sagte er, „Sie sind aus Indiana?"

Jess bejahte, und der große Mann fuhr fort: „Scheint sich in Ihrer Gegend ein Präsident zu entwickeln, ein Mann, der da draußen auf Ihren Prärien was in Gang bringt, ein Mann, der eine Trompete zu übertönen vermag. Ein kleiner Riese ist der. So ein Mann könnte unser Land auf die Füße stellen."

Jess zog die Luft durch die Nase. Er war glühender Republikaner, soweit ein Quäker das von sich sagen konnte. „Freund", antwortete er, „einen kleinen Riesen brauchen wir nicht, sondern einen großen. Keinen Mann, der es sich angelegen sein läßt, das Land aufzuwiegeln, sondern einen, dem die Interessen aller am Herzen liegen, der kleinen Farmer ebenso wie der großen Plantagenbesitzer, der Schwarzen ebenso wie der Weißen."

Jess sah förmlich, wie sich die Worte „Das ist Stephen A. Douglas" aus Quigleys Innern heraufarbeiteten und sich ihm auf die Zunge drängten; dort aber hielt er sie zurück und sagte:

„Genau meine Meinung, Bruder Birdwell, ganz meine Gedanken, nur besser ausgedrückt."

Jess runzelte die große Nase. „Wie ich sehe, bist du ein Mann der Harmonie, Freund."

„Bruder", erwiderte der große Mann, „da treffen Sie den Nagel auf den Kopf. Harmonie ist's, was ich predige, und Harmonie ist mein Geschäft."

Diese Worte veranlaßten Jess zu einem weiteren Blick auf den schwarzen Anzug des großen Mannes. „Bist du vielleicht ein Diener des Evangeliums?" fragte er freundlich.

Mr. Quigley räusperte sich. „Ich kann nicht behaupten, daß ich je ordiniert worden sei", räumte er ein, „aber ich habe so viel mit denen zu tun, die es sind, daß ich mir diese gesetzte Kleidung angewöhnt habe. Bewährt sich auch im Geschäft."

„Geschäft?" fragte Jess.

„Sie haben es selbst beim Namen genannt, Mr. Birdwell. Harmonie ist mein Geschäft. Do-re-mi-fa-so-la-si-do. Harmonie. Musik der Sphären. Gottes Weise, sich seinen Kindern mitzuteilen. Die Macht, die wilde Tiere besänftigt. Mit einem Wort: Musik."

„Mit mehreren Worten, genaugenommen", sagte Jess sinnend. „Dann bist du wohl Musiker, Bruder Quigley?"

„Musiker? Ja. Aber", fuhr er freimütig fort, „ich stelle eine ziemlich ungewöhnliche Kombination dar: einen musikalischen Geschäftsmann oder einen geschäftskundigen Musiker. Mengen von Menschen verstehen sich auf doppelte Buchführung, andere können einen Triller von einem Glissando unterscheiden, aber ich", und damit überreichte er Jess eine Karte, „kann beides."

Jess nahm die Karte und las laut: „Professor Waldo Quigley, Vertreter von Payson & Clarke, Hersteller des besten Harmoniums der Welt, auch Musikalien und Gesangbücher."

Bruder Quigley streckte die Hand aus, nahm Jess die Karte ab und schrieb „Mit freundlichen Empfehlungen" darauf. „Ich entnehme Ihrer Ausdrucksweise, daß Sie Quäker sind, und da ich weiß, wie diese Sekte – die bestimmt die beste der Welt ist – über Musik denkt, so möchte ich bei Ihnen nicht den Eindruck erwecken, ich versuchte gegen Ihre Vorurteile... besser, Ihre Überzeugungen, anzugehen. Deshalb", fuhr er fort, indem er Jess die Karte zurückreichte, „schreibe ich ‚Mit freundlichen

Empfehlungen', damit Sie sehen, daß ich in keiner Weise an meinen Profit denke; daß wir uns von Mensch zu Mensch begegnet sind."

Jess kostete die Worte Payson & Clarke ein paarmal auf der Zunge, ehe er sagte: „Du verkaufst Payson und Clarkes. Wenn ich nicht irre, haben die Methodisten in Rush Branch eins."

„Aber ja", sagte Bruder Quigley. Er zog ein kleines rotes Buch aus einer seiner Taschen und blätterte rasch ein paar Seiten um. „Ja, Sir. Am 19. April vor drei Jahren habe ich ihnen das Harmonium verkauft. Noch ein Erdbeerfest, und sie haben es bezahlt."

„Dann verkaufst du gute Instrumente. Ich hab das Harmonium ab und an im Vorbeifahren gehört."

„Gut? Mr. Birdwell, gut ist kein Wort. Nachdem die Methodisten damals vor drei Jahren sich mein Spiel und meinen Liedervortrag angehört hatten, sagten sie zu mir: ‚Professor Quigley, wir glauben nicht, daß wir die Stimme Gottes hier auf Erden je deutlicher zu hören bekommen werden.' "

„Das geht vielleicht ein wenig zu weit", meinte Jess, der aber geradezu drauf brannte, mehr über die Payson & Clarkes zu erfahren.

„Nun ja, gewiß, aber", erinnerte ihn Bruder Quigley, „Sie dürfen nicht vergessen, daß es Methodisten sind. Die neigen zur lauten Begeisterung. Aber lassen wir die Methodisten beiseite, dieses Harmonium ist der reine Wohllaut, der absolut reine Wohllaut."

„Wohllaut", wiederholte Jess.

„Voll. Beglückend. Tief. Wohllaut, reiner Wohllaut."

Jess wußte mancherlei über das Harmonium, obwohl schwer zu erklären wäre, woher eigentlich. Vielleicht aus Chalmers *Universalenzyklopädie*, vielleicht durch eine Besichtigung des Methodistenharmoniums. Vielleicht weder – noch. Kenntnisse über das, was man wirklich liebt, fliegen einem irgendwie zu; man braucht etwas nur genügend zu lieben, dann sickert das Wissen darum in einen hinein. So mochte sich's mit Jess und dem Harmonium verhalten. Er fragte: „Wie viele Zungen hat das Payson & Clarke?"

„Achtundvierzig, Bruder Birdwell, ohne die *Tuba mirabilis*. Aber bei einem Payson & Clarke kommt's auf die Zahl nicht an – sondern auf die Qualität. Diese Zungen entsprechen der menschlichen Kehle. Sie haben Timbre.“ Und er landete auf dem französischen Wort wie eine Henne auf dem Wasser, skeptisch, aber zuversichtlich.

„Wie viele Register?“ wollte Jess wissen.

„Acht. Und diese *vox humana!* Die reinste Engelskehle. Sie weint, seufzt, singt. Die Stimme Ihres verlorenen Kindes glauben Sie zu hören, die Stimme Ihrer alten Mutter von den Küsten des Jenseits.“

„Ma lebt in Germantown“, sagte Jess kurz.

Hätte Bruder Quigley diesen Ton beibehalten, nie wäre Jess mit einem Payson & Clarke heimgekommen; aber Bruder Quigley, der in jedem Nerv schwindende Chancen witterte, änderte seine Taktik.

„Das Payson & Clarke wird in vier verschiedenen Ausführungen geliefert“, sagte er. „Eiche, Ahorn, Walnuß und Mahagoni. Das Gehäuse ist elegant. Und vier Schwingarme – zwei für Kerzen, zwei für Vasen. Aber, Bruder Birdwell, Sie sind ja selbst Musiker. Sie interessiert nicht das Gehäuse, Sie interessiert der Klang. Und Klang hat das Payson & Clarke.“ Er begann vor sich hinzusummen. Leise zuerst, mit gelegentlichen Textworten.

„Tam-ta-tam, des Flusses Lauf,
Tam-ta-tam, wer hält ihn auf.“

„Eine hübsche Melodie ist das“, sagte Jess.

„Mit Gesang allein kann ich ihr nicht gerecht werden.“

Aber er ließ jetzt mehr vom Text vernehmen. Er hatte einen schönen Bariton, eine Spur unrein, vielleicht, fand Jess, aber nicht schlecht. Als Quigley auf einer hohen Note tief ausatmete, stellte Jess mit Bedauern fest, daß er schon ein paar Schluck genommen haben mußte; aber noch ehe das Stück zu Ende war, klopfte Jess mit dem Zeigefinger den Takt auf der roten Plüschlehne des Sitzes.

„Wie heißt das Stück?“ erkundigte er sich.

„‚Der alte Musikant und seine Harfe.‘ Eigens fürs Harmonium geschrieben. Zu dumm, daß Sie es beim erstenmal nur gesungen hören.“

„Du hast eine gute Stimme“, sagte Jess.

„Es geht so." Er versenkte seine rundliche Hand in eine seiner großen schwarzen Taschen, brachte eine Reiseflasche im Lederfutteral zum Vorschein und reichte sie Jess. „Feuchten Sie Ihre Pfeife an, dann singen wir's zusammen durch."

Jess schüttelte den Kopf.

„Nun ja, ich hab's mir gedacht, aber es ist schade. Gibt einem Wohllaut." Er nahm einen tüchtigen Schluck. „Versuchen Sie es mit mir, Bruder Birdwell."

Jess sagte später, er habe nicht die leiseste Absicht gehabt, sich in einem Salonwagen der Baltimore-Ohio-Bahn zur Schau zu stellen und den „Alten Musikanten und seine Harfe" oder sonstwas zu singen. Aber dieser Melodie konnte man einfach nicht widerstehen; unwillkürlich sprach man innerlich den Text mit, der Fuß trat den Takt, und ehe Jess wußte, wie ihm geschah, nahm er mit seinem schönen hellen Tenor die hohen Töne. Jess besaß die Nase des wirklich erstklassigen Tenors, denn einen erstklassigen Tenor mit einer Knollennase hat es noch nie gegeben. Kaum hatte er im Verein mit Bruder Quigley ein paar Strophen gesungen, da fiel schon der halbe Salonwagen in den Refrain ein.

„Reicht mir einmal noch die Harfe,
Harfe mit dem süßen Klang.
Laßt mich ihre Saiten schlagen,
Lauschen ihrem Zaubersang,
Einmal noch der süßen Weise,
Ehe ich gen Himmel reise."

Als sie geendet hatten, genehmigte sich Bruder Quigley abermals einen Schluck. „Muß die Pfeifen kühlen", sagte er. Dann: „Also, Bruder Birdwell, wenn Sie nach Philadelphia kommen, dann schauen Sie bei Payson & Clarke rein und hören Sie sich an, wie das eigentlich klingen soll. Auf dem Harmonium. Ganz unverbindlich. Für einen Kunstgenossen zu spielen ist reines Vergnügen."

NICHTS LAG Jess ferner, als ein Harmonium zu kaufen, als er bei Payson & Clarke eintrat. Die Kirschen, deretwegen er gekommen war, hatte er gefunden, zudem einen angenehmen Besuch bei seiner Mutter abgestattet, und er wollte eben die Rückreise antreten, als ihm der Gedanke kam, er könne sich eigentlich den „Alten Musikanten und seine Harfe" auf dem Harmonium anhören. Bruder Quigley war nett zu ihm gewesen, und es gebot schon der Anstand, den Mann zeigen zu lassen, was das Harmonium vermochte. So jedenfalls hatte er sich die Sache vorgestellt, als er hineinging.

Heraus kam er als Besitzer des Harmoniums. Er wußte zwar nicht, wohin damit, denn Eliza wollte bestimmt kein Harmonium haben, und er hätte einiges darum gegeben, nicht vom Pfade der Tugend abgewichen zu sein – aber die Papiere für das Harmonium staken in seiner Tasche. Zur Hälfte hatte er es bar bezahlt, der Rest sollte gegen Baumschulwaren verrechnet werden, denn Mr. Clarke von Payson & Clarke war Obstzüchter.

Sobald Jess Waldo Quigleys Finger über die Tasten des Harmoniums laufen sah, dem sie Töne entlockten, die so klar klangen wie die Wasser des Muscatatuck, hatte er gewußt, daß es um ihn geschehen war. Und als er feststellte, daß er den „Alten Musikanten" selbst spielen konnte, als Waldo Quigley sagte „Hab noch nie einen Mann mit 'nem besseren Tremolo gehört", als er mit den Füßen Luft in das Instrument pumpte und sie mit den Fingern wieder herauszog, da hatte er im Geiste sein Bankguthaben durchzurechnen begonnen. Alle Überlegungen, ob er recht oder unrecht täte, hatte er schon hinter sich gelassen, er wußte nur eines, daß er das Harmonium haben wollte.

Er richtete es ein, daß er ein paar Tage vor dem Harmonium daheim war. Mit keiner Silbe verriet er Eliza, was er getan hatte, sondern versuchte es ihr schrittweise beizubringen. Er redete viel über Musik: wie Gott sie lieben müsse, denn sonst hätte er ja keine Singvögel erschaffen, und wie die Engel doch immer mit Harfen und Zithern dargestellt würden. Eliza reagierte nicht. „Du bist kein Vogel und auch kein Engel, Jess Birdwell, und wenn der Herr wollte, daß du sängest und die Harfe zupftest, dann hätte er dich, so oder so, mit Federn ausgestattet."

An dem Tage, als das Harmonium ankam, war – früh für die Jahreszeit – Schnee gefallen; er lag einen halben Meter hoch und in den Schneewehen noch höher. Jess fuhr selber mit dem Schlitten nach Vernon und holte das Harmonium ab.

Als Eliza die Kiste zu Gesicht bekam, wußte sie augenblicks, was sie enthielt. Jess' Gerede über Vögel und Engel hatte sie etwas Derartiges befürchten lassen, nur etwas so Schlimmes wie ein Harmonium war ihr denn doch nicht in den Sinn gekommen; eine Flöte vielleicht oder eine französische Harfe, die er unten im Keller spielen konnte, war das Äußerste gewesen, was ihre Phantasie sich ausgemalt hatte. Bis Enoch mit dem Ausspannen der Pferde fertig war, stand sie draußen im Schnee.

„Was bringst du da heim, Jess Birdwell?"

„Ein Payson & Clarke", sagte Jess, immer noch bemüht, die Wahrheit stufenweise zu enthüllen.

Aber das war umsonst. „Es ist ein Harmonium", sagte Eliza. „Jess, was stellst du dir vor? Wo ich Predigerin bin und wir das Haus voller Kinder haben? Was sollen die Nachbarn denken? Und die Gemeinde?"

Wäre Eliza bei diesem besorgten Ton geblieben, hätte Jess sich womöglich des Harmoniums entledigt, aber Eliza blieb nicht dabei.

„Jess Birdwell", sagte sie, „wenn du dieses Harmonium ins Haus nimmst, dann bleibe ich draußen. Du kannst wählen. Zwischen deiner Frau und dem Harmonium; beides kannst du nicht haben."

Jess' Herz war weich wie Pudding, und wenn Eliza „bitte" gesagt oder ihrem Auge eine einzige Träne hätte entgleiten lassen, dann wäre es um das Harmonium geschehen gewesen; aber Befehle, Drohungen, das stand auf einem anderen Blatt. Jess rief nach dem Knecht, der die Pferde in den Stall gebracht hatte. „Komm, Enoch, und hilf mir."

Ein Herz, weich wie Pudding, solange niemand sich anmaßte, Jess zu sagen, was er zu tun hatte; dann gefror der Pudding, und wenn man sich nicht vorsah, konnte man sich an einem Eissplitter leicht bis auf den Knochen schneiden.

Eliza sah das Eis entstehen, aber sie war selbst vom Schlage der Märtyrer und glaubte die Zeit gekommen, für das Rechte zu leiden. Sie setzte sich flach in den Schnee, oder doch so flach, wie ihre Röcke und Unterröcke es erlaubten. Und als sie da saß, sagte sie: „Jess Birdwell, hier bleibe ich, bis das Harmonium verschwunden ist."

„Enoch", sagte Jess, „wir wollen es hier an Ort und Stelle aus der Verschalung holen und dann ins Haus tragen."

Gesagt, getan. Enoch behielt die im Schnee sitzende Eliza im

Auge. Ihr Anblick verursachte ihm Unbehagen; sollte er ihr nicht wenigstens seine Jacke zum Draufsitzen geben?

„Na komm, wir wollen nicht trödeln, Enoch", sagte Jess, der Eliza überhaupt nicht zu bemerken schien. „Wir wollen es ins Haus schaffen."

Während sie das Instrument schnaufend zum Hause hinaufschleppten, sagte Enoch: „Kann sie sich nicht den Tod holen?"

„Wenn der Schnee durch den letzten Unterrock dringt, wird sie sich schon rühren", sagte Jess.

Aber er hatte Eliza unterschätzt. Sie war völlig durchnäßt, ehe sie ins Haus kam. Drunten im Schnee hatte sie die Sache reiflich erwogen, aber sie wußte, daß Jess, wenn er sich auf etwas versteift hatte, selbst für seinen Schöpfer ein Problem darstellte. Und sie hatte genügend Respekt vor beiden, um sie einander zu überlassen. Und mit Streit, fand sie, kam man sowieso nie weiter. Jess war gerade mit dem Abstauben des Harmoniums fertig, als Eliza hereinkam, sich an den Ofen stellte und alsbald zu dampfen begann.

„Jess, wenn du an deine Kinder und an mein Predigeramt denkst, bist du dann immer noch entschlossen, dies Harmonium zu behalten?"

„Ja, Eliza", sagte Jess, „ich bin entschlossen."

„Nun, dann ist's erledigt", sagte sie und fuhr fort, „es muß in die Dachkammer hinauf."

„Hab ich auch gedacht", sagte Jess, „und das ist mir recht."

Also wurde das Harmonium in die Dachkammer transportiert. Man konnte es unten hören, aber nicht in voller Lautstärke. Von der Dachkammer bis unten verlor sich der Wohllaut, und außerdem hütete sich Jess zu spielen, wenn jemand im Hause war. Er war vorsichtig, jedenfalls bis zu dem Tage, an dem das Ältestenkomitee vorsprach. Auch an dem Tage war er vorsichtig, aber Mattie nicht, oder besser, sie hatte Pech.

Jess war gleich aufgefallen, daß Mattie musikalisch war. Ganz allein hatte sie sich den „Alten Musikanten" mit einer Hand zusammengesucht, und als Jess das entdeckte, hatte er ihr die Baßakkorde beigebracht, so daß sie ihn beim Singen begleiten konnte. Für Eliza war das eine bittere Pille und genau das, was sie befürchtet hatte: daß Jess die Kinder mit seiner Schwäche für die Musik anstecken würde. Dennoch – wenn die tiefen Akkorde mit Jess' hellem Tenor darüber durch die Decke ins Wohnzimmer drangen, dann mußte sie einfach lauschen.

Aber trotz Jess' Vorsicht bekam die Gemeinde irgendwie Wind von der Sache. Nicht, daß Birdwells ein Harmonium hätten: nichts Genaues war bekannt. Nur so das Gefühl, daß Freund Birdwell nicht mehr so ganz im Lichte stünde wie einst. Vielleicht, daß jemand an einem Frühlingsabend ein paar Töne Harmoniummusik aus einem Dachfenster vernommen hatte, höchstwahrscheinlich aber lag es mehr an Elizas schuldbewußtem Blick.

Wie auch immer, das Ältestenkomitee kam eines Abends zu Besuch. Es war gegen sieben, das Abendessen vorbei und das Geschirr abgewaschen. Jess und Eliza genossen im Wohnzimmer den Abendfrieden und hörten den Kindern zu, die unten am Fluß „Entchen-auf-dem-Stein" spielten.

Das Komitee fuhr in Amos Peases Kutsche vor, sie ließen das Gefährt aber bei der Remise stehen, und so war denn das erste Zeichen, das Jess und Eliza von den Besuchern empfingen, der Duft zertretener Minze. Amos Pease war nicht der Mann, der auf seine Schritte achtete, wenn die Pflicht rief.

Eliza, die es zuerst roch, trat ans Fenster, um nachzusehen, wer käme. Sie sah es und wußte im selben Augenblick den Grund. „Das Ältestenkomitee", sagte sie mit bebender Stimme; als aber Amos Pease an die Haustür pochte, saß sie in ihrem Schaukelstuhl, die Füße auf einem Fußbänkchen, eine Hand leicht in der andern.

Jess machte auf. „Guten Abend, Amos, Esra. Guten Abend, Freund Hooper."

Nach der Begrüßung nahm das Komitee Platz. Aber ehe sie sich noch mit ein paar Anmerkungen über das Wetter und wie der Mais stand den Anfang erleichtern konnten, hörte es Jess – das schwache, lederige Seufzen des Harmoniums, wenn der Fuß erstmals die Blasebälge in Tätigkeit setzte. Wie ein Schmerz traf ihn das Geräusch mitten ins Herz, und er dachte: Ich habe mein Erstgeburtsrecht für ein Linsengericht verkauft. Denn Jess war Quäker durch und durch. Seit zweihundert Jahren waren seine Vorfahren Quäker, hatten manchmal für das Recht gelitten, und jetzt, dachte er, habe ich das alles um eines seufzenden Harmoniums willen verscherzt.

Mattie saß am Harmonium, und Jess wußte, wie sie es hielt: genau wie er. Nie begann sie sofort ein Stück zu spielen; erst berührte sie das Instrument, pumpte langsam die Luft hinein und legte liebevoll die Finger auf die Tasten. Dann erst kam das Spiel. Jess sah zu Eliza hinüber und merkte, daß sie es auch gehört hatte. Ich bin viel schlimmer als Esau, dachte er, denn der hat wenigstens nur sein eigenes Erstgeburtsrecht verkauft, ich aber auch das meiner Frau. Er hatte doch gewußt, was es für Eliza bedeutete, die Botschaft des Herrn Seinem Volk zu verkünden, und nun war er dabei, sie um dies alles zu bringen, weil er der eigenen Lust nicht hatte widerstehen können, Luft durch eine Reihe von Kanzellen zu jagen. Und sein Herz begann zu beten: Herr, löse Deinen Diener aus der Schlinge seines eigensüchtigen Lasters.

Bis Mattie soweit war, die erste Taste zu drücken, stand Jess auf den Füßen und sagte: „Freunde, laßt uns unsere Herzen im Gebet zu Gott erheben." Wenn Quäker zusammenkamen, war das nichts Besonderes. Jeder vermochte sich im Handumdrehen ins Gebet zu versenken. So knieten denn einige nieder, andere nicht, aber alle senkten den Kopf und schlossen die Augen.

Alle außer Jess. Er stand, das Gesicht zur Decke erhoben, Auge in Auge mit seinem Gott und seiner Sünde. Bis Mattie den „Alten Musikanten" zu spielen begonnen hatte und hier und da ein Hauch Musik in den Raum flutete, sprach Jess schon mit Gott in einer Stimme, die das Fachwerk erbeben ließ. Sprach zu ihm mit der Stimme eines Mannes, den seine Sünden ereilt haben. Er erinnerte den Herrn an all die andern Sünder, denen Er dennoch Seine Gnade nicht vorenthalten hatte.

Buch für Buch und Sünder für Sünder ging er die Bibel durch. Er betete im Namen Adams, der gesündigt und die Gnade fast verwirkt hatte; im Namen Mose, der das Gelobte Land nicht betreten durfte; Davids, der eines andern Mannes Weib begehrlich angesehen hatte. Er betete im Namen Salomos und seiner Torheiten, Abrahams und seiner Eifersucht. Er verließ das Alte Testament und betete für alle Sünder im Namen Thomas', des Zweiflers, Judas', des Verräters, und Maria Magdalenas, der Büßerin.

Da stand er, den rothaarigen Kopf emporgehoben, während seine lange irische Oberlippe sich um die guten biblischen Namen rundete. Er betete, bis das Tageslicht den Raum verlassen hatte und sein Haar im Dunkeln genau so farblos aussah wie Amos Peases mausgraues Strohdach. Er betete, bis auch der letzte Hauch Minzeduft verflogen, und nur mehr der Geruch eines reuigen Mannes übrig war, der für seine Sünden um Vergebung flehte.

Indes: Jess war kein Heuchler, und wo seine betende Stimme etwas anschwoll und etwas stärker dröhnte, wenn Mattie das Fortissimoregister zog, so geschah das nicht wissentlich, es war des Herrn Werk. Und wenn sein Gebet erst endete, als Mattie zu spielen aufhörte, nachdem sie den „Alten Musikanten" fünfmal durchgespielt hatte, so geschah auch das nach dem Willen des Herrn und nicht nach Jess' Plan.

Als er schließlich zum Schluß gekommen war, die Besucher ihre Gesichter aus den Händen erhoben und sich verwirrt im dunklen Zimmer umsahen, ließ Jess sich in seinen Stuhl fallen. Eliza zündete eine Kerze an und ging nach draußen, um die Lampe zu holen.

Amos Pease nahm die Kerze und leuchtete Jess ins Gesicht. „Freund", sagte er, „heute abend bist du ein Werkzeug des Herrn gewesen. Du hast dich zum Thron der Gnade erhoben und uns alle auf den Schwingen deines Gebetes mit emporgetragen. So nah hat dein Gebet uns vor die Himmelstore geführt, daß ich ab und an geglaubt habe, die Chöre der Engel und den Klang himmlischer Harfen zu vernehmen."

Damit stellte er die Kerze wieder hin, setzte seinen Hut auf und sagte: „Gelobt sei Gott". Freund Griffith und Freund Hooper sagten: „Amen, Bruder, amen", und würdevollen Schrittes folgten sie Amos nach draußen.

Als Eliza mit der Lampe zurückkam, lag wieder der Duft zertretener Minze im Raum, und Jess saß allein beim Schein der Kerze, vornübergeneigt wie ein Mann, der die Hand des Herrn schwer zwischen seinen Schulterblättern gespürt hat. Aber ehe Eliza zu dem erbaulichen Anblick, den er bot, hatte amen sagen können, kam aus der Bodenkammer abermals „Der alte Musikant" herabgeflutet, und Jess' Fuß begann im Takt zu wippen:

Tam-ta-tam, des Flusses Lauf,
Tam-ta-tam, wer hält ihn auf?

Kapitel II: *Die Paßgängerin*

Jess sass in der Küche am langen Tisch vor dem Fenster, wo er im Winter seine Pfropfgeräte aufbewahrte: das Messer mit der dünnen Klinge, das süß nach Bienenwachs duftende Papier, die Schachteln mit den Wurzeln und Pfropfreisern. Für Jess als Baumgärtner bedeutete Frühling nicht nur Erblühen der eigenen Lebensgeister, sondern auch das der Erde. Noch eine Woche lindes Wetter, und er war draußen, zwar noch in Gummistiefeln, aber in Berührung mit aufgetautem Boden, dessen Kräfte wieder in Bewegung waren.

Der Frühling ist doch jedesmal anders, dachte Jess, keine zwei Jahre gleich: mal kommt er mit Regen und tiefem Matsch; mal mit Kälte und Schnee; und mal bläst er einem den warmen Wind um die Ohren und bringt den Duft von irgendwas Blühendem mit, nicht von hier, von weiter südwärts, jenseits des Ohio, aus Kentucky womöglich. Hier gibt's jetzt weiter nichts als den Geruch schmelzenden Schnees – was überhaupt kein Geruch ist, sondern mehr so was wie Prickeln in der Nase, wenn man geniest hat. Kommt in so verschiedener Gestalt und ist immer willkommen.

„Und wir sind einen Frühling wie den andern."

„Hast du was gesagt, Jess?"

„Nichts, was du verstehen könntest, Eliza."

Im Frühling war Jess immer unzufrieden mit der Menschenrasse – und mit den Frauen womöglich noch unzufriedener als mit den Männern. Wie wenn der Frühling sie alle in den Schatten stellte: diese Jahreszeit voller Einfälle – der *sie* Jahr um Jahr unverändert begegneten; gruben Wurzeln aus demselben Sassafrasgebüsch, leckten Sirup vom selben großen Löffel.

Hinter ihm war der Tisch zum Abendessen gedeckt, die Teller sorgsam umgedreht, der stählerne Löffelkorb blitzte, die Schüsselchen mit Marmelade leuchteten heller als die Sonne, die draußen vor seinem Fenster unterging.

„Der Frühling kündigt sich an", sagte er, „und niemand in diesem Hause schreibt eine Zeile Poesie."

Eliza, die gerade die mit Dörrpfirsichen gefüllten Pasteten aus dem Backofen holte, gab keine Antwort. Sie setzte vier von den Pasteten zum Abkühlen auf ihren Kühlschrank und schob die Formen mit Maisbrot in den Ofen. Dann wandte sie sich nach Jess um, die Wangen von der Hitze gerötet, und sah ihn mit ihren schwarzen Augen liebevoll an. „Ein hübscher kleiner Vers wäre dir vielleicht lieber als dein Abendessen, Jess Birdwell."

Jess seufzte, dann roch er die Pasteten, sie erfüllten mit ihrem köstlichen Pfirsicharoma die ganze Küche, daß sie duftete wie ein Obstgarten im Sommer. „Nun, Eliza", sagte er, „du weißt, daß ich dich nicht anders haben möchte, als du bist ... Du ..."

„Du", unterbrach ihn Eliza, „bist wie alle Männer. Deine Poesie willst du haben, und essen willst du auch."

Jess wunderte sich, wie seine Gefühle für den Frühling, die Jahreszeit mit dem frischen Daumenabdruck des Herrn, zu etwas so Unfrühlingshaftem geführt haben konnten wie eine Debatte über ein Backblech voll Pfirsichpasteten.

„Eliza", sagte er eindringlich, „dich hab ich doch nicht gemeint. Aber manchmal kommt mir der Gedanke, wie sonderbar es doch ist, daß in dieser Jahreszeit keiner der Buben dichtet."

„Josh schreibt Gedichte", sagte Eliza.

„Hast du je etwas davon gelesen?"

Eliza nickte. Na ja, dachte Jess, hat keinen Sinn, ihr zu erklären, daß es da Unterschiede gibt. Eliza musterte ihren Eheherrn. „Jess Birdwell", sagte sie, „dein Blut muß verdünnt werden. Ich koche dir eine Tasse guten Sassafrastee."

Jess wendete sich von dem grüngoldenen Sonnenuntergang ab und sah Eliza voll ins Gesicht. „Das ist es, Eliza", sagte er. „Da liegt der Hund begraben."

Obwohl Eliza ihn nicht ermutigte, sprach er weiter. „Die Erde wandelt sich von einer Jahreszeit zur andern, der Frühling kommt nicht zweimal in gleicher Gestalt, nur wir stapfen immer so weiter, stetig wie Pumpenschwengel und nicht mal so weit erneuert wie ein Grashalm."

„Jess, du hast Frühlingsfieber."

„Und ich könnte jedes Frühjahr Zeit und Temperatur daran ablesen, wie du nach Gänsen zu jammern anfängst. ‚Jess, meinst du nicht, wir sollten ein paar Gänse halten?' – Der Frühling kommt spät dieses Jahr", fuhr er fort. „Es liegt noch immer Schnee, und du hast noch kein Wort von Gänsen gesagt!"

Eliza zog einen Stuhl vom Tisch weg und setzte sich. „Jess, warum bist du eigentlich immer so gegen Gänse?"

„Ich bin nicht gegen Gänse. Die Gänse sind gegen die Landwirtschaft. Während du sie wegzujagen versuchst, mähen sie einen halben Morgen sprießenden Mais ab – und innerhalb von zwei Minuten machen sie eine Reihe von Rhabarberpflanzen dem Erdboden gleich, die zwei Jahre zum Wachsen gebraucht haben."

„Wenn du dichte Zäune hättest...", meinte Eliza.

„Eliza, ich habe ja dichte Zäune, aber die Gans, die Zäune respektiert, muß erst noch ausgebrütet werden."

„Jess", sagte Eliza geradezu, „du kannst Gänse eben nicht leiden."

„Nun", sagte Jess, „so weit möchte ich nicht gehen, zu sagen, daß ich sie nicht leiden kann, aber ich will sagen, wenn es ein noch boshafteres, schmutzigeres Tier gibt, dann kenne ich es nicht. Und das habe ich an dir nie verstehen können, Eliza, was du an diesen Vögeln mit dem durchtriebenen Blick eigentlich findest."

„Gänse", sagte Eliza träumerisch, wie man es an ihr nicht gewohnt war, „gehen so vornehm einher... sie sind schön wie Schwäne, die einen Bach hinunterschwimmen. Mein Vater hat nie den geringsten Ärger mit Gänsen gehabt, und viele Male hab ich ihn sagen hören, an einem frischen Morgen gäbe es nichts Besseres als ein gebratenes Gänseei."

Weil ja eigentlich vom Frühling die Rede war, hätte Jess, das wußte er, Elizas Vater und sein Gänseei überhören sollen, aber er konnte nicht an sich halten. „Für mich hat ein gebratenes Gänseei was Aufgeblasenes", sagte er, fuhr aber dann eilig fort, „doch, es wird Frühling, ich sehe förmlich, wie es dir auf der Zunge schwebt: ‚Jess, laß uns ein Gelege Gänseeier besorgen.'"

Eliza ging zu ihrem Kochtopf hinüber. „Die Jahreszeit ist weiter fortgeschritten, als du denkst, Jess", sagte sie. „Ich habe schon eine Henne auf ein Gelege gesetzt."

Jess sah seine Frau an. Jetzt wußte er gar nicht mehr, was ihn zu dem Wunsch veranlaßt hatte, der Frühling möchte auch das Wesen der Menschen verändern."

„Wann hast du die Eier untergelegt?" fragte er schließlich.

„Gestern“, sagte Eliza.

„Woher hast du die Eier bekommen?“

„Von Overbys“, sagte Eliza. Die Overbys waren ihre Nachbarn gen Süden. „Ich hab sie von meinem eigenen Geld bezahlt“, fügte sie hinzu.

„Wie viele?“ fragte Jess.

„Acht“, antwortete Eliza.

Jess sah wieder aus dem Fenster. Die Sonne war untergegangen und hatte einen Himmel von tristem Grün und eine Erde in trostlosem Schwarz-Weiß hinterlassen. „Fünf Morgen Mais dahin“, kalkulierte er.

„Du hast doch gesagt“, erinnerte ihn Eliza, „du vermißtest etwas Abwechslung in meiner Person. ‚Stetig wie ein Pumpenschwengel‘, das waren doch deine Worte.“

„Ich weiß“, gab Jess mißmutig zu. „Ich rede zuviel.“

„Zieh deinen Stuhl an den Tisch“, sagte Eliza friedlich, ohne ihm zu widersprechen, „da kommen Enoch und die Buben.“

Am nächsten Morgen nach dem Frühstück verließen Jess und Enoch gemeinsam die Küche. So warm hatte die Sonne dieses Jahr noch nicht geschienen, und die Dächer des Gehöftes dampften. „Enoch“, sagte Jess zu seinem Knecht, „was hältst du von Gänsen?“

Im allgemeinen hatte Enoch zu jedem Gegenstand Meinungen parat, aber Gänse waren ein zu hausbackenes Thema, als daß es ihn gereizt hätte, sich darüber zu verbreiten. „Im Herbst“, sagte er, „so um den November, gibt es nichts Schmackhafteres auf dem Tisch als eine gebratene Gans.“

„Die Gans auf dem Tisch meine ich nicht“, sagte Jess. „Ich spreche von lebenden Gänsen. Von Gänsen, die ein ganzes Maisfeld abfressen, Enoch, von Gänsen, die herumkrakeelen, schnattern und zischen, von Gänsen, die einen anstarren wie Schlangen auf Stelzen.“

Enoch starrte seinen Brotgeber an. „Mr. Birdwell“, sagte er, „wenn's 'nen störrischen Vogel gibt, dann is es 'ne Gans.“

„Das freut mich, daß wir darüber einer Meinung sind“, sagte Jess. „Sonst hätte ich dich nicht gern gebeten, dies kleine Geschäft zu übernehmen.“ Unter dem Aufschlag seiner Jacke zog er eine lange Stopfnadel hervor.

Enoch betrachtete sie mit einigem Mißtrauen. „Also, daß ich mit der Nadel je sehr geschickt gewesen wäre, kann ich nicht behaupten, Mr. Birdwell."

„Für dies Geschäft reicht es, Enoch", sagte Jess herzlich. „Eliza hat acht Gänseeier gesetzt. Bei einigem Glück hätte sie nächstes Jahr zwei Dutzend. Und so fort. Bei deiner Einstellung zu Gänsen, Enoch, ist es nicht mehr als recht, daß ich dir die Möglichkeit gebe, dies abzubremsen, ehe es zu weit geht. Ein kleiner Stich in jedes Ei, das Gänseprojekt ist im Keim erstickt, und Eliza ist so schlau wie zuvor."

„Ich bin mit den Händen mächtig ungeschickt. Bei so 'nem kitzligen Geschäft lass' ich vielleicht 'n Ei fallen."

„Enoch", sagte Jess, „du entdeckst doch nicht am Ende dein Herz für Gänse, oder?"

„Die Gänse sind's nicht", sagte Enoch offen, „es ist Ihre Frau. Sie war immer mächtig nett zu mir, und wenn sie ihr Herz an Gänse gehängt hat, dann geht's mir gegen den Strich, sie zu enttäuschen. Warum tun Sie es nicht selbst, Mr. Birdwell?"

„Aus demselben Grund – und wenn Eliza mich je fragte, ob ich mit dem Gelege was angestellt hätte, möchte ich nein sagen können."

Enoch machte noch immer keine Anstalten, die Nadel zu nehmen. „Is wahrscheinlich gar nicht nötig, was zu unternehmen", sagte er. „Zwei zu eins schlüpft aus diesen Eiern sowieso nichts. Die Overbys sind so 'ne schlitzohrige Gesellschaft, daß sie ihr zunächst mal schlechte Eier verkauft haben."

„Das hast du gewußt?" fragte Jess, „schon immer?"

„Ja", sagte Enoch.

„Dann nimm die Nadel", sagte Jess.

„Sie betrachten dies", forschte Enoch, „also nicht so sehr als einen Gefallen, sondern als einen Teil meines Tagewerks und als Anordnung?"

„Ja", sagte Jess, „so ungefähr hab ich's mir gedacht."

Etwas zimperlich ergriff Enoch die Nadel, die in voller Länge in der Sonne blitzte, und begab sich langsam zum Hühnerhaus.

Es DAUERT dreißig Tage, bis ein Gänseei ausgebrütet ist, und über der Frühlingsarbeit verging die Zeit schnell. Immerhin weilten Jess' und Enochs Gedanken häufiger bei Eliza und ihrer Gänsehoffnung, als ihnen lieb war.

An dem Tage, an dem die Gänse ausschlüpfen sollten, sagte Jess beim Frühstück: „Ich an deiner Stelle, Eliza, würde nicht allzuviel Hoffnungen auf die Gänse setzen. Kürzlich hat Enoch gemeint, er wäre nicht überrascht, wenn keins der Eier ausgebrütet wäre."

Enoch war eifrig damit beschäftigt, seinen Kaffee zum Abkühlen in die Untertasse zu gießen. „Hast du das gesagt, Enoch?" fragte Eliza.

Enoch sah Jess an. „Ja", sagte er, „ich erinnere mich so dunkel."

„Wie bist du denn darauf gekommen, Enoch?"

Da Enoch wieder mit seinem Kaffee zu tun hatte, sagte Jess: „Wegen der Overbys. Enoch hat den Eindruck, daß sie nicht zuverlässig sind. ‚Schlitzohrig' hast du gesagt, nicht, Enoch?"

Enoch hatte unbedingt sofort draußen zu tun, und Jess sagte: „Wenn du mir ein Eßpaket mitgibst, Eliza, dann brauch ich dich mittags nicht zu stören. Ich gehe zum südlichen Acker rüber und kann mir den Weg hin und zurück sparen."

Eliza war überrascht, denn für gewöhnlich scheute Jess auch einen doppelt so weiten Weg nicht, um zu seinem warmen Mittagessen zu kommen, aber sie machte ihm Brote mit gebratenem Speck und packte sie samt ein paar Apfeltaschen in eine Tüte. Jess entschwand eilends.

Abends kam er ziemlich spät heim und fand in der Scheune noch allerlei zu tun, ehe er zum Haus hinaufging. Als er die Küche betrat, schien alles wie sonst – rötliches Lampenlicht, gedeckter Tisch, summender Herd – und neben dem Herd eine Kiste, über die Eliza sich beugte. Jess blieb stehen, um zu sehen – und zu lauschen. Aus dem Innern der Kiste kam eine Art Vogelpiepsen. Zögernd trat er neben Eliza. Da war ein graugelbes Gänschen, das gehacktes Ei pickte und zwischen zwei Bissen jeweils den Schnabel zu Eliza emporhob.

Vergnügt schaute Eliza auf. „Enoch hat recht gehabt", sagte sie. „Die Eier haben nichts getaugt. Nur eins ist ausgeschlüpft. Ich will es Samantha nennen."

„Samantha", sagte Jess ohne jede Begeisterung. „Woher weißt du denn, daß es eine Sie ist?"

„Weiß ich gar nicht", sagte Eliza, „aber wenn's ein Gänserich ist, kann man den Namen leicht in Sam ändern."

In diesem Augenblick kam Enoch mit Holz für die Holzkiste. „Enoch", fragte Jess, „hast du Samantha – oder Sam – schon gesehen?"

Enoch brummelte etwas, was Jess als Bejahung deutete.

„Soviel ich verstanden habe, Enoch, warst du doch der Meinung, die Eier seien alle schlecht."

„Na ja, Mr. Birdwell", sagte Enoch, „der Mensch kann sich ja irren. Er kann sich verzählen."

„Bis acht sollte ein Mensch aber zählen können", meinte Jess.

Eliza beachtete die beiden nicht; sie hatte sich über das piepsende Junge gebeugt und antwortete ihm mit kleinen Zwitscherlauten. „Weißt du", fragte sie Jess, „daß dies das allererste Haustier meines Lebens ist?"

„Du hast doch Ebony", sagte Jess.

„Ein Haustier im Käfig mein ich nicht, sondern eins, das neben einem hergeht. Ich bin ganz zufrieden, daß die andern nicht geschlüpft sind. Bei achten müßte ich Gänse für den Tisch aufziehen. Ein einzelnes kann ich zu einem richtigen Haustier machen."

Und das tat sie. Samantha aß dasselbe wie die Familie: Kuchen, Pastete, Maiskolben, für Samantha war nichts zu gut. Aus einem plattfüßigen Gänschen im goldenen Flaum schwoll sie beinah im Handumdrehen zu wohlgerundeter Körperlichkeit an wie ein schlaffes Segel, das eine Brise erwischt.

Samantha verkörperte alles, was Jess an Gänsen im allgemeinen nicht leiden konnte, und besaß außerdem noch ein paar zusätzliche Eigenheiten. Weil sie auf der Türtreppe gefüttert wurde, geriet sie einem beständig zwischen die Füße. Man konnte sie noch so laut anschreien – nie hätte sie sich in Bewegung gesetzt, ehe sie selbst sich zu entfernen geruhte. Wenn die Kinder etwas Eßbares in den Händen hatten, schnappte sie es ihnen weg, und die Stiefmütterchen, die Jess um die Felsenbirne herum gepflanzt hatte, fraß sie mit Stumpf und Stiel, so daß tatsächlich nicht einmal ein kahler Stengel von Jess' Mühe Kunde gab. Und wenn er sie bloß betrachtete, um ihrer Anziehungskraft für Eliza auf den Grund zu kommen, dann reckte Samantha unversehens ihren Schlangenhals, so daß sie Jess beinah berührte, und zischte mit dem Ausdruck solch eisiger Mißbilligung, daß Jess unwillkürlich zurückwich.

Aber sie war Elizas Liebling, da gab's keinen Zweifel. Eliza streckte sie den Kopf entgegen, um gekrault zu werden, und begleitete sie mit ihrem würdevollen Schlingergang.

„Da hat's doch mal 'ne Göttin gegeben", erinnerte sich Enoch, „die immer 'nen großen Vogel bei sich hatte." Jess vermutete, daß Enoch Juno mit ihrem Pfau im Sinn hatte, aber selbst dieser Hinweis überzeugte ihn nicht davon, daß eine Gans die passende Begleiterin für eine Göttin wäre – von Eliza ganz zu schweigen –, und so konnte er denn kein ehrliches Bedauern empfinden, als ihm Eliza eines Novemberabends berichtete, Samantha sei verschwunden. „Die kommt wieder", sagte er. „Dieser Vogel ist viel zu störrisch, um jung zu sterben."

Eliza sagte nichts, aber am nächsten Abend bestätigte sie, daß Jess recht gehabt hatte. „Samantha ist drüben bei Overbys", sagte sie.

„Na, hast du sie heimgeholt?" fragte Jess.

„Nein", sagte Eliza ärgerlich, „sie haben's nicht erlaubt. Sie hätten vierzig Gänse gehabt, sagten sie – und vierzig hätten sie auch jetzt, und sie glaubten nicht, daß Samantha bei ihnen wäre. Sie haben mich so gereizt, Jess, daß ich ihnen gesagt habe, sie hätten mir sieben schlechte Eier geliefert, und jetzt versuchten sie mir das achte auch noch wegzunehmen."

Obwohl ihn das etwas in Verlegenheit gebracht hatte, fragte er: „Woher weißt du denn so genau, daß Samantha dort ist? Sie könnte doch auch von einem Fuchs geholt worden sein."

„Du vergißt", sagte Eliza verächtlich, „daß ich Samantha mit eigener Hand großgezogen habe. Unter vierhundert würde ich sie herauskennen, geschweige denn unter vierzig."

„Warum hast du sie dann nicht zurückgekauft, wenn das die einzige Möglichkeit ist?"

„Nachdem ich das mit den Eiern gesagt hatte", antwortete Eliza betrübt, „sagten die Overbys, sie wollten nichts mehr mit mir zu tun haben."

Eliza trauerte so um Samantha, daß erst Enoch und dann Jess zu den Overbys hinübergingen; aber noch immer wollte von denen keiner etwas von der Anwesenheit einer zugelaufenen Gans wissen. Dann erfuhr Eliza, die Overbys wollten Gänse als Weihnachtsbraten verkaufen, und da geriet sie außer sich. „Jess", sagte sie, „den Gedanken ertrag ich einfach nicht, daß Samantha kahlgerupft auf einem Tisch liegt und darauf wartet, zerlegt zu werden. Als kleines Gänschen hat sie so süß gesungen wie der schönste Singvogel. Und sie ist die einzige Gans, von der ich je gehört habe", erinnerte sich Eliza kummervoll, „daß sie Tee trinkt."

Nach Jess' Ansicht gab es überhaupt nichts, was eine Gans nicht fraß, aber er fand es denn doch nicht angebracht, Eliza gerade jetzt daran zu erinnern. „Eliza", sagte er, „wenn nicht Enoch oder ich nach drüben gehen und gegen den alten Overby gewalttätig werden, dann weiß ich nicht, wie in aller Welt wir dir Samantha wiederbeschaffen sollen."

„Wir könnten klagen", sagte Eliza.

„Du meinst, vor Gericht gehen?" fragte Jess. Quäker pflegen die Justiz tunlich zu meiden, weil sie an freundschaftliche Regelungen ohne Mitwirkung des Gesetzes glauben.

„Ja", sagte Eliza. „Für Samantha würde ich's tun. Vor Gericht gehen wäre ein Elend für uns, aber kein solch endgültiges wie das Gebratenwerden für Samantha."

Das konnte Jess nicht leugnen, deshalb sagte er: „Das muß ich mir durch den Kopf gehen lassen. Ich war in meinem ganzen Leben noch nicht vor Gericht, und wegen einer verlorengegangenen Gans damit anzufangen, kommt mir nicht ganz angemessen vor."

Am nächsten Morgen richtete Eliza ein gutes, aber schweigsames Frühstück und aß selber nichts. „Traurig, Eliza?" fragte Jess.

„Ich kann einfach nicht essen", sagte sie, „weil ich an Samantha denken muß."

Laban und Mattie hatten Tränen in den Augen. Der kleine Jess heulte einfach los. Sogar Josh, der Älteste, schaute düster drein. Jess schämte sich, daß es ihm inmitten von so viel Kummer schmeckte. Eliza stand am Ofen, neben dem die Kiste des Kükens gestanden hatte, und schaute hinunter, als denke sie daran, wie es gesungen und ihr den Schnabel entgegengehoben hatte. Das war zuviel für Jess. „Eliza", sagte er, „wenn du willst, dann fahre ich nach Vernon und nehme dir einen Anwalt. Aber du mußt vor Gericht erscheinen und im Zeugenstand stehen – und sogar dann bezweifle ich noch, ob du deine Gans wiederbekommst. Soll ich es trotzdem tun? Willst du das?"

Eliza trat an den Tisch. „Ja, Jess", sagte sie, „ich will es."

Jess fuhr nach Vernon, nahm einen Anwalt, ließ den Overbys eine einstweilige Verfügung zustellen, so daß sie die Gans, von der Eliza behauptete, sie sei Samantha, weder schlachten noch verkaufen konnten, und erwartete den Tag der Verhandlung. Mitte Dezember fuhren Eliza, Jess und Enoch bei leichtem Schneefall nach Vernon. Die funkelnde Sonne, die frische Luft, der glitzernde Neuschnee und der lebhafte Trab des Pferdes, Rome Beauty, gaben der Unternehmung trotz des ernsten Anlasses etwas Festliches. Und etwas Festliches ging von Eliza aus. Jess betrachtete sie verwundert. Er konnte sich nicht erklären, woran es lag – Kleid und Haube waren doch bloß ihre Sonntagssachen –, aber alles an ihr war feiertäglich.

„Eliza", sagte er, „du bist dir doch darüber klar, daß du nicht zur Quäkerversammlung gehst? Die bleiben nicht schweigend sitzen, während du ihnen erklärst, wie sehr du Samantha liebst. Der alte Overby wird auch aussagen und hat eigens einen Anwalt genommen, um dir ein Bein zu stellen."

Eliza ließ das kalt. „Spricht dieser Gerichtshof Recht oder nicht?" fragte sie.

„Ja", sagte Jess.

„Dann mach dir nur keine Sorgen, Jess Birdwell. Ich bekomme Samantha zurück."

Samantha nicht zurückzubekommen, damit würde Jess sich abzufinden wissen, soviel war sicher. Was ihm Sorge machte, war das ganze Drum und Dran. In einer Sache auf Leben und Tod mochte es notwendig sein, vor Gericht zu gehen. Aber dazu gehörte eine Verhandlung wegen einer Gans namens Samantha nicht. Und die arme Eliza ... wie fröhlich sie war ... Gericht war für sie einfach ein böhmisches Dorf. Seufzend schüttelte Jess den Kopf, niedergeschlagen um Elizas willen, wenn er an ihren Heimweg mit leeren Händen dachte.

Im Gerichtssaal fiel das vom Schnee reflektierte harte, klare Licht auf Gesichter, die Jess ebenfalls hart fand: die üblichen Schlachtenbummler; Farmer, die jetzt wenig Arbeit hatten und denen eine Gerichtsverhandlung willkommene Abwechslung bot; Leute mit Sensationsbedürfnis, die sich von einem Rededuell zwischen einer Quäkerin und einem alten Sünder wie Milt Overby belustigende Schnörkel versprachen. Sie starrten Eliza an und inspizierten Samantha, die in ihrer Lattenkiste der gerichtlichen Entscheidung harrte.

Die beiden Anwälte, mutmaßte Jess, dürften einander gewachsen sein. Keiner von beiden überragend ... alte, im Dienst ergraute Hasen. Anders der Bezirksrichter, unglaublich jung, mit abstehenden Ohren und lebhafter gekleidet als ein Bräutigam. Nach Jess' Meinung ein städtischer Wichtigtuer, im Norden großgeworden und ausgebildet, der sich höchst ungern zu den Hinterwäldlern schicken ließ und sich ärgerte, daß er über eine Bagatellsache zu Gericht sitzen sollte. Konnte vermutlich eine Gans nicht von einem Perlhuhn unterscheiden und würde wohl Hölzchenziehen für die bessere Methode halten, so einen Fall beizulegen.

Eliza, das sah Jess, war offenbar anderer Meinung. Auch sie betrachtete den jungen Richter kritisch, und Jess, der sie kannte, merkte an ihrem Gesichtsausdruck, daß er ihr gefiel. Ein sauberer, magerer, frommer Junge – fern von daheim –, so mochte sie ihn sehen; ein junger Mann, dem eine bessere Ernährung nicht schaden würde.

Der junge Mann pochte auf den Tisch, und als es still geworden war, verlas er: „Birdwell gegen Overby: Haustierdiebstahl. Aneignung und willentliche Zurückhaltung einer Gans namens Samantha." An dem Namen Samantha schien er sich die Zunge zerbrechen zu wollen, aber er brachte ihn heraus.

„Bereit für Birdwell", sagte Mr. Abel Samp, Elizas Anwalt.

„Bereit für Overby", sagte der Anwalt des Beklagten.

Eliza war die erste Zeugin. Jess vergaß manchmal, was für eine gutaussehende Frau sie war, aber das Interesse auf den erhobenen Gesichtern half seiner Erinnerung nach.

„Nehmen Sie der Klägerin den Eid ab", sagte der Richter.

Mit ihrer sanften Stimme sagte Eliza: „Ich schwöre nicht."

Der Richter erklärte, daß ja keine Gotteslästerungen verlangt würden. „Ich weiß wohl", sagte Eliza, „daß du keine Gotteslästerung verlangt hast, aber wir Quäker leisten vor Gericht keine Eide. Wir versichern."

„Es ist Mrs. Birdwell erlaubt zu versichern", sagte der Richter. Eliza versicherte.

Dann begann Mr. Samp, Eliza nach Samanthas Geburt und Gewohnheiten zu befragen. „Richter –" begann Eliza.

„Sprechen Sie den Richter mit Euer Ehren an“, sagte Mr. Samp.

„Wir Quäker“, erklärte Eliza dem Richter freundlich, „verwenden keine solchen Titel. Wie ist dein Name? Ich glaube, du wirst es in unserm Staat weit bringen, und deinen Namen möchte ich mir merken.“

Der Richter schien leicht verwirrt und offenbar unentschlossen, ob er (wenn möglich) einen energischen, juristischen Ton anschlagen oder auf Elizas ungezwungene, urbane Art eingehen solle.

„Pomeroy“, sagte er mit einer leichten Verbeugung in Elizas Richtung. Eliza erwiderte sie, tiefer und anmutiger. „Freund Pomeroy“, sagte sie, „es ist wirklich ein Vergnügen, dich kennenzulernen.“

Samanthas Geschichte, wie Eliza sie Freund Pomeroy erzählte, war überraschend knapp gefaßt. Ergreifend, das kam in Elizas Darstellung zum Ausdruck, aber sachlich berichtet.

„Mrs. Birdwell“, sagte Samp, „wie lange sind Sie schon mit Gänsen und ihren Gewohnheiten vertraut?“

„Seit meiner Kinderzeit“, sagte Eliza. „Mein Vater war ein großer Gänseliebhaber.“

„Und Sie meinen, Sie könnten diese Gans Samantha identifizieren, obwohl Sie zugeben, daß sie denen des Beklagten ähnelt?“

„Das könnte ich“, sagte Eliza mit großer Bestimmtheit.

Zu Jess' Überraschung ließ Mr. Samp die Sache auf sich beruhen. „Vernehmen Sie die Zeugin“, sagte er zu Overbys Anwalt. Aber der Berater des Beklagten hatte es nicht eilig, Eliza ins Kreuzverhör zu nehmen. Statt dessen sandte er seinen Klienten in den Zeugenstand.

Milt Overby, der seiner angeborenen Händelsucht durch einen Schluck aus der Flasche gegen die Kälte noch nachgeholfen hatte, raunzte seine Zeugenaussage heraus. An einer Stelle fuhr er dem Richter in die Parade, als der ein paar elementare Fragen nach Gewohnheiten und Beschaffenheit der Gänse stellte. „Wo zum Teufel kommen Sie denn her?“ schnauzte er. „Was denken die da oben sich eigentlich, uns Richter hier herunterzuschicken, die eine Gans nicht von einem Gänserich unterscheiden können!“

Mit Lautstärke und Hammer brachte der junge Richter das

Gelächter im Gerichtssaal zum Schweigen, und die Verhandlung ging weiter. Eine Anzahl von Zeugen beider Parteien wurde in den Zeugenstand gerufen, und als sich herausstellte, daß Overbys ein paar Gänse verzehrt und aus reiner Tierliebe vergessen hatten, sie zu den abgeschiedenen zu zählen – da war immer noch niemand imstande gewesen, Samantha einwandfrei zu identifizieren.

Mr. Overbys Anwalt schien abgeneigt, Eliza ins Kreuzverhör zu nehmen, aber er rief sie in den Zeugenstand. „Mrs. Birdwell", sagte er, „woher wollen Sie eigentlich so genau wissen, daß Ihre Gans unter denen meines Klienten gewesen ist?"

Elizas schwarze Augen ruhten vertrauensvoll auf dem Richter. „Freund Pomeroy, ich habe Samantha doch von ihrem ersten Tag an großgezogen."

Jess seufzte. „Jetzt kommt's", sagte er zu Enoch, „daß diese Gans singen und Tee trinken konnte."

„Und sie hat etwas an sich", fuhr Eliza fort, „was sie von allen andern Gänsen unterscheidet."

„Ja, Mrs. Birdwell?" sagte Richter Pomeroy, der, wenn Eliza im Zeugenstand war, zu vergessen geneigt schien, daß er sich in einem Gerichtssaal befand.

„Vom Tag ihrer Geburt an", sagte Eliza tiefernst, „hatte Samantha einen Gang, der ganz anders war als bei allen Gänsen, die ich je gesehen habe, und der sie auch von all ihren Overby-Verwandten unterschied. Daran habe ich sie, als ich hinkam, sofort erkannt. Auch du, Freund Pomeroy, hättest das nicht übersehen können."

„Ja, Mrs. Birdwell?" fragte der Richter, dessen Stimme sein Interesse verriet.

„Samantha war eine geborene Paßgängerin. Du weißt, was ein Paßgänger ist?"

„Gewiß", sagte Richter Pomeroy. „Ein Paßgänger", wiederholte er, gar nicht überrascht und sichtlich erfreut, daß Eliza auf eine so deutlich sichtbare Eigenheit ihrer Gans hingewiesen hatte, die eine Verwechslung ausschloß.

Als ein Kichern durch den Gerichtssaal ging, hob Richter Pomeroy den Kopf. Er spürte keinerlei Verlangen, noch genauer über Geschichte, Gewohnheiten sowie das Ausbrüten von Gänsen belehrt zu werden, und war froh, eine Verhandlung durch eine jener kleinen, so oft übersehenen Geringfügigkeiten erledigt zu sehen. Er schlug mit dem Hammer auf den Tisch. „Das Gericht entscheidet zugunsten der Klägerin. Der Fall ist erledigt."

Und während die seinen Worten folgende Stille noch anhielt, verschwand Richter Pomeroy eilig durch die Hintertür.

Auch Jess hatte es eilig, wegzukommen. Nur nicht herumlungern, bis Freund Pomeroy über Gangarten im allgemeinen und die der Gänse im besondern gründlicher informiert wurde.

Im Winter, wenn Schnee liegt, ist der Nachmittag eine stille Zeit. Im Wagen brachen nur das Quietschen des Lederzeuges und der gedämpfte Hufschlag Rome Beautys diese Stille. Selbst Samantha in ihrem Käfig gab Ruhe. Erst als Maple Grove schon in Sicht war, tat Jess den Mund auf. „Eliza", sagte er, „möchtest du mir nicht etwas erklären? Hast du je eine trabende Gans gesehen?"

„Gewiß nicht", sagte Eliza. „Du weißt so gut wie ich, Jess Birdwell, daß nur ein Tier mit Vorder- und Hinterbeinen traben kann."

„Soweit wären wir uns einig, Eliza. Würdest du mir jetzt vielleicht sagen, ob du je eine Gans im Paßgang hast gehen sehen?"

Eliza schien ehrlich verwundert. „Aber Jess", sagte sie, „eine gewöhnliche Gans geht – aber Samantha geht im Paßgang."

Für ein Weilchen schwieg Jess. „Wie würdest du den Unterschied erklären?"

„Es liegt am Schwung, Jess Birdwell", sagte Eliza, „genau wie bei einem Pferd, das die Natur zum Paßgänger geschaffen hat... es ist die natürliche Neigung, die Art, wie der Geist das Tier treibt, seine Füße zu setzen. Samantha ist so eine natürliche Paßgängerin."

Weiter sollten sie mit diesem Thema offenbar nicht kommen. Im Scheunenhof sagte Eliza, ehe sie zum Haus hinaufging: „Gerichtsverhandlungen machen Hunger. Es ist noch ein bißchen früh, aber ich dachte, wenn ihr Lust hättet" – und sie sah Jess und Enoch an, ohne Samantha auch nur mit einem Blick zu streifen, als sei das Wohl ihrer Mannsleute ihre einzige Sorge –, „dann würde ich ein bißchen was zu essen richten. Heißen Tee und frische süße Pfannkuchen vielleicht und etwas Wurst. Wenn ihr Lust hättet", wiederholte sie.

Täuschen ließ Jess sich nicht, aber Lust hatte er, Enoch desgleichen, und beide versicherten es. Sie beeilten sich mit dem Ausspannen, denn sie wollten Samantha möglichst schnell aus dem Käfig lassen und ihre Fortbewegungsart mit neu geschärften Augen über das Wesen des Paßgängers betrachten. Jess kippte sie in den Schnee, und Enoch gab ihr einen Klaps mit seinem Hut. Samantha ging auf die Hintertür zu.

„Zum Kuckuck", sagte Jess. „Eliza hat recht." Samantha hatte den sanften Schlingergang des Paßgängers, daran war nicht zu rütteln. Was sich auf diesem Gebiet mit zwei Beinen bewerkstelligen ließ, das bewerkstelligte Samantha.

„Mit vier Beinen", sagte Enoch, „können Sie die auf jedem Jahrmarkt vorführen – lauf los!" rief er begeistert. Während sie Samantha zum Hause folgten, fragte Enoch: „Wie denken Sie jetzt über Gerichtsverhandlungen, Mr. Birdwell?"

„Ich bin immer noch dagegen", sagte Jess, „obwohl diese Verhandlung mich drei Dinge gelehrt hat. Zwei über Frauen."

Enoch, Verehrer jeder Art von Erkenntnis, fragte: „Welche beiden Dinge über Frauen haben Sie dabei gelernt, Mr. Birdwell?"

„Also, Enoch, als erstes habe ich erfahren, daß Verläßlichkeit die größte Tugend der Frauen ist. Stetig wie ein Pumpenschwengel, tagein, tagaus. Wenn du so eine Frau findest, Enoch, dann versuch nicht, sie zu ändern. Nicht mal im Frühling."

„Nein, Sir", sagte Enoch, „tu ich nicht."

„Zweitens, wenn eine Frau vor Gericht geht, dann kannst du dir jede Sorge um die Frau sparen."

„Ja, Sir", sagte Enoch abermals.

Als sie beinah die Stufen der Hintertreppe erreicht hatten, meinte Enoch: „Ich dachte, Sie hätten drei Dinge gelernt, Mr. Birdwell. Worum ging es bei dem dritten?"

„Um Knechte", sagte Jess.

Enoch war bestürzt, aber er hatte ja gefragt. „Wieso, Mr. Birdwell?"

„Nimm nie einen in Dienst, bevor du nicht festgestellt hast, daß er bis acht zählen kann", riet ihm Jess. „Damit ersparst du dir eine Menge Ärger, Enoch."

„Konnt ich denn wissen, daß das achte Samantha wäre?" fragte er.

Samantha, die auf der Treppe wartete, reckte den Hals und kniff Enoch durch seinen dünnen Sonntagsanzug hindurch fest ins Bein.

„Hast du was gesagt, Enoch?“

Das hatte Enoch, aber er wiederholte es nicht. Statt dessen sagte er: „Paßgänger oder nicht, es ist Samantha“, und die beiden stapften aus dem Schnee in die warme Küche, wo es nach Pfannkuchen im Backofen und brutzelnder Wurst roch.

Kapitel III: *Locke sie wie eine Taube*

Es war später Mai. Finger hatten die Erdbeerblätter gelüftet und Früchte darunter gefunden. Der Weizen setzte Ähren an. Der Südwind trieb Wolken von Akazienblüten – wie Sommerschnee, fand Mattie – vor sich her. Sie verließ das Butterfaß an der Hintertür und stand eine Minute mit aufgehobenem Gesicht neben dem Brunnenhaus, um den Akazienschnee fallen zu sehen; aber der Wind legte sich, und es kamen keine Blütenblättchen mehr; Mattie kehrte zum Butterfaß zurück.

Beim Auf und Ab des Butterstößels zählte sie. Sie versuchte herauszubekommen, welches die Höchst- und welches die Mindestzahl von Stößen war, die Butter erzeugten. Heute kam sie nicht auf die Mindestzahl. „Achtundachtzig, neunundachtzig ...“ Der kleine Jess legte Roßhaare ins Regenwasserfaß, die sich in Würmer verwandeln sollten. Enoch steckte den Kopf aus dem Scheunentor, zog ihn aber bei ihrem Anblick wieder zurück.

„Mattie“, rief ihre Mutter, „mach, daß du bald fertig bist, und reite mit ein paar Plätzchen zu Bents rüber.“

Mattie roch den Duft der Plätzchen: Rosinen und Hickorynüsse in süßem Teig gebettet.

„Lavony Bent ist'n bißchen komisch“, rief ihre Mutter, „Halbindianerin und neu in der Gegend. Man muß ihr zeigen, daß sie willkommen ist.“ Jetzt erschien die Mutter in der Küchentür, rosig von der Ofenhitze, und brachte Mattie ein Plätzchen. „Mach zu mit der Butter, Mattie“, sagte sie. „Du mußt bald gehen, sonst kommst du in die Dunkelheit.“

Endlich kam die Butter. Nur fünf Stöße weniger als die Höchstzahl, die sie je erlebt hatte.

„Am besten gehst du, wie du bist, Mattie."

„In dem da?" fragte Mattie.

„Wer sieht dich denn?" fragte ihre Mutter. „Um diese Zeit bloß die Bents und die Nachteulen."

Mattie hätte die beiden nicht in einem Atem genannt – die Nachteulen und die braunhäutigen, schwarzhaarigen Burschen, die sie beobachtet hatte, wie sie mit ihrem Angelgerät über der Schulter zum Fluß gingen.

„Wenn du erst mit Umziehen und Kämmen anfängst, ist es Nacht."

So ritt denn Mattie, wie sie war, zu den Bents, barfuß in ihrem blauen Kattunkleid, das so ausgeblichen war, daß die Anker darauf genauso blaß waren wie das sie umspülende Meer. Das Gebäck trug sie in einer kleinen Holzschachtel, aus der ihre Mutter einen Schemel machen wollte. Die alte Polly ging wie Pferde in Träumen ... langsam ... langsam ... als hätte sie eine Ewigkeit vor sich. Ein kurzes Stück über die Landstraße und dann durch den Wald. Mattie aß ein Plätzchen und zog einen Ast herunter, um ihn wieder zurückschnellen zu sehen. Dabei ging ihr alles durch den Kopf, was sie über die Bents gehört hatte.

„So was Bequemes hab ich in meinem Leben noch nicht gesehen", hatte ihr Vater eines Tages gerufen, als Jud Bent in einem Sessel auf seinem Mistwagen vorbeigefahren war, lesend wie ein Mann in seinem Wohnzimmer. „Das nenn ich Unabhängigkeit. Merk's dir, Mattie. Dem Geist des Menschen sind keine Schranken gesetzt."

Jud Bent las und bestellte seine Felder. Seine Söhne, außer Gardiner, gingen fischen und halfen ihm.

„Gardiner ist ein Bücherwurm wie sein Vater", hatte Matties Vater erzählt, „er ist auf dem Lehrerseminar. Offenbar will er mit dem Mistwagen Schluß machen und ganz den Büchern leben."

Aber der Tag, durch den Mattie dahinritt, war ihr wichtiger als ihr Ziel. Im Wald war es warm, und die untergehende Sonne lag gelb wie Butter auf dem frischen jungen Laub. Ehe sie den Wald wieder verließ, hielt sie sich eine kleine Weile bei dem früheren Anwesen der Wrights auf. Ein verfallendes weißes Häuschen, das seit Jahren leerstand. Ein vergessenes Haus –

aber immer noch wuchsen die Blumen, wo Mrs. Wright sie gesetzt hatte. Ein trauriger Anblick, fand Mattie, aber auch schön; Blumen, von Händen gepflanzt, und nun blühten sie allein für sich im Wald, ohne daß ein Auge sie sah: der Schneeballstrauch neben dem ehemaligen Eingangstor, rosa Nelken an der Treppe und weiße, vom Sonnenuntergang golden gepuderte Schwertlilien um den umgestürzten Grenzstein. Während sie sich umsah, kam ein Taubenpaar aus dem Walde geglitten und kreiste über der sonnigen Lichtung. Mattie streckte eine Hand nach ihnen aus. „Ihr benehmt euch gar nicht wie Wildtauben", sagte sie.

Sie ließ sich von der fetten, alten Polly heruntergleiten und ging mit ihrer Schachtel in der Hand ein paar Schwertlilien pflücken. Diese Blumen und diese Gebäude waren zu lange an Menschen gewöhnt, um allein glücklich sein zu können, dachte sie. Sie sehnen sich nach häuslichen Worten. Daß zur Schlafenszeit eine Frau vor die Tür tritt, nach den Sternen sieht und sagt: „Der Mond hat einen Hof. Es wird regnen, ehe es Tag wird." Oder daß am Morgen ein Mann, während er seine Hosenträger befestigt, mißtrauisch den Himmel betrachtet: „Es kommt was. Muß sehen, daß ich das Heu reinkriege."

Beim Blumenpflücken redete Mattie, damit das Haus und die Blumen sie hörten. „Wenn's einen trockenen Sommer gibt, will ich euch manchmal Wasser bringen", sagte sie. „Ich könnte in einer heißen Nacht im Bett keine Ruhe finden, wenn ihr hier verschmachtet. Und eines Abends komme ich und zünde im Haus eine Kerze an, damit es aussieht wie in alten Zeiten. Im Haus will ich ein Lied singen, und dann ist es, als spielte Mrs. Wright wieder auf dem Harmonium."

„Warum singst du nicht jetzt?"

Sie stand über die Schwertlilien gebeugt, erschrak aber nicht – so gelassen klang die Stimme. Es war die Stimme eines jungen Mannes, und sie drehte sich nach ihm um. „Mein Gesang gefällt keinem, außer vielleicht einem alten Haus, das kann nicht wählerisch sein."

„Ich bin auch nicht wählerisch."

„Nein, ich muß zu Lavony Bent und ihr Plätzchen bringen. Ich bin nur abgestiegen, weil ich ein paar Schwertlilien pflücken wollte."

„Ich bin Gard Bent", sagte der junge Mann, „und ich geh mit dir heim. Wie heißt du?"

„Martha Truth Birdwell. Aber ich werd meistens Mattie genannt."

„Martha Truth Birdwell. Das klingt so schön wie ein Lied. Wenn der hier dich gekannt hätte", Gardiner Bent hob das Buch hoch, das er bei sich hatte, „würde er ein Gedicht mit dem Titel Martha Truth geschrieben haben."

Mattie sah den Namen des Verfassers auf dem Buch. „Meistens schreibt er von Johannessen und Marias", sagte sie. Jetzt konnte dieser Bentjunge sie wenigstens nicht für ein unwissendes, barfüßiges Bauernmädchen halten, das mit sich selber redete. „Nimm du die Plätzchen mit zu deiner Mutter, ich hab hier so lange getrödelt, daß ich nicht mehr bei Tag aus dem Wald komme."

„Ach wo, ich bringe dich bis zur Straße. Mutter würd mir nie verzeihen, wenn ich dich mit deiner leeren Schachtel heimgehen ließe. Die Jungen waren auf dem Fluß; die haben bestimmt ein ordentliches Gericht Wels mitgebracht. Darf ich dir aufs Pferd helfen?"

Mattie hätte sich liebend gern aufs Pferd helfen lassen, wenn sie ordentlich angezogen und die alte Polly gesattelt gewesen wäre. Sie wollte nicht wie ein Sack Mehl hochgehoben werden und barfuß auf ein ungesatteltes Pferd plumpsen. Sie stand stocksteif da und sagte nichts.

„Ich geh meine andern Bücher holen", sagte der junge Mann.

Während er weg war, führte sie die alte Polly an den Grenzstein und setzte sich wie im Damensattel aufs Pferd, einen nackten Fuß zierlich untergeschlagen.

Die alte Polly trottete langsam den dämmerigen Weg entlang, der zu Bents führte, und Gard ging neben ihr her. Er hatte nicht viel Indianisches an sich, fand Mattie, außer seinem schwarzen Haar und seinem geräuschlosen Gang mit einwärts gesetzten Füßen. Aber sein Haar war kein glattes Indianerhaar und seine Augen keineswegs schwarz, sie hatten die Farbe des Sandsteins, wie man ihn an einem Uhranhänger zum Sonntagsanzug trägt. Ein angenehmes Gesicht, das sie gern immer wieder anschaute. Im Dämmer des Maiabends erkannten ihre forschenden Augen, daß es ein zugleich sanftes und kühnes Gesicht war.

„Ich hab gedacht, du wärst fort in Vernon und studiertest auf dem Seminar.“

„War ich auch, aber das ist zu Ende. Jetzt arbeite ich für das Lehrerexamen. Die Schule in Rush Branch will mich nehmen, wenn ich bestehe. Deswegen gehe ich zu den Wrights – damit ich in Ruhe lernen kann. Wenn es dunkel wird, könnten dir die Feuerfliegen den Heimweg zeigen, so eine Menge gibt's hier“, schloß er, als schäme er sich, soviel über sich selbst geredet zu haben.

„Feuerfliegen. Meinst du damit Leuchtkäfer?“

„Anderswo nennt man sie Feuerfliegen.“

Bis sie Bents Anwesen erreichten, war die Sonne untergegangen. Lavony Bent stand vor einem Baumstumpf am Ende des Hofes und säuberte Fisch. Jud Bent stand auf der Treppe, um für das Buch, das er las, das letzte Tageslicht einzufangen. Zwei schwarzhaarige Jungen wälzten sich in einem Ringkampf am Boden; ein dritter war bemüht, einem hausgemacht aussehenden Horn eine Melodie zu entlocken.

„Ma, das hier ist Martha Truth Birdwell. Sie will dir Plätzchen bringen“, sagte Gard.

Mrs. Bent schaute auf. „Steig ab, Martha Truth. Als ich deine Eltern kennenlernte, waren wir alle noch jünger, als du jetzt bist.“

Jud Bent schloß das Buch, indem er einen Finger hineinklemmte, und trat auf Mattie zu. Er war ein kleiner dicker Mann mit einem seidigen roten Schnurrbart. „Wenn das nicht der Frühling ist“, sagte er. „Der Frühling auf einem Schimmel mit Blumen in der Hand.“

Mattie war zu verblüfft, um antworten zu können, aber Gard lachte: „Unter den Blumen hat sie eine Schachtel mit Gebäck, Pa.“

Mattie reichte ihm die Schachtel und die weißen Schwertlilien. „Frühling für die Augen und Sommer für den Magen“, sagte Jud Bent, vertilgte ein Plätzchen mit zwei Bissen und schüttelte die Krumen aus dem Schnurrbart wie ein durchnäßter Hund.

Mattie genierte sich, mit diesem fremden Mann zu reden, der von ihr sprach, als sei sie gar nicht anwesend oder ein gemaltes Bild. Der Junge mit dem Horn begann jetzt eine Melodie, die sie kannte, aber er kam nicht weit damit. „Locke sie wie eine

Taube" ... „Locke sie wie eine Taube" ... spielte er eins ums andere Mal. Matties Ohren verlangten nach der Fortsetzung. „Locke sie wie eine Taube..." Im Geiste summte sie weiter: „Hülle in Liebe sie ein – Flüstere, wenn du ihr nah bist – Mußt meine Einzige sein –", aber das Horn konnte nicht folgen. „Locke sie wie eine Taube", tönte es noch einmal und gab dann auf.

Die Ringer wanden sich am Boden und ächzten. Ein Wels sprang vom Baumstumpf und versuchte im Gras wieder zu schwimmen, jammervoll anzusehen.

„Ich muß heim", sagte Mattie. „Kann ich meine Schachtel haben? Mutter will einen Schemel daraus machen."

Mrs. Bent schickte Gard ins Haus, um die Schachtel zu leeren, dann legte sie sie mit Blättern aus und füllte sie mit Fisch.

„Ein Gericht zum Frühstück", sagte sie.

Als sie den Hof verließen, Mattie wieder auf der alten Polly und Gard neben ihr, rief Jud Bent ihnen nach: „Persephone und Pluto. Iß nur keine Granatapfelsamen, Martha Truth."

„Was meint er?" fragte Mattie. Mr. Bents Worte klangen gar nicht wie Englisch.

„Persephone war ein Mädchen", sagte Gard, „die Göttin des Frühlings; und Pluto, auch ein Gott, entführte sie in die Unterwelt, um dort mit ihr zu leben. Während sie da weilte, herrschte auf der Erde Winter."

„Jetzt ist sie wieder auf der Erde, nicht wahr?" fragte Mattie, während sie den Leuchtkäfern zusah, die wie Diamanten im dunklen Laub leuchteten.

„Ja, sie ist wieder da", sagte Gard.

Am Waldrand, von wo aus Mattie die Lichter von daheim sehen konnte, trennten sie sich. Als sie mit ihrer Schachtel die Küche betrat, war das Abendessen schon vorbei und das Spülen auch schon zur Hälfte.

„Setz dich, Kind", sagte ihre Mutter, „und iß. Was hat dich aufgehalten?"

„Die Bents sind so gesprächig", sagte Mattie.

„Na ja, iß. Sonst schmeckt das Essen nicht mehr."

„Ich kann nicht essen", sagte Mattie. „Ich mag einfach nichts." Sie nahm das Handtuch vom Halter und begann abzutrocknen.

„Hast du dir irgendwas Schreckliches eingebildet, als du durch den Wald geritten bist?“ fragte ihre Mutter, in deren Augen Furcht ausschließlich Sache der Einbildung war.

„Nein, Gardiner Bent ist mitgekommen.“

„Der Seminarist?“

„Ja“, sagte Mattie. „Der ist gelehrt. Blumen, Feuerfliegen, Dichtung, Götter und Göttinnen. Der kann von allem reden“, erklärte sie begeistert. „Über alles kann der dir was sagen. Er bereitet sich auf ein Examen vor und weiß mehr, als er bei sich behalten kann.“

Beim Abtrocknen handhabte Mattie die Teller, als seien sie leicht wie Distelwolle. Sie hatte geschickte Hände, wenn sie auch nicht die flinke Anmut wie die ihrer Mutter besaßen, und außerdem waren sie stumm; sie konnten die Melodie, um die sie ihre Mutter beneidete, nicht spielen, das glöckchenhell klingende Lied des Eherings, wenn er das Porzellan berührte; das ständige leichte Klingeln, das besagte: „Ich bin eine erwachsene Frau und Herrin über Schüsseln und Schränke.“

Draußen lagen die dunklen Wälder, lagen Schatten und Buschwerk. Hier in der Küche brannte der Herd, standen ordentlich gestapelt die vertrauten Schüsseln, sang Mutters Ring sein heiteres Lied von der Liebe.

Mattie summte vor sich hin.

„Was ist das?“ fragte ihre Mutter. „Kommt mir bekannt vor.“

„Locke sie wie eine Taube“, sagte Mattie lächelnd.

„Ein Tanzlied.“ Mutter schaute in die Ferne. „Hat mich mal gelockt, meinen Fuß danach zu heben.“

Ihren Fuß zu heben ... Mattie sah ihre Mutter an ... die Quäkerpredigerin, deren Fuß jetzt nicht mehr unter ihren Röken von schicklicher Weite vorschaute. Mal gelockt ... Die Musik des Eherings begann von neuem.

„Wem sieht der junge Bent ähnlich, Mattie?“

„Seiner Mutter, glaube ich. Aber hübscher. Er hat ein Gesicht, das man nicht wieder vergißt. Wenn er geht, gibt's kein Auf und Ab. Es ist ein Vergnügen, ihn gehen zu sehen.“

Matties Mutter stellte einen gespülten Topf zum Trocknen auf den Herd. „Nächst einem guten Herzen“, sagte sie, „ist das mindeste, wonach eine Frau suchen sollte, ein Gesicht, das sie gern hat. Die Männer sehn alle so gleich aus und viele recht kümmerlich; das also ist das mindeste. Wenn du das Gesicht eines Mannes gern hast, das ändert sich nicht. Darauf kannst du bauen. Dein Vater war immer ein gutaussehender Mann."

Sie wandte sich ihrer Spülschüssel wieder zu. „Aber Mattie", sagte sie, „warum weinst du denn?"

Mattie wollte es nicht sagen. Aber dann brach es aus ihr heraus. „Mich verstoßen. Mich aus meinem Zuhause verstoßen. Du sprichst über Männer ... wie wenn ich einen heiraten wollte, wie wenn du mich loswerden wolltest." Sie weinte in ihr Küchentuch. „Meine eigene Mutter", schluchzte sie.

„Aber Kindchen", sagte ihre Mutter und trat zu ihr. Mattie aber vergrub ihr Gesicht noch tiefer ins Tuch und stolperte die Hinterstiege hinauf. „Meine eigene Mutter", wimmerte sie.

„Was ist los? Was hat Mattie?"

Matties Mutter sah zu ihrem Mann auf, der den Türrahmen füllte wie ein mächtiger Baum. „Nun, Jess, ich glaube, Mattie hatte plötzlich eine Ahnung, was es heißt, von daheim fortzugehen."

„Von daheim fortzugehen?" fragte Jess. „Heiraten? Findest du denn, daß das ein Grund zum Weinen ist, Eliza?"

Eliza betrachtete das Gesicht, das sie immer gern gehabt hatte. „Ich nicht, Jess, das weißt du."

Jess lächelte. „Glaub mich aber doch an ein paar Tränchen zu erinnern", sagte er, „die du in jenen ersten ..."

Aber davon wollte Eliza nichts hören. „Pst, pst", machte sie, und ihr Ehering klingelte einen Wirbel gegen den letzten Kochtopf. „Pst, pst, Jess Birdwell."

„Bist du jetzt glücklich?" fragte er lächelnd.

Eliza verweigerte die Auskunft, summte aber ein paar Töne vor sich hin.

„Kommt mir so bekannt vor", sagte Jess. „Muß ich irgendwann gehört haben ... vor langer Zeit."

„Kann sein." Eliza reichte ihm die Spülschüssel zum Ausleeren.

Jess brachte sie nach draußen und suchte nach der Melodie. „Tam-ta-ta-tam, ta-ta-tam-tam. Kann mich nicht auf den Text besinnen", sagte er, als er wieder hereinkam, „aber er liegt mir auf der Zunge."

„Du kennst ihn, Jess, keine Angst", sagte Eliza. Als sie ihm die Schüssel abnahm, erweckte ihr Ehering noch einmal einen melodischen Ton.

Kapitel IV: *Morgan vor den Toren*

Hätte der Name Morgan nicht in der Luft gelegen, wäre der Elfte wie ein beliebiger Julimorgen angebrochen: klar und mit der Aussicht auf große Hitze. Ein weiter, wolkenloser Sommerhimmel wölbte sich still über all den Gerüchten und Berichten, dem Geflüster, den Ängsten, den Geschichten von Bränden, von Schießereien und Plünderungen. Innerlich wußte man, daß Morgans Name den Tag verändert hatte, wenn auch das ungeschulte Auge nichts wahrzunehmen vermochte, weder in der nächsten Umgebung noch am Horizont, der sie begrenzte. Eliza, die mit der Frühstücksglocke in der Hand unter der Tür der Sommerküche stand, suchte die Landschaft ab, doch so weit sie sehen konnte, hatte sich nicht das mindeste verändert. Die gemolkenen Kühe standen im Schatten; Hitzewellen zitterten über dem Mais mit seinen reichen Quasten; die Windmühle drehte sich drei-, viermal und stand dann still, wie für immer.

Eliza hob die Frühstücksglocke, um zu läuten, ließ aber den Arm mit der stummgebliebenen Glocke wieder sinken. Es widerstrebte ihr zutiefst, die Morgenstille in irgendeiner Weise zu stören.

Jess sah sie an. „Soll ich sie läuten?" fragte er.

„Nein", sagte Eliza. „Ich läute sie schon. Die Jungen müssen ja zum Frühstück kommen." Aber sie hob den Arm nicht. „Alles ist so friedlich", sagte sie. „Mir ist, als dürfte ich das nicht stören. Als könnte John Morgan es hören, herangeritten kommen und sagen: ‚Habt ihr Pferde ... Silber ... Decken?' "

„Der fragt nicht, nach allem, was man hört", sagte Jess. „Der nimmt."

„Kommt angeritten und nimmt", sagte Eliza, als müsse sie das erst verdauen. „Nun ja, das ist wie bei einer Naturkatastrophe. Wasser und Feuer fragen auch nicht. Ein Blitzschlag genügt, wenn es des Herrn Wille ist. Meine Sorge ist, was die Jungen tun würden."

„Die Jungen?" fragte Jess.

„Josua", antwortete seine Frau. „Besonders Josua."

Jess nickte.

„Wenn der Name allein schon genügt...“, begann Eliza.

„Ja“, sagte Jess und nickte abermals.

In den südlichen Verwaltungsbezirken ging der Name Morgan schon seit längerer Zeit um, aber seit Beginn des Juli hörte man fast nichts anderes mehr: nicht das Rascheln des wachsenden Maises, das Klappern der Mühlen, das Blubbern des Barsches im Teich. Frauen ließen am Butterfaß lauschend den Stößel ruhen, die Kinder wollten nicht mehr in die Wälder. Die Männer hinter ihren Pferden arbeiteten schweigend, aus Angst, im Gespräch das Herannahen von Morgans Spähern zu überhören.

Aber gespannter als alle lauschten die jungen Männer. Weniger aus Besorgnis oder Angst als vor Spannung. Wie würden sie sich verhalten? Wenn die Hufschläge am Waldrand von John Morgans Männern stammten? Wenn die Plünderer befehlen würden: ‚Spann eure Pferde aus, Kleiner, raus mit euren Schinken, zeig uns, wo der Alte sein Silber aufbewahrt!‘ Würden sie ausspannen? fragten sich die jungen Männer... Prince und Dolly aushändigen, den Feldweg hinaufgehen, das Fleisch und das Silber in ausgestreckte Hände legen? Würden sie wirklich? Die jungen Männer wußten es nicht.

Von Widerstand träumten sie seit ihren Kindertagen, nur, daß es sagenhafte Feinde waren, denen sie widerstanden: den verschwundenen Indianern, den Flußpiraten, die es nicht mehr gab, Gestalten, die eilends die Flucht ergriffen, deren Kugeln von entschlossenen Herzen abprallten. Morgans Männer waren keine Mythen, die flohen nicht, ihre Kugeln durchbohrten auch die standfestesten Herzen. Wenn die jungen Männer in der Dämmerung den Flußpfad entlanggingen, wo die Böschungen schulterhoch waren und die Fuchsrebe dichte Vorhänge zwischen den schattigen Bäumen bildete, dann sahen sie sich nicht um und gingen nicht schneller. Aber sie lauschten. Und wußten nicht recht. Und waren nicht beruhigt, wenn sie nichts hörten. Auch Stille barg Unheil.

NOCH EINMAL hob Eliza die Frühstücksglocke. „Du meinst, ich sollte läuten?“ fragte sie.

„Läute“, sagte Jess. „Ich hab keine Lust, John Morgan mit leerem Magen kennenzulernen.“

Sie waren schon fast fertig mit dem Frühstück, als der achtzehnjährige Josua hereinkam. Erstaunt betrachtete er die beinah leere Grützeschüssel, die mit Brötchenkrümeln bestreuten Teller. Nicht zu fassen für ihn, daß an einem solchen Morgen Menschen imstande waren, sich an den Tisch zu setzen und zu kauen. Dies Essen und Nur-an-sich-denken, während ihre Nachbarn starben, fand er gefühllos und ungeistig.

Nicht nur, daß diese Menschen Nachbarn waren und für einen Glauben gestorben waren, den Josua und seine Familie hochhielten: es war das ganze Problem des Todes, mit dem Josua sich nicht aussöhnen konnte. Auch nicht mit der Apathie seiner Eltern angesichts des Todes, ihrem Gleichmut und ihrer Ergebenheit. Sie sagten „Amen“ und „Gottes Wille geschehe“. Das alles hätte er noch ertragen können, wäre er überzeugt gewesen, daß sie wenigstens litten, daß ihnen das Amen nicht leicht von den Lippen ging. Alte Menschen – Josua war achtzehn und fand jeden alt, der diese Jahre um einiges überschritten hatte – litten, wenn in ihrer Familie jemand starb. Das konnte Josua nicht leugnen. Aber Josua grämte sich, daß es den Tod überhaupt gab: auch, wenn Männer und Frauen starben, die er gar nicht kannte. Wenn er in den „Banner News“ las, daß man in einem andern Bezirk eine Frau aus dem Mühlteich gezogen hatte oder daß ein Mann von seinem Gespann zu Tode geschleift worden war, dann konnte es vorkommen, daß er nichts aß.

Meist behielt Josua solche Gefühle für sich, aber wenn er sie aussprach, weil sie ihn überwältigten, was manchmal geschah, dann ärgerte er sich über alles, was sein Vater und seine Mutter dazu zu sagen hatten.

„Freuen solltest du dich, Sohn“, hatte Eliza einmal geantwortet, als er bekümmert über den Tod eines Jungen gesprochen hatte, der im Eis eingebrochen und ertrunken war. „Freuen solltest du dich. Der kleine Quincey ist im Himmel, das ganze Elend dieser Welt bleibt ihm erspart.“

„Quincey hat diese Welt gar nicht für ein Jammertal gehalten“, sagte Josua, der den Jungen gekannt hatte.

„Aber im Himmel ist er noch besser aufgehoben, Josh“, beharrte seine Mutter.

Josh war hochgegangen. „Betrogen ist er, betrogen!“

„Es steht dir nicht zu, mit dem Herrn zu rechten, Josua", hatte seine Mutter gesagt.

Seines Vaters Ansichten vom Tode konnte er im allgemeinen duldsamer anhören als die seiner Mutter. Sein Vater war nicht so sicher wie seine Mutter. Josua sah, daß Möglichkeiten, die seine Mutter gar nicht beachtete, vor dem Blick seines Vaters ihre Perspektiven auftaten. Anderseits verfügte Vater über eine Ruhe, eine duldsame Ergebenheit, die Josua auch wieder auf die Nerven ging. Alte Menschen, dachte Josua, werden von der Zeit und ihren Ereignissen so abgeschliffen, bis sie glatt sind wie die Kieselsteine auf dem Grund eines Baches. Werden sie gegeneinandergeworfen, sind sie glitschig wie Seife, haben überhaupt keine rauhen Stellen, die Reibung erzeugen könnten – oder Widerstand bieten oder Funken sprühen.

„Du wirst manches kennenlernen, was schlimmer ist als Sterben, Josh", hatte sein Vater einmal zu ihm gesagt – mehr, als lese er in seinem eigenen Innern denn als Antwort auf das, was Josh gesagt hatte.

Josua hatte seinem Vater scharf geantwortet. „Der Tod war doch als Fluch gedacht, nicht wahr? Ein Fluch für den Ungehorsam des Menschen?"

„Nun ja", hatte Jess gesagt, „in gewisser Weise kannst du ..."

Aber Josua hatte keine Einschränkung abgewartet. „Gibt es denn Schlimmeres als den Fluch des Herrn? Wenn der Herr dich verfluchte, dann tätest du Unrecht, wenn du irgend etwas noch schlimmer fändest, oder nicht?"

Josua erschien seine Logik unausweichlich, aber mit der ihm eigenen Geschmeidigkeit war sein Vater ihr entwischt. „Für gewöhnlich lassen sich des Herrn Flüche ertragen. Es gibt welche von Menschen, die qualvoller sind."

Mit seinem jüngeren Bruder Laban sprach Josua nie von diesen Dingen, aber einmal hatte Laban ihn – nicht aus Neugier, das merkte Josh – gefragt: „Hast du Angst vor dem Sterben, Josh?"

Josua war um eine Antwort verlegen gewesen. Er war gegen das Sterben ... aber hatte er Angst davor? Schwer zu sagen. Ihm fiel ein, wie er sich einmal – es war Jahre her – bei unerklärlichen nächtlichen Geräuschen so gefürchtet hatte, daß er das Klopfen seines Herzens auf seiner Decke hatte fühlen können wie die Bewegung einer Hand. Eine Überlegung hatte ihn dann beruhigt: Was ist das Schlimmste, das mir passieren kann? Nur dies: der Einbrecher kommt näher und näher, schließlich versetzt er mir einen Schlag über den Kopf, und dann bin ich tot. Dies hatte ihn beruhigt, weil es ihm so belanglos vorgekommen war, daß er aufhörte, angstvoll zu lauschen, und einschlief.

Allerdings – das war erdachter Tod und erdachte Gefahr; die Geräusche, die er hörte, rührten vielleicht von Mäusen hinter dem Fachwerk her oder von Nägeln, die bei schwerem Frost im Holz knackten. Wenn aber der Tod wirklicher Tod wäre, die gefährlichen Geräusche wirkliche Gefahr? Das Klicken des Verschlußblockes der Flinte vor dem Schuß? Das war eine andere Frage.

„Ich weiß nicht, Laban", hatte er gesagt; aber wie auch andere junge Männer hätte er es gern gewußt.

Jetzt stand Josua hinter dem Stuhl, auf dem sein kleiner Bruder Jess saß, die Hände fest um die runde Lehne gekrampft. In seiner Befangenheit spürte er, daß die Augen seiner Familie auf ihm ruhten, und er strengte sich an, seine Gefühle unter Kontrolle zu halten. Besonders Labans ruhigen, kühlen Blick bemerkte er und stellte sich vor, daß der blonde, muskulöse, breitschultrige und gewandte Laban innerlich in seiner abschätzigen Art, wie Josh das empfand, seine, Joshs, körperliche Mängel aufzählte: gewachsen wie eine Bohnenstange, Haar wie eine schwarze Perücke, die hohen Backenknochen gerötet, ein schiefer Mund, der zittert, wenn es ihm ernst ist.

„Warum kommst du so spät, Sohn?" fragte sein Vater.

„Ich war drüben bei Whiteys", sagte Josh.

„Setz dich, Josh!" befahl seine Mutter. „Ich koche dir frische Eier."

„Ich könnte kein Ei runterkriegen", sagte Josh.

„Was hört man bei Whiteys?" erkundigte sich sein Vater.

„Morgan folgt der Eisenbahn von Vienna her auf Vernon zu. Heut oder morgen ist er hier."

„Vernon", sagte seine Mutter. Vernon war schon Heimat. Ebensogut hätte Josh Maple Grove sagen können.

„Woher wissen sie bei Whiteys denn soviel?" fragte sein Vater. „Am Mittwochabend hatte Morgan den Ohio noch nicht überschritten. Er ist da unten in den Wäldern verschwunden... hat Guerillas abgerichtet, um außer Sicht zu bleiben. Aber die Leute sitzen an ihren Frühstückstischen und wissen genau, wo er ist. Sagen einem, ob er sich heute morgen schon rasiert hat... und wo er morgen um diese Zeit sein wird."

Josh empfand die Objektivität seines Vaters häufig wie eine Flut kalten Wassers und sich selbst wie einen Stein, über den sie sich ergoß. Als würde er, trotz allem, was er wußte und brennend glaubte, mit der Zeit doch aufgerieben.

„Die Leute an ihren Frühstückstischen..." begann er zornig, fing sich aber gleich wieder. „Ben Whitey war im Bezirk Harrison, als Morgan übersetzte. Er ist drei Tage lang vor ihm hergeritten."

„Du hast mit Ben gesprochen?" fragte sein Vater.

„Ja."

„Was hat er erzählt?"

Dieser Meinungsumschwung, diese Bereitwilligkeit, zu lernen, ärgerte Josh nun auch wieder. „Nichts darüber, ob Morgan heute morgen schon rasiert war oder nicht."

„Sohn", sagte sein Vater, „setz dich und erzähl uns. Steh auf, Jess, mein Kind, und gib deinem Bruder deinen Stuhl."

Der kleine Jess ging um den Tisch herum zu Eliza und lehnte sich über die Schulter seiner Mutter. Josh hatte sich plötzlich gegen seinen Willen gesetzt und begann, gleichfalls ohne bewußte Absicht, an einem Brötchen zu kauen. Er sprach hastig, und seine Stimme war wegen der Krümel nicht ganz klar. „Ben Whitey ist vergangene Nacht an einem Dutzend von Morgans Vorreitern vorbeigekommen; sie kampierten diesseits von Blocher. Nicht mehr als dreißig Kilometer vor Vernon. Sie folgen der Bahnlinie. Sie werden Vernon überfallen."

„Vernon überfallen", sagte seine Mutter. „Was soll das heißen?" In einem Buch hätte sie den Sinn dieses Wortes sofort verstanden. Aber „Vernon überfallen" – die Stadt, in der sie ihre Eier verkaufte, die Kirchstadt, die Marktstadt mit ihren weißgetünchten Ziegelhäusern, ihren stillen, staubigen Straßen, den Schneeballbüschen, die über die Zäune hingen – was sollte das heißen? „Vernon überfallen", wiederholte sie.

Josh kannte die Bedeutung des Wortes. „Überfallen bedeutet", sagte er, „in Brand stecken, töten, plündern."

„Töten Morgans Männer Menschen?“ fragte Eliza.

Eine Sekunde lang flackerte die Welt, wie seine Mutter sie sah, vor Joshs Augen: eine Welt, in der man so liebevoll miteinander umging, daß das Wort Krieg nur Mord heißen konnte; eine Welt, in der bewußtes Töten undenkbar war. Aber sie flackerte nur eine Sekunde, ehe sie verschwand und ihn abermals zornig zurückließ.

„Weißt du nicht, daß Krieg ist?“ fragte Josua eindringlich. „Weißt du nicht, was Krieg bedeutet?“

„Deine Mutter weiß, daß Krieg ist“, sagte sein Vater mahnend, „aber was Krieg bedeutet, weiß sie nicht. Geschweige denn, was Krieg in Vernon bedeuten würde. Sie denkt mehr daran, wie sie Menschen helfen kann. Ans Töten denkt sie nicht.“

„Aber John Morgan denkt ans Töten“, sagte Josh. „Er hat einem Jungen durch die Beine geschossen, weil er nicht schnell genug gelaufen ist. Einen alten Mann hat er in den Rücken geschossen. Ich weiß nicht, wie viele Tote es in Harrison gegeben hat. Ben Whitey sagt, er hätte den Geruch von Morgans Bränden auf dem ganzen Weg riechen können. Im ganzen Land gäb's keine Pferde mehr, sagte er – und auch sonst nichts, was ein Reiter nur vor sich über den Sattel legen kann.“

Eliza beugte sich über den Tisch. „Die Erde mit ihrer Fülle ist des Herrn“, sagte sie. „Was sind Morgans Männer denn anderes als eine Horde Buben, die sich die Hosen in die Stiefel gesteckt haben? Die etwas haben wollen, wovon sie vorher keine Ahnung hatten. Wir haben hier mehr, als wir brauchen. Hohe Zeit, daß wir aufgerufen werden, mit jemand zu teilen. Wenn John Morgans Männer hierherkämen“, sagte Eliza – und Josh sah die Augen seiner Mutter zur Tür der Sommerküche wandern, als sähe sie dort einen staubigen Reiter –, „dann würde ich ihnen das Beste anbieten, was ich habe. Kein Mensch ist Feind“, schloß sie.

Josh stand auf und zerkrümelte das Brötchen, an dem er gegessen hatte. „Manche Menschen sind meine Feinde“, antwortete er. „Jeder ist mein Feind, der schuldlose Menschen tötet und Menschen zu Sklaven macht. Sie sind meine Todfeinde.“

Josh spürte, wie Matties schmale Finger – kalt für einen so warmen Morgen – seine Hand berührten, und als sie sich in seine geballte Faust schoben, gab er dem stetigen Druck nach und setzte sich wieder. „Mit meinen Freunden will ich teilen", fuhr er fort. „Wenn du alles, was du hast, einem Dieb gibst, dann bleiben deine Freunde hungrig – für alle reicht es nicht. Findest du das gut?" fragte er.

Niemand beantwortete die Frage, aber Jess sagte gleichmütig: „Solche Geschichten gehören zu Kriegszeiten."

Geschichten, das hieß Lügen. Josh ergriff eins der Messer auf dem Tisch und versuchte, seiner Spannung Herr zu werden, indem er es fest umklammerte. „Ben Whitey lügt nicht... und manches hat er mit eigenen Augen gesehen. Die Brände hat er gesehen. Einen Vorreiter hat er gesehen, der einen Vogelkäfig mit dem Vogel drin an seinem Sattelknopf hängen hatte. Es hieß, er habe den Vogel schon den ganzen Weg von Maukport her mitgebracht."

Josh wurde von seiner Mutter unterbrochen. Sie war aufgestanden und hatte zwei Schritte auf das Küchenfenster zu gemacht, wo Ebony, der Star, in seinem Käfig saß. Auf halbem Wege blieb sie stehen, als merke sie erst jetzt, was sie getan hatte.

„Ich dachte, du meintest, jetzt hätten wir Gelegenheit zum Teilen", sagte Josh zu seiner Mutter. „Jetzt bekommst du eine gute Gelegenheit, Ebony zu teilen. Du hast den Vogel schon so lange, und keiner der Männer, die mit Morgan reiten, hat ihn auch nur einen Tag lang gehabt."

Eliza trat wieder an den Tisch und wandte sich ihrer Familie zu. Josh betrachtete den hübschen dunklen Kopf seiner Mutter, sah, wie ihre schwarzen Augen sich einen Moment auf seinen Vater richteten, dann aber entschlossen auf ihn selber. „Ich dachte, er könnte mißhandelt werden", sagte sie. „Er ist mir so ans Herz gewachsen."

„Mißhandelt", schrie Josh, ohne ihr Eingeständnis zu beachten. „Über die Mißhandlung eines Vogels kannst du dich grämen, wo Menschen erschossen werden. Ihn würdest du zu retten versuchen und keine Hand rühren, den Menschen zu helfen. Niemand ist dein Feind... bis er versucht, dir deinen Vogel zu nehmen. Jedermanns Feind ist mein Feind. Ich würde jeden Tag ebensoviel für einen Vogel wie für einen Menschen tun."

Jess und Laban öffneten gleichzeitig den Mund, aber Eliza

hob die Hand. „Ich habe mich geirrt, Josua. Ich würde Ebony jedem Menschen geben, der ihn versorgt."

„Der ihn versorgt", rief Josua. „Was du vorhin gesagt hast, war richtig. Meinst du denn, der Vogel, den Ben Whitey gesehen hat, lebte noch? Wenn's ein größerer Vogel war, dann ist er gekocht und gegessen worden. Im Handumdrehen würde Ebony an einer Astgabel über dem Feuer enden." Er beugte sich über den Tisch seiner Mutter entgegen, als lasse sich die Frage von Krieg und Frieden, von Leben und Tod, an Ebony darstellen. Er sprach zu Eliza, meinte aber die ganze Familie... Laban... damit sie es hörten und widersprächen. „Du trägst Verantwortung. Du kannst nicht einfach Vögel zähmen und mästen, so daß sie nicht mehr fliegen können und jemand sie grapschen und braten kann. Du hast kein Recht, um einen solchen Preis großmütig zu sein. Um einen Preis, den du nicht bezahlen mußt. Den muß der alte Ebony zahlen. Und der alte Mann. Und der Junge, der durch die Beine geschossen wurde, und die Miliz von Harrison. Und die Bürgerwehr von Vernon. Ich würde lieber sterben."

Am Frühstückstisch herrschte langes Schweigen. Eliza setzte sich wieder. Der kleine Jess schaute nervös von einem Gesicht zum andern. Er geriet in Verwirrung, wenn Erwachsene Gefühle zeigten, die die glatte Oberfläche jener Autorität durchbrachen, die er an ihnen zu sehen gewohnt war; und wo waren sie ohne die? Und wo war er? Verloren.

Mattie betrachtete Ebony, der in seinem Holzkäfig munter Sonnenblumenkerne knackte. Sie sah beides in ihm: den Liebling ihrer Mutter, der vor allem Gottes Vogel war und allen gehörte; und Josuas Vogel, das schutzlose Tierchen, das wie ein Hühnchen verspeist würde, wenn sie nicht bereit waren, für ihn zu kämpfen. Weil sie zwischen den beiden Ebonys schwankte, litt sie.

Nur Laban saß still da, und sein Gesicht war ruhig. Er sah nur einen Weg vor sich; und hätte er das Ganze nicht für eine Angelegenheit zwischen seinen Eltern und seinem Bruder betrachtet, dann hätte er den Mund aufgetan und bessere Worte, meinte er, über die Liebe zu allen Menschen gefunden als seine Mutter. Und er hätte den Vogel aus dem Mittelpunkt des Gespräches herausgerückt, wo das gefiederte Kerlchen und sein niedliches Gebaren die Sache, von der sie eigentlich sprechen sollten, verhüllte und erstickte.

Während des langen Schweigens... das niemand durch ein Wort unterbrach, füllten deutlich unterscheidbare Geräusche den Raum. Alle außer dem kleinen Jess lauschten ihnen, als seien sie Vorzeichen, als vermöchte jedes eine Art Enthüllung zu bringen: das Knarren der langsam anlaufenden Windmühle beim Auffrischen des Windes; der langgezogene süße Triller einer Grasmücke, die, nicht eingesperrt und von keinem Plünderer begehrt, am Fenster vorbeischoß und gleich außer Sicht war.

Von seinem Platz am Kopfende des Tisches schaute Jess zu seinem ältesten Sohn hinunter. Sein Gesicht zeigte so viel Liebe und Achtung – und auch gute Laune –, daß Josh glaubte, er könne den Blick seines Vaters nicht ertragen, er müsse das Gesicht in den Armen vergraben und so aus der Verborgenheit zu allem, was sein Vater zu sagen hatte, „Ja, Pa" und „Nein, Pa" antworten. Als sein Vater ihn aber weiterhin nur schmunzelnd und liebevoll ansah, da wußte Josh auf einmal, daß die leichte Zeit, wo er keine Entscheidungen hatte fällen müssen, auf immer hinter ihm lag, und mit zitternden Lippen setzte er sich aufrecht hin und wartete auf seines Vaters Worte.

„Du weißt doch, Josh", sagte Jess, „daß Sterben nur die eine Hälfte der Sache ist. Jeder von uns hier, hoffe ich" – und seine Kopfbewegung schloß auch den kleinen Jess und Mattie mit ein –, „ist bereit, für seinen Glauben zu sterben. Wenn es von uns verlangt wird und zu etwas Gutem führt. Aber fürs Sterben bloß so bin ich nicht, du verstehst", sagte er, indem er seine große Nase runzelte. „Es ist so was schrecklich Endgültiges; aber es gibt Zeiten, wo es die einzige Antwort ist, die ein Mann auf gewisse Fragen geben kann, und dann bin ich dafür. Aber an dich ist eine solche Frage jetzt nicht gestellt, Josh. Du kannst auf die Landstraße gehen, und wenn du John Morgan begegnest, kannst du es vielleicht fertigbringen, von seiner Hand zu sterben; aber entschieden ist damit nichts. Er reitet weiter, nimmt Ebony, wenn er Lust dazu hat, und du liegst auf der Landstraße und bist so tot und vergessen, als hättest du dir einen Stein um den Hals gebunden und dich von den Clifty-Fällen hinuntergestürzt. Nein, Josh, mit Sterben allein ist es nicht getan. Was jetzt von dir verlangt wird, ist Töten."

Das Wort hing in der Luft. Im Quäkerhaus ein eindeutiges, nacktes Wort. So eindeutig und nackt wie zu Kains und Abels Zeiten, so ohne die prächtigen Umschreibungen des Krieges. Töten. Einen Menschen töten. Josh betrachtete das Wort. Er suchte es zu ergründen, und wieder umkrampfte seine Hand das Messer.

„Ich weiß das“, sagte er. „Ich bin zum Kämpfen bereit. Aber das genügte ja nicht. Er konnte doch nicht behaupten, zu der Tat selbst bereit zu sein, solange er vor dem bloßen Wort zurückzuckte. „Ich will diese Männer töten, wenn ich muß.“

„Nein, Josh“, sagte Eliza.

Josh war erleichtert, daß er seinen Vater nicht mehr ansehen und den Tod abstrakt betrachten mußte. Er wandte sich seiner Mutter zu. „Doch“, sagte er. „Ich will. Ich treffe Ben Whitey um acht. Der Gouverneur hat einen Aufruf erlassen. Jeder Mann soll in die Bürgerwehr eintreten und seine Stadt verteidigen helfen. Wir gehen nach Vernon und melden uns. Morgan kann jeden Augenblick da ankommen. Ich hätte schon vor einer Woche gehen sollen.“

„Josua, Josua!“ rief seine Mutter. „Du weißt doch, wovon du dich abwendest? Von deiner Kirche. Deinem Gott. Dein Urgroßvater ist mit William Penn hierhergekommen, um ein Friedenswerk aufzurichten. Und das hat er getan“, erklärte Eliza leidenschaftlich. „Unter wilden Indianern. Unter Menschen, denen Blutvergießen nichts ausmachte. Jetzt beweist du, daß du schlimmer bist als die Indianer. Sie haben den Frieden gewahrt.“

Josh fühlte sich wohler. Das Bildnis seiner selbst als eines Menschen, der blutgieriger war als ein Indianer, war zu phantastisch. „Die Indianer“, sagte er, „hatten es nicht mit John Morgan zu tun.“

Dann sprach Jess. „Josh“, sagte er, „wer das Schwert nimmt, soll durch das Schwert umkommen.“

Da waren sie wieder beim Sterben: Es war nur ein schöneres Wort. „Ich bin bereit, umzukommen“, sagte Josh.

„Du sollst nicht töten“, entgegnete Jess.

„Ja! Aber er hat auch gesagt, wir wollen dem Kaiser geben, was des Kaisers ist“, sagte Josh verzweifelt. „Ich lebe hier im Bezirk Jennings. Der Gouverneur hat gesagt, er müsse verteidigt werden. Mein Leib gehört meinem Land.“

„Deine Seele, Sohn, gehört Gott."

„Gott wird sie nicht wollen", sagte Jess, „wenn ich nicht tue, was ich für meine Pflicht halte." Er war wieder aufgestanden und den Tränen nah, schrecklich für einen Mann, der in den Krieg ziehen will. „Du vielleicht kannst jetzt mit Gott leben. Ich kann's nicht. Ich will nicht sterben ... ich weiß noch nicht mal, ob ich jemand töten könnte, wenn ich's versuchte. Aber versuchen muß ich's", sagte er, „solange Menschen um mich herum es müssen. Ich bin nicht besser als sie. Ich kann keine Ausnahme machen." Er verließ den Tisch und lief zur Hintertreppe. „Ich gehe", sagte er. „Ich treffe Ben Whitey um acht."

Als er hinaufging, hörte er seinen Vater sagen: „Nein, Eliza, nein."

In seinem Zimmer packte Josh für den Krieg. Viel war da nicht zu packen. Extrasocken, hatte Ben Whitey gesagt. Feste Schuhe – die hatte er an. Einen dicken Mantel – weil ja niemand wissen konnte, wie lange sie im Felde lägen. Flinte – seine Flinte war immer geölt, sauber und in Ordnung. Messer – ja. Becher – den fand er unten, und auch den Zinnteller. Zwei Decken, um das Zeug einzurollen, dann Snorty satteln – Morgan müßte schon einen recht langsamen Renner haben, wenn die alte Snorty ihn einholen sollte.

Er war fertig. Sich für den Krieg fertigzumachen, ging schnell, fand er. Jetzt brauchte er nur noch zu gehen. Josh staunte über sich selbst. Noch vor zehn Minuten hatte er mit den Tränen gekämpft, hatte den Mund voll genommen mit Tod und Pflicht, und jetzt stand er da, mit schmerzender Brust, gewiß, aber trokkenen Auges und schon etwas über der ganzen Sache. Sehr sonderbar. Er sah sich im Zimmer um, das er mit Laban teilte – es war sauber, ordentlich, die Kleider an Pflöcken aufgehängt, die Schubladen geschlossen. Sollte er nicht ein Gebet sprechen? Vielleicht besser nicht. Er war nicht überzeugt, daß Gott bei diesem Tun mit ihm war, trotz allem, was er unten gesagt hatte, und es war nicht nötig, Ihn in etwas hineinzuziehen, was Er nicht billigte. Er hatte gerade die Deckenrolle genommen, als Mattie ins Zimmer kam. Beinah jeder andere wäre ihm lieber gewesen.

In Joshs Augen spielte Mattie vom Morgen bis zum Abend

Rollen: manchmal gab sie sich ganz zart und hilfsbedürftig, als sei sie viel zu empfindsam für das Leben auf einer Farm; in der nächsten Stunde war sie laut und schrill, als habe sie Comanchenblut in den Adern. Einmal half sie ihm bei seiner Arbeit, ein andermal saß sie den halben Tag auf einem Baumstumpf, atmete wohl, wie Josh annahm, aber man merkte nichts davon. „O Josua", sagte Mattie. Sie hatte geweint, und er wußte nicht genau, wen er vor sich hatte: die Schwester Mattie oder Mattie, die Schauspielerin. Vielleicht von beiden etwas; als sie ihm aber die Arme um den Hals schlang, wußte er, daß seine Schwester ihn umarmte.

„O Josua", sagte Mattie noch einmal.

„Ich muß gehen, Mattie, ich komme zu spät."

Mattie ließ die Arme sinken. „Josh, ich möchte, daß du dies mitnimmst." Sie hatte ein kleines Neues Testament in der Hand, das sie Josh in die Hemdtasche schob. „Da", sagte sie, „über deinem Herzen wird es dich vor allem Schaden bewahren." Dann fuhr sie fort: „Ich hab von zwei Soldaten gelesen, die durchs Herz geschossen worden wären, wenn sie ihre Bibeln nicht mitgehabt hätten."

Josh mußte lachen, so laut, daß es ihn selber überraschte.

„Was ist daran so lustig?" fragte Mattie. „Willst du Atheist werden?"

„Nein", sagte Josh. „Will ich nicht. Ich nehm's mit, und ich lese auch darin, vielleicht." Er schob das Büchlein in seine Hüfttasche.

„Willst du darauf sitzen?"

Abermals schulterte Josh seine Rolle und ging zur Tür. „Es ist die einzig sichere Grundlage", sagte er.

„Also Josh Birdwell!" sagte Mattie. Sie war in Erwartung eines frommen und tränenreichen Abschieds heraufgekommen, und jetzt lachte und scherzte Josh und sprach auch nicht besonders ehrfürchtig. „Leb wohl, Josh", sagte sie matt.

Die restlichen Abschiede waren nach Joshs Meinung schon am Frühstückstisch vor sich gegangen. Er ging leise durch die Vordertür, ohne einem Menschen zu begegnen. Erst als er gesattelt, seine Rolle am Sattel befestigt und Snorty in den Scheunenhof geführt hatte, sah er seine Mutter mit dem kleinen Jess am Ende des Zufahrtsweges stehen. Sie warteten auf ihn, und er war froh darüber. Elizas Gesicht war ernst, aber sie weinte nicht. Sie reichte ihm ein Päckchen. „Hier ist Proviant, Josh. Ich wußte nicht recht, was das beste wäre. Es sind hauptsächlich Fleisch und Kekse."

Bei Essen fiel Josh ein, daß er das Zinngeschirr vergessen hatte. „Lauf und hol's ihm, Jess", sagte Eliza zu dem Kleinen. „Mach schnell."

Josh ließ Snortys Zügel hängen, nahm seine Mutter in die Arme und drückte sie fest an sich.

„Leb wohl, Josua", sagte sie, und dann kein Wort davon, daß er gesund heimkommen möchte, nur: „Ich hoffe, daß du niemand töten mußt." Für eine Sekunde schloß Josua die Augen. „Wenn du sterben mußt, ist das deine Sache und des Herrn Wille – aber, o mein Sohn", sagte Eliza, „ich hoffe, du mußt nicht töten."

Josh öffnete die Augen und lächelte. Sie hatte das einzig richtige Wort gefunden. Er tätschelte ihre Schulter. Sie stand zu ihren Grundsätzen und wurde, wenn es drauf ankam, nicht sentimental, auch nicht, wenn es sich um den eigenen Sohn handelte. Josh beugte sich hinunter und küßte sie. „Leb wohl", sagte er. „Mach dir keine Gedanken. Ich werde so schrecklich zittern, daß ich nicht treffen oder getroffen werden kann." Er küßte sie noch einmal und stieg auf. Eliza hob beide Arme zu ihm hin, drehte sich um und ging entschlossen den Hang hinan.

Der kleine Jess trabte noch eine Weile neben Josh her. Ehe er umkehrte, klammerte er sich an den Steigbügel und flüsterte grimmig: „Du schießt einen für mich, Josh." Als er auf das verzerrte Gesicht des kleinen Bruders hinuntersah, begriff Josh, daß kein Mensch nur für sich handelte.

Josh hatte sich mit Ben Whitey an der Abkürzung nach Milford verabredet, aber schon jetzt, wo er noch allein durch den warmen Morgen ritt, empfand er sich als Soldat und versuchte sich wie ein Mann der Bürgerwehr zu benehmen: indem er den Horizont nach Rauchzeichen absuchte und nach Reitern Ausschau hielt. Wenn Morgans Vorhut gestern nur dreißig Kilometer entfernt gewesen war, müßte sie jetzt schon in der Nachbarschaft sein. Sofort hielt er an und lud seine Flinte. Wenn er einen Plünderer traf, war es seine Pflicht, zu schießen. Er versuchte sich vorzustellen, wie das wäre, einem Mann zu begegnen, zu schießen und dabei zu wünschen, daß es den andern erwischt hätte. Bei diesem Gedanken brach Josh der Schweiß aus. Mein Gott, dachte er, wenn's nur kein junger ist oder ein alter Mann. Hoffentlich ist's ein Schuft von einem Sklavenhändler.

Am Milfordweg wartete Ben Whitey ungeduldig und wütend. „Du kommst eine halbe Stunde zu spät", schrie er.

„Weiß ich", sagte Josh. „Das holen wir jetzt auf." Aber sie hatten sich kaum richtig in Bewegung gesetzt, als Ben, der sich umgedreht hatte, zu Josh sagte: „Sieht aus wie dein Bruder Laban auf Rome Beauty. Meldet er sich auch?"

„Nein", sagte Josh. „Der hat andere Überzeugungen."

„Na ja, dann hast du was vergessen, und deine Mutter schickt's dir nach", sagte Ben Whitey. Er ritt weiter, während Josua Laban entgegenritt. Laban kam angetrabt, stieg ab und sagte: „Sitz auf. Vater sagt, du sollst Rome nehmen."

Josh blieb bewegungslos auf Snorty sitzen, weil er es nicht glauben konnte. „Vater ist doch dagegen, daß ich gehe", sagte er.

„Dagegen ist er, aber dich hat das ja nicht gehindert. Steig auf. Er sagt, soviel er wüßte, sei Rome Beauty kein Quäker. Soweit er's beurteilen könne, wäret ihr, du und Rome Beauty, ungefähr derselben Meinung."

Josh befestigte seine Rolle an Beautys Sattel und stand auf dem Weg neben seinem Bruder. Er war größer als Laban, der schließlich erst fünfzehn war, aber wenn er Labans Schulterbreite und seine Haltung betrachtete, kam er sich klein vor.

„Sag Vater –" begann er, wurde aber von Laban unterbrochen.

„Vater läßt dir sagen, getötet würde meistens aus Angst ... Rome Beauty unter dir zu wissen, würde dir vielleicht helfen."

„Laban", sagte Josh, „willst du dich nicht auch melden?"

„Nein", sagte Laban, „will ich nicht."

„Ich muß", sagte Josh. „Sonst würde ich immer denken, es wäre, weil ..."

„Steig auf", sagte Laban und ließ ihm keine Zeit, den Satz zu vollenden.

Auf dem großen roten Pferd jagte Josh hinter Ben her. Zusammen ritten die beiden hageren Farmerjungen in Vernon ein: Ben Whitey, geborener Kämpfer, und Josh, der seine Pflicht tun wollte. Jetzt sahen sie die Stadt wie ein Mann, der geträumt zu

haben glaubt und sich beim Aufwachen leibhaftig in der Landschaft seines Traumes wiederfindet und das Unglück in seiner ganzen Realität sieht. Morgan war Wirklichkeit; es gab ihn; er mordete und plünderte; er konnte jede Stunde hier sein. Das sagte ihnen jeder. Die Stadt kochte unter der Julisonne; sie zitterte vor Hitze – und vor Aufregung und vor Angst und vor hektischer, überstürzter Betriebsamkeit.

Da fuhren gefederte Wagen, teils zwei-, teils vierrädrige, voller Frauen, Kinder und Bettzeug, die zu Farmen im Hinterland unterwegs waren, weil sie da sicherer zu sein glaubten. Männer gruben Löcher, um Silber und Kostbarkeiten zu verstecken: was ihnen selber und ihren Frauen teuer war und einen Plünderer vielleicht reizen könnte. Jungen vernagelten Türen und Fenster mit Brettern und verstärkten die Riegel. Auf dem Dach seines Hauses hockte ein alter Mann und spähte durch ein langes Fernrohr nach Süden. Und die Stimmen zerrten an den Nerven, fand Josh; sie begannen ganz normal, dann brachen sie; ein Mann begann mit lautem Geschrei, sah sich um und sprach dann flüsternd weiter.

„Laß uns machen, daß wir hier rauskommen“, sagte Ben. „Laß uns die Bürgerwehr suchen.“

Bei einem Mann mit einem Holzbein, der an einer Straßenecke stand, hielten sie an. „Wo ist Morgan?“ schrie Ben.

„Weiß nicht genau. Mehr Gerüchte als Tropfen, wenn's regnet. Soll letzte Nacht in Lexington geschlafen haben.“

„Wir wollen uns bei der Bürgerwehr melden“, sagte Ben.

„Fast 'ne Woche zu spät“, sagte der Mann mit dem Holzbein.

„Wissen wir“, erklärte Ben. „Wir sind so schnell gekommen, wie wir konnten. Wo ist der Kommandant?“

„Sitzt nicht auf seinem Hintern und rekrutiert. Morgan könnt ihr nicht schlagen, wenn ...“

„Schon deine Puste für deine Suppe“, sagte Josh. „Wo ist die Bürgerwehr?“

„Gott steh mir bei“, sagte das Holzbein, „ein Quäker! Was hast du vor, Söhnchen? Beten für die Jungens?“

„Los“, sagte Ben, und die beiden ritten die Straße hinunter.

„Wo soll man mit solchen Männern hinkommen“, meinte Josh.

„Sie sind nicht alle so", sagte Ben.

Ein alter Mann hinter einem Lattenzaun winkte ihnen. „Wollt ihr mitmachen?" fragte er.

„Dazu sind wir hier. Wo ist die Bürgerwehr?"

„Überall", sagte der alte Mann. „Größtenteils südlich von hier. Morgan könnte uns umzingeln – aber es heißt, er kommt von Süden, die Bahnstrecke von Vienna entlang. An jeder Furt, an jedem Weg und an jeder Brücke südlich der Stadt haben sie Gruppen aufgestellt."

„Was meinen Sie, wo sind wir am nötigsten?"

„An der Brücke hinter der Flußgabelung. Wie Morgan so ist, stell ich mir vor, daß er den geraden Weg nimmt, die Brücke überquert und in die Stadt reinplatzt. Wenn ihr was mitmachen wollt, dann würde ich mir an eurer Stelle den Platz aussuchen."

„Das ist der Platz, den wir suchen", sagte Ben.

Wo unterhalb der Gabelung die Brücke über den Muscatatuck führt, fließt der Fluß zwischen sehr hohen Ufern dahin. Hier hatte der Kommandant der Bürgerwehr alle Männer zusammengezogen, die er an den andern Zugängen nach Vernon entbehren konnte. Von ihnen hatte Oberst William die meisten auf dem Westufer postiert; sie sollten sich den Angreifern entgegenstellen, falls die schwächeren Kräfte an den Zugängen zur Brücke überwältigt worden wären. Durch Demonstration von Stärke hoffte der Oberst womöglich jeden Vorstoß der Angreifer aufzuhalten, ehe sie die Brücke erreicht hatten. Ginge dies aber schief, hätten die Männer auf dem Westufer die Chance, die Angreifer abzuschießen, wenn sie sich von der Brücke aus stadtwärts ergössen.

Das war der Plan. Der am Fluß das Kommando führende Hauptmann konnte jeden Mann brauchen, und als Ben und Josh aufkreuzten, schickte er sie sofort zu der Gruppe jenseits der Brücke.

„Diesen Weg müssen sie kommen", erklärte ihnen der Hauptmann. „Ein paar von ihnen sitzen da drüben auf dem Hügel, wenn *wir* die nicht aufhalten, dann hält nichts sie auf. Haltet eure Gewehre bereit. Laßt eure Pferde rasten, aber geht nicht von ihnen weg und haltet sie ruhig. Ich bin froh, daß ihr da seid. Ich brauch euch."

Wie ein Gewicht lastete die Glut der Julisonne. Josh spürte sie auf den Schultern wie ein brennendes Holzscheit. Obwohl er zwischen Ben und dem großen Gum Anson, einem Bullen von Farmer, stand, fühlte er sich schutzlos, ungedeckt und allein – die reinste Zielscheibe. Lange Zeit ließ er die Straße keine Sekunde aus den Augen, obwohl so gut wie nichts zu sehen war: der staubige Weg, das üppige sommerliche Wachstum, ein kleines Maisfeld und jenseits davon ein Dickicht, hinter dem der Weg verschwand. Über Erde und Fluß lagen Hitzewellen, wanderten die Mittagswolken in dicken Ballen, brannte die Sonne. Josh, dem zumute war, als obliege ihm allein die Pflicht, alles zu sehen und zu melden, ließ kein Blatt und keinen Schatten unbeobachtet.

Als ein plötzlicher Windstoß die Blätter der Holunderbüsche oberhalb der Straße in Bewegung brachte, hob er sein Gewehr und ließ es verlegen wieder sinken. Er spürte, wie ihm der Schweiß seitlich am Oberkörper herunterrann und sein Hemd am Gürtel durchnäßte.

„Iß ein paar Kirschen", sagte Gum. „Das kannst du nicht den ganzen Nachmittag durchhalten." Er hielt Josh eine Tüte hin, und Josh nahm eine Handvoll. „Als Nance sie heute morgen rausgebracht hat, hätte ich sie am liebsten weggeworfen; aber ich wollte sie nicht kränken. Morgan bekämpfen mit einer Tüte Kirschen am Sattel, wie wenn's zum Picknick ginge." Er spuckte Kerne. „Jetzt kommt's mir vor, wie wenn sie das Nützlichste wären, was ich dabeihab."

„Warte nur, bis Morgan kommt, Gum", schrie jemand. „Da brauchst du mehr als Kirschkerne, um den alten Dreckskerl zum Stehen zu bringen."

„Ich hab noch mehr als Kirschkerne", rief Gum zurück, und die Männer um ihn herum lachten.

Josh reckte sich im Sattel und sah sich um. Sonderbar, daß Männer, die darauf gefaßt waren, zu töten oder getötet zu werden, lachen und Späße machen konnten. Forschend betrachtete er die lachenden Gesichter: alte Burschen, Farmer in mittleren Jahren, junge Kerle, jünger sogar noch als er selbst. Schwitzend, Tabak kauend, manche lässig in den Sätteln hängend. Die meisten waren abgestiegen. Einige trugen Uniform, andere nicht. Alle denkbaren Arten von Gewehren. Einer sogar mit einem

Bajonett. Beim Anblick des Bajonetts richtete Josh sich im Sattel auf. Ob die Angreifer Bajonette hatten? Er starrte auf den Weg.

„Nimm's doch nicht so ernst", sagte Gum. „Du bist ja erschöpft, ehe Johnnie hierherkommt. Wir haben Späher da vorn. Die lassen uns schon wissen, wenn's irgendwo stinkt."

Weil er sich das selbst hätte sagen können, kam Josh sich wie ein Narr vor. Die anderen Männer waren entspannt, manche rauchten; ein Mann hinter ihm nahm einen Schluck von einem Getränk, das nicht nach Himbeersaft roch.

„Nie im Leben kommt Morgan diesen Weg", sagte ein bärtiger Farmer. „Der ist ein gerissener Bursche. Der erkämpft sich nicht den Weg durch die Vordertür, wenn die Hintertür offensteht."

„So sperrweit offen, wie du denkst, ist die Hintertür auch nicht."

„Offen oder zu, was bedeutet das für Morgan? Mit fünftausend Mann kommst du überall rein, wo du rein willst."

„Habt ihr das von dem alten Yardell gehört?"

„Ja – Schuß in den Rücken."

„Dabei hat er nichts getan – ist bloß in seine Tür getreten, um zu sehen, was los war."

Der Nachmittag zog sich hin. Der moderige Geruch des Flusses und des üppigen Wachstums an der Böschung vermischte sich mit dem schwitzender Männer und Pferde. Josh stieg ab, lockerte Beautys Sattelgurt und schüttelte seine Decken auf, damit ein bißchen Luft drunter kam. Wieder im Sattel, meinte er, etwas benommen zu sein. Die Kirschen lagen ihm schwer im Magen; er fühlte sich ein bißchen schlecht, aber glücklich. Er war hier, war an dem Platz, an den er gehörte. Wenn er sich umdrehte, konnte er eine Windung des Muscatatuck sehen, wo der Fluß in flachen Wellchen über eine Sandbank floß. Es war drei oder vier Uhr. Die Sonne beschien durch das Wasser die Sandbank und blitzte im Rhythmus der Wasserbewegung. Josh konnte die kleinen Elritzen silbrig glitzern sehen wie Geschosse; eine Libelle fuhr mit ihrem stopfnadeldünnen Leib ins Wasser und wieder heraus. Es war Juli ... ein Sommernachmittag ... kühles Wasser ... heiße Sonne ... silberne Geschosse.

Josh straffte den Nacken, sein Kopf fuhr hoch, die Hand umklammerte den Schaft des Gewehrs. Ein Reiter kam den

Weg entlanggeprescht. „Einer von unseren Kundschaftern“, sagte Ben Whitey.

Der Reiter, ein kleiner Kerl in Uniform auf einem schaumbedeckten Rappen, hielt neben dem Hauptmann. Eine Minute später wandte der Hauptmann sich ihnen zu und sagte mit scharfer Stimme: „Männer, sie kommen. Sie sind nur noch ein paar Kilometer entfernt. Näher, als wir dachten. Ich erwarte, daß sie angreifen. Eins vor allem: nicht schießen, bis ich das Kommando gebe.“ Er stand in seinen Steigbügeln und sprach eindringlich auf sie ein. „Nicht schießen, ehe ich das Kommando gebe. Wenn ihr schießt, ehe ihr treffen könnt, dann ist alles aus. Dann reiten sie euch nieder. Denkt daran. Eure Gewehre tragen genauso weit wie ihre, und ihr schießt besser. Die Männer sind jetzt seit Wochen im Sattel, und das wirkt sich aus. Zielt niedrig; wenn ihr dann den Mann verfehlt, trefft ihr das Pferd. Aber fehlt nicht.“

Der Kundschafter ritt im Galopp davon, und Josh konnte die Hufe des Schwarzen über die Brückenplanken donnern hören. Der Hauptmann wandte sein Pferd und wartete mit seinen Männern auf den Angriff. Josh langte nach seinem Gewehr. Etwas Unbekanntes traf in Wogen seine Brust. Es ist wie beim Reiten durch den Wald, dachte er, wo einen die Zweige treffen. Andere Wellen, oder vielleicht dieselben, trafen seine Ohren und machten einen betäubenden Lärm, als sei er tief unter Wasser und werde von Strömungen herumgestoßen, die einem die Knochen brechen oder einem Mann das Fleisch von den Knochen reißen konnten ... Mitten im schmerzhaften Getöse dachte Josh: Das ist ja mein Herzschlag. Nichts als mein Herz.

„Mach die Zügel fest, Junge“, sagte Gum. Und noch einmal: „Mach die Zügel fest. Wenn dein Pferd den Kopf aufwirft, kannst du nicht zielen.“

Das sah Josh ein. Er zog seine Hand aus den Zügeln und rieb Romes Nacken. „Guter Kerl“, sagte er, „guter alter Rome. Du bist in Ordnung.“ Er wußte, daß er sich selber Mut zusprach. Rome brauchte keine Aufmunterung – er stand still wie ein Fels, bewegte nur ein wenig den großen Kopf.

Alle warteten. Ben Whitey fluchte, aber meist waren alle still und lauschten. Etwas kam über sie, oder vielleicht kam es aus der Erde herauf, etwas ganz Dünnes und Feines, wie ein Spinnweb, das sie alle zusammenhielt. Josh spürte es deutlich. Solange sie alle dasselbe wollten, auf dasselbe warteten, hielt es sie. Man konnte sich dagegen lehnen wie gegen Stahl. Josh spürte, wie es stützte ... die Wogen prallten gegen ihn an, aber er lehnte sich an das Gewebe, und es hielt ihn.

Es hielt ihn, bis er die ersten Geräusche vernahm: einen Rebellenschrei vom Weg drüben, hinter dem Holunderdickicht – dann noch einen. Josh hatte nicht gewußt, daß ein Mensch solche Laute ausstoßen konnte. Wie ein Tierschrei klang es – aber es war eine Menschenstimme, und das machte es noch schlimmer. Es klang wahnsinnig ... es klang, als könne die Zunge, die ihn hervorbrachte, auch Blut lecken. Er zerriß das Gewebe, das sie alle zusammenhielt, so daß Josh wieder allein stand. Von weit her vernahm er Hufschlag, und die Wogen, die gegen seine Ohren gedonnert hatten, begannen jetzt Worte zu sagen: Rome ist schnell, Rome ist sehr schnell. Reite los. In dem Augenblick, wo sie um die Biegung kommen, reitest du los.

Er sah sich nach dem Fluchtweg um. „Wahrhaftig, ich wollte, ich hätte 'nen Kirschkern zum Lutschen", sagte Gum Anson. „Ich bin ganz ausgetrocknet."

Gums Worte wischten die andern aus. Die Hufschläge kamen näher. Was ist das Schlimmste, was dir passieren kann? fragte sich Josh. Daß du 'ne Kugel in den Bauch bekommst. Tot bist. Sonst nichts ... Na also. Er beruhigte sich und wartete.

„Warten, warten, auf das Kommando warten", rief der Hauptmann.

Um die Biegung kam langsam ein einzelner Mann mit einer weißen Fahne geritten. Hinter ihm etwa zwanzig bis dreißig berittene Männer.

„Das ist 'n Trick!" schrien die Bürgerwehrmänner. „Vorsicht, Hauptmann. Das ist 'ne Falle."

„Nicht schießen!" rief der Oberst, der herangeritten war. „Nicht auf eine weiße Flagge schießen. Aber haltet sie im Visier." Er ritt ein paar Schritte vorwärts. „Wollt ihr euch ergeben?"

Der Mann mit der weißen Flagge rief zurück: „Nein. Keine Übergabe. Wir wollen verhandeln."

„Komm her", sagte der Oberst. „Du mit der weißen Flagge. Die andern bleiben zurück."

„Die wollen in unsere Reihen einbrechen und uns überrennen“, sagte Gum.

Der Flaggenträger näherte sich dem Bürgerwehroberst, grüßte und begann zu reden.

„Könnte dein Bruder sein“, sagte Gum zu Josh.

Es stimmte. Der Rebell, der das Wort führte, war flachshaarig und jung, braunhäutig und sehr breitschultrig. Joshs auf ihn gerichtetes Gewehr schwankte, aber er brachte es wieder in die Richtung.

Die Bürgerwehrmänner wurden ungeduldig. „Sagen Sie ihm, er soll sich entschließen. Ergeben und reden – oder ’s Maul halten und kämpfen.“

„Was macht er denn? Predigt er?“

„Er soll ’s Maul halten, Oberst. Das Maul soll er halten.“

Der Oberst wandte den Rebellen den Rücken und kam zu seinen Männern zurück. „Haltet sie im Visier“, wies er sie an. „Er behauptet, wir seien umzingelt. Er sagt, sie seien uns in den Rücken gefallen – sie hätten Vernon mit fünftausend Mann eingeschlossen und Widerstand zu leisten sei Selbstmord. Er sagt: aufgeben und Blutvergießen vermeiden. Er sagt, wenn wir uns ergeben, passiert keinem was. Nur Vorräte und Pferde würden genommen. Was meint ihr?“

Ein Mann erhob sich in den Steigbügeln und sagte seine Meinung. „Er lügt. Männer parlamentieren nur, wenn sie am Ende sind.“

„Wenn er fünftausend Mann hätte, wären sie schon in Vernon.“

„Pferde und Proviant? Wer hat uns zu Quartiermeistern der Konföderierten ernannt?“

Ben Whiteys Antwort gab den Ausschlag. Er stieß einen Schrei aus. Keinen Schrei wie den des Rebellen; er hatte nicht das langgezogene, unheimliche Falsett, das einem wie ein kalter Stahl zwischen die Rippen fuhr, aber es war ein kräftiger Schrei, der mit einem ganz eigenen rauhen Klang endete. Das war die Antwort, auf die sie gewartet hatten. Sie vertrieb die Unsicherheit, das Mißtrauen, die Angst des langen Wartens. Über den stillen Fluß hob sie sich mächtig empor.

Der Oberst sah seine Männer spöttisch an und zuckte dann die Achseln, wie um den Rebellen zu sagen: Was kann ich gegen solche Hitzköpfe ausrichten? und ritt wieder zum Rebellensprecher hinüber. Nach einer ganz kurzen Unterredung machten die Rebellen kehrt und galoppierten den Weg zurück.

„Sie geben uns zwei Stunden Zeit", sagte der Oberst, „um unsere Frauen und Kinder aus der Stadt zu bringen. Dann greifen sie an."

ABENDS um acht warteten sie immer noch, aufgesessen und bereit. Der junge Mond war untergegangen, die Nacht dunkel und warm, der Himmel voll milder Sommersterne, die flimmernd über das Firmament zu fließen schienen. Etwas später kam der Hauptmann mit einem Milizmann zu der Gruppe herauf, zu der Josh gehörte. „Abzählen", sagte er. „Zwanzig von euch gehen zur Finney-Furt. Da können die Rebellen genausogut durchbrechen wie hier, wenn sie sich auskennen. Eine Abteilung steht schon dort, aber Leute postiert haben genügt nicht, wenn's nicht genug sind." Er wandte sich an den Milizmann. „Lassen Sie einen Teil Ihrer Leute schlafen, stellen Sie aber eine starke Wache auf."

Mit den anderen Männern ritt Josh durch die Nacht über die Brücke und zu einem hochgelegenen Teil des Ufers, wo man jeden, der die Furt zu durchqueren versuchte, unter Feuer nehmen konnte. Josh ritt zwischen Fremden. Gum und Ben waren bei den andern zurückgeblieben, und Josh dachte, wie schon mehrmals an diesem Tage: Jetzt kommt es.

Im Dunkeln kam ihm die Abteilung an der Furt sehr groß vor; die Männer waren abgesessen und sprachen gedämpft.

„Der Fluß macht hier eine Biegung", erklärte man den Ankömmlingen. „Das Ufer liegt sechs Meter über dem Wasser, also haltet die Augen offen. Ich lasse euch jetzt ein paar Stunden schlafen, dann könnt ihr einige von uns ablösen. Legt euch hin – aber schlaft nicht so fest, daß ihr einen Angreifer verpaßt, wenn er die Furt durchquert."

Josh stieg ab und tastete sich im Dunkeln am Ufer entlang. Den Strom unter sich spürte er mehr, als er ihn sah, vielmehr er roch ihn, wenn er auch ab und an das Plätschern eines Strudels vernahm und ein Lichtpünktchen sah, wo ein Stern sich spiegelte. Er aß einen Zwieback mit Dörrfleisch, gab Rome einen Zwieback und streckte sich dann auf seinen Decken aus. Rome stand hinter ihm, schnupperte nach dem Geruch der fremden Männer und Pferde ringsum, beschnupperte auch das schon abgeweidete Gras in der Hoffnung auf ein vergessenes Büschel.

Dem Krieg nachzukommen, ist gar nicht so einfach, dachte Josh. Das Sterben und Töten, wozu er sich schon am Frühstückstisch bereit erklärt und womit er sich gleich auf der Landstraße konfrontiert geglaubt hatte, schien immer hinter der nächsten Ecke zu lauern. An Vorgefühlen konnte er jetzt nicht mehr viel aufbringen.

Jetzt kommt es, hatte er gedacht, aber es war nur Ben Whitey, der am Abkürzungsweg auf ihn wartete. Jetzt kommt es, und es war nur Vernon im Aufruhr gewesen. Jetzt kommt es ganz sicher, hatte er sich gesagt, und da war es der Wind in den Holunderbüschen. Jetzt, jetzt! Ein Mann mit einer weißen Flagge. Und jetzt in dunkler Nacht die gefährdete Furt zu verteidigen, das war es auch nicht; man lag einfach ganz behaglich auf seinen Decken.

Josh schloß die Augen und versuchte zu schlafen, aber hinter seinen Lidern floß nicht nur der Strom der Erinnerungsbilder des Tages weiter, sondern auch die Vielzahl jener Bilder, die er bei Tag in der Eile nicht hatte aufnehmen oder benennen können. Jetzt, im Dunkeln hinter den geschlossenen Lidern, wurden sie wieder lebendig. Er sah einen Winkelriß in der Hose des Rebellen mit der weißen Flagge. Er sah jetzt, was ihm vorhin entgangen war, die Hand des Rebellen nach seinem Gewehr zukken, als Ben Whiteys Schrei so unerwartet auf ihn losfuhr. Er sah eine Spinne, die sich von der Spitze einer Goldrute an einem zarten Faden gezielt in das vergilbte Gras darunter fallen ließ. Er hörte jemand Gum Anson fragen: „Was machst du denn hier, Gum?“ und Gum antwortete: „Ich bin Farmer, und Farmer kannst du nur sein, wenn du das Ungeziefer kleinhältst.“

Endlich schlief Josh ein ... aber die Bilder rissen nicht ab ... ein Rebell wollte Ebony mitnehmen ... auf seinem Pferd war er in die Sommerküche hineingeritten, zertrampelte das Geschirr, griff nach Ebony, und der schrie: „Wach auf, wach auf!“

Josh wachte auf. Er fand sich mitten in einem Hexenkessel, der tosend überkochte. Schreiende, fluchende Männer, wiehernde Pferde und unten im Fluß das Platschen und Klirren von Soldaten und Tieren beim Durchqueren der Furt. Schüsse prasselten. „Aufsitzen! Aufsitzen!“ rief eine Stimme immer wieder. Josh bewegte sich vorsichtig und tastete im Dunkeln nach Rome, rief ihn beim Namen, streckte beide Hände vor und hoffte den warmen Leib des Tieres zu fühlen. Dann auf einmal schien der Lärm sich fächerförmig auszubreiten, barst in seinem Kopf, tobte gegen die Knochen seiner Schädeldecke, brach durch Fleisch und Bein, wehte noch ein paarmal gegen seine Trommelfelle und ließ ihn dann in Ruhe.

Es war Tag, ehe er begriff, was passiert war: Er war von der Klippe gestürzt, durch die Zweige einer am Ufer stehenden Weide hindurch, und lag jetzt in Greifweite neben dem Fluß. Erst versuchte er zu rufen, aber das Geräusch seiner eigenen Stimme explodierte wie Gewehrfeuer in seinem Kopf, und er hatte Angst, der Schädel, der wahrscheinlich gebrochen war, könnte von der Anstrengung auseinanderfallen.

Er war halb bei Bewußtsein, ihm war schrecklich schlecht, und zwischen Anfällen von Brechreiz dachte er: Jetzt ist es also da. Endlich bin ich hingekommen. Das ist der Krieg. Von einer Klippe hinunterstürzen, den Schädel brechen und spucken.

Die Sonne war grade aufgegangen, als Laban ihn fand.

„Josh“, rief er. „Du lebst, du bist in Ordnung.“

„Nein, bin ich nicht“, sagte Josh verdrießlich.

„O Josh“, wiederholte Laban und kniete neben ihm nieder, „du bist in Ordnung.“

„Sag das doch nicht immer. Dann fühl ich mich noch elender. Ich bin nicht in Ordnung. Mein Schädel ist gebrochen, glaub ich.“

Laban sah ihn sich an. „Sieht ’n bißchen so aus“, sagte er, „aber weil du inzwischen noch nicht gestorben bist, wirst du es wohl auch jetzt nicht tun. Warum hast du nicht gerufen – um Hilfe?“

„Zuerst“, sagte Josh, „wenn ich bloß den Mund auftat, um zu flüstern, dachte ich, der ganze Kopf fiel mir in Stücke. Dann war mir, wie wenn ich sprechen könnte, aber als ich’s tat, mußte ich spucken. Das muß ich noch immer“, sagte er und tat es. „Ich wollte, du gingst weg“, sagte er schließlich zu Laban, „und ließest mich in Ruh. Grade fing’s an, ein bißchen besser zu werden." Eine Weile lag er noch flach, dann erhob er sich mühsam auf einen Ellenbogen. „Haben wir Morgan erwischt?"

„Sie sind gar nicht hierhergekommen."

„Nicht hierhergekommen?" fragte Josh. „Ich hab sie doch gehört. Sie haben doch in der Nacht die Furt durchquert."

„Das war nicht Morgan", sagte Laban. „Das waren 'n paar Dummköpfe von Farmern vom Südufer, die hatten den Einfall, ihre Herden durch den Fluß zu treiben, damit die Rebellen sie nicht kriegten."

„Und ich dachte, es war Morgan", sagte Josh. „Ich hab mich zum Narren gemacht."

„Da hattest du 'n Haufen Gesellschaft", sagte Laban. „Sie sind alle drauf reingefallen."

„Und wo ist Morgan jetzt?"

„In Dupont, heißt es. Er hat Vernon links liegengelassen."

Josh legte sich wieder zurück. „Wir haben ihn ferngehalten", sagte er stolz. „Wir haben Morgan von Vernon ferngehalten."

Dazu konnte Laban nichts sagen. „Wenn ich Hilfe finde", fragte er, „meinst du, du könntest dich bewegen, Josh? Zu Hause machen sie sich Sorgen um dich."

„Wieso hast du mich überhaupt gefunden?" fragte Josh.

„Rome ist ohne dich heimgekommen ..."

„Ich würd genauso gern hierbleiben", sagte Josh bitter. „In den Krieg ziehen und von einer Klippe fallen."

„Darüber brauchst du dich nicht zu ärgern", sagte Laban. „Mehr haben andere auch nicht erlebt."

Mit Hilfe von ein paar Wachposten, die noch an der Furt herumlungerten, brachte Laban Josh auf die Klippe hinauf und in Romes Sattel. Laban setzte sich hinter ihn, so daß Josh sich an ihn anlehnen und so gestützt reiten konnte.

„Blute ich?" fragte er, nachdem sie ein paar Kilometer zurückgelegt hatten. Ein Blutrinnsal rann von seiner Schulter das Hemd hinunter.

„Nein", sagte Laban. „Das bin ich."

„Du?" fragte Josh, dem die Ereignisse der letzten vierundzwanzig Stunden noch unklar waren. „Du hast doch nicht gekämpft, oder?"

„Na ja, ein bißchen", gab Laban zu.

„In der Bürgerwehr?"

„Nein, mehr so privat."

„Wieso?"

„Na ja, wegen was, was ein Mann gesagt hat, als ich dich gesucht habe."

„Ich hasse einfach den Kampf", sagte Josh. „Du nicht, Laban?"

„Nicht so sehr", antwortete Laban.

„Ich hasse ihn", sagte Josh. „Deshalb mußte ich mit."

„Und ich mußte nicht, weil ich ihn mag."

Später lag Josh mit einem kalten feuchten Umschlag um den Kopf auf dem Sofa in der Sommerküche. Laban saß neben ihm in einem Sessel, den Kopf zurückgelegt, ein feuchtes Tuch über der Nase, die gebrochene Hand in einem Eimer mit heißem Wasser. Die beiden warteten auf den Arzt, falls einer zu finden wäre, der nicht anderweitig beschäftigt war. Ihre Mutter wechselte die Tücher und sorgte für das Frühstück. Ihr Vater saß am Tisch, wo er vierundzwanzig Stunden früher auch gesessen hatte. Der Ausdruck auf seinem Gesicht wechselte.

„Nun ja", sagte er, „ein Sonntagmorgen ist das, wie ich noch keinen erlebt habe und auch keinen mehr zu erleben hoffe. Aber es gibt keinen Grund, warum wir nicht frühstücken sollten, nicht wahr, Eliza? Einen Schluck Kaffee, Brötchen und Grütze?"

Josh ächzte.

„Ich kann nicht kauen", murmelte Laban.

Jess' Stimmung schien sich mehr und mehr zu heben. „Ich hab ja nicht gekämpft", sagte er, „weder in der Bürgerwehr noch sonstwo. Ich hab Appetit. Wenn ihr Jungen nichts dagegen habt, dann eß ich einen Happen mit Mattie und dem kleinen Jess. Aber erst wollen wir Dank sagen. Es ist Sonntagmorgen, und wir haben viel Grund zu Dankbarkeit."

Josh lauschte den Worten seines Vaters ... sie gehörten mit zu seinem Glücksgefühl. Zuerst, nachdem er zum Bewußtsein gekommen war und sich am Flußufer wiedergefunden hatte, war es ihm ein schrecklicher Gedanke gewesen, heimzukommen und zugeben zu müssen, daß er verwundet war, aber nicht durch eine Kugel oder einen Säbel, sondern durch einen Sturz von der Klippe auf den Kopf. Jetzt machte es ihm nichts mehr aus. Zwischen gestern und heute morgen schien eine Lebenszeit zu liegen – die letzten vierundzwanzig Stunden kamen ihm vor wie ein längerer Feldzug, aus dem er als Veteran hervorgegangen war. Mit stark geläuterten Vorstellungen über das, worauf es ankam und worauf nicht.

Nächstesmal ... machte er bestimmt keine großen Worte mehr ... über Kämpfen ... und Sterben. Aber worauf es ankam, war, daß er hingegangen war ... Angst gehabt und an Flucht gedacht hatte ... aber nicht geflohen war. Und was er gelernt hatte? Daß Reden im voraus vom Übel war ... daß der Tod, wenn man auf ihn zugeht, sich zurückzuziehen scheint ... und nur, wenn man ihm den Rücken wandte ... und lief ... dann kam er einem nach.

Mit diesen Gedanken vermischten sich die Danksagungsworte seines Vaters. „Ewiger Vater ... Heiliger Sohn ... ewiges Leben ..."

Er hatte gedacht, sein Vater bete noch, so feierlich war sein Ton. Aber die Worte hatten sich verändert. Josh öffnete die Augen. Jess sah sich in der Küche um und inspizierte seine Familie. „Alle da", sagte er, „Kopf oben und Beine unten." Aber vielleicht betete er doch noch? Denn als nächstes sagte er: „Amen, Amen." So oder so, für Josh war die Welt in Ordnung.

Kapitel V: *Ein vorteilhafter Tausch*

An einem Oktobermorgen stand auf dem lampenerhellten Tisch in der Küche ein Oktoberfrühstück. Jess betrachtete das Abschiedsmahl: das rote, vom vielen Waschen schon beinah rosa gewordene Tischtuch, das Essen selbst, Schinken und Quittengelee, Rahmgrütze und Brötchen, alles vom flackernden Licht rosig überhaucht.

In der Küche war es noch dunkel, aber der Schein des Herdfeuers flutete wie Morgenrot über die gescheuerten Dielen. Das Lampenlicht steigerte den Glanz in Elizas hellwachen schwarzen Augen und glitzerte wie eine Art Rauhreif auf Enochs strohfarbenem Stoppelhaar. Jess schlug auf den Tisch, daß die halbvollen Tassen auf ihren Untertassen hüpften. Er blickte seine Frau an und dann seinen Knecht.

„Warum geht ein Mann von daheim fort?" – er wandte sich an beide. „Könnt ihr mir das sagen? Was finde ich in Kentucky besser als hier? Was hat das Herumzigeunern für einen Sinn? Ich möchte daheim bleiben.“

Eliza kannte das. So war Jess: wäre am liebsten an zwei Plätzen gleichzeitig; mit den Knien unter dem Frühstückstisch und zugleich auf Rädern, die ihn über eine einsame Landstraße trugen. Aber sie konnte das nicht nachfühlen, jedenfalls nicht aus eigener Zwiespältigkeit heraus, denn ihre Füße und ihr Geist waren immer gleichzeitig am selben Ort. An diesem Oktobermorgen befanden sie sich in der Küche der Maple-Grove-Baumschule.

„Jess“, erinnerte sie ihn, „deine Reisetasche ist gepackt. Du gehst doch immer um diese Jahreszeit nach Kentucky. Wie sollen wir zurechtkommen, wenn du deine Bestände nicht verkaufst?“

„Zurechtkommen?“ fragte Jess beleidigt. „Na, als der Herr mich erschaffen hat, hat er hoffentlich nicht gesagt: ‚Dies ist Jess Birdwell, ein kleiner Baumzüchter.‘ Der Herr“, fuhr er fort und nahm einen ordentlichen Schluck von Elizas gutem Kaffee, „hat bei meiner Erschaffung gesagt, woran ich nicht zweifle: ‚Dies ist Jess Birdwell, ein Mann.‘ “

Eliza blickte ratlos um sich. Diese Rederei über das, was der Herr gesagt oder nicht gesagt hatte, konnte – und würde, wenn nicht alles täuschte – gut den halben Vormittag ausfüllen. Für Jess war es vielleicht nicht wichtig, ob er zu einer bestimmten Stunde in Kentucky ankam; für Frauen aber war die Zeit keine so dehnbare Angelegenheit; für Frauen war die Zeit starr und von Pflichten markiert.

Der Knecht lehnte sich in seinen Stuhl zurück. So liebte er den Tagesbeginn: eine kleine Spekulation, ein bißchen Hin und Her, ehe man ans Schweinefüttern und Holzspalten ging. „Der Herr“, sagte Enoch und blinzelte am Lampenlicht vorbei, als befände sich die Allwissenheit persönlich gleich links vom Küchenherd, „der Herr erschafft die Möglichkeiten. Ein Klumpen Lehm – ein Mann. Aber ob Baumzücher oder nicht, das läßt er offen.“

Eliza liebte den Namen des Herrn, aber ihn um diese Tageszeit aus Enochs Mund zu hören, schätzte sie weniger. Jess suchte sich seine Knechte nach zwei Gesichtspunkten aus: zur Hilfe bei der Arbeit und als Gesprächspartner. Manchmal hatte er einen, der zu beidem taugte, aber die meisten neigten mehr zum einen oder andern. Enoch neigte erheblich zum Gespräch.

„Jess“, sagte Eliza besorgt, „wenn du deine Bestände nicht verkauftest –“

Enoch unterbrach sie. „Dann kann er Flöte spielen. Er hat eine herrliche Begabung für die Musik. Er kann Seidenraupen züchten, Stücke für die Zeitung fabrizieren. Er kann Pferde trainieren.“

Jess sah seinen Knecht an. „Pferde trainieren.“ War das ein Wink? Eine Mahnung? Lachte der Bursche sich heimlich ins Fäustchen, weil Pfarrer Godleys Black Prince sein eigenes Pferd Red Rover haushoch abgehängt hatte?

„Pferde trainieren“, wiederholte Eliza, hoch erfreut, daß das Gespräch einen Punkt ansteuerte, an dem sie gleichsam beiläufig einige Ratschläge über dieses Tier Red Rover anbringen konnte. „Jess hat genug von schnellen Pferden“, sagte sie zu Enoch. „Red Rover hat ihn kuriert.“

„So verflixt schnell ist Red Rover nun grade nicht“, gab Enoch ihr zu bedenken.

„Er sieht aber so aus“, sagte Eliza. „Eine ständige Versuchung.“ Sie wandte sich an Jess. „Halt doch ja die Augen offen, falls sich ein günstiger Tausch bietet“, sagte sie ihm, nicht zum erstenmal.

Jess wurde nervös. Er stieß seinen Stuhl zurück. „Es wird Zeit. Bis Mittag müßte ich am Ohio sein. Die Sonne geht auf“, klagte er, „und ich hab die Nase noch in der Breischüssel. Enoch, du spannst an, während ich meine Siebensachen richte.“

„Deine Siebensachen sind gerichtet“, sagte Eliza, für die das Thema Red Rover noch nicht erledigt war. „Du hast es versprochen“, begann sie von neuem, und ihr Eheherr nickte zustimmend.

Jess tat seiner Frau gern jeden Gefallen, und Red Rover loszuwerden, wäre die erwünschteste Gelegenheit dazu gewesen, die sich ihm seit Ewigkeiten geboten hatte. Seit er sich in jenem denkwürdigen Scharmützel mit Pfarrer Markus Augustus Godley und seinem Black Prince Schande gemacht hatte, war der Anblick von Red Rover kein Balsam mehr für seine Augen. Und außerdem hatte er nicht die Absicht, auf immer als Schwanz von Godleys Komet über die Landstraße zu ziehen. Wenn er aber Godley je überholen wollte, dann brauchte er dazu ein anderes Pferd als Red Rover. Kein Pferd hatte je so nach einem Renner ausgesehen und war dann gelaufen – na ja, falls von Laufen überhaupt die Rede sein konnte. Bei einem Handel (Tausch nannte es Jess Eliza gegenüber), der zwei Menschen soviel Vergnügen versprach, hatte Jess, fand er jedenfalls, nicht die leiseste Verpflichtung, sich mit Red Rover verheiratet zu fühlen.

Draußen stieß der stattliche rötliche Wallach sein großartiges, selbstgefälliges Wiehern aus. Jess lauschte mit schiefem Gesicht. „Hab noch nie 'nen Klepper gesehen, der soviel versprochen und so wenig gehalten hat."

„Du mußt ihn loswerden", drängte Eliza, „denn solange du ein Pferd hast, das so nach einem Rennpferd aussieht, gibt es mit Wettkämpfen und Rekorden kein Ende."

JESS FUHR in Richtung Kentucky und redete – redete mit sich selbst, seinem Pferd und – in Abwesenheit – mit Eliza und Enoch.

Zu Eliza sagte er: Eine Menge Chinaastern, sternförmig gesetzt, die kräftigen Farben in der Mitte und nach den Rändern zu die blasseren – hab ich kurz vor Madison gesehen –, das würde dir gefallen.

Und zu Enoch: Dieser Red Rover! Als er gegen Pfarrer Godleys Black Prince lief, hatte er weniger Schwung als 'ne Kürbisranke. Jetzt, wo ihn niemand drängt, fährt er mich dahin wie eine Feder.

Und zu sich selbst: Die Landschaft schäumt um mich wie ein Gemälde, auf dem jeder Pinselstrich Sinn hat. Selbst aus Unkraut und Zaunpfählen bricht er hervor. Alles voller Sinn, den ich nicht verstehe. Wie lautet die Botschaft? Was sagt das alles?

Und zum Pferd: Freund, du hast mir eine Lehre verpaßt. Jess, hast du zu mir gesagt, mach nicht das Äußere zu deinem Götzen.

Er fuhr durch einen sanft verschleierten Tag, durch schönen, aber matten Sonnenschein. Lehne dich dagegen, und er gibt nach, dachte Jess. Und doch ist er echt. Keine Legierung, reines Blattgold.

Kurz nach Mittag überquerte er den Ohio. Er fuhr zwischen Maishockenreihen hindurch, bog in Zufahrten ein, fuhr den leichten Wagen vertraute Heckenwege entlang und durch Alleen wunderschöner Bäume. Tätschelte knurrende Hunde, bis von ihren wedelnden Schwänzen die Dielenbretter hallten. Sprach mit Frauen, die beim Buttern waren; läutete die Glocke, die den Farmer vom Felde herbeirief. Breitete seine Bestellbücher aus, zeigte ihnen die Bilder und nannte die Namen.

„Schaffers Riese – dürfte alle Himbeersorten in den Schatten stellen. Bei den Stachelbeeren – Smiths Veredelte, aus dem Samen der Houghton gezogen, sehr süß; May Duke – für Zwergwuchs geeignet. Flämische Schönheit. Goldene Grimes."

„Schicken Sie mir fünf von diesen hier", sagten sie etwa. „Gibt nichts Schöneres als einen blühenden Kirschbaum, ob er Früchte bringt oder nicht." Und zum Abschied schüttelten sie ihm die Hand. Freund Birdwell – ein rechter Mann, bißchen phantastisch, Quäker, sagt, was er denkt.

Jess fuhr weiter. Als es dunkel wurde, brachte er seinen großen Wallach bei einer Zufahrt zum Stehen, in die er noch nie eingefahren war. Nicht, weil der Besitz so aussah, als ließen sich dort keine Geschäfte machen; ein schönes großes Anwesen und wohlgehalten. Was ihn bisher am Einbiegen gehindert hatte, war ein Schild an der Scheune. Ein Mann, der seine Lebensgeschichte so öffentlich kundtat, ging Jess gegen den Strich, als Quäker ebenso wie als Mann.

OTTO HUDSPETH stand auf dem Schild zu lesen. ICH BIN 1807 GEBOREN. ICH HEIRATETE 1837.

Jess las das Schild laut, und die Vorstellung des großen, unwissenden Farmers, der es hatte malen lassen, erheiterte ihn. „Unwissend", sagte er nach einer Weile zu sich selbst. „Zum Kuckuck, Jess Birdwell, so weit ist es mit dir gekommen, daß du das Äußere zu einem Götzen gemacht hast. Beurteilst einen Mann, den du überhaupt nicht kennst." Er tippte Red Rover leicht mit dem Zügel auf den Rücken. „Hab gedacht, du hättest mich kuriert, Freund", sagte er und lenkte das Pferd in die Zufahrt. Das große Bauernhaus stand am Ende einer langen Akazienallee. Ehe Jess noch absteigen konnte, kam der Knecht der Hudspeths heraus. Die Familie sei fort zu 'nem Schwof, aber Jess bleibe am besten über Nacht. Mrs. Hudspeth habe grade ein Stück Land gekauft, und da gedächte sie Obstbäume anzupflanzen.

„Mrs. Hudspeth?" fragte Jess.

„Der alte Mann hat vor ein paar Jahren das Zeitliche gesegnet", sagte der Knecht, der selber aussah, als stamme er geradenwegs aus dem Ersten Buch Mose. „Mrs. Hudspeth und die Mädchen führen den Hof." Jess starrte auf das Schild. „Ja", sagte der Knecht, „das hat der alte Mann malen lassen."

„Bißchen verdreht?" fragte Jess.

„Nicht mehr als Sie", sagte der Knecht. „Vielleicht weniger." Der Abendwind teilte seinen Bart. „Was ist das Wichtigste, Mister, was Ihnen widerfahren ist? Geboren werden. Und dann? Heiraten. Wenn auch Sie finden, daß das die beiden wichtigsten Dinge im Leben sind, was haben Sie dann dagegen, wenn ein Mann das auf seinem eigenen Schild mitteilt? Möchten Sie mir sonst noch was dazu sagen?"

„Nein", sagte Jess, weil Streitigkeiten gegen seine Prinzipien als Quäker gingen; und Quäker oder nicht, er hatte keine Lust, sich wegen eines gemalten Schildes in Kentucky mit einem Knecht anzulegen.

Der besänftigte Knecht erwies sich als denkbar tüchtig: Er half Red Rover versorgen und kochte ein wohlschmeckendes Abendessen. In der Gästekammer hatte Jess auf einem dicken Federbett eine gute Nacht. Als er zeitig am nächsten Morgen nach unten kam, fand er eine alte Dame vor, die rauchend neben dem Herd saß – eine große alte Dame, schmal, aber breit in den Schultern. Jess begrüßte sie. Mrs. Hudspeth erinnerte an einen Schürhaken: steif, gerade und schwarz; auch den Ausdruck eines Schürhakens hatte sie, der sein ganzes Leben neben dem Feuer verbracht hat und von ihm gehärtet worden war.

Jess frühstückte mit Mrs. Hudspeth, dem Knecht Jakob und Mrs. Hudspeths vier Töchtern. „Ich möchte Ihnen meine Mädchen vorstellen, Mr. Birdwell", sagte Mrs. Hudspeth. Dem Geschlecht nach, mußte Jess zugeben, waren sie Mädchen, aber im Hinblick auf Alter und Größe konnte er sich keine unpassendere Bezeichnung vorstellen. „Das sind Opal, Ruby und Pearl, Mr. Birdwell. Und das ist Bertha, mein Nesthäkchen." Jess wunderte sich über den Namenswandel. Ob einem nach drei Töchtern eine vierte nicht mehr so kostbar vorkam?

Alle vier waren groß, kräftig und solch mächtige Raucherinnen, daß Jess sich noch vor Ende des Frühstücks wie ein unter heißer Sonne verschrumpeltes Kohlblatt vorkam. Er war der erste an der Tür, als Mrs. Hudspeth sagte: „Jetzt wollen wir uns mein Grundstück ansehen, Freund Birdwell, und feststellen, was für Sorten Sie mir dafür empfehlen."

Als sie auf die Scheune zugingen, verkündete Mrs. Hudspeth: „Wir fahren mit meiner Stute Lady. Lassen Sie Ihr Pferd ausruhen. Ich hab's mir heute morgen angesehen. Ein Rassetier. Schön."

„Nun ja", sagte Jess, um Red Rover gerecht zu werden, „eine Augenweide ist er, das stimmt."

Er begriff sofort, warum Mrs. Hudspeth ein schönes Pferd zu schätzen wußte, als der Knecht Lady herausführte. Jess musterte die Stute eingehend, und da er ein Mann des Wortes war, begann er Formulierungen zu sammeln, mit denen er sie Enoch schildern wollte, wenn er ihm von der Begegnung berichtete.

Lady! Erstens, von Lady keine Spur, und es gehörte schon was dazu, sie überhaupt als Pferd zu erkennen. Nicht, daß sie elend oder abgearbeitet oder lahm oder dämpfig gewesen wäre. Nein, Enoch, nichts von alledem – es ist schwer zu erklären: Aber diese Stute war einfach nicht richtig zusammengesetzt. Wie wenn sie Kuhblut in den Adern hätte, sah sie aus, oder Elchblut oder Büffelblut. Sie hatte einen langen dünnen Hals, und vornedran hing der Kopf wie eine Keule. Der Körper war eine Art Faß, und die Muskeln an Schultern und Flanken wie Klumpen von Süßkartoffeln. Wenn die Muskeln arbeiteten, sah es aus, als ob Maulwürfe unter dem Fell grüben. Für ein Morganpferd war sie langbeinig; sie war nämlich ein Halbmorgan. Unverkennbar die Morganfarbe und der Morganblick, sanft und stolz – und auch so wie'n bißchen geniert, weil sie so zusammengesetzt war, wie sie's nun mal war. Wenn man ihr in die Augen sah, Enoch, war man ganz für sie eingenommen – sonst nicht.

Über der inneren Arbeit an seiner Schilderung für Enoch vergaß Jess die Höflichkeit. Die alte Dame mahnte ihn. Nachdem sie beobachtet hatte, wie er das Tier anstarrte, fragte sie scharf: „Habt ihr da drüben in Indiana noch nie 'ne Morganstute zu Gesicht bekommen?"

Weil ihm nichts Besseres einfiel, sagte Jess: „Morgan. Eine beneidenswerte Frau bist du, Mrs. Hudspeth. Für die Morgans hab ich immer eine Vorliebe gehabt. Zu gern hätte ich selber eins besessen."

Das besänftigte Mrs. Hudspeth, und als sie zur Besichtigung des Grundstückes aufbrachen, war sie bester Laune, lächelte und führte die Zügel wie ein geborener Kutscher.

Sobald die Stute Lady die Landstraße unter ihren Hufen spürte, wußte Jess, daß der Herr sich die Mühe machte, ihm abermals die Lektion zu erteilen, die er nötig hatte: nämlich weder Mensch noch Tier nach dem Äußeren zu beurteilen. Als die Stute in einen raschen Schritt fiel und die Straße unter ihren großen häßlichen Hufen förmlich wegzustoßen begann, legte sie ein Tempo vor, als sei sie ein Kind des Sturmes und der Windsbraut.

Jess hielt das Gespräch beim Nächstliegenden – Baumschulwaren – und stellte fest, daß die alte Dame ihm an Kenntnissen nicht wesentlich nachstand. Sie sprachen gerade über das Beschneiden von Obstbäumen, als von hinten ein Wagen aufholte. Jess drehte sich um, sah einen großen Rotschimmel, dessen Kutscher das Tier antrieb, als fahre er ein Rennen. Sicherlich war die Frau des Mannes plötzlich erkrankt und er wie besessen hinter dem Arzt her. Aber die alte Dame brummelte etwas vor sich hin und legte sich in die Zügel. „Kann doch diese Straße nicht fahren, ohne daß das passiert“, sagte sie. „Es ist einfach unwürdig. Die Männer müssen ja denken, meine Mädchen wären bloß Rennfahrer in Röcken.“

Mrs. Hudspeth stemmte ihre langen knochigen Beine gegen das Schmutzbrett und beugte sich noch mehr zurück, aber Lady biß auf die Trense und griff aus. Ihr langer Nacken wurde steif wie ein Ladestock und ihre Schritte immer länger, bis sie über die Straße hinglitt wie eine Schwalbe.

„Laß sie doch laufen!“ schrie Jess. „Du hältst sie ja zurück, Mrs. Hudspeth. Gib Leine, gib Leine!“

„Ich denke nicht daran“, fuhr die alte Dame ihn an, ohne ihre Haltung zu verändern. „Dieser Stute werd ich schon beibringen, daß sie nicht dazu berufen ist, immer vorn zu liegen. Sie ist’n gutes Tier, aber sie muß lernen, sich überholen zu lassen. Ich und meine Mädchen rasen immer die Straßen hinunter, wie wenn uns der Teufel auf den Fersen säße. Das gefällt den Männern nicht.“

Lady rannte, als sei sie entschlossen, sich lieber das Maul aufreißen, als sich überholen zu lassen, und Mrs. Hudspeth legte sich in die Zügel, als wolle sie sich lieber die Arme ausreißen lassen als nachgeben, und der Wind pfiff um Jess' großen Quäkerhut wie ein Wirbelwind. Jess packte seinen Hut und riskierte einen Blick zurück. Der Rotschimmel holte auf. Das gab den Ausschlag. Es ging gegen seine Prinzipien, ein ehrlich bemühtes Pferd so bestraft zu sehen, und ehe sie noch wußte, was er tat, hatte er Mrs. Hudspeth die Zügel aus der Hand genommen. Kaum gab er Leine, als Lady den Rotschimmel mit einer Geschwindigkeit hinter sich ließ, als sei er der Bogen und sie der Pfeil. Nachdem der Rotschimmel besiegt war, fiel Lady in einen gemächlichen Sonntagstrab. Man sah förmlich, wie zufrieden sie mit sich war.

Nicht so Jess. Sehr gern hätte er die Zügel wieder in Mrs. Hudspeths Hände gelegt, aber wie konnte er das, ohne sie daran zu erinnern, auf welche Weise sie sie eingebüßt hatte. Er hielt es für das Taktvollste, wieder von Obst zu sprechen. „In Äpfeln hast du eine große Auswahl, Mrs. Hudspeth", sagte er. Aber die alte Dame war nicht gesonnen, über Äpfel zu reden.

„Für einen Mann", sagte sie, „ist es ganz angemessen, einen Mann auf offener Straße zu überholen. Für eine Frau paßt sich das nicht. Jedenfalls nicht für Frauen im Heiratsalter wie meine Töchter. Männer haben ja gar nicht die Traute, um ein Mädchen zu werben, das sie nicht einholen können, geschweige überholen."

„Willst du damit sagen, daß diese Stute noch nie überholt worden ist?"

„Nur einmal", sagte die alte Dame wahrheitsgemäß, „da haben sich zwei meiner Töchter zugleich in die Zügel gelegt. Zum Stehen bringen konnten sie sie nicht, immerhin mußte sie ihren Schritt verlangsamen – aber der Mann, der sie hinter sich ließ, war Sheriff Bascom. Ein verheirateter Mann. Es hat ihnen nichts eingebracht. Ich trage mich mit dem Gedanken, meinen Mädchen ein passendes Tier zum Fahren zu suchen. Eins, das sich ein bißchen mädchenhafter aufführt."

Jess schwieg, denn er dachte nach.

„Sie haben ein elegantes Pferd, Mr. Birdwell", sagte Mrs. Hudspeth schließlich. „Hat es Renn-Neigungen?"

Jess schüttelte den Kopf. „Nein, Madam", sagte er. „Nicht, daß es seine Beine nicht gebrauchen könnte, aber zum Rennen hat es keine Neigung."

Beide dachten dasselbe, aber nach Frauenart sprach die alte Dame es zuerst aus: „Was hielten Sie von einem Tausch, Mr. Birdwell?“

Jess empfand die Frage als einen Wink der Vorsehung. „Das ließe sich überlegen“, antwortete er vorsichtig.

„Lady hat nur diesen einen Fehler“, erklärte ihm Mrs. Hudspeth. „Sonst ist sie tadellos – Halbmorgan, gesund, grade vier geworden und willig bei der Arbeit.“

Jess wollte nicht recht mit der Sprache heraus, um nicht zu verraten, daß ihm das Herz im Halse schlug.

„Du solltest nichts überstürzen, Mrs. Hudspeth; du hast meinen Wallach noch nicht laufen sehen.“

„Ich verstehe was von Pferden“, sagte Mrs. Hudspeth.

„Du wirst nicht grade behaupten wollen“, sagte Jess und versuchte es taktvoll auszudrücken, „daß deine Stute ein schönes Tier ist.“

„Gewiß nicht“, räumte die alte Dame ein. „Da wäre vielleicht eine kleine Entschädigung am Platz.“

So geschah es. Am nächsten Morgen besaß Jess Lady, eine kleine Entschädigung und einen Auftrag auf Baumschulwaren, der in seiner sauberen Handschrift drei Seiten füllte. An dem großen Schild vorbei verließ er das Anwesen. „Otto Hudspeth“, sagte er, „du hast mir einen rechten Gefallen erwiesen. Ich wünsche deinen Töchtern das Beste – und wenn Überholtwerden ihnen helfen kann, dann haben sie das richtige Pferd dazu.“

Den Heimweg machten sie im Handumdrehen. Die Sonne stand noch am Himmel und warf die langen Schatten der Trompetenbäume auf das Gras, als Lady in die heimatliche Zufahrt einbog. Jess ließ ihr die Zügel locker, damit sie bei ihrer ersten gemeinsamen Heimkehr die Kurve zum Stall mit einem gewissen Schwung nähmen. Aber mit dem Schwung war es bald aus, als Jess Pfarrer Markus Augustus Godleys Black Prince bemerkte, der an der Raufe angebunden war.

„Schau mal, wer da ist“, sagte Jess zu seiner Stute, und sie fuhren langsam und anständig vor. Pfarrer Godley, die Augen gegen die untergehende Sonne beschattend, erschien unter dem Scheunentor, als er Black Prince wiehern hörte. Jess stieg ab und stand neben Ladys Kopf, als der Pfarrer zu ihnen trat.

„Guten Abend, Markus“, sagte Jess. „Fehlt etwas bei dir zu Hause?“

„Willkommen daheim“, sagte Pfarrer Godley, ohne mit der Wimper zu zucken. „Mit Enochs Hilfe habe ich nach einem Bolzen für meinen Entkerner gesucht.“

Er war ein großer Mann, korpulent, aber nicht schwerfällig, mit einem vollen roten Gesicht, dessen Muskeln vom vielen Predigen geschmeidig und elastisch geblieben waren. Im Augenblick glich es einem Tummelplatz widerstreitender Empfindungen, von denen die meisten schmerzhafter Art zu sein schienen. „Wo ist Ihnen dies Tier über den Weg gelaufen, Freund Birdwell?“ fragte er, nachdem er ein paarmal den Mund auf- und zugemacht hatte.

„In Kentucky“, sagte Jess kurz.

„Ich stamme selbst aus Kentucky.“ Pfarrer Godley wunderte sich, daß der Staat, dem er entstammte, ein solches Pferd hervorgebracht haben sollte. „Haben Sie Red Rover dagegen getauscht?“ fragte er.

Jess rieb Ladys Nacken. „Die Stute heißt Lady“, sagte er.

„Lady!“ Der Prediger schluckte, warf dann seinen großen Kopf zurück und erschütterte die Abendluft mit seinem Gelächter. Schließlich wischte er sich die Tränen vom Gesicht und wagte einen zweiten Blick. „Es ist bloß die Kluft“, sagte er, „der Unterschied zwischen dem Namen und dem Aussehen.“

„Das ist Ansichtssache“, sagte Jess.

Der Prediger trat ein paar Schritte zurück, als suche er nach einem neuen Blickwinkel.

„Ich stell’s mir so vor“, sagte er zu Jess. „Sie haben Red Rover gekauft, schön wie die Sünde und doppelt so unzuverlässig. Seit dem ersten kleinen Zusammenstoß mit mir und meinem Pferd hängt Ihnen Red Rover zum Hals heraus. Was ist da das natürlichste?“ Pfarrer Godley machte eine Kanzelpause. „Das natürlichste? Na, das, was Sie getan haben. Man entsagt der Schnelligkeit. Sagt der Schönheit Lebewohl. Beschafft sich ein Pferd, das bei jedem Wetter gesund und munter ist und an den Pflug gewöhnt. Sie haben genau das Richtige getan, obwohl ich Ihnen schon lange sagen wollte, weil Sie es wissen sollen – wenn ich Sie sonntags morgens auf dem Weg zur Kirche überhole, ist das nicht persönlich gemeint. Schnelligkeit gehört zu den ewigen Wahrheiten, Freund, ist nichts Eigensüchtiges. Der Regen fällt. Die Sterne leuchten. Die Schnellen rennen. Ein schnelles Pferd überholt ein langsames. Eine ewige Wahrheit, Freund Birdwell. Wie die Schwerkraft, wie Leben und Tod. Ein Gottesgesetz. Nichts Persönliches."

„Meine gute Frau wird schon nach mir rufen", fuhr er fort und schaute zu seiner eigenen Farm hinüber, die ein paar hundert Meter entfernt an der Landstraße lag. Noch einmal betrachtete er Jess' neue Stute.

„Lady heißt sie", wiederholte er, als müsse er sich den Namen einprägen. „Vielen Dank für den Bolzen, Freund Birdwell. Ich und mein Pferd sehen Sie am Sonntag."

Als Pfarrer Godley in die Zufahrt einbog, kam Enoch aus dem Scheunentor. „Meine Wochenpredigt hab ich ja wohl weg", sagte er und wandte sich dann Lady zu. Seine grünen Augen flikkerten einverständlich. Seine Hand berührte Ladys muskulösen Rist. „Da ist wohl mehr dran, als das Auge sieht, Mr. Birdwell?"

Jess nickte.

„Sie hat Morganblut?"

„Halbmorgan", sagte Jess stolz.

„Der Pfarrer hat sich täuschen lassen", meinte Enoch leise.

„Er ist ein gerissener Mann", sagte Jess. „Darauf verlassen wir uns besser nicht. Aber zum Kuckuck, Enoch, ich sag dir, ich war's leid, jeden Sonntag Eliza über die Landstraße zu fahren wie der Schweif von Godleys Komet. Er bricht später auf, überholt mich und fährt dann langsamer, damit wir den Staub zu schlucken kriegen. Das hat mich so gewurmt, daß ich nie mit der nötigen Andacht zur Versammlung kam."

Enoch schluckte. „Sie denken an den nächsten Sonntag?"

„Na ja", sagte Jess, „ich will an überhaupt nichts denken. Du hast den Pfarrer ja selbst gehört. Ein schnelles Pferd überholt ein langsames. Ewiges Gesetz. Wenn Black Prince uns am Sonntag zu überholen versucht – und es bei dem Versuch bleibt –, dann wäre das einfach ein Gesetz, etwas Ewiges. Und wunderschön, Enoch, wie die Sterne."

„Schade", sagte Enoch nachdenklich, „daß die Kinder des Pfarrers so spillerig sind und Ihre beiden Jüngsten solche Prachtexemplare. Zu schade, daß Steve und Jane so stämmig sind. Für Ihre Stute macht das was aus."

„Schade, gewiß“, Jess nahm es ruhig hin, „aber nicht zu ändern. Eliza würde nie erlauben, daß die Kinder daheim bleiben.“

Enoch dachte nach. „Was wird sie zu dieser Stute sagen? Ein ziemlich beträchtlicher Unterschied.“

„Sagen? Du hast ja gehört. Red Rover gegen ein Pferd tauschen, das nicht wie ein Rennpferd aussieht. Sieht diese Stute wie ein Rennpferd aus?“

„Dazu muß man zweimal hinsehen“, gab Enoch zu.

„Eliza sieht ein Pferd nicht zweimal an. Jetzt gleich will ich ihr Lady vorführen.“

Jess führte Lady aus der Deichsel und zwischen den Johannisbeerbüschen durch zum Haus hinauf. Es war dämmerig geworden, und die Lichter brannten schon. Drinnen warteten Eliza und die beiden Jüngsten darauf, Jess zu begrüßen, wenn die Männer mit ihrem Gespräch fertig wären.

„Lady“, sagte Jess liebevoll, „ich möchte dich mit deiner Herrin bekanntmachen.“

Die restlichen Tage der Woche waren mild, sehr schön und klar; eine jener herbstlichen Perioden, da die Zeit stillzustehen scheint. Die fernen rauchblauen Berge schienen sich gleich hinter dem Obstgarten zu erheben. Das purpurne Eisenkraut und die Goldrute standen regungslos unter einem wolkenlosen Himmel.

Auch der Sonntag zog prächtig herauf. Unmittelbar vor der Abfahrt zur Versammlung entdeckte Jess, daß an der Kutsche eine Nabenkappe fehlte.

„Verloren?“ fragte Eliza.

„Verloren möcht ich nicht sagen“, erklärte ihr Jess. „Sie ist weg.“

Komisch und bedauerlich, aber nicht zu ändern. Jess und Eliza mußten im schäbigen alten Buggy zum Gottesdienst fahren und die Kinder daheim lassen. In ihrem seidenen Sonntagskleid stand Eliza auf dem Hof. „Jess“, sagte sie störrisch, „ich kann das nicht schicklich finden, daß eine Predigerin in einem so schäbigen Fuhrwerk zur Kirche fährt. Sieht aus, wie wenn wir zum Trabrennen auf den Jahrmarkt wollten.“

„Du überraschst mich, Eliza“, sagte Jess. „Sonst stellst du immer die Pflicht über Äußerlichkeiten. Freund Fox war zufrieden, wenn er seine Leute zu Fuß erreichen konnte. Du verlangst deine Kutsche mit frisch geschwärzten Schmutzbrettern und einer neuen Peitsche im Halter."

Es stand Jess nicht zu, Eliza in diese Richtung zu drängen, und es war keineswegs sicher, daß es ihm gelänge. Aber der Name Fox wirkte. Fox wäre, das wußte sie, notfalls auch im Schubkarren zur Versammlung gefahren.

So brachen sie denn auf, und trotz des Zwischenfalls war Eliza heiter und andächtig gestimmt. Als sie die Landstraße erreichten, bemerkte sie erfreut, daß die Stute besser lief, als sie aussah. „Du hast eine gut ziehende Stute gefunden, Jess", sagte sie freundlich.

„Sie bringt uns hin, daran besteht kein Zweifel", sagte Jess.

Sie umrundeten gerade die erste Kurve unterhalb des Ahorngehölzes, als sie Pfarrer Godley hinter sich hörten. Beide brauchten sich nicht umzusehen, beide kannten den schweren Hufschlag von Black Prince. Eliza setzte sich zurecht, die Bibel bequem im Schoß. „Für mich ist es einfach unvorstellbar", sagte sie, „daß es einem kirchlichen Mann Freude machen kann, einen andern auszustechen. Findest du nicht, Jess?"

„Für mich ist es nicht unvorstellbar", sagte Jess und fand, so könne er an diesem Tage wenigstens auf die Tugend der Ehrlichkeit Anspruch machen.

Eliza war überrascht, daß Black Prince nicht neben ihnen auftauchte. Auf dieser langen geraden Strecke zeigte er ihnen für gewöhnlich die Unterseite seiner Hufe.

„Am besten weichst du aus, Jess", sagte sie.

„Ich muß ja schließlich nicht im Graben fahren", sagte Jess. „Nach dem Gesetz steht mir die Hälfte des Weges zu."

Die Stute hatte sich nichts anmerken lassen – kein Kopfschütteln, keine Beinarbeit –, aber sie legte sich ins Geschirr, sie lief. Eliza begriff, daß sie den Weg förmlich fraßen.

„Sollten wir nicht besser anhalten, Jess?" sagte Eliza beiläufig, um ja nicht den Widerspruchsgeist zu wecken, der in der Brust ihres Mannes nicht sehr tief verborgen lag.

„Zum Kuckuck", sagte Jess. „Warum denn?"

Sobald Eliza das „Zum Kuckuck" hörte, keck ausgesprochen wie an einem Werktag, wußte sie, daß es für gute Worte zu spät war.

„Zum Kuckuck", wiederholte Jess, „Pfarrer Godley hat doch den halben Weg für sich. Und ich dränge meine Stute nicht."

Es kam natürlich darauf an, was man unter Drängen verstand. Natürlich war er nicht so weit gegangen, Lady mit seinem Hut zu prügeln, aber er saß ganz vorn auf dem Rand des Kutschbocks, fuhr mit lockerem Zügel und redete der Stute zu wie einem kleinen Kind. „Ist das eine feine Stute. Du gibst dir Mühe. Du bist eine Ehre für deine Mutter."

Genaugenommen konnte man das Ermunterung nennen, nicht Antreiben, aber Eliza war nicht nach Haarspaltereien zumute. Sie sah sich nach Pfarrer Godley um, und da gab's keinen Zweifel: er trieb Black Prince an. Der Pfarrer war kaum eine Pferdelänge hinter ihnen zurück, hatte sich halb vom Sitz erhoben, schlug Black Prince mit den Zügeln über die Kruppe und schalt ihn wie einen Sünder. Eliza hatte nicht geglaubt, daß sie noch ein zweites Mal in ihrem Leben in eine solche Lage kommen könne: zur Versammlung zu preschen wie ein Jahrmarktrennfahrer im karierten Hemd.

Jetzt fehlt nur noch, dachte sie bitter, daß man Wetten auf uns abschließt.

Aber daran fehlte es gar nicht, nur daß Eliza es nicht wußte. Sie befanden sich jetzt in Sicht der Bethelkirche, und mehr als eines von Godleys Schäfchen wettete auf die Überlegenheit des eigenen Hirten. Zwei zu eins standen die Wetten.

Bis zur Bethelkirche hatten sie eine lange, sachte Steigung vor sich, für das Auge kaum sichtbar, aber spürbar für eine leichte Stute, die gegen einen schweren Hengst lief. Und hier holte Black Prince auf. Ehe sie die Steigung halb hinter sich hatten, kam die Nase des Hengstes schon dem Hinterrad des Buggys nahe. Das Ermuntern hatte Jess aufgegeben, jetzt trieb er an. Er zog mit seiner Stute, schwitzte mit ihr, sog mit ihr die Luft in die erhitzten Lungen. Bei der Steigung war Lady langsamer geworden – sie wäre tot umgefallen, hätte sie es nicht getan –, aber sie strengte sich immer noch mächtig an. Einzig sein Quäkerblut hinderte Jess, vor Stolz über ihre Leistung zu jubeln.

Pfarrer Godley hatte kein Quäkerblut in den Adern, wohl aber Kentucky-Rennblut, und das überwältigte ihn, als Black Prince mit seiner Nase die Höhe von Ladys Rumpf erreichte. Er begann seinem Pferd mit einer Stimme zuzureden, deren

Lautstärke auf seine Übung in Zeltgottesdiensten zurückging – und der Wortschatz auch, um es genau zu sagen. Aber er verwandte ihn in einer Weise, wie ihn seine Zeltgottesdienstbesucher bestimmt nie zu hören bekamen.

Jetzt waren sie fast an der Bethelkirche angelangt; Black Prince hatte noch um eine oder zwei weitere Nasenlängen aufgeholt, und Pfarrer Godley trieb ihn kräftig an, wobei er es für einen Mann von seinen Überzeugungen recht persönlich nahm.

Aber Lady war ein Steher, Jess desgleichen, und an Stehvermögen ließ auch Eliza nichts zu wünschen übrig. Jess streifte sie nur mit einem Blick, um zu sehen, wie sie mit der Situation fertigwurde. Prächtig wurde sie mit ihr fertig – sie saß kerzengrade auf ihrem Sitz und schnalzte der Stute zu. Jess traute seinen Ohren nicht, Eliza gab der Stute Ratschläge. „Lauf schön weiter, Lady!“ rief sie. Eliza hatte keine Praxis in Zeltgottesdiensten, aber eine schöne klare Kanzelstimme, und Lady verstand sie.

Sie lief weiter. Sie tat noch mehr. Sie begann zu spurten. Lady war gewohnt, gezügelt und nicht angetrieben zu werden. Sie reckte ihren langen Hals, griff noch stärker aus, und gerade als sie an der Bethelkirche vorüberfuhren, hängte sie Black Prince ab.

Jess hielt nunmehr das Rennen für beendet und gewonnen und gedachte ab hier in einem dem Sonntag angemessenen Tempo zur Versammlung zu fahren. Aber Pfarrer Godley war nicht gesonnen, an einem so kritischen Punkte aufzugeben. Er hielt die Stute für erschöpft, glaubte, mit einem kräftigen Steher wie Black Prince auf den paar hundert Metern zwischen der Bethelkirche und dem Versammlungshaus der Quäker die Sache leicht zu bewältigen, und fuhr weiter.

Dabei war ihm nur eines entgangen: Lady hatte jetzt eine gerade, abschüssige Strecke vor sich. Genau das, was sie brauchte. Schritt um Schritt zog sie Black Prince davon. Zu schade, daß Jess die Freude an diesem Sieg nicht auskosten durfte. Er hatte so lange Staub schlucken müssen, daß es ihm jetzt ein Fest bedeutete, diese Speise nunmehr selber kredenzen zu dürfen. Auch für die Stute freute es ihn.

Aber weder sein Triumph noch der seiner Stute standen für Jess an erster Stelle. Sondern Eliza. Da saß sie nun, blaß, lei-

dend, und umkrampfte ihre Bibel wie den Fels des Glaubens, von dem sie um ein Haar abgeglitten wäre. Jess wußte, daß Eliza leicht und gern vergab, wenn es um andere ging – aber ob sie sich selbst vergeben würde, daß sie sich bei einem Pferderennen ereifert hatte, das wußte er nicht.

Und das Schlimmste hatte Eliza noch vor sich. Als Lady und Black Prince an Godleys Kirche vorbeigeprescht waren, hatte sich eine Reihe der Bethelbrüder, die noch in ihren Wagen saßen, hinter Pfarrer Godley in Bewegung gesetzt, um am Ziel dabeizusein. Und das gelang ihnen. Zwar unterlag ihr Bruder, aber sie hielten dennoch zu ihm, folgten ihm auf den Fersen und kargten nicht mit Zuspruch. Hinter Jess und Eliza bog die ganze Meute in den Quäkerkirchhof ein.

So endete es: Lady war Black Prince um drei Längen voraus, als sie am Versammlungshaus ankamen. Jess half ihr in der Kurve, indem er sie auf zwei Rädern nahm, und lenkte das Pferd dicht vor den Eingang. Die Bethelleute brausten hinter ihm hinein und gleich wieder hinaus – klar unterlegen, aber nicht entmutigt. Pfarrer Godley als einziger unter ihnen blieb stumm, stumm wie ein Grabstein, nur noch viel düsterer.

Die im Hof auf die Versammlung wartenden Quäker waren auch stumm. An ihren Mienen konnte Jess nicht ablesen, was sie dachten, aber es war zwecklos, anzunehmen, sie hätten das, was sie soeben erlebt hatten, für einen erbaulichen Anblick gehalten. Nicht einmal an einem Werktag hätten sie ein solches Spektakel gebilligt, geschweige denn am Tag des Herrn – und mit ihrer Predigerin vornan.

Jess bat einen Jungen, sich um Lady zu kümmern. Er war so um Eliza besorgt, daß er lediglich im Vorbeigehen Lady die heiße Flanke tätschelte. Er half Eliza vom Wagen. Sehr mitgenommen sah sie aus und ganz in sich gekehrt, wie eine Frau, die mit dem Herrn zu Rate geht. Sie begrüßte die Gemeinde mit einer Verbeugung, die erwidert wurde, und führte sie wortlos ins Versammlungshaus. Sie ging zur Predigerbank, legte ihre Bibel nieder und löste ihre Haubenbänder.

Jess saß unbeweglich auf seinem Sitz bei den Männern. Er war geborener Quäker, wie schon sein Vater und sein Großvater, und er hatte Quäker gekannt, die wegen geringerer Vergehen aus der Gemeinde ausgeschlossen worden waren.

Eliza saß, die kleinen Hände auf der Bibel, den Kopf in stillem Gebet gebeugt. Jess wußte nicht, wie lange es dauern würde – manchmal kam es ihm wie eine Ewigkeit vor –, aber Quäker waren an schweigende Gottesdienste gewöhnt, und außer ihm war offenbar niemand ungeduldig. Endlich sagte Elizas süße kühle Stimme: „Wenn der Geist einen von euch bewegt, wollt ihr dann jetzt sprechen?"

Dann senkte sie den Kopf wieder – aber Jess spähte im Versammlungshaus umher. Auf den meisten Gesichtern glaubte er einen zufriedenen Ausdruck zu sehen – kein Lächeln natürlich, soweit ging man nicht –, aber einen Ausdruck der Zufriedenheit mit der Art, wie der Herr die Dinge gelenkt hatte. Und der Geist bewog an diesem Tage kein Mitglied der Versammlung, etwas zu sagen, von den Schlußgebeten zweier älterer Freunde abgesehen.

Die Heimfahrt verlief ungemein still. Sie fuhren an der Bethelkirche vorbei, wo die Predigt kurz ausgefallen sein mußte, denn alle Pferdepfosten waren schon leer. Lady zog stolz und keineswegs ermüdet dahin. Enoch, Steve und Jane kamen ihnen auf der Landstraße ein Stück entgegen, und Emanuela, die Magd, erwartete sie auf der Vordertreppe, aber Jess konnte ihnen die gute Nachricht nur durch ein Kopfnicken bestätigen. Elizas wegen konnte er nicht damit prunken, wie er es nur zu gern getan hätte.

Eliza war freundlich, aber schweigsam. Sie antwortete, wenn sie angesprochen wurde, aber sie war nicht ihr wirkliches Selbst, sondern abwesend und in sich gekehrt.

Abends fühlte Jess sich nicht recht wohl. Er spürte einen Schmerz unterhalb des Herzens oder am Magen – er wußte es selber nicht genau. Am besten braute er sich eine Tasse Sassafrastee und trank sie im Bett.

Als er das Schlafzimmer betrat, stand der Vollmond am Himmel, und in seinem Licht sah er Eliza in ihrem weißen Nachthemd am Ostfenster sitzen und ihr dunkles Haar flechten.

„Bist du krank geworden, Jess?" fragte sie beim Anblick der Tasse.

„Nein", sagte Jess, „nein", denn sein Schmerz ließ ganz von selbst nach, als er an Elizas Ton merkte, daß sie ihm wiedergegeben war – versöhnlich und liebevoll; daß sie Vergangenes vergangen sein lassen wollte. „Eliza“, fragte er, „möchtest du nicht eine schöne heiße Tasse Sassafrastee?“

„Ach ja, Jess“, sagte Eliza. „Das wäre richtig erfrischend.“

Als Jess Eliza ihre Tasse brachte, schritt er einen Rosenpfad entlang, den das Mondlicht in dem Wollteppich aufleuchten ließ. Während sie ihren Tee trank, legte er die Hand auf ihr Haar und schaute zum Fenster hinaus: das ganze Rund der Erde mondlichtübergossen – Hügel und Wald, die Obstgärten und der stille Fluß. Und in diesem Schein lag auch sein eigenes Dach und alles, was darunter lebte, in Frieden. Lady in ihrem Stall, Enoch bei der Lektüre von Emerson, die Kinder in ihren Betten. „Köstlicher Tag“, sagte er, „so kühl, so still, so hell. Die Hochzeit von Himmel und Erde.“

Aber trotz seiner nachdenklichen und friedvollen Stimmung kräuselte sich der Rücken seiner großen Nase, und seine Rippen bebten vor Lachen.

Eliza spürte die Bewegung. „Was ist los, Jess?“ fragte sie.

Jess hörte auf zu lachen, sagte aber nichts. Er überlegte, daß Eliza an einem einzigen Tag ihren Pferdeverstand in einer Weise entwickelt hatte, wie man es von einer Frau kaum erwarten konnte. Aber wenigstens lächeln mußte er, wenn er sich vorstellte, welche Rolle in der Predigt, die heute morgen in der Bethelkirche gehalten worden war, wohl die ewigen Wahrheiten gespielt hatten.

KAPITEL IV: *Die Vase*

ES WAR WINTER, und es regnete. Jess, der sich für den Tag allerlei Arbeit vorgenommen hatte, versuchte das Beste draus zu machen, indem er den Regen betrachtete, der ihm das Konzept verdarb. Rastlos ging er von einem Fenster zum anderen, aber der Regen sah überall gleich aus. Er fiel wie ein dichter Vorhang, den das Haus teilte, so daß er, stellte Jess sich vor, mitten in einer Wasserhöhle saß.

Dann lauschte er nach draußen und suchte seine Theorie zu erhärten, daß man allein mit dem Ohr Winterregen von Sommerregen unterscheiden könne. Er fand sie bestätigt, denn der auf voll belaubte Bäume fallende Regen erzeugte ein Geräusch von sanfter Rauheit, was er im Winter auf nackten, starren Zweigen nicht hervorbringen konnte.

Jess, dem es nicht sonderlich lag, das Licht seiner Erkenntnis unter den Scheffel des Schweigens zu stellen, rief nach Eliza, die in der Küche Brotteig ansetzte. Sie kam herein. „Eliza", sagte er, „könntest du mit verbundenen Augen das Geräusch des Regens im Winter von dem im Sommer unterscheiden?"

„Das könnte ich nicht", sagte Eliza entschieden.

Jess sah seine Frau verdrießlich an. Als Frau war Eliza unvergleichlich, das wußte Jess; aber manchmal konnte er sich des Gedankens nicht erwehren, alle Frauen seien unterentwickelt: ob von Natur aus oder weil sie nicht mit ihrem Pfunde wucherten, war ihm nicht klar.

„Möchtest du das denn nicht wissen?" fragte er. „Plagt dich denn nicht die Neugier? Interessieren Naturerscheinungen dich denn nicht?"

Manche taten's, manche nicht. Das vom Regen erzeugte Geräusch zum Beispiel nicht. Daß das Brot aufging, daß Feuer im Herd glomm, das waren Naturerscheinungen, die Eliza vollkommen genügten. „Jess", sagte sie, „ich sehe keinen Grund, mir die Augen zu verbinden, um Winterregen von Sommerregen zu unterscheiden. Laß es auf sich beruhen und erspar dir das Raten."

Jess drehte dem Fenster den Rücken. Frauen waren zuviel für ihn. Da er aber die Hoffnung nicht aufgeben konnte, Licht in ihr Dunkel zu bringen, sagte er: „Regen auf Blättern macht doch ein anderes Geräusch als auf kahlen Zweigen."

„In einem Nadelwald", wandte Eliza ein, „müßtest du deine Augenbinde abnehmen."

Jess seufzte. Er ging zum Sekretär, der einen großen Teil der Südwand neben der Küchentür einnahm. „Von Nadelhölzern hab ich nicht gesprochen", sagte er.

Auf dem mittleren Bord des Sekretärs stand in einer Lücke zwischen Büchern ein weiterer Beweis weiblicher Absonderlichkeit. Eine merkwürdige Rasse, dachte Jess, indem er das Arrangement betrachtete; durch die Ehe mit uns verbunden und trotzdem so schwer verständlich. Was waren das für Dinge, die Eliza aufhob und wie Kostbarkeiten in einem Museum aufstellte, während nützliche Sachen verloren wurden oder in Scherben gingen? Ein kreisrundes Brettchen aus poliertem Holz mit der Aufschrift HEILIGES LAND; eine aus New Orleans mitgebrachte getrocknete Orange; ein Fingerhut, der, wie Eliza glaubte, einmal beim Flicken eines Risses in William Penns Hose verwendet worden war; sechs ausgeblichene Federn, vor langer Zeit einem kalifornischen Vogel ausgezupft, lagen jetzt in einer flachen roten Schale; und ein gläsernes Ding stand da, das Jess in zwanzig Jahren nicht hatte identifizieren können. Er nahm es vom Bord herunter und drehte es in den Händen.

„Was soll das hier eigentlich sein, Eliza?"

„Eine Vase", sagte Eliza.

„Aber eine Vase kann das doch nicht sein", suchte Jess sie zu überzeugen. „Sie ist doch an beiden Enden offen."

Er schaute hindurch, ließ den Daumen über die mit Kitt aufgesetzten Schwäne auf der Rundung des Glases und über den oberen Rand gleiten, dessen Bögen mit Kitt erweitert worden waren. „Sieht aus, wie wenn es mal 'n Lampenzylinder gewesen wäre", sagte er.

„War es auch", sagte Eliza.

„Ein zerbrochener obendrein."

„Ja", sagte Eliza. „Er war kaputtgegangen."

Sie nahm Jess die Vase ab und umschloß sie mit ihren weißen rundlichen Händen, die damals, als sie die Vase machte, weder weiß noch rundlich gewesen waren, sondern rosig und dünn wie Vogelbeinchen und in ihren Bewegungen ebenso flink.

„Du hast was Hübsches draus gemacht", räumte Jess ein. „Ein Zierstück." Um aber bei der Wahrheit zu bleiben, mußte er hinzufügen: „Trotzdem unnütz. Da es bemalt ist, taugt es nicht zum Zylinder, da es an beiden Enden offen ist, taugt es nicht zur Vase. Wann hast du es gemacht?"

„Du hast es an dem Morgen gesehen, als ich damit anfing."

„Hab ich gar nicht bemerkt."

„Nein", erinnerte sich Eliza, „hast du auch nicht."

„Was hast du denn damit vorgehabt, als du es machtest?" fragte Jess.

Eliza hatte vor dem Feuer gestanden, das wie ein rotes, angesichts von soviel herunterströmendem Wasser ärgerlich dreinschauendes Auge im Kamin lag; jetzt wandte sie sich ihrem Mann wieder zu. Sie berührte die Vase, den ausgebogten Rand und die schwellenden Seiten. Was hatte sie damit gewollt? Vielleicht mehr, als sie selber wußte, und selbst wenn sie alle Beweggründe gekannt und Jess aufgezählt hätte – ob er sie wohl verstünde? Er hatte die Vase ja gesehen, als der erste Schwan, noch feucht von ihrem Pinsel, auf seinen gemalten Wogen leuchtete, ohne sie zu bemerken. Würde er jetzt – nach soviel Jahren – verstehen?

Nur ein Zweck war ihr so klar, daß sie über ihn Auskunft geben konnte: „Ich wollte etwas Hübsches machen, Jess."

JA, SO WAR ES. Als sie damit anfing, war das ihr einziges Ziel gewesen. Wasser war gegen den heißen Lampenzylinder gespritzt und hatte ein Loch in die Rundung gesprengt. Trotzdem hatte sie ihn nicht weggeworfen, weil ihr eingefallen war, daß eine Nachbarin gesagt hatte, solch zerbrochene Gegenstände könne man so verzieren, daß sie einen Schmuck für das Wohnzimmer abgäben. So hatte sie ihn auf ein Regal in der Speisekammer gestellt. Da hatte er lange gestanden und auf eine Stunde gewartet, wo die Arbeit einmal nachließ und Eliza Muße hätte, die kahle Rundung mit einem Bild zu schmücken. Und mit der Zeit machte es ihr Freude, ihn da warten zu sehen. Und so viele Haushaltspflichten ihre Gedanken auch mit Beschlag belegten, ganz von selbst begann sich in ihrem Innern ein Motiv zu bilden, mit dem sie den Zylinder schmücken wollte, und dieser Plan eröffnete ihr inmitten des Küchenbetriebs einen Platz, an dem sie in Ruhe für sich sein konnte.

Indem sie die Vase in den Händen drehte, wiederholte sie ihre Worte: „Ich wollte etwas Hübsches machen, Jess. Einen Schmuck für unser Wohnzimmer."

Ob Jess das verstand? Schönheit draußen in der Natur, die verstand Jess, das wußte sie. Schon oft hatte er sie aufgeweckt, wenn sie grade eingeschlafen war, um ihr den Sternenhimmel zu zeigen, hatte ihr manche Blume ins Haus gebracht oder sie nach draußen gerufen, um sie auf eine Wolke aufmerksam zu machen, auf einen Sonnenuntergangshimmel, einen Vogel, einen eigenartigen Stein. Aber Schönheit im Haus? Machten ihm Kissenbezüge mit dicker Seidenstickerei auch nur das mindeste Vergnügen? Sah er überhaupt, daß Pfauenfedern über dem Kamin staken oder vergoldete Rohrkolben in der Ecke? Wohl kaum.

Aber eine Frau lebte eben im Haus, nicht draußen. Der Sonnenuntergang kommt nicht zu ihr ins Zimmer, um ihr Gesellschaft zu leisten, während sie stopfte. Wenn eine Frau Schönes um sich sehen wollte, mußte sie es sich selber schaffen, es aus allerlei Resten herstellen. Bemerkte Jess ihre kleinen Schöpfungen überhaupt? Die bestickten, bemalten, vergoldeten, gefärbten Gegenstände? Die Kammkästen, Schemel, Deckchen, Matten? Sah er, wie rohes Holz und nackter Stein mit der Zeit verschwanden, bis die Räume ihr schöner erschienen als jede Wolke?

Jess streckte einen Finger aus und berührte einen der Schwäne. „Ein Schmuck für unser Wohnzimmer", sagte er. „Wieviel Zeit das gekostet hat."

Eliza bemerkte, daß er nicht hübsch gesagt hatte. Nun ja, das machte nichts. Für sie jedenfalls bedeutete es mehr als Schönheit.

„Jess", sagte sie, „ich weiß nicht, aber ich glaube, wenn's brennt, würde ich dies zuerst retten."

Jess betrachtete den Gegenstand aufs neue. „Vor der Familienbibel?" fragte er. „Den Briefen? Den Dokumenten?"

„Bei alledem könnte ich auf dich zählen", sagte Eliza.

„Und bei manchen Dingen nicht?"

Eliza gab keine Antwort. Jess' große Nase runzelte sich an der Wurzel, und die von der Nase zu den Mundwinkeln verlaufenden Linien vertieften sich. „Es gibt Leute", sagte er, „die behaupten, daß ich dich auf Händen trage, Eliza. Die mich für einen armen Pantoffelhelden halten, der mit einer Predigerin verheiratet ist und nichts zu melden hat."

Eliza wußte das. Dennoch – es gab Dinge, bei denen man auf Jess nicht zählen konnte. Nur auf Jess nicht? Vielleicht überhaupt auf keinen Mann?

Jess erinnerte sich an Temperaturen: 31 Grad minus oder 40 Grad im Schatten. Er wußte noch, wie hoch die Schneeverwehungen gewesen waren, und behielt, wieviel Wasser bei einem einzigen Wolkenbruch gefallen war. Eliza konnte sich ihre Stimmungen zurückrufen und von daher auf Witterung oder Jahreszeit schließen.

Ihre Vase hatte sie an einem Sommermorgen begonnen, das wußte sie, weil sie sich daran erinnerte, wie warm ihr gewesen war, als sie im Nachthemd neben dem Bett gestanden hatte. In der Morgendämmerung war Jess nur eine schattenhafte Wölbung unter den Decken gewesen. Es war vor Sonnenaufgang und noch nicht Zeit zum Aufstehen, aber sie war ausgeschlafen und fühlte sich zu glücklich, um noch länger still liegen zu können. In einem traumhaften Augenblick – sie war damals siebzehn – hatte, als sie sich ihr Leben mit Jess ausmalte, eine solche Seligkeit sie überkommen, daß sie sofort aufstehen und diesem Leben entgegengehen mußte: den vor ihr liegenden Jahren, den Kindern, all den Maimorgen und den Schneeabenden, den guten Hausfrauenpflichten und der Fürsorge, dem Alter, wenn sie und Jess nachts nicht schlafen könnten, wie man es von alten Leuten wußte, und dann zueinander sagen würden: Weißt du noch? Weißt du noch? während sie dalagen und dem Wind oder dem Regen lauschten. Das sah sie an jenem Sommermorgen beim Erwachen vor sich, und sie mußte aufstehen und alledem eilends entgegengehen.

Sie hatte ihre Kleider mit nach unten genommen, war auf nackten Füßen über die von der gestrigen Hitze noch warmen Dielen gegangen und hatte sich in der Küche angezogen. Ihr wäre es recht gewesen, wenn Jess Hunger auf sieben Frühstücke gehabt hätte, denn dann hätte sie ihm alle seine Lieblingsgerichte, die er je erwähnt hatte, bereiten können: Buchweizenpfannkuchen, Milchbrötchen, Wurstgrütze, Lendenschinken.

Das Feuer ging gut an und loderte auf. Zwiebäcke mit viel Rahm warteten auf dem Ofen. Die besten Tassen standen auf dem Tisch, Psalm 101 war gelesen und bedacht.

Aber das reichte alles noch nicht. Der Seligkeit war noch nicht Genüge getan. Und in diesem Augenblick war ihr ihre Vase eingefallen.

Sie holte Zylinder, Kitt und Farben aus der Speisekammer und setzte sich an den Küchentisch. Das Motiv, mit dem sie innerlich schon so lange umging, nahm jetzt eigenes Leben an und schien imstande, ihrem Glück Ausdruck zu verleihen und ihr voraus dem erträumten Leben entgegenzueilen.

Da sie Blumen im Sinn hatte, erweiterten ihre Finger die spärlichen Ausbuchtungen am oberen Zylinderrand mit Kitt zu blumenblattähnlichen Muscheln. Über dem mit Kitt ausgefüllten Loch formte sie einen Schwan, einen großen Vogel mit gewölbter Brust und stolzem Gefieder. Um den Schwan herum malte sie blaue Wellen und grüne Binsen. Darüber einen Sommerhimmel mit bleistiftdünnen, ausgefransten Wolkenstreifen, und da die Fransen alle in dieselbe Richtung zeigten, entstand der Eindruck, es blase ein leichter, aber stetiger Wind durch das Bild.

Zwei Schwäne waren geplant, aber nach dem ersten hielt Eliza inne. Sie stand auf, schob die Zwiebäcke in den Backofen und die Pfannen in die Herdmitte. Aber nicht das noch der gedeckte Tisch, noch das Bereiten des Frühstücks kam dem, was sie gesehen oder geträumt hatte, als sie oben neben Jess lag, so nahe wie die Vase, der Schwan, die Binsen, der Sommerhimmel.

„Du hast sie übersehen", sagte Eliza zu Jess. „An dem Morgen, als ich sie begonnen hatte, kamst du herunter, standest davor und wiegtest dich auf den Zehen."

„Und was hab ich gesagt", fragte er, „als ich dastand und mich auf den Zehen wiegte?"

„‚Was gibt's zum Frühstück?' hast du gesagt. ‚Ich bin so hungrig, daß ich eine gekochte Eule vertilgen könnte.'"

Auch jetzt wiegte Jess sich ein wenig auf den Zehen. „Nun ja", meinte er, „immerhin etwas. Besser, als wenn ich gesagt hätte, ich könnte einen gekochten Schwan vertilgen."

Immerhin etwas, und sie hatte sich auch nicht unglücklich gefühlt, als sie das köstliche Frühstück auf den Tisch stellte und mit Jess besprach, welches Obst er zum Einmachen bringen solle. Bis aber das Frühstück vorüber war, hatte die Vase ein bißchen kümmerlich ausgesehen, und ein Teil ihrer Glückseligkeit war verebbt: Es war eben doch nur ein ausgebesserter Lampenzylinder, fand sie, stellte ihn wieder in die Speisekammer und wunderte sich, wieso er ihr eine halbe Stunde lang nicht nur einen schönen und weltentlegenen Ort der Stille hatte bedeuten können, sondern auch einen Ausdruck all der Seligkeit und Sehnsucht, die sie vor Sonnenaufgang empfunden hatte, als sie den ersten Vogelstimmen lauschte und die Gesichter der Kinder vor sich sah.

Es verging viel Zeit, ehe sie die Vase wieder berührte. Aus den Gesichtern in ihrer Vision an jenem Morgen waren wirkliche Gesichter geworden, mit wirklichen Stimmen und Bedürfnissen nicht nur am Maimorgen und am Winterabend, sondern auch alle Stunden dazwischen.

Sie hatte oft an die Vase gedacht, aber das Erlebnis jenes Maimorgens hatte sich nicht wiederholt – und ihre Zeit war ja auch immer knapp gewesen. Dennoch, die Absicht, die Vase fertigzumachen, den zweiten Schwan neben den ersten zu setzen, bestand weiter. Es gab Tage, an denen es sie störte, daß sie noch unvollendet war; wo sie das Gefühl hatte, sich von etwas abgewandt zu haben, was nicht nur ein bemalter Lampenzylinder war ... was mehr für sie bedeutete, als sie selber wußte.

Trotzdem wartete die Vase jahrelang auf ihre Vollendung. Dann, im November nach dem Tod der kleinen Sarah, hatte sie sie eines Spätnachmittags vom Bord genommen, hatte ihren Stuhl nah an den Wohnzimmerkamin herangerückt und den zweiten Schwan zu malen begonnen, als Gefährten für den ersten.

Es war ein elender Tag gewesen. Morgens hatte es geregnet, aber nach dem Mittagessen war die Luft scharf geworden, und es hatte zu schneien begonnen, nicht lebhaft, so daß sie ans Schlittenfahren oder an die Schneeballschlachten der Buben gedacht hätte, sondern lustlos, so daß ihre Gedanken zum Jahresende und zu Sarahs Tod zurückgekehrt waren. Den ersten Gram hatte sie hinter sich, als sie den Verlust des Kindes noch wie einen so scharfen Schmerz empfunden hatte, als sei ihr ein Teil des eigenen Fleisches weggeschnitten worden. Jetzt war sie schon fähig, „Gottes Wille geschehe“ zu sagen; aber sie litt immer noch an einer tiefen Schwermut und fand es selbst sonderbar, daß gerade diese Stunde zur Vollendung der Vase geeignet sein sollte.

Wenn die kleine Sarah noch lebte, hätte sie jetzt neben ihr gestanden, ihren Pinselstrichen zugesehen und gesagt: „Machst du einen Vogel, Mutter?“ Und als sie die gewölbte Brust des zweiten Schwans umriß, dachte sie: Ich kann sie nie verlieren. Sie erinnerte sich an den Morgen, an dem sie ihr Werk begonnen hatte, an all die Freude, an die Visionen des Glücks, als werde ihr ganzes Leben nichts als Seligkeit sein, ohne Hindernisse, ohne Rückschläge. Wie anders diesmal, ohne Vision, ohne Zweifel, daß die Zukunft auch Sorgen bringen werde, aber auch wieder voll ruhiger Zufriedenheit beim Anblick des zweiten Schwans, auf den der erste so viele Jahre hatte warten müssen. Abermals glaubte sie, der Wind, der die Wolkenstreifen über den Sommerhimmel trieb, sei wirklicher Wind.

Der zweite Schwan wurde trotzdem nie vollendet. Als sie begonnen hatte, die Umrisse weiß auszufüllen, war Jess hereingekommen, barhäuptig, das Haar feucht von schmelzenden Schneeflocken.

„Eliza“, rief er, „es ist mehr, als ich ertragen kann.“

Sie hatte den Pinsel weggestellt und gefragt: „Was ist denn, Jess?“, obwohl sie es wußte.

„Sarahs Grab“, sagte Jess. „Unter dem Schnee. Sie liebte den Schnee so. Du weißt, wie sie ihn geliebt hat, Eliza.“

Dann hatte er etwas getan, was weder vorher noch nachher je geschehen war – er hatte sich auf die Knie geworfen und seinen Kopf in ihren Schoß gelegt, das rote Haar dunkel vom schmelzenden Schnee, und hatte geweint, nicht still, denn Jess war kein stiller Mann.

„Eliza“, hatte er gesagt, „hast du das vergessen, daß sie ihre allerersten Worte über den Schnee gesagt hat?“ Er hob den Kopf und sah zum Fenstersims hin. „Da stand sie, patschte sie in die kleinen Hände und rief: ‚Schöne Blumen, schöne Blumen.‘“

Den ganzen Nachmittag waren diese Worte Eliza nicht aus dem Kopf gegangen. „Nein, Jess“, sagte sie, „das hab ich nicht vergessen.“

„Wie kannst du dann spielen?“ rief er. „Mit deinen Farben spielen? Und Sarahs Grab liegt unter dem Schnee.“

Eliza glättete sein feuchtes Haar. „Ich hab auch Gott nicht vergessen, Jess“, sagte sie.

Nach einer Weile hatte Jess sich beruhigt, sich am Feuer gewärmt und war nach draußen gegangen, um die Abendfütterung zu Ende zu bringen. Dann hatte Eliza die Vase, unvollendet, wie sie war – der zweite Schwan nur der Traum eines Schwans, grau und schattenhaft –, auf das Bord des Sekretärs gestellt. Mochte sie da stehen. Sie war vielleicht das Beste, was ihr je gelänge, und sie war zufrieden, daß es seinen Platz auf dem Bord finden sollte, auf dem all die andern Dinge standen, die ihr kostbar waren – und wo es sie an so manches erinnerte: an den Traum vor Sonnenaufgang und auch vieles nie Erträumte, das seit jenem Morgen Wirklichkeit geworden war.

Es GOSS immer noch, und Jess hatte die Vase vergessen. „Eliza", sagte er und nahm seinen Faden wieder auf, „nicht nur Jahreszeiten, sondern auch Orte, möcht ich sagen, könnte man nach dem Geräusch des Regens bestimmen. Im Dschungel", fuhr er fort, plötzlich entflammt vom Gedanken an soviel Regen und soviel Geographie, „wie er sich da wohl anhört? Oder auf einem Berggipfel, wo er auf nackten Fels aufschlägt? Oder auf dem Meer? Wo Wasser auf Wasser klatscht? Na ja, wir sind hier", resignierte er. „Angekettet sind wir und werden es nie erfahren."

Eliza fühlte sich nicht angekettet. Sie fühlte sich daheim.

Jess spähte aus dem Fenster. Er fand sich mit dem Regen in Indiana ab. „Ich muß laufen", sagte er, „die Kühe brüllen sich sonst heiser."

Ehe er nach draußen ging, umarmte er Eliza so liebevoll, als müsse er – was er in seiner Phantasie zweifellos mußte – auf eine Reise gehen; und Eliza, die die Vase immer noch vor sich hielt, empfand sie als etwas Trennendes zwischen sich und ihm – und doch auch wieder als ein Bindeglied. Nachdem er gegangen war, setzte sie sie wieder auf den Sekretär zurück, aber während sie in der Küche ihren abendlichen Arbeiten nachging, spürte sie immer noch den Druck des gebogten Randes gegen ihre Brust.

KAPITEL VII: *Die Illumination*

IN DER FRÜHE eines Maimorgens saß Jess auf seiner Bettseite und steckte den Fuß in eine weißwollene Socke. Zum Ostfenster schien die Sonne herein, und während sein Fuß sich den Weg in die Socke suchte, beobachteten seine Augen den Schatten des Wasserkruges, den die Sonne auf den grauen Flickenteppich malte. „Sieht aus wie ein Tier mit großen Ohren", sagte er, als er schließlich dahintergekommen war.

Eliza, die den Maimorgen im Blut hatte, aber keinen Gedanken daran verschwendete, befestigte sorgsam ihre Strümpfe.

„Zum Phantasieren hast du dir die falsche Zeit ausgesucht, Jess", sagte sie. „Ich spür jetzt schon in meinen Beinen all die Schritte, die ich bis heute abend tun muß. Aus der Küche ins

Eßzimmer, aus dem Eßzimmer in die Küche." Sie ging in die Mitte des Raumes und machte einen kleinen Sprung.

„Freust du dich?" fragte Jess.

„Dankbar bin ich", sagte sie. „Ich preise Gott in seiner Herrlichkeit. Angenehm wird es sein. Auch schön bei Nacht, wenn es durch die Zweige leuchtet."

„Es war meine Idee", rief Jess ihr ins Gedächtnis.

„Du warst das Gefäß. Gefüllt hat's der Herr."

Jess kannte das nicht anders. Eliza gab für alles, was er, Jess, getan hatte, Gott die Ehre.

Jetzt war sie angezogen bis aufs Kleid. Schwer zu unterscheiden, was an ihr Rundlichkeit und was gestärkte Wäsche war. Von beidem nicht gerade wenig. „Nimm die Beine in die Hand, Jess", sagte sie, „zwanzig Menschen zum Abendessen – vielleicht dreißig, und du spinnst im Nachthemd um sechs Uhr in der Frühe."

Jess lächelte sie liebevoll an. Jetzt stand sie vor dem Spiegel, und er sah zu, wie ihre rundlichen Hände in dem noch immer schwarzen Haar hin und her flogen. Wie Vögel in der Dämmerung. So sah er es. Was für erfreuliche Gedanken Gott ihm doch gab. Solange er einen Kopf hatte und Schultern, die ihn trugen, konnte es ihm an Unterhaltung nie fehlen. Vom frühen Morgen bis zum späten Abend gingen angenehme Gedanken in ihm um. Da stand Eliza, schaute in den Spiegel und flocht ihr Haar. Was sie auch tat, im Wachen oder im Schlaf, es stand ihr. Was sie auch tat, ob sie ein Kind in den Armen wiegte oder ihm das Fell gerbte, immer war ihr Gesicht schön und liebevoll. Konnte ein Mann mehr verlangen – vierzig Jahre dies Gesicht vor Augen und ein Feuerwerk von Einfällen im Kopf? Nachdenklich knöpfte er sein Hemd zu.

„Zieh das gute Hemd jetzt noch nicht an", sagte Eliza. „Heb es auf bis zum Abend – es ist noch ein Haufen Arbeit zu tun –, falls du nicht die Absicht hast, im Wohnzimmer zu sitzen und deine Kräfte für die Erleuchtung zu sparen."

Jess zog das frische Hemd wieder aus. „Die Erleuchtung", sagte er. „So nennst du das? Klingt biblisch. Die Verkündigung, die Verklärung, die Erleuchtung."

„Na und?" argumentierte Eliza, „wie willst du sie denn sonst nennen, Jess Birdwell? Du hast im Keller eine Gasanlage eingerichtet – heute abend zünden wir das Gas an und laden die Nachbarn dazu ein. Das ist die Erleuchtung. Meinst du übrigens, Marmorkuchen, Kokosnußbonbons, Schneeballen und Vanille-Eis werden als Nachtisch genügen?"

„Bißchen kümmerlich", sagte Jess, „ohne Obstkuchen."

Besorgt forschte Eliza im Gesicht ihres Mannes, bis sie seinen Adamsapfel hüpfen sah. „Obstkuchen ist doch so alltäglich", meinte sie.

Ohne daß es geklopft hätte, öffnete sich die Schlafzimmertür. Im Rahmen stand eine Gestalt, die schwer einzuordnen war. Für eine Negerin war das Gesicht zu scharf geschnitten, für eine andere Rasse zu dunkel – zuviel Schnurrbart für eine Frau – zuviel Busen für einen Mann. „Predigerin", hob sie an:

„Grütze steigt im Topf,
Morgen steigt dem Mittag zu,
Bald steigt der Abend,
Bringt den Tag zur Ruh."

Dann wartete sie.

„Hübsch ist das, Emanuela", sagte Eliza. „Einer deiner besten Reime. Wir sind gleich unten."

Beschwingt ging Emanuela ab, denn die Anerkennung ölte ihre Kniegelenke.

„An dieser Person kann ich nun wirklich überhaupt nichts finden", sagte Jess. „Nennt dich Predigerin und redet ausschließlich in Reimen."

Im Hinausgehen sagte Eliza: „Nach zwanzig Jahren solltest du dich damit abgefunden haben, Jess."

„Daß ich nach zwanzig Jahren noch bei Verstand bin", sagte Jess, „ist ein wahres Wunder."

Eliza ging die Treppe hinunter. „Bring deinen Verstand mit an den Frühstückstisch", rief sie zurück, „und gib ihm Schinken und Grütze zu essen."

Obwohl Jess fertig angezogen war, ging er nicht gleich nach unten. Es gehörte zu seinem Morgenvergnügen, so am Rande des Tages stehenzubleiben wie am Ufer eines Teiches, ehe er hineinsprang. Hier stand er jetzt um sechs Uhr früh, ehe noch das Bett gemacht war und die Nacht ausschloß, er, Jess Birdwell, zweiundsechzig Jahre alt und bis jetzt noch zu nichts anderm verpflichtet als zum Enträtseln seiner eigenen Seele.

„Schmecke die Ewigkeit", sagte er laut, „an einem Maimorgen in einem weißen Schindelhaus am Ufer des Muscatatuck. Wie sie schmecken – wenn soviel davon da ist und man nichts verschwenden will." Er ging langsam zum Sekretär und nahm Janneys *Leben des William Penn* herunter. Mit dem Bleistiftstummel, den er immer in seiner Hemdtasche bei sich führte, schrieb er schnell: „Ewigkeit läßt sich schon zu Lebzeiten erfahren, indem man möglichst viele Grunderlebnisse sammelt."

Der Satz wurde mit Anführungsstrichen versehen und mit „Dr. Samuel Johnson" unterzeichnet. Jess' Bücher waren voll von eigenen Sentenzen unter fremdem Namen. Er verschwendete nicht gern etwas. Die guten Gedanken, die Gott ihm schenkte, bewahrte er auf. Aber zu bekennen, daß es seine eigenen Gedanken waren – dazu war er zu bescheiden. So waren denn seine Bücher voller Weisheiten von Charles Lamb, John Milton, John Woolman, und ab und zu erschien auch ein „Verfasser unbekannt".

„Sammle soviel wie möglich davon", sagte er zu sich selbst, stellte das Buch zurück und begab sich in den Tag, der ihn unten erwartete.

Im Wohnzimmer stand Jane gebückt vor dem Kamin, den Besen in der Hand, um die Asche von gestern abend zusammenzufegen. Sie stand gebückt, aber sie kehrte nicht.

„Nun, Tochter", sagte Jess.

„Guten Morgen, Pa", sagte das Mädchen ernsthaft, ohne die Augen zu heben und unter ihren schwarzlockigen Stirnhaaren vorzuschauen.

„Wie eine Hexe siehst du aus mit deinem Besen – schon gebückt, um gleich davonzufliegen."

„Eine Hexe", sagte Jane, richtete sich auf und starrte ihren Vater an. Tränen rollten aus ihren grauen Augen.

„Eiwei!" seufzte ihr Vater. Es gab aber wirklich fast nichts, was man einer Fünfzehnjährigen gegenüber ohne weiteres aussprechen konnte. Um sie von der Hexengeschichte abzulenken, falls das der Grund ihres Schmerzes war, sagte er: „Du hast ein Fieberbläschen an der Lippe, Jane."

Schluchzend rief Jane „O Pa!" und rannte davon.

Jetzt bin ich aber fein in den Tag reingeplatzt, dachte Jess und ging in die Küche. Da saß Jane am Frühstückstisch, den

Kopf auf den Armen, und Eliza warf ihm einen Blick zu, der förmlich knisterte. „Hübsche Art, einen Festtag damit zu beginnen, daß du deine Tochter mit ihrem Aussehen aufziehst."

„Aufziehen!" Jess war entgeistert.

„Erst nennst du sie eine Hexe – und dann bemerkst du einen Makel, der sie plagt."

Eine Hexe – alt und häßlich. Ein Fieberbläschen – ein Makel, groß wie ein Berg und fast so abstoßend wie Aussatz. Ich müßte meilenweit zurücklaufen, um wieder fünfzehn zu sein, und selbst das würde mir nichts nützen, denn ich bin ja keine Frau.

Er setzte sich an den Tisch. „Schon mal das Wort behexen gehört, Jane?" fragte er. „Behexen. Das, was die Hexe tut. Ich weiß nicht, wie das heute ist, aber als ich ein junger Kerl war, da galt das als Kompliment. Behexen! Deine Mutter konnte einen behexen. Liest du nie Gedichte, Jane? Nie von Lippen gelesen, die wie von einer Biene gestochen waren? Solche Fie- solch schwellende Lippen wie die deinen sind hochgeschätzt."

Janes Schluchzen hatte aufgehört. Elizas Augen knisterten nicht mehr. Die vier – Jess, Eliza, Jane und Emanuela – saßen am Frühstückstisch. Der Knecht hatte schon gefrühstückt.

„Laßt uns das Dankgebet sprechen", sagte Jess, und die vier Köpfe senkten sich zu stillem Gebet. Jane betete: Nimm mein Fieberbläschen weg! Da sie aber eine realistische Natur war, fuhr sie fort: Oder wenn du es unsichtbar machtest. Du kannst es, Herr. Mach es unsichtbar für die Erleuchtung.

Drei Köpfe hoben sich, während Janes noch gebeugt war. „Nimm dir bitte Grütze, Jane", sagte Eliza.

Jane hob den Kopf und sah sich am Tisch um. Niemand beachtete ihr Fieberbläschen. Vielleicht war es schon unsichtbar. Sie nahm sich Grütze und Schinken.

Eliza plante ihren Tag wie ein General: Terrain besetzen, Bastionen aufwerfen, Posten aufstellen. Sie gab die Befehle aus:

„Emanuela, du setzt heute keinen Fuß aus der Küche. Du kümmerst dich ums Kochen. Die Hühner und der Schinken müssen gleich aufgesetzt werden. Die Hühner bestehen aus lauter Muskeln. Die Schneeballen mach ich selbst und den Maispudding auch."

Emanuela schöpfte tief Atem, um darzutun, daß Worte ans Licht drängten:

„Predigerin, Ihr müßt mich kennen,
Keine Speise wird verbrennen."

Jess schluckte.

„Emanuela, laß dich fragen:
Kannst du's nicht in Prosa sagen?"

„Jess, Jess", mahnte Eliza. Heute war kein Tag für ein Reimduell zwischen den beiden. Das könnte sich bis zum Abend hinziehen.

„Jane", sagte sie, „du räumst die Schlafzimmer auf, holst frische Blumen, wischst Staub und bist immer zur Hand. Nicht unten am Fluß herumtrödeln."

„Ja, Ma", sagte Jane.

„Jess, du schreibst dir am besten alles auf. Du bringst Dillgurken, den sauren Rahm und die Apfelbutter vom Brunnenhaus herauf; Eis aus dem Eishaus. Nimm einen Eimer heißes Wasser und sieh zu, daß alle Entenspuren von der Hintertreppe verschwinden. Geh nach –"

„Halt, halt!" rief Jess. „Wenn das getan ist, komm ich wieder und hol mir neue Befehle."

Wie Weberschiffchen schossen sie durch den Morgen – woben den hellen Maimorgen zu einem Gewebe, kräftig genug, eine Party zu halten. Eliza und Emanuela woben den festen, haltbaren Grundstoff, während Jane und Jess die Ränder mit Zierstichen säumten. Beim Staubwischen sang Jane, ihrer wunden Lippe wegen etwas gehemmt:

„Ich bin ein Fremdling hier,
In einem fremden Land.
Die Heimat ist mein Ziel,
Fern am Korallenstrand."

Das glaubt sie, dachte Jess, der ihrer lauten, traurigen Stimme lauschte, während er die Hintertreppe scheuerte. Sie ist immer noch nicht in Indiana zu Hause. Für junge Menschen ist die Realität ein Schock. Er sah einen Wolkenschatten über den Eimer zu seinen Füßen gleiten, in dem das Wasser langsam kalt wurde. Eliza kam die Treppe heruntergesprungen. „Mit kaltem Wasser schaffst du's nie", sagte sie.

„Es hat eine Zeit gegeben", antwortete Jess, „da warst du zu empfindsam, mich Entendreck von der Hintertreppe scheuern zu lassen."

Eliza nickte, denn sie erinnerte sich an das Mädchen von damals.

„Waren wir damals besser dran, Jess?" fragte sie. „Als wir jung waren? Als wir nichts als Blumen und sanfte Worte ertrugen? Als wir keine Maus sterben sehen konnten? Die Hennen für unfein hielten, weil sie Eier legten? Jetzt sag ich ‚Mach den Entendreck fort' wie ‚Nimm dir einen Stuhl'. Und keine Schönheit dieser Welt bricht mir mehr das Herz – und Worte auch nicht. Bedeutet das Gewinn oder Verlust, Jess?"

Sie hob ihre grauen Baumwollröcke, damit Jess sie beim letzten Abspülen nicht bespritzte.

„Beides, beides", sagte er und stützte sich auf seinen Besen. „Jedes erfahren, wenn es da ist, darauf kommt's an."

Eliza schüttelte den Kopf. „Ich weiß nicht recht."

Sehr weit weg, auf einer Farm, die man nicht sah, bellte ein Hund, als kehre jemand nach langer Abwesenheit zurück.

„Der Geist", sagte Eliza plötzlich, „der lebendige Geist kann die Idee des Todes kaum fassen."

„Warum auch?" sagte Jess. „Die Natur enthält ihn nicht."

„Wir sollten uns vorbereiten."

„Dies ist Vorbereitung", sagte er und schaute zum Himmel auf.

Jane hatte ihre Arbeit getan. Sie ging von einem Zimmer ins andere, lehnte in der Türöffnung, sah, daß alles vollkommen war – und sah Jane unter das Gaslicht treten, schön wie die Erleuchtung selbst.

Seit dem Morgen hatte sie ihr Fieberbläschen noch nicht im Spiegel betrachtet. Sie vertraute dem Herrn und spürte, daß es unsichtbar war.

„Ich muß mich noch waschen", sagte Eliza. Das hatte sie nicht vorgesehen, hatte nicht gedacht, daß es so heiß würde. Sie wusch sich in einem Winkel der Küche, während Emanuela die Augen züchtig auf die gußeisernen Töpfe gesenkt hielt.

Das Tageslicht entschwand über den Rand der westlichen Hügel. Stahlfarben floß der Muscatatuck unter dem lichtentleerten Himmel dahin. Die Vorhänge im Wohnzimmer wehten leicht in der vom Fluß heraufkommenden Brise. Eliza wurde, wie immer bei solchen Anlässen, von einer Panik befallen, weil vielleicht keine Messer aufgedeckt waren oder die Bratensoße nicht gesalzen.

Jess ging nach oben, um sein Sonntagshemd anzuziehen. „Laß aber nicht dein schmutziges Hemd auf dem Boden liegen", rief Eliza ihm nach.

Er legte es in den großen Wandschrank, und als er in seinem Unterzeug dastand, kam ihm der Gedanke: Besser noch mal nachsehen, ob die Gasanlage auch arbeitet. Sechzig Lebensjahre hatten ihn gelehrt, mit der den Dingen dieser Welt eigenen Tücke zu rechnen, einem Etwas, das einen Einladungen zu einer Illumination verschicken ließ und dann das Gas abstellte. Bitter war er dadurch nicht geworden – aber wachsam.

Im dämmerigen Hause ging er nach unten. Im Wohnzimmer drehte er den Hahn auf, hörte das Gas wie eine Schlange zischen, hielt ein Streichholz daran und sah die Flammenzunge.

Mit einem süßen Seifenduft um sich rauschte Eliza herein. „Wenn doch Stephen von der Schule da wäre und die Erleuchtung sehen könnte ..."

Ihre andächtige Stimme verriet, daß dies dem Ganzen die Krone aufsetzen würde. Steve war der Jüngste, das Kind, aus dessen Augen ihre verlorene Sarah sie anschaute; ohne ihn war kein Fest vollkommen.

„Der Junge muß ans Lernen denken", sagte Jess.

Eliza nickte. Dann schaute sie besorgt um sich. Jetzt war der Augenblick gekommen, bei dem sie jedesmal fürchtete, die Gäste würden ausbleiben.

„Jess", flüsterte sie, „wenn nun niemand kommt? Was machen wir mit all dem Essen?"

„Das vergißt du von einem Mal zum andern, nicht wahr?" sagte Jess. „In zehn Minuten biegen die Wagen von der Landstraße ab."

„Warum stehst du dann im Unterzeug da?" Sie puffte ihn auf die Treppe zu. „Los, beeil dich mit dem Anziehen."

Jess beeilte sich. Als die Fäden seines Seidenschlipses an seinen rauhen Fingern hängenblieben, hörte er, wie er prophezeit hatte, die Räder des ersten Wagens.

Am Kopf der Treppe zauderte er, ehe er hinabstieg. Unten platzte soeben der Ballon der Partyvorbereitungen, der zu riesigen Dimensionen angeschwollen war. *So* konnten die Menschen sich doch nicht freuen, einander wiederzusehen, dachte er.

„Jess, Jess", rief Eliza. „Zeit, das Licht anzumachen. Wir warten nur auf dich, daß du das Streichholz dran hältst."

Langsam stieg er hinab. Eine Party hatte für ihn etwas von einem Gewitter – ein schöner Anblick und Musik für die Ohren, aber nichts, was einen mitten ins Herz traf.

„Wie geht's, Jess? Wie geht's?"

„Es ist doch hoffentlich ungefährlich, wie?"

„Die Illumination? Los, steck sie an."

Jess hielt Streichhölzer an die Düsen, und im selben Augenblick lagen Stube und Eßzimmer lichtüberflutet da wie Blumen unter der Mittagssonne. Alle Augen starrten nach oben wie auf ein Wunder – und ein Wunder war es ja auch, daß hier in den Hinterwäldern ein Haus mit etwas erleuchtet war, das durch Röhren aus dem Keller heraufströmte. Keine Lampen mehr zu füllen noch zu putzen, kein Petroleum mehr, das in den Zucker lief, wenn man aus der Stadt mit den Besorgungen nach Hause fuhr.

„Die Illumination", flüsterte Jane verzückt, gelbe Lichter in den aufwärtsschauenden grauen Augen.

Alle waren gekommen: die Griffiths, die Hoopers, die Peases, die Armstrongs – Quäker, teils schlicht, teils weniger schlicht gekleidet. Pfarrer Godley mit seiner Frau von der Nachbarfarm. Auch Lidy Cinnamond, schön, aber irgendwie traurig; aus Kummer, hoffte Jane, weil Stephen fehlte. Die Venters, die unten an der Landstraße wohnten. Alle unterhielten sich jetzt ganz zwanglos unter dem künstlichen Licht und warfen ab und zu einen Blick ins Eßzimmer, wo die kalten Gerichte schon auf dem Tisch standen.

In der Küche war der kritische Moment des Anrichtens gekommen, war aber im Handumdrehen vorbei: Hühnersuppe mit Klößen, die wie gelbe Wolken obenauf schwammen, Krautsalat mit Kartoffelbrei, anzusehen wie Schnee und Wolke in einem, wurden von Emanuela aufgetragen.

Eliza stand in der Tür und band ihre Schürze ab. „Freunde", sagte sie, „das Essen ist fertig."

ACHTUNDZWANZIG waren sie bei Tisch. Junge und Alte. Die Alten, die ein gutes Essen zu schätzen wußten, und unter den Jungen und nicht mehr ganz Jungen manche, deren Herzen noch hungerten und denen man Steine statt Brot vorsetzen konnte, so unwichtig war ihnen alles, was sie schluckten, so wichtig alles, was sie sahen und erlebten. Nach dem Essen entstand eine kleine Flaute. Die Männer besprachen die Ernte, während die Frauen beim Abdecken halfen.

Da man sich in einem Quäkerhaus befand, gab es keine Tanzerei; da aber Methodisten anwesend waren, konnte man singen, auch ohne die Füße zu regen.

Als Jess nach draußen ging, sangen sie im Zimmer gerade „Spring zu meiner Lou“, und er glaubte, Janes eifrige, sehnsüchtige Stimme aus den andern herauszuhören. Er stieg die Erhöhung hinauf, die sie den Weidehügel nannten, wo er das Haus vor sich hatte und von einem geschützten Platz aus das „Feuerwerk“ betrachten konnte.

Vom Weidehügel aus gesehen, glich das Haus einer Muschel voller Licht. Die Nacht war mild, und aus den hochgeschobenen Fenstern fiel das Licht in goldenen Flächen auf die dunkle Erde. Jess nickte zustimmend. Für den Menschen, dessen Zeit auf Erden so knapp bemessen war, bedeutete es schon ein tapferes Unternehmen, solch eine Gasbeleuchtung anzulegen und mit Hühnersuppe und Klößchen zu feiern, als habe man die Ewigkeit vor sich. Alles kosten, alles auskosten, dachte er, als er sich mit weit ausgebreiteten Armen auf den Zaun stützte, der die Weide vom Obstgarten trennte. Hier hatten die Wälder einst so dicht gestanden, daß man die Sterne nur sehen konnte, wenn der Wind ein Blatt lüftete. Geräuschlosen Schrittes waren hier einst Indianer gegangen.

Und hier stand jetzt er, Jess Birdwell, der Quäker, unter dem offenen Himmel und betrachtete sein Farmland, sein Haus, seine Familie.

Nach einer Weile ging er wieder zurück und die Treppe hinauf ins Schlafzimmer. Er zündete die Lampe an und nahm das Buch herunter, in das er heute morgen geschrieben hatte, und unter die am Morgen geschriebenen Zeilen setzte er die Worte: „Viel oder wenig – das spielt keine Rolle. Ewigkeit, so tief du auch gehst.“

Er schloß das Buch, stellte es an seinen Platz und ging die Vordertreppe hinunter. Einige alte Herren saßen behaglich beisammen, während die jungen Leute sangen:

„O wenn ich gegangen bin, gräm, o gräm dich nicht,
O wenn ich gegangen bin, gräm dich nicht nach mir."

Jane kam an den Fuß der Treppe. „Wo warst du, Pa?"

„Draußen, um die Lichter anzusehen – von draußen."

„Wie hat es denn ausgesehen, Pa?"

„Wie ein überlebensgroßer Leuchtkäfer."

„Ich liebe Illuminationen. Du nicht, Pa?"

„Nun ja", sagte Jess, „es spricht vieles dafür." Dann setzte er sich zu den jungen Leuten und sang mit ihnen:

„O wenn ich gegangen bin, gräm dich nicht nach mir."

KAPITEL VIII: *Bilder aus einem Schindelhaus*

ELSPETH, Gards und Matties Tochter, verbrachte Weihnachten bei Jess und Eliza. Der Christbaum war schon aufgestellt. Er stand im Erker der guten Stube, ein Wildling, und wartete auf seinen Harnisch aus Preiselbeer- und Puffmaisketten, der ihn halb zähmen würde. Im Wohnzimmer nahm dieser Harnisch schon Gestalt an. Preiselbeeren und Puffmais wurden aufgefädelt, vergoldete Nüsse an Schnüren befestigt. Großmamas Hände drückten zerknittertes Lametta wieder in Form.

Der Puffmais, den Elspeth auffädelte, quietschte ab und an beim Durchstechen, und der einsame Laut kroch Elspeth den Arm hinauf bis ans Ohr, das bei dem Geräusch erschauerte. Großpapa, der aussah, als ob er schliefe und die Füße beinah im Feuer hatte, hörte es auch. Wenn das Quietschen besonders laut klang, krampften sich seine Zehen in den Strümpfen vor Unbehagen zusammen. Es war ein Laut, dachte Elspeth, wie ihn der Wind machte, wenn er um die Ecken von Großmamas Haus pfiff, ein weißes Haus in einer windigen Nacht, ein Würfel, wenn der Balkon nicht wäre, der oben in die Dunkelheit hineinragte und über die großen Wälder hinweg nach ihrem eigenen Zuhause Ausschau hielt.

Elspeth dachte an ihre Mutter. Langsam, langsam tickte die Uhr. Als Elspeth lauschte, sagte sie: „e-wig, e-wig."

„Großpapa", fragte Elspeth, „was für Bäume gibt es in den Wäldern zwischen hier und daheim?"

Jetzt krümmte Großpapa seine Zehen behaglich und machte sie wieder grade. „Eichen", sagte er, „und Gleditschien, Weißer Hickorynußbaum und Platanen. Und Hartriegel", fügte er hinzu. „Und Maiapfel. Vor allem aber Farmen."

Am Tage erinnerte Elspeth sich der Farmen, bei Nacht aber nur der weiten dunklen Wälder. „Mais?" fragte sie.

„Ja, Mengen von Mais", sagte ihr Großvater, „und Wiesenlieschgras und Klee."

Wieder herrschte Stille im Zimmer bis auf die einsamen Geräusche: das Feuer, der Wind, die Uhr. Großmamas Lametta knisterte; das alte Haus krachte.

„Großmama", sagte Elspeth plötzlich und war von ihren Worten selbst überrascht, „hast du mich lieb?"

Großmama legte ihr Lametta zusammen. „Natürlich, Kind. Das weißt du doch. Von ganzem Herzen."

Elspeth wußte es. „Mehr, als ich meine eigenen Kinder geliebt habe", sagte Großmama manchmal. „Damals war ich zu jung", pflegte sie zu erklären, „um zu begreifen, daß die Kindheit nicht ewig dauert." Dann schüttelte sie betrübt den Kopf. „Mehr, als deine Mutter Mattie oder deine Tante Jane oder deine Onkel Josh und Laban." Aber nie sagte sie: „Mehr als deinen Onkel Stephen."

Die Uhr schlug neun. „Zeit, Schluß zu machen", sagte Großmama. Elspeth sah sie an. Flutwellen und Lawinen hätten sie nicht geschreckt, solange Großmama in der Nähe und gesund war. Aber wenn Großmamas Gesicht traurig wurde, wenn sie, was manchmal vorkam, in die Ferne blickte und „Stephen, Stephen" sagte, dann war Elspeths Welt bedroht. Heute abend, dachte Elspeth, ist Großmama traurig.

Dann fragte Großpapa: „Wie wär's mit ein bißchen Musik, ehe wir nach oben gehen, Enkeltochter?"

Dies war eine Art Späßchen, denn Elspeth konnte nicht wirklich spielen. Das Harmonium, das vor langer Zeit in der Dachkammer gestanden hatte, stand jetzt im Wohnzimmer, offen und abgestaubt. Elspeths Mutter Mattie hatte ihre Noten mitgenommen, als sie heiratete, und Großpapa spielte nach dem Gehör; aber Großmama wollte nicht, daß das Instrument so vereinsamt aussähe. Deshalb lag der rotgoldene Atlas auf dem Harmonium, und Elspeth, die keine Noten kannte, spielte Landkarten.

„Jetzt", sagte sie manchmal, „will ich Afrika spielen." Dann spielte sie, was die Bilder, die sie kannte, und die Geschichten, die man ihr vom fernen, dunklen Afrika erzählt hatte, ihr eingaben: die großen gewundenen Ströme, die dunkelhäutigen Menschen mit Speeren, das Aufblitzen eines Elefantenzahns im Blätterdickicht.

Oder sie öffnete den Atlas bei einer Karte der arktischen Gefilde und spielte den Nordpol, wobei ihre Hände nach Klängen suchten, die Öde und Weiße und eisige Winde ausdrückten.

Heute schlug Elspeth im Atlas die Karte der Vereinigten Staaten auf. „Jetzt will ich Kalifornien spielen", verkündete sie. Sie wählte Kalifornien, weil Onkel Stephen dorthin gegangen war und weil er nach Hause von den hohen Bergen geschrieben hatte, von der Sonne, die ihre Strahlen wie Pfeile verschoß, von den Goldorangen. Heute abend wollte sie die hohen Gebirge spielen, tiefe, dunkle Töne, die ihre gewaltige Größe anzeigten, und hohe, dünne Töne für die schneebedeckten Gipfel. Aber noch ehe die ersten Gebirge dem Harmonium entlockt waren, sagte Großmama: „Nein, Kind, heute abend nicht."

Elspeth drehte sich auf dem Harmoniumstuhl herum und sah Großmama an, denn für gewöhnlich mochte sie alle Töne, die Kalifornien bedeuteten. „Heute abend nicht", wiederholte sie, „heute abend kann ich den Namen nicht ertragen." Dann fügte sie etwas hinzu, was Elspeth nicht verstand: „O Jess, warum mußte er grade sie wählen? Außerhalb seiner Gemeinde heiraten? Was er braucht, ist eine ruhige, nüchtern denkende Frau." Aber Großpapa sagte nur: „Wie wär's mit dem Nordpol, Enkeltochter? Ich hör so gern den Nordwind pfeifen."

Elspeth spielte den Nordpol, und eine Weile glaubte sie, die kalte Luft, die um ihre baumelnden Beine strich, rühre von der Musik aus dem Harmonium her. Aber im ganzen Zimmer wurde es kälter. „Mach die Tür zu", sagte Großpapa. Elspeth drehte sich um, und vor der Tür standen Onkel Stephen und Lidy Cinnamond, zwei große, schneebestäubte Gestalten.

„Wie seid ihr herübergekommen?“ erkundigte sich Großpapa, und Elspeth merkte, daß er von Onkel Stephens Heimkehr aus Kalifornien gewußt hatte.

„Lidys Vater hat uns gebracht. Er ist gleich zurückgefahren.“ Onkel Stephen stellte das Gepäck, das er noch trug, neben die Tür, die nach oben führte. „Wir haben die Absicht, bis zur Weihnachtsfeier bei Lidy daheim hierzubleiben.“ Dann trat er ans Hamonium, nahm Elspeth bei der Hand und zog sie vom Drehstuhl herunter. „Lidy“, sagte er, „das ist Elspeth. Aber ich nenne sie immer Tante Jetty.“

Zum erstenmal sprach Lidy Cinnamond, und ihre Stimme klang genau so, wie Elspeth sie in Erinnerung hatte, sehr tief und weich, mit etwas wie einem summenden Unterton. „Jetty?“ fragte sie.

„Weil sie so dunkel ist“, erklärte Onkel Stephen.

„Und warum Tante?“

„O, sie ist ernsthaft wie eine Eule“, sagte Onkel Stephen. „Tante Jetty, dies ist deine Tante Lidy. Begrüße sie.“

Elspeth streckte die Hand aus und sah Lidy an. Es war schwer, sie nicht anzustarren, so golden und rot, so groß und biegsam, wie sie war. Und ihr Lächeln war das Lächeln einer Braut, das wußte Elspeth. „Ich habe Lidy schon mal gesehen, Tante Lidy“, verbesserte sie sich.

„So?“ fragte Onkel Stephen „Wo denn?“

„Bei ihrem Haus. Und mit Mr. Venters.“

Eine Weile blieben alle stumm. Elspeth, die sich für das Schweigen verantwortlich fühlte, brach es. „Sie picknickten am Rush Branch.“

„Mr. Venters und Lidy?“ fragte Großmama mit einer sonderbar trockenen Stimme.

„Ja“, antwortete Elspeth. „Mel Venters. Sie –“

Aber ehe sie noch berichten konnte, was sie gesehen hatte, nahm Onkel Stephen seine Frau bei der Hand. „Mel Venters hätte mir beinah den Rang abgelaufen“, sagte er. „Wer kann's ihm übelnehmen, daß er es versucht hat?“ Die Frage war an alle gerichtet, insbesondere aber an seine Mutter.

„Elspeth, es ist längst Schlafenszeit für dich“, sagte Großmama. Sie nahm Elspeths Arm, während sie die Treppe hinaufstiegen. „Wann hast du Lidy und Mel gesehen?“

„Vergangenen Sommer", sagte Elspeth. „Als sie picknickten. Sie waren –"

„Das genügt", sagte Großmama und half ihr eilends aus den Kleidern und in ihr Bett, das wie ein kleines Boot am Fußende von Großmamas und Großpapas voll getakeltem Viermaster stand.

Am nächsten Morgen war die Decke ein Lichtmeer, das glänzte und lebendig flirrte. Es hatte nachts geschneit, und das Sonnenlicht auf dem Schnee überschwemmte den Raum mit Wogen einer lieblichen Helle. Elspeth kuschelte sich im Schneelicht in ihre Decken.

Dann bildete sich im Licht ein dunkler Fleck; etwas Geträumtes oder Erdachtes oder ... Erinnertes ...

Großmama mit einer Lampe in der Hand und neben ihr Onkel Stephen: im Licht der sie von unten bescheinenden Lampe hatten ihre Gesichter mit den beschatteten Augenhöhlen unschön ausgesehen; das Licht fraß das Fleisch weg; wie Knochengesichter hatten sie auf Elspeth heruntergeschaut.

„Während du fort warst", sagte Großmama, „während du fern und krank und gesund zu werden suchtest, hat sie sich keine Sorgen gemacht, hat sie sich mit einem andern abgegeben."

Da die Lampe in Großmamas Hand zitterte, nahm Onkel Stephen sie ihr ab, wie um darzutun, daß er sie geduldig zu Ende anhören wolle.

„Nicht, weil sie nicht deines Glaubens ist ... aber weil sie sich so leichtfertig benommen hat, und sie hatte doch ihr Wort gegeben. Und Kalifornien so weit weg."

Onkel Stephen hielt die Lampe ruhig.

„Es hat keinen Sinn, ins einzelne zu gehen", sagte er. „Ich weiß das alles. Die Dinge nehmen ihren Lauf, so oder so. Nicht immer so, wie man möchte. Dies ist so gelaufen. Kein Gespräch für die Nacht. Ich war weg, und Lidy war jung. Sollte sie sich wie eine Witwe betragen?"

Onkel Stephen gab seiner Mutter die Lampe zurück. Dann legte er ihr den Arm um die Schultern; sie verließen gemeinsam das Zimmer, und Elspeth hörte ihn weitersprechen, während sie die Treppe hinunterstiegen, immer leiser und schließlich unverständlich. „Liebe ist beständiger als ...", dann war die

Stimme weg, und nur noch ein Wort kam herauf „... Feuer." Vom Fuß der Treppe kam das Wort über den langen Weg so betont zurück, daß Elspeth es verstand, obwohl das übrige verloren war.

„Liebe ist beständiger als ...", ging es Elspeth immer noch im Kopf herum, als sie nach dem Frühstück ins Wohnzimmer ging. Im Kamin lag ein Holzklotz von Festtagsgröße; von der Hängelampe herunter hing eine riesige Glocke aus wabenförmig geschnittenem rotem Seidenpapier. Auf dem Flickenteppich vermischte sich Schneelicht mit Feuerschein. Neben dem Kamin saß Onkel Stephen in seinem guten schwarzen Anzug; sein helles Haar war mit Wasser angefeuchtet und zeigte noch die Spur des Kammes.

„Hallo, Tante Jetty", sagte er. „Willst du helfen?"

Aus einem halben Dutzend Tüten nahm er Händevoll Bonbons und verteilte sie in Großmamas beste Porzellan- und Kristallschalen. Erst Schokolade, dann Gummidrops, dann Erdnußkrokant.

„Ist das für den Weihnachtsbaum?" fragte Elspeth.

„Nein, nein", antwortete Onkel Stephen, „für die Katzenmusik. Du weißt doch, was Katzenmusik ist?"

Natürlich wußte sie das: nach dem Zubettgehen wurden Braut und Bräutigam mit Schüssen und Geschrei, Kuhglocken und anderm Lärm überrascht. Und hinterher gab's drinnen eine Party mit Kuchen und Süßigkeiten und heißem Kaffee.

„Heute abend? Am Weihnachtsabend?"

„Ja", sagte Onkel Stephen, „so stell ich's mir vor. Da wir morgen abreisen, kommt nur heute abend in Frage."

Jetzt war für Elspeth der ganze Tag verzaubert. Der Weihnachtsabend und die Katzenmusik und in der guten Stube der wartende Christbaum.

Am Spätnachmittag, als die Schatten der Fichten an der Auffahrt lang und blau auf dem Schnee lagen, begann Elspeth sehnsüchtig an den Baum zu denken. Da niemand in der Nähe war, ging sie durchs Wohnzimmer an die Tür zur guten Stube. Der Christbaum war ein Geheimnis, man sollte ihn vor dem Weihnachtsmorgen, wenn die Geschenke ausgepackt wurden, eigentlich nicht richtig sehen, aber die gute Stube war nicht verschlossen und spähende Blicke nicht verboten.

Elspeth schloß die Tür hinter sich und stand dicht vor dem herrlich schimmernden Baum, den man riechen, berühren, streicheln konnte. Eine Minute lang stand sie mit geschlossenen Augen davor, dann öffnete sie sie. Der Baum machte das ganze Zimmer lebendig. Es war so schön, daß Elspeth wünschte, „jetzt" möchte ewig dauern. Das tat es auch, bis Tante Lidy sprach und es wieder nur jetzt war.

„Tante Jetty", sagte sie. Sie saß in ihrem weißen Kleid an einem der Fenster.

„Eigentlich darf ich nicht hier sein", wisperte Elspeth und fühlte sich schuldig.

Tante Lidy streckte die Arme aus und zog Elspeth dicht an sich. „Ich auch nicht." Dann fuhr sie fort: „Willst du mir einen Gefallen tun?"

„Was denn für einen?"

„Ein Briefchen den Weg hinunter zu Mel Venters bringen? Es ist ja gar nicht weit. Es schneit auch nicht mehr, und der Wind hat sich gelegt."

„Großmama läßt mich bestimmt nicht."

„Ich würde es so einrichten, daß du gehen kannst, ohne daß Großmama es merkt."

Alles war überlegt. Nach dem Abendessen würde sie Elspeth nach oben bringen und sie, statt sie schlafen zu legen, in Schals einmummeln.

„Es ist ja gar nicht weit", wiederholte sie. „Es weht kein Wind, und du kannst auf dem ganzen Weg die Lichter von beiden Häusern sehen. Es ist – nur – daß ich Mel Lebewohl sagen möchte. Sowie er den Brief gelesen hat, spannt er den Schlitten ein und bringt dich heim."

Alles ging so einfach, wie Tante Lidy gesagt hatte. Niemand vermißte Elspeth, niemand sah sie gehen. Die Nacht war dunkel und still, und der klare Himmel stand voller Sterne. In jeder andern Nacht hätte Elspeth sich gefürchtet – aber was konnte einem in der Christnacht schon geschehen?

Die Venters öffneten ihre Weihnachtsgeschenke schon am Heiligen Abend, und das Haus war voller Verwandter, alter Leute, junger Leute und Kinder. So viele Menschen waren um den Weg, und es herrschte ein solcher Trubel, daß Elspeth kaum bemerkt wurde. Sie gab Mel, der abseits von seiner Familie saß und sich an einem großen Ofen die Füße wärmte, Lidys Briefchen. Niemand forderte sie auf, ihre vielen Hüllen abzunehmen, und sie begann zu schwitzen. Dann gaben die Kinder ihr Süßigkeiten; sie hockte in einer Ecke, aß davon und spielte mit einem „Teufel aus dem Kasten", der niemand zu gehören schien. Sie sah, wie Mel das Briefchen las, es noch einmal las, es schließlich zusammenknüllte und ins Feuer warf.

Sie war schon beinah eingeschlafen, als sie von der Straße die ersten Schüsse der Katzenmusik vernahm, das Zusammenschlagen von Töpfen und das Scheppern von Glocken. Mel Venters schaute auf. „Was ist denn das?" fragte er.

„Die Katzenmusik", erklärte ihm Elspeth. „Sie machen Katzenmusik für Onkel Stephen und Tante Lidy."

Mit einem Arm hob Mel sie vom Boden. „Komm", sagte er, „ich muß dich heimbringen."

Ohne ihr Zeit für Erklärungen oder Abschiedsworte zu lassen, brachte er sie zur Scheune und setzte sie energisch auf den Vordersitz des Schlittens. Im Handumdrehen hatte er angespannt, und ehe die Kälte Elspeth völlig wach gemacht hatte, saß er neben ihr und trieb sein Pferd an.

„Sie werden auf dem Balkon stehen", berichtete Elspeth, „und sich vor den Gästen verbeugen. Und dann", fuhr sie fort und umklammerte ihren Kastenteufel, den sie aus Versehen mitgenommen hatte, an sich, „werden sie sich zueinander beugen und sich einen Kuß geben."

„Den Teufel werden sie tun", sagte Mel Venters.

Der Schlitten, als flöge er, schien den Schnee überhaupt nicht zu berühren. Mels großes schwarzes Pferd wurde Teil des nächtlichen Dunkels. Auf der Zufahrt sah man die Lichter der Fakkeln und Laternen, mit denen die Leute zur Katzenmusik gekommen waren, aber das Haus selbst war noch dunkel, der Balkon leer. Mels Schlitten bog knirschend in die Zufahrt ein, und die Menge begrüßte ihn lärmend.

„Hallo, Mel, willst du einen letzten Blick auf die Braut werfen?"

Mel gab keine Antwort, brachte aber seinen Schlitten schnell und gewandt zum Stehen.

„Sie sind nicht da", schrie eine Stimme. „Keiner ist da. Sie sind ausgekniffen."

„Los, Mel, bitte die Braut, rauszukommen", riefen sie. „Du verstehst es doch mit Frauen. Für dich tut sie's, Mel."

Während sie noch auf Mel einredeten, wurden oben die Fenster hell. Einen Augenblick später sah Elspeth Onkel Stephen die Balkontür öffnen, sich ins Zimmer zurückwenden und Tante Lidy bei der Hand nehmen, die zu ihm heraustrat und ihren Platz neben ihm einnahm. Onkel Stephen hatte seinen schwarzen Anzug an, aber Tante Lidy trug ein langes rotes Kleid, vielleicht einen Morgenrock.

„Hallo, Leute!" rief Onkel Stephen; einem, der ihm zugerufen hatte: „Ein schönes Mädchen hast du dir ausgesucht, Stephen", winkte er zu und antwortete: „Hab ich auch!" Tante Lidy sagte nichts. Sie stand einfach ruhig da, schaute manchmal in die Menge hinunter, häufiger aber ruhten ihre Augen lächelnd auf Onkel Stephen.

Elspeth wandte sich Mel zu. Sie hatte vermutet, in Tante Lidys Brief habe gestanden: „Lebewohl, Mel. Ich liebe einen andern. Wir müssen uns für immer trennen." Das würde sie selber geschrieben haben, und weiter hatte sie sich vorgestellt, Mel werde sich verbeugen, eine Kußhand hinaufwerfen und gebrochenen Herzens wegfahren. Aber Mel hatte weder Verbeugungen noch Kußhände im Sinn. Mit zusammengekniffenen Augen lehnte er sich weit im Schlitten zurück. Elspeth beobachtete, wie sein kleiner weicher Mund schmal wurde, als er Tante Lidys Blick erwiderte.

Jemand schrie: „Lidy, hier ist Mel. Weide deine Augen, Mel. Es ist deine letzte Chance. Sie gehn nach Kalifornien zurück."

Dann tat Tante Lidy, was Elspeth vorausgesagt hatte: sie machte der unten versammelten Menge eine leichte Verbeugung, und danach legte sie ganz langsam und feierlich ihre Arme Onkel Stephen um den Nacken, und ebenso langsam und feierlich küßte sie ihn.

Keiner der Katzenmusikteilnehmer schrie oder johlte – denn der Kuß hatte nicht lustig gewirkt, sondern eher wie ein Teil der Hochzeitszeremonie, würdevoll und heilig.

Als erster brach Mel das Schweigen. „Nimm sie und werde glücklich!" schrie er. Dann schubste er Elspeth aus dem Schlitten in den Schnee, gab dem Pferd die Peitsche, kreuzte den Hof und bog mit knirschenden Kufen in den Zufahrtsweg ein. Als er die Landstraße erreicht hatte, verlangsamte er einen Augenblick seine Fahrt und schrie zurück: „Fröhliche Weihnachten", und dann mit scharfer, bellender Stimme, „und ein glückliches neues Jahr!"

Elspeth, die noch im Schnee lag, hatte sich umgedreht, um ihm nachzusehen, aber Mel war samt Schlitten und Pferd in der Nacht verschwunden. Als sie wieder zum Balkon hinaufschaute, stand Tante Lidy wie zuvor, und Onkel Stephen hatte seinen Arm um sie gelegt. Er beugte sich über die Balkonbrüstung und sagte: „Im Haus gibt's zu essen, Freunde, und warme Getränke. Tretet ein und seid willkommen."

Elspeth kam mit den Gästen ins Haus, aber Großmama drängte sie eilig nach oben, ehe das Essen begann. Im Bett lauschte sie auf die vielen Geräusche dieser Nacht: erst das Rufen und Reden und Singen von unten; dann das Stampfen und Wiehern der Pferde und das Läuten der Schlittenglocken, die in der frostigen Luft fein und dünn wie Porzellanglöckchen klangen, und schließlich Großpapas und Großmamas Sprechen. Sie lagen im Bett und sprachen mit gedämpften Stimmen, bis plötzlich die Schlafzimmertür aufgerissen wurde und Onkel Stephen hereinkam. Er hatte die große Porzellanlampe in der Hand, stellte sie auf den Sekretär und schaute auf Vater und Mutter hinab, die mit weitoffenen Augen in ihrem Bett lagen.

Gut sah Onkel Stephen aus, lebensfroh, heiter und glücklich. „Hört auf, euch Kummer zu machen", sagte er zu ihnen. „Es ist meine Hochzeit, und ich bin zufrieden. Ich könnte niemand lieben ohne eine Spur von Unberechenbarkeit. In mir steckt die nicht. Es wird eine glückliche Ehe."

Er fuhr sich mit den Fingern durch sein helles, lockiges Haar, das jetzt nicht mehr ordentlich und gekämmt aussah. Sein Gesicht war ruhig, aber seine Augen loderten. Er beugte sich über die Lampe, um sie auszublasen, besann sich aber anders und nahm sie wieder auf. Das Licht fiel auf sein leuchtendes Gesicht, so daß Elspeth dachte: Er sieht aus wie ein Engel des Herrn. Eine Minute stand er mit der Lampe in der Hand auf der Schwelle. Was er schließlich sagte, erinnerte Elspeth daran, daß Weihnachten geworden war. „Die Weisen schenkten ihm Gold, Weihrauch und Myrrhe", sagte er und machte die Tür leise hinter sich zu.

Mit diesen Worten im Gedächtnis schlief Elspeth ein, und am nächsten Morgen waren sie gleich wieder da. Aber ehe sie nach unten ging, um den Baum wiederzusehen, wollte sie draußen auf dem Balkon stehen, wo Onkel Stephen und Tante Lidy gestanden hatten, und überlegen, ob das, was sie gestern abend gesehen und gehört hatte, wahr sein konnte.

Sie stand auf dem Balkon und schaute in den frischen glitzernden Morgen. Nachts war Schnee gefallen, der alle Fuß- und Schlittenspuren und die verkohlten Fackelreste zugedeckt hatte. Nein, es konnte nicht wahr sein. Sie hob die Arme, genau wie Tante Lidy, langsam und ernsthaft – aber es blieb unwirklich. Was sie gesehen und gehört hatte, konnte nicht wahr sein.

Dann sah sie etwas im Schnee liegen, rot, silbern und blau, leuchtend wie eine Blume. Das Teufelsmännchen! Also doch! Also doch! Auf diesem Weg war das schwarze Pferd in der Dunkelheit verschwunden. Beim Fackelschein hatte Tante Lidys Gesicht golden gestrahlt. Onkel Stephen hatte die Lampe gehalten und in ihrem Licht wie ein Weihnachtsengel ausgesehen. Elspeth schaute in die Ferne, über die bereiften Wälder hinweg, hinter denen ihr Zuhause lag. „O, Mama“, sagte sie, „es war alles wahr.“

Kapitel IX: *Homer und die Maiglöckchen*

Als Jess achtzig war, etwas knorrig, aber immer noch ein sehr rüstiger Mann, lernte er einen Jungen namens Homer Denham kennen, einen Waisenhausjungen, wie er in der Gegend genannt wurde. Der elternlose Homer war zwölf Jahre alt, hatte schwarze Haare, Sommersprossen, blasse Lippen und war sehr mager. Wenn Homer sich über etwas aufregte, sah man an seiner Kehle eine Ader pulsieren, als sei das Leben in dem Jungen es müde, in etwas so Schmächtigem wie Homer Denham gefangenzusitzen, als sehne es sich danach, sich zu befreien, Abschied zu nehmen und Teil jener Welt außerhalb Homers zu werden, auf der seine dunklen Augen mit solcher Inbrunst verweilten.

Zum erstenmal sah Jess den Jungen an einem schönen Nachmittag gegen Ende September: Jess saß auf einem Baumstumpf am Rush Branch, Homer ging still am andern Ufer entlang. Jess war eigentlich zum Fischen an den Bach gekommen; sein Angelgerät hatte er bei sich, aber nachdem er von seinem Baumstumpf aus eine Stunde oder zwei den silbrigen Sprüngen der Elritzen und den langsameren Kurven eines großen schwarzen Barsches zugesehen hatte, machte ihm der Gedanke keinen Spaß mehr, etwas zu essen, was ihm soviel Vergnügen bereitet hatte. Halt die Dinge auseinander, dachte er. Biete Herz und Magen nicht dieselbe Kost. Mach nicht an einem und demselben Nachmittag aus einem Fisch erst einen Augenschmaus und dann ein Abendessen.

Das gleichmäßig dahinfließende Wasser übte auf Jess eine leicht benebelnde Wirkung aus. Sonnenlicht, das durch die kleinen Lücken zwischen den Platanenblättern drang, tüpfelte den Bach. Die glatte Oberfläche, einzig von den Fischen hier und da leicht aufgestört, trug die Sonnenflecken wie eine Goldsaat dahin, und Jess fand den Bach allen Gewässern, die er schon gesehen hatte, so ähnlich, daß für sein Gefühl Rush Branch an der Quelle genausogut das kleine Rinnsal in Colerain hätte sein können, in dem er zum erstenmal im Leben gewatet war. Und eigentlich auch dem Muscatatuck, dem Wabash, dem Ohio und schließlich sogar dem Mississippi und jenen großen Meeresbuchten, in die der Mississippi mündete.

Aber diese Mündungsgewässer lagen Jess an jenem Nachmittag nicht im Sinn. Woran er dachte, als er plötzlich das Gefühl hatte, beobachtet zu werden, war der Bach hinter der Scheune in Colerain und die Art und Weise, wie er dort bei Hochwasser im Frühling das Gras der Wiesen überflutete, die Gräser beugte und versilberte. Damals mit vier hatte Jess gedacht: Ob das dem Gras was ausmacht? Ob es den Unterschied merkt?

Als er den Blick hob und die Augen wieder auf die gegenwärtige Landschaft einstellte, sah er Homer still am andern Ufer entlanggehen, mit abgewandtem Kopf, so daß er ihn betrachten konnte.

„Tag, wie geht's?“ rief Jess ihm zu. „Komm doch rüber. Ich hab genug von Fischen, möchte zur Abwechslung mal was ohne Flossen sehen.“

Nach ganz kurzem Zögern watete Homer mit ernstem Gesicht durch den Bach – wie ein guter Junge, der einem Älteren eine Bitte nicht abschlagen darf, das sah Jess deutlich. Neben dem Baumstumpf blieb er stehen, sagte nichts, aber die Ader an seinem Halse sprang, während seine schwarzen Augen zu erkunden suchten, was für eine Art Mann ihn da hergerufen hatte.

Jess schob eine Hand in die Tasche. „Ich sitze hier schon so lange“, sagte er, „und studiere die Fische, daß ich halb verhungert bin. Ich muß mich ’n bißchen stärken. Machst du dir was aus Pfefferminz?“ Er holte eine Handvoll aus der Tasche. Homer streckte eine magere Hand aus, und Jess gab ein halbes Dutzend hinein.

„Sechs für dich. Sechs für mich. Zwei für den Fisch.“ Er warf zwei in den Bach. „Essen tun die Fische sie ja wohl nicht – ich jedenfalls hab noch nie ’nen Fisch Pfefferminze essen sehen – aber das Aroma müßte nach soviel Bachwasser doch eigentlich eine angenehme Abwechslung sein.“

Der Puls an Homers Kehle beruhigte sich, und die beiden kauten gemeinsam drauflos.

„Kann mich nicht erinnern, daß ich dich hier in der Gegend schon mal gesehen hätte“, sagte Jess zu dem Jungen.

„Ich bin Homer Denham“, sagte der Junge. „Ich wohne bei den Perkins. Sie haben mich aus einem Waisenhaus geholt.“

Aha“, sagte Jess, „ich erinnere mich, daß ich davon gehört hab. Nun ja, Amos und Etty Perkins sind gute Menschen.“

„Ja, Sir“, sagte Homer.

Amos und Etty Perkins waren sehr gute Menschen und bereiteten Homer ein gutes Zuhause. Er bewohnte ein sauberes Kämmerchen, dicht unter der Dachtraufe, aber gegen Regen geschützt, den er im Sommer keinen halben Meter über seinem Kopf tropfen und prasseln hören konnte, während er trocken und behaglich unter seiner Flickendecke lag. Im Winter, wenn es schneite, mußte er die Luft anhalten, denn das Geräusch fallenden Schnees ist leise wie Atmen, und nur bei vollkommener Stille konnte Homer feststellen, ob die ersten Flocken schon herunterzuschweben begonnen hatten. Am Frühlingsmorgen konnte er die Vögel auf ihren Zahnstocherbeinchen über die Dachschindeln hüpfen hören, und dann mußte er lachen, wenn er sich vorstellte, wie verblüfft die Vögel wohl wären, wenn das Dach sich plötzlich in Glas verwandelte, die Vögel mit ihren kleinen Vogeläuglein nach unten blickten und ein menschliches

Wesen sähen, das so dicht unter ihnen lag. Er wand sich vor Vergnügen auf seinem kleinen Hinterteil, wenn er sich vorstellte, daß er etwas wußte und die Vögel nicht: daß er genau unter ihnen lag und ihrem trockenen Gezwitscher zuhörte.

Dann zog Homer seine Hosen an und lief nach unten zum Frühstück. Wenn Essen Homer hätte dick machen können, dann wären Mrs. Perkins' Zwiebäcke und Pfannkuchen, ihre Wurst- und Rahmgrützen bestimmt die richtige Ernährung gewesen; aber Homer war nie wirklich hungrig und immer schnell satt. Homer hungerte nach etwas, was der Tisch der Perkins nicht bot – nach jemand, mit dem er reden konnte. Homer war einsam.

Die Perkins waren kinderlos, und sie hatten fast ganz das Reden vergessen. Sie waren seit vierzig Jahren verheiratet und ihre Unterhaltungen von einst längst verstummt. Da sie über alles einer Meinung waren, gab es keine Auseinandersetzungen; und weshalb sollten sie Anmerkungen zu Dingen machen, die sie ganz gleich sahen? Etwa: „Die Eier sehen heute oval aus" oder: „Diese Kuh da scheint kürzlich gekalbt zu haben."

Ovale Eier und kalbende Kühe waren für die Perkins nichts Wunderbares. Manchmal meinte Homer, sie wären an einfach alles auf der Welt schon gewöhnt. Nichts gab es, was er ihnen erzählen konnte, worauf sie nicht, ihn über den Rand ihrer Brillen hinweg freundlich ansehend, gesagt hätten: „Höchst wahrscheinlich, Homer", oder: „Das würde mich nicht im mindesten überraschen." Und damit war das Gespräch dann zu Ende.

Wogegen Homer unaufhörlich überrascht war und gern mit einem andern Menschen das Überraschende erörtert hätte. Tausend Dinge setzten ihn in Erstaunen: die Farben etwa, die ein farbloser Eiszapfen annahm, wenn die Sonne durch ihn hindurchschien; wie die Flammen einen Hickoryknorren angingen, dann wieder zurückwichen, als kämpfe der Hickoryknorren um sein Leben; wie am kühlen Abend der Rauch einer Schlange gleich sich um das Haus ringelte; wie Gras einen Stein überwucherte; wie durch den Buchweizenteig Blasen ihren Weg an die Oberfläche nahmen, die wie Augen aussahen. Und diese Buchweizenaugen, fand Homer, starrten ihn an, und voller Verwunderung starrte Homer zurück. Aber die Perkins wunderten sich über nichts und über Buchweizenblasen schon gar nicht.

Über nichts. Der Tag diente ihrer Arbeit und die Nacht, Zeit der Dunkelheit, ihrer Ruhe. Die Erde taute auf und gefror wieder; der Mais bekam Blätter und setzte Kolben an; Kühe, die trockengestanden hatten, gaben wieder Milch, und die Perkins fanden an alledem nichts Wunderbares, sie fanden es selbstverständlich.

Nicht so Homer, und so sehnte er sich oft nach einem der hundertsiebenundachtzig Jungen in seinem Waisenhaus, die mit ihm gestaunt hätten. Dort wären sie den Dingen auf den Grund gegangen: ob eine Kaulquappe durch und durch aus Gelee bestand oder nicht; ob eine Maus im Notfall rückwärts laufen konnte und ob eine lebendig verschluckte Ameise sich durch den Magen nach außen zu beißen vermöchte.

„Meinen Sie, Mr. Perkins, daß eine Maus rückwärts laufen kann?" hatte Homer einmal gefragt.

„Das würde mich nicht im geringsten überraschen, Homer", hatte Mr. Perkins geantwortet, weshalb es sich denn erübrigte, es ihm zu erzählen. Homer wollte jemand überraschen.

Jess atmete mit offenem Mund, um zu spüren, wie kalt die Luft über seine pfefferminzimprägnierte Zunge strich.

„Mir ist, als müßte ich dich doch schon mal gesehen haben, Homer", sagte er. „Du bist doch schon seit vergangenen Winter bei den Perkins, nicht?"

„Ja, Sir", sagte Homer.

„Sie lassen dich wohl tüchtig arbeiten, Homer?" fragte Jess. „Mußt du immer Holz reintragen und Eier suchen?"

„Nein, Sir", antwortete Homer, „Mr. Perkins ist gut zu mir."

Gut war Mr. Perkins, aber einsilbig.

„Du darfst nicht vergessen, Homer", sagte Jess, „du bist hier kein Einheimischer. Du kommst aus einem Heim, die Leute hier wissen nichts von dir und mögen sich einbilden, dein Vater sei ein Zugräuber gewesen. Mich freut, daß du ein guter Junge bist, Homer, aber die anderen wissen das noch nicht. Deshalb darfst du nicht aufdringlich sein. Warte, bis du eingeladen wirst, ehe du irgendwohin gehst, und bleib nicht zu lange."

Jess kramte in seinen Taschen. „Noch zwei", sagte er, steckte eins in den Mund und gab Homer das andere. „Wenn ich genau wüßte, was Fische von Pfefferminzen halten, dann würd ich mich nicht hierhersetzen und direkt vor ihren Nasen Pfefferminze kauen. Aber sie sagen einem ja nichts, Homer. Ich könnte mir denken, daß sie von Pfefferminzen stumpfe Zähne bekämen."

Homer sah Jess an. „Bekommen Sie stumpfe Zähne davon?" fragte er.

„Nein", sagte Jess. „Meinen macht's nichts."

„Haben Fische Zähne?"

„Manche ja, manche nein. Ein Hai zum Beispiel würde bei einem Zahnwettbewerb haushoch gewinnen."

„Was ist ein Zahnwettbewerb?" fragte Homer.

„Ein Wettbewerb, wobei herauskommt, wer die größten hat."

Homer führte die Zunge in seinem Mund umher. „Ich glaube, ich würde verlieren."

„Sag das nicht", meinte Jess. „Kommt drauf an, gegen wessen Zähne du antrittst. Eine Maus tätest du schlagen."

Homer lehnte sich gegen den Baumstumpf. „Meinen Sie", fragte er, „daß eine Maus im Notfall rückwärts laufen könnte?"

Jess schob sich den Hut in die Stirn, als wolle er sich nicht von der Sonne blenden lassen, während er ein solch gewichtiges Problem ins Auge faßte. „Darüber müßte ich gründlich nachdenken, Homer", sagte er. „Erstens müßte ich ein paar Einzelheiten wissen. War es eine alte Maus oder eine junge?"

„Mittelalt", sagte Homer, „war die."

„Eine Maus in mittleren Jahren", sagte Jess. „Landmaus oder Stadtmaus?"

„Stadtmaus."

„Nun ja", meinte Jess, „ich würde sagen ... bei entsprechender Ermutigung ... könnte sie."

„Ja Sir", sagte Homer mit funkelnden Augen. „Das stimmt. Sie kann."

„Also, Homer", sagte Jess, „du hast mir etwas gesagt, was ich noch nicht wußte. Heute abend gehe ich gescheiter zu Bett, weil ich dich kennengelernt habe."

Er schob seinen Hut wieder nach hinten und schaute den Jungen an. Homer sah, daß er es ernst meinte.

„Aber sehr schnell ist die nicht gelaufen", sagte Homer.

„Schnell rückwärts laufen", antwortete Jess, „das wäre für den ersten Versuch zu viel verlangt."

Für ihn bin ich wahrscheinlich alt wie Methusalem, dachte Jess. Na ja, in gewisser Weise kann ich mich in ihn zurückversetzen, aber für ihn gibt's keine Möglichkeit, sich wie achtzig zu fühlen. Und für mich gibt's keine, ihm klarzumachen, daß ich er bin, nur stark verwittert.

„Als ich ungefähr 'n Viertel so groß war wie du, Homer, hatten wir bei unserem Haus einen Ententeich. An einem Tag wie heute – warm und trocken – hatte ich mir in den Kopf gesetzt, auszuprobieren, wie man sich als Ente fühlt. Na ja, ich fühlte mich mächtig wohl, nur war ich mitsamt meinen Kleidern reingegangen, und meine Mutter, die mich ja zu einem Jungen erziehen wollte und nicht zu einer Ente, sagte: ‚Jess, wenn du da noch mal reingehst, bist du schneller wieder draußen, wie du reingegangen bist.' Denk ich, das kann doch gar nicht sein."

„Und?" fragte Homer.

„Nein, Sir", sagte Jess, „es konnte nicht. Ich fuhr schneller rein wie 'ne Kanonenkugel. Die Enten meinten, der Himmel käme runter."

Homer lachte.

„Hat mir aber dennoch nichts eingebracht", fuhr Jess fort. „Ich kam viel langsamer raus, als ich reingekommen war, aber vermöbelt wurd ich trotzdem."

„Vermöbelt?" fragte Homer.

„Hab die Hosen strammgezogen bekommen."

Homer schaute immer noch verständnislos drein.

„Verdroschen", sagte Jess. „Verbleut, das Fell gegerbt."

Alter Narr, dachte er. Warum nur müssen die Alten den Jungen immer ihre Vergangenheit vorsetzen? Wenn's uns nach Jugend verlangt – hier steht sie vor unserer Nase, und nicht aus zweiter Hand. Die leben drin. Die Jungen haben keine Zeit, fünfundsiebzig Jahre zurückzureisen und dich in den Ententeich rein- und wieder raushüpfen zu sehen, Jess Birdwell.

„Homer", sagte er, „falls du nicht wegen irgendeiner Arbeit nach Hause mußt, wie wär's, wenn du noch ein bißchen angelst? Hier ist eine Angel, und die Köder brennen darauf, verwendet zu werden. Auf dem Heimweg könntest du bei Venters abkürzen und die Angel bei mir daheim abgeben. Das wären höchstens zwei Schritte Umweg."

Nachdem Homer die Angel mit Dank abgegeben und seinen Fang vorgezeigt hatte, sagte Jess zu Eliza, als sie in der Dämmerstunde bei Tee und Kuchen saßen: „Er erinnert mich an Josh."

Eliza nickte, antwortete dann aber: „Mehr noch an dich."

Jess wandte den Blick vom Fenster ab, wo die Dunkelheit sich wie Wasser zwischen die Gebäude ergoß, und Eliza zu, die sanft und grau anzusehen war wie das Zwielicht selbst.

„Mit zwölf, Eliza, hast du mich doch noch gar nicht gekannt."

„Mit achtzehn warst du nicht viel älter."

„Aber Eliza, mit achtzehn war ich ein Mann. Hatte eine Kuh und ein Pferd und zehn Morgen Land gerodet."

„Du mit deiner Kuh und deinem Pferd", sagte Eliza und lachte.

„Damals hast du nicht gelacht", rief Jess ihr ins Gedächtnis. „Du warst vom Donner gerührt, daß ein Mann von meinem Vermögen dir den Hof machte."

„Ich war vierzehn", sagte Eliza. „Damals war ich leicht vom Donner gerührt. Aber das hab ich selbst damals schon gesehen, daß du mehr Homer glichest als einem Mann von Vermögen."

„Nein, nein", widersprach Jess, „ich habe eine leichte Ader mitbekommen, Eliza, das weißt du doch. Homer nicht. Der Junge hätte in einer ganz andern Welt geboren werden müssen, in einer Welt, wo es, sagen wir, ein Dutzend Sterne gäbe, ein halbes Dutzend Bäume und vielleicht ein paar Hunde. Auf dieser Welt hier gibt es viel mehr, als Homer verkraften kann. Es setzt ihm zu."

„Aber du bist vom selben Schlag", beharrte Eliza. „Als ich ihn sagen hörte: ‚Ob schon mal jemand die Schuppen eines Fisches gezählt hat?', da dachte ich: Jess Birdwell, wie er leibt und lebt."

„Eliza", verteidigte sich Jess, „wenn ich in den Himmel komme und der Herr fragt: ‚Wie steht's auf Erden?', dann will ich imstande sein, Auskunft zu geben: die Sterne beim Namen zu nennen, sagen, wie das Obst sich entwickelt und was für Fische im Rush Branch leben."

„Er hat sie ja geschaffen", sagte Eliza, „er braucht nicht danach zu fragen."

„Aber aus unserer Sicht kennt er sie nicht", sagte Jess.

„Wie dieses Kind“, versicherte ihm Eliza noch einmal. „Wie dieses Kind mit den großen staunenden Augen.“

Ob Eliza nun recht hatte oder nicht – nach Jess’ Meinung war sie im Irrtum –, jedenfalls sah er im Laufe jenes Herbstes und Winters Homer Denham oft. Auf seinem Heimweg von der Schule schaute der Junge herein; nach seiner Samstagsarbeit kam er über die schneebedeckten Wiesen, um mit Jess gemeinsam etwa der Frage nachzugehen, ob Erfrieren mehr so wäre wie Einschlafen, was ja manche Leute meinten, oder mehr wie ein ohnmächtiger Kampf gegen Gefühllosigkeit, Erstarren, Zu-Stein-Werden. Oder sich zu fragen, ob ein bei ganz großer Kälte eingefrorener Mann sich tausend Jahre so halten würde und dann wiederbelebt werden könnte. Und ob Kälte nicht eigentlich ein Ding an sich wäre und nicht bloß nachlassende, schwindende Wärme.

Sogar abends kam er; seine Laterne schwang im Rhythmus seiner Stolperschritte, und die Flamme flackerte im Wind. Dann hockte er neben dem Herd, schmauste manchmal Eiskrem aus Schnee oder knackte Hickorynüsse an der Unterseite eines Bügeleisens; manchmal saß er und las in einem von Jess’ Büchern oder spielte eine Partie Dame mit Eliza, die gern spielte und auch manchmal gewann, was ihr bei Jess nie gelang.

Von seinem Kaminplatz aus beobachtete Jess die beiden, sah zu, wie Homers braune Hand über dem Spielbrett zauderte, Elizas weiße fest und entschieden zugriff. Er sah die Ader an Homers Kehle wie einen Knoten vorspringen, wenn der Junge fürchtete, eine Lücke gelassen zu haben, die es Eliza ermöglichte, einen Stein zur Dame zu machen; und wie sich der Puls, wenn die Gefahr vorüber war, wieder beruhigte. Nein, nein, dachte er, das sieht Eliza nicht richtig. Nicht deshalb freue ich mich an dem Jungen, weil ich mich selber in ihm sehe. Mich als Heranwachsenden. Nein, mit Homer verglichen, war ich damals einfach stumpf – und außerdem trau ich mir zu, daß ich mir Besseres wünsche, als in einen Spiegel zu starren und nur mein eigenes Bild sehen zu wollen.

Eher schon ist’s wie eine zweite Kindheit, dachte er lächelnd. Der alte Mann geht seinen Weg zurück zu Kreisel und Haferschleim.

Nein, so war's auch nicht. Das Vergnügen resultiert aus zwei Gründen. Wir wollen noch einmal sehen, wie wir angefangen haben und was uns inzwischen verlorengegangen ist. Ehrlichkeit, fand er, wäre die Bezeichnung, die der Wahrheit am nächsten käme. Staunen, Furcht, Liebe, alles das war in Homer, nichts beschönigt, nichts verheimlicht. In Homer begegnete er einem Menschenwesen aus erster Hand, nicht, wie es die meisten Erwachsenen waren, Menschen aus zweiter Hand, falls überhaupt: er begegnete einem Menschenwesen, das nicht aus Teilen zusammengesetzt war und dem forschenden Gegenüber stets die Ansicht darbot, die es zu sehen wünschte.

Ach, dachte Jess, nach achtzig Jahren ist man's doch müde, durch Spalten und Astlöcher zu spähen und in diesen menschlichen Hilfskonstruktionen nach etwas Ursprünglichem Ausschau zu halten. Erquickend, so ein Wesen aus einem Guß, so durch und durch echt.

Nun ja, und dann war Homer sozusagen auch eine neue Linse für seine Augen, durch die er die Welt noch einmal zu sehen vermochte, wie sie in seiner eigenen Jugend gewesen war: hell, frisch und überreich mit Geheimnissen ausgestattet.

Die Uhr schlug die volle Stunde. „Bei den Perkins werden sie sich um dich sorgen, Homer", sagte Jess. „Du müßtest schon im Bett liegen. Laßt doch das Spiel stehen und beendet es ein andermal."

„Wir wollen jetzt fertigspielen", sagte Homer.

Aber Eliza stand auf. Jess holte dem Jungen die Laterne, und sie brachten ihn auf den Heimweg. „Lauf aber nicht zu schnell", ermahnte ihn Jess, „damit du nicht außer Atem kommst. Nimm dir Zeit und schlaf gut."

Homer winkte mit der Laterne zurück, und während Jess und Eliza ihm vom Fenster aus nachsahen, begann er den schneebedeckten Hang hinaufzusteigen, bis schließlich seine Laterne auf dem Kamm erschien wie ein untergehender Stern. Jess wandte sich zum Kamin, um sich vor dem Schlafengehen zu erwärmen. „Ich tu dem Jungen einen schlechten Dienst, fürcht ich", sagte er zu Eliza, „wenn ich ihn so wichtig nehme."

Eliza stimmte zu. „Wie ein rohes Ei behandelst du ihn", dann fuhr sie fort, „den armen kleinen Kerl."

Für den Rest des Winters gab Jess sich Mühe, den Jungen nicht zu verhätscheln, aber meistens dachte er nicht daran. Es war ein warmer Winter und im Handumdrehen vorbei. Man hatte kaum Zeit, das Wort auszusprechen, schon war der Schnee geschmolzen, waren die Zweige saftgeschwellt, drängte das Gras aus der Erde dem Sonnenlicht entgegen. Jess hätte sich dem Jungen nicht stärker verbunden fühlen können als einem eigenen Sohn oder Enkel, und die Nachbarn gewöhnten sich daran, den beiden auf abgelegenen Wegen zu begegnen, auf Ausfahrten mit einem von Jess' schnellen Trabern oder sie einfach wie zwei Kameraden auf einem Zaun in der Sonne sitzen zu sehen.

An einem Samstag – die Sonne hing am Himmel, als sei sie da auf immer festgemacht, und kleine Windstöße wühlten wie warme Hände im Haar – ging Jess nach dem Mittagessen ums Haus herum, um die ersten Blüten zu besichtigen. Andächtig und mit geblähten Nüstern stand er vor Elizas Beet mit den fast voll erblühten Maiglöckchen, als Homer, barfuß und ohne ein Wort zu sagen, neben ihn trat. Jess, in Gedanken versunken, hatte Homers Nahen mehr gespürt als gehört.

„Na, Homer", sagte er, „wenn Sterne dufteten, dann bestimmt nach Maiglöckchen, und wenn diese Maiglöckchen im Dunkeln leuchteten, dann wie Sterne."

Jess lächelte auf den Jungen herunter und wartete gespannt auf Homers Ansicht über Maiglöckchen, auf jenen Einblick in die Welt, den er schätzen gelernt hatte, weil die Augen, die ihm den vermittelten, etwas weniger abgenutzt waren als seine eigenen. Aber Homer sagte nichts, stand nur ganz still und atmete tief, als sei ein Maiglöckchenbeet eine ernsthafte und obendrein aufregende Sache, denn die Ader an seiner Kehle klopfte.

Jess bemerkte, daß der Junge noch magerer geworden war; die Hoffnung, Frühling und Sonne würden Homer zu voller Gesundheit verhelfen, hatte sich nicht erfüllt.

„Homer", fragte er, „hast du dies Frühjahr auch schon deinen Schwefelsirup eingenommen?"

Statt einer Antwort fiel Homer auf die Knie und begann Maiglöckchen zu pflücken. Er hatte schon ein halbes Dutzend in der Hand, ehe Jess ihm wehren konnte.

„Homer", sagte er streng, „gib mir die Blumen."

Homer stand auf und reichte Jess wortlos die Maiglöckchen.

„Also, Homer", sagte Jess, „ich begreife dich nicht. Selbst ich würde von diesen Maiglöckchen keine pflücken. Sie gehören Eliza, und sie pflückt nur ab und an ein paar, um den Duft ins Zimmer zu bringen. Und du kommst her, und ohne auch nur mit einem Wort um Erlaubnis zu bitten, stürzt du dich auf die Blumen, als wenn sie dir gehörten. Ich bin überrascht, Homer, daß du so unmanierlich sein kannst."

Homer schwieg weiterhin, streckte nur einen Finger aus und berührte die Blumen in Jess' Hand, wie, um ihnen Lebewohl zu sagen. Dann lief er zur Scheune hinüber, wo er vermutlich die jungen Kätzchen aufstöberte. Als er ins Haus kam, war er so vergnügt, als sei nichts geschehen. Er saß am Küchentisch, aß eine dicke Scheibe von Elizas guter Pastete, mit Vanillesoße, und wenn er die sechs Maiglöckchen, die jetzt in einem Glasväschen auf dem Tisch standen, überhaupt sah, so ließ er es sich nicht anmerken.

Aber Jess sah sie. Nachdem Homer gegangen war, machten ihm die in der Vase stehenden und durch Wasser einigermaßen lebendig erhaltenen Maiglöckchen Kummer. Lange saß er am Abendbrottisch; auch nachdem das Geschirr abgeräumt war, stand er nicht auf, betrachtete die Blumen und dachte an den Jungen. Daß er das Richtige getan hatte, stand außer jedem Zweifel . . . aber das Richtige getan zu haben dürfte eigentlich keinen solchen Schmerz unter dem Brustbein hinterlassen. Diese Maiglöckchen gehörten Eliza, und Homer hätte sich das nicht erlauben dürfen; aber nachdem sie gerettet, ihrer rechtmäßigen Besitzerin zurückerstattet waren und der Junge seine Schelte bekommen hatte, machten ihm die Blumen keine Freude mehr. Er saß, bis Eliza ihn rief, und als er endlich aufstand und zu ihr ins Wohnzimmer ging, war ihm etwas leichter ums Herz: Er hatte einen Entschluß gefaßt.

Am nächsten Morgen indessen war das Wetter umgeschlagen, und Jess, für den größeren Teil der Woche ans Haus gefesselt, sah dem Wechselspiel von Graupeln und Regen zu, sah die von Homer gepflückten Maiglöckchen welken und gilben; sah zu, wie auch die Maiglöckchen im Beet vom Hagel Flecken bekamen, und wie der Sturm sie zerzauste. Denn es regnete und hagelte nicht nur im Wechsel, es tobte auch ein Sturm: Telephondrähte lagen am Boden, und vom Maulbeerbaum hatte er einen Ast heruntergeschlagen, der beim Fallen ein Fenster der Remise zerschmetterte.

„Der Winter kann nicht sterben“, sagte Jess zu Eliza. Rastlos wanderte er von einem Fenster zum andern und hielt nach einer Wetterbesserung Ausschau. Endlich kam der Umschwung, der Sturm legte sich, und am sechsten Morgen war die Luft so klar und mild, als sei das ganze Unwetter nur ein Traum gewesen: einzig der verwundete Baum, das zerbrochene Fenster und die mitgenommenen Blumen bezeugten die Wahrheit.

Nach dem Mittagessen, als die Sonne den Boden ein bißchen getrocknet hatte, nahm Jess Mantel und Hut, pflückte die wenigen vom Sturm verschonten Maiglöckchen – nicht viel mehr, als Homer selbst gepflückt hatte – und machte sich mit ihnen auf den Weg zu den Perkins.

Halb und halb erwartete er, Homer unterwegs zu treffen; bei diesem Wetter duldete es einen ja gar nicht im Haus – und bei dem Gedanken an Homers Bericht über die vergangenen Sturmtage lächelte er. In seinem Dachzimmer, wo Wind und Regen kaum einen halben Meter von seinem Trommelfell ihr Wesen trieben, mußte Homer schöne Dinge gehört haben. Und heute nun ein solch balsamischer, warmer Tag, der einem gradezu eine Hand aufs bloße Herz zu legen schien, um einen vorwärts zu drängen. Unter den Füßen noch aufgeweichte Erde, zu Häupten aber der Sommerhimmel in einem über jede Erwartung tiefen Blau.

Als Jess zu den Perkins hinaufstieg – er hatte das ganze Anwesen immer schon als einen trostlosen Anblick empfunden, so ausgesetzt, wie es da am Hang eines kleinen Hügels lag, so ungeschützt, wenn man von einer Gruppe windzerzauster Fichten absah –, bemerkte er weitere Sturmschäden: vom Sturm entwurzelte Bäume, die schon ausgeschlagen hatten; neuerlich weggeschwemmte Erde; ausgewaschene Wege, deren Kiesbelag streckenweise völlig fortgespült war. Aber das ist vorbei, dachte Jess, indem er seinen mühsamen Weg fortsetzte, das haben wir hinter uns, der Sturm hat sich gelegt, und jetzt ist Zeit zum Ausbessern. Die von der Sonne erwärmten Maiglöckchen dufteten so süß, als hätten sie niemals Hagelstürme über sich ergehen lassen müssen, und in seiner Vorfreude auf den Augenblick, wo er sie Homer in die Hand gäbe, wurde ihm leicht ums Herz.

Dennoch war er beim Anblick der Ansammlung von Menschen und Wagen unter den Fichten und vor dem kleinen weißen Haus nicht überrascht und zunächst auch von keinem Kummer berührt, obwohl er am Sinn dieser Ansammlung nicht einen Augenblick zweifelte. Ganz mechanisch schienen seine Füße ihren Weg weiterzugehen, während sein Geist in stiller Klarheit nebenher ging und ihn diesem Sinn entgegengehen sah: den alten Mann, der vor achtzig Jahren zu einer Reise aufgebrochen war, die ihn von jenem Bach in Colerain durch Ententeich, durch die Zeit der jungen Liebe, durch ein Leben als Vater und Familienoberhaupt hindurch an einem Frühlingstag mit weißen Maiglöckchen in der Hand gerade diesen kleinen Hügel hinanführen sollte, damit er die Blumen im Vorgarten eines Nachbarn zu andern Blumen auf eine Bahre legte, wo sie zu beschönigen, aber nicht zu verbergen vermochten, wozu diese Bahre aufgestellt worden war.

Seine Füße trugen ihn vorwärts... Dies ist die Zeit, die Stunde, die Minute, der du entgegengegangen bist, sagte er sich selbst, und ihm schien jetzt, als ob weder Heirat noch Gebet, weder Gottesdienst noch Nachkommenschaft für ihn so bedeutsam gewesen seien, als müsse er den Sinn seiner achtzig Erdenjahre jetzt erkennen oder auf immer verfehlen. Zur Welt gekommen... dies oder das für deine Berufung, deine Pflicht gehalten. Den verordneten Weg aufgespürt. Entscheidungen getroffen in deiner Eigenschaft als Ehemann, als Landmann, als Kirchenmann... und vielleicht alles falsch gemacht. Vielleicht war nur dies hier wichtig... dies vielleicht war das Ziel und der Sinn, wenn es einen gab: daß er diesen Hügel erstieg, sturmzerzauste Blumen in der Hand für die Beerdigung eines kleinen Jungen, daß er sie mit andern, auch vom Sturm mitgenommenen Blumen dorthin legte, als Abschluß seines Erdenweges. Sonst nichts als ... Lauschen... Fragen.

Niemand brauchte ihm etwas zu erklären, er wußte schon alles, hätte sich den andern zuwenden und ihnen sagen können: Homers Herz hat zu schlagen aufgehört... in seiner kleinen Kammer hat er wie schlafend dagelegen, lächelnd und mit einem Ausdruck, als lausche er. Jess trauerte nicht um Homer. Homer, daran zweifelte er nicht, hatte in seinen zwölf Erdenjahren mehr von dieser Welt gesehen als die ganze Trauergemeinde hier zusammen; alles, was sie je erfahren, gesehen, gehört und bestaunt hatten, wog gebündelt die Erlebnisse dieses einzelnen nicht auf. Jess grämte sich nicht um Homer, weil er sich vorstellen konnte, wie diese Welt ihm zugesetzt hätte... wenn selbst Menschen wie er mit den allerbesten Absichten... Menschen, die nur ihre Pflicht tun wollten... ihn bei jeder Gelegenheit verletzt und behindert hätten.

Auch um seiner selbst willen grämte er sich nicht – außer um das Mißgeschick am Ende, ja doch –, sonst aber war er froh, daß ihm, nachdem seine eigenen Kinder alle das Haus schon verlassen hatten, ein vaterloser Junge für eine kleine Weile ein Sohn geworden war... und auch der war jetzt gegangen. Jess stand bei den andern und hörte die vertrauten Worte... „Euer Herz erschrecke nicht... In meines Vaters Hause sind viele Wohnungen... Ich gehe hin, euch die Stätte zu bereiten."

Als er sich heimwärts wandte, ging gerade die Frühlingssonne unter. Nur seine Füße achteten auf den Weg, während sein Geist mit der ganzen langen Lebensreise beschäftigt war. Nicht um seiner selbst willen noch um Homer trauerte Jess... aber er wußte, daß er Worte falsch angewendet hatte, Fragen nie gestellt, Antworten nicht gegeben, und das lastete auf ihm.

Daheim saß er am Küchentisch, auf dem die jetzt schon sehr vergilbten sechs Maiglöckchen immer noch standen, und sprach mit Eliza über den Nachmittag, seinen Gang und seine Gedanken. Sie saßen beisammen, bis es dunkel war, Eliza die Lampe angezündet und Abendbrot auf den Tisch gestellt hatte. Und über dem Essen und Trinken schien der Sinn, nach dem er den ganzen Nachmittag und vielleicht sein Leben lang gesucht hatte, sich plötzlich zu offenbaren. Er aß den letzten Bissen Brot, nahm einen letzten Schluck Tee.

„Eliza", sagte er, „ich bin jetzt achtzig Jahre alt. Mein ganzes Leben habe ich mich bemüht, den Menschen auf die eine oder die andere Weise Gutes zu tun. Ob das richtig gewesen ist oder unrichtig, das weiß ich nicht, aber jetzt geht mir auf, daß ich von alledem befreit bin. Ich habe Homer geliebt, aber ich habe versucht, ihm Gutes zu tun... und wie ich es jetzt sehe, war das falsch, war das ein Irrweg. Ich bin überzeugt, Eliza, daß von nun an nichts anderes mehr von mir verlangt wird, als meinen Nächsten zu lieben."

Er stand vom Tisch auf und ging zum Fenster. Der Himmelsglanz war verblaßt, nur ein fingerförmiger Streifen gelben Lichtes zeigte an, wo die Sonne gestanden hatte und wo sie untergegangen war. Aber der Einbruch der Dunkelheit hatte für Jess noch nie etwas Bedrückendes gehabt, und als er weitersprach, klang seine Stimme heiter. „Nein, Eliza", sagte er, „wenn ich richtig sehe, wird von heute an nichts anderes mehr von mir verlangt."

20000 MEILEN UNTER MEER

20000 MEILEN UNTER MEER

Eine Kurzfassung des Buches von Jules Verne

Nach der Übersetzung von Peter Laneus und Peter G. Hubler
Illustrationen von de Neuville und Riou,
der französischen Erstausgabe entnommen
Vollständige deutsche Buchausgabe:
„Zwanzigtausend Meilen unter Meer" (zwei Bände)

„Zwanzigtausend Meilen unter Meer" erschien 1870. Nur Wissenschaftler und Verrückte konnten sich damals eine Reise um die Erde unter Wasser vorstellen. Aber das Buch fesselte das Publikum sofort – und es hält die Leser bis heute gefangen. Denn obwohl manches in den wissenschaftlichen Ausführungen von Jules Verne dem, was wir heute wissen, nicht mehr standhält, beschäftigen die wilde und einsame Gestalt des Kapitän Nemo und sein „Nautilus" immer noch die Phantasie. Verne hat nicht nur so manche technische Errungenschaft unseres Jahrhunderts mit großer Genauigkeit vorausgesagt, sondern er besaß darüber hinaus die Fähigkeit, dramatische Handlungen zu erfinden und die Hauptgestalten wirklich mit Leben zu erfüllen.

Verne wurde 1828 in der französischen Hafenstadt Nantes geboren. Seine literarischen Sporen verdiente er sich, indem er für das Theater und die Komische Oper schrieb. Dann aber fand er zu seiner wahren Berufung: 1863 veröffentlichte er „Fünf Wochen im Ballon" und begründete damit eine neue literarische Gattung: die des utopisch-technischen Abenteuerromans, heute auch „Science fiction" genannt. Bis zu seinem Tode im Jahre 1905 schuf er zahlreiche Werke, so „Reise um die Erde in 80 Tagen", „Reise zum Mittelpunkt der Erde", „Von der Erde zum Mond".

Verne hat sich über alles, was er beschrieb, vorher genau informiert. Ehe er „Zwanzigtausend Meilen unter Meer" verfaßte, las er nicht nur viel über Schiffbau und das Leben im Meer, sondern er besuchte auch häufig das Pariser Aquarium, um exotische Fische kennenzulernen. Außerdem überquerte er den Atlantik auf der berühmten „Great Eastern"; er studierte ihren Bau und befragte eingehend die Besatzung.

Vernes Träume haben sich einer nach dem andern erfüllt: Die Elektrizität ist gezähmt worden. Unterseeboote fahren auf den Meeren und unter der Eiskappe am Pol; der Mensch hat den Himmel erobert und ist auf dem Mond gelandet.

DIE SCHWEIFENDE KLIPPE

Im Jahre 1866 erregte ein seltsames Ereignis, eine unerklärliche Naturerscheinung, die fraglos unvergessen bleiben wird, erhebliches Aufsehen. Nicht allein die Bevölkerung der Hafenstädte wurde durch Gerüchte in Aufregung versetzt, auch die öffentliche Meinung im Binnenland war betroffen, besonders aber gerieten die Seeleute in Unruhe. Kaufleute und Reeder, die Kapitäne der Handelsflotten in Europa und Amerika, Offiziere der Kriegsmarine aller Länder und schließlich die Staatsregierungen der beiden Weltteile schenkten der Angelegenheit außerordentliche Beachtung.

Verschiedene Schiffe waren auf hoher See einem „enormen Körper" begegnet, einem länglichen, spindelförmigen, mitunter phosphoreszierenden Objekt, das unendlich viel größer und schneller war als ein Wal. Die Angaben in verschiedenen Logbüchern über die Erscheinung des fraglichen Gegenstandes oder Geschöpfes stimmten in der Beschreibung der Struktur, der unerhörten Schnelligkeit und erstaunlichen Kraft der Bewegungen wie auch in der Schilderung der besonderen Lebensäußerungen, die ihm eigentümlich schienen, mit ziemlicher Genauigkeit überein. Bei der Neigung der Menschen, sich dem Wunderbaren zuzuwenden, begreift man leicht die Erregung, welche diese übernatürliche Erscheinung in der ganzen Welt hervorrief. Das Phänomen jedoch ins Reich der Fabeln zu verweisen, ging nicht an.

Das Dampfboot „Governor Higginson" von der Calcutta and Burnach Steam Navigation Company war am 20. Juli 1866 fünf Meilen vor der östlichen Küste Australiens auf diese schwimmende Masse getroffen. Kapitän Baker glaubte anfangs, eine unbekannte Klippe vor sich zu haben, als von dem Objekt zischend zwei Wasserstrahlen einhundertundfünfzig Fuß hoch in die Luft geschleudert wurden. Das gleiche Geschehnis wurde am 23. Juli desselben Jahres über siebenhundert Seemeilen* weiter von der „Cristobal Colon" der West India and Pacific Steam Navigation Company in den Gewässern des Stillen Ozeans beobachtet. Zweitausend Meilen von dieser Stelle entfernt, signalisierten vierzehn Tage später die „Helvetia" von der Compagnie Nationale und die „Shannon" von der Royal Mail, die zwischen den Vereinigten Staaten und Europa in entgegengesetzter Richtung den Atlantik überquerten, einander den Standort des Ungeheuers. Aufgrund gleichzeitiger Beobachtung von zwei Schiffen aus glaubte man, die Länge des Tieres auf mindestens dreihundertundfünfzig englische Fuß (ca. 106 Meter) veranschlagen zu müssen.

Die größten Wale haben nun aber, wenn sie dieses Ausmaß überhaupt erreichen, die Länge von einhundertundfünfzig Fuß nie überschritten, und die Schlag auf Schlag eingehenden Nachrichten hinterließen in der Öffentlichkeit tiefen Eindruck. In den Ländern leichten Humors scherzte man über die Erscheinung, und wo immer Menschen zusammenkamen, waren Gespräche über das Ungeheuer Mode. Es sorgte für schwungvolle Reden in Kaffeehäusern, für ironische Artikel in den Journalen. Abbildungen aller nur möglichen Fabelwesen und gigantischer Untiere erschienen, vom weißen Wal, dem erschrecklichen „Moby Dick", bis zum unmäßigen Kraken, der mit seinen Fangarmen ein Fahrzeug von fünfhundert Tonnen in den Abgrund des Ozeans herabziehen kann.

In den gelehrten Gesellschaften und den wissenschaftlichen Journalen hoben uferlose Polemiken der Leichtgläubigen und der Zweifler an. Journalisten, die sich im Wettstreit mit Schöngeistern die Sache der Wissenschaft zu eigen machten, vergossen in diesem denkwürdigen Feldzug die Tinte tonnenweise.

Profunde Artikel parierte die Lokalpresse mit unverwüstlicher Laune. Endlich versetzte ein Artikel in einem weithin gefürchteten satirischen Blatt dem Ungeheuer den letzten Streich, und so wurde ihm durch allgemein erschallendes Gelächter der

---

* Die alte Seemeile (französisch „lieue") bezeichnete eine Entfernung von fünfeinhalb Kilometern. Andere Maßeinheiten, die zu kennen bei der Lektüre von Jules Verne nützlich ist, sind: der Faden, der 1,80 Metern entspricht; die Kabellänge, normalerweise 100 Faden oder 180 Meter; der Klafter, soviel wie 1,95 Meter; der Fuß, der 30 Zentimeter lang ist.

Garaus gemacht. Der Witz hatte über die Wissenschaft triumphiert, und man hielt die Frage für abgetan.

Doch dann, 1867, gelangten neue Tatsachen zur Kenntnis des Publikums. Diesmal ging es allerdings nicht länger um die Lösung einer wissenschaftlichen Streitfrage, sondern darum, eine konkrete, schwere Gefahr abzuwenden. Das Problem zeigte sich von einer ganz anderen Seite. Das Ungeheuer nahm die Gestalt von Inselchen, Felsen und Klippen an, aber von beweglichen, unbestimmbaren, unfaßbaren Klippen.

Am 5. März 1867 rammte die „Moravian", ein Schiff der Montreal Ocean Company, bei Nacht unter 27° 30′ Breite und 72° 15′ Länge steuerbord einen Felsen, den keine Karte in diesen Gewässern verzeichnete. Ohne Frage entging das Schiff nur wegen der ausgezeichneten Beschaffenheit des Rumpfes der Gefahr, mit seinen zweihundertsiebenunddreißig nach Kanada eingeschifften Passagieren unterzugehen. Der Vorfall ereignete sich gegen fünf Uhr morgens, als der Tag schon graute. Die diensttuenden Offiziere stürzten ans Heck. Jedoch war nichts zu sehen als ein starkes Kielwasser, das auf drei Kabellängen die Oberfläche des Ozeans gewaltig aufwühlte.

Diese so schwerwiegende Tatsache wäre vielleicht wie die früheren Vorfälle vergessen worden, wäre es nicht fünf Wochen später unter gleichen Umständen zu einem neuen Unfall gekommen. Am 13. April 1867 fuhr die „Scotia" von der bedeutenden Cunard Line bei ruhiger See und günstigem Wind mit einer Geschwindigkeit von 13 Knoten auf einer geographischen Länge von 15° 12′ und einer Breite von 45° 37′. Nachmittags um siebzehn Minuten nach vier, als die Passagiere gerade im großen Salon zum Mittagessen versammelt waren, war backbord, nur wenig hinter dem Schaufelrad, ein Stoß gegen den Rumpf zu verspüren. Die „Scotia" war nirgendwo aufgelaufen, sie war getroffen worden, und zwar eher von einem schneidenden oder bohrenden Gegenstand als von einem stumpfen. Der Aufprall schien jedoch so leicht, daß niemand an Bord sich beunruhigte, bis aus dem Schiffsinnern Matrosen mit dem Schrei auf die Brücke gestürzt kamen: „Wir gehen unter! Wir gehen unter!"

Sofort breitete sich großer Schrecken unter den Passagieren aus, aber Kapitän Anderson schickte sich unverzüglich an, sie zu beruhigen. Der Schiffsraum der „Scotia" war durch sieben

Schotten unterteilt; ein Eindringen des Wassers konnte auf diese Weise leicht gemeistert werden. Kapitän Anderson begab sich unter Deck und stellte fest, daß Wasser in die fünfte Abteilung einströmte, so reißend, daß auf ein beträchtliches Leck geschlossen werden mußte.

Augenblicklich ließ Anderson das Schiff stoppen. Ein Matrose tauchte, um den Schaden zu untersuchen. Er entdeckte ein zwei Meter breites Loch im Kiel. Ein derart großes Leck konnte nicht abgedichtet werden, und so mußte die „Scotia" ihre Fahrt mit halber Kraft fortsetzen. Mit dreitägiger Verspätung erreichte der Dampfer Liverpool, wo er ins Trockendock gebracht wurde.

Die Ingenieure, die die „Scotia" besichtigten, glaubten ihren Augen nicht zu trauen, als sie zweieinhalb Meter unterhalb der Wasserlinie eine Einbruchstelle in Form eines gleichschenkligen Dreiecks erblickten. Der Bruch war überaus glatt; mit keinem Locheisen hätte das vier Zentimeter starke Eisenblech sauberer durchschnitten werden können. Das Werkzeug, das die „Scotia" durchbohrt hatte, mußte von ungewöhnlicher Härte gewesen sein.

Dieser Umstand rief in der Öffentlichkeit erneut leidenschaftliche Diskussionen hervor. Von nun an wurden alle Schiffsunglücke, deren Ursache nicht aufgeklärt werden konnte, dem Monstrum angekreidet. Unter den dreitausend Schiffen, deren Verlust das „Bureau Veritas" jährlich registriert, macht die Ziffer der verschollenen Dampf- oder Segelschiffe nicht weniger als zweihundert aus. Die Schuld an ihrem Verschwinden wurde dem seltsamen Ding zugeschoben. Das Publikum verlangte aufs entschiedenste, daß die Meere um jeden Preis endlich von dem fürchterlichen Ungetüm befreit würden.

WIE ES MEINEM HERRN BELIEBT

Zu der Zeit, als diese Ereignisse stattfanden, kam ich von einer wissenschaftlichen Forschungsreise durch das wilde Nebraska in den Vereinigten Staaten zurück. Ich war als Professor am Naturhistorischen Museum in Paris tätig und hatte mich der Expedition im Auftrag der französischen Regierung angeschlossen. Nach sechsmonatigem Aufenthalt in Nebraska traf ich mit kostbaren Sammlungen in New York ein. Meine Rückkehr nach Frankreich war auf die ersten Maitage festgesetzt. Ich nutzte die Wartezeit, um meine mineralogischen, botanischen und zoologischen Schätze zu ordnen. Da traf die Nachricht von dem Unfall der „Scotia" ein. Dieses Problem beherrschte in New York das Tagesgespräch.

Selbstverständlich war ich in dieser Frage vollkommen auf dem laufenden. Ich hatte alle amerikanischen und europäischen Zeitungen gelesen, ohne jedoch zu größerer Klarheit durchzudringen. Das Geheimnisvolle reizte meine Neugier. Die Hypothese einer schwimmenden Insel, einer nicht greifbaren Klippe war bereits fallengelassen worden. Und wie hätte sich in der Tat eine solche Klippe mit derart rapider Schnelligkeit durch die Meere bewegen können, außer wenn sie durch eine Maschine in ihrem Inneren angetrieben worden wäre? Blieben nur zwei mögliche Lösungen, die beide eine entschiedene Anhängerschaft fanden: Die einen glaubten an ein Ungeheuer von kolossaler Kraft, die andern an ein unterseeisches Fahrzeug mit gigantischem Triebwerk.

Diese letzte Hypothese, wiewohl theoretisch zulässig, hielt jedoch den in beiden Weltteilen angestellten Untersuchungen nicht stand. Daß ein alleinstehender Privatmann über eine solche Maschine verfügte, war wenig wahrscheinlich. Wie hätte er sie heimlich herstellen lassen sollen? Nur eine Staatsregierung konnte im Besitz eines derartigen Instrumentes der Zerstörung sein. Aber auch diese Annahme mußte angesichts der Regierungserklärungen der Seemächte aufgegeben werden. Da die Störung des transozeanischen Verkehrs ein öffentliches Interesse berührte, ließ sich die Aufrichtigkeit der Regierungen nicht in Zweifel ziehen. Zudem war nur schwer vorstellbar, wie der Bau eines solchen unterseeischen Fahrzeugs den Augen der Weltöffentlichkeit hätte verborgen bleiben können.

Bei meiner Ankunft in New York widerfuhr mir verschiedentlich die Ehre, daß ich um meine Ansicht gebeten wurde. Ich hatte in Frankreich ein zweibändiges Werk unter dem Titel „Die Geheimnisse der großen unterseeischen Tiefe" publiziert. Seitdem galt ich als Spezialist auf diesem Sektor der Naturwissenschaft. Am Ende wurde der „ehrenwerte Pierre Aronnax, Museumsprofessor zu Paris" vom „New York Herald" öffentlich aufgefordert, eine Ansicht über die Sache zu formulieren. Ich gebe hier einen Auszug aus dem Artikel wieder, den ich in der Ausgabe vom 30. April veröffentlicht habe.

„Man muß also, nachdem man die verschiedenen Hypothesen der Reihe nach durchgegangen ist, die Existenz eines Seetieres von außerordentlicher Kraft einräumen. Die großen Tiefen des Ozeans sind uns unbekannt. Welche Wesen können zwölf oder fünfzehn Meilen unter der Meeresoberfläche leben? Kaum eine Vermutung läßt sich darüber anstellen. Doch hat die Aufhellung des mir vorgelegten Problems mit diesem Dilemma zu tun. Entweder wir kennen alle Arten von Lebewesen, die unseren Planeten bevölkern, oder wir kennen sie nicht.

Wenn wir sie nicht alle kennen, was liegt dann näher, als die Existenz von Fischen oder Walen, von neuen Arten anzunehmen, die in den keinem Senkblei zugänglichen Regionen hausen und die durch irgendein Ereignis an die Oberfläche des Ozeans emporgetrieben werden?

Sind uns hingegen alle lebenden Arten bekannt, so muß das fragliche Geschöpf unter den von der Wissenschaft bereits erfaßten Seetieren gesucht werden. Unter dieser Voraussetzung möchte ich dazu neigen, die Existenz eines Riesen-Narwals in Rechnung zu stellen. Der gemeine Narwal, oder das See-Einhorn, erreicht oft eine Länge von 60 Fuß und hat eine Art Degen aus Elfenbein zur Waffe, einen Hauptzahn mit der Härte von Stahl. Nehmen wir die Größe des Narwals fünffach, selbst zehnfach, und geben wir dem Tier eine seiner Größe entsprechende Kraft, denken wir uns seine Angriffswaffe ebenso verstärkt, dann haben wir das vorausgesetzte Ungeheuer. Es hätte die Ausmaße, wie sie von den Offizieren der „Shannon" veranschlagt worden sind, das Werkzeug und die Kraft, den Rumpf der „Scotia" zu durchbohren.

Bis auf genauere Informationen möchte ich demnach meine Vermutung auf einen derartigen Narwal richten. So würde das unerklärliche Phänomen seine Erklärung finden – sofern nicht, trotz allem, was man gesehen, bemerkt, vermutet hat, doch nichts dahintersteckt, was auch möglich ist."

Diese letzten Worte sind allein auf meine Ängstlichkeit zurückzuführen. Ich wollte meine Professorenwürde wahren und mich nicht am Ende dem Gelächter der Amerikaner preisgegeben sehen, denn die lachen tüchtig, wenn sie lachen. Ich hielt mir eine Hintertür offen. Im Grunde ließ ich die Existenz des „Monstrums" doch gelten. Der Artikel wurde hitzig diskutiert und fand großen Widerhall. Die Vereinigten Staaten bezogen als erste Stellung. In New York wurde eine Fregatte von hoher

Schnelligkeit, die „Abraham Lincoln", unter dem Kommandanten Farragut bereitgemacht, das Ungeheuer zu jagen. Doch lange sah und hörte man nun nichts mehr von ihm. Es schien, als habe der schreckliche Widersacher Kunde von dem Komplott bekommen, das gegen ihn geschmiedet wurde. Man hatte zuviel davon gesprochen, sogar über das transatlantische Kabel. So gingen denn Scherze um, der schlaue Fuchs habe einige Telegramme abgefangen. Als die Fregatte für eine weite Fahrt gerüstet im Hafen lag, wußte man daher nicht, wohin sich wenden. Die Ungeduld wuchs, bis dann am 3. Juni gemeldet wurde, ein Dampfer habe das Tier auf der Fahrt von San Francisco, Kalifornien, in den nördlichen Gewässern des Pazifiks gesichtet.

Auf der „Abraham Lincoln" waren bereits alle Vorräte und Kohlen an Bord. Man brauchte nur zu heizen und auszulaufen.

Drei Stunden, bevor das Schiff vom Pier in Brooklyn ablegen sollte, erhielt ich ein Billett folgenden Wortlauts:

Monsieur Aronnax, Fifth Avenue Hotel, New York

Monsieur,

wenn Sie sich der Expedition der „Abraham Lincoln" anzuschließen wünschen, wäre es der Regierung der Vereinigten Staaten ein Vergnügen, Frankreich durch Sie bei diesem Unternehmen vertreten zu sehen. Kommandant Farragut hält eine Kabine zu Ihrer Verfügung bereit.

Ergebenst der Ihre
J. B. Hobson, Marinesekretär

Drei Sekunden vor Empfang des Briefes von J. B. Hobson gedachte ich ebensowenig, das Einhorn zu verfolgen, wie die Nordwest-Passage zu versuchen. Doch drei Sekunden, nachdem ich die Zeilen gelesen hatte, erkannte ich, daß es das wahre Ziel meines Lebens sei, dieses Ungeheuer zu jagen und die Welt von ihm zu befreien.

Freilich war ich erschöpft von einer mühevollen Reise zurückgekehrt und wünschte mir nur, mein Land und meine Freunde wiederzusehen, meine kleine Wohnung im Jardin des Plantes. Dennoch nahm ich, ohne mich länger zu besinnen, das Angebot der amerikanischen Regierung an. „Schließlich", dachte ich, „führen alle Wege nach Europa. Das Einhorn wird schon liebenswürdig genug sein, sich zu meinem persönlichen Vergnügen an den Küsten Frankreichs fangen zu lassen. So werde ich denn nicht weniger als einen halben Meter von seinem Degen aus Elfenbein in mein Museum für Naturgeschichte heimführen."

„Conseil!" rief ich ungeduldig.

Conseil war mein Diener. Ein ergebener Flame, der mich auf allen meinen Reisen begleitete. Er war mir ans Herz gewachsen und blieb mir für meine Zuneigung nichts schuldig. Phlegmatisch von Natur, ließ er sich durch keine Überraschung erschüttern; mit seinen geschickten Händen taugte er für jeden Dienst und war mit seinem Rat niemals zudringlich. Nie kam aus seinem Mund ein Einwand, wenn es das Gepäck zu schnüren galt, um gen China oder in den Kongo aufzubrechen.

Dieser Junge war gut dreißig Jahre, und sein Alter verhielt sich zu dem seines Herrn wie fünfzehn zu zwanzig. (Möge man mir verzeihen, wenn ich so gewunden ausdrücke, daß ich vierzig war.) Nur einen Fehler hatte Conseil. Förmlich bis zur Lästigkeit, sprach er mit mir ausschließlich in der dritten Person.

„Conseil!" Ich war schon fieberhaft bei meinen Reisevorbereitungen.

Im allgemeinen fragte ich ihn nicht, ob es ihm recht sei, mir auf eine Reise zu folgen. Aber diesmal handelte es sich um eine Expedition, die sich unabsehbar ausdehnen konnte, um ein riskantes Unternehmen. Was würde Conseil sagen?

Er erschien. „Mein Herr ruft mich?"

„Ja, mein Junge. Mach dich fertig. In zwei Stunden reisen wir ab."

„Wie es meinem Herrn beliebt", versetzte Conseil ruhig.

„Kein Augenblick ist zu verlieren. Stopf mein gesamtes Gepäck in die Koffer, Anzüge, Hemden, Strümpfe, und beeile dich."

„Und des Herrn Sammlungen?" erkundigte sich Conseil.

„Ich werde sie nach Frankreich verfrachten lassen."

„Wir kehren also nicht nach Paris zurück?" fragte Conseil.

„Doch", antwortete ich ausweichend, „aber auf einem Umweg."

„Umweg? Wie es meinem Herrn beliebt."

„Nichts Besonderes! Wir nehmen einen weniger direkten Weg, das ist alles. Wir werden mit der „Abraham Lincoln" fahren."

„Wie es dem Herrn gefällt", erwiderte Conseil ruhig.

„Du weißt, mein Freund, wir werden das Meer von dem Ungeheuer, dem famosen Narwal, säubern. Der Verfasser eines Werks in zwei Bänden über die ‚Geheimnisse der großen unterseeischen Tiefe' kann nicht umhin, sich mit dem Kommandanten Farragut einzuschiffen. Eine ehrenvolle Mission, aber denk gut nach! Vielleicht wird nicht jeder wieder zurückkommen."

„Wie es meinem Herrn beliebt."

Nach einer Viertelstunde hatte Conseil unsere Koffer gepackt. An dem geräumigen Schalter im Parterre beglich ich meine Rechnung und hinterließ den Auftrag, meine Kisten mit ausgebalgten Tieren und getrockneten Pflanzen nach Paris zu verschiffen. Bald darauf waren wir am Quai von Brooklyn, an der Stelle, wo die „Abraham Lincoln" aus ihren zwei Schloten schwarze Rauchsäulen emporwirbelte.

Unser Gepäck wurde aufs Deck der Fregatte geschafft. Ein Matrose führte mich aufs Achterdeck, wo ich einen gutaussehenden Offizier fand, der mir seine Hand entgegenstreckte. „Herr Pierre Aronnax?"

„Der bin ich. Kommandant Farragut?"

„In Person. Seien Sie willkommen, Herr Professor. Ihre Kabine wartet auf Sie."

Die „Abraham Lincoln" war für ihre neue Bestimmung vortrefflich ausgerüstet. Sie verfügte über eine Heizungsapparatur, die es gestattete, den Dampfdruck bis auf sieben Atmosphären zu steigern. So erreichte das Schiff eine mittlere Geschwindigkeit von 18,3 Meilen die Stunde. Die Innenausstattung der Fregatte blieb hinter ihren nautischen Vorzügen nicht zurück. Ich war mit meiner Kabine sehr zufrieden. „Hier sind wir gut aufgehoben", sagte ich zu Conseil.

„So gut wie der Einsiedlerkrebs in einer Hornschneckenschale, wenn mein Herr die Bemerkung erlaubt", entgegnete Conseil.

Ich überließ es Conseil, unsere Koffer ordentlich zu verstauen, und stieg wieder zur Brücke hinauf. Kommandant Farragut ließ gerade die letzten Leinen einholen. Die Quais von Brooklyn und die ganze Front von New York entlang dem East River waren mit Schaulustigen bedeckt. Ein dreimaliges Hurra erscholl aus den Kehlen von einer halben Million Menschen, als die „Abraham Lincoln" majestätisch in das Wasser des Hudson glitt, begleitet von mehr als hundert Fähren und kleinen Booten, die von Zuschauern wimmelten.

Sodann fuhr die Fregatte am Ufer von New Jersey entlang und zwischen den Forts hindurch, die mit ihren größten Kanonen Salut schossen. Die „Abraham Lincoln“ erwiderte die Ehrung durch dreimaliges Niederholen und Hissen der amerikanischen Flagge mit ihren neununddreißig glänzenden Sternen an der Besangaffel. Noch immer folgte ihr das Geleit von Booten und Tendern und blieb erst auf der Höhe des Leuchtschiffes zurück, das die Einfahrt in den Hafen von New York markiert.

Die Fregatte strich an der niedrigen, gelben Küste von Long Island vorbei. Im Nordwesten verloren sich die Leuchtfeuer von Fire Island, und um acht Uhr abends stieß sie mit voller Kraft in die dunklen Wasser des Atlantiks hinaus.

HO! DAS FRAGLICHE DING!

Kommandant Farragut war ein tüchtiger Seemann. Er fühlte sich eins mit seinem Schiff. Nicht den mindesten Zweifel hegte er an der Existenz des Ungeheuers und duldete nicht, daß ein solcher Verdacht an Bord überhaupt laut wurde. Die Bestie existierte, und er hatte geschworen, das Meer davon zu befreien. Entweder Farragut würde den Narwal töten oder der Narwal den Kommandanten. Ein Drittes gab es nicht.

Die Schiffsoffiziere teilten diese Ansicht. Sie diskutierten die verschiedenen Möglichkeiten der Begegnung mit dem Monstrum und spähten über die weite Einöde des Ozeans. Solange die Sonne am Himmel stand, hingen an den Masten die Matrosen, die es auf Deck kaum aushalten konnten. Zwar durchschnitt der Bug der „Abraham Lincoln“ noch lange nicht das Wasser über den verdächtigen Tiefen des Pazifiks, doch Kommandant Farragut hatte eine Summe von zweitausend Dollar für den ausgesetzt, der das Tier als erster ausrufen würde. Man kann sich denken, wie gespannt aller Augen das Meer absuchten. Allein Conseil blieb gleichgültig und entzog sich dem allgemeinen Enthusiasmus.

Kommandant Farragut hatte sein Schiff, wie gesagt, mit Fanggeräten für die Jagd auf das Riesentier ausgerüstet. Ein

Walfänger hätte nicht besser bewaffnet sein können. Von der Harpune, die man mit der Hand schleuderte, bis zu den Pfeilen mit Widerhaken aus Donnerbüchsen und den explodierenden Kugeln der Entenflinten verfügten wir über alle bekannten Geräte. Das Vordeck trug einen vollendeten Hinterlader – das Modell dieser Waffe sollte auf der Weltausstellung von 1867 gezeigt werden –, der ein Projektil von vier Kilogramm Gewicht sechzehn Kilometer weit schleuderte. Und die Fregatte besaß noch mehr: den Harpunierkönig Ned Land.

Ned Land war Frankokanadier. Seine Familie stammte aus Quebec und hatte kühne Fischer gestellt. Ned Land war etwa vierzig Jahre alt, über sechs Fuß groß, kräftig gebaut, von ernster Miene, wenig mitteilsam, heftig manchmal, und sehr zornig, wenn man ihn reizte. Seine Person erregte Aufsehen, und sein machtvoller Blick erzwang Achtung.

Bei aller Schweigsamkeit brachte Ned doch eine gewisse Anhänglichkeit für mich auf. Meine Nationalität zog ihn fraglos an; ab und zu konnte er sich mit mir unterhalten, und ich durfte die alte Sprache eines Rabelais hören, die heute noch in einigen Gegenden Kanadas lebendig ist. Er sprach mit viel natürlicher Poesie von seinen Abenteuern, vom Fischfang und von seinen Kämpfen. Aber zu welcher Meinung war Ned Land über das Meeresungeheuer gekommen? Ich muß gestehen, daß er allein an Bord nicht an das Einhorn glaubte. Er vermied es sogar, diese Frage zur Sprache zu bringen.

An einem herrlichen Abend, drei Wochen nach unserer Abfahrt, hatte die Fregatte die Höhe von Cabo Blanco erreicht und fuhr dreißig Meilen in Lee von der patagonischen Küste. Vor Ablauf von acht Tagen konnte die „Abraham Lincoln“ in den Wogen des Stillen Ozeans kreuzen. Ned Land und ich saßen auf der Kampanje und plauderten über dies und das, während unsere Blicke über das geheimnisvolle Meer schweiften. Ich lenkte das Gespräch ganz zwanglos auf das Rieseneinhorn.

„Wie kommt es, Ned, daß Sie von der Existenz dieses Tieres nicht überzeugt sind? Haben Sie besondere Gründe dafür?“

Der Harpunier sah mich eine Weile an. Mit einer ihm eigentümlichen Handbewegung schlug er sich vor die breite Stirn, schloß die Augen, um sich zu sammeln, und sagte endlich: „Vielleicht wohl, Herr Aronnax.“

„Aber Sie sind doch Walfänger von Beruf. Ihre Einbildungskraft müßte sich doch an der Hypothese von gewaltigen Seetieren besonders leicht entzünden, Sie sollten eigentlich der erste sein, der alle Zweifel abschüttelt."

„Gerade darin irren Sie, Herr Professor", erwiderte Ned. „Mag die Menge an vorsintflutliche Ungeheuer im Innern des Erdballs glauben, das geht noch an; aber der Geologe fällt auf solche Hirngespinste nicht herein. Ebenso der Walfänger. Ich habe allerlei Tiere harpuniert, doch so kräftig und stark bewaffnet sie auch waren, nie hätten sie den Eisenplatten eines Dampfers etwas anhaben können."

„Trotzdem, Ned, wird von Schiffen berichtet, deren Wände vom Zahn des Narwals durchbohrt worden sind."

„Holzschiffe, wohl möglich", antwortete der Kanadier, „obwohl ich auch bei Holzschiffen dergleichen nie gesehen habe. Bis mir das Gegenteil bewiesen wird, leugne ich also, daß Einhörner dazu imstande sind."

„Ned, ich wiederhole es mit einer Überzeugung, die sich auf die Logik der Tatsachen stützt. Ich nehme die Existenz eines stark organisierten Seesäugetiers aus der Abteilung der Wirbeltiere wie Glattwal, Pottwal, Delphin an, das mit einer hörnernen Waffe von extremer Stärke versehen ist."

„Hm!" meinte der Harpunier und schüttelte den Kopf in der Art eines Mannes, der sich nicht überzeugen lassen will.

„Ist Ihnen klar, mein Bester", fragte ich, „daß ein solches Tier, wenn es einige Meilen unter der Oberfläche des Meeres heimisch ist, notwendigerweise über einen Organismus verfügen muß, dessen Festigkeit jeden Vergleich übersteigt?"

„Und weshalb dieser starke Organismus?"

„Weil eine nur schwer vorstellbare Kraft nötig ist, um in so großen Tiefen zu bestehen und den Druck des Wassers auszuhalten. Hören Sie zu. Der Druck einer Atmosphäre kommt dem Druck einer Wassersäule von 32 Fuß Höhe gleich. In Wirklichkeit würde die Säule niedriger sein, weil Meerwasser dichter ist als Süßwasser. Gut. Wenn Sie nun tauchen, Ned, dann muß Ihr Körper, jedesmal wenn er um weitere 32 Fuß hinabgetaucht ist, den Druck von einer Atmosphäre mehr ertragen. Daraus folgt, daß bei 320 Fuß der Druck 10 Atmosphären ausmacht, 100 Atmosphären bei 3 200 Fuß, 1 000 Atmosphären bei 32 000 Fuß

Tiefe, und das wären etwa zweieinhalb Meilen. Dies bedeutet, daß jeder Quadratzentimeter Ihrer Körperoberfläche einem Druck von 1 000 Kilogramm ausgesetzt wäre, falls es Ihnen gelingen sollte, eine solche Tiefe überhaupt zu erreichen. Und nun, wissen Sie, mein lieber Ned, wieviel Quadratzentimeter Haut Ihr Körper hat?"

„Keine Ahnung, Herr Aronnax."

„Schätzungsweise siebzehntausend. Und der atmosphärische Druck ist noch etwas größer als ein Kilogramm je Quadratzentimeter. Ihre 17 000 Quadratzentimeter halten in diesem Augenblick einem Druck von 17 568 Kilogramm stand."

„Ohne daß ich etwas davon merke?"

„Ohne es zu merken. Sie werden von einem derartigen Druck nicht zerquetscht, weil die Luft in ihrem Körper den gleichen Gegendruck ausübt. Im Wasser aber ist es anders."

„Ja, ich begreife", sagte Ned, nun aufmerksamer geworden, „weil das Wasser mich umgibt, aber nicht in mich eindringt."

„Genau. Also, bei 320 Fuß unter der Meeresoberfläche hätten Sie den zehnfachen Druck von 17 568 Kilogramm auszuhalten; bei 3 200 Fuß den hundertfachen Druck, entspricht 1 756 800 Kilogramm; bei 32 000 Fuß den tausendfachen Druck, sind 17 568 000 Kilogramm. Sie würden flachgedrückt werden wie unter den Platten einer hydraulischen Presse!"

„Teufel auch!" bemerkte Ned.

„Wenn folglich, werter Harpunier, Wirbeltiere, die einige hundert Meter lang sind, deren Körperoberfläche demnach Millionen von Quadratzentimetern betragen muß, sich in solchen Tiefen aufhalten, so sind sie einem Druck von mehreren Milliarden Kilogramm ausgesetzt. Schätzen Sie ab, wie gewaltig die Widerstandskraft ihres Knochenbaus und die Stärke ihres Organismus sein muß, um das auszuhalten!"

„Sie müssen wohl", sann Ned Land, „mit acht Zoll dickem Eisenblech beschlagen sein wie die Panzerfregatten."

„Sie sagen es, Ned, und nun bedenken Sie, was für Zerstörungen eine derartige Masse anrichten kann, wenn sie mit der Schnelligkeit eines Eilzuges gegen einen Schiffsrumpf anstürzt."

„Ja ... wirklich ... vielleicht", erwiderte der Kanadier, der durch diese Zahlen zwar schwankend geworden war, sich aber dennoch nicht ergeben wollte.

„Nun, habe ich Sie überzeugt?"

„Sie haben mich von einer Sache überzeugt, Herr Naturforscher: Wenn Tiere auf dem Meeresboden leben, müßten sie in der Tat so stark sein, wie Sie es dargelegt haben."

Für diesen Abend verzichtete ich darauf, ihn weiter zu bedrängen. Um die Frage zu lösen, mußte man das unbekannte Untier erst fangen.

Aber die Fahrt der „Abraham Lincoln" verlief eine Zeitlang ohne jeden Zwischenfall. Doch kam es am 30. Juni zu einer besonderen Begegnung. Bei den Falklandinseln traf die Fregatte mit einer amerikanischen Walfangflotte zusammen, die uns allerdings keine neue Nachricht über den Narwal zu vermitteln wußte. Aber einem der Kapitäne war bekannt, daß Ned Land sich an Bord der „Abraham Lincoln" aufhielt, und so erbat er sich dessen Beistand für die Jagd auf einen Wal, der gerade gesichtet worden war. Dem Kommandanten Farragut kam es durchaus gelegen, Ned Land bei der Arbeit zu sehen, und unser Kanadier harpunierte statt eines Wales mit doppeltem Wurf gleich deren zwei. Wenn das Ungeheuer jemals Ned Land vor die Harpune kommt, gehe ich keine Wette zugunsten des Monstrums ein.

Die Fregatte fuhr nun mit erheblicher Schnelligkeit an der Südostküste von Amerika entlang. Am 3. Juli waren wir vor der Einfahrt in die Magellanstraße. Aber Kommandant Farragut beschloß, Kap Hoorn zu umschiffen. Schließlich schien es wenig wahrscheinlich, ausgerechnet in dieser schmalen Straße auf den Narwal zu treffen. Nicht wenige Matrosen beteuerten, das Ungeheuer sei dafür viel zu groß.

Am 6. Juli wirbelte unsere Schiffsschraube endlich in dem Wasser des Pazifiks. „Jetzt Achtung! Augen auf!" riefen die Matrosen ein ums andere Mal. Und sie rissen ihre Augen gewaltig auf. Augen und Fernrohren – ein wenig geblendet, das ist wahr, durch die Aussicht auf zweitausend Dollar –, wurde nicht einen Lidschlag lang Ruhepause gegönnt.

Mich lockte das Geld zwar kaum, dennoch wanderten meine Augen nicht minder achtsam über das Meer. Ich gönnte mir nur wenige Minuten für die Mahlzeiten, wenige Stunden für den Schlaf und verließ das Deck nicht mehr. Bald beugte ich mich an Backbord, bald an Steuerbord über die Reling. Wie oft verfiel ich nicht mit Offizieren und Mannschaften in Aufregung, sobald der schwärzliche Rücken irgendeines launischen Wals aus den Fluten auftauchte. Matrosen und Offiziere stürzten an Deck. Aber vergebliche Erregung! Die „Abraham Lincoln“ hielt auf das Tier zu, das sich dann als simpler Glattwal oder Pottwal entpuppte und bald unter einem Hagel von Flüchen wieder verschwand.

Wiederholt sprach Conseil, stets phlegmatisch, mir in aller Ruhe gut zu: „Wenn mein Herr die Güte haben wollte, die Augen weniger weit zu öffnen, könnte mein Herr wohl schärfer sehen.“ Ned Land zeigte noch immer hartnäckige Ungläubigkeit. Er stellte sich sogar so, als schenke er der Meeresfläche außerhalb der Zeit seiner Wache keinerlei Beachtung – wenigstens solange kein Wal in Sicht war. Hundertmal hielt ich ihm seine Gleichgültigkeit vor.

„Bah! An der Geschichte ist nichts dran, Herr Aronnax“, erwiderte er, „und gäbe es solch ein Tier, welche Chance hätten wir wohl, es zu Gesicht zu bekommen? Fahren wir nicht aufs Geratewohl?“

Darauf wußte ich keine Entgegnung. Aber wie hätte man sonst vorgehen sollen?

Am 20. Juli überquerten wir den Wendekreis des Steinbocks und am 27. desselben Monats auf dem hundertundzehnten Meridian den Äquator. Nun drehte die Fregatte scharf nach Westen ab und drang in die Tiefe des Stillen Ozeans vor. Kommandant Farragut hielt es für besser, abgründigere Gewässer anzulaufen und sich von Festland und Inseln fernzuhalten, deren Nähe das Tier anscheinend stets gemieden hatte. Die Fregatte fuhr daher in weiter Entfernung von den Tuamotu-, Marquesas- und Sandwich-Inseln, kreuzte den Wendekreis des Krebses und nahm Kurs auf die chinesischen Meere.

Endlich hatten wir den Schauplatz, wo das Ungeheuer sich zuletzt getummelt hatte, erreicht. Eine unbeschreibliche Aufregung suchte die gesamte Mannschaft heim. Essen und Schlafen wurden vergessen. Zwanzigmal am Tag waren eine falsche Beobachtung, eine optische Täuschung Grund genug, unerträglichen Aufruhr zu verbreiten, und diese Erregung hielt uns in einem Zustand derart heftiger Anspannung, daß eine Reaktion nicht ausbleiben konnte.

Der Rückschlag ließ in der Tat nicht auf sich warten; er kam vom unteren Schiffsraum zur Offiziersmesse hinauf. Während drei Monaten, von deren Tagen jeder ein Jahrhundert dauerte, hatte die „Abraham Lincoln“ den Stillen Ozean durchlaufen; nun wurden die leidenschaftlichsten Verfechter des Unternehmens zu seinen hitzigsten Verleumdern. Dies nutzlose Suchen konnte nicht mehr lange fortgesetzt werden. Mannschaft und Führung der „Abraham Lincoln“ hatten alles getan, um ihr Ziel zu erreichen; der Mißerfolg konnte ihr nicht zur Last gelegt werden. Es blieb nur übrig umzukehren. Ich will nicht sagen, daß es zu Meuterei kam; doch war Kommandant Farragut, nachdem er geraume Zeit widerstanden hatte, wie einst Kolumbus schließlich veranlaßt, sich noch drei Tage Geduld auszubedingen. Wenn nach Ablauf dieser Zeit das Ungeheuer nicht aufgespürt sei, werde die „Abraham Lincoln“ Kurs auf europäische Gewässer nehmen.

Dieses Versprechen wurde am 2. November gegeben. Die unmittelbare Folge war, daß die Mannschaft ihre Pflicht wieder willig erfüllte. Der Ozean wurde mit frischer Aufmerksamkeit abgesucht. Jeder wollte die Fahrt mit einem letzten forschenden Blick über das Wasser abschließen.

Zwei Tage verstrichen. Die „Abraham Lincoln“ lief mit schwachem Dampf. Man gab sich alle Mühe, die Aufmerksamkeit des Tieres zu erregen. Riesige Brocken Speck wurden am Schleppseil ausgeworfen – zur großen Genugtuung der Haie. Dann drehte die „Abraham Lincoln“ bei und setzte nach allen Richtungen hin Boote aus. Aber der Abend des 4. November brach an, ohne daß der Ozean sein Geheimnis preisgegeben hatte. Am folgenden Tag lief die Frist ab.

Die Fregatte befand sich auf 31° 15′ nördlicher Breite und 136° 42′ östlicher Länge. Die japanischen Inseln lagen kaum 200 Meilen leewärts von uns. Die Nacht kam heran; acht Uhr war angezeigt. Die Mondscheibe war von dichtem Gewölk verschleiert; ruhig wogte das Meer unterm Kiel des Schiffes. Ich stand steuerbord an die Reling gelehnt. Matrosen kauerten in den Wanten und suchten den Horizont ab, der allmählich düsterer wurde. Offiziere schauten mit Nachtfernrohren in die steigende Dunkelheit hinaus. Von Zeit zu Zeit schimmerte der Ozean auf, wenn der Mond zwischen zwei Wolken einen Lichtstrahl herabwarf, der aber bald wieder von der Finsternis ausgelöscht wurde.

Ich beobachtete Conseil, der sich in meiner Nähe hielt, und mußte feststellen, wie wenig doch die allgemeine Stimmung auf ihn einwirkte. „Aufgepaßt, Conseil", raunte ich ihm zu, „dies ist die letzte Gelegenheit, zweitausend Dollar einzustreichen."

„Mit Verlaub, mein Herr, ich habe nie mit dieser Prämie gerechnet, und hätte die Regierung der Vereinigten Staaten hunderttausend Dollar versprochen, sie wäre deswegen um nichts ärmer geworden."

„Recht hast du, Conseil. Das ist eine verrückte Sache, nach allem, und wir haben uns zu leichtfertig in sie hineingestürzt. Wieviel verlorene Zeit! Wir könnten jetzt schon seit sechs Monaten in Frankreich sein."

„Im Museum meines Herrn", fügte Conseil hinzu, „und ich hätte bereits alle neuen Fossilien klassifiziert."

„Du sagst es, und ohne Frage lacht man schon über uns."

„Ganz gewiß, nehme ich an, wird man sich über meinen Herrn lustig machen", erwiderte Conseil unbewegt. „Und –"

Es gelang Conseil nicht mehr, seinen Satz zu vollenden. Inmitten der lastenden Stille ließ sich eine Stimme vernehmen – die Stimme von Ned Land, der ausrief: „Ho! Das fragliche Ding querab in Lee!"

Auf diesen Ruf stürzten alle zum Harpunier hin. Selbst die Maschinisten verließen ihre Maschine und die Heizer ihre Kessel. Es wurde der Befehl gegeben zu stoppen. Die Fregatte trieb.

Tiefe Dunkelheit herrschte. Aber zwei Kabellängen von der „Abraham Lincoln" schien das Meer von unten beleuchtet zu sein. Das Ungeheuer, einige Klafter unter dem Wasserspiegel verborgen, strahlte den sehr starken Schein aus, der schon in den Berichten mehrerer Kapitäne erwähnt worden war.

„Das ist nur eine Ballung phosphoreszierender Moleküle", rief einer der Offiziere.

„Nein", sprach ich dagegen. „Dieser Schein muß seiner Herkunft nach elektrisch sein. Und sehen Sie! Es stürzt auf uns los!"

Ein vielstimmiger Schrei ging über die Fregatte.

„Ruhe!" rief Kommandant Farragut. „Ruder in Lee! Maschine zurück!"

Die Matrosen stürzten ans Ruder, die Maschinisten zu ihrer Maschine. Die „Abraham Lincoln“ drehte nach Backbord und beschrieb einen Halbkreis.

„Ruder Steuerbord. Maschine voraus!“ schrie Kommandant Farragut.

Die Fregatte wollte sich entfernen, aber das Wundertier näherte sich mit einer Geschwindigkeit, die doppelt so groß wie unsere war.

Bestürzung weit mehr als Furcht machte uns starr und stumm. Spielend holte das Tier uns ein. Es umkreiste die mit vierzehn Knoten fahrende Fregatte, zog eine Bahn von stäubendem Licht um sie, fiel dann zwei oder drei Meilen zurück, eine phosphoreszierende Schleppe nach sich ziehend, wie die Dampffahne einer Lokomotive. Vom dunklen Horizont schoß das Ungeheuer dann plötzlich mit schrecklicher Schnelligkeit auf die „Abraham Lincoln“ los. Doch bremste es jäh, hielt zwanzig Fuß vor dem Schiff – und verschwand, als sei die gleißende Quelle auf einmal versiegt. Auf der andern Seite des Schiffes kam das Tier dann wieder zum Vorschein, sei es, daß es die Fregatte umschwommen hatte, sei es, daß es unter dem Kiel hindurchgeglitten war. Jeden Augenblick konnte es zu einem Zusammenstoß kommen, der für uns böse ausgegangen wäre. Trotzdem wunderte ich mich über die Manöver der Fregatte. Sie floh und griff nicht an. Ich gestattete mir gegenüber dem Kommandanten eine Bemerkung hierzu. Seine gewöhnlich so festen Züge zeigten Bestürzung.

„Herr Aronnax“, sagte er, „ich weiß nicht, wie furchtbar das Geschöpf ist, mit dem ich es zu tun habe, und ich habe keine Lust, meine Fregatte bei dieser Dunkelheit aufs Spiel zu setzen. Warten wir den Tag ab, und die Rollen werden sich vertauschen.“

„Sie haben keinen Zweifel mehr, Kommandant, über die Natur des Tieres?“

„Nein, mein Herr, es handelt sich offenbar um einen Riesen-Narwal, aber um einen elektrischen.“

Während dieser Nacht dachte niemand an Schlaf. Da sich die „Abraham Lincoln“ an Schnelligkeit nicht mit ihrem Gegner messen konnte, machte sie bei schwachem Dampf nur mäßige Fahrt. Der Narwal seinerseits folgte dem Beispiel der Fregatte;

er ließ sich von den Wellen wiegen. Um Mitternacht jedoch verschwand er, richtiger gesagt, er „verlosch“ wie ein riesiger Leuchtwurm. War er geflohen? Es war zu befürchten – nicht zu hoffen. Aber sieben Minuten vor ein Uhr morgens ließ sich ein ohrenbetäubendes Zischen hören, gleich dem, das ein Wasserstrahl, der mit Kraft emporgeschleudert wird, hervorruft.

Kommandant Farragut, Ned Land und ich hielten uns in dem Augenblick auf dem Vorderdeck auf und starrten angestrengt in das tiefe Dunkel.

„Ned Land“, fragte der Kommandant, „Sie haben wohl oft das Prusten der Wale gehört?“

„Oft, Kommandant. Wenn wir auf vier Harpunenlängen herankommen ...“

„Aber dafür müßte ich Ihnen ein Walfangboot zur Verfügung stellen“, warf der Kommandant ein. „Und das hieße, das Leben meiner Leute aufs Spiel setzen.“

„Und meins“, antwortete schlicht der Harpunier.

Gegen zwei Uhr morgens zeigte sich die leuchtende Stelle wieder, fünf Meilen in Lee von der „Abraham Lincoln“. Trotz der Entfernung hörte man deutlich die Schwanzschläge des Tieres und sogar sein Keuchen. Es schien, als dringe in dem Augenblick, wo der enorme Narwal an die Oberfläche auftauchte, um zu atmen, die Luft in seine Lungen ein wie Dampf in die Zylinder einer ungeheuren Maschine von zweitausend Pferdestärken.

„Ein Wal von der Kraft eines Kavallerieregiments“, dachte ich.

Man blieb bis zum Tage wachsam. Um sechs Uhr begann der Morgen zu grauen, und mit dem ersten Schimmer verschwand der elektrische Glanz des Narwals. Um sieben Uhr aber engte ein dichter Morgennebel, den selbst die besten Fernrohre nicht zu durchdringen vermochten, den Horizont ein, so daß Enttäuschung und Zorn aufstiegen. Ich kletterte auf den Besanmast. Einige Offiziere hatten sich schon einen Platz dicht unter der Spitze des Mastes gesucht.

Um acht Uhr wallte schwerer Nebel über den Wellen, aber nach und nach hoben sich die Schwaden. Der Horizont klärte sich, und auf einmal war er frei. Wie am Abend zuvor erschallte plötzlich die Stimme Ned Lands: „Das fragliche Tier backbord hinter uns!“

Aller Augen wandten sich dorthin. Anderthalb Meilen von der Fregatte entfernt tauchte ein langer, schwärzlicher Körper bis einen Meter über die Wellen auf. Sein Schwanz erregte mit heftigen Schlägen einen starken Strudel; niemals hat eine Flosse das Meer stärker aufgewühlt. Blendend weißes Kielwasser bezeichnete in einer gewaltigen Kurve die Bahn des Tieres. Die Fregatte näherte sich dem Wal. Kühl stellte ich meine Beobachtungen an.

Die Berichte von der „Shannon" und der „Helvetia" hatten die Dimensionen etwas übertrieben. Ich schätzte seine Länge auf nur zweihundertfünfzig Fuß. Während ich das phänomenale Geschöpf beobachtete, stieß es aus seinen Luftlöchern zwei Strahlen von Dampf und Wasser empor, die vierzig Meter hoch aufstiegen und mir über die Art der Atmung Auskunft gaben. Ich folgerte schlüssig, ein Wirbeltier vor mir zu haben, zur Klasse der Säugetiere gehörig, aus der Unterklasse der Monodelphia, der Gruppe der Fischförmigen, Ordnung der Wale. Über die Familie konnte ich mich noch nicht aussprechen. Zur Ordnung der Wale gehören drei Familien: die Glattwale, die Pottwale und die Delphine. Der Narwal gehört zu den letzteren.

Kommandant Farragut ließ den Ingenieur rufen. „Heizen Sie stärker, auf Volldampf!" Ein dreimaliges Hurra begrüßte diesen Befehl. Die Stunde des Kampfes hatte geschlagen. Nach wenigen Augenblicken entströmten schwarze Dampfwolken den beiden Schloten der Fregatte, und das Deck vibrierte unter dem Beben der Kessel. Die „Abraham Lincoln" hielt gerade auf das Tier zu. Gleichmütig ließ es das Schiff bis auf eine halbe Kabellänge herankommen. Ohne unterzutauchen, machte es dann eine Wendung, beschränkte sich jedoch darauf, seine Distanz zu behaupten.

Diese Verfolgung dauerte etwa eine Dreiviertelstunde, ohne daß die Fregatte auch nur zwei Klafter aufgeholt hätte. Kommandant Farragut raufte in Wut den dichten Haarbüschel, der unter seinem Kinn wucherte. „Meister Land", fragte er, „raten Sie mir immer noch, meine Boote ins Meer zu schicken?"

„Nein, Kommandant", erwiderte Ned Land, „denn dieses Tier läßt sich nicht so leicht fangen. Heizen Sie, wenn möglich, noch stärker ein. Ich für mein Teil, wenn Sie zustimmen, will auf dem Bugspriet Posten beziehen, und sobald wir auf Schußweite herankommen, harpuniere ich."

„Tun Sie das, Ned", sagte der Kommandant. „Ingenieure, mehr Dampf!"

Ned Land begab sich auf seinen Posten. Die Feuer wurden noch stärker geschürt. Die Schraube machte dreiundvierzig Umdrehungen in der Minute, und Dampf entwich aus den Ventilen. Das Log wurde ausgeworfen: Die „Abraham Lincoln" fuhr achtzehneinhalb Meilen die Stunde.

Aber das verdammte Tier entwickelte desgleichen eine Geschwindigkeit von achtzehneinhalb Meilen die Stunde.

Noch eine Stunde hielt die Fregatte dieses Tempo, ohne eine Klafter zu gewinnen. Das war demütigend für eines der schnellsten Schiffe der amerikanischen Marine. Der Kapitän raufte nicht mehr seinen Bart, er biß auf ihm herum. Abermals wurde der Ingenieur gerufen.

„Haben Sie den maximalen Dampfdruck erreicht?"

„Jawohl, Kommandant. Die Ventile sind auf sechseinhalb Atmosphären eingestellt.

„Stellen Sie die Ventile auf zehn Atmosphären ein!"

Ein typisch amerikanischer Befehl. Auf dem Mississippi waren „Konkurrenten" nicht anders abgeschüttelt worden. „Conseil", sagte ich zu meinem braven Diener, „weißt du, daß wir vermutlich in die Luft fliegen werden?"

„Wie es meinem Herrn beliebt", versetzte Conseil.

Die Schnelligkeit der „Abraham Lincoln" steigerte sich. Die Masten zitterten bis in ihre Verankerung. Das Log wurde ein zweitesmal ausgeworfen. „Neunzehn und drei Zehntel Meilen, Kommandant."

„Stärker heizen."

Das Manometer zeigte zehn Atmosphären an. Aber das Ungeheuer „heizte" ebenfalls. Ned Land hielt sich auf seinem Posten, die Harpune in der Hand. Einige Male duldete es das Tier, daß wir ihm näher kamen.

„Wir bezwingen es!" schrie der Kanadier. Doch in dem Augenblick, in dem er sich anschickte, die Harpune zu werfen, entwischte es mit einer Geschwindigkeit von nicht weniger als dreißig Meilen die Stunde. Während wir unser Äußerstes an Schnelligkeit hergaben, erlaubte der Narwal sich immer noch, der Fregatte durch dieses Spiel zu spotten. Ein Schrei der Wut entrang sich jeder Brust.

Um zwölf Uhr mittags waren wir noch nicht näher heran. Da entschloß sich Kommandant Farragut, direktere Mittel zum Einsatz zu bringen. „Wir wollen sehen, ob dieses Tier auch unseren Spitzkugeln entgeht. Männer an das vordere Geschütz!"

Die Kanone des Vorderkastells wurde unverzüglich geladen und gerichtet. Die Kugel wurde abgeschossen, fuhr aber einige Fuß über das Tier hinweg, das sich eine halbe Meile entfernt hielt.

„Ein andrer, der's besser versteht!" rief der Kommandant, „und fünfhundert Dollar dem, der die höllische Bestie trifft!"

Ein alter, graubärtiger Kanonier – ich sehe ihn noch vor mir – mit unbewegtem Gesicht trat ans Geschütz und visierte lange. Eine starke Detonation, gefolgt vom Hurra der Mannschaft, erschütterte die Luft. Das Geschoß erreichte sein Ziel, prallte aber an dem runden Buckel des Tieres ab und spritzte zwei Meilen weiter ins Meer.

„Teufel!" schrie der alte Kanonier aufgebracht, „der Schuft ist sechs Zoll dick gepanzert!"

„Verdammt!" brüllte Kommandant Farragut. Die Jagd ging aufs neue an. Der Kommandant wandte sich zu mir und sagte: „Ich werde das Tier verfolgen, bis meine Fregatte birst!"

„Ja", antwortete ich, „Sie haben recht."

Man durfte hoffen, das Tier werde ermüden. Aber damit war es nichts. Stunden verflossen, ohne daß es ein Zeichen von Ermattung verriet.

Dann kam die Nacht und hüllte das unruhige Meer in ihre Schatten. Ich schätze, daß die „Abraham Lincoln" an diesem unseligen 6. November nicht weniger als fünfhundert Kilometer zurücklegte. Ich glaubte, unsere Expedition wäre damit zu Ende und wir bekämen das phantastische Tier nie mehr zu Gesicht. Ich sollte mich irren.

Abends um zehn Uhr fünfzig tauchte der elektrische Glanz wieder auf, drei Meilen in Lee von der Fregatte, so stark wie in der vergangenen Nacht. Der Narwal schien unbeweglich. Ermüdet von der Jagd, schlief er vielleicht und wiegte sich auf den Wogen. Das war eine Chance, die Kommandant Farragut zu nutzen gedachte.

Er gab seine Befehle. Der Kanadier begab sich wieder auf seinen Posten am Bugspriet. Die „Abraham Lincoln“ näherte sich mit schwachem Dampf vorsichtig dem Gegner, um ihn nicht zu wecken. Nicht selten trifft man auf offener See Wale in tiefem Schlaf und kann sie dann sehr leicht angreifen. Geräuschlos kam die Fregatte heran. Man hörte nicht einen Atemzug an Bord. Tiefes Schweigen herrschte auf dem Deck. Ich lehnte an der Reling des Vordecks und sah Ned Land unter mir, wie er sich mit der einen Hand am Stampfstag festklammerte und mit der anderen seine Harpune schwang. Kaum zwanzig Fuß trennten ihn von dem unbeweglichen Tier. Plötzlich schleuderte Ned Land den Arm mit aller Kraft nach vorn, und die Harpune flog davon. Ich hörte die Waffe klingend aufschlagen, als habe sie einen harten Körper getroffen.

Die elektrische Helle erlosch. Zwei gewaltige Wasserwirbel entluden sich auf die Fregatte, überspülten wie ein Sturzbach das Deck vom Bug bis zum Heck und rissen die Männer zu Boden. Ein fürchterlicher Schlag schleuderte mich über die Reling. Ich fand keine Zeit, nach einem Halt zu greifen, und stürzte ins Meer.

EIN UNGEHEURER FISCH AUS STAHL

Zunächst wurde ich etwa zwanzig Fuß tief unter Wasser gedrückt. Ich bin ein guter Schwimmer, und so verlor ich keineswegs den Kopf. Zwei kräftige Stöße brachten mich wieder zur Oberfläche empor. Mit dem ersten Blick suchte ich die Fregatte. Hatte die Mannschaft mein Verschwinden bemerkt? Durfte ich auf Rettung hoffen?

Tiefes Dunkel ringsum. In der Ferne sah ich die verlöschenden Positionslichter der Fregatte. Ich glaubte mich verloren.

„Hilfe!“ Verzweifelt schwamm ich hinter der „Abraham Lincoln“ her. Meine Kleider klebten an meinem Körper und hemmten meine Bewegungen. Ich sank ab, die Luft ging mir aus.

Plötzlich faßte eine starke Hand meine Kleider. Ich hörte, wie mir diese Worte ins Ohr gesprochen wurden: „Wenn mein Herr sich auf meine Schulter stützen will, wird mein Herr bequemer schwimmen.“

Ich ergriff mit einer Hand den Arm meines treuen Conseil.

„Du!“ sagte ich. „Der Brecher hat dich zugleich mit mir ins Meer gespült?“

„Keineswegs. Da ich jedoch in meines Herrn Diensten stehe, bin ich meinem Herrn gefolgt.“

„Und die Fregatte?“ fragte ich.

„Ich glaube“ – Conseil legte sich auf den Rücken –, „mein Herr wird gut daran tun, nicht allzu stark mit ihr zu rechnen.“

„Du meinst?“

„In dem Augenblick, als ich ins Meer sprang, hörte ich die Leute am Ruder rufen, Schraube und Ruder seien durch den Zahn des Ungeheuers gebrochen. Dies ist der einzige Schaden, glaube ich, den die ‚Abraham Lincoln‘ erlitt. Aber ein schlimmer Umstand für uns; sie kann nicht mehr steuern. Wir haben jedoch noch einige Stunden vor uns, und in einigen Stunden kann man viel zustande bringen.“

Die Kaltblütigkeit Conseils richtete meinen Mut auf. Ich schwamm wieder rüstiger, aber meine Kleider, die wie ein bleierner Mantel an mir hingen, behinderten mich.

„Mein Herr erlaube mir, einen Schnitt vorzunehmen“, sagte Conseil. Er führte ein offenes Messer unter meine Kleider und schlitzte sie mit einem raschen Schnitt von oben bis unten auf. Dann zog er sie mir ab, während ich solange für uns beide schwamm.

Ich leistete Conseil denselben Dienst, und dann schwammen wir nebeneinander weiter.

Unser Entschluß war, so lange als möglich zu warten, da unsere einzige Hoffnung darauf beruhte, von den Booten der „Abraham Lincoln“ aufgefischt zu werden. Ich gedachte daher, unsere Kräfte geteilt einzusetzen, um sie nicht gleichzeitig zu erschöpfen. Wir kamen folgendermaßen überein: Während der eine mit gekreuzten Armen und gestreckten Beinen reglos auf dem Rücken lag, schwamm der andere und bugsierte den Ruhenden vorwärts. Alle zehn Minuten wollten wir uns ablösen. So konnten wir es gewiß stundenlang, vielleicht bis zum Anbruch des Tages aushalten. Eine schwache Chance! Aber die Hoffnung ist tief im Herzen des Menschen eingewurzelt. Selbst wenn ich sie in mir auszulöschen versucht hätte, ich hätte es nicht vermocht.

Das Meer blieb ziemlich ruhig. Die Schwärze der Nacht wurde nur von dem phosphoreszierenden Schein gebrochen, den unsere Bewegungen hervorriefen. Ich betrachtete die schimmernden Wellen, die über meine Hand spülten, als wäre sie in ein Quecksilberbad getaucht.

Gegen ein Uhr morgens befiel mich eine starke Müdigkeit. Unter heftigen Krämpfen erstarrten meine Glieder. Conseil mußte mich stützen, und er trug nun allein für unsere Rettung Sorge. Bald hörte ich ihn keuchen. Mir wurde klar, daß er nicht mehr lange aushalten konnte.

„Laß mich! Laß mich!" sagte ich zu ihm.

„Meinen Herrn im Stich lassen? Niemals! Eher würde ich vor ihm untergehen."

In dem Augenblick leuchtete der Mond hinter einer großen Wolke hervor; die Meeresfläche schimmerte unter den Strahlen. Mein Blick suchte den Horizont ab. Ich entdeckte die Fregatte. Sie lag fünf Meilen vor uns, kaum bemerkbar. Von Booten – nichts! Ich wollte schreien. Aber wozu, bei der Entfernung! Nicht ein Ton drang über meine geschwollenen Lippen. Wiederholt hörte ich Conseil um Hilfe rufen.

Wir verhielten für einen Augenblick und lauschten. Und es schien mir, als habe eine Stimme geantwortet. „Hast du gehört?" keuchte ich.

„Ja, ja!" Und nochmals stieß Conseil einen Hilferuf aus. Diesmal war ein Irrtum ausgeschlossen. Eine menschliche Stimme gab Antwort. Conseil stützte sich auf meine Schulter und richtete sich halb über das Wasser auf. Dann sank er erschöpft wieder zurück.

„Was hast du gesehen?"

„Ich habe gesehen", stammelte er, „... habe gesehen ... aber reden wir nicht ... schonen wir unsere Kräfte."

Was hatte er gesehen? Der Gedanke an das Ungeheuer schoß mir durch den Kopf. Doch diese Stimme?

Conseil schob mich wieder. Ab und zu hob er den Kopf und stieß einen Ruf aus, auf den eine andere Stimme in immer größerer Nähe antwortete. Aber ich hörte sie kaum mehr. Die Kräfte gingen mir aus; mein Mund füllte sich mit salzigem Wasser; vor Kälte war ich erstarrt. Ein letztesmal riß ich den Kopf hoch, dann versank ich. In diesem Augenblick stieß ich gegen einen harten Körper. Ich klammerte mich an ihn. Dann spürte ich, wie ich zur Oberfläche emporgetragen wurde. Ich fühlte noch, wie der Druck von meiner Brust wich, und wurde ohnmächtig.

Gewiß dadurch, daß mein Körper kräftig gerieben wurde, bin ich bald wieder zu mir gekommen. Ich schlug die Augen ein wenig auf. „Conseil", flüsterte ich.

„Mein Herr hat mich gerufen?" fragte Conseil.

Da gewahrte ich im letzten Strahl des Mondes, der sich gegen den Horizont neigte, eine Gestalt, nicht die Conseils, und erkannte sie sogleich. „Ned!" rief ich.

„In Person, mein Herr, und ich jage meiner Prämie nach", gab der Kanadier zurück.

„Hat der Stoß Sie auch ins Meer geschleudert?"

„Jawohl, Herr Professor, aber mir ging es besser als Ihnen; es gelang mir, nach wenigen Augenblicken auf einem schwimmenden Inselchen Fuß zu fassen. Oder vielmehr auf unserem Riesennarwal. Und ich habe bald erkannt, warum meine Harpune nicht in seine Haut eindringen konnte und stumpf wurde."

„Erklären Sie, Ned."

„Weil dies Tier, Herr Professor, aus Stahlblech besteht!"

Die letzten Worte des Kanadiers bewirkten in meinem Kopf einen plötzlichen Umschwung. Ich kletterte rasch auf den höchsten Punkt des halb untergetauchten Tieres oder Gegenstandes, der uns als Zuflucht diente. Ich prüfte die Beschaffenheit mit den Hacken. Es handelte sich um einen harten, undurchdringlichen Körper und nicht um die weiche Substanz, aus der der Leib der großen Säugetiere besteht. Aber die harte Oberfläche konnte auch eine knochenartige Schilddecke sein wie bei den vorsintflutlichen Tieren. In dem Fall wäre das Ungeheuer unter die amphibischen Reptilien, zu denen Schildkröten und Alligatoren gehören, zu zählen gewesen. Doch nein! Der schwärzliche Rücken, der mich trug, war glatt, poliert. Wenn man klopfte, gab er einen metallischen Ton wieder; und kein Zweifel, er war aus verbolzten Platten hergestellt. Dieses Ungeheuer, das die gesamte wissenschaftliche Welt beschäftigt und die Vorstellungskraft der Seeleute beider Hemisphären irregeleitet hatte, war ein weit erstaunlicheres Wunder, ein Werk von Menschenhand, das die Form eines ungeheuren Fisches aus Stahl aufwies.

„Seit drei Stunden hocke ich auf dieser schwimmenden Insel; dennoch habe ich noch kein Lebenszeichen beobachtet."

„Aber es muß eine Maschine besitzen, und einen Maschinisten, der die Maschine bedient. Also – sind wir gerettet."

„Hm!" ließ sich Ned Land reserviert vernehmen.

In diesem Moment entstand hinten an dem sonderbaren Apparat ein Brausen, und das Fahrzeug setzte sich in Bewegung. Wir hatten gerade noch Zeit, uns an seinem oberen Teil festzuklammern, der etwa achtzig Zentimeter über das Wasser emporragte.

„Solange es horizontal fährt, habe ich nichts dagegen einzuwenden", brummte Ned Land. „Aber wenn ihm einfallen sollte unterzutauchen, gäbe ich keine zwei Dollar für mein Leben."

Es wurde höchste Zeit, mit den Personen im Innern dieser Maschine, welcher Art sie auch sein mochten, Verbindung aufzunehmen. Ich suchte die Oberfläche nach einer Öffnung, einem Einstieg ab, aber die verbolzten Platten waren festgefugt. Überdies ging der Mond eben unter und ließ uns in einer tiefen Dunkelheit.

Gegen vier Uhr morgens wuchs die Schnelligkeit des Fahrzeugs an. Wenn uns die Wellen voll trafen, konnten wir kaum standhalten. Zum Glück fand Ned Land einen massiven Ring, der auf dem Buckel aus Eisenblech angebracht war und an dem wir uns gut festhalten konnten.

Endlich war die lange Nacht vorüber; der Tag stieg auf. Ich machte mich an eine sorgfältige Untersuchung des Rumpfes; da spürte ich, wie sich das Fahrzeug allmählich senkte.

„He! Tausend Teufel!" schrie Ned Land und stampfte mit dem Fuß auf die hallenden Platten, „öffnet doch, ungastliches Volk!"

Zu unserem Glück wurde das Tauchmanöver gestoppt.

Auf einmal war aus dem Innern ein Lärm wie von kräftig gestoßenem Eisen zu hören. Eine Platte hob sich; ein Mann kam zum Vorschein, stieß einen sonderbaren Schrei aus und verschwand augenblicklich wieder. Kurz darauf erschienen schweigend acht starke Burschen mit verhülltem Gesicht und zogen uns in ihre fürchterliche Maschine hinein.

Sowie sich die schmale Platte über mir geschlossen hatte, war ich von tiefer Dunkelheit umhüllt. Unter meinen nackten Füßen spürte ich die Sprossen einer eisernen Leiter. Hinter mir wurden Ned Land und Conseil hergeschleppt. Am Fuß der Leiter öffnete sich eine Tür und wurde hinter uns sofort wieder dröhnend zugeschlagen. Wir waren allein. Wo? Ich konnte es mir nicht vorstellen. Alles war schwarz, so tiefschwarz.

Ned Land ließ seiner Entrüstung freien Lauf. „Tausend Teufel!“ schrie er. „Ist das ein Volk, gastlich wie Schotten! Fehlt nur noch, daß sie Menschenfresser sind. Aber ich versichere, daß man mich nicht fressen wird, ohne daß ich protestiere!“

„Beruhigen Sie sich, Freund Ned“, warf Conseil gelassen ein. „Noch sind wir nicht am Bratspieß.“

„Am Spieß zwar nicht“, gab der Kanadier zurück, „aber im Bratofen bestimmt. Stockdunkel ist das hier. Zum Glück habe ich noch mein Messer bei mir, und so dunkel kann es gar nicht sein, daß ich damit nicht umzugehen wüßte!“

„Ned, ereifern Sie sich nicht“, sagte ich zu dem Harpunier, „bringen Sie uns nicht durch unnütze Gewalttätigkeit in Gefahr. Wer weiß, ob man uns nicht doch Gehör schenkt. Bemühen wir uns erst, herauszufinden, wo wir sind.“

Ich tastete mich durch den Raum. Nach fünf Schritten traf ich auf eine Wand aus Eisen. Ich drehte mich um und stieß gegen einen hölzernen Tisch, neben dem einige Schemel standen. Der Fußboden unseres Kerkers war mit einer dichten Matte belegt. An den nackten Wänden war keine Spur von Tür oder Fenster zu finden. Conseil, der in entgegengesetzter Richtung gegangen war, stieß in der Mitte der Kabine, die zwanzig Fuß lang und zehn Fuß breit sein mußte, mit mir zusammen. Die Höhe konnte Ned trotz seiner stattlichen Statur nicht ausmachen.

Eine halbe Stunde verstrich, ohne daß unsere Lage sich geändert hätte, als unser Kerker sich plötzlich so erhellte, daß ich den Glanz anfangs nicht ertragen konnte. An der weißen Farbe und der Intensität erkannte ich das elektrische Licht, welches um das unterseeische Boot jenen prächtig phosphoreszierenden Schein erzeugt hatte. Nachdem ich zunächst die Augen unwillkürlich geschlossen hatte, öffnete ich sie wieder und sah, daß das Leuchten von einer Halbkugel aus Milchglas an der Decke der Kabine herrührte.

„Endlich ist es hell!“ rief Ned Land und stellte sich mit dem Messer in der Hand zur Verteidigung auf.

„Ja“, erwiderte ich, „unsere Lage aber ist deswegen nicht minder düster.“

Da wurden die Riegel laut zurückgeschoben, die Tür öffnete sich; zwei Männer traten ein. Sie trugen Mützen aus Seeotterfell, Seestiefel aus Robbenfell und Kleider von einem besonderen Gewebe, die ihnen große Bewegungsfreiheit ließen. Der eine war von kleiner Statur mit kräftig ausgebildeten Muskeln; er hatte einen mächtigen Kopf mit dichtem, schwarzem Haar, einen üppigen Schnurrbart und einen durchdringenden Blick. Seine ganze Erscheinung verriet jene südländische Lebhaftigkeit, welche den Provenzalen charakterisiert.

Der zweite Unbekannte, offensichtlich der Kommandant, verdient eine eingehendere Beschreibung. Seine hervorstechenden Charaktereigenschaften enthüllten sich mir auf den ersten Blick: Selbstvertrauen, denn sein Kopf erhob sich voll Adel über den Schultern, und kühle Sicherheit strahlte aus den schwarzen Augen; Gelassenheit, denn seine Haut, eher blaß, zeugte von ruhigem Blut; Energie, die das rasche Zusammenziehen der Augenbrauen bewies; Mut schließlich, denn auf kraftvolle Offenherzigkeit deutete der tiefe Atem hin. Ob dieser Mann fünfunddreißig oder fünfzig Jahre alt war, hätte ich nicht angeben können. Er war von hohem Wuchs, hatte eine weite Stirn und gerade Nase; sein Mund war klar gezeichnet. Die Hände waren schlank. Unbestreitbar war dies ein bewundernswerter Mensch. Eine besondere Einzelheit: Seine Augen, die etwas weit auseinander lagen, vermochten – wie ich später herausfand – nahezu den vierten Teil des Horizontes gleichzeitig zu überblicken. Wenn er aber einen Gegenstand scharf ansah, zogen sich die Augenbrauen zusammen, und seine Lider senkten sich, um die Pupille abzuschirmen, wodurch das Blickfeld verkleinert wurde. Wie tief drang dieser Blick in die Seele!

Nachdem der Mann uns mit großer Aufmerksamkeit geprüft hatte, wandte er sich seinem Begleiter zu und redete mit ihm in einer mir unbekannten, tönenden, harmonischen Sprache.

Der andere antwortete mit einem Kopfschütteln und fügte zwei oder drei unverständliche Worte hinzu. Daraus schien sein Blick mich direkt fragen zu wollen.

Ich erwiderte in gutem Französisch, daß ich seine Sprache nicht verstünde; aber er schien mich auch nicht zu verstehen.

„Mein Herr möge unsere Geschichte erzählen“, sagte Conseil. „Vielleicht werden die Herren schließlich doch einige Worte davon begreifen.“

Ich gab unsere Namen und den Stand an; dann trug ich eine Schilderung unserer Erlebnisse vor, wobei ich alle Silben klar artikulierte. Der Mann mit den ruhigen Augen hörte mich höflich an. Aber nichts in seinen Zügen ließ erkennen, daß er meine Geschichte erfaßt habe. Als ich fertig war, äußerte er nicht ein Wort.

Blieb noch der Ausweg, es auf englisch zu versuchen, das eine Weltsprache ist und vielleicht zur Verständigung führen konnte. Ich war dieser Sprache wie des Deutschen mächtig genug, um sie zu lesen, wußte sie aber nicht fehlerfrei zu sprechen.

„Nun kommt die Reihe an Sie“, sagte ich zu dem Harpunier. „Legen Sie das beste Englisch auf Ihre Zunge, und bemühen Sie sich, mehr Glück zu haben als ich.“

Ned wiederholte meine Erzählung, dem Inhalt nach getreu; aber er beschwerte sich heftig, daß man ihn gefangengenommen habe, und er fragte, kraft welchen Gesetzes er festgehalten werde. Zu seiner Verwunderung wurde er nicht besser verstanden als ich. Unsere Besucher zuckten nicht mit der Wimper.

Nachdem wir unsere sprachlichen Hilfsmittel vergeblich ausgeschöpft hatten, wußte ich nicht, was nunmehr anzufangen sei. Da sagte Conseil: „Wenn mein Herr es zufrieden ist, will ich die Sache deutsch erzählen.“

„Wie, du verstehst Deutsch?“ rief ich.

„Wie ein Flame, mit Verlaub.“

Aber trotz all seiner schönen Wendungen half auch das Deutsche nicht weiter.

Nunmehr zum Äußersten getrieben, kramte ich alle Reste meiner Jugendstudien hervor und begann, von unseren Abenteuern auf lateinisch zu berichten – ohne Ergebnis.

Die beiden Unbekannten wechselten einige Worte in ihrer unverständlichen Sprache und zogen sich zurück.

„Infam!“ brüllte Ned Land. „In diesem eisernen Käfig werden wir jämmerlich verhungern.“

„Bah! Wir können noch lange aushalten“, meinte Conseil.

„Meine Freunde“, sagte ich, „wir dürfen nicht verzweifeln. Wir haben uns in einer weit scheußlicheren Lage befunden. Tut mir den Gefallen, noch zu warten, ehe ihr euch ein Urteil über den Kommandanten und die Mannschaft bildet.“

„Mein Urteil steht fest“, widersprach Ned Land. „Das sind Schurken aus dem Reich der Schurken!“

„Wackrer Ned, dieses Land ist auf den Karten noch nicht genügend bestimmt, und ich gestehe, daß die Nationalität der beiden Unbekannten schwer zu ermitteln ist. Doch möchte ich annehmen, daß sie aus südlichen Breiten stammen. Aber ob Spanier, Türken, Araber oder Inder, ist nicht zu erkennen.“

„Das ist der Nachteil, daß wir nicht eine einzige Sprache haben“, flocht Conseil ein.

Die Tür öffnete sich. Ein Steward trat ein und brachte uns Westen und Hosen aus einem mir unbekannten Stoff. Wir zogen sie unverzüglich an. Währenddessen deckte der Steward – stumm, vielleicht auch taub – den Tisch für drei Personen.

„Das scheint etwas Gutes zu bedeuten“, sagte Conseil.

„Bah! Was soll es denn hier zu essen geben?“ entgegnete der Harpunier. „Filet vom Hai, Seehundbeefsteak?“

„Wir werden sehen“, sagte Conseil.

Platten, mit silbernen Glocken bedeckt, wurden auf das Tischtuch gestellt, und wir setzten uns. Ohne Frage hatten wir es mit kultivierten Leuten zu tun, und wäre nicht das elektrische Licht gewesen, so hätte ich geglaubt, im Speisesaal des Grand-Hotel zu Paris zu sein. Brot und Wein fehlten völlig, aber das Wasser war frisch und klar. Unter den Speisen, die uns serviert worden waren, erkannte ich einige köstlich zubereitete Fische; von anderen Gerichten aber wußte ich nicht einmal, ob sie pflanzlicher oder tierischer Herkunft waren. Das Tischgerät war elegant und geschmackvoll. Teller und Besteck trugen einen Buchstaben, den ein lateinisches Motto einfaßte. Hier das exakte Faksimile:

MOBILIS

N

IN MOBILI

„Beweglich im beweglichen Element“ – diese Devise paßte genau auf das unterseeische Fahrzeug. Das N war zweifellos der Anfangsbuchstabe des Namens, den der rätselhafte Mann trug, der in der Tiefe des Meeres herrschte.

Ned und Conseil überlegten nicht so lange. Sie verschlangen das Essen. Über unser Schicksal war ich beruhigt; es schien klar zu sein, daß unsere Gastgeber uns nicht verhungern lassen wollten.

Als unser Appetit zu seinem Recht gekommen war, machte sich das Bedürfnis nach Schlaf geltend. Meine beiden Gefährten streckten sich auf der Matte der Kabine aus und waren bald in einen tiefen Schlaf gefallen. Was mich betrifft, so häuften sich zu viele Gedanken in meinem Kopf. Wo waren wir? Welcher fremden Macht waren wir ausgeliefert? Ich wähnte zu fühlen, wie das Fahrzeug zum tiefsten Meeresgrund hinabtauchte. Eine arge Beklemmung befiel mich. Doch endlich beruhigte sich mein Gehirn; die Bilder verschwammen in trüber Schlaftrunkenheit, und schon war ich in einen dumpfen Schlaf gesunken.

DER MANN DES MEERES

Wie lange dieser Schlaf dauerte, weiß ich nicht; aber er muß wohl ausgiebig gewesen sein, da wir uns von unseren Strapazen völlig erholt hatten. Ich wachte zuerst auf. Meine Gefährten rührten sich noch nicht. Ich erhob mich und unterzog die Zelle einer eingehenden Musterung. An ihrer Einrichtung hatte sich nichts verändert. Der Steward hatte während unseres Schlafes lediglich den Tisch abgeräumt. Ich atmete schwer. Zwar war die Zelle geräumig, aber natürlich hatten wir einen großen Teil des Sauerstoffs, den sie zu fassen vermochte, verbraucht. Es wurde also dringend erforderlich, die Luft in unserem Kerker zu erneuern und sicherlich auch die Luft des ganzen Fahrzeugs. So fragte ich mich, wie der Kommandant dieser schwimmenden Wohnung das machte. Erzeugte er die notwendige Luft durch chemische Mittel? In dem Fall mußte er Verbindung mit dem Festland haben, um sich die nötigen Stoffe zu verschaffen. Beschränkte er sich vielleicht darauf, Luft in Hochdruckbehältern zu speichern? Oder ging er – was wahrscheinlicher war – bequemer und kostensparender vor, indem er einfach gleich einem Wal zur Oberfläche des Meeres aufstieg, um den Luftvorrat zu erneuern? Wie dem auch sein mochte, es schien mir angebracht, das Verfahren unverzüglich durchzuführen.

Tatsächlich war ich schon genötigt, meinen Atemrhythmus zu beschleunigen, um den geringen Rest an Sauerstoff, den die Zelle noch enthielt, in meine Lungen zu pumpen; da wurde ich auf einmal durch einen Strom reiner und von Salzdünsten gewürzter Luft erfrischt. Er kam aus einem Schacht über der Tür. Gleichzeitig bemerkte ich, daß das Fahrzeug rollte. Offenbar war es aufgetaucht, um Luft zu tanken.

Während ich noch mit meiner Beobachtung beschäftigt war, erwachten Ned und Conseil. Sie rieben sich die Augen und waren sogleich auf den Beinen.

„Hat mein Herr wohl geschlafen?“ fragte Conseil.

„Ausgezeichnet, mein Bester“, antwortete ich, „und Sie, Meister Ned Land?“

„Tief, Herr Professor. Aber mir kommt es vor, als ob ich eine Meeresbrise einatme.“

Ich erzählte dem Kanadier, was sich zugetragen hatte.

„Gut“, sagte er, „das erklärt das Brausen, das wir hörten, als der vermeintliche Narwal der ‚Abraham Lincoln‘ in Sicht kam. Aber ich habe keinen Begriff davon, Herr Aronnax, wie spät es ist, außer daß es Zeit zum Mittagessen ist, wie ich spüre.“

„Zum Mittagessen? Sagen Sie, zum Frühstück, denn höchstwahrscheinlich ist mittlerweile ein neuer Tag angebrochen.“

„Mittagessen oder Frühstück“, sagte Ned Land, „der Steward wird willkommen sein, ob er nun das eine oder das andere bringt.“

„Meister Land“, sagte ich, „wir haben uns nach dem Reglement des Schiffes zu richten, und ich vermute, unser Magen eilt der Uhr des Schiffskochs voraus.“

„Und die wird vermutlich richtig gehen“, sagte Conseil.

„Das ist wieder typisch für Sie, Freund Conseil“, erwiderte der ungeduldige Kanadier. „Sie wären fähig, lieber vor Hunger umzukommen, als sich zu beschweren.“

„Wozu sollte das gut sein?“ fragte Conseil.

„Es tut einfach gut, sich zu beschweren. Wenn diese Piraten

mich in einem Käfig einsperren, sollen sie meine Flüche hören. Was meinen Sie, Herr Aronnax? Glauben Sie, daß wir lange in diesem Kasten festgehalten werden?“

„Ich vermute, daß der Zufall uns zu Mitwissern eines großen Geheimnisses gemacht hat. Wenn es von der Besatzung gehütet werden muß, halte ich unser Leben für gefährdet. Aber lassen wir die Umstände an uns herankommen, Meister Land, dann wird man sehen. Versprechen Sie mir also, daß Sie sich ohne Zornausbruch in die Lage fügen.“

„Ich verspreche es Ihnen. Kein ungestümes Wort wird über meine Lippen kommen.“

Die Zeit verfloß, Hunger peinigte uns, und diesmal ließ der Steward auf sich warten. Ned Land geriet immer mehr in Zorn, und ich fürchtete trotz seines Versprechens einen Ausbruch, sobald ihm ein Mann der Besatzung zu Gesicht kommen würde.

In den folgenden zwei Stunden steigerte sich Ned Lands Grimm noch. Der Kanadier rief laut, aber niemand kam. Die Wände aus Eisenblech waren undurchdringlich. Das Boot fuhr nicht, sonst hätte ich die Schläge der Schraube spüren müssen. Die unheilvolle Stille war schrecklich. Ich wurde immer unruhiger. Conseil blieb gelassen. Ned Land brüllte.

Da öffnete sich die Tür, der Steward trat ein. Bevor ich den Kanadier zurückhalten konnte, hatte er den Unglücklichen zu Boden geworfen und bei der Kehle gepackt. Ich wollte gerade eingreifen, als mich plötzlich französische Worte an meinen Platz bannten. „Beruhigen Sie sich, Meister Land, und Sie, Herr Professor, hören mich bitte an!“

Es WAR der Kommandant.

Ned Land stand auf. Halb erstickt wankte der Steward auf ein Zeichen seines Herrn hinaus. Schweigend warteten wir, wie die Szene sich weiter entwickeln würde.

An eine Ecke des Tisches gelehnt, die Arme gekreuzt, prüfte uns der Kommandant aufmerksam. Nach einer kurzen Pause, die wir nicht zu unterbrechen wagten, sagte er in ruhigem und eindringlichem Ton: „Meine Herren, ich spreche gleichermaßen französisch, englisch, deutsch und lateinisch. Ich hätte Ihnen also bei unserer ersten Begegnung schon antworten können, aber zunächst wollte ich Sie kennenlernen, um dann mit mir zu Rate zu gehen. Ihr vierfacher, im Grundsätzlichen völlig übereinstimmender Bericht hat mir gezeigt, daß Sie wahrheitsgetreu angegeben haben, wer Sie sind. Ich weiß jetzt, daß der Zufall des Schicksals Herrn Pierre Aronnax zu mir führte, Professor der Naturgeschichte am Museum zu Paris, ferner seinen Diener Conseil und Ned Land, Harpunier an Bord der ‚Abraham Lincoln', die zur Nationalmarine der Vereinigten Staaten von Amerika gehört."

Mit einer Verneigung bestätigte ich diese Angaben. Der Kommandant sprach mit selbstverständlicher Geläufigkeit und ohne einen Akzent. Dennoch fühlte ich, daß er kein Landsmann von mir war.

Er fuhr fort: „Ich habe mit meinem zweiten Besuch lange gewartet, denn ich wollte mein Verhalten Ihnen gegenüber reiflich überlegen. Höchst mißliche Umstände haben Sie in die Nähe eines Mannes gebracht, der mit der Menschheit gebrochen hat."

„Unfreiwillig", sagte ich.

„Unfreiwillig?" fragte er mit leicht gehobener Stimme. „Hat mich die ‚Abraham Lincoln' unfreiwillig auf allen Meeren verfolgt? Sind Ihre Kugeln aus freien Stücken am Rumpf meines Schiffes abgeprallt? Hat Meister Ned Land mich mit seiner Harpune getroffen, ohne es zu wollen?"

Mich überraschte die Gereiztheit in diesen Worten. Doch hatte ich auf die Beschuldigung eine Antwort. „Zweifelsohne wissen Sie nicht, mein Herr, daß verschiedene Unfälle, die durch einen Zusammenstoß von Schiffen mit Ihrer unterseeischen Maschine verursacht wurden, die öffentliche Meinung in Amerika und Europa aufgebracht haben. Ich erspare Ihnen die zahllosen Hypothesen, mit denen man das unerklärliche Phänomen, dessen Geheimnis Sie allein kannten, zu erklären versuchte. Aber bedenken Sie, daß die ‚Abraham Lincoln', als sie Sie durch die tiefen Gewässer des Pazifik verfolgte, ein gewaltiges Seeungeheuer zu jagen meinte, von dem der Ozean um jeden Preis befreit werden müsse."

Ein verhaltenes Lächeln spielte um die Lippen des Kommandanten. „Herr Aronnax, Sie werden zugeben müssen, daß Ihre Fregatte ein unterseeisches Boot gleichermaßen verfolgt und kanoniert hätte wie ein Ungeheuer."

Diese Entgegnung brachte mich in Verlegenheit, denn sicherlich hätte Kommandant Farragut keinen Augenblick gezaudert, auch ein Fahrzeug dieser Art zu zerstören.

„Sie sehen ein, mein Herr“, sagte der Unbekannte, „daß ich das Recht habe, Sie als Feinde zu behandeln. Nichts verpflichtete mich, Ihnen Gastfreundschaft zu gewähren. Ich könnte Sie auf die Plattform meines Schiffes zurückbringen lassen und dann untertauchen und vergessen, daß Sie jemals existierten. Wäre ich nicht dazu berechtigt?“

„Das wäre vielleicht das Recht eines Wilden“, erwiderte ich, „nicht dasjenige eines zivilisierten Menschen.“

„Herr Professor, ich gehöre nicht zu jenen, die Sie zivilisiert nennen. Ich habe mit der ganzen Gesellschaft gebrochen, aus Gründen, über die ich vor niemandem Rechenschaft abzulegen habe. Ich richte mich also nicht nach den Regeln der Gesellschaft und fordere Sie auf, sich bei mir nie auf diese zu berufen.“

Das war unmißverständlich gesprochen. Zorn und Verachtung blitzten aus den Augen des Unbekannten, und ich spürte, daß es im Leben dieses Mannes eine furchtbare Vergangenheit gegeben haben mußte. Nicht nur hatte er sich außerhalb der menschlichen Gesetze gestellt, er hatte sich auch von ihnen unabhängig gemacht, frei im radikalsten Sinn des Wortes. Wer hätte auch gewagt, ihn auf dem Meeresgrund zu verfolgen, da er doch schon an der Oberfläche alle Anstrengungen, ihn zu meistern, durchkreuzte? Zur Verantwortung für seine Taten konnte den Fremden auf der Erde niemand ziehen. Gott, wenn er an ihn glaubte, sein Gewissen, wenn er eines besaß, waren die einzigen Richter, denen er unterworfen war.

Nun ergriff der Kommandant wieder das Wort: „Ich habe schließlich gedacht, daß mein Interesse sich mit dem natürlichen Mitgefühl vereinbaren lasse, auf das jedes menschliche Wesen einen Anspruch hat. Sie bleiben an Bord, weil das Verhängnis Sie dahin verschlagen hat. Sie werden frei sein auf dem Schiff, und als Gegenleistung fordere ich Ihnen lediglich eine Bedingung ab. Ihr Wort, sie anzunehmen, wird mir genügen.“

„Sie werden keine Bedingung stellen“, antwortete ich, „die ein Ehrenmann nicht annehmen könnte.“

„Nein, mein Herr. Hören Sie. Es ist möglich, daß gewisse unvorhergesehene Ereignisse mich nötigen, Sie für Stunden oder für Tage, je nach den Umständen, in Ihre Kabine zu verbannen. Da ich niemals Gewalt anzuwenden wünsche, erwarte ich in diesem Fall, mehr als in jedem andern, willigen Gehorsam. Dadurch trage ich die Verantwortung für Sie, Sie sind ihrer ledig, denn ich mache Ihnen unmöglich, zu sehen, was nicht gesehen werden darf. Sind Sie mit dieser Bedingung einverstanden?"

Es gingen also an Bord Dinge vor, die von Menschen, die den Gesetzen der Gesellschaft nicht den Rücken gekehrt hatten, keinesfalls gesehen werden durften. Meine Überraschung war nicht gering.

„Wir nehmen an", sagte ich. „Ich möchte Sie nur bitten, eine einzige Frage stellen zu dürfen."

„Reden Sie."

„Sie haben gesagt, wir sollten frei sein auf Ihrem Schiff."

„Völlig."

„Was verstehen Sie unter dieser Freiheit?"

„Nun, die Freiheit, sich auf meinem Schiff uneingeschränkt zu bewegen und umzutun, sogar alles zu beobachten, was hier vorgeht, von einigen seltenen Fällen abgesehen – die Freiheit, die meine Gefährten und ich selber genießen."

Offenbar verstanden wir uns nicht. „Verzeihen Sie, mein Herr, aber diese Freiheit ist lediglich die Freiheit, die jeder Gefangene hat: daß er in seinem Kerker auf- und abgehen darf. Sollen wir für immer darauf verzichten, unsere Heimat, unsere Freunde, unsere Eltern wiederzusehen?"

„Ja, mein Herr. Aber der Verzicht darauf, das auf der Erde unerträgliche Joch sich wieder aufzuladen, das die Menschen Freiheit nennen, ist vielleicht nicht so hart, wie Sie glauben."

„Niemals werde ich mein Wort geben, daß ich nicht versuchen werde, mich zu retten", rief Ned Land.

„Ich fordere Ihnen Ihr Wort nicht ab, Meister Land", entgegnete kalt der Kommandant.

„Mein Herr", versetzte ich, gegen meinen Willen entrüstet, „Sie mißbrauchen Ihre Macht! Das ist Grausamkeit!"

„Im Gegenteil, Gnade ist es. Sie sind meine Gefangenen nach einem Kampf. Ich erhalte Ihr Leben, wo ich Sie auf den Grund des Ozeans sinken lassen könnte. Sie sind unversehens in den Besitz eines Geheimnisses gelangt, das Geheimnis meiner Existenz! Und Sie glauben, daß ich Sie auf die Erde entlassen werde, die keine Kenntnis mehr von mir haben soll. Niemals! Nicht Sie, sondern mich selbst schütze ich, wenn ich Sie zurückhalte."

„Sie lassen uns also ganz einfach die Wahl zwischen Leben und Tod?" fragte ich.

„Ganz einfach."

„Meine Freunde", sagte ich, „auf eine solche Frage gibt es keine Antwort. Aber nicht ein Wort bindet uns an den Herrn dieses Schiffes."

„Kein Wort", bestätigte der Unbekannte. Dann fuhr er in weniger hartem Ton fort: „Erlauben Sie mir jetzt, Ihnen vollständig mitzuteilen, was ich zu sagen habe. Ich kenne Sie, Herr Aronnax. Sie werden sich vielleicht über Ihr Schicksal nicht so sehr zu beklagen haben. Unter den Büchern, die zu meiner Lieblingslektüre gehören, werden Sie das Werk über die großen Tiefen des Meeres finden, das Sie herausgegeben haben. Ich habe es oft gelesen. Sie sind mit Ihrer Arbeit so weit vorgedrungen, wie es für die Wissenschaft auf der Erde möglich war. Aber Sie wissen nicht alles, Sie haben nicht alles gesehen. Lassen Sie mich Ihnen also sagen, Herr Professor, daß Sie die an Bord meines Schiffes verbrachte Zeit nicht bereuen werden. Sie sollen im Land der Wunder reisen."

Ich kann es nicht leugnen, diese Worte des Kommandanten machten einen starken Eindruck auf mich. Für einen Augenblick vergaß ich, daß diese erhabenen Dinge anzuschauen die verlorene Freiheit nicht aufwiegen konnte. Im übrigen rechnete ich auf die Zukunft, um diese entscheidende Frage lösen zu können. Daher beschränkte ich mich darauf, zu antworten: „Mit welchem Namen darf ich Sie anreden?"

„Mein Herr", antwortete der Kommandant, „ich bin für Sie nur Kapitän Nemo, und Sie samt Ihren Gefährten sind für mich Passagiere des ‚Nautilus'." Er rief einen Steward und erteilte ihm Befehle in jener fremden Sprache. Darauf wandte er sich dem Kanadier und Conseil zu und sagte: „Ein Mahl wartet in Ihrer Kabine auf Sie. Wollen Sie diesem Mann folgen."

Conseil und Ned verließen die Zelle.

„Und jetzt, Herr Aronnax, wenn Sie erlauben, gehe ich voraus; es ist für uns gedeckt."

Ich folgte dem Kapitän Nemo über eine Art von elektrisch erleuchtetem Flur, der den Laufgängen eines Schiffes ähnelte. Zehn Meter weiter öffnete sich eine Tür vor mir. Ich betrat einen Speisesaal, der in strengem Stil ausgeschmückt und möbliert war. An beiden Seitenwänden standen hohe Anrichten aus Eichenholz, ausgelegt mit schwarzem Ebenholz, und in den Fächern prangten Porzellan und Gläser. Das Tafelgeschirr spiegelte die Strahlen wider, die von der erleuchteten Decke herabfielen, wo feine Gemälde den Glanz milderten und dämpften.

In der Mitte des Saales sah ich einen reich besetzten Tisch. „Setzen Sie sich", sagte Kapitän Nemo, „und essen Sie wie ein Mensch, der vor Hunger zu sterben drohte."

Die Mahlzeit bestand aus einer Anzahl Gerichte, die allein das Meer geliefert hatte, nebst einigen Speisen, deren Art und Ursprung ich nicht kannte. Das Essen war gut. Kapitän Nemo blickte mich an. „Die meisten dieser Speisen sind Ihnen unbekannt", sprach er, „doch können Sie sie unbesorgt genießen. Seit langem haben ich und meine Mannschaft auf Landnahrungsmittel verzichtet, und unser Befinden hat nicht gelitten."

„Also sind diese Speisen ausschließlich Meeresprodukte?"

„Ja, Herr Professor, ich werfe meine Schleppnetze aus und hole sie zum Bersten voll wieder ein. Oder ich gehe auf Jagd und erlege das Wild, das in meinen unterseeischen Waldungen haust. Mein Besitztum auf dem unermeßlichen Wiesengrund des Ozeans ist weit; ich habe es mir nutzbar gemacht, und die Hand des Schöpfers aller Dinge besät es immer wieder."

„Ich begreife sehr wohl, mein Herr, daß Netze Ihnen vorzügliche Fische liefern; weniger begreiflich ist, daß Sie Wasserwild jagen; aber gänzlich unbegreiflich bleibt mir dies hier!" Damit deutete ich auf einige Filetstücke.

„Was Sie für Fleisch halten, Herr Professor, ist nichts anderes als Meerschildkröte. Ich habe niemals Fleisch von Landtieren zur Verfügung. Dort ist Leber vom Delphin, welche Sie für Schweineragout nehmen würden. Mein Koch versteht sich vortrefflich darauf, die verschiedenen Gaben des Meeres zu konservieren. Diese Creme hier ist aus Walmilch gewonnen und der Zucker aus Tang. Darf ich Ihnen auch von den eingemachten Anemonen anbieten, die dem schmackhaftesten Obst nicht nachstehen?"

Ich kostete mehr aus Neugierde als aus Appetit.

„Aber das Meer schenkt mir nicht nur Nahrung, Herr Aronnax", fuhr er fort. „Die Stoffe, die Sie tragen, sind aus den Seidenfäden bestimmter Muscheln gewebt und mit antikem Purpur gefärbt. Das Parfüm, das Sie auf dem Toilettentisch in Ihrer Kabine finden, ist aus Seepflanzen destilliert. Ihr Bett ist aus Seegras gemacht, Ihre Schreibfeder aus der Barte des Wals, die Tinte aus dem Sekret des Tintenfisches. Für mich kommt alles aus dem Meer, wie alles eines Tages ins Meer zurückkehrt."

„Sie lieben das Meer, Kapitän."

„Ja, das Meer ist alles. Es bedeckt sieben Zehntel der Erdoberfläche. Sein Atem ist rein und gesund. So unermeßlich diese Einöde auch ist, fühlt sich der Mensch hier dennoch nie einsam, denn er spürt, wie das Leben um ihn wogt. Das Meer ist lebendige Unendlichkeit, wie es einer Ihrer Dichter ausgedrückt hat, eine gewaltige Brutstätte der Natur. Durch das Meer fing die Erde an zu leben, und wer weiß, ob sie nicht durch das Meer endigen wird. Das Meer ist außerhalb der Macht der Tyrannen. An seiner Oberfläche, da können sie noch auf ihr unbilliges Recht pochen, sich bekämpfen, sich vernichten. Aber dreißig Fuß tiefer ist ihre Macht nichtig. Ach, mein Herr, leben Sie! Leben Sie auf im Schoß des Meeres! Hier allein ist Unabhängigkeit!"

Mitten im überströmenden Schwung seines Enthusiasmus verstummte Kapitän Nemo plötzlich. Einige Augenblicke ging er in großer Bewegung auf und ab. Dann überzog sich sein Gesicht wieder mit der üblichen Undurchdringlichkeit. Zu mir gekehrt, sagte er: „Wenn Sie nun den ‚Nautilus' zu besichtigen wünschen, Herr Professor, stehe ich zu Ihrer Verfügung."

DER NAUTILUS

Kapitän Nemo stand auf. Ich folgte ihm. Eine Doppeltür im Hintergrund des Saales öffnete sich, und ich trat in ein Zimmer von gleicher Größe wie das gerade verlassene – eine Bibliothek.

Hohe, mit Kupfer ausgelegte Regale von schwarzem Palisander trugen lange Reihen gleichförmig eingebundener Bücher. Die Regale liefen rings um die Wand. Das unterste Fach lag auf der Höhe eines geräumigen Diwans, der mit braunem Leder bezogen war und das bequemste Polster bot. In der Mitte des Raumes stand ein großer Tisch, der mit Broschüren bedeckt war, darunter einige schon alte Blätter. Elektrisches Licht fiel aus vier mattgeschliffenen Kugeln, die zur Hälfte in die Voluten der Decke eingelassen waren, und erhellte den Raum.

„Kapitän Nemo", sagte ich zu meinem Gastgeber, der sich auf dem Diwan niedergelassen hatte, „das ist eine Bibliothek, die einem Palast auf der Erde Ehre machen würde. Ich staune. Sie haben da wohl sechs- bis siebentausend Bände ..."

„Zwölftausend, Herr Aronnax. Dies ist die letzte Verbindung, die mich noch mit dem Land verknüpft. Aber die Welt existiert nicht mehr für mich seit dem Tage, da mein ‚Nautilus' zum erstenmal untertauchte. Seitdem lebe ich in der Vorstellung, die Menschheit habe nichts weiter geschrieben. Diese Bücher stehen zu Ihrer Verfügung, Herr Professor. Bedienen Sie sich ihrer nach Belieben."

Ich dankte dem Kapitän und sah mir die Bücher näher an. Bücher über Wissenschaft und Sittenlehre sowie schöne Literatur, geschrieben in allen Sprachen, fand ich die Menge, konnte aber nicht ein Werk der Volkswirtschaft entdecken; sie schien streng geächtet an Bord. Ich sah die Meisterwerke der alten und der neuen Literatur, Poesie, Romane und wissenschaftliche Werke. Bücher über die Mechanik, die Ballistik, die Hydrographie, Meteorologie, Geographie, Geologie nahmen einen nicht geringeren Platz ein als Arbeiten über naturgeschichtliche Themen; doch bemerkte ich wohl, daß der Naturgeschichte vorzugsweise das Studium des Kapitäns galt. An guter Stelle fand ich meine eigenen zwei Bände, denen ich wahrscheinlich den relativ wohlwollenden Empfang verdankte. Unter den Werken Joseph Bertrands stieß ich auf sein Buch „Les Fondateurs de l'Astronomie", das, wie ich wußte, im Jahre 1865 erschienen war. Ich schloß also, daß der Bau des „Nautilus" nicht früher durchgeführt worden war. Folglich hatte Kapitän Nemo seine unterseeische Existenz vor höchstens drei Jahren aufgenommen. Ich hoffte, daß andere Bände mir erlauben würden, das Datum genauer festzustellen. Aber mir blieb noch genug Zeit, um nachzuforschen. Jetzt wollte ich die Führung durch die Wunder des „Nautilus" nicht länger aufhalten.

„Ich danke Ihnen“, sagte ich zu dem Kapitän, „daß Sie mir Ihre Bibliothek zur Verfügung stellen. Ich werde meinen Nutzen aus ihr ziehen.“

„Die Bibliothek ist auch ein Rauchzimmer. Probieren Sie diese Zigarre, Herr Aronnax.“

„So haben Sie die Verbindung mit Havanna nicht aufgegeben?“

„Sie kommt nicht aus Havanna, aber Sie werden dennoch damit zufrieden sein.“

Ich entzündete die Zigarre an einem kleinen Kohlenbecken mit elegantem Bronzefuß und genoß die ersten Züge mit der Wonne eines Liebhabers, der seit zwei Tagen nicht geraucht hat. „Vorzüglich, aber Tabak ist es nicht.“

„Nein“, erwiderte Kapitän Nemo, „es handelt sich um eine nikotinreiche Sorte von Algen, die mir das Meer liefert. Vermissen Sie Ihre Londoner Zigarre?“

„Ich mag sie nicht mehr von jetzt an.“

„Rauchen Sie davon, soviel Ihnen schmeckt.“

Nun öffnete Kapitän Nemo eine Tür am anderen Ende der Bibliothek und führte mich in einen zehn Meter langen Saal. Eine erleuchtete und mit anmutigen Arabesken verzierte Decke warf ein mildes Licht über alle Wunder dieses – Museums! Denn es war tatsächlich ein Museum, in dem mit ebenso begabter wie verschwenderischer Hand Schätze der Natur und der Kunst zusammengetragen worden waren. Dreißig Bilder von Meisterhand schmückten die Wände. Ich sah Gemälde von höchstem Wert; die meisten hatte ich in europäischen Sammlungen und Ausstellungen bewundert: eine Madonna von Raffael, eine Jungfrau von Leonardo da Vinci, eine Nymphe von Correggio, eine Frauengestalt Tizians, einen Mönch von Velasquez, eine Kirchweih von Rubens. Unter den modernen Werken fanden sich Bilder, die von Delacroix und Ingres signiert waren. Auf Piedestalen standen Marmor- und Bronzestatuen.

„Mein Herr“, sagte ich, „ohne wissen zu wollen, wer Sie sind, ist es mir wohl doch erlaubt, einen Künstler in Ihnen zu erkennen.“

„Einen Liebhaber der Kunst höchstens. Vor Zeiten bereitete es mir Freude, diese schönen Werke, die von Menschenhand geschaffen wurden, zu sammeln, und es gelang mir, einige Arbeiten von hohem Wert zusammenzutragen. Dies sind meine letzten Erinnerungen an die Erde, die für mich tot ist. In meinen Augen kommt den modernen Künstlern kein höherer Wert zu als den alten, die vor zwei- oder dreitausend Jahren gewirkt haben. In meinem Kopf verschmilzt das Schaffen aller. Meister haben kein Alter."

„Und diese Musiker?" fragte ich, auf Notenbücher von Weber, Rossini, Mozart, Beethoven, Haydn, Wagner und anderen weisend, welche auf einem stattlichen Harmonium lagen, das eine ganze Wand des Salons einnahm.

„Diese Musiker", antwortete Kapitän Nemo, „sind Zeitgenossen des Orpheus; denn die Unterschiede der Zeit verwischen sich in der Erinnerung der Toten. Und ich bin tot, Herr Professor, so tot wie diejenigen Ihrer Freunde, die sechs Fuß tief unter der Erde ruhen."

Kapitän Nemo schien in tiefen Gedanken verloren. Ich respektierte seine Versunkenheit und fuhr fort, betrachtend an den Merkwürdigkeiten vorüberzugehen, die den Raum füllten.

Neben den Werken der Kunst war Raritäten aus dem Reich der Natur viel Platz eingeräumt, hauptsächlich Pflanzen, Muscheln und anderen Gebilden des Ozeans. Mitten im Salon spielte ein elektrisch angestrahlter Springbrunnen in einer Schale aus einer einzigen Muschel. Ihr blattförmig gezackter Rand hatte einen Umfang von ungefähr sechs Metern. Das Becken war umgeben von eleganten, kupfern eingefaßten Vitrinen, in denen geordnet und etikettiert die wertvollsten Meeresfunde lagen, die je einem Professor für Naturgeschichte vor Augen gekommen sind. Man begreift, welche Freude das für mich war. Es war eine Sammlung aus allen Teilen der Welt, von unschätzbarem Wert. Sie enthielt viele seltene Exemplare von Muscheln, herrliche Korallenarten und eine vollständige Kollektion von Stachelhäutern. Vor den zahlreichen Vitrinen, die Meisterstücke der Mollusken zeigten, wäre ein Konchyliologe wohl außer sich geraten vor Begeisterung. Seitwärts lagen in besonderen Fächern die schönsten Perlenschnüre gereiht, die das elektrische Licht wie Feuer aufstrahlen ließ. Einige Perlen übertrafen die Größe eines Taubeneies und waren noch wertvoller als die berühmte Perle des Imams von Muskat, von der ich geglaubt hatte, sie sei ohne Gegenstück auf der Welt.

Den Wert dieser Kollektion abzuschätzen kam mir unmöglich vor. Kapitän Nemo mußte Millionen aufgewendet haben. Ich fragte mich, welche Geldquelle es ihm ermöglicht haben mochte, seine Sammlerleidenschaft in dieser Weise zu befriedigen.

Da sagte der Kommandant auf einmal: „Meine Muscheln können einem Naturforscher sicherlich Freude bereiten. Für mich ist darüber hinaus von besonderem Reiz, daß ich sie alle eigenhändig gesammelt habe. Es gibt kein Weltmeer, das ich auf meiner Suche ausgelassen hätte."

„Ich begreife Ihre Freude, Kapitän. Kein Museum in Europa besitzt eine vergleichbare Sammlung. Doch wenn ich hierfür all meine Bewunderung aufbiete, was bleibt mir für das Schiff, das solche Wunder trägt! Ich will zwar nicht in Ihre Geheimnisse eindringen, aber ich muß gestehen, daß der ‚Nautilus' meine Wißbegier außerordentlich anstachelt. Ich sehe an den Wänden dieses Raumes Instrumente, deren Aufgabe mir unbekannt ist."

„Die gleichen Instrumente befinden sich in meinem Zimmer, Herr Professor. Es wäre mir eine Freude, sie Ihnen dort zu erklären. Aber zuvor nehmen Sie bitte die Ihnen reservierte Kabine in Augenschein."

Ich folgte dem Kapitän auf einen Laufgang. Er führte mich in den vorderen Teil des „Nautilus" und zeigte mir dort ein elegantes Zimmer mit Bett, Toilettentisch und verschiedenen anderen Möbeln. Ich konnte meinem Wirt nur dankbar sein.

„Ihr Zimmer liegt neben meinem", sagte er und öffnete eine Tür. „Meines wiederum grenzt an den Salon."

Ich trat in das Zimmer des Kapitäns. Es machte einen strengen, fast mönchischen Eindruck. Ein eisernes Lager, ein Arbeitstisch, ein Toilettentisch, ein Kleiderschrank.

Kapitän Nemo wies auf einen Stuhl. Ich setzte mich, und er ergriff das Wort.

„Hier an den Wänden befinden sich die Instrumente, die man für die Navigation des ‚Nautilus' braucht", sagte er. „Hier wie im Salon habe ich sie stets vor Augen, und sie sagen mir, wo ich mich befinde und in welche Richtung ich fahre. Einige sind Ihnen bekannt, zum Beispiel das Thermometer, das die Temperatur im Innern des ‚Nautilus' angibt; das Barometer, das einen Wetterumschlag ankündigt; der Kompaß, der mir die

Richtung weist; der Sextant, um aus dem Sonnenstand den Breitengrad zu ermitteln; der Chronometer, um den Längengrad zu errechnen; und schließlich Teleskope, um alle Punkte des Horizontes abzusuchen, wenn der ‚Nautilus' aufgetaucht ist."

„Das sind die üblichen nautischen Instrumente", erwiderte ich. „Aber da sind andere; dieses Zifferblatt mit Zeiger ist wohl ein Manometer?"

„Jawohl. Es zeigt den äußeren Druck an und dadurch die Tiefe, in der sich das Schiff befindet."

„Und diese anderen Instrumente?"

„Hier muß ich Ihnen einige Erklärungen geben", sagte Kapitän Nemo. Nach einer kleinen Pause begann er: „Es gibt eine starke Kraft an Bord, die Seele meiner mechanischen Apparate, die allen Aufgaben gerecht wird. Das ist die Elektrizität."

„Die Elektrizität!" rief ich einigermaßen überrascht aus. „Aber welche Elemente verwenden Sie, um Ihre Elektrizität zu produzieren? Benutzen Sie nicht beispielsweise Zink? Wie ersetzen Sie Ihren Vorrat, wenn Sie ohne irgendeine Verbindung mit der Erde sind?"

„Ich benutze kein Zink. Ich gewinne meine Elektrizität aus dem Meer selber. Sie kennen die Zusammensetzung des Meerwassers. Tausend Gramm enthalten 96 1/2 Prozent Wasser und ungefähr 2 2/3 Prozent Natriumchlorid. Dieses bildet, mit Quecksilber vermischt, ein Amalgam, das in den Bunsenschen Elementen das Zink ersetzen kann. Quecksilber verbraucht sich nie. Nur das Natrium wird verzehrt, und dieses liefert mir das Meer selbst. Ich füge hinzu, daß die elektromotorische Kraft von Natrium doppelt so groß ist wie die von Zink."

„Das Meer enthält Natrium. Gut. Aber man muß es gewinnen. Wie gelingt Ihnen das?"

„Dafür verwende ich einfach die Hitze der Steinkohle – Kohle, die ich in Minen auf dem Meeresgrund erhalte. Vergessen Sie nie: Dem Meer verdanke ich alles; es sorgt für die Elektrizität, die dem ‚Nautilus' sein Leben gibt."

„Aber nicht für die Luft, die Sie einatmen."

„Oh, ich könnte die notwendige Luft herstellen, aber das ist überflüssig, weil ich an die Oberfläche des Meeres gehe, wann immer es mir gefällt. Wenn mir die Elektrizität auch nicht die erforderliche Luft liefert, so treibt sie doch wenigstens die starken Pumpen, welche die Luft in besondere Behälter pressen, so daß es mir möglich ist, meinen Aufenthalt in der Tiefe ganz nach Belieben auszudehnen.“

„Kapitän“, sagte ich, „ich kann nur bewundern. Offenbar haben Sie gefunden, was die Menschheit eines Tages auch noch finden wird: die wahre dynamische Kraft der Elektrizität.“

„Betrachten Sie jetzt diese Uhr“, sagte Kapitän Nemo, „sie ist elektrisch. Ich habe sie wie die italienischen Uhren in vierundzwanzig Stunden eingeteilt. Wenn Sie mir nun folgen wollen, werden wir den hinteren Teil des ‚Nautilus‘ besichtigen.“

Ich kannte jetzt den gesamten vorderen Teil des unterseeischen Bootes, der von der Mitte aus folgendermaßen eingeteilt war: der Speisesaal, fünf Meter lang und von der fünf Meter langen Bibliothek durch ein wasserdichtes Schott getrennt; der zehn Meter lange Hauptsalon, den ein zweites Schott vom fünf Meter langen Zimmer des Kapitäns trennte; mein Zimmer, zweieinhalb Meter; und schließlich ein Luftreservoir von siebeneinhalb Meter Länge, das sich bis zum Vordersteven erstreckte. Das macht insgesamt fünfunddreißig Meter aus. Die wasserdichten Scheidewände hatten Türen, die sich durch Kautschuk-Abdichtungen undurchdringlich schließen ließen. So war an Bord des „Nautilus“ in dem Fall, daß irgendwo ein Leck eintreten sollte, völlige Sicherheit gewährleistet.

Ich begleitete Kapitän Nemo über die Gänge bis zum Mittelteil des Schiffes, wo sich zwischen zwei Schotten eine Art von Schacht öffnete. Eine eiserne Leiter führte nach oben. Ich fragte den Kapitän nach dem Zweck dieser Leiter.

„Sie endigt beim Boot, das uns zu Spazierfahrten und zum Fischen dient.“

„Wenn Sie es benutzen wollen, sind Sie aber gezwungen aufzutauchen?“

„Keineswegs. Das Boot ist mit einem Deck versehen, wasserdicht und mit Bolzen oben am Rumpf befestigt, und zwar in einer eigens für diesen Zweck hergerichteten Ausbuchtung. Diese Leiter nun führt zu einem Ausstieg im Rumpf des ‚Nautilus‘, dem an gleicher Stelle ein Seiteneinstieg in das Boot entspricht. Durch diese doppelte Öffnung gelange ich in das Boot. Dann wird die Luke des ‚Nautilus‘ wieder geschlossen, und ich verschließe den Einstieg ins Boot hinter mir. Sobald ich die Bolzen entferne, steigt das Boot reißend schnell zur Meeresoberfläche auf. Dann öffne ich die Deckluke, richte einen Mast auf, hisse mein Segel oder nehme die Ruder zur Hand und fahre los."

Wir gingen weiter, und ich sah eine zwei Meter tiefe Kabine, in der Conseil und Ned Land begeistert ihrem Mahl zusprachen. Dann öffnete sich eine Tür in die drei Meter lange Küche, die zwischen geräumigen Vorratskammern lag. Auch beim Kochen half die Elektrizität. Sie heizte auch Destillierapparate, die Trinkwasser erzeugten. Neben der Küche lag ein Badezimmer, dessen Hähne kaltes oder warmes Wasser spendeten. Dann folgte die fünf Meter lange Mannschaftsunterkunft. Aber die Tür war verschlossen, und ich konnte die Einrichtung nicht sehen, aus der sich Rückschlüsse auf die Zahl der Besatzung hätten ziehen lassen.

Eine Tür in einem weiteren Schott öffnete sich, und ich befand mich in der Abteilung, wo Kapitän Nemo, fraglos ein Ingenieur allerersten Ranges, seine Maschinen aufgestellt hatte. Der hellerleuchtete Raum war nicht weniger als zwanzig Meter lang. Er enthielt zwei Unterabteilungen, deren eine der Elektrizitätserzeugung diente, während die zweite den Antrieb für die Schraube beherbergte. „Die Schraube hat einen Durchmesser von sechs Metern und eine Steigung von siebeneinhalb. Sie kann auf hundertzwanzig Umdrehungen in der Sekunde gebracht werden", erklärte der Kapitän. „Dann erreicht der ‚Nautilus' eine Geschwindigkeit von fünfzig Meilen in der Stunde."

„Kapitän Nemo", sagte ich, „ich habe den ‚Nautilus' vor der ‚Abraham Lincoln' manövrieren sehen und weiß, was es mit seiner Schnelligkeit auf sich hat. Aber die Bewegung allein tut es nicht. Man muß auch steuern. Man muß nach rechts und links wenden, nach oben und unten lenken können. Bin ich aufdringlich, wenn ich diese Fragen an Sie richte?"

„Durchaus nicht, Herr Professor", antwortete Kapitän Nemo nach kurzem Zögern, „denn schließlich dürfen Sie dieses unterseeische Boot niemals wieder verlassen."

WENIG SPÄTER saßen wir auf einem Diwan des Salons, die Zigarre im Mund. Der Kapitän legte mir einen Plan des „Nautilus" vor. Darauf begann er zu erklären: „Das Boot, das uns trägt, Herr Aronnax, hat die Form einer Zigarre. Von Spitze zu Spitze mißt es siebzig Meter. Die größte Breite beträgt acht Meter. Völlig untergetaucht verdrängt das Boot 1500 Kubikmeter beziehungsweise Tonnen Wasser.

Als ich die Pläne für dieses Fahrzeug entwarf, wollte ich, daß es aufgetaucht nur zu einem Zehntel über das Wasser hinausrage. Dementsprechend durfte es nicht mehr als neun Zehntel seines Volumens verdrängen, also 1350 Kubikmeter – das heißt, daß es nur ebensoviel Tonnen wiegen durfte. Der ‚Nautilus‘ besteht aus zwei Rümpfen, einem inneren und einem äußeren, die durch T-förmige Eisen miteinander verbunden sind. Beide Rümpfe, der Kiel, die Maschine, der Ballast und sonstige Geräte, das alles hat tatsächlich ein Gesamtgewicht von 1356,58 Tonnen.“

„Wenn der ‚Nautilus‘ also aufgetaucht ist“, fuhr der Kapitän fort, „ragt er zu einem Zehntel aus dem Wasser. Nun habe ich unten im ‚Nautilus‘ Wasserbehälter eingebaut, deren Fassungsvermögen diesem Zehntel gleichkommt, das heißt, die 150,72 Tonnen Wasser aufnehmen können. Wenn ich sie volllaufen lasse, geht das Boot, das nunmehr 1507,3 Tonnen schwer ist, vollständig unter.“

„Gut, Kapitän, wie Sie eben unter den Meeresspiegel hinabsinken, begreife ich. Aber wenn Sie tiefer tauchen, ist doch Ihr Fahrzeug einem Druck ausgesetzt und folglich einer aufwärts gerichteten Kraft, die bei dreißig Fuß Tiefe einer Atmosphäre entspricht, also einem Druck von einem Kilogramm pro Quadratzentimeter. Wenn Sie den ‚Nautilus‘ nicht vollständig füllen, sehe ich demnach nicht, wie Sie ihn in den Schoß des Meeres hinabbringen können.“

„Herr Professor“, erwiderte Kapitän Nemo, „es kostet wenig Mühe, in die unteren Regionen des Ozeans zu gelangen, denn alle Körper haben das Bestreben, auf den Grund zu sinken. Als ich den Gewichtszuwachs errechnen wollte, den ich dem ‚Nautilus‘ zu geben hätte, um ihn sinken zu lassen, brauchte ich mich nur mit der Verminderung des Volumens zu befassen, der Meerwasser je nach der Tiefe ausgesetzt ist. Nach neuesten Berechnungen macht diese Verringerung bei einer Atmosphäre lediglich 436 Zehnmillionstel aus, das heißt bei 30 Fuß Tiefe. Will ich 1000 Meter tief gehen, so berechne ich die Verminderung des Volumens unter dem Druck von 100 Atmosphären. Sie läge dann bei 436 Hunderttausendsteln. Ich muß also das Gewicht erhöhen, bis es 1513,77 Tonnen beträgt statt 1507,3 Tonnen. Es genügt folglich eine Erhöhung um 6,57 Tonnen. Nun habe ich zusätzliche Behälter, die 100 Tonnen zu fassen vermögen. Damit kann ich beträchtliche Tiefen erreichen. Will ich wieder bis zur Oberfläche emporsteigen, so brauche ich nur die Behälter völlig zu leeren."

„Ich muß Ihre Berechnungen gelten lassen, Kapitän", antwortete ich. „Und wie wird der ‚Nautilus' nun manövriert?"

„Um das Boot nach Steuerbord und Backbord zu wenden, benutze ich ein gewöhnliches, am Achtersteven befestigtes Steuerruder. Mit Hilfe zweier schräggestellter Flügel, die mittschiffs an der Außenwand angebracht sind, kann ich den ‚Nautilus' aufwärts und abwärts dirigieren. Diese Flügel werden durch starke Hebel bedient. Liegen sie zur Bootswand parallel, fährt der ‚Nautilus' horizontal. Verstelle ich die Flügel, treibt ihn die Schraube, je nach dem Grad der Neigung, in der gewünschten Diagonale abwärts oder aufwärts."

„Bravo!" rief ich aus. „Aber wie kann der Rudergänger die von Ihnen befohlene Fahrtrichtung unter Wasser beobachten?"

„Der Rudergänger hat seinen Platz in einem mit Fenstern versehenen Gehäuse, das am oberen Teil des Rumpfes vorspringt. Glas ist ja leicht zu zerschlagen, aber außerordentlich fest. Experimente mit Fischfang bei elektrischem Licht, die 1864 in der Nordsee durchgeführt wurden, haben gezeigt, daß nur sieben Millimeter starke Gläser einem Druck von sechzehn Atmosphären gewachsen sind. Die Gläser, die ich verwende, sind nicht weniger als einundzwanzig Zentimeter dick."

„Aber wie kann in der Dunkelheit des Wassers ...?"

„Hinter dem Gehäuse des Rudergängers ist ein Scheinwerfer installiert, der das Meer eine halbe Meile weit erleuchtet."

„Ah! Jetzt ist mir das Phosphoreszieren des vermeintlichen Narwals erklärlich, das uns soviel zu denken gab. An dieser Stelle möchte ich mir die Frage erlauben, ob der Zusammenstoß des ‚Nautilus' mit der ‚Scotia', der so erhebliches Aufsehen erregte, auf einen Zufall zurückzuführen war?"

„Ein reiner Zufall. Ich fuhr zwei Meter unter der Meeresoberfläche, als der Stoß sich ereignete. Ich sah übrigens, daß er keine beklagenswerten Folgen hatte."

„Und wie verhielt es sich bei Ihrem Zusammentreffen mit der ‚Abraham Lincoln‘?“

„Es tut mir leid um eines der besten Schiffe der amerikanischen Marine, aber ich wurde angegriffen und mußte mich verteidigen. Ich habe mich jedoch damit begnügt, die Fregatte so weit außer Gefecht zu setzen, daß sie mir nicht mehr schaden konnte. Es wird sie nicht viel kosten, ihre Havarie zu beheben.“

„Ah, Kommandant, Ihr ‚Nautilus‘ ist wahrhaftig ein prächtiges Boot!“

„Ja, Herr Professor“, erwiderte Kapitän Nemo, „ich liebe es wie mein Fleisch und Blut. Wenn auf einem eurer Schiffe, die den Tücken des Ozeans ausgeliefert sind, alles voller Gefahr ist, wenn auf dem Meer das erste Gefühl die Furcht vor dem Abgrund ist – hier an Bord des ‚Nautilus‘ verspürt das Herz kein Bangen. Denn der doppelte Rumpf hat die Starrheit von Eisen; kein Segel wird vom Wind zerfetzt; kein Kessel vom Dampf gesprengt; hier bricht kein Feuer aus, denn mein Schiff ist nicht aus Holz; kein Sturm bedroht mich, denn wenige Meter nur unter den tobenden Wogen herrscht eine vollkommene Ruhe. Das ist ein Schiff, wie es sein soll! Und wenn es wahr ist, daß der Konstrukteur mehr Vertrauen in das Schiff setzt als der Erbauer und der Erbauer mehr noch als der Kapitän, dann werden Sie begreifen, mit welcher Hingabe ich meinem ‚Nautilus‘ vertraue, denn ich bin sein Kapitän, Erbauer und Konstrukteur in einem.“

„Sie sind also Ingenieur, Kapitän Nemo?“

„Ja“, antwortete er, „ich habe in London, Paris und New York studiert.“

„Aber wie haben Sie Ihren bewundernswerten ‚Nautilus‘ im geheimen bauen können?“

„Jedes einzelne Teil habe ich von einem anderen Punkt der Erde bezogen. Sein Kiel wurde bei Creusot geschmiedet, die Eisenplatten für den Rumpf bei Leard in Liverpool, die Schraube bei Scott in Glasgow. Seine Maschine wurde von Krupp in Preußen hergestellt, sein Sporn in den Fabriken von Motala in Schweden, die Präzisionsinstrumente bei den Brüdern Hart in New York und so fort. Jeder der Lieferanten erhielt meine Pläne unter einem anderen Namen. Ich hatte meine Werkstätten auf einem einsamen Inselchen im weiten Ozean eingerichtet. Dort haben meine Arbeiter – das heißt meine braven Gefährten, die ich unterwiesen hatte – und ich den ‚Nautilus' vollendet. Als die Arbeit abgeschlossen war, hat das Feuer jede Spur unseres Aufenthaltes auf diesem Eiland getilgt."

„Ich nehme an, daß die Herstellungskosten des Fahrzeugs über die Maßen hoch sind?"

„Mit seinen Kunstwerken und Sammlungen stellt das Boot einen Wert von vier bis fünf Millionen Francs dar. Ich bin unermeßlich reich. Ich könnte, ohne mich einzuschränken, die Staatsschulden Frankreichs übernehmen."

Ich sah den seltsamen Mann starr an, der so zu mir sprach. Hielt er meine Leichtgläubigkeit zum besten? Die Zukunft sollte es mich lehren.

EINE JAGD AUF DEM MEERESGRUND

Der von Wasser bedeckte Teil der Erdoberfläche wird auf über 38 Millionen Hektar geschätzt. Während der geologischen Periode des Wassers bedeckte der Ozean alles. In den silurischen Abschnitten tauchten dann nach und nach die Bergspitzen auf, Inseln entstanden, gingen wieder unter, traten aufs neue hervor, wuchsen zusammen, bildeten Kontinente, und schließlich gewann die Erde ihre feste Gestalt, wie wir sie heute kennen. Nach Ausbildung der Kontinente ließ sich die Wasserfläche in fünf große Teile scheiden: das Nördliche und das Südliche Eismeer, den Indischen, den Atlantischen und den Pazifischen Ozean.

Der Pazifik ist von allen Meeren das ruhigste. Breit und langsam fließen seine Strömungen, die Gezeiten sind mäßig, reichlich die Regengüsse. Diesen Ozean sollte ich unter höchst merkwürdigen Umständen zuerst durchqueren.

„Herr Professor", sagte Kapitän Nemo zu mir, „es ist Viertel vor zwölf. Wir wollen unsere Position bestimmen und den Ausgangspunkt unserer Reise festhalten." Er drückte dreimal auf eine elektrische Glocke. Die Pumpen begannen das Wasser aus den Behältern zu treiben. Der Zeiger des Manometers registrierte das Schwinden des Druckes und damit die aufsteigende Bewegung; dann stand er still. „Wir sind oben", sagte der Kapitän.

Ich ging zu der in der Mitte gelegenen Treppe, stieg die metallenen Stufen hinauf und gelangte durch die geöffnete Luke auf den Rücken des „Nautilus“. Nur um achtzig Zentimeter ragte die Plattform aus dem Wasser heraus, Spitze und Ende des „Nautilus“ waren spindelförmig verjüngt, so daß das Boot einer Zigarre ähnlich sah. Mir fiel auf, daß seine Eisenplatten den Schuppen des Panzers glichen, die den Körper der großen Landreptilien bedecken. Ich fand es vollkommen verständlich, daß das Fahrzeug trotz der besten Fernrohre stets für ein Seetier gehalten worden war.

Nahe der Plattformmitte bildete das kleine Boot, das zur Hälfte im Schiffsrumpf versenkt war, eine leichte Erhebung. Vorn und hinten sprangen zwei Gehäuse von mäßiger Höhe hervor, die zum Teil dicke, linsenförmige Gläser aufwiesen. Das eine Gehäuse war für den Rudergänger bestimmt, der den „Nautilus“ lenkte; im anderen strahlte der starke elektrische Scheinwerfer, der die Bahn des Bootes beleuchtete.

Die See war prächtig, der Himmel rein. Das lange Fahrzeug spürte kaum die breiten Wellen des Ozeans. Eine leichte Brise von Osten kräuselte das Wasser. Nichts war in Sicht. Keine Klippe, kein Eiland.

Mit dem Sextanten stellte Kapitän Nemo den Höhenstand der Sonne fest, woraus sich die geographische Breite ergab. Er wartete einige Minuten, bis das Gestirn den höchsten Punkt über dem Horizont erreicht hatte. In einer marmornen Hand hätte das Instrument nicht ruhiger gelegen. „Zwölf Uhr mittags“, sagte er. „Wenn es Ihnen beliebt . . .“

Ich warf einen letzten Blick über das Meer und stieg wieder in den großen Saal hinab. Hier errechnete der Kapitän mit Hilfe des Chronometers die Länge. Dann sagte er zu mir: „Herr Aronnax, wir befinden uns auf 137° 15′ westlicher Länge.“

„Von welchem Meridian aus?“ fragte ich lebhaft, in der Hoffnung, die Antwort des Kapitäns werde mir vielleicht seine Nationalität verraten.

„Ich habe verschiedene Chronometer, die nach den Meridianen von Paris, Greenwich und Washington gestellt sind. Aber Ihnen zu Ehren will ich von dem Pariser ausgehen.“

Aus diesem Bescheid ließ sich nichts entnehmen. Ich verneigte mich, und der Kapitän fuhr fort:

„137° 15′ westlicher Länge nach dem Pariser Meridian und 30° 7′ nördlicher Breite – rund dreihundert Meilen vor den Küsten Japans. Heute haben wir den 8. November, den Tag, an dem unsere unterseeische Forschungsreise zu Mittag begonnen hat.“

„Gott sei mit uns“, antwortete ich.

„Ich überlasse Sie jetzt Ihren Studien, Herr Professor“, sagte der Kapitän. „Ich habe Kurs Ostnordost bei fünfzig Meter Tiefe befohlen. Der Salon steht zu Ihrer Verfügung.“

Kapitän Nemo grüßte. Ich blieb allein, betrachtete die große Karte, die auf dem Tisch ausgebreitet lag, und legte den Finger auf den Punkt, wo die festgestellte Länge und Breite sich kreuzten.

Wie die Kontinente hat das Meer seine Ströme – besondere Strömungen, die an ihrer Temperatur und Farbe zu erkennen sind. Die Wissenschaft hat die Richtung der fünf Hauptströme auf der Erdkugel bestimmt. Der merkwürdigste ist unter dem Namen Golfstrom ein Begriff.

An dem Punkt nun, den wir auf der Karte eingezeichnet hatten, wälzte sich ein solcher Strom vorbei: der Schwarze Strom, von den Japanern Kuro-Schio genannt, der vom Bengalischen Golf kommt, wo die tropische Sonne ihn erwärmt. Er fließt durch die Enge von Malakka, zieht sich an der Küste Asiens entlang und dringt dann in gekrümmtem Lauf durch den nördlichen Pazifik bis zur Gruppe der Aleuten vor, unterschieden von den Fluten des Ozeans durch das reine Indigo seines warmen Wassers. In diesem Strom fuhr der „Nautilus“. Ich verfolgte die Route; da erschienen Ned Land und Conseil im Salon. Sie standen wie versteinert beim Anblick der Wunder, die vor ihren Augen aufgehäuft lagen.

„Wo sind wir?“ rief der Kanadier, „im Museum von Quebec?“

„Wir sind nicht in Kanada, sondern an Bord des ‚Nautilus‘, fünfzig Meter unter dem Meeresspiegel.“

„Herr Aronnax“, fragte er, „Sie können mir nicht sagen, wieviel Mann sich an Bord befinden?“

„Ich weiß darauf keine Antwort, Meister Land. Es ist besser, für jetzt die Idee aufzugeben, Sie könnten sich des ‚Nautilus‘ bemächtigen oder fliehen. Dieses Boot ist ein Meisterwerk der modernen Technik, und viele Leute würden sich unsere Lage gern gefallen lassen, um durch diese Wunderwelt zu fahren. Bewahren Sie also Ruhe, und trachten wir danach, auszuspähen, was um uns herum vorgeht."

„Ausspähen!" rief der Harpunier. „Aber man sieht ja nichts in diesem eisernen Gefängnis." Bei seinen letzten Worten wurde es mit einem Schlag stockdunkel. Wir blieben stumm und rührten uns nicht. Ein gleitendes Geräusch war zu hören, als wenn Platten sich verschöben. „Das ist das Ende vom Ende", sagte Ned Land.

Auf einmal brach taghelles Licht durch zwei längliche Öffnungen zu beiden Seiten des Salons. Das Wasser des Ozeans war im Umkreis einer Meile zu sehen, lebhaft beleuchtet durch einen elektrischen Schein. Zwei Glasscheiben nur trennten uns vom Meer. Welch ein Anblick! Wer könnte die Lichteffekte schildern, die in den klaren Fluten spielten, und die sanften, allmählichen Abstufungen zwischen der Tiefe und dem Wasser über uns!

Meerwasser ist weit klarer als Quellwasser. Die mineralischen und organischen Schwebestoffe, die es enthält, erhöhen seine Transparenz. In der Umgebung des „Nautilus" war überdies ein elektrischer Glanz, der im Schoße des Meeres selbst erzeugt wurde. Wir hatten weniger erleuchtetes Wasser als flüssiges Licht vor uns, und das Dunkel im Salon machte die Helle draußen noch lichter. „Sie wollten etwas sehen, Freund Ned, nun denn, schauen Sie!"

„Merkwürdig!" murmelte der Kanadier, der seinen Zorn vergessen hatte. „Man würde von weit her kommen, um dieses Schauspiel zu bewundern."

„Ah! Jetzt begreife ich diesen Mann!" rief ich aus. „Er hat sich seine eigene Welt erschlossen, die ihm unerhörte Wunder bietet."

„Aber die Fische!" bemerkte der Kanadier. „Ich sehe keine Fische!"

„Was liegt Ihnen daran?" sagte Conseil, „Sie können sie ja doch nicht unterscheiden."

„Ich – ein Fischer von Beruf!" rief Ned Land.

Eine Diskussion über dieses Thema entspann sich zwischen den beiden Freunden, die Fische wohl kannten, wenn auch jeder auf eine andere Art.

Die Fische bilden den vierten und letzten Stamm der Wirbeltiere. Man hat sie so definiert: „Wirbeltiere mit doppeltem Kreislauf und kaltem Blut, welche durch Kiemen atmen und im Wasser zu leben bestimmt sind." Es gibt zwei Abteilungen: die Knochenfische, das sind solche, deren Rückgrat sich aus knochenartigen Wirbeln aufbaut, und die Knorpelfische, deren Rückgrat sich aus knorpeligen Wirbeln zusammensetzt.

Diese Unterscheidung kannte der Kanadier vielleicht. Aber Conseil wußte mehr. „Ned", sagte er, „Sie haben Fische in großer Zahl erlegt. Aber ich möchte wetten, daß Sie nicht wissen, wie man sie einteilt."

„Doch", erwiderte der Harpunier. „Sie werden eingeteilt in Fische, die man ißt, und Fische, die man nicht ißt."

„Doch sagen Sie mir, ob Sie den Unterschied kennen, der zwischen Knochen- und Knorpelfischen besteht."

„Vielleicht wohl, Conseil."

„Und die Unterteilung dieser zwei großen Klassen?"

„Habe keinen Begriff davon", sagte der Kanadier.

„So hören Sie denn, Ned: Die Knochenfische zerfallen in sechs Ordnungen, die Knorpelfische in drei Ordnungen. Jede dieser Ordnungen ist in Familien unterteilt. Diese wiederum gliedern sich in Gattungen, Untergattungen, Arten und Unterarten."

„Aber da sehen wir ja die Unterarten vor dem Fenster vorüberziehen", sagte der Harpunier.

„Ja, Fische!" rief Conseil aus. „Man möchte sich in einem Aquarium glauben."

„Nein", widersprach ich, „denn das Aquarium ist ein Gefängnis, und diese Fische da sind frei wie Vögel in der Luft."

„Also, Freund Conseil, nennen Sie die Namen!" forderte Ned Land auf.

„Darauf verstehe ich mich nicht", antwortete Conseil, „das ist Sache meines Herrn."

Und wirklich, mein ehrenwerter Diener war zwar ein begeisterter Klassifizierer, aber alles andere als naturkundig, und ich bin nicht sicher, ob er einen Thunfisch von einem Breitfisch unterscheiden konnte. Er war das genaue Gegenteil des Kanadiers, dem die Namen all dieser Fische geläufig waren.

„Ein Hornfisch", rief ich aus.

„Und zwar ein chinesischer Hornfisch", fügte Ned hinzu.

„Art der Hornfische, Familie der Scleroderme, Ordnung der Haftkiefer“, murmelte Conseil.

Zusammen hätten Ned und Conseil entschieden einen bedeutenden Fachmann in Naturkunde abgegeben.

Zwei Stunden lang gab eine ganze Armada von Wassertieren dem „Nautilus“ das Geleit, angezogen wohl vom Glanz des elektrischen Lichtes. Inmitten der Scharen, die an Schönheit, Glanz und Schnelligkeit wetteiferten, erkannte ich die Rotbarbe, durch einen doppelten schwarzen Streifen gezeichnet; die japanische Makrele mit blauem Körper und silbrigem Kopf; leuchtende, blau-goldene Azuras; sechs Fuß lange Schlangen mit wachen, kleinen Augen und einem riesigen, zähnestarrenden Maul, und viele andere Arten. Unsere Bewunderung wollte nicht nachlassen. Entzückte Ausrufe rissen nicht ab. Ned kannte die Namen der Fische, Conseil klassifizierte sie; ich war begeistert, denn noch niemals war mir der Genuß zuteil geworden, diese Tiere lebendig in ihrem natürlichen Element zu beobachten.

Plötzlich wurde der Salon wieder hell; die eisernen Luken schlossen sich wieder. Ned Land und Conseil gingen in ihre Kabine. Ich kehrte in mein Zimmer zurück. Dort fand ich ein Mahl vor. Es bestand aus einer delikaten Schildkrötensuppe, einem Streifenbarben, dessen gesondert zubereitete Leber köstlich mundete, und Filets aus dem Fleisch des Holocanthus, der mir schmackhafter als Salm vorkam. Kapitän Nemo aber erschien nicht.

Der folgende Tag, der 9. November, verging, ohne daß mir Kapitän Nemo die Ehre eines Besuchs erwiesen hätte. Die Luken vor dem Salon öffneten sich nicht; so vertiefte ich mich in die Betrachtung der Muschelschalen in den Vitrinen. Der Kurs des „Nautilus“ blieb Ostnordost, die Geschwindigkeit zwölf Meilen, seine Tiefe fünfzig bis sechzig Meter.

Am nächsten Tag, dem 10. November, dieselbe Verlassenheit, dieselbe Einsamkeit. Von der Besatzung sah ich nicht einen Mann. Ned und Conseil verbrachten den größten Teil des Tages mit mir. Sie waren erstaunt über die Abwesenheit des Kapitäns. War er krank? Gedachte er seinen Entschluß über uns zu ändern? Trotzdem erfreuten wir uns gänzlicher Freiheit und wurden köstlich und reichlich verpflegt. Unser Wirt hielt sich an die Absprachen des Vertrages. Außerdem verdankten wir der

Einzigartigkeit der Umstände so schöne Entschädigungen, daß wir keinen Grund hatten, Vorwürfe zu erheben.

Mit diesem Datum begann ich auch das Tagebuch meiner Abenteuer, das mir gestattet, mit größter Genauigkeit zu berichten. Ich schrieb übrigens auf einem Papier aus Seegras.

Am frühen Morgen des 11. November gab mir die frische Luft, die in das Innere des „Nautilus" einströmte, zu erkennen, daß wir an die Oberfläche des Ozeans aufgestiegen waren, um unseren Vorrat an Sauerstoff zu erneuern. Ich stieg auf die Plattform hinauf und atmete mit Behagen die salzige Meerluft ein. Dabei bewunderte ich den Sonnenaufgang.

Da hörte ich Schritte. Es war der Erste Offizier, den ich bereits bei der ersten Begegnung mit dem Kapitän gesehen hatte. Er schien meine Gegenwart nicht zu bemerken. Das starke Fernrohr vor den Augen, suchte er den Horizont nach allen Richtungen mit äußerster Achtsamkeit ab. Dann trat er an die Luke heran und sprach einen Satz, den ich mir buchstabengetreu gemerkt habe: *„Nautron respoc lorni virch"*.

Was er bedeutet, weiß ich nicht zu sagen. Als der Erste Offizier diese Worte gesprochen hatte, stieg er wieder hinab. Ich dachte, der „Nautilus" werde seine unterseeische Fahrt fortsetzen, ging also wieder auf mein Zimmer.

So verflossen fünf Tage, ohne daß die Lage sich änderte. Jeden Morgen stieg ich zur Plattform empor. Die nämliche Person sprach den nämlichen Satz. Kapitän Nemo ließ sich nicht blicken.

Ich hatte mich schon damit abgefunden, ihn überhaupt nicht mehr zu Gesicht zu bekommen, als ich am 16. November beim Eintritt in mein Zimmer, von Ned und Conseil begleitet, auf dem Tisch ein an mich adressiertes Blatt vorfand. Es war mit freien, klaren Zügen bedeckt, die an die deutsche Schrift erinnerten.

Die Mitteilung lautete so:

Kapitän Nemo lädt Herrn Professor Aronnax zu einer Jagdpartie ein, die morgen früh in den Wäldern der Insel Crespo stattfinden wird. Er hofft, daß der Herr Professor und seine Gefährten nicht verhindert sein werden.

Der Kommandant des „Nautilus",
Kapitän Nemo

„Eine Jagd?“ rief Ned aus. „Da wird er also doch an Land gehen?“

„Das scheint mir klar angedeutet“, sagte ich. Ich mühte mich nicht, den Widerspruch zu ergründen, der zwischen dem offenbaren Abscheu Kapitän Nemos vor Kontinenten und Inseln und seiner Einladung zu einer Jagd im Walde bestand, sondern antwortete: „Sehen wir erst, was es mit der Insel Crespo für eine Bewandtnis hat.“

Ich forschte auf der Landkarte nach und fand auf 32° 40′ nördlicher Breite und 167° 50′ westlicher Länge ein Inselchen, das 1801 von dem Kapitän Crespo entdeckt worden war und auf alten spanischen Landkarten unter dem Namen Rocca de la Plata verzeichnet stand, was „Silberfelsen“ heißt. „Wenn Kapitän Nemo irgendwo an Land geht“, sagte ich, „wählt er wenigstens vollkommen verlassene Inseln.“

Ned Land schüttelte den Kopf, ohne zu antworten, und entfernte sich dann mit Conseil.

Als ich am Morgen des 17. November erwachte, merkte ich, daß der „Nautilus“ völlig bewegungslos war. Ich kleidete mich rasch an und suchte den großen Salon auf.

Kapitän Nemo erwartete mich schon. Er grüßte und fragte, ob es mir genehm sei, ihn zu begleiten. Da er seine achttägige Abwesenheit mit keinem Wort erwähnte, nahm auch ich Abstand, davon zu reden, und antwortete lediglich, meine Gefährten und ich seien bereit, ihm zu folgen. Wir gingen in den Speisesaal.

„Kapitän, wie kommt es, daß Sie Wälder auf der Insel Crespo besitzen, wo Sie doch jede Verbindung mit der Erde abgebrochen haben?“

„Die Wälder, welche ich besitze, sind unterseeische Wälder.“

Er ist krank im Kopf, dachte ich. Er hat einen Anfall gehabt, der acht Tage dauerte und noch immer anhält. Dieser Gedanke war deutlich auf meinem Gesicht zu lesen.

„Herr Aronnax“, forderte mich der Kapitän auf, „ich bitte Sie, mit mir zu frühstücken. Wir können beim Essen plaudern. Wenn ich Ihnen auch einen Spaziergang im Wald versprochen habe, so habe ich mich doch nicht verpflichtet, Sie unterwegs in ein Restaurant zu führen.“

Ich sprach dem Frühstück also kräftig zu. Es bestand aus verschiedenen Fischen, und als Trunk diente klares Wasser, in das ich nach dem Beispiel des Kapitäns einige Tropfen von einem Likör mischte, der aus einer Alge gewonnen war. Kapitän Nemo aß anfangs, ohne ein Wort an mich zu richten. Dann sagte er: „Herr Professor, als ich Ihnen den Vorschlag unterbreitete, mit mir in unterseeischen Wäldern zu jagen, haben Sie mich für einen Narren gehalten. Man sollte niemals so leichtfertig über Menschen urteilen."

„Aber, Kapitän, denken Sie ..."

„Wollen Sie mich bitte anhören. Sie wissen, daß der Mensch unter Wasser leben kann, sofern er einen Vorrat an Luft mit sich führt. Bei Unterwasserarbeiten stecken die Handwerker in wasserdichter Kleidung und ihr Kopf in einem Metallhelm. Druckpumpen besorgen die Luftzufuhr. Doch ist der Mensch unter diesen Bedingungen nicht frei. Er ist an die Pumpe gebunden, die ihn durch einen Schlauch mit Luft versorgt."

„Und wie machen Sie sich frei?" fragte ich.

„Indem ich den Rouquayrol-Denayrouze-Apparat benutze, den zwei Ihrer Landsleute ersonnen haben; ich habe ihn jedoch für meinen Gebrauch verbessert. Er besteht aus einem Behälter von Eisenblech, in dem unter Druck Luft gespeichert wird. Dieser Behälter wird durch Tragriemen auf dem Rücken angeschnallt wie der Tornister eines Soldaten. Zwei Kautschukschläuche laufen von ihm zu dem Kupferhelm. Der eine dient der Zufuhr frischer Luft, der andere dem Abfluß der verbrauchten, und die Zunge verschließt jeweils diesen oder jenen. Dieser Apparat lädt auch das Luftgewehr wieder auf, das Sie auf unserer Jagd benutzen werden."

„Wir benutzen also ein Luftgewehr?"

„Ja."

„Doch es will mir scheinen, daß inmitten dieses Halbdunkels und in dieser dichten Flüssigkeit die Schüsse nicht weit reichen können und kaum tödlich sind?"

„Im Gegenteil, alle Schüsse aus diesem Gewehr sind tödlich. Wenn ein Tier noch so leicht getroffen ist, sinkt es doch wie vom Blitz getroffen nieder. Die Kugeln sind nämlich kleine Glaskapseln, die der österreichische Chemiker Leniebroek entwickelt hat. Diese Glaskapseln, in Stahl gefaßt und durch ein bleiernes Bodenstück beschwert, stellen in Wahrheit kleine Leydener Flaschen mit einer starken elektrischen Spannung dar. Sie entladen sich bei dem leichtesten Stoß, und jedes Tier sinkt tot nieder."

„Und wie können Sie Ihren Weg auf dem Grund des Ozeans erleuchten?"

„Mit dem Rühmkorffschen Apparat, Herr Aronnax. Man befestigt ihn am Gürtel. Er enthält eine Bunsensche Säule, die ich mit Natrium arbeiten lasse. Eine Induktionsröhre sammelt die gewonnene Elektrizität und leitet sie zu einer besonders eingerichteten Laterne, die Kohlensäure enthält. Wenn der Apparat eingeschaltet ist, leuchtet das Gas auf und gibt ein anhaltendes, weißliches Licht."

Kapitän Nemo führte mich zum Hinterteil des „Nautilus". Im Vorübergehen rief ich Ned und Conseil aus ihrer Kabine. Wir kamen zu einer Zelle, die neben dem Maschinenraum lag und die Arsenal und Kleiderkammer war. Ein Dutzend Taucheranzüge hingen an der Wand und warteten auf Ausflügler.

Ned Land hatte einen deutlichen Widerwillen, in dergleichen hineinzuschlüpfen. „Aber Ned", sagte ich, „die Wälder der Insel Crespo sind unterseeische Wälder."

„Auch gut", gab der Harpunier enttäuscht zurück, der seine Träume von frischem Fleisch schwinden sah. „Ich jedoch werde so ein Ding niemals anziehen, außer wenn man mich dazu zwingt."

„Niemand wird Sie nötigen, Meister Ned", sagte Kapitän Nemo.

„Und Conseil will sich in Gefahr begeben?" erkundigte sich Ned.

„Ich bin überall, wo mein Herr hingeht", antwortete Conseil.

Auf einen Ruf des Kapitäns kamen zwei Mann der Besatzung, um uns beim Anlegen dieser schweren, wasserdichten Kleidung behilflich zu sein, die nahtlos aus Kautschuk gefertigt war. Die Hose schloß mit einer dichten Fußbekleidung ab, die mit schweren Bleisohlen besetzt war. Der Stoff der Jacke war durch Kupferplättchen verstärkt, wodurch die Brust gepanzert war und den Druck des Wassers abwies, so daß die Lungen frei arbeiten konnten. Die Ärmel liefen in Handschuhen aus. Das alles war also ganz verschieden von den unförmigen Harnischen aus Kork, den Oberwämsern, Meeranzügen, Koffern etc., wie sie im achtzehnten Jahrhundert erfunden wurden.

Kapitän Nemo, einer seiner Gefährten – ein Herkules von Gestalt –, Conseil und ich staken bald in unseren Taucheranzügen. Es ging nur noch darum, die Köpfe in den Metallkugeln unterzubringen. Bevor dies jedoch geschah, bat ich den Kapitän um die Erlaubnis, die für uns bestimmten Gewehre untersuchen zu dürfen.

Einer der Männer des „Nautilus" reichte mir eine einfache Büchse, deren Kolben innen hohl und ziemlich groß war. Er diente als Magazin für die komprimierte Luft. Ein Kasten in dem Kolben faßte zwanzig der elektrischen Projektile, die Kapitän Nemo beschrieben hatte. Wenn sich ein Schuß gelöst hatte, lag die nächste Kugel schon schußbereit.

„Leicht zu handhaben", sagte ich. „Ich bin begierig, sie auszuprobieren."

Kapitän Nemo steckte seinen Kopf in die kugelförmige Kappe. Conseil und ich taten das gleiche, während der Kanadier uns ironisch „Weidmannsheil" wünschte. Unser Anzug endete am Hals mit einem Kragen aus Kupfer, auf den der metallene Helm aufgeschraubt wurde. Drei mit dickem Glas besetzte Öffnungen gestatteten einen Ausblick in alle Richtungen. Sobald die Kugel aufgesetzt war, nahm der Rouquayrol-Apparat auf dem Rücken seine Tätigkeit auf; mir fiel das Atmen leicht.

Die Rühmkorffsche Lampe am Gürtel, die Büchse in der Hand, war ich bereit auszuziehen. Aber von dieser schweren Kleidung umschlossen und von bleiernen Sohlen an den Boden genagelt, war es mir unmöglich, auch nur einen Schritt zu tun. Doch nun spürte ich, wie man mich in eine kleine, sich anschließende Kammer schob. Meine Begleiter, in gleicher Weise bugsiert, folgten. Ich hörte, wie eine Tür über uns verriegelt wurde. Tiefe Dunkelheit umgab uns. Ich fühlte Kälte von meinen Füßen zur Brust aufsteigen. Offensichtlich wurde Wasser in die Kammer eingelassen. In der Seitenwand des „Nautilus" öffnete sich eine zweite Tür. Dämmerlicht schien uns entgegen. Einen Augenblick später setzten wir unsere Füße auf den Meeresgrund.

Worte sind nicht stark genug, um die Wunder unter Wasser wiederzugeben. Kapitän Nemo schritt voraus und sein Begleiter einige Schritte hinter uns. Conseil und ich blieben dicht beieinander, als ob es möglich gewesen wäre, durch unsere metallene Panzerung hindurch ein Wort zu wechseln. Ich spürte schon nicht mehr die Schwere meines Anzugs und der Kugel, in der schaukelnd mein Kopf wie ein Mandelkern in seiner Schale steckte.

Eine Viertelstunde lang schritten wir über glatten Sand. Die glänzende Fläche, die mit feinstem Muschelstaub bedeckt war, warf die Strahlen der Sonne mit erstaunlicher Stärke zurück. Werde ich Glauben finden, wenn ich versichere, daß ich in einer Tiefe von dreißig Fuß sehen konnte wie am hellen Tag?

Der Rumpf des „Nautilus", der wie eine lange Klippe aussah, entschwand nach und nach. Bald erkannte ich prächtige Felsen, die mit Zoophyten der schönsten Sorte wie von einem Teppich bedeckt waren. Es war zehn Uhr morgens. Die Strahlen der Sonne fielen schräg auf die Meeresfläche. Da das Licht durch die Brechung zerlegt wurde, wie wenn es durch ein Prisma fiele, spielten die sieben Regenbogenfarben an den Rändern von Blumen, Felsen, Pflänzchen und Muschelwerk. Ein wunderbares Bild, ein wahres Kaleidoskop von Grün, Gelb, Orange, Violett, Indigo, Blau – die ganze Palette eines Malers. Da ich meine Empfindungen niemandem mitteilen konnte, sprach ich mit mir selbst, rief in die kupferne Kugel hinein und verschwendete vielleicht mehr Luft, als ich gedurft hätte, für vergebliche Sätze.

Gruppen von weißen Korallen, Pilzkorallen, an Champignons erinnernd, und Seeanemonen bildeten eine Blumenflur. Seesterne malten ein Firmament auf den Sand, und Asterophyten schienen von der Hand der Najaden auf den Meeresgrund geschickt. Es war ein rechter Jammer für mich, die herrlichen Exemplare von Weichtieren unter meinen Füßen zu zerquetschen, die zu Tausenden über den Boden zerstreut lagen, aber wir mußten vorwärts kommen. So gingen wir voran, während über unseren Köpfen ein Schwarm von Medusen schwamm und ultramarinblaue Fühlfäden treiben ließ, Medusen, deren opal- oder zart rosenfarbene und mit einer Leiste von Azur geschmückte Schirme uns gegen die Sonnenstrahlen deckten.

Bald änderte sich die Beschaffenheit des Grundes. Auf die Sandebene folgte zäher Schlamm, der aus kieseligen oder kalkhaltigen Muscheln bestand. Dann durchwanderten wir eine Wiese von ungestüm wuchernden Meerespflanzen. Dieser dicht gesäte Rasen lag so weich unter den Füßen, daß er mit den feinsten, von Menschenhand gewebten Teppichen rivalisieren konnte. Eine lockere Decke von Algen wogte an der Oberfläche des Meeres. Mir fiel auf, daß die grünen Pflanzen sich dicht unter der Oberfläche des Meeres hielten, die roten in mittlerer Tiefe, während Gärten und Blumenbeete von schwarzen und braunen Algen in den unteren Zonen des Ozeans wuchsen.

Vor etwa anderthalb Stunden hatten wir den „Nautilus“ nun verlassen. Es war bald Mittag, wie mir die senkrechten Sonnenstrahlen, die sich nicht mehr brachen, verrieten. Der Farbenzauber wich allmählich. Wir schritten regelmäßig aus, und unsere Tritte hallten erstaunlich stark auf dem Boden wider. Die geringsten Geräusche pflanzten sich mit einer Schnelligkeit fort, mit der sie auf der Erde niemals an das Ohr dringen. Tatsächlich ist das Wasser ein besserer Schalleiter als die Luft.

Jetzt fiel der Grund schroff ab. Wir stiegen bis zu einer Tiefe von hundert Metern hinab und luden so einen Druck von zehn Atmosphären auf uns.

Ich nahm die Sonnenstrahlen zwar noch wahr, aber nur schwach. Ihr intensives Leuchten war einem rötlichen Zwielicht gewichen. Kapitän Nemo machte halt. Er wartete, bis ich aufgeholt hatte, und zeigte mir mit dem Finger dunkle Massen, welche nicht weit von dort verschattet aufgetaucht waren. Endlich waren wir am Wald der Insel Crespo angelangt, der ohne Frage zu den schönsten der weiten Besitztümer von Kapitän Nemo gehörte. Große, baumähnliche Pflanzen schufen diesen Wald, und sogleich, als wir unter sein weites Dach getreten waren, fiel mir der sonderbare Wuchs der Zweige auf. Sie alle stiegen aufwärts. Mochten die Stengelchen auch so fein wie ein Faden sein, sie standen gerade aufrecht wie Eisenstifte. Unbeweglich sonst, schwenkten sie, wenn ich sie mit der Hand beiseite schob, sofort in ihre frühere Lage zurück. Die Senkrechte herrschte hier absolut.

Bald gewöhnte ich mich an diesen eigentümlichen Wuchs und an das Dämmerlicht, das uns umhüllte. Der Boden des Waldes war mit spitzen Blöcken übersät, denen nur mühselig auszuweichen war. Auch verwechselte ich zuerst das Tierreich mit dem Pflanzenreich und nahm Tierpflanzen für Wasserpflanzen. „Kuriose Anomalie, bizarres Element“, hat ein geistreicher Naturforscher gesagt, „wo das Tierreich Blüten treibt, das Pflanzenreich aber nicht." Unter den verschiedenen Gesträuchen, die so groß waren wie Bäume, drängten sich ganze Büsche lebender Pflanzen, Hecken von Zoophyten; und um die Illusion vollkommen zu machen, flogen wie Kolibrischwärme Fliegenfische von Zweig zu Zweig, während unsere Schritte gelbe Episacanthien und Flughähne wie einen Trupp Bekassinen aufscheuchten.

Gegen ein Uhr gab Kapitän Nemo das Zeichen zum Halt. Wir lagerten uns unter einem Dach von Braunalgen. Bei dieser Ruhepause fehlte uns nur das Vergnügen einer Unterhaltung, denn es war unmöglich zu reden und unmöglich zu antworten. So näherte ich lediglich meinen massigen Kupferkopf der Kugel Conseils. Seine Augen glänzten vor Zufriedenheit. Ich spürte eine unüberwindliche Schlaflust, wie sie alle Taucher überkommt. Kapitän Nemo und sein Gefährte streckten sich im klaren Wasser aus. So schlossen sich bald auch meine Augen, und ich fiel in tiefen Schlaf.

Als ich wieder erwachte, schien sich die Sonne schon zum Horizont zu neigen. Ich begann meine Glieder zu strecken, da brachte mich eine unerwartete Erscheinung rasch auf die Beine. Nur wenige Meter entfernt beäugte mich mit schielenden Augen eine Meerspinne von einem Meter Höhe. Obwohl mein Taucheranzug dick genug war, um mich gegen das Tier zu schützen, konnte ich mich doch des Grauens nicht erwehren. Im selben Augenblick erwachten die anderen, und der Matrose des „Nautilus" streckte das scheußliche Tier mit einem Kolbenschlag nieder. Diese Begegnung gab mir den Gedanken ein, daß andere, noch furchtbarere Tiere in diesen dunklen Tiefen hausen könnten, gegen deren Angriffe mein Tauchanzug keinen Schutz böte, und ich entschloß mich, auf der Hut zu sein.

Kapitän Nemo setzte seinen kühnen Ausflug fort. Der Grund senkte sich ständig. Es mußte kurz vor drei Uhr sein, als wir in einer Tiefe von rund hundertfünfzig Metern eine schmale Schlucht erreichten. Tiefes Dunkel umgab uns; kein Gegenstand war auf zehn Schritt mehr zu erkennen. Tastend ging ich vorwärts, als ich auf einmal ein weißes Licht aufblitzen sah. Kapitän Nemo hatte seinen elektrischen Apparat eingeschaltet. Ich folgte dem Beispiel, und alsbald wurde das Meer durch unsere vier Laternen im Umkreis von fünfundzwanzig Metern erleuchtet.

Kapitän Nemo drang immer weiter in die dunklen Tiefen des Waldes ein, dessen Gesträuch mehr und mehr abnahm. Die Vegetation wich eher als das tierische Leben. Ich überlegte, daß unser Licht manchen Bewohner der lichtlosen Tiefe anlocken müsse. Einige Male sah ich den Kapitän anhalten und das Gewehr in Anschlag bringen; aber dann wandte er sich wieder ab und marschierte weiter.

Schließlich ragte ein steiler Granitfelsen voll dunkler Grotten vor uns auf. Einen gangbaren Aufstieg entdeckte ich nicht. Das war der Sockel der Insel Crespo. Das war die Erde.

Der Kapitän machte plötzlich halt. Ein Wink von ihm gebot uns stehenzubleiben. Hier endeten seine Besitzungen; er wollte sie nicht überschreiten.

Der Rückweg begann. Auf einem anderen Pfad kamen wir rasch in die Nähe der Meeresoberfläche. Doch ging die Rückkehr so vor sich, daß die Abnahme des Druckes nicht zu plötzlich eintrat, was zu inneren Verletzungen hätte führen können, wie sie die Taucher bedrohen. Sehr bald schimmerte wieder das Licht der Sonne auf.

Bei zehn Meter Tiefe durchquerten wir einen Schwarm kleiner Fische, die zahlreicher waren als die Vögel in der Luft. Aber auf Wasserwild, das einen Schuß wert gewesen wäre, waren wir noch nicht gestoßen. Da sah ich, wie Kapitän Nemo seine Büchse hochriß und auf ein huschendes Etwas im Gebüsch zielte. Der Schuß ging los, ich hörte ein leichtes Zischen, und nur wenige Schritte entfernt fiel das Tier nieder.

Es war ein prächtiger Seeotter, das einzige vierfüßige Tier, das sich ausschließlich im Meer aufhält. Der Otter war anderthalb Meter lang, und sein Fell, auf dem Rücken kastanienbraun, silbrig auf dem Bauch, hätte einen der schönsten Pelze ergeben und nicht unter zweitausend Franken eingebracht. Der Gefährte des Kapitäns nahm das Tier auf, legte es sich über die Schulter, und wir setzten unseren Weg fort.

Eine Stunde lang hatten wir eine Sandebene vor uns. Sie stieg oft bis auf zwei Meter unter dem Wasserspiegel an. Ich sah uns dann klar gespiegelt; über uns zeigte sich der Trupp noch einmal, in jedem Punkt identisch, nur daß wir Kopf nach unten und mit den Beinen in der Luft marschierten.

Dann wurde ich Zeuge eines der schönsten Schüsse, die je das

Herz eines Jägers erfreut haben. Nahe über dem Wasser schwebte mit weit ausgespannten Schwingen deutlich sichtbar ein großer Vogel. Der Gefährte des Kapitäns zielte und schoß. Getroffen stürzte der Vogel ab und sank in der Nähe des geschickten Jägers ins Wasser, der seine Beute nur zu greifen brauchte. Es war ein Albatros, ein Prachtexemplar.

Zwei Stunden lang waren wir über Sandflächen gegangen, da bemerkte ich einen schwachen Lichtschein eine halbe Meile vor uns. Es war das Licht des „Nautilus". In zwanzig Minuten mußten wir an Bord sein. Da sah ich Kapitän Nemo hastig auf mich zukommen. Mit starker Hand zwang er mich auf den Boden nieder, während sein Gefährte mit Conseil ein gleiches tat. Zuerst wußte ich nicht recht, was ich von der heftigen Attacke halten sollte, aber ich beruhigte mich, als ich sah, daß der Kapitän sich neben mich hinstreckte.

Unter einem Gestrüpp von Seegras liegend, hob ich den Kopf, und das Blut erstarrte mir in den Adern. Ich sah zwei fürchterliche Haie mit ungeheurem Schwanz und stierenden glasartigen Augen – Blauhaie, die einen Menschen mit ihrem Gebiß zerfetzen können. Ich weiß nicht, ob Conseil damit beschäftigt war, sie zu klassifizieren. Ich für mein Teil warf jedenfalls weniger wissenschaftliche Blicke auf die silbrig glänzenden Bäuche und die grauenvollen, von Zähnen starrenden Rachen.

Glücklicherweise sehen diese gefräßigen Tiere schlecht. Sie zogen vorbei, ohne uns zu bemerken, und streiften uns nur mit ihren bräunlichen Flossen.

Eine halbe Stunde später kamen wir beim „Nautilus" an. Hier wurde uns der Taucheranzug ausgezogen. Erschöpft, aber voller Staunen über diesen Ausflug auf den Meeresgrund, begab ich mich in mein Zimmer.

VIERTAUSEND MEILEN UNTER DEM PAZIFIK

Am Morgen des folgenden Tages hatte ich mich von meiner Ermüdung völlig erholt und stieg auf die Plattform, als der Erste Offizier eben seinen täglichen Spruch sagte. Es kam mir damals in den Sinn, er könne sich auf den Zustand des Meeres beziehen oder vielleicht bedeuten: „Wir haben nichts in

Sicht." Tatsächlich lag der Ozean auch verlassen da. Die Bergspitzen der Insel Crespo waren verschwunden. Das Meer hatte eine wunderbare Indigofarbe.

Ich bewunderte das prachtvolle Aussehen des Ozeans, als Kapitän Nemo heraustrat. Er schien meine Gegenwart nicht zu bemerken und begann mit einer Reihe astronomischer Beobachtungen. Dann stützte er sich mit dem Ellbogen auf das Scheinwerfergehäuse und ließ seine Blicke über das Meer schweifen.

Zwanzig Matrosen des „Nautilus" waren inzwischen auf die Plattform gekommen und schickten sich an, die Netze einzuholen, die in der Nacht ausgeworfen worden waren. Augenfällig gehörten sie verschiedenen Nationen an, aber sie waren wortkarg und bedienten sich der seltsamen Sprache, über deren Ursprung ich noch nicht einmal eine Vermutung anzustellen wußte.

Die Netze wurden an Bord gezogen. An jenem Tag förderten sie bemerkenswerte Exemplare jener Gegend zutage: Seeteufel, die sich mit ihren komischen Bewegungen das Prädikat Possenreißer verdienten; mit roten Ringen geschmückte Hornfische; Kröpfer, deren Gift außerordentlich stark ist; ein paar grünliche Neunaugen; Rinkfische, deren elektrischer Schlag ebenso heftig ist wie bei einem Zitteraal; mehrere schöne Makrelen, mit Blau- und Silberfarben herausgeputzt, nebst drei ansehnlichen Thunfischen. Ich schätzte, daß mehr als tausend Pfund Fisch eingebracht worden waren. Durch die Luke wurden die verschiedenen Meeresprodukte unverzüglich in die Vorratskammern hinabgelassen, teils um frisch verspeist, teils um konserviert zu werden.

Anschließend wurde die Luft erneuert. Da ich dachte, der „Nautilus" werde jetzt seine Unterwasserfahrt fortsetzen, wollte ich wieder in mein Zimmer gehen. Doch da wandte sich Kapitän Nemo an mich und sagte unvermittelt: „Sehen Sie den Ozean, Herr Professor, ist er nicht mit wirklichem Leben gesegnet? Kennt er nicht Zorn und Sanftmut? Wie wir legte er sich gestern zur Ruhe, und nach einer ungestörten Nacht wachte er nun wieder auf."

Der sonderbare Mann entbot mir keinen Gruß, sondern er redete mich an, als nähme er ein zufällig unterbrochenes Gespräch wieder auf.

„Schauen Sie, wie das Meer unter der Liebkosung der Sonne erwacht. Durch sie gewinnt es jeden Tag neues Leben. Es hat einen Puls, Arterien, es kann Krämpfe haben, und ich gebe dem Forscher Maury recht, der einen Kreislauf in ihm entdeckte, der sich mit der Blutzirkulation der Tiere vergleichen läßt."

Ich war sicher, daß Kapitän Nemo keine Antwort von mir erwartete, und es schien mir unpassend, ihm mit Floskeln zu kommen wie „sicherlich", „Sie haben ganz recht". Er sprach eher mit sich selbst. Er ließ sich Zeit mit den Sätzen. Er meditierte mit lauter Stimme.

„Ja", sagte er, „und um diesen Kreislauf hervorzurufen, brauchte der Schöpfer nur die Wärme zu erhöhen, das Salz und die kleinen Lebewesen zu vermehren. Denn die Wärme verursacht in der Tat die Unterschiede in der Dichte, aus denen dann Strömungen und Gegenströmungen entstehen. Salze bewirken, daß Meerwasser weniger leicht verdunstet; andernfalls wäre die Feuchtigkeit der Luft übermäßig und würde von Winden abgetrieben, sich in Regenfluten niederschlagen, die die gemäßigten Zonen überschwemmen müßten. Und die Infusorien verzehren die Salze, bilden Korallen und bauen Kalkkontinente. Der Ozean sei ein Todeselement, so sagt man, für den Menschen; er ist ein Lebenselement für Myriaden von Tieren und für mich desgleichen. Entwürfe gehen mir durch den Sinn, schwimmende Städte zu gründen, unterseeische Siedlungen, die jeden Morgen, wie mein ‚Nautilus' es tut, aufsteigen zum Spiegel der Gewässer, um Atemluft zu schöpfen – freie Städte! Und wenn irgendein Despot ..."

Mit einer leidenschaftlichen Geste unterbrach Kapitän Nemo seinen Satz. Wie um einen unheilvollen Gedanken zu vertreiben, wandte er sich mit einer direkten Frage an mich: „Wissen Sie, Herr Aronnax, wie tief der Ozean ist?"

„Zumindest kenne ich die Ergebnisse der wichtigsten Lotungen, Kapitän. Aufsehenerregende Sondierungen sind im Süden des Atlantischen Ozeans nah beim 35. Grad durchgeführt worden; sie ergaben Tiefen von 12 000 bis 15 149 Metern. Man schätzt, daß die mittlere Tiefe des Meeresgrundes etwa sieben Kilometer beträgt."

„Gut, Herr Professor", erwiderte Kapitän Nemo, „wir werden Ihnen eine genauere Kenntnis vermitteln können, denke ich.

Was die durchschnittliche Tiefe in diesem Teil des Pazifiks betrifft, so werde ich Ihnen zeigen, daß sie nur 4000 Meter ausmacht."

Nach diesen Worten ging der Kapitän zur Luke und stieg die Treppe hinab. Ich suchte den großen Salon auf. Die Schraube wurde alsbald in Bewegung gesetzt. Das Log zeigte eine Geschwindigkeit von zwanzig Meilen die Stunde an.

Tage, Wochen verstrichen, in denen ich Kapitän Nemo selten sah. Sein Erster Offizier machte regelmäßig das Besteck auf, das ich dann auf der Karte eingetragen vorfand, so daß ich die Route des „Nautilus" exakt verfolgen konnte. Die allgemeine Richtung war Südosten. Er hielt sich in einer Tiefe zwischen hundert und hundertfünfzig Metern. Beinahe jeden Tag öffneten sich für Stunden die Läden vor dem Salon, und unsere Augen wurden nicht müde, die Geheimnisse der unterseeischen Welt aufzunehmen.

Am 26. November um drei Uhr früh überquerte der „Nautilus" auf 172° Länge den Wendekreis des Krebses. Am 27. kamen die Sandwich-Inseln in Sicht, wo der berühmte Cook am 14. Februar 1779 den Tod fand. Am 1. Dezember schnitt der „Nautilus" auf 142° Länge den Äquator. Vom 4. bis 15. Dezember legten wir rund zweitausend Meilen zurück.

Am 11. war ich im großen Salon mit Lektüre beschäftigt. Durch die geöffneten Läden sahen Ned Land und Conseil in das erleuchtete Wasser hinaus. Der „Nautilus" war ohne Bewegung. Mit gefüllten Wasserbehältern hielt er sich bei tausend Meter Tiefe in einer wenig bewohnten Region des Ozeans auf, in der nur große Fische ab und zu erscheinen. Plötzlich unterbrach Conseil in einem ungewohnten Ton meine Lektüre. „Mein Herr möge für einen Augenblick herkommen", sagte er.

Angestrahlt von dem elektrischen Licht, hing eine große schwärzliche Masse im Wasser. Aufmerksam betrachtete ich sie und versuchte, Klarheit über die Natur dieses gigantischen Tieres zu gewinnen. Doch da zuckte mir ein Gedanke durch den Kopf. „Ein Schiff!" rief ich aus.

„Ja", erwiderte der Kanadier, „ein Schiff, das gesunken ist."

Ned Land täuschte sich nicht. Wir hatten ein Schiff vor uns, dessen gekappte Wanttaue noch in ihren Püttingen hingen; das erste einer Serie von Schiffsunglücken, auf deren Spur der

„Nautilus“ während seiner Fahrt stoßen sollte. Der Untergang mußte sich erst vor wenigen Stunden abgespielt haben. Der Rumpf schien unversehrt. Drei Stümpfe, in einer Höhe von zwei Fuß über dem Deck abgeschlagen, zeigten, daß das Schiff seine Masten hatte opfern müssen. Aber es hatte sich seitwärts geneigt und so mit Wasser gefüllt. Noch immer hatte es Schlagseite nach Backbord. Ein trauriges Bild bot der Anblick der Leichname, die im Tauwerk verstrickt hingen. Ich zählte vier – vier Männer, von denen einer noch aufrecht stehend das Steuerruder hielt. Dann eine Frau, die ein Kind trug. Sie war jung. Im hellen Licht des „Nautilus“ konnte ich ihre Züge erkennen. Die Arme des Kindes umschlangen noch den Hals der Mutter. Die vier Matrosen sahen schrecklich aus. Sie hatten krampfhaft versucht, sich von den Tauen zu befreien, die sie an das Schiff fesselten. Allein das klare, ernste Gesicht des Steuermanns war voller Ruhe. Die grauen Haare in der Stirn, hielt er das Ruder umklammert und schien seinen ausgestorbenen Dreimaster noch in den Tiefen des Ozeans zu lenken.

Wir verstummten. Schon sah ich riesige Haifische mit gierigen Augen herbeischwimmen, angelockt von Menschenfleisch. Der „Nautilus“ umkreiste das gesunkene Schiff, und für einen Augenblick konnte ich auf einer Tafel am Heck lesen: „Florida, Sunderland“.

Am gleichen Tag kamen wir zu dem Tuamotu-Archipel, der sich über einen Raum von fünfhundert Meilen von Ostsüdost nach Westnordwest hinzieht. Er nimmt eine Fläche von dreihundertsiebzig Quadratmeilen ein und gliedert sich in rund sechzig Gruppen von Koralleninseln, die durch die langsame, aber fortgesetzte Arbeit von Polypen entstanden sind. Die kleinen Tierchen, die durch Absonderung Polypenstöcke bilden, leben zu Milliarden im Inneren ihrer Gehäuse, und was sie an Kalk ablagern, wird zu Felsen, Riffen, Inseln. Eines Tages werden sie diese Landstücke miteinander verbinden. Die neue Insel wird dann später mit den benachbarten Archipelen zusammenwachsen, und von Neuseeland und Neukaledonien bis hin zu den Marquesas wird ein neuer Kontinent entstehen.

Als ich diese Theorie dem Kapitän Nemo darlegte, erwiderte er kühl: „Nicht neuer Kontinente bedarf's auf der Erde, sondern neuer Menschen!“

Am 25. Dezember durchquerte der „Nautilus“ den Archipel der Neuen Hebriden. Wir kamen ziemlich nah an der Insel Oru vorbei, die mir bei meiner mittäglichen Beobachtung wie ein schwimmender Wald vorkam, aus dem eine Bergnase hoch herausragt. Weihnachten war an diesem Tag, und Ned Land schien mir eine Feier sehr zu vermissen.

Wir fuhren in südwestlicher Richtung weiter. Am Morgen des 1. Januar 1868 trat Conseil zu mir auf die Plattform. „Darf ich meinem Herrn ein glückliches neues Jahr wünschen?“

„Und ob, Conseil, ich danke dir. Nur möchte ich fragen, was du unter einem ‚guten neuen Jahr‘ verstehst? Soll dies das Jahr sein, welches das Ende unserer Gefangenschaft bringt, oder ein Jahr, in dem sich unsere seltsame Reise fortsetzt?“

„Ich denke, wenn es meinem Herrn recht ist, ein gutes Jahr wäre ein Jahr, in dem wir alles zu sehen bekämen.“

Am 2. Januar hatten wir 11 340 Meilen seit unserer Abfahrt aus den japanischen Meeren zurückgelegt. Vor uns lagen die gefährlichen Korallenmeere vor der Nordostküste Australiens. Zwei Tage später, am 4. Januar, kamen wir vor die Küsten Papuasiens. Kapitän Nemo gab mir seine Absicht zu verstehen, durch die Torres-Straße in den Indischen Ozean zu fahren.

Die Torres-Straße ist ungefähr vierunddreißig Meilen breit, aber durch eine unzählige Menge Inseln und Felsen versperrt, die eine Durchquerung beinahe unmöglich machen. Kapitän Nemo traf alle erdenklichen Sicherheitsmaßregeln für die Durchfahrt. Nur langsam, an der Oberfläche schwimmend, stieß der „Nautilus“ vor. Träge schlug die Schraube die Wellen.

Das langsame Tempo kam unserem Ausblick zugute, als meine Gefährten und ich uns auf der verlassenen Plattform niederließen. Vor uns erhob sich das Gehäuse des Rudergängers, und irrte ich nicht sehr, so sah ich Kapitän Nemo dort drinnen, um seinen „Nautilus“ mit eigener Hand zu lenken.

„Das ist ein übles Meer!“ sagte Ned Land. „Der verdammte Kapitän muß seinen Weg sehr gut kennen, denn ich sehe da Korallenbatzen, die sein Boot in tausend Stücke zerscherben, wenn es sie nur streift.“

Die Lage war allerdings gefährlich. Aber der „Nautilus“ glitt mitten durch die fürchterlichen Klippen hindurch wie von Zauberhand geleitet. So ging es bis drei Uhr nachmittags. Die Flut stand jetzt vor dem Höhepunkt. Plötzlich warf mich ein Stoß zu Boden. Der „Nautilus“ war gegen eine Klippe gestoßen. Er saß fest und neigte sich leicht nach Backbord.

Als ich mich wieder erhob, bemerkte ich Kapitän Nemo und seinen Ersten Offizier auf der Plattform. Sie untersuchten die Lage des Schiffes.

Unsere Situation war diese: Zwei Meilen entfernt, an Steuerbord, lag die Insel Gueboroar, deren Küste sich wie ein ungeheurer Arm von Norden nach Westen rundete. Im Süden und im Osten tauchten einige Korallenspitzen auf. Wir waren bei Hochwasser aufgelaufen und lagen in einem Meer fest, in dem die Gezeiten nur mäßig sind, ein ungünstiger Umstand. Zwar hatte das Schiff in keiner Weise gelitten, aber es lief Gefahr, für immer auf diesen Klippen festzusitzen.

Dies waren meine Gedanken, als der Kapitän zu mir herantrat, immer Herr seiner selbst, ohne eine Spur Unruhe. „Ein Unfall?“ fragte ich.

„Nein, ein Zwischenfall.“

„Aber ein Zwischenfall, der Sie vielleicht nötigen wird, wieder ein Bewohner des Landes zu werden.“

„Herr Aronnax, der ‚Nautilus‘ ist nicht in Gefahr. Unsere Reise fängt gerade erst an, und ich wünsche nicht, mich so bald der Ehre Ihrer Gesellschaft zu berauben.“

„Aber im Stillen Ozean sind die Gezeiten nicht stark, Herr Kapitän. Wenn Sie keinen Ballast abzuwerfen haben, sehe ich nicht, wie der ‚Nautilus‘ wieder flott werden soll.“

„Die Gezeiten sind nicht stark, da haben Sie recht. Aber in der Torres-Straße macht der Unterschied zwischen Hoch- und Niedrigwasser immerhin anderthalb Meter aus. Heute haben wir den 4. Januar, und in fünf Tagen ist Vollmond. So sollte es mich wundern, wenn dieser gefällige Trabant das Wasser nicht genügend anhebt, um mir einen Dienst zu erweisen.“

Kapitän Nemo stieg mit seinem Ersten Offizier wieder ins Innere des „Nautilus“ hinab. Das Boot rührte sich nicht und blieb so unbeweglich, als hätten Korallenpolypen es schon in ihren unzerstörbaren Kitt eingemauert. Ned Land und Conseil kamen zu mir, und ich teilte ihnen mit, was der Kapitän gesagt hatte.

Der Kanadier zuckte mit den Schultern. „Mein Herr, Sie können mir glauben, dies Stück Eisen wird nie und nimmer wieder fahren, weder auf noch unter den Meeren. Ich denke, daß demnach der Augenblick gekommen ist, sich davonzumachen."

„Freund Ned, ich habe noch nicht das Vertrauen in diesen tüchtigen ‚Nautilus' verloren, und in vier Tagen werden wir wissen, woran wir sind. Der Rat zu fliehen wäre zweckmäßig, wenn wir die Küste Englands oder der Provence vor Augen hätten; in Papuasien aber ist es etwas anderes, und es wird immer noch Zeit sein, zu solchem Entschluß zu kommen, wenn es nicht gelingt, den ‚Nautilus' zu heben."

„Aber man sollte sich das Land hier einmal ansehen", erwiderte Ned Land. „Da haben wir eine Insel. Auf dieser Insel gibt es Tiere, und die tragen Roastbeefs auf sich, die ich gerne zwischen meinen Zähnen hätte."

„Hierin hat Ned recht", sagte Conseil. „Könnte mein Herr nicht bei Kapitän Nemo erwirken, daß wir an Land gebracht werden, und sei es auch nur, um nicht ganz zu vergessen, wie es ist, die festen Teile unseres Planeten unter den Füßen zu spüren?"

„Ich kann ihn darum bitten, aber er wird es abschlagen."

Doch zu meinem großen Erstaunen gab mir Kapitän Nemo die Erlaubnis, und zwar freundlich, ohne uns das Versprechen der Rückkehr an Bord abzufordern. Aber ich würde Ned Land nicht geraten haben, eine Flucht durch die Wildnis von Neuguinea zu versuchen. Besser an Bord des „Nautilus" gefangen als in den Händen der Eingeborenen Papuasiens.

Mit Büchsen und Beilen bewaffnet, legten wir am nächsten Morgen um acht Uhr vom „Nautilus" ab. Das Meer war ziemlich ruhig. Eine leichte Brise strich über das Wasser. Conseil und ich setzten uns an die Ruder und führten sie kräftig; Ned steuerte. Das Boot ließ sich leicht dirigieren und machte gute Fahrt.

Ned Land war vor Freude außer sich. „Fleisch!" rief er ein ums andere Mal, „nun gibt's wieder Fleisch."

„Es bleibt noch abzuwarten", wandte ich ein, „ob es überhaupt Wild in diesen Wäldern gibt, und wenn, ob es nicht so gebaut ist, daß es seinerseits dem Jäger Beine machen könnte."

„Richtig, Herr Aronnax", antwortete der Kanadier, dessen

Zähne blitzten wie die Schneide eines Beils, „aber ich esse auch Lendenbraten vom Tiger, wenn es keinen anderen Vierfüßler auf dieser Insel gibt."

Um halb neun lief das Boot des „Nautilus", nachdem es den Korallenring, der die Insel Gueboroar umgibt, glücklich überwunden hatte, sanft auf den Strand. Es machte doch einen starken Eindruck auf mich, wieder feste Erde zu betreten. In einigen Minuten waren wir einen Flintenschuß weit von der Küste entfernt. Der Horizont verbarg sich hinter einer Wand herrlicher Wälder. Ungeheure Bäume, oft bis zu zweihundert Fuß hoch, waren untereinander durch Girlanden von Lianen verknüpft, natürliche Hängematten, die ein leichter Wind schaukelte. Mimosen gab es da, Teakholzbäume und Palmen, unter deren grünem Dach Orchideen, Hülsenfruchtgewächse und Farne wuchsen. Der Kanadier entdeckte eine Kokospalme, schlug einige Früchte ab und öffnete sie. Wir tranken die Milch und aßen das Fleisch mit Behagen.

„Ausgezeichnet!" ließ Ned Land sich hören. „Ich denke nicht, daß Ihr Nemo etwas dagegen einzuwenden hat, wenn wir eine Ladung Kokosnüsse an Bord bringen."

„Glaube ich auch nicht; aber sie zu kosten, wird er keine Lust haben", versetzte ich.

„Um so besser für uns", sagte Ned Land.

„Einen Einwand noch, Meister Land", sagte ich zu dem Harpunier, der sich anschickte, noch eine Kokospalme zu plündern. „Bevor wir das Boot mit Kokosnüssen füllen, scheint es mir klug zu untersuchen, ob auf der Insel nicht noch andere Leckerbissen zu finden sind. Frisches Gemüse sollte der Küche des ‚Nautilus' willkommen sein. Aber hüten wir uns vor einem Hinterhalt. Zwar scheint mir die Insel unbewohnt; dennoch könnte sie einige Individuen beherbergen, die in der Frage, was ein köstlich Wildbret sei, weniger wählerisch sind als wir."

„He, he!" machte Ned Land und bewegte die Kinnbacken. „Ich fange an zu verstehen, was die Menschenfresserei für einen Reiz hat."

„Auf die Jagd jetzt!" rief Conseil. „Unter allen Umständen müssen wir Wild aufspüren, um diesen Kannibalen zu befriedigen, oder eines Morgens wird mein Herr nur noch Stücke seines Dieners finden."

Wir drangen unter dem düsteren Gewölbe des Waldes weiter vor, durchstreiften zwei Stunden lang die Wildnis in allen Richtungen und sammelten Bananen, Mangopflaumen und Ananas. Dann hatten wir das Glück, einen Brotbaum zu finden. Ned Land hatte die Früchte dieses Baumes schon auf seinen zahlreichen Reisen gegessen und verstand sich darauf, sie schmackhaft zuzubereiten. Mit einem Brennglas entzündete er aus dürrem Holz ein lustig aufflackerndes Feuer. Conseil und ich sammelten unterdessen die schönsten Früchte – solche, die gelblich und gallertartig waren. Ned Land zerschnitt sie in dicke Scheiben und schmorte sie über glühendem Feuer. Nach einigen Minuten war die dem Feuer ausgesetzte Seite der Früchte ganz verkrustet. Das Innere füllte eine zarte, weiße Paste, die leicht bröckelte und im Geschmack an Artischocken erinnerte. Ich aß sie mit großem Behagen.

„Und nun der Braten?“ sagte Ned.

So ließen wir uns denn von dem Kanadier führen. Wir drangen längs der Küste westwärts vor und erreichten schließlich eine Hochebene, die von prächtigen Wäldern umsäumt war. Unter dem dichten Laubdach flatterten schwatzende Papageien, ernste Kakadus, die über irgendein philosophisches Problem zu meditieren schienen, Loris mit schreiend rotem Gefieder und tausend andere Geschwister, herausgeputzt, aber im allgemeinen kaum eßbar.

Nachdem wir ein nicht besonders dichtes Unterholz hinter uns gelassen hatten, sahen wir prachtvolle Vögel, die durch die eigentümliche Anordnung ihrer langen Federn gezwungen waren, gegen den Wind zu fliegen. Die anmutigen Wellenlinien und Kurven ihres Fluges, das Schillern ihrer Farben zogen mich an und entzückten mein Auge. „Paradiesvögel!“ rief ich aus.

Die Malaien bedienen sich verschiedener Mittel, die für uns nicht in Frage kommen konnten, um sie einzufangen. Bald legen sie Schlingen in die Wipfel hoher Bäume, in denen die Paradiesvögel am liebsten nisten. Bald vergiften sie die Quellen, aus denen die Vögel zu trinken pflegen. Wir aber waren darauf angewiesen, sie im Fluge zu schießen, und verschwendeten vergeblich einen Teil unserer Munition.

Gegen elf Uhr vormittags hatten wir die erste Gruppe von Bergen, die sich im Zentrum der Insel erhoben, überwunden, aber immer noch nichts erlegt. So schlugen wir einen Weg zur Küste zurück ein und gelangten schließlich an einen wahren Wald von Sagobäumen. Einige ungefährliche Schlangen flohen vor unseren Schritten. Die Paradiesvögel suchten das Weite, sobald wir uns näherten, und ich hatte schon die Hoffnung aufgegeben, an sie heranzukommen, als Conseil, der voranging, sich plötzlich bückte, ein Triumphgeschrei ausstieß und mit einem prächtigen Paradiesvogel in der Hand zu mir gelaufen kam.

„Bravo, Conseil!" rief ich aus. „Du hast einen Meistergriff getan: einen solchen Vogel lebendig gefangen!"

„Wenn mein Herr den Vogel näher untersuchen will, wird sich herausstellen, daß mein Verdienst nicht groß ist. Der Vogel ist betrunken."

„Betrunken?"

„Ja, trunken von den Nüssen des Muskatbaumes, unter dem ich ihn gefangen habe. Beachten Sie, Freund Ned, welch verheerende Folgen Unmäßigkeit haben kann."

Ich untersuchte den Vogel. Conseil irrte nicht; der Paradiesvogel war seiner nicht mehr mächtig. Wir hatten einen Großen Smaragdvogel gefangen, der äußerst selten ist. Er war dreißig Zentimeter lang und zeigte eine Vielfalt von Farbtönen: gelb der Schnabel, nußfarben die Flügel mit Spitzen von Purpur, zartgelb Kopf und Nacken, smaragden die Kehle, kastanienbraun der Bauch und die Brust. Die Eingeborenen haben diesem herrlichen Geschöpf den Namen Sonnenvogel gegeben.

„Ich wünschte mir sehr, diesen Fang dem ‚Jardin des Plantes' zu schenken, der ein lebendes Exemplar nicht besitzt."

„Er ist also sehr rar?" fragte der Kanadier.

„Äußerst rar. Darum stellen die Eingeborenen sogar falsche Paradiesvögel her. Zur Zeit der Ostpassatwinde verlieren die Paradiesvögel herrliche Schwanzfedern. Diese werden von den Fälschern gesammelt und einem Papagei aufgesetzt. Der Vogel wird mit Firnis gepinselt und an Liebhaber verkauft."

Meine Wünsche waren nun zwar erfüllt, denn ich besaß einen Paradiesvogel, aber mit den Gelüsten des kanadischen Jägers stand es anders. Glücklicherweise schoß er gegen zwei Uhr mit seinem Luftgewehr ein stattliches Waldschwein, das bei den Eingeborenen „bari-utang" heißt. Stolz zog er den Balg ab und weidete das Tier gründlich aus. Nachdem er ein halbes Dutzend Koteletts für den abendlichen Rostbraten herausgeschnitten hatte, setzten wir die Jagd fort.

Als Ned und Conseil einmal auf Büsche schlugen, scheuchten sie einen Trupp Känguruhs auf, die mit elastischen Sprüngen entflohen – aber doch nicht geschwind genug, um den elektrischen Geschossen zu enteilen.

„Was für ein Wildbret!" schrie Ned Land. „Das gibt einen Vorrat für den ‚Nautilus'! Zwei, drei, fünf liegen flach. Und diesen Braten werden wir ganz allein genießen; die Schwachköpfe an Bord bekommen keinen Bissen!"

Ich glaube, wäre der Kanadier nicht so außer sich gewesen vor Freude, er hätte ein Känguruh-Massaker angerichtet. Doch so begnügte er sich mit einem Dutzend dieser kleinen Beuteltiere, die meist in hohlen Bäumen hausen.

Um sechs Uhr abends waren wir wieder am Strand. Wie eine längliche Klippe ragte der „Nautilus" zwei Meilen vom Ufer entfernt aus den Wellen heraus. Ned Land machte sich unverzüglich an die Vorbereitungen zu unserem großen Diner. Die Koteletts vom „bari-utang" brieten auf einem Rost und verbreiteten bald einen angenehmen Duft. Zwei Ringeltauben rundeten das außergewöhnliche Mahl ab, Sagopastete, das Brot des Brotbaumes, Mangofrüchte, ein halbes Dutzend Ananas und der gärende Saft bestimmter Kokosnüsse brachten uns in Stimmung.

„Gesetzt den Fall, wir würden heute abend nicht auf den ‚Nautilus' zurückkehren?" hob Conseil an.

„Wenn wir nun nie wieder dorthin zurückkehren?" setzte Ned Land hinzu.

In diesem Augenblick fiel ein Stein zu unseren Füßen nieder und ließ den Harpunier verstummen. Meine Hand hielt in ihrer Bewegung inne. Wir richteten unsere Blicke auf den Saum des Waldes, ohne uns zu erheben.

„Ein Stein fällt nicht vom Himmel", sagte Conseil, „es wäre denn ein Meteor."

Ein zweiter sorgfältig abgerundeter Stein schlug Conseil einen zarten Taubenschenkel aus der Hand.

Wir sprangen auf und rissen das Gewehr an die Schulter.

„Sind das Affen?" rief Ned Land aus.

„Wilde sind es", erwiderte Conseil.

„Zum Boot!“ sagte ich und lief zum Ufer.

Es war in der Tat notwendig, den Rückzug anzutreten, denn etwa zwanzig Eingeborene, mit Bogen und Schleudern bewaffnet, erschienen kaum hundert Schritt zur Rechten am Rand eines Gehölzes. Es hagelte Steine und Pfeile.

Ned Land wollte seine Vorräte nicht im Stich lassen und klemmte sich sein Schwein unter den einen Arm, Känguruhs unter den anderen und schleppte sie, so schnell es ging, fort. In zwei Minuten waren wir bei unserem Fahrzeug. Vorräte und Waffen verstauen, das Boot ins Meer stoßen und uns in die Ruder legen war eins. Wir waren noch keine zwei Kabellängen weit, als hundert brüllende und gestikulierende Wilde bis zum Gürtel ins Wasser wateten. Ich sah mich um, ob ihr Erscheinen einige Mann von der Besatzung des „Nautilus“ auf die Plattform gerufen habe. Aber nein, das große Boot schien völlig ausgestorben.

Zwanzig Minuten später waren wir an Bord. Aus dem Salon drangen Akkorde. Kapitän Nemo, über die Orgel gebeugt, war in seine Musik vertieft.

„Kapitän“, sagte ich. Er hörte mich nicht.

„Kapitän!“ Ich rührte ihn mit der Hand an.

Er fuhr zusammen und drehte sich um. „Ah! Sie sind es, Herr Professor. Nun, haben Sie Glück auf der Jagd gehabt? Haben Sie Kräuter gesammelt?“

„Ja, Kapitän“, antwortete ich, „aber leider haben wir eine Schar Zweifüßer angezogen, deren Nähe mir Sorgen bereitet.“

„Was für Zweifüßer?“

„Wilde.“

„Wilde!“ wiederholte Kapitän Nemo in ironischem Ton. „Wundern Sie sich etwa, Herr Professor, daß Sie, sobald Sie einen Fuß auf die Erde setzen, Wilde antreffen? Wilde, wo gibt es die denn nicht?“

„Aber, Kapitän, es sind mindestens hundert.“

„Herr Aronnax“, erwiderte Kapitän Nemo, der schon wieder in die Tasten der Orgel griff, „wenn alle Bewohner Papuasiens am Ufer versammelt wären, hätte der ‚Nautilus‘ doch nichts zu fürchten.“

Die Finger des Kapitäns liefen über die Tasten, und er versenkte sich von neuem in Träume. Ich wollte ihn nicht stören und stieg wieder zur Plattform empor. Die Nacht war schon angebrochen. In den niedrigen Breiten geht die Sonne schnell und ohne Dämmerung unter. Die Insel erkannte ich nur noch undeutlich. Aber zahlreiche Feuer am Strand bewiesen, daß die Eingeborenen nicht daran dachten, sich zurückzuziehen. Doch nun fürchtete ich sie nicht weiter; die unerschütterliche Zuversicht des Kapitäns ging auf mich über.

Die Nacht und der nächste Tag verliefen ohne mißlichen Zwischenfall. Zweifellos genügte der Anblick des in der Bucht gestrandeten Ungeheuers, um die Papuas in Schrecken zu versetzen.

Am folgenden Morgen stieg ich um sechs Uhr wieder auf die Plattform. Die Eingeborenen waren noch immer da, zahlreicher als zuvor, fünf- bis sechshundert vielleicht. Einige nutzten die Ebbe aus und näherten sich über die Korallen dem „Nautilus" auf kaum zwei Kabellängen.

Es waren sicherlich echte Papuas, von athletischem Wuchs, mit breiter, hoher Stirn und weißen Zähnen. Ihr wolliges, rot gefärbtes Haar stach gegen die schwarze und glänzende Hautfarbe ab. Die meisten waren nackt, und fast alle Männer waren mit Bogen, Pfeilen, Schleudern und Schilden bewaffnet und trugen an der Schulter eine Art Netz voller runder Steine, die sie mit ihrer Schleuder geschickt ins Ziel zu bringen verstehen.

Einer der Häuptlinge kam ziemlich nahe an den „Nautilus" heran und beobachtete ihn aufmerksam. Er mußte ein „mado" von hohem Rang sein, denn er war in eine Matte von Bananenblättern gehüllt, an deren Rändern bunte Fransen prunkten. Solange die Ebbe dauerte, trieben sich die Eingeborenen in der Nähe des „Nautilus" herum; Lärm veranstalteten sie jedoch nicht. Wiederholt hörte ich sie das Wort „assai" rufen und schloß aus ihren Gesten, daß sie mich einluden, an Land zu kommen; aber ich lehnte diese Einladung ab.

Gegen elf Uhr vormittags, als die steigende Flut die Spitzen der Korallen unter Wasser zu setzen begann, zogen die Wilden sich wieder aufs Land zurück. Ich beobachtete, daß ihre Zahl beträchtlich anschwoll. Vermutlich kam Verstärkung von den Nachbarinseln. Doch hatte ich noch nicht eine der einheimischen Pirogen ausgemacht. Da ich nichts Besseres zu tun hatte, gedachte ich, in dem klaren Wasser ein wenig nach Muscheln, Zoophyten und Meerespflanzen zu fischen. Denn dies sollte ja der letzte Tag sein, den der „Nautilus“ in jenen Gewässern verbrachte, falls er überhaupt das offene Meer wiedergewinnen würde, wie es Kapitän Nemo versprochen hatte.

Conseil brachte mir ein kleines, leichtes Schleppnetz, das eine gewisse Ähnlichkeit mit den beim Austernfang verwendeten aufwies. Nun ging's an die Arbeit. Zwei Stunden lang fischten wir, ohne besondere Kostbarkeiten heraufzuziehen. Doch in dem Augenblick, als ich es am wenigsten erwartete, stieß ich auf ein höchst seltenes Wunderwerk, auf eine natürliche Mißbildung, wie man wohl sagen muß. Ich stieß den durchdringendsten Schrei aus, den die Kehle eines Schaltierkenners hervorzubringen vermag.

„Was ist meinem Herrn?“ fragte Conseil verdutzt. „Ist er gebissen worden?“

„Nein, mein Junge, obwohl ich gern bereit wäre, einen Finger für meine Entdeckung herzugeben.“

„Aber das ist eine simple Purpurmuschel.“

„Richtig, Conseil, aber statt von rechts nach links eingerollt zu sein, ist diese Muschel von links nach rechts gewunden.“

„Ist das möglich! Eine linksläufige Muschel!“ rief Conseil und nahm die Muschel mit zitternder Hand. Muscheln sind, von seltenen Ausnahmen abgesehen, rechtsläufig, und wenn die Windung durch einen Zufall linksläufig ist, so sind Liebhaber bereit, diese Muschel mit Gold aufzuwiegen.

Conseil und ich waren in die Betrachtung unseres Schatzes vertieft, und mich beseelte nur ein Wunsch, mein Museum in Paris um diese Muschel bereichern zu können, als ein Stein, von einem Eingeborenen geschleudert, den kostbaren Fund in der Hand Conseils zerschmetterte. Ich stieß einen Verzweiflungsschrei aus. Conseil stürzte zum Gewehr und legte auf einen Wilden an, der zehn Meter von ihm seine Schleuder schwang. Ich wollte Conseil zurückhalten, aber der Schuß ging los und zerfetzte das Band eines Amuletts, das um den Arm des Eingeborenen geschlungen war.

„Conseil!“ rief ich, „Conseil! Eine Muschel ist kein Menschenleben wert!“

„Dieser Lump!“ schrie Conseil, „lieber wäre mir gewesen, er hätte meine Schulter zerschlagen.“

Er übertrieb keineswegs, aber ich konnte seinen Wunsch nicht teilen. In wenigen Augenblicken hatte sich die Lage unterdessen geändert, ohne daß wir es bemerkt hatten. Etwa zwanzig Pirogen umkreisten den „Nautilus“. Die langen, schmalen Einbäume glitten leicht über die See, durch Ausleger aus Bambus, die auf dem Wasser schwammen, im Gleichgewicht gehalten.

Nun waren die Pirogen beängstigend nah, und ein Regen von Pfeilen überschüttete den „Nautilus“. Unsere Büchsen, die ohne Detonation losgingen, konnten die Eingeborenen kaum beeindrucken, weil sie nur durch laut knallende Waffen einzuschüchtern sind.

Ich eilte in den Salon hinab. Dort war niemand. So klopfte ich beim Zimmer des Kapitäns an.

„Herein.“

Ich trat ein und fand den Kapitän in eine Berechnung vertieft. „Ich störe?“ fragte ich.

„In der Tat, Herr Aronnax“, antwortete der Kapitän, „aber ich denke, Sie haben wichtige Gründe.“

„Sehr wichtige. Die Pirogen der Eingeborenen umzingeln uns. In einigen Minuten werden mehrere hundert Wilde uns angreifen.“

„Nun“, sagte Kapitän Nemo ruhig, „wir brauchen lediglich die Luken zu schließen.“

„Genau, und ich kam zu dem Zweck ...“

„Nichts einfacher als das.“ Er drückte auf einen Knopf, wodurch ein Befehl an die Mannschaft erging. „Nun ist es bereits geschehen“, sagte er nach einigen Augenblicken. „Die Luken sind geschlossen, und das Boot ist geborgen. Sie werden wohl nicht befürchten, daß die Herren draußen Eisenwände zertrümmern, denen die Kugeln Ihrer Fregatte nichts anhaben konnten.“

„Nein, Kapitän, aber es bleibt noch eine Gefahr.“

„Und die wäre?“

„Morgen müssen die Luken des ‚Nautilus‘ geöffnet werden, um die Luft zu erneuern. Wie können Sie dann die Papuas hindern einzudringen?“

„Sie nehmen also an, daß sie an Bord kommen?“

„Ich bin davon überzeugt.“

„Mögen sie kommen. Ich weiß keinen Grund, sie davon abzuhalten. Ich wünsche nicht, daß mein Besuch auch nur einen dieser Unglücklichen das Leben kostet. Und morgen nachmittag um zwei Uhr vierzig wird der ‚Nautilus‘ flott sein und ohne Havarie die Torres-Straße verlassen.“

Nach diesen in entschiedenem Ton vorgetragenen Sätzen verbeugte sich der Kapitän leicht. Damit war ich verabschiedet, und so suchte ich wieder mein Zimmer auf.

In dieser Nacht schlief ich ziemlich schlecht. Ich hörte den Lärm der Wilden, die auf der Plattform mit den Füßen stampften und betäubende Schreie ausstießen. Um sechs Uhr morgens stand ich auf. Die Luken waren nicht geöffnet worden. Die Luft war folglich nicht erneuert, aber die vorsorglich gefüllten Behälter entließen im rechten Augenblick einige Kubikmeter Sauerstoff in die verbrauchte Atmosphäre des „Nautilus“.

Ich arbeitete bis zum Mittag in meinem Zimmer, ohne Kapitän Nemo auch nur einen Augenblick zu sehen. Dann ging ich in den großen Salon. Die Wanduhr zeigte zwei Uhr dreißig an. In zehn Minuten mußte die Flut ihren Höchststand erreichen, und wenn Kapitän Nemo kein unbesonnenes Versprechen abgegeben hatte, würde der „Nautilus“ unverzüglich flott sein. Wenn nicht ...

Doch spürte man im Rumpf des Bootes bereits einige Erschütterungen. Ich hörte, wie der rauhe Korallengrund an der Verkleidung kratzte.

Um zwei Uhr und fünfunddreißig Minuten erschien Kapitän Nemo im Salon. „Wir werden gleich abfahren“, sagte er.

„Ah!“

„Ich habe befohlen, die Luken zu öffnen.“

„Und die Papuas? Werden sie nicht ins Innere des ‚Nautilus‘ eindringen?“

„Nein. Kommen Sie, und Sie werden sehen.“

Er führte mich zur Mitteltreppe. Dort standen Ned Land und Conseil und beobachteten einige Mann der Besatzung, die die Luken öffneten, während draußen wütendes Geschrei tobte.

Die äußeren Platten wurden ganz aufgeklappt. Zwanzig furchterregende Gestalten tauchten auf. Aber der erste Eingeborene, der mit der Hand das Treppengeländer faßte, wurde durch eine – ich weiß nicht welche – unsichtbare Gewalt nach hinten geworfen und floh mit gräßlichem Geschrei und verrückten Sprüngen. Zehn seiner Genossen ereilte das gleiche Schicksal.

Conseil war außer sich. Ned Land ließ sich von seinem heftigen Temperament hinreißen und stürzte auf die Treppe zu. Aber sowie er mit beiden Händen das Geländer berührt hatte, wurde er in der gleichen Weise zurückgeschleudert. „Ich bin vom Blitz getroffen!“ schrie er.

Damit war alles klar. Kapitän Nemo hatte das Geländer elektrisch geladen. Wer es berührte, den traf ein fürchterlicher Schlag. Die entsetzten Papuas waren in die Flucht geschlagen. Lachend trösteten und rieben wir den unglücklichen Ned Land, der wie besessen fluchte.

In diesem Augenblick hob sich, getragen von den letzten Wogen der Flut, der „Nautilus“ von der Korallenbank, genau um zwei Uhr vierzig, wie es der Kapitän vorhergesagt hatte. Mit majestätischer Langsamkeit schlug die Schraube die Wellen, und unversehrt verließ das Boot die gefährlichen Engen der Torres-Straße.

DAS KORALLENREICH

Die Fahrt des „Nautilus“ ging südwestwärts in den Indischen Ozean hinein. Wohin wollte Kapitän Nemo uns führen? Nach den Küsten Asiens? Den Gestaden Europas zu? Beide Möglichkeiten schienen mir wenig wahrscheinlich bei einem Manne, der die bewohnten Kontinente floh. Oder würde er sich gen Süden wenden, am Kap der Guten Hoffnung und an Kap Hoorn vorbei auf den Südpol zusteuern? Würde er dann in die Meere des Pazifiks zurückkehren, wo seinem „Nautilus“ leichte und ungestörte Fahrt gewährleistet war? Die Zukunft würde es uns lehren.

Nachdem wir an den Cartier- und Scott-Klippen vorübergeglitten waren, hatten wir uns am 14. Januar von allem Land entfernt. Die Geschwindigkeit des „Nautilus“ wurde gedrosselt, und launisch schwamm er bald durch die Tiefe des Wassers, bald an der Oberfläche des Meeres.

Auf diesem Abschnitt der Reise stellte Kapitän Nemo interessante Beobachtungen über die unterschiedlichen Temperaturen des Wassers bei verschiedener Tiefe an. Normalerweise werden solche Messungen mit Hilfe von Instrumenten durchgeführt,

die man von der Meeresoberfläche hinunterläßt. Kapitän Nemo dagegen tauchte selbst in die Tiefen des Ozeans hinab, um die Temperaturen zu messen, und sein Thermometer, den betreffenden Wasserschichten unmittelbar ausgesetzt, gab ihm den jeweiligen Grad augenblicklich und sicher an. Die Messungen ergaben, daß das Meer in tausend Meter Tiefe auf allen Breitengraden eine gleichbleibende Temperatur von vier und einem halben Grad aufweist.

Dann machten wir eine Reihe von Experimenten und beschäftigten uns mit dem Grad des Salzgehaltes in verschiedenen Meerestiefen, der elektrischen Natur des Wassers, seiner Färbung und seiner Durchsichtigkeit. Kapitän Nemo entwickelte bei allen Diskussionen ebensoviel Scharfsinn wie wohlwollende Aufmerksamkeit mir gegenüber.

Am 16. Januar schien der „Nautilus" nur wenige Meter unter dem Wasserspiegel einschlafen zu wollen. Seine elektrischen Apparate waren außer Betrieb gesetzt, und mit ruhender Schraube überließ er sich den Launen der Strömung. Ich vermutete, daß die Mannschaft mit Reparaturen beschäftigt sei. Mit meinen Gefährten wurde ich damals Zeuge eines sonderbaren Schauspiels. Die Läden vor dem Salon waren offen, und da der Scheinwerfer des „Nautilus" nicht leuchtete, herrschte ein unbestimmtes Dunkel im Wasser. Unter diesen Umständen nahm ich die größten Fische nur als undeutliche Schatten wahr. Da wurde der „Nautilus" unversehens in gleißendes Licht getaucht. Zuerst glaubte ich, der Scheinwerfer sei wieder eingeschaltet worden, doch irrte ich mich.

Der „Nautilus" schwamm mitten in einer phosphoreszierenden Schicht, die nach der zuvor herrschenden Dunkelheit um so mehr blendete. Das Licht kam von Myriaden leuchtender Tierchen, deren Funkeln zunahm, wenn sie den metallenen Rumpf des Fahrzeugs streiften. Inmitten der Leuchtbahnen blitzte es auf, mit der Helligkeit von weißglühendem Metall – so heftig, daß einige Zentren in diesem lichtstarken Feld, das jeden Schatten auszuschließen schien, dank ihrer Intensität dennoch einen Schatten warfen. Nein, das war nicht mehr die ruhige Strahlung unseres alltäglichen Lichtes. Da boten sich Kraft und Bewegung dar. Dies war lebendiges Licht.

Heerscharen nachtleuchtender Infusionstierchen zogen vorbei, durchsichtige Gallertkügelchen mit fadenförmigen Fühlhörnchen, wie man sie bis zu fünfundzwanzigtausend Stück in dreißig Kubikzentimetern Wasser gezählt hat.

Während Stunden blieb der „Nautilus“ in diesem glänzenden Wasser, und große Seetiere, die sich in dem leuchtenden Element wie Salamander tummelten, steigerten unser Entzücken noch. In dem Feuer, das nicht brannte, sah ich elegante, wendige Tümmler, die unermüdlichen Clowns der Meere. Drei Meter lange Schwertfische schlugen einige Male mit ihrem schrecklichen Schwert gegen die Scheiben vor dem Salon. Kleinere Fische huschten vorbei, verschiedene Hornfische, Makrelenhechte, Seewölfe und hundert andere, die auf flinker Bahn Streifen durch das Wasser zogen.

So lebten wir unter Wasser dahin, unaufhörlich beschenkt mit dem Ausblick auf neue Wunder. Conseil beobachtete und klassifizierte seine Zoophyten, Mollusken und Fische. Ned suchte nach Abwechslung im Alltag an Bord. Die Tage verflossen rasch, ich zählte sie nicht mehr. Wie Schnecken waren wir an unser Gehäuse gebunden. Wir vergaßen unser Leben an der Oberfläche des Erdballs – bis zum 18. Januar.

Der „Nautilus“ lag auf 105° Länge und 15° südlicher Breite. Das Wetter war drohend, rauh und aufgewühlt die See. Von Osten blies ein starker Wind. Das Barometer war gefallen. Ich ging auf die Plattform, gerade als der Erste Offizier den Stundenwinkel feststellte. Ich erwartete, wie gewöhnlich den täglich gesprochenen Satz zu hören. Aber diesmal vernahm ich einen anderen, nicht minder unverständlichen.

Im Augenblick kam auch Kapitän Nemo herauf und richtete ein Fernrohr auf den Horizont. Für Minuten blieb er reglos und hielt den Blick starr auf einen Punkt geheftet. Dann tauschte er einige Sätze mit seinem Offizier aus. Dieser schien erregt und antwortete mit Nachdruck. Ich für meinen Teil hatte sorgfältig in die beobachtete Himmelsrichtung ausgespäht, jedoch ohne daß mir irgend etwas aufgefallen wäre. Himmel und Wasser flossen am Horizont zu einer sauberen Linie zusammen.

Kapitän Nemo ging unterdessen von einem Ende der Plattform zum anderen, ohne mich eines Blickes zu würdigen. Sein Schritt war fest, aber weniger regelmäßig als sonst. Einige Male blieb er stehen und betrachtete mit über der Brust gekreuzten

Armen das Meer. Was suchte er auf dieser gewaltigen Einöde? Der „Nautilus“ war damals einige hundert Meilen von der nächsten Küste entfernt.

Wiederum forderte der Erste Offizier die Aufmerksamkeit des Kapitäns. Ich hatte meine Ruhe verloren und stieg in den Salon hinab, um ein ausgezeichnetes Fernrohr zu holen, dessen ich mich gewöhnlich bediente. Auf dem Vorsprung, den das Gehäuse des Scheinwerfers vorn auf der Plattform bildete, legte ich es auf und schickte mich an, die ganze Linie von Himmel und Meer abzusuchen. Aber ich hatte das Okular noch nicht vor den Augen, als es mir heftig aus der Hand gerissen wurde.

Ich drehte mich um. Kapitän Nemo stand vor mir. Seine Gesichtszüge waren entstellt; düsteres Feuer loderte aus seinen Augen. Die Zähne waren halb entblößt. Sein Körper war starr, die Fäuste ballten sich. Mein Fernrohr, das ihm aus der Hand fiel, rollte zu seinen Füßen. Hatte ich diesen Zorn erregt? Nein, nicht mir galt dieser Haß, denn unverwandt war sein Auge auf den unverkennbaren Punkt am Horizont geheftet. Endlich war Kapitän Nemo wieder Herr seiner selbst. Seine so tief verwandelten Züge gewannen die übliche Ruhe zurück. Er sprach einige Worte mit seinem Ersten Offizier, dann wandte er sich mir zu. „Herr Aronnax“, sagte er in gebieterischem Ton, „ich nehme jetzt eine der Verpflichtungen in Anspruch, die Sie mir gegenüber eingegangen sind.“

„Um was handelt es sich, Kapitän?“

„Sie und Ihre Gefährten müssen sich einschließen lassen, bis ich es wieder angebracht finde, Ihnen Ihre Freiheit zurückzugeben.“

„Sie haben zu befehlen“, antwortete ich und sah ihn geradeheraus an. „Darf ich mir aber eine Frage erlauben?“

„Keine, mein Herr.“

Nach diesem Wort war eine Diskussion sinnlos. Ich ging in die Kabine zu Ned und Conseil und teilte ihnen die Verfügung des Kapitäns mit. Man kann sich denken, wie der Kanadier diese Mitteilung aufnahm. Doch war keine Zeit für eine umständliche Erklärung. Vier Mann der Besatzung warteten vor der Tür und führten uns in jene Zelle, in der wir unsere erste Nacht an Bord verbracht hatten. Ned Land wollte protestieren, aber die Tür schloß sich hinter ihm.

Das Essen war schon aufgetragen. Wir nahmen die Mahlzeit ziemlich still ein. Dann erlosch die Leuchtkugel, die die Zelle erhellte, und überließ uns tiefer Dunkelheit. Ned Land entschlummerte sogleich, und zu meinem Erstaunen fiel auch Conseil in tiefen Schlaf. Während ich mich fragte, wovon er derart müde geworden sein konnte, fühlte ich, daß eine tiefe Betäubung sich meines Kopfes bemächtigte. Unter die Speisen, die wir zu uns genommen hatten, waren offensichtlich Schlafmittel gemischt worden. Uns einzusperren war dem Kapitän also nicht genug, um die kommenden Vorgänge vor uns zu verheimlichen; wir mußten eingeschläfert werden.

Ich hörte noch, wie sich die Luken schlossen. Der Wellenschlag des Meeres war nicht mehr zu spüren. Hatte der „Nautilus“ die Oberfläche des Ozeans verlassen? Ein Gefühl eisiger Kälte drang in meine schweren, wie gelähmten Glieder. Bleiern sanken die Lider über die Augen. Ein ungesunder Schlaf voller Traumgesichte kam über mich. Dann wichen auch die Bilder.

Als ich am folgenden Morgen aufwachte, war mein Kopf frei. Nicht wenig erstaunte es mich, daß ich mich in meinem Zimmer befand. War ich noch gefangen? Völlig frei! Ich öffnete die Tür, schritt durch die Gänge und stieg mittschiffs die Treppe hinauf. Die Luken waren wieder offen. Ich gelangte auf die Plattform. Ned Land und Conseil warteten dort auf mich. Ich fragte sie aus. Sie wußten nichts. Erwachend waren sie gleich mir überrascht gewesen, sich in ihrer Kabine wiederzufinden.

Der „Nautilus“ aber schien uns wie stets ruhig und geheimnisvoll. Nichts schien sich an Bord geändert zu haben. Mit seinen scharfen Augen prüfte Ned Land das Meer. Es war verlassen. Bald darauf kam der Erste Offizier auf die Plattform, und der gewohnte Satz hallte ins Schiff hinab.

Gegen zwei Uhr begab ich mich in den Salon und beschäftigte mich mit meinen Notizen, als der Kapitän eintrat. Ich entbot ihm meinen Gruß, den er kaum vernehmlich erwiderte, ohne mir ein weiteres Wort zu gönnen. In der Hoffnung, er werde mir vielleicht eine Erklärung für die Geschehnisse der vergangenen Nacht geben, machte ich mich wieder an meine Arbeit. Der Kapitän wirkte ermüdet. Auf seinem Gesicht lag tiefe Traurigkeit. Er ging auf und ab, setzte sich und stand wieder auf, griff nach einem Buch, legte es gleich wieder zur Seite.

Schließlich trat er an mich heran und sagte: „Sind Sie Arzt, Herr Aronnax?" Auf diese Frage war ich so wenig gefaßt, daß ich ihn zuerst, ohne zu antworten, ansah. „In der Tat", sagte ich endlich, „ich bin Doktor und in Spitälern wie zu Hause. Ich habe einige Jahre praktiziert, ehe ich beim Museum angestellt wurde."

„Gut."

Da ich nicht wußte, worauf er hinauswollte, wartete ich weitere Fragen ab.

„Herr Aronnax, würden Sie nach einem meiner Männer sehen?"

„Ich bin bereit, Ihnen zu folgen."

„Kommen Sie."

Mein Herz schlug schneller. Die Möglichkeit eines Zusammenhangs zwischen der Krankheit eines Besatzungsmitgliedes und den Vorgängen der letzten Nacht drängte sich mir auf.

Der Kapitän geleitete mich in den hinteren Teil des „Nautilus" und ließ mich in eine Kabine eintreten, die neben dem Mannschaftsraum lag. Dort ruhte auf einem Bett ein etwa vierzigjähriger Mann von energischem Aussehen, der Typ des Angelsachsen. Sein Kopf war in blutige Linnen gewickelt. Ich entfernte das Leintuch. Der Verwundete starrte mich mit weiten Augen an und gab keinen Schmerzenslaut von sich. Die Wunde war gräßlich. Der Schädel war durch ein Schlaginstrument zerschmettert worden, das Gehirn lag offen. Der Kranke atmete schwer, und krampfhafte Zuckungen liefen über sein Gesicht. Der Puls setzte gelegentlich aus. Die Gliedmaßen wurden schon kalt. Ich verband den Unglücklichen und wandte mich an Kapitän Nemo. „Woher stammt die Verwundung?" fragte ich.

„Was liegt daran?" erwiderte er. „Bei einer Erschütterung des ‚Nautilus' ist ein Hebel der Maschine gebrochen und hat den Mann getroffen. Aber was halten Sie von seinem Zustand? Sie können reden. Er versteht kein Französisch."

„Binnen zwei Stunden wird er sterben."

„Nichts kann ihn retten?"

„Nichts."

Die Hand des Kapitäns erbebte. Tränen glitzerten in seinen Augen, von denen ich nicht geglaubt hatte, daß sie weinen könnten.

Einige Augenblicke noch beobachtete ich den Sterbenden, dessen Leben mehr und mehr verblich. Ich betrachtete das intelligente Gesicht, das frühzeitig von Furchen gezeichnet war. Ich versuchte, in den letzten Worten, die über die Lippen des Sterbenden kamen, das Geheimnis seines Lebens zu erlauschen.

„Sie können sich nun zurückziehen, Herr Aronnax", sagte Kapitän Nemo.

Ich ließ ihn in dem Sterbezimmer zurück und suchte wieder mein Zimmer auf. Den Tag über verfolgten mich bange Ahnungen. Nachts schlief ich schlecht und glaubte zwischen häufig unterbrochenen Träumen ferne Seufzer und eine Art von Totenklage zu hören.

Am anderen Morgen begab ich mich früh an Deck. Kapitän Nemo war schon vor mir da. Sobald er mich erblickte, kam er auf mich zu.

„Herr Professor", sagte er, „würden Sie und Ihre Gefährten mich heute auf einer Exkursion unter Wasser begleiten?"

„Wir nehmen Ihren Vorschlag gerne an, Kapitän."

„So kommen Sie, um Ihre Tauchanzüge anzulegen."

Ich ging zu Ned Land und Conseil und teilte ihnen den Vorschlag des Kapitäns mit. Conseil beeilte sich, seine Zustimmung zu äußern, und auch der Kanadier zeigte sich diesmal sehr geneigt, sich uns anzuschließen. Es war acht Uhr morgens. In einer halben Stunde waren wir für diesen Ausflug ausgerüstet. Die doppelte Tür wurde geöffnet, und in Begleitung des Kapitäns, dem zwölf Mann folgten, setzten wir unseren Fuß auf festen Meeresgrund.

Ein leichter Abhang brachte uns auf einen unebenen Boden in etwa fünfzehn Faden Tiefe. Die Rühmkorffapparate wurden eingeschaltet, und wir marschierten an einer Korallenbank vorbei. Undurchdringliche Büsche, deren Gezweig von kleinen, weißstrahligen Sternblumen überwuchert war, säumten unseren Weg. Wir befanden uns im Reich der Korallen. Der Zufall ließ mich hier auf die kostbarsten Exemplare stoßen. Die leuchtenden Farben dieser Korallen rechtfertigen die poetischen Namen „Blutblumen" und „Blutschaum", welche der Handel den schönsten von ihnen gibt. Diese Korallen werden bis zu fünfhundert Francs pro Kilogramm verkauft. Ein Korallenfischer hätte wohl an jener Stelle alles Glück der Welt gefunden.

Kapitän Nemo führte uns über einen Abhang bis auf eine Tiefe von hundert Metern hinunter. Das Licht unserer Lampen erzeugte magische Wirkungen, wenn es sich an den Vorsprüngen der natürlichen Gewölbe brach und herunterhängende Korallenzapfen wie Kronleuchter aufleuchten ließ.

Nach zwei Stunden Wegs hatten wir eine Tiefe von rund dreihundert Metern erreicht, das heißt die untere Grenze, bei der Korallen sich zu bilden beginnen. Dort war ein ungeheurer Wald, gewaltige versteinerte Bäume, zwischen denen sich Girlanden zierlicher Seefedern schimmernd und glänzend hinzogen. Unter dem hohen, im Abgrund des Wassers versteckten Gezweig schritten wir dahin, während zu unseren Füßen Orgelkorallen, Sternkorallen, Pilzkorallen und Napfkorallen einen Blumenteppich ausbreiteten, der glitzerte, als seien Edelsteine dazwischengestreut.

Kapitän Nemo war stehengeblieben. Seine Männer bildeten einen Halbkreis um ihren Kommandanten. Vier Matrosen trugen einen länglichen Gegenstand auf ihren Schultern. Wir standen in der Mitte einer weiten Lichtung, die der hohe unterseeische Wald umgab. Unsere Lampen verbreiteten einen ungewissen Dämmerschein, in dem lange Schatten auf den Boden fielen. An der Grenze dieses freien Platzes begann wieder tiefes Dunkel, in dem winzige Funken von den Korallen sprühten. Auf dem Boden gewahrte ich verschiedene leichte Erhöhungen, die von einer Kalkschicht überzogen und in einer Regelmäßigkeit angeordnet waren, welche die Hand des Menschen verriet. Auf einem Piedestal von roh aufgeschichteten Steinblöcken erhob sich ein Korallenkreuz, das leuchtete, als sei es aus versteinertem Blut gemacht. Ned Land und Conseil hielten sich dicht bei mir.

Auf ein Zeichen von Kapitän Nemo trat einer der Männer vor und begann wenige Fuß vor dem Kreuz mit einer Hacke, die er von seinem Gürtel löste, eine Grube auszuheben. Die Lichtung war also ein Friedhof, die Grube ein Grab, der längliche Körper die Leiche des Mannes, der in der Nacht gestorben war! Es war mühsam, das Grab auszuheben. Die Fische wichen zurück und flohen. Der Aufschlag der eisernen Hacke hallte über den Kalkgrund. Einige Male glimmte ein Funken auf, wenn die Spitze einen Feuerstein in der Tiefe des Wassers traf.

Endlich war die Grube tief genug. Die Träger traten vor. Der Leichnam, in weißen Byssus gehüllt, wurde in sein feuchtes Grab hinabgelassen. Kapitän Nemo verschränkte die Arme vor der Brust, und alle Gefährten des Verstorbenen sanken gleich Betenden auf die Knie. Daraufhin wurde das Grab zugeschüttet und aus dem Geröll des Grundes eine leichte Erhebung aufgehäuft.

Um ein Uhr waren wir wieder an Bord des „Nautilus". Sobald ich meine Kleidung gewechselt hatte, stieg ich auf die Plattform. Von schrecklichen Gedanken heimgesucht, ließ ich mich neben dem Scheinwerfer nieder. Da kam Kapitän Nemo auf mich zu. Ich stand auf und sagte: „Wie ich es voraussah, ist der Mann also in der Nacht gestorben?"

„Ja, Herr Aronnax."

„Und nun ruht er bei seinen Genossen auf dem Korallenfriedhof?"

„Ja, vergessen von der Welt, aber nicht von uns! Wir graben das Grab, und die Polypen versiegeln es für alle Ewigkeit!" Das Gesicht mit den Händen bedeckend, versuchte der Kapitän vergeblich, ein Schluchzen zu unterdrücken. Dann sagte er: „Dort ist unser Friedhof, einige hundert Fuß unter dem Meeresspiegel."

„Ihre Toten ruhen dort in Frieden, Kapitän, den Haifischen unerreichbar."

„Ja", erwiderte Kapitän Nemo ernst, „sicher vor Haien und Menschen!"

DER INDISCHE OZEAN

Während der Januartage, die der ergreifenden Szene im Korallenfriedhof folgten, sah Conseil im Kapitän nur ein verkanntes Genie, das die Gleichgültigkeit der Menschheit mit Verachtung vergalt und sich in diese unzugängliche Umgebung zurückgezogen hatte, wo er seinen Instinkten freien Lauf lassen konnte. Meiner Meinung nach erklärte diese Annahme jedoch nur eine der Seiten von Kapitän Nemo. Das Geheimnis dieser letzten Nacht, die wir vom Schlaf betäubt verbracht hatten; die Heftigkeit, mit der mir der Kapitän das Fernrohr entrissen hatte, als ich den Horizont absuchen wollte; die tödliche Verletzung dieses Menschen infolge eines unerklärlichen Stoßes des „Nautilus“ – all dies drängte mich zu einem Schluß. Nein! Kapitän Nemo begnügte sich nicht damit, die Menschen zu fliehen! Sein fabelhaftes Fahrzeug diente nicht nur seinem Drang nach Unabhängigkeit, sondern vielleicht auch irgendwelchen schrecklichen Vergeltungsmaßnahmen.

Vorläufig ist mir nichts klar, ich ahne in diesem Dunkel nur einige Schimmer, und ich muß mich darauf beschränken, sozusagen unter dem Diktat der Ereignisse zu schreiben.

Wir durchfurchten also die Wogen des Indischen Ozeans, diese riesige Wasserfläche, deren Oberfläche so durchsichtig ist, daß einem schwindelt, wenn man sich darüberbeugt. Jedem andern als mir wären die Stunden lang und monoton erschienen; aber der tägliche Aufenthalt auf der Plattform, wo ich die belebende Luft des Ozeans einsog, der Anblick des reichen Meereslebens durch die Scheiben des Salons, die Lektüre der Bücher der Bibliothek, die Abfassung meiner Memoiren, all das nahm meine ganze Zeit in Anspruch und ließ mir nicht einen Augenblick der Muße oder der Langeweile.

Am 24. morgens, auf 12° 5′ südlicher Breite und 94° 33′ Länge, sichteten wir die Insel Keeling mit ihren prachtvollen Kokospalmen. Der „Nautilus“ fuhr in geringer Entfernung den Küsten der unbewohnten Insel entlang. Seine Scharrnetze holten zahlreiche Polypen und Seeigel ein und merkwürdige Molluskengehäuse. Bald verschwand die Insel Keeling unter den Horizont, und wir nahmen Kurs nach Nordwesten, auf die Spitze der indischen Halbinsel zu.

„Indien“, murmelte Ned. „Straßen, Eisenbahnen, englische, französische und indische Städte! Ha, Professor, ist damit nicht der Moment gekommen, Kapitän Nemo zu verlassen?“

„Nein, Ned. Der ‚Nautilus‘ kehrt nach Europa zurück. Sind wir einmal in den heimischen Gewässern, werden wir sehen, was die Klugheit uns zu tun rät.“

Im Grunde genommen lag mir viel daran, die Fügung des Schicksals, die mich an Bord des „Nautilus“ verschlagen hatte, hinzunehmen und bis zum Ende zu nutzen.

Zwei Tage danach passierten wir den Äquator auf dem 82. Längengrad und kehrten in die nördliche Hemisphäre zurück. Am 27. Januar kamen wir in den Golf von Bengalen und begegneten dort Leichen, die auf dem Wasser trieben. Es waren

Tote aus indischen Städten, die der Ganges ins offene Meer getragen hatte und die von den Geiern, den einzigen Totengräbern des Landes, nicht aufgezehrt worden waren. Aber die Haie würden ihnen schon helfen, das schaurige Geschäft zu besorgen.

Am 28. Januar, als der „Nautilus" mittags auf 9° 4′ nördlicher Breite an die Oberfläche stieg, sahen wir im Westen, in einer Entfernung von acht Meilen, Land. Wir befanden uns vor der Insel Ceylon, dieser Perle am unteren Ende des indischen Subkontinents.

In diesem Augenblick kam Kapitän Nemo. „Ceylon", sagte er, „berühmt für die Perlenfischerei. Hätten Sie Lust, Herr Aronnax, einen dieser Betriebe zu besuchen?"

„Gewiß, Herr Kapitän."

„Gut. Ich gebe also Befehl, auf den Golf von Mannar zuzuhalten. Allerdings werden wir zwar die Fischereibetriebe, nicht aber die Fischer sehen, denn die Saison hat noch nicht begonnen. Doch das macht nichts. Also, Herr Professor, Sie und Ihre Gefährten werden morgen die Austernbank von Mannar besuchen, und wenn zufällig schon ein Fischer da ist, nun, dann werden wir ihn an der Arbeit sehen. Apropos, Sie haben doch keine Angst vor Haien?"

„Vor Haien! Ich gestehe Ihnen, Herr Kapitän, daß ich mit dieser Art von Fischen noch nicht ganz vertraut bin."

„Wir sind an sie gewöhnt, und mit der Zeit wird es Ihnen ebenso gehen. Übrigens werden wir bewaffnet sein, und unterwegs können wir vielleicht einen Haifisch erlegen. Es ist eine interessante Jagd. Auf morgen früh also, Herr Professor."

Wenn man Sie einlädt, den Hai in seinem ureigenen Element zu jagen, verlangen Sie vielleicht Bedenkzeit, bevor Sie diese Einladung annehmen. Überlegen wir also, sagte ich bei mir selbst und wischte mir den kalten Schweiß von der Stirn. Es geht ja noch an, in den Wäldern der Insel Crespo Fischotter zu jagen. Aber auf dem Meeresboden spazierenzugehen, wenn man fast sicher ist, Haien zu begegnen – das ist etwas anderes! Haie können einen Menschen glatt entzweischneiden. Diese bedauerliche Einladung! Vielleicht wird Conseil nicht mitkommen wollen, und das erspart es mir, den Kapitän zu begleiten. Aber Ned Land... so eine Gefahr wirkt stets anziehend auf seine kämpferische Natur.

In meiner Kabine nahm ich ein Buch zur Hand; aber zwischen den Zeilen sah ich bedrohlich aufgerissene Kinnbacken vor mir. Da kamen Conseil und der Kanadier herein, mit ruhiger, beinahe vergnügter Miene. Sie wußten noch nicht, was sie erwartete.

„Meiner Treu", sagte Ned Land zu mir, „Ihr Kapitän Nemo macht uns da ja einen liebenswürdigen Vorschlag!"

„Ah! Sie wissen also –"

„Mit Ihrer Erlaubnis", antwortete Conseil, „der Kommandant des ‚Nautilus' hat uns eingeladen, morgen mit meinem Herrn die Perlenfischerei von Ceylon zu besichtigen."

„Mehr hat er euch nicht gesagt?"

„Nichts", erwiderte der Kanadier, „außer daß er mit Ihnen schon von diesem kleinen Ausflug gesprochen habe."

„Will mein Herr uns Einzelheiten über die Perlenfischerei mitteilen?" bat Conseil.

„Nur über das Fischen?" erkundigte ich mich. „Oder über die Zwischenfälle, die . . .?"

„Über das Fischen", antwortete Ned. „Was ist eigentlich eine Perle?"

„Für den Poeten", antwortete ich, „ist die Perle eine Träne des Meeres; für die Orientalen ein festgewordener Tautropfen; für die Damen ein Schmuckstück von länglicher Form; für den Chemiker ein Gemisch aus Phosphat und Calciumkarbonat mit etwas Eiweißstoff; und für den Naturalisten schließlich eine simple krankhafte Absonderung des Organs, das bei gewissen Muscheln das Perlmutt erzeugt. Die Molluske aber, die die wirklich kostbaren Perlen erzeugt, ist die Perlauster."

„Findet man auch mehrere Perlen in einer einzigen Auster?" fragte Conseil.

„Ja, es gibt Perlmuscheln, die ein wahres Schmuckkästchen bilden. Man erzählt sogar von einer Auster, die nicht weniger als hundertfünfzig Haifische enthielt."

„Hundertfünfzig Haifische!" rief Ned Land aus.

„Habe ich ‚Haifische' gesagt?" fragte ich. „Ich meinte natürlich hundertfünfzig Perlen. Haifische hätten hier keinen Sinn."

„In der Tat", sagte Conseil. „Ist diese Perlenfischerei gefährlich?"

„Nein", antwortete ich lebhaft, „nicht, wenn man gewisse Vorsichtsmaßnahmen trifft."

„Was riskiert man schon in diesem Beruf?“ sagte Ned Land. „Höchstens einige Schlucke Salzwasser!“

„Wie recht Sie doch haben, Ned. Nebenbei gefragt“ – ich versuchte den gleichmütigen Tonfall Kapitän Nemos nachzuahmen –, „haben Sie Angst vor Haien?“

„Ich, ein Harpunier?“ antwortete der Kanadier. „In meinem Beruf nimmt man sie nicht ernst!“

„Es handelt sich nicht darum“, wandte ich ein, „sie mit einem Haifischhaken zu angeln, sie an Deck eines Schiffes zu hieven, ihnen den Schwanz abzuhacken, den Bauch aufzuschneiden und das Herz ins Meer zu werfen.“

„Dann handelt es sich also um ...?“

„Erraten. Im Wasser.“

„Von mir aus, mit einer guten Harpune! Wissen Sie, diese Haifische sind nicht sehr gut gebaut. Sie müssen sich auf den Bauch drehen, um Sie zu schnappen, und in dieser Zeit ...“

Ned Land hatte eine Art und Weise, das Wort „schnappen“ auszusprechen, daß es mir kalt den Rücken hinunterlief.

„Nun gut, und du, Conseil, was denkst du von diesen Haifischen?“

„Ich“, antwortete Conseil, „ich sage es offen heraus, wenn mein Herr den Haien die Stirn bietet, wird sein treuer Diener ihnen zusammen mit ihm die Stirn bieten.“

In dieser Nacht spielten die Haie in meinen Träumen eine wichtige Rolle. Am nächsten Morgen um vier Uhr früh wurde ich vom Steward geweckt. Ich kleidete mich rasch an und ging in den Salon. Dort erwartete mich Kapitän Nemo.

„Herr Aronnax“, begrüßte er mich, „sind Sie bereit?“

„Ich bin bereit.“

„Folgen Sie mir, bitte.“

„Ziehen wir unsere Tauchausrüstung nicht an?“

„Noch nicht. Wir sind von der Bank von Mannar noch ziemlich weit entfernt; aber das Boot, das uns in ihre Nähe bringt und uns damit einen ziemlich langen Weg erspart, ist bereit. Es trägt auch unsere Tauchgeräte.“

Kapitän Nemo führte mich zur Plattform. Ned und Conseil waren bereits da, begeistert über die bevorstehende „Vergnügungsfahrt“. Fünf Matrosen des „Nautilus“ erwarteten uns im Boot, das am Schiffsrumpf vertäut war. Es war noch dunkel.

Wir nahmen im Heck Platz. Die Leine wurde eingeholt, und wir nahmen Kurs nach Süden.

Um sechs Uhr brachen die Sonnenstrahlen durch den Wolkenvorhang am östlichen Horizont, und ich sah deutlich das Land mit vereinzelten Bäumen. Das Boot hielt Kurs auf die Insel Mannar, die im Süden abgerundet war. Kapitän Nemo hatte sich erhoben und beobachtete das Meer.

Auf ein Zeichen von ihm wurde der Anker herabgelassen. Es lief kaum Kette aus, denn die Tiefe betrug hier nicht mehr als einen Meter; wir befanden uns an einer der höchsten Stellen der Austernbank.

„Da wären wir, Herr Aronnax", sagte Kapitän Nemo. „Wir legen nun unsere Ausrüstung an und beginnen unsern Spaziergang."

Ich begann mit Hilfe der Bootsleute meinen schweren Meeranzug anzuziehen. Kapitän Nemo und meine beiden Gefährten kleideten sich ebenfalls an. Keiner der Leute des „Nautilus" sollte uns auf diesem Ausflug begleiten.

Bevor ich den Kupferhelm aufsetzte, fragte ich den Kapitän nach den Rühmkorffgeräten.

„Wir gehen nicht in große Tiefen, und die Sonnenstrahlen genügen, um uns den Weg zu beleuchten", antwortete er. „Übrigens wäre es nicht klug, in diesen Gewässern eine elektrische Laterne zu tragen. Ihr Schein könnte unerwartet einige gefährliche Bewohner dieser Gegenden anlocken."

Während Kapitän Nemo dies sagte, wandte ich mich nach Conseil und Ned Land um. Aber meine beiden Freunde hatten den Metallhelm bereits aufgesetzt und konnten weder hören noch antworten.

Eine letzte Frage hatte ich noch. „Und unsere Gewehre?" erkundigte ich mich.

„Gewehre! Wozu? Bergbewohner greifen den Bären mit dem Messer an. Ist der Stahl nicht sicherer als das Blei? Hier haben Sie eine feste Klinge. Stecken Sie sie in Ihren Gürtel!"

Ich musterte meine Gefährten. Sie waren wie ich bewaffnet, Ned Land schwenkte außerdem eine gewaltige Harpune.

Dem Beispiel des Kapitäns folgend, ließ ich mir die schwere Kupferkugel aufsetzen.

Die Bootsleute waren uns beim Aussteigen behilflich, und in

einer Tiefe von anderthalb Metern setzten wir den Fuß auf glatten Sand. Kapitän Nemo gab uns ein Zeichen. Wir folgten ihm und verschwanden über einen sanften Abhang in den Fluten.

Hier vergaß ich alle quälenden Vorstellungen. Die Schwerelosigkeit meiner Bewegungen erhöhte meine Zuversicht, und der seltsame Anblick fesselte meine Phantasie.

Die Sonne erhellte den Meeresboden schon ausreichend. Die kleinsten Einzelheiten waren zu sehen. Nach zehn Minuten befanden wir uns fünf Meter unter Wasser, und der Boden wurde fast eben. Hinter uns erhoben sich wie Ketten von Schnepfen in einem Sumpf Schwärme von merkwürdigen Fischen der Gattung Monopteri, die keine andere Flosse als die Schwanzflosse besitzen. Ich erkannte den Monopterus javanicus, eine wahre Schlange von acht Dezimetern Länge, mit bleifarbenem Bauch; ohne die Goldlinien seiner Flanken könnte man ihn leicht mit dem Meeraal verwechseln.

Je höher die Sonne stieg, desto heller wurde es im Wasser. Der Boden veränderte sich allmählich. Auf den feinen Sand folgte eine richtiggehende Straße von abgerundeten Felsbrocken, die mit einem Teppich von Mollusken und Zoophyten überzogen waren. Ich bemerkte einige der Purpurschnecken, die Kapitän Nemo eine prächtige Farbe lieferten, faszinierende Leuchtquallen und Fächeralgen, die zu den schönsten Meerespflanzen gehören.

Gegen sieben Uhr erreichten wir endlich die Austernbank, auf der sich die Perlmuscheln zu Millionen vermehrten. Kapitän Nemo wies mit der Hand auf diesen erstaunlichen Haufen. Ned Land beeilte sich, sein Netz mit den schönsten Exemplaren zu füllen.

Aber wir konnten uns nicht aufhalten. Wir mußten dem Kapitän folgen auf Pfaden, die nur ihm allein bekannt zu sein schienen. Der Boden stieg an und fiel wieder ab. Oft bogen wir um hohe zerklüftete Felsen, die an kleine Pyramiden erinnerten. In ihren dunklen Spalten lauerten große Krebse, aufgerichtet auf ihren hohen Beinen wie Kriegsmaschinen, und fixierten uns mit ihren starren Augen. Jetzt öffnete sich vor uns eine große Grotte, eine Höhlung in einer malerischen Felsengruppe, die fast zur Gänze mit Unterwasserpflanzen bedeckt war. Meine

Augen gewöhnten sich bald an das scheinbare Dunkel. Ich unterschied kapriziös gewundene Stalaktiten, die von der Decke herunterhingen, welche ihrerseits von natürlichen Pfeilern gestützt wurde. Was bezweckte Kapitän Nemo damit, daß er uns in diese Krypta unter Wasser führte?

Nachdem wir einen ziemlich steilen Hang hinuntergestiegen waren, betraten wir den Grund eines kreisrunden Schachtes. Hier machte Kapitän Nemo halt und wies auf eine Auster von riesigem Ausmaß; sie war über zwei Meter breit. Ich näherte mich dieser phantastischen Molluske. Mit ihrer Muschelscheide haftete sie an einem Granittisch und gedieh hier für sich in den ruhigen Wassern der Grotte. Ich schätzte das Gewicht dieser Muschel auf dreihundert Kilo. Sie enthielt gut fünfzehn Kilo Fleisch, und es hätte des Magens eines Gargantua bedurft, sie zu verzehren.

Kapitän Nemo hatte offenbar von ihrer Existenz gewußt und hatte einen besonderen Grund, den gegenwärtigen Zustand der Riesenmuschel festzustellen. Ihre Schalen waren halb geöffnet. Der Kapitän klemmte seinen Dolch dazwischen, damit sie sich nicht schließen konnte; dann hob er mit einer Hand die fransige, überlappende Haut, die den Mantel des Tieres bildete. Drinnen zwischen den blattartigen Falten erblickte ich eine Perle, groß wie eine Kokosnuß. Ihre Kugelform, ihre vollkommene Klarheit, ihr wunderbarer Glanz machten sie zu einem Kleinod von unschätzbarem Preis. Von Neugierde erfaßt, streckte ich die Hand aus, um sie zu ergreifen, zu befühlen. Aber der Kapitän hielt mich zurück, machte ein verneinendes Zeichen und zog mit hastiger Bewegung seinen Dolch zurück, so daß die beiden Muschelschalen sich plötzlich schlossen. Nun begriff ich die Absicht Kapitän Nemos. Wenn er diese Perle im Mantel der Muschel eingebettet ließ, erlaubte er ihr ein ungestörtes Wachstum. Mit jedem Jahr fügte die Sekretion der Molluske neue konzentrische Perlmutterschichten hinzu. Schon jetzt schätzte ich ihren Wert auf mindestens zehn Millionen Francs.

Der Besuch bei der Riesenmuschel war beendigt. Kapitän Nemo verließ die Grotte, und wir stiegen wieder zur Austernbank hinauf. Plötzlich blieb Kapitän Nemo stehen. Mit einer Gebärde befahl er uns, sich neben ihm in einer großen Mulde hinzukauern. Seine Hand wies auf einen Punkt im Naß. Fünf

Meter vor mir erschien ein Schatten und senkte sich bis zum Boden. Der beunruhigende Gedanke an Haie fuhr mir durch den Kopf. Aber ich täuschte mich.

Es war ein Mann, ein lebender Mensch, ein Inder, ein Fischer, ein armer Teufel zweifellos, der ernten kam vor der Ernte. Ich bemerkte den Kiel seines Bootes ein paar Fuß über seinem Kopf. Er tauchte mehrmals nacheinander und stieg wieder auf. Ein Stein war mit einem Strick am Boot befestigt; er hielt ihn zwischen den Füßen und gelangte so schneller auf den Meeresboden. Auf dem Boden angelangt, kniete er sich hastig hin und füllte seinen Beutel mit aufs Geratewohl zusammengerafften Perlmuscheln. Dann stieg er wieder auf, leerte den Beutel, zog den Stein herauf und begann mit dem Tauchen, das jeweils nur dreißig Sekunden dauerte, aufs neue.

Er sah uns nicht; der Schatten eines Felsens verbarg uns seinen Blicken. Ich beobachtete ihn. Er arbeitete gleichmäßig, brachte aber jeweils nicht mehr als etwa ein Dutzend Perlmuscheln herauf. Und wie viele Muscheln enthielten keine dieser Perlen, für die er sein Leben wagte!

Eine halbe Stunde lang schien ihm keine Gefahr zu drohen. Ich hatte mich bereits an das Schauspiel dieser interessanten Tätigkeit gewöhnt, als plötzlich ein gigantischer Schatten über dem Unglücklichen auftauchte. Es war ein riesiger Hai, der sich ihm näherte, das Maul drohend aufgerissen! Mit einem gewaltigen Schlag seiner Schwanzflosse schoß er auf den Inder zu, der sich zur Seite warf und den Zähnen des Hais wohl entging, nicht aber dem peitschenden Schwanz, der ihn an der Brust traf und zu Boden streckte.

Diese Szene hatte kaum einige Sekunden gedauert. Der Hai griff wieder an, und indem er sich auf den Rücken drehte, schickte er sich an, den Inder zu zerfleischen. In diesem Augenblick erhob sich Kapitän Nemo. Den Dolch in der Hand, ging er auf das Ungeheuer zu. Der Hai wollte gerade nach dem unglücklichen Fischer schnappen, als er seinen neuen Gegner entdeckte. Er drehte sich wieder auf den Bauch und schoß auf ihn zu.

Ich sehe die Szene noch vor mir. Geduckt erwartete Kapitän Nemo mit bewundernswerter Kaltblütigkeit den Hai. Als dieser sich auf ihn stürzte, warf er sich mit unglaublicher Behendigkeit zur Seite, entging dem Zusammenprall und stieß dem Ungeheuer seinen Dolch in den Bauch. Doch damit war es noch nicht getan. Ein furchtbarer Kampf entspann sich. Der Hai schnaubte vor Wut, wenn ich so sagen darf. Blut stürzte aus seinen Wunden. Das Meer färbte sich rot, und in dem getrübten Wasser sah ich nichts mehr. Auf einmal erblickte ich den Kapitän, wie er sich an eine der Flossen des Tieres klammerte, Leib an Leib mit dem Monstrum kämpfte und den Bauch seines Feindes mit Dolchstößen bearbeitete.

Der Hai wühlte wütend die Wassermassen auf, und ihre Wirbel drohten mich zu Boden zu strecken. Ich hätte dem Kapitän zu Hilfe eilen wollen, aber ich war vor Schreck so erstarrt, daß ich kein Glied rühren konnte. Ich sah, daß der Kapitän zu Boden stürzte. Dann öffneten sich die Kinnbacken des Hais weit, und es wäre mit dem Kapitän ausgewesen, wenn nicht Ned Land sich geistesgegenwärtig, die Harpune in der Faust, auf den Hai gestürzt und ihn durchbohrt hätte.

Das Wasser wurde noch blutiger. Es wallte auf unter den Bewegungen des Hais, der es mit unbeschreiblicher Raserei peitschte. Ned Land hatte sein Ziel nicht verfehlt. Ins Herz getroffen, wand der Hai sich in Todeszuckungen.

Der Kapitän erhob sich unverletzt, ging auf den Inder zu, durchschnitt den Strick, der ihn mit dem Stein verband, nahm ihn in seine Arme, stieß kräftig mit dem Fuße ab und stieg an die Oberfläche. Wir folgten ihm alle drei, und in wenigen Augenblicken erreichten wir das Boot des Fischers.

Die erste Sorge Kapitän Nemos galt der Wiederbelebung des Unglücklichen. Ich wußte nicht, ob es ihm gelingen würde. Glücklicherweise sah ich, wie der Fischer unter der kräftigen Massage von Conseil und dem Kapitän wieder zum Bewußtsein kam. Er schlug die Augen auf. Wie groß mußte seine Überraschung, ja sein Entsetzen sein, zu sehen, daß sich vier dicke Kupferköpfe über ihn beugten! Und was mußte er denken, als Kapitän Nemo aus einer Tasche seines Anzugs ein Säckchen Perlen hervorholte und es ihm in die Hand drückte? Mit zitternder Hand nahm der arme Inder die großmütige Gabe entgegen. Seine bestürzten Blicke bewiesen, daß er nicht wußte, welchen übermenschlichen Wesen er Glück und Leben zu verdanken hatte.

Auf ein Zeichen des Kapitäns begaben wir uns zur Austernbank zurück. Nach einer halben Stunde erreichten wir den Anker, der das Boot des „Nautilus" festhielt. Im Boot entledigten wir uns mit Hilfe der Matrosen unserer Kupferhelme. Das erste Wort Kapitän Nemos galt dem Kanadier. „Ich danke Ihnen, Meister Land", sagte er zu ihm.

„Es war eine Revanche, Kapitän", erwiderte Ned Land. „Ich war sie Ihnen für unsere Rettung schuldig."

Ein bleiches Lächeln glitt über die Lippen des Kapitäns – das war alles. „Zum ‚Nautilus'!" befahl er.

Das Boot flog auf den Wogen dahin. Einige Minuten später begegneten wir dem Kadaver des Haies, der auf dem Wasser trieb. An der schwarzen Farbe am äußersten Ende seiner Flossen erkannte ich den gefürchteten Menschenhai. Während ich noch die leblose Masse betrachtete, erschien plötzlich ein ganzes Dutzend dieser gefräßigen Haifische. Sie stürzten sich auf den Kadaver und machten einander die besten Stücke streitig.

Um halb neun waren wir wieder an Bord des „Nautilus". Dort begann ich über die Abenteuer auf unserem Ausflug zur Austernbank von Mannar nachzudenken. Zwei Ereignisse stachen besonders scharf hervor. Das eine war die unvergleichliche Kühnheit Kapitän Nemos, das andere seine Aufopferung für ein menschliches Wesen, einen Vertreter der Rasse also, vor der er in die Tiefe der Meere floh. Dieser seltsame Mann, was immer er auch sagen mochte, war noch nicht so weit gekommen, sein Herz völlig abzutöten.

Als ich ihm das sagte, antwortete er mir in leicht bewegtem Tone: „Dieser Inder, Herr Professor, gehört zum Volke der Unterdrückten, und zu diesem Volke gehöre ich doch auch, und ich werde bis zu meinem letzten Atemzuge zu ihm gehören!"

DER TUNNEL

Am 29. Januar verschwand die Insel Ceylon unter den Horizont. Von unserem Ausgangspunkt im Japanischen Meer waren wir nun 16 220 Meilen gefahren. Der „Nautilus" hielt Kurs nach Nordnordwesten, auf das Rote Meer zu, und das war offensichtlich eine Sackgasse. Wohin führte uns Kapitän Nemo?

Ich hätte es nicht zu sagen gewußt. Doch damit gab sich der Kanadier nicht zufrieden, der mich an diesem Tage fragte, wohin wir eigentlich gingen.

„Meister Ned, wir gehen dorthin, wohin uns die Laune des Kapitäns führt."

„Diese Laune kann uns nicht weit bringen. Wenn wir in das Rote Meer hineinfahren, müssen wir wieder kehrtmachen, denn die Landenge von Suez ist noch nicht durchstochen. Und wäre sie es, so würde sich ein geheimnisvolles Schiff wie das unsere nicht in die von Schleusen unterbrochenen Kanäle wagen. Also ist das Rote Meer nicht der Weg, der uns nach Europa zurückführen wird."

„Ich habe auch gar nicht gesagt, daß wir nach Europa zurückkommen werden."

„Was anderes nehmen Sie dann an?"

„Ich nehme an, daß der ‚Nautilus', nachdem er die merkwürdigen Gegenden von Arabien und Ägypten aufgesucht hat, ins Indische Meer zurückkehren wird, um zum Kap der Guten Hoffnung zu gelangen."

„Und wenn wir am Kap der Guten Hoffnung sind?"

„Nun, dann dringen wir in den Atlantischen Ozean vor, den wir noch nicht kennen. Aber Freund Ned, Sie stumpfen ab gegen das immer neue Schauspiel der Wunderwelt unter Wasser? Ich für mein Teil werde mich ärgern, wenn diese Reise, die zu machen so wenigen Menschen vergönnt ist, zu Ende sein wird. Das Ende wird kommen. Im übrigen ist jedes Diskutieren darüber überflüssig. Wenn Sie kämen und zu mir sagten: ‚Es bietet sich uns eine Möglichkeit zum Fliehen', dann würde ich das mit Ihnen diskutieren. Aber dies ist nicht der Fall. Und ich glaube nicht, daß Kapitän Nemo sich in die europäischen Meere vorwagt."

Am 5. Februar erreichten wir den Golf von Aden, diesen Trichter im Flaschenhals von Bab el Mandeb, der die indischen Gewässer ins Rote Meer schleust.

Am 6. Februar erkannte ich die achteckigen Minarette von Aden. Ich nahm an, Kapitän Nemo würde an diesem Punkt umkehren; aber zu meiner großen Überraschung tat er es nicht. Am nächsten Tag liefen wir in die Straße von Bab el Mandeb ein, deren arabischer Name auf deutsch ‚Pforte der Tränen' bedeutet. Ich sah nichts. Zu viele englische und französische Dampfer befuhren diese enge Passage, als daß der „Nautilus" es hätte wagen können, sich zu zeigen. Mittags waren wir im Roten Meer.

Ich gab mir gar keine Mühe, zu untersuchen, welche Laune Kapitän Nemo dazu bewogen hatte, uns hierher zu bringen. Ich billigte seinen Entschluß vorbehaltlos. Der „Nautilus" fuhr mit mittlerer Geschwindigkeit; bald hielt er sich an der Oberfläche, bald tauchte er unter, um irgendeinem Schiff aus dem Wege zu gehen, und so konnte ich das Innere und das Obere dieses so interessanten Meeres beobachten.

Am 8. Februar, in den frühen Morgenstunden, näherte sich der „Nautilus" den afrikanischen Küsten, wo das Meer beträchtlich tiefer ist. In seinem kristallklaren Wasser konnten wir durch die Scheiben prachtvoll leuchtende Korallenbüsche betrachten und Felsen, die mit einem grünen Teppich von Algen und Seegras bedeckt waren. Auch Schwämme jeder Form wuchsen dort, gestielte, blattartige, kugelige, fingerförmige. Sie rechtfertigten die Bezeichnungen „Elchgeweih", „Löwentatze", „Pfauenschwanz", „Handschuh des Neptun", die ihnen die Fischer, größere Poeten als die Gelehrten, zugelegt haben. Die Fische waren zahlreich. In den Netzen des „Nautilus" fanden sich ziegelrote Rochen, darunter die ovalen Giftflundern; Stechrochen mit getupftem Schwanz und goldgestreifte Deckenfische in den Farben Frankreichs; Streifenbarben mit roter Längsbinde vom Auge zum Schwanz; Lippfische und tausend andere Fische, die wir bereits von den anderen Meeren her kannten.

Am 9. Februar befand sich der „Nautilus" an der breitesten Stelle des Roten Meeres, zwischen Suakin an der Westküste und Qunfidha gegenüber im Osten, zwei Orte, die hundertneunzig Meilen auseinander liegen. Am Mittag dieses Tages, nachdem die Position des Schiffes bestimmt worden war, stieg Kapitän Nemo auf die Plattform. Ich nahm mir vor, ihn nicht weggehen zu lassen, ohne ihn über seine weiteren Pläne ausgehorcht zu haben. Er bot mir eine Zigarre an.

„Nun, Herr Professor, haben Sie sich satt gesehen an den Wundern des Roten Meeres?"

„Ja, Kapitän. Der ‚Nautilus' eignet sich wunderbar zu solchen Studien. Wenn ich mich nicht täusche, hatte dieses Meer schon im Altertum einen schlechten Ruf. Man sieht, die griechischen und römischen Schriftsteller sind nicht an Bord des ‚Nautilus' gereist."

„In der Tat", sagte der Kapitän lächelnd, „und was das anbelangt, sind die Modernen nicht viel weiter als die Alten. Wer weiß, ob es in hundert Jahren einen zweiten ‚Nautilus' geben wird. Der Fortschritt läßt sich Zeit, Herr Aronnax."

„Ihr Schiff ist seiner Zeit mindestens um ein Jahrhundert voraus. Welch ein Verlust, daß ein solches Geheimnis wohl mit seinem Erfinder untergehen muß!"

Kapitän Nemo gab keine Antwort. Nach einigen Minuten des Schweigens sagte er: „Wir sprachen von den Ansichten der Alten. Aber selbst sie hatten die Nützlichkeit einer Verbindung zwischen dem Roten Meer und dem Mittelmeer erkannt. Sie können mit Recht auf Ihren Landsmann, Herrn de Lesseps, stolz sein, der unternommen hat, was die Alten nicht zu unternehmen wagten. Ein solcher Mann macht einer Nation mehr Ehre als die größten Kriegshelden! Alle Ehre also Herrn de Lesseps!"

„Ja, Ehre diesem großen Mitbürger", echote ich, überrascht vom Tonfall, in dem Kapitän Nemo gesprochen hatte.

„Leider kann ich Sie nicht durch diesen Kanal von Suez bringen, da er noch nicht fertig ist. Aber Sie werden die Hafenkais von Port Said übermorgen sehen, wenn wir im Mittelmeer sind."

„Im Mittelmeer!" rief ich verblüfft.

„Ja, Herr Professor. Erstaunt Sie das?"

„Was mich erstaunt, ist die unglaubliche Geschwindigkeit, die Sie aus dem ‚Nautilus' herausholen müssen. Schließlich muß er ganz Afrika umrunden!"

„Und wer sagt Ihnen, daß er um Afrika herumfährt?"

„Wenn der ‚Nautilus' nicht auf festem Land oder in der Luft den Isthmus überwindet ..."

„Oder unter dem Land, Herr Aronnax."

„Unter dem Land?"

„Aber sicher", antwortete Kapitän Nemo gelassen. „Schon seit langem hat die Natur unter dieser Landzunge das getan, was die Menschen heute an ihrer Oberfläche unternehmen."

„Wie! Es gibt also eine Passage!"

„Ja, einen unterirdischen Durchgang, den ich den ‚Arabischen Tunnel' genannt habe. Er beginnt unterhalb von Suez und endet im Golf von Péluse."

„Aber der Isthmus besteht doch nur aus Wanderdünen?"

„Nur bis zu einer gewissen Tiefe. Schon nach fünfzig Metern trifft man auf festen Fels."

„Und haben Sie diesen Durchgang durch Zufall entdeckt?"

„Mehr durch Überlegung als durch Zufall. Ich hatte bemerkt, daß im Roten Meer und im Mittelmeer zum Teil die gleichen Fische vorkommen – Schlangenfische, Priesterfische. So fragte ich mich, ob es nicht eine Verbindung zwischen den beiden Meeren gäbe. Gab es sie wirklich, so verlief die unterirdische Strömung zweifellos vom Roten Meer zum Mittelmeer, und zwar wegen des Höhenunterschieds. Ich fing also eine große Anzahl Fische in der Gegend von Suez, befestigte jedem einen Kupferring am Schwanz und warf sie alle wieder ins Meer zurück. Einige Monate später fing ich an den Küsten von Syrien mehrere dieser Fische, die einen Erkennungsring trugen. Die Verbindung zwischen den beiden Meeren war damit für mich bewiesen. Ich suchte sie mit meinem ‚Nautilus'; ich fand sie. Binnen kurzem, Herr Professor, werden auch Sie meinen Arabischen Tunnel passiert haben."

Als ich Conseil und Ned Land von diesem Gespräch berichtete, klatschte Conseil Beifall, der Kanadier aber zuckte die Achseln.

„Ein unterirdischer Tunnel!" rief er aus, „eine Verbindung zwischen beiden Meeren! Wer hat je so etwas gehört?"

„Freund Ned", versetzte Conseil, „hatten Sie je etwas vom ‚Nautilus' gehört? Nein! Und doch gibt es ihn. Lehnen Sie also nichts ab mit der Begründung, daß Sie noch nie etwas davon gehört haben."

Am nächsten Tag, dem 10. Februar, sichteten wir mehrere Schiffe; der „Nautilus" fuhr wieder unter Wasser. Doch mittags, als die Sonne am höchsten stand, war das Meer verlassen, und wir tauchten auf. Die Küste im Osten hob sich als eine leicht verwischte Masse aus dem feuchten Nebel. An das Beiboot gelehnt, sprachen wir von diesem und jenem, als Ned Land plötzlich seine Hand ausstreckte und mich fragte: „Sehen Sie dort etwas, Herr Professor?"

„Nein, Ned“, entgegnete ich, „aber ich habe auch nicht so gute Augen wie Sie.“

„Schauen Sie gut hin“, forderte er mich auf, „dort vorn, steuerbord.“

„In der Tat, ich sehe so etwas wie einen langen schwärzlichen Körper auf dem Wasser.“

„Ein zweiter ‚Nautilus‘?“ meinte Conseil.

„Nein“, antwortete der Kanadier, „doch wenn ich mich nicht sehr täusche, ist es irgendein Meerestier. Ein Wal aber nicht.

„Warten wir ab“, riet Conseil. „Bald werden wir es wissen.“

Und richtig, der Gegenstand lag bald nur noch eine Meile vor uns.

„Da! Es bewegt sich! Es taucht unter!“ rief Ned Land. „Zum Teufel, was für ein Tier ist das? Seine Flossen ähneln verstümmelten Gliedern.“

„Aber dann –“, sagte ich.

„Jetzt dreht es sich auf den Rücken“, sagte der Kanadier aufgeregt, „und streckt seine Zitzen in die Luft!“

„Es ist eine Seejungfer“, rief Conseil.

Der Ausdruck half mir auf die Spur. „Das ist keine Seejungfer“, sagte ich, „sondern ein merkwürdiges Tier von jener Art, aus der die Fabel Seejungfern gemacht hat. Im Roten Meer gibt es nur noch wenige Exemplare. Es ist ein Dugong.“

Ned Lands Augen funkelten vor Gier. Er sah aus, als wollte er sich im nächsten Augenblick ins Meer werfen, um das fremdartige Geschöpf anzugreifen.

In diesem Augenblick erschien Kapitän Nemo auf der Plattform und bemerkte den Dugong. Er begriff die Haltung des Kanadiers und wandte sich an ihn mit den Worten: „Wenn Sie jetzt eine Harpune in der Faust hätten, Meister Land, würde sie Ihnen nicht in den Fingern brennen?“

„Sie sagen es.“

„Und Sie hätten nichts dagegen, für einen Tag wieder Walfänger zu werden und diese Seekuh der Liste Ihrer Opfer hinzuzufügen?“

„Ich hätte nicht das geringste dagegen.“

„Nun gut. Aber ich fordere Sie auf“, fuhr der Kapitän fort, „das Tier nicht zu verfehlen!“

„Ist es gefährlich, einen Dugong anzugreifen?“ fragte ich.

„O ja, manchmal schon", antwortete der Kapitän. „Dieses Tier wendet sich gegen seine Angreifer und bringt ihr Boot zum Kentern. Aber diese Gefahr hat Meister Land nicht zu fürchten. Er hat einen sicheren Arm. Wenn ich empfehle, diesen Dugong nicht zu verfehlen, dann aus dem Grunde, weil sein Fleisch als lecker gilt, und ich weiß, daß Meister Land einen guten Bissen nicht verschmäht."

„Was!" rief der Kanadier, „gut ist dieses Tier auch noch?"

„Ja, in der ganzen malaiischen Inselwelt kommt sein Fleisch nur auf fürstliche Tafeln."

In diesem Augenblick kamen sieben Mann der Besatzung, stumm und gleichgültig wie immer, auf die Plattform. Einer von ihnen trug eine Harpune und eine Leine. Das Boot wurde aufs Wasser hinuntergelassen; die sechs Ruderer setzten sich auf ihre Bänke, und der Bootsführer stellte sich ans Steuerruder. Ned, Conseil und ich nahmen im Heck Platz.

„Sie kommen nicht, Kapitän?" fragte ich.

„Nein, aber ich wünsche Ihnen eine gute Jagd."

Das Boot stieß ab und näherte sich schnell dem Dugong, der ungefähr zwei Meilen vom „Nautilus" entfernt schwamm.

Als wir auf wenige Kabellängen an die Seekuh herangekommen waren, verlangsamten wir das Tempo, und die Ruder tauchten geräuschlos in die ruhigen Wasser. Ned Land, die Harpune in der Faust, stellte sich am Bug auf. Die Harpune, mit der man den Wal trifft, ist gewöhnlich an einer sehr langen Leine befestigt, die schnell ausläuft, wenn das verletzte Tier sie mit sich zieht. Hier aber maß die Leine nicht mehr als etwa zehn Klafter, und ihr Ende war nur an ein kleines Fäßchen angeschlagen, das, im Wasser treibend, anzeigen sollte, welche Richtung der Dugong nahm.

Ich beobachtete den Gegner des Kanadiers aufmerksam. Der längliche Körper des Dugongs endet in einem flachen Schwanz, und seine Brustflossen erinnern an Finger. Der Oberkiefer weist zwei lange, spitze Zähne auf, die eine gefährliche Wehr bilden. Dieser Dugong war von kolossalem Ausmaß: Seine Länge betrug über sieben Meter. Er schien auf den Wellen zu schlafen.

Das Boot näherte sich dem Tier vorsichtig auf drei Klafter. Die Ruder ruhten auf den Rojeklampen. Ned Land, leicht nach hinten gebeugt, wog seine Harpune in geübter Hand.

Plötzlich ertönte ein Pfeifen, und der Dugong verschwand. Die Harpune hatte offenbar nur das Wasser getroffen.

„Tod und Teufel!“ stieß der Kanadier wütend aus, „ich habe ihn verfehlt!“

„Nein“, widersprach ich, „man sieht ja das Blut, aber Ihre Waffe ist nicht im Körper steckengeblieben.“

„Meine Harpune! Meine Harpune!“ schrie Ned Land.

Die Matrosen begannen wieder zu rudern, und der Bootssteuerer hielt auf das Fäßchen zu. Als die Harpune aufgefischt war, machten wir uns an die Verfolgung des Tieres.

Dieses kam von Zeit zu Zeit an die Oberfläche des Meeres, um Luft zu holen. Seine Wunde hatte es offenbar nicht geschwächt, denn es schoß mit äußerster Schnelligkeit dahin.

Wir verfolgten es eine Stunde lang, und ich begann einzusehen, daß es sehr schwierig sein würde, sich seiner zu bemächtigen. Da verfiel das Tier auf eine unselige Rache; es wandte sich gegen das Boot, um es seinerseits anzugreifen.

„Achtung!“ rief der Kanadier.

Der Dugong stutzte und sog die Luft durch seine breiten Nüstern ein. Dann schoß er mit voller Kraft auf uns zu.

Das Boot konnte dem Zusammenprall nicht ausweichen; es drohte zu kentern und füllte sich mit ein bis zwei Tonnen Wasser. Ned Land klammerte sich an den Vordersteven und stieß immer wieder die Harpune in das riesige Tier, das seine Zähne ins Schandeck gebohrt hatte und das Boot schüttelte wie der Löwe eine Gazelle. Wir waren alle durcheinandergeworfen worden, und ich weiß nicht, wie das Abenteuer geendet hätte, wenn nicht der Kanadier das Tier ins Herz getroffen hätte.

Ich hörte das Knirschen der Zähne auf dem eisernen Dollbord, und der Dugong verschwand, die Harpune mit sich reißend. Aber bald kam das Fäßchen wieder an die Oberfläche, und einige Augenblicke danach tauchte auch der Leib des Tieres auf. Das Boot nahm es ins Schlepptau und hielt auf den „Nautilus“ zu.

Es brauchte starke Zugwinden, um den Dugong auf die Plattform zu hieven. Er wog wohl fünftausend Kilo. Man zerstückelte ihn unter den Augen des Kanadiers, der die Prozedur in allen Einzelheiten überwachen wollte. Am selben Tag noch servierte mir der Steward zum Nachtessen einige Schnitten Dugongfleisch. Ich fand es vorzüglich und sogar besser als Kalb, wenn nicht gar Rind.

Am nächsten Nachmittag lief der „Nautilus" in die Straße von Jubal ein, die in den Golf von Suez mündet. Ich sah den Berg Horeb, den Sinai, auf dessen Gipfel Moses Gott von Angesicht zu Angesicht erblickte. Um uns herum war das Wasser von Millionen mikroskopisch kleiner Pflanzen rot gefärbt, den sogenannten Blutalgen, und ich begriff, woher das Rote Meer seinen Namen hat.

Ab acht Uhr blieb der „Nautilus" einige Meter unter Wasser. Um Viertel nach neun stieg das Boot wieder an die Oberfläche, und ich begab mich auf die Plattform. Bald bemerkte ich ein bleiches Feuer, getrübt vom Nebel, das etwa eine Meile vor uns schimmerte.

„Das Leuchtschiff von Suez", sagte eine Stimme neben mir. Ich wandte mich um und erkannte den Kapitän. „Jetzt werden wir gleich die Mündung des Tunnels erreichen", sagte er.

„Das Einfahren ist sicher nicht ganz einfach?"

„Nein. Aber ich leite das Manöver persönlich vom Gehäuse des Rudergängers aus. Und jetzt, Herr Aronnax, wollen Sie bitte hinuntergehen, der ‚Nautilus' wird gleich tauchen." Ich folgte Kapitän Nemo hinunter und dann zum Glasgehäuse des Rudergängers am vorderen Ende der Plattform.

Es war ein Raum von sechs Fuß im Quadrat. In der Mitte stand aufrecht ein Rad, das mit Seilen verbunden war, die zum Steuerruder am Heck des „Nautilus" liefen. Als meine Augen sich an das Dunkel gewöhnt hatten, bemerkte ich den Rudergänger, einen kräftigen Matrosen, dessen Hände auf den Radspeichen ruhten. Das Meer draußen war hell erleuchtet durch den Scheinwerfer am andern Ende der Plattform.

„Suchen wir jetzt den Eingang!" sagte Kapitän Nemo. Elektrische Drähte verbanden das Gehäuse mit dem Maschinenraum. Der Kapitän drückte auf einen Knopf, und alsbald verlangsamte sich die Geschwindigkeit der Schiffsschraube. Ich betrachtete die steile Wand, an der wir entlangfuhren, das wuchtige Fundament des Sandmassivs der Küste. Wir folgten ihr eine Stunde lang. Kapitän Nemo blickte unentwegt auf den Kompaß. Auf eine einfache Handbewegung hin änderte der Rudergänger jeweils den Kurs des „Nautilus".

Um Viertel nach zehn übernahm Kapitän Nemo das Ruder. Ein weiter Gang öffnete sich schwarz und tief vor uns. Der „Nautilus“ fuhr kühn hinein. Ein ungewohntes Brausen erklang an seinen Flanken. Es waren die Wasser des Roten Meeres, die durch das Gefälle des Tunnels zum Mittelmeer hinstürzten. Der „Nautilus“ folgte dem Strom pfeilschnell, obwohl die Maschine, um die rasende Geschwindigkeit zu bremsen, mit voller Kraft rückwärts lief.

Auf den engen Wänden des Tunnels sah ich nur noch glänzende Streifen, waagrechte Feuerlinien, gezogen von unsern vorbeirasenden Lichtern. Ich griff mit der Hand an mein heftig klopfendes Herz.

Um zehn Uhr fünfunddreißig ließ Kapitän Nemo das Steuerruder los und wandte sich mir zu. „Das Mittelmeer!“ verkündete er.

In weniger als zwanzig Minuten hatte der „Nautilus“, mitgerissen von diesem unterirdischen Strom, die Landenge von Suez überwunden.

ÜBER DAS MITTELMEER

Am nächsten Tag, dem 12. Februar, stieg der „Nautilus“ bei Tagesanbruch an die Oberfläche. Ich stürzte auf die Plattform. Ned und Conseil gesellten sich zu mir. Diese beiden unzertrennlichen Gefährten hatten ruhig geschlafen, ohne sich um die Heldentaten des „Nautilus“ zu kümmern.

„Nun, Herr Naturforscher“, fragte der Kanadier in einem etwas spöttischen Ton, „wo bleibt nun das Mittelmeer?“

„Wir schwimmen bereits auf ihm, Freund Ned.“

„Was? Jetzt schon? Davon glaube ich kein Wort.“

„Und Sie tun unrecht daran, Meister Land. Da Sie so gute Augen haben, können Sie die Molen von Port Said, die ins Meer hinausragen, sehen.“

Der Kanadier blickte angestrengt hinüber. „In der Tat“, gab er zu, „Sie haben recht, Herr Professor, und Ihr Kapitän ist ein ganzer Mann! Wir sind im Mittelmeer! Gut. Reden wir also, wenn es Ihnen recht ist, von unsern kleinen Problemen, aber so, daß niemand uns hört.“

Ich wußte genau, worauf er hinauswollte. Immerhin dachte ich, es sei besser, miteinander zu reden, da er es so wünschte, und wir setzten uns alle drei nahe dem Scheinwerfer nieder. „Los, Ned, wir sind ganz Ohr“, sagte ich.

„Was ich Ihnen mitzuteilen habe, ist denkbar einfach. Wir sind wieder in Europa, und ich will den ‚Nautilus‘ verlassen, bevor uns die Schrullen von Kapitän Nemo in die Tiefe der Polarmeere oder nach Ozeanien führen.“

Ich gestehe, daß mich solche Gespräche mit dem Kanadier immer in Verlegenheit setzten. Ich wollte keineswegs die Freiheit meiner Gefährten behindern, empfand jedoch nicht den Wunsch, Kapitän Nemo zu verlassen. Dank ihm, dank seinem Schiff konnte ich an meinem Buch über den Meeresgrund an Ort und Stelle arbeiten. Würde ich je wieder eine solche Gelegenheit finden, die Wunder des Ozeans zu beobachten? Gewiß nicht! Ich konnte mich daher nicht mit der Idee befreunden, den „Nautilus“ zu verlassen, bevor unsere Forschungsreise beendigt war.

„Freund Ned“, sagte ich, „diese Reise wird zu Ende gehen. Wann? Ich vermute, wenn diese Meere uns nichts Neues mehr zu zeigen haben. Vielleicht in sechs Monaten.“

„Und wo werden wir dann sein, Herr Naturforscher?“

„Vielleicht in China. Aber vielleicht nähert der ‚Nautilus‘ sich den Küsten von Frankreich, England oder Amerika, wo die Flucht mindestens ebenso leicht zu bewerkstelligen ist wie hier.“

„Herr Aronnax, Sie machen einen grundlegenden Fehler. Sie sprechen im Futurum: ‚Wir werden da sein! Wir werden dort sein!‘ Ich aber spreche in der Gegenwart: ‚Wir sind da, und das müssen wir nutzen.‘“

Ich fühlte mich geschlagen und wußte nicht, welche Argumente ich noch vorbringen sollte.

„Mein Herr“, begann Ned wieder, „setzen wir den Fall, daß Kapitän Nemo Ihnen noch heute die Freiheit anbietet und daß er dieses Angebot später nicht erneuern wird. Würden Sie annehmen?“

„Ich weiß es nicht.“

„Und was sagt Freund Conseil dazu?“ fragte Ned Land.

„Conseil“, antwortete der brave Bursche, „interessiert sich absolut nicht für diese Frage. Er ist der Diener seines Herrn, er denkt wie sein Herr, er spricht wie sein Herr.“

„Also", sagte Ned Land, „da Conseil nicht mehr vorhanden ist, diskutieren wir zwei miteinander. Ich habe gesprochen. Was haben Sie zu antworten?"

„Sie haben recht, Ned. Wir können nicht auf den guten Willen Kapitän Nemos zählen. Die Klugheit verbietet ihm, uns freizulassen. Dagegen gebietet uns die Klugheit, die erstbeste Gelegenheit, den ‚Nautilus' zu verlassen, zu nutzen. Aber diese Gelegenheit muß einmalig gut sein. Denn wenn unser erster Fluchtversuch mißlingt, bekommen wir keine Chance, ihn zu wiederholen, und Kapitän Nemo wird uns nicht verzeihen."

„Das ist alles richtig", antwortete der Kanadier. „Wenn sich eine günstige Gelegenheit bietet, müssen wir sie also ergreifen."

„Einverstanden. Und jetzt sagen Sie mir, bitte, Ned: Was verstehen Sie unter ‚einer günstigen Gelegenheit'?"

„Die würde sich beispielsweise bieten, wenn der ‚Nautilus' in einer dunklen Nacht sich nahe einer europäischen Küste befände. Wenn er dann aufgetaucht wäre, würde ich versuchen, schwimmend zu entkommen. Wäre die Entfernung zu groß und der ‚Nautilus' befände sich unter Wasser, würde ich versuchen, mich des Beibootes zu bemächtigen. Wir würden uns hineinschleichen, es losmachen und an die Oberfläche steigen, ohne daß der Rudergänger, der sich im Vorderteil des ‚Nautilus' befindet, unsere Flucht auch nur bemerkte."

„Gut, Ned. Halten Sie also nach einer solchen Gelegenheit Ausschau. An dem Tage, da Sie bereit sind, teilen Sie es uns mit, und wir werden Ihnen folgen. Und wollen Sie jetzt noch wissen, was ich von Ihrem Plan denke?"

„Gern, Herr Aronnax."

„Ich denke, daß sich diese günstige Gelegenheit nicht bieten wird. Kapitän Nemo muß wissen, daß wir nicht auf die Hoffnung verzichtet haben, unsere Freiheit wiederzuerlangen. Er wird auf der Hut sein, vor allem in den europäischen Meeren und in der Nähe ihrer Küsten."

„Wir werden ja sehen", brummte Ned Land mit entschlossener Miene.

In den nächsten Tagen schienen die Tatsachen meine Voraussagen zu bestätigen, zur großen Verzweiflung des Kanadiers. Traute uns Kapitän Nemo in diesen belebten Meeren nicht, oder wollte er sich nur den vielen Schiffen, die die Wellen des Mittelmeeres pflügen, entziehen? Ich weiß es nicht; auf jeden Fall blieben wir fast ständig unter Wasser und in beträchtlicher Entfernung von den Küsten.

Am nächsten Tag, dem 14. Februar, beschloß ich, einige Stunden darauf zu verwenden, die Fische in diesem Gebiet zu studieren; aber aus irgendeinem Grunde blieben die Läden geschlossen. Ich stellte die Richtung des „Nautilus“ fest und merkte, daß er Kurs auf die alte Insel Kreta hielt. Als ich mich auf der „Abraham Lincoln“ einschiffte, hatte sich diese Insel gegen die türkische Despotie erhoben. Was aber seither aus diesem Aufstand geworden war, war mir völlig unbekannt, und auch Kapitän Nemo hätte es mir nicht sagen können, da er ja von jeder Verbindung mit der Welt abgeschnitten war. Ich erwähnte dieses Ereignis also mit keinem Wort, als ich abends allein mit ihm im Salon war. Übrigens schien er schweigsam und in Gedanken versunken zu sein. Auf einmal befahl er, entgegen seiner Gewohnheit, die beiden Läden des Salons zu öffnen, und indem er von einem Fenster ans andere trat, schaute er aufmerksam ins Wasser hinaus. Ich verwandte meine Zeit darauf, die Fische zu studieren.

Unter anderen bemerkte ich die Meerschmerle, die schon von Aristoteles genannt wird. Nahe dabei schwammen leicht phosphoreszierende Goldbrassen, die den alten Ägyptern als heilig galten und deren Ankunft im Nil die fruchtbarkeitsbringenden Überschwemmungen ankündigte.

Plötzlich tauchte im Wasser ein Mann auf, der an seinem Gürtel eine Lederbörse trug. Er schwamm mit kräftigen Stößen, gelegentlich aufsteigend, um Luft zu holen, und alsbald wieder untertauchend.

Ich wandte mich an Kapitän Nemo und sagte aufgeregt: „Ein Schiffbrüchiger! Er muß gerettet werden!“

Der Kapitän gab keine Antwort, er beugte sich nur vor. Der Mann hatte sich genähert und schaute uns an, das Gesicht an die Scheibe gepreßt. Zu meiner Verblüffung machte ihm Kapitän Nemo ein Zeichen. Der Taucher antwortete ihm mit einer Gebärde der Hand, stieg unverzüglich zur Oberfläche auf und erschien nicht mehr.

„Beunruhigen Sie sich nicht“, sagte der Kapitän zu mir. „Es ist Nikolas von Kap Matapan, mit dem Beinamen ‚der Fisch‘.

Er ist in der ganzen Inselgruppe hier bekannt. Ein kühner Taucher! Das Wasser ist sein Element; er lebt mehr dort als auf festem Boden und wechselt von einer Insel zur andern bis hinunter nach Kreta."

„Sie kennen ihn, Kapitän?"

„Warum nicht, Herr Aronnax?"

Mit diesen Worten trat Kapitän Nemo auf ein Möbelstück zu, das nahe dem linken Fenster des Salons stand. Daneben erblickte ich einen mit eisernen Reifen beschlagenen Koffer, dessen Deckel ein Kupferschild trug mit dem Namen des „Nautilus" und seiner Devise „Mobilis in mobili". Ohne sich um meine Anwesenheit zu kümmern, öffnete der Kapitän das Möbelstück, eine Art Geldschrank, der eine große Anzahl Barren enthielt.

Es waren Goldbarren von enormem Wert. Wo holte der Kapitän dieses Gold, und was machte er damit? Ich brachte kein Wort heraus. Ich schaute nur. Kapitän Nemo ergriff einen Barren nach dem andern und ordnete alle sorgfältig in den Koffer ein, bis er voll war. Ich schätzte seinen Inhalt auf über tausend Kilo Gold, das heißt fast fünf Millionen Francs.

Der Koffer wurde geschlossen, und der Kapitän schrieb auf seinen Deckel eine Adresse, in Buchstaben, die griechisch sein mußten. Darauf drückte Kapitän Nemo auf einen Knopf. Vier Matrosen erschienen und schoben den Koffer nicht ohne Mühe aus dem Salon. Ich hörte, wie sie ihn mit einem Flaschenzug die eiserne Treppe hinaufhievten.

Kapitän Nemo wandte sich wieder mir zu. „Sie wollten etwas sagen, Herr Professor?"

„Ich sagte nichts."

„Nun denn, mein Herr, erlauben Sie mir, Ihnen eine gute Nacht zu wünschen."

Ich kehrte sehr neugierig in mein Zimmer zurück. Vergeblich versuchte ich einzuschlafen. Ich suchte eine Verbindung zwischen der Erscheinung dieses Tauchers und dem mit Gold gefüllten Koffer. Bald spürte ich am Schlingern und Stampfen, daß der „Nautilus" die Tiefe verließ und aufstieg. Dann hörte ich Schritte auf der Plattform. Ich begriff, daß man das Boot ins Wasser ließ. Es stieß an die Flanken des „Nautilus", dann verstummte jedes Geräusch.

Zwei Stunden darauf wiederholten sich die Geräusche. Das

Boot wurde an Bord geholt und festgemacht, und der „Nautilus“ tauchte wieder. Die Millionen waren also an ihren Bestimmungsort transportiert worden. An welchen Punkt des Kontinents? Wer war Kapitän Nemos Partner?

Tags darauf schilderte ich Conseil und dem Kanadier die Ereignisse dieser Nacht. Sie waren nicht weniger überrascht als ich.

Am nächsten Tag, dem 16. Februar, ließen wir das Becken zwischen Rhodos und Afrika hinter uns, und der „Nautilus“ verließ den griechischen Archipel, nachdem er das Kap Matapan umschifft hatte.

Das Mittelmeer, von unwahrscheinlicher Bläue, das ‚große Meer‘ der Hebräer, das ‚mare nostrum‘ der Römer, gesäumt von Orangenhainen, Aloen und Pinien, gesättigt von reiner und durchsichtiger Luft! Doch wie schön es auch sei – mir war nicht mehr als ein flüchtiger Blick auf dieses Meerbecken vergönnt, dessen Oberfläche zwei Millionen Quadratkilometer mißt. Ich mußte auch auf das Wissen Kapitän Nemos verzichten, denn der rätselhafte Mann zeigte sich während der raschen Durchfahrt kein einziges Mal.

Es war mir klar, daß Kapitän Nemo das Mittelmeer, eingebettet in Länder, die er fliehen wollte, nicht mochte. Seine Wellen und Lüfte trugen ihm zu viele Erinnerungen zu, wenn nicht gar schmerzliche Sehnsucht. Hier hatte er nicht mehr die Bewegungsfreiheit, wie sie ihm der Ozean gewährte, und sein „Nautilus“ fühlte sich eingeengt zwischen den Gestaden Afrikas und Europas.

Unsere Geschwindigkeit betrug fünfundzwanzig Meilen in der Stunde, und damit mußte Ned Land zu seinem großen Bedauern auf seine Fluchtpläne verzichten; er konnte sich nicht das Boot losmachen, das mit einer Schnelligkeit von zwölf bis dreizehn Metern in der Sekunde transportiert wurde. Der „Nautilus“ stieg nur nachts an die Oberfläche, um seinen Luftvorrat zu erneuern. Ich gewahrte daher von den Tiefen des Mittelmeeres nicht mehr, als der Reisende im Expreßzug von der vorüberfliegenden Landschaft gewahrt.

Am Abend des 16. Februar verlangsamte der „Nautilus“ seine Fahrt stark: Wir fuhren zwischen Sizilien und der Küste von Tunesien durch. In diesem engen Raum steigt der Meeresboden unvermittelt an und bildet einen regelrechten Grat, dessen Seiten hundertsiebzig Meter tief abfallen. Wir gelangten ins zweite Becken des Mittelmeers, das bis zu dreitausend Meter tief ist. Der „Nautilus“ glitt unter dem Antrieb seiner Schraube schräg hinunter bis in die untersten Gefilde.

Dort boten sich meinen Blicken rührende und schreckenerregende Bilder. Zwischen der algerischen Küste und den Gestaden der Provence, wie viele Wracks! Anker, Kanonen, Takelwerk, Schraubenflügel, Maschinenteile, gesprungene Heizkessel, treibende Schiffsrümpfe ...

Der „Nautilus“ fuhr gleichgültig mit Volldampf durch diese Ruinen. Am 18. Februar passierten wir die Straße von Gibraltar, und einige Minuten später waren wir im Atlantik.

DER ATLANTIK

Nachdem der „Nautilus“ die Meerenge von Gibraltar hinter sich gelassen hatte, stieg er an die Oberfläche. So konnten wir unsere täglichen Spaziergänge auf der Plattform wieder aufnehmen. Ich begab mich alsbald mit Ned Land und Conseil hinauf. Der „Nautilus“ durchschnitt die Wasser mit seinem scharfen Schnabel; er hatte in dreieinhalb Monaten an die zehntausend Meilen zurückgelegt. Wohin fuhren wir jetzt, und was erwartete uns in der Zukunft?

In einer Entfernung von zwölf Meilen zeichnete sich vage das Kap Saint Vincent ab, das die Südwestspitze der Iberischen Halbinsel bildet. Von Süden her wehte ein böiger Wind. Es war fast unmöglich, sich auf der Plattform aufzuhalten. Wir begaben uns also wieder hinunter, nachdem wir frische Luft geschöpft hatten.

Conseil ging in seine Kajüte; ich trat in mein Zimmer, aber der Kanadier folgte mir. Unsere schnelle Durchquerung des Mittelmeers hatte ihm nicht erlaubt, seine Pläne auszuführen, und er verbarg seine Enttäuschung nicht. Sobald sich die Tür meines Zimmers hinter uns geschlossen hatte, setzte er sich und betrachtete mich schweigend.

„Freund Ned“, ergriff ich das Wort, „unter diesen Umständen vom ‚Nautilus‘ zu fliehen, wäre Wahnsinn gewesen.“

Er gab keine Antwort und preßte die Lippen zusammen.

„Aber es ist ja noch nichts verloren", fuhr ich fort. „Wir fahren die Küste von Portugal hinauf. Frankreich und England, wo wir leicht Zuflucht finden würden, sind nicht fern. Ich glaube, in einigen Tagen können Sie mit Aussicht auf Erfolg handeln."

Ned Land schaute mich noch starrer an und öffnete endlich den Mund: „Es ist heute abend soweit", sagte er.

Ich fuhr auf. Diese Mitteilung kam mir völlig überraschend. Ich brachte kein Wort heraus.

„Wir hatten vereinbart, eine günstige Gelegenheit abzuwarten", fuhr Ned Land fort. „Diese Gelegenheit ist gekommen. Heute abend werden wir nur einige Meilen von der spanischen Küste entfernt sein. Der Wind ist auflandig. Ich habe Ihr Wort, Herr Aronnax, und ich zähle auf Sie."

Da ich immer noch schwieg, erhob sich der Kanadier und trat auf mich zu. „Heute abend um neun", sagte er. „Conseil habe ich benachrichtigt. Um diese Stunde befindet sich Kapitän Nemo in seinem Zimmer und ist wahrscheinlich schon zu Bett gegangen. Conseil und ich, wir gehen zur Mitteltreppe. Sie bleiben in der Bibliothek und erwarten mein Signal. Die Ruder, der Mast und das Segel sind im Beiboot. Es ist mir sogar gelungen, einige Vorräte darin zu verstauen. Alles ist also bereit."

„Die See geht hoch", wandte ich ein.

„Zugegeben, aber das müssen wir in Kauf nehmen. Die Freiheit hat ihren Preis. Wer garantiert uns, daß wir morgen nicht schon wieder hundert Meilen weiter draußen im offenen Meer wären? Wenn wir Glück haben, haben wir heute abend zwischen zehn und elf Uhr an irgendeinem Punkt des Festlands angelegt. Auf heute abend also!"

Damit zog sich der Kanadier zurück; ich war wie betäubt. Ich hatte mir vorgestellt, gegebenenfalls Zeit zum Überlegen und zum Diskutieren zu haben. Mein halsstarriger Gefährte erlaubte es mir nicht. Und was hätte ich ihm auch sagen können? Konnte ich mein gegebenes Wort zurücknehmen?

In diesem Augenblick belehrte mich ein schrilles Pfeifen, daß die Tanks sich füllten, und der „Nautilus" versank in den Fluten des Atlantiks.

Ich blieb in meinem Zimmer, denn ich wollte dem Kapitän nicht begegnen; er sollte mir die Gefühle, die mich beherrschten, nicht an den Augen ablesen. So verbrachte ich einen traurigen Tag, hin- und hergerissen zwischen dem Wunsch, meine Bewegungsfreiheit wiederzugewinnen, und dem anderen, meine Unterwasserstudien zu beenden, den Atlantik zu erforschen, wie ich die Geheimnisse des Indischen Ozeans und des Pazifiks erforscht hatte. Manchmal wünschte ich, irgendein unvorhergesehener Umstand möge die Verwirklichung von Ned Lands Plänen verhindern. Aber ich mußte mich dreinschicken. Was Kapitän Nemo anging, fragte ich mich, was er von unserem Entweichen halten werde. Würde es ihm schaden? Würde ich den Kapitän vor unserer Flucht noch einmal sehen?

Langsam verstrichen die Stunden. Das Nachtessen wurde mir wie immer auf dem Zimmer serviert. Ich aß wenig. Hundertzwanzig Minuten – ich zählte sie – trennten mich noch von dem Augenblick, da ich zu Ned Land gehen sollte. Die Vorstellung, bei unserem gewagten Unternehmen umzukommen, war die geringste meiner Sorgen; aber mein Herz klopfte wild beim Gedanken, unser Plan könnte entdeckt werden, bevor wir den „Nautilus" verlassen hatten – beim Gedanken, vor einen erzürnten oder, noch schlimmer, über meine Flucht betrübten Kapitän Nemo gebracht zu werden.

Ich wollte den Salon ein letztes Mal sehen. Ich ging in dieses Museum, in dem ich so viele angenehme Stunden verbracht hatte. All die Schätze betrachtete ich wie ein Mann am Vorabend eines lebenslänglichen Exils. Ich hätte meine Blicke durch die Scheiben des Salons über die Wasser des Atlantiks schweifen lassen mögen; aber die Läden waren hermetisch geschlossen, und ein Mantel aus Eisenblech trennte mich von diesem Ozean, den ich noch nicht kannte.

Zu meinem Erstaunen stand die Tür zum Zimmer des Kapitäns halb offen. Unwillkürlich wich ich zurück. Wenn Kapitän Nemo in seinem Zimmer war, konnte er mich sehen. Als ich jedoch kein Geräusch hörte, trat ich näher. Das Zimmer war leer. Auch hier die strenge, klösterliche Atmosphäre! In diesem Augenblick fiel mein Blick auf einige Radierungen, die an der Wand hingen und die ich bei meinem ersten Besuch nicht bemerkt hatte. Es waren Porträts, Bilder großer Männer der Geschichte, die sich ihr Leben lang einer großen humanen Idee widmeten: Kosciuszko, der polnische Freiheitsheld; O'Connell, der

Verteidiger Irlands; Washington, der Gründer der amerikanischen Union; Manin, der italienische Patriot; Lincoln, der unter der Kugel eines Anhängers der Sklaverei fiel. Welche Verbindung bestand zwischen diesen Helden und der Seele Kapitän Nemos? Konnte ich aus dieser Sammlung von Bildern dem Geheimnis seines Daseins auf die Spur kommen? War er ein Kämpfer für unterdrückte Völker, ein Befreier versklavter Rassen?

Plötzlich schlug es acht Uhr. Schon der erste Schlag riß mich aus meinen Träumen. Ich stürzte aus dem Zimmer und kehrte in meine Kabine zurück. Ich kleidete mich warm an: Wasserstiefel, Fischottermütze und Muschelseidenjacke.

Um fünf Minuten vor neun ging ich durch den Salon, der im Halbdunkel lag und völlig leer war, zur Bibliothek. Dieselbe ungenügende Beleuchtung, dieselbe Einsamkeit. Ich würde mich in der Nähe der Tür postieren, die zur Mitteltreppe führte. Ich wartete auf das Signal Ned Lands.

Plötzlich hörten die Drehungen der Schraube auf. Nur noch das Schlagen meines Herzens störte die Stille. Dann spürte ich einen leichten Aufprall. Ich begriff, daß der „Nautilus" auf dem Meeresboden zur Ruhe gekommen war. Meine Unruhe steigerte sich. Das Signal des Kanadiers blieb aus. In diesem Augenblick ging die Tür des großen Salons auf, und Kapitän Nemo erschien.

„Ah, Herr Professor", sagte er. „Sie suchte ich gerade. Kennen Sie sich in der spanischen Geschichte aus?"

In der Lage, in der ich mich befand, wüßte man selbst von der Geschichte des eigenen Landes kein Wort mehr.

„Eh bien?" wiederholte Kapitän Nemo, „haben Sie meine Frage überhört? Kennen Sie sich in der spanischen Geschichte aus?"

„Nicht sehr gut", gestand ich.

„Gut, setzen Sie sich, und ich werde Ihnen eine merkwürdige Episode dieser Geschichte erzählen." Der Kapitän streckte sich auf dem Diwan aus, und mechanisch nahm ich im Halbdunkel in seiner Nähe Platz. „Diese Geschichte wird Sie in einer bestimmten Hinsicht interessieren, denn sie beantwortet eine Frage, die Sie zweifellos nicht haben lösen können."

„Ich bin ganz Ohr." Worauf wollte mein Gesprächspartner hinaus, und hatte dieser Zwischenfall etwas mit unseren Fluchtplänen zu tun?

„Versetzen wir uns einmal ins Jahr 1702 zurück. Ihr König Ludwig XIV. hatte damals den Spaniern seinen Enkel, den Herzog von Anjou, als König aufgenötigt. Dieser Fürst regierte mehr oder weniger schlecht unter dem Namen Philipp V. Die Herrscher von Holland, Österreich und England hatten in Den Haag einen Bündnisvertrag abgeschlossen mit dem Ziele, Philipp V. die spanische Krone zu entreißen. Spanien mußte sich gegen diese Koalition wehren. Es verfügte aber über fast keine Soldaten und Matrosen. An Geld allerdings fehlte es ihm nicht, sofern seine mit dem Gold und Silber Amerikas beladenen Galeonen in seine Häfen einliefen.

Mitte des Jahres 1702 wurde in Cadiz so ein großer Geleitzug erwartet, der unter dem Schutz einer französischen Flotte von dreiundzwanzig Schiffen stand, kommandiert von Admiral de Château-Renault.

Aber der Admiral erfuhr, daß die englische Flotte dort in der Nähe kreuzte. Die spanischen Kommandanten des Geleitzugs überredeten ihn deshalb, in die Bucht von Vigo an der nordwestlichen Küste Spaniens einzulaufen. Unglücklicherweise bildet diese Bucht einen offenen Ankerplatz, der überhaupt nicht verteidigt werden kann.

Am 22. Oktober 1702 langten die englischen Schiffe in der Bucht von Vigo an. Admiral de Château-Renault schlug sich, obwohl er dem Feind unterlegen war, tapfer. Als er aber einsah, daß die Reichtümer des Geleitzugs dem Gegner in die Hand fallen würden, bohrte er die Galeonen an und steckte sie in Brand, so daß sie mitsamt ihren ungeheuren Schätzen untergingen." Kapitän Nemo hatte geendet.

„Nun, und?" fragte ich.

„Nun, Herr Aronnax, wir sind in dieser Bucht von Vigo, und es liegt nur bei Ihnen, in ihre Geheimnisse einzudringen."

Der Kapitän erhob sich und bat mich, ihm zu folgen. Ich hatte Zeit erhalten, mich wieder zu fassen. Der Salon war dunkel, aber durch die Scheiben glitzerten die Fluten des Meeres. Rund um den „Nautilus", im Umkreis von einer halben Meile, schienen die Wasser von elektrischem Licht getränkt. Einige Leute der Mannschaft, die in Tauchanzügen steckten, waren damit beschäftigt, Fässer und Kisten in brandgeschwärzten Wracks freizulegen. Aus diesen Kisten und Fässern fielen Gold- und Silberbarren, Kaskaden von Münzen und Geschmeide. Der Sand war übersät damit. Beladen mit dieser kostbaren Beute, kamen die Leute zum „Nautilus“ und luden hier ihre Last ab. Ich begriff. Hierher kam Kapitän Nemo, um je nach Bedarf die Millionen zu holen, die er in seinem „Nautilus“ mitführte. Er war der einzige Erbe der Schätze, die den Inkas von Fernando Cortez entrissen worden waren.

„Wußten Sie, Herr Professor, daß das Meer so viele Reichtümer enthält?“

„Ich wußte es“, antwortete ich. „Ich habe Mitleid mit den Tausenden von Unglücklichen, denen diese Reichtümer, wenn man sie richtig verteilte, zugute kämen, während sie auf diese Weise für sie ewig unnütz bleiben!“ Kaum hatte ich diesem Bedenken Ausdruck gegeben, begriff ich, daß ich Kapitän Nemo damit verletzt haben mußte.

„Unnütz! Glauben Sie denn, diese Reichtümer seien verloren, wenn ich sie an mich bringe? Glauben Sie denn, ich mache mir nur für mich die Mühe, diese Schätze zu bergen? Glauben Sie, ich wisse nicht, daß es Menschen gibt, die leiden, Rassen, die unterdrückt werden, Beladene, denen man Linderung bringen, Opfer, die man rächen muß? Begreifen Sie denn nicht . . .?“

Mit diesen letzten Worten brach Kapitän Nemo ab; vielleicht bedauerte er bereits, zuviel gesagt zu haben. Aber ich hatte alles erraten. Was immer die Gründe gewesen sein mochten, die ihn gezwungen hatten, die Unabhängigkeit unter den Meeren zu suchen – er war Mensch geblieben! Sein Herz litt mit unter den Leiden der Menschheit, und seine grenzenlose Mildtätigkeit galt unterjochten Rassen ebensogut wie Individuen. Und nun begriff ich auch, für wen die Millionen, die Kapitän Nemo abgeschickt hatte, bestimmt waren – der „Nautilus“ hatte ja die Gewässer des aufständischen Kreta befahren.

Am nächsten Morgen betrat der Kanadier mein Zimmer. Ich hatte seinen Besuch erwartet. Er sah tief enttäuscht drein.

„Nun, Ned, gestern abend hat sich der Zufall gegen Sie gewendet.“

„Ausgerechnet zu der Stunde, als wir von seinem Boot fliehen wollten, mußte dieser verwünschte Kapitän stoppen lassen!“

„Ja, Ned, er hatte bei seinem Bankier zu tun.“

„Bei seinem Bankier!"

Ich schilderte ihm die Ereignisse des Vorabends, in der geheimen Hoffnung, ihn dazu zu bekehren, den Kapitän nicht zu verlassen; aber mein Bericht bewirkte nur, daß Ned energisch bedauerte, nicht auf eigene Rechnung einen Spaziergang über das Schlachtfeld von Vigo gemacht zu haben.

„Aber es ist ja noch nicht alles aus!" versuchte er sich zu trösten. „Diesmal hat die Harpune eben ihr Ziel verfehlt. Aber vielleicht schon heute abend ..."

„Welchen Kurs steuert der ‚Nautilus'?" fragte ich.

„Keine Ahnung", erwiderte Ned.

„Mittags werden wir ja die Position feststellen können."

Gegen halb zwölf Uhr stieg der „Nautilus" an die Oberfläche des Ozeans. Ich eilte auf die Plattform. Ned Land war bereits dort. Kein Land mehr in Sicht! Mittags maß der Erste Offizier den Sonnenstand. Dann wurde das Meer wieder stürmischer; wir stiegen hinunter. Eine Stunde darauf stellte ich auf der Karte fest, daß wir hundertfünfzig Meilen von der nächsten Küste entfernt waren. Ich erspare es mir, den Zorn des Kanadiers zu schildern, aber ich für mein Teil war nicht allzu unglücklich. Erleichtert konnte ich meine gewohnten Arbeiten wieder aufnehmen.

Gegen elf Uhr abends erhielt ich unerwartet Besuch von Kapitän Nemo. Er erkundigte sich freundlich, ob ich mich müde fühle, weil ich die vergangene Nacht aufgeblieben sei. Ich verneinte.

„Dann, Herr Aronnax, möchte ich Ihnen einen merkwürdigen Ausflug vorschlagen. Sie haben bis jetzt den Meeresboden nur am Tag und bei Sonnenlicht besucht. Möchten Sie ihn auch im Dunkel der Nacht sehen?"

„Sehr gerne."

„Ich warne Sie aber. Wir müssen lange gehen und sogar einen Berg erklettern."

„Was Sie mir da sagen, Kapitän, verdoppelt meine Neugierde. Ich bin bereit, Ihnen zu folgen."

Im Umkleideraum stellte ich fest, daß uns weder meine Gefährten noch Leute von der Mannschaft auf diesem Ausflug begleiten sollten. Bald hatten wir unsere Tauchausrüstung angelegt. Auf unsern Rücken wurden die Sauerstoffgeräte geschnallt, aber von den elektrischen Lampen sah ich nichts. Ich machte den Kapitän darauf aufmerksam.

„Sie sind nicht nötig", erwiderte er.

Ich glaubte falsch verstanden zu haben, aber ich konnte meine Bemerkung nicht wiederholen, denn der Kopf des Kapitäns war bereits in seiner Metallhülle verschwunden. Ich spürte, daß man mir einen eisenbeschlagenen Stock in die Hand drückte, und einige Minuten später, nach der gewohnten Prozedur, setzten wir in einer Tiefe von dreihundert Metern unseren Fuß auf den Boden des Atlantiks.

Es war beinahe Mitternacht. Die Wasser waren tiefschwarz, aber Kapitän Nemo zeigte mir in der Ferne einen rötlichen Schein, der ungefähr zwei Meilen entfernt war. Was dieses Feuer war, konnte ich nicht erraten. Auf jeden Fall leuchtete es uns. Wir gingen auf den Schein zu. Der flache Boden stieg unmerklich an. Da hörte ich über meinem Kopf ein rieselndes Geräusch. Von Zeit zu Zeit verstärkte es sich und wurde zu einem anhaltenden Prasseln. Ich hatte die Ursache bald heraus: Es war Regen, der auf der Meeresoberfläche aufschlug. Instinktiv kam mir der Gedanke, daß ich durchnäßt würde – mitten im Wasser! Unwillkürlich lachte ich über diese verrückte Idee.

Nach einer halben Stunde wurde der Boden steinig. Medusen, mikroskopisch kleine Krustentiere und Federkorallen erhellten ihn leicht mit phosphoreszierendem Schein. Ich sah Steinhaufen, die von einigen Millionen Tierpflanzen und einem Algengewirr bedeckt waren. Oft glitt ich auf diesem schleimigen Tangteppich aus, und ohne meinen eisenbeschlagenen Stock wäre ich mehr als einmal hingefallen. Wenn ich mich umdrehte, sah ich immer noch das weißliche Licht des „Nautilus", doch es begann in der Ferne zu verblassen. Indessen nahm der rote Schein, der uns leitete, zu. Das Licht strahlte hinter einem ungefähr achthundert Fuß hohen Berg hervor.

Es war ein Uhr morgens, als wir an den ersten Abhängen des Berges anlangten. Um sie zu ersteigen, mußte man sich auf schwierige Pfade eines großen Dickichts wagen. Ja, ein Dickicht von toten Bäumen, ohne Blätter, ohne Saft, versteinert unter dem Einfluß des Wassers. Unten waren sie dunkel und wild, oben schimmerten sie rot im Licht. Ich schritt über hingestreckte Stämme hinweg, brach Meerlianen, die sich zwischen den Bäumen wiegten, und verscheuchte Fische, die von Ast zu Ast schwebten. Wir erkletterten Felsen, von denen sich unter unseren Füßen riesige Stücke lösten und mit dem dumpfen Grollen einer Lawine hinabstürzten.

Kapitän Nemo stieg immer weiter. Ich wollte nicht zurückbleiben und folgte ihm. Mein Stock war mir eine große Hilfe. Ein Fehltritt wäre gefährlich gewesen auf diesen schmalen Pfaden am Rande des Abgrunds; doch kein Schwindel ergriff mich. Bald sprang ich über eine Spalte, deren Tiefe mich auf einem Gletscher der Erde hätte zurückweichen lassen, bald wagte ich mich auf einem schwankenden Baumstamm über einen Abgrund, ohne hinunterzuschauen – ich hatte nur Augen für die wilde Schönheit dieser Gegend. Gewaltige Felsen, natürliche Türme aus schroffem Gestein, über ihrem zerklüfteten Fundament überhängend, schienen den Gesetzen der Schwerkraft zu trotzen. Zwischen ihren steinernen Knien schossen Bäume empor, wie eine Fontäne unter starkem Druck aufspringt, und stützten andere, die sie ihrerseits stützten.

Zwei Stunden nachdem wir den „Nautilus“ verlassen hatten, ließen wir die Baumgrenze hinter uns, und hundert Fuß über unserem Kopf erhob sich der Gipfel des Berges, der sich dunkel von dem strahlenden Glanz abhob. Einige versteinerte Sträucher bildeten eine verzerrte Zickzacklinie. In tiefen Grotten und Löchern hörte ich unheimliche Geräusche. Das Blut stockte mir, als ich einen gewaltigen Fühler sah, der mir den Weg verlegte, und gleichzeitig hörte, wie sich im Schatten einer Höhle knirschend die riesigen Scheren eines Krebses schlossen. Tausende von Lichtpunkten funkelten in der Dunkelheit. Es waren die Augen gigantischer Krustentiere, die in ihren Verstecken kauerten. Schreckenerregende Kraken schlangen ihre Fangarme ineinander wie ein lebendes Gestrüpp von Schlangen.

Wir waren auf einem ersten Absatz angelangt. Hier erhoben sich Ruinen – Ruinen, die nicht die Hand des Schöpfers, sondern die des Menschen verrieten. Es waren gewaltige Steinhaufen, an denen man die unbestimmten Formen von Burgen und Tempeln erkannte, überzogen von blühenden Tierpflanzen und einem Mantel von Algen und Tang statt Efeu. Welcher Teil der Erdkugel war hier in einer Katastrophe untergegangen? Wohin hatte mich die Laune Kapitän Nemos entführt?

Ich hätte ihn gerne gefragt, doch da ich dies nicht konnte, blieb ich stehen und ergriff seinen Arm. Aber er schüttelte nur den Kopf, und indem er auf die Spitze des Berges wies, schien er zu sagen: „Komm nur! Komm mit!"

Ich folgte ihm, und einige Minuten darauf hatte ich den Gipfel bewältigt. Ich schaute hinunter. Auf seiner andern Seite ragte der Berg in doppelter Höhe über den Boden eines tiefer gelegenen Teiles des Atlantiks auf – einige sechzehnhundert Fuß. Meine Blicke schweiften in die Ferne und gewahrten eine große, von einem starken Schein beleuchtete Fläche. Der Berg war in Wirklichkeit ein Vulkan!

Fünfzig Fuß unter dem Gipfel, inmitten eines Regens von Steinen und Schlacke, spie ein großer Krater Ströme von Lava aus, die sich als feurige Kaskade in die Wassermassen ergoß. Der Vulkan erhellte wie eine riesige Fackel die Ebene bis zu den letzten Grenzen des Horizonts. Doch er spie unter Wasser keine Flammen.

Und dort, unter meinen Augen, lag eine verwüstete, untergegangene Stadt, mit eingestürzten Dächern, zerstörten Tempeln, eingefallenen Toren, gebrochenen Säulen, aus denen man noch die gediegenen Proportionen einer Art toskanischer Architektur erahnte. Etwas weiter entfernt die Reste eines gigantischen Aquädukts; hier die verschlammte Erhebung einer Akropolis mit den fließenden Formen eines Parthenon, dort Spuren einer Mole, als hätte ein antiker Hafen an den Gestaden eines verschwundenen Ozeans den Kauffahrteischiffen und Kriegstriremen ehemals Schutz geboten. Noch weiter hinten zeichneten sich die langen Linien eingefallener Mauern und breiter, verlassener Straßen ab – ein ganzes versunkenes Pompeji.

Wo war ich? Ich wollte es um jeden Preis wissen. Ich wollte reden, aber Kapitän Nemo gebot mir mit einer Gebärde Einhalt. Dann hob er ein Stück Kreidestein auf, ging auf einen schwarzen Basaltfelsen zu und schrieb dieses einzige Wort:

ATLANTIS

Wie ein Blitz durchfuhr mich die Erkenntnis! Atlantis, dieser Kontinent, der von vielen geleugnet wird, an den Plato, Plinius, Tertullian, Engel, Buffon glaubten – dieses Atlantis hatte ich vor Augen, und es trug noch die Spuren seiner Katastrophe! In dieser versunkenen Landschaft außerhalb Europas, Asiens, Libyens, jenseits der Säulen des Herkules, hatte das mächtige Volk der Atlantiden gelebt, gegen das das alte Griechenland seine ersten Kriege geführt hatte.

Plato erzählt von einer uralten, der Athene geweihten Stadt, die von den Atlantiden überfallen und teilweise zerstört wurde. Diese Atlantiden kamen von einem riesigen Kontinent, der größer war als Afrika und Asien zusammen. Ihre Herrschaft reichte bis Ägypten. Sie wollten sie auch auf Griechenland ausdehnen, mußten sich aber angesichts des erbitterten Widerstands der Hellenen zurückziehen. Jahrhunderte verstrichen. Dann trat eine Katastrophe ein mit Überschwemmungen und Erdbeben. Ein Tag und eine Nacht genügten, den atlantischen Kontinent untergehen zu lassen. Seine höchsten Erhebungen, Madeira, die Azoren, die Kanarischen Inseln und die Inseln von Kap Verde, ragen noch aus den Fluten.

So stand ich also auf einem der Berge dieses sagenumwobenen Kontinents! Ich wandelte dort, wo die Zeitgenossen des ersten Menschen geweilt hatten!

Während ich mir alle Einzelheiten dieser grandiosen Landschaft einzuprägen suchte, verharrte Kapitän Nemo, an eine moosbedeckte Stelle gelehnt, unbeweglich und wie versteinert in stummer Ekstase. Dachte er an die verschwundenen Generationen und fragte er sie nach dem Geheimnis des menschlichen Schicksals? Wir blieben eine ganze Stunde da und betrachteten die weite Ebene im Lavaglanz. Dann machte der Kapitän mir ein Zeichen, ihm zu folgen. Wir stiegen rasch den Berg hinunter. Als der erste Schein der Morgendämmerung den Ozean erhellte, waren wir zurück an Bord.

Am nächsten Tag erwachte ich sehr spät, und abends ging ich früh schlafen. Am folgenden Morgen war es bereits acht Uhr, als ich in den Salon kam. Ich betrachtete den Druckmesser und stellte fest, daß der „Nautilus“ sich an der Oberfläche des Ozeans befand. Übrigens hörte ich auch Schritte auf der Plattform. Ich begab mich zur Aussteigluke. Sie war geöffnet. Doch statt des hellen Tages, wie ich erwartet hatte, fand ich mich von tiefer Finsternis umgeben.

Wo waren wir? War es noch Nacht? Nein! Es funkelte kein Stern. Ich wußte nicht, was ich denken sollte, als ich plötzlich eine Stimme vernahm: „Sind Sie es, Herr Professor?“

„Ah, Kapitän!" antwortete ich. „Wo sind wir?"

„Unter der Erde, Herr Professor."

„Unter der Erde! Und der ‚Nautilus' schwimmt noch?"

„Er schwimmt noch."

„Aber ich verstehe nicht..."

„Warten Sie einen Augenblick. Unser Scheinwerfer wird gleich funktionieren."

Ich wartete. Die Dunkelheit war so vollständig, daß ich nicht einmal Kapitän Nemo sah. Doch als ich zum Zenit schaute, genau über meinem Kopf, glaubte ich ein unbestimmtes Licht zu bemerken, eine Art Dämmerschein, der ein kreisrundes Loch erfüllte. In diesem Augenblick ging der Scheinwerfer plötzlich an, und sein Lichtkegel ließ den vagen Schein verschwinden.

Der „Nautilus" lag still. Er hielt vor einer steilen Böschung. Das Wasser, das ihn trug, war ein See von zwei Meilen Durchmesser, rundherum begrenzt von hohen Wänden. Die hohen Wände waren vorgeneigt und rundeten sich zu einem Gewölbe, wie ein riesiger Trichter, dessen Spitze nach oben zeigte und dessen Höhe fünf- bis sechshundert Meter betragen mochte. Zuoberst befand sich eine kreisrunde Öffnung, durch die ich eine leichte Helligkeit, offenbar einen Schein des Tageslichtes, bemerkt hatte.

„Wo befinden wir uns?" fragte ich.

„Im Herzen eines erloschenen Vulkans", gab der Kapitän zur Antwort. „In seinen Krater ist infolge irgendeiner Erschütterung des Bodens das Meer eingedrungen. Die Öffnung an der Spitze ist dieser Krater. Jetzt versorgt er uns mit frischer Luft. Während Sie schliefen, ist der ‚Nautilus' durch einen natürlichen Kanal, dessen Öffnung zehn Meter unter dem Meeresspiegel liegt, in diese Lagune eingefahren. Das hier ist ein Winterhafen. Nennen Sie mir eine Reede, die diesem Zufluchtsort, an dem selbst das Toben der Stürme sich bricht, gleichkommt!"

„In der Tat", antwortete ich, „hier sind Sie geborgen und sicher. Aber der ‚Nautilus' braucht keinen Hafen. Wozu dient also diese Zuflucht?"

„Der ‚Nautilus' braucht Elektrizität, um sich fortbewegen zu können, Elemente, um diese Elektrizität zu erzeugen, Natrium, um seine Elemente zu speisen, Kohle, um Natrium zu machen, und Bergwerke, um Kohle zu gewinnen. Nun bedeckt das Meer

aber gerade hier ganze Wälder, die in längst vergangenen Zeiten versunken sind. Heute sind sie in Steinkohle verwandelt und für mich eine unerschöpfliche Mine."

„Dann arbeiten also Ihre Männer hier als Bergleute?"

„Genau. Hier gewinnen meine Leute im Tauchanzug, Hacke und Pickel in der Hand, die Kohle. Wenn ich sie verbrenne, um Natrium herzustellen, so zieht der Rauch durch den Krater des Berges ab, und es sieht aus, als wäre der Vulkan noch tätig."

„Werden wir Ihre Gefährten bei der Arbeit sehen?"

„Diesmal nicht, denn ich habe es eilig, unsere Weltreise unter Wasser fortzusetzen. Deshalb begnüge ich mich damit, meinen Vorratslagern Natrium zu entnehmen. Das Einladen erfordert nur einen Tag, dann fahren wir weiter."

Am nächsten Morgen schwamm der „Nautilus" weit weg von allem Land einige Meter unter dem Spiegel des Atlantiks. Offenbar mußten wir für den Augenblick alle Hoffnung aufgeben, in die europäischen Gewässer zurückzukommen. Kapitän Nemo hielt nach Süden. Wohin entführte er uns? Ich wagte nicht, es mir vorzustellen.

Während neunzehn Tagen fuhr der „Nautilus" mit einer konstanten Geschwindigkeit von hundert Meilen in vierundzwanzig Stunden.

Nichts Besonderes ereignete sich. Den Kapitän sah ich selten. Er arbeitete. In der Bibliothek fand ich oft Bücher, die er offen liegengelassen hatte; es handelte sich meist um naturwissenschaftliche Werke. Mein Werk über den Meeresgrund, von ihm durchgesehen, strotzte von Randbemerkungen, die häufig meinen Theorien widersprachen. Aber der Kapitän begnügte sich damit, meine Arbeit auf diese Art und Weise zu bereinigen, und nur selten diskutierte er mit mir. Manchmal hörte ich die melancholischen Klänge seiner Orgel, die er mit viel Ausdruck spielte, allerdings nur nachts.

Ganze Tage fuhren wir an der Oberfläche. Das Meer war wie verlassen. Eines Tages wurden wir von einem Walfänger verfolgt, der uns zweifellos für einen Wal hielt. Aber Kapitän Nemo wollte diesen Leuten Zeitverlust und unnötige Mühen ersparen; daher beendete er die Jagd, indem er den „Nautilus" tauchen ließ.

Am 13. März unternahm der „Nautilus“ Lotungsexperimente, die mich lebhaft interessierten. Wir hatten seit unserem Start im Pazifik annähernd dreizehntausend Meilen zurückgelegt. Jetzt befanden wir uns auf 45° 37′ südlicher Breite und 37° 53′ westlicher Länge. Es waren dieselben Gegenden, in denen Leutnant Parker von der amerikanischen Fregatte „Congress“ auch bei 15 140 Metern nicht auf den Meeresboden gekommen war.

Kapitän Nemo beschloß, den Grund des Ozeans auf einer Schräglinie zu erreichen, mittels der seitlichen Tiefenruder, die in einem Winkel von fünfundvierzig Grad zur Bordlinie des „Nautilus“ gestellt wurden. Die Schraube drehte sich mit Höchstgeschwindigkeit, und ihr vierflügeliger Propeller peitschte das Wasser mit unbeschreiblicher Gewalt. Unter diesem starken Antrieb erbebte der Rumpf des „Nautilus“ und versank im Wasser.

Der Kapitän und ich verfolgten im Salon aufmerksam die Nadel des Druckmessers, die rasch stieg. Bald hatten wir die Zone, in der die meisten Fische leben, hinter uns gelassen. Manche aber hielten sich auch in ziemlich großen Tiefen auf. Unter diesen beobachtete ich einen Teleskopfisch mit riesigen Augen, den Panzerfisch, den sein Harnisch aus Knochenplatten beschützt, und schließlich den Granatfisch, der in zwölfhundert Meter Tiefe lebt und einen Druck von hundertzwanzig Atmosphären aushält.

Bei vierzehntausend Meter Tiefe bemerkte ich schwärzliche Gipfel, die mitten im Wasser aufragten. Sie konnten Bergen gehören, die ebenso hoch waren wie das Himalajagebirge oder der Montblanc. Der „Nautilus“ tauchte noch tiefer, trotz des gewaltigen Drucks, der auf ihm lag. Ich spürte, wie seine Eisenplatten zitterten; die Schotten ächzten, die Scheiben des Salons und die Balken des Gerippes schienen sich unter dem Druck des Wassers zu krümmen.

Als wir an den Abhängen dieser unter den Wassern verlorenen Felsen entlangfuhren, stellte ich noch einige Muschelschalen, lebende Würmer sowie gewisse Arten von Seesternen fest. Aber bald verschwanden diese letzten Vertreter des Tierreichs.

„Welche Erklärung haben Sie dafür, daß Lebewesen in solchen Tiefen existieren können?“ fragte mich der Kapitän.

„Vertikalströmungen erzeugen eine Bewegung, die genügt, rudimentäres Leben zu erhalten", sagte ich. „Und die im Meerwasser aufgelöste Sauerstoffmenge vermehrt sich mit zunehmender Tiefe."

„Ah, das weiß man?" antwortete der Kapitän in überraschtem Ton. „Eh bien, Herr Professor, es stimmt."

Schließlich hatte der „Nautilus" die Grenzen jeglichen tiefseeischen Lebens passiert, ähnlich dem Ballon, der über die Zonen, in denen man noch atmen kann, aufgestiegen ist. Wir hatten eine Tiefe von sechzehntausend Metern erreicht, und die Flanken des „Nautilus" hatten einen Druck von tausendsechshundert Kilo auf jeden Quadratzentimeter seiner Oberfläche auszuhalten.

„Welch ein Abenteuer!" rief ich. „Wir fahren durch Tiefen, in die noch kein Mensch gelangt ist! Sehen Sie diese großartigen Felsen, diese unbewohnten Grotten! Ach, warum dürfen wir nur die Erinnerung daran behalten?"

„Würde es Ihnen Freude machen", fragte Kapitän Nemo, „eine photographische Aufnahme dieser Unterwasserregion zu besitzen?"

Es blieb mir nicht einmal Zeit, dem Erstaunen Ausdruck zu geben, das ich über diesen neuesten Vorschlag empfand, als, auf einen Wink Kapitän Nemos, bereits ein Objektiv in den Salon getragen wurde. Vor unseren Augen breitete sich, elektrisch beleuchtet, die Wassermasse in vollendeter Klarheit aus. In wenigen Sekunden hatten wir ein Negativ von äußerster Schärfe.

Ich besitze den Lichtbildabzug noch. Man sieht darauf diese frühweltlichen Felsen, die das Himmelslicht nie gekannt haben, diese in die Steinmassen gegrabenen tiefen Grotten, diese Profile von unvergleichlicher Klarheit, die sich schwarz abzeichnen – alles erinnert an die Schöpfungen gewisser flämischer Künstler. Darüber eine gewellte Linie, ein bergiger Horizont, die den Hintergrund der Landschaft bildet. Ich kann das Gesamtbild nicht beschreiben.

„Steigen wir wieder auf, Herr Professor!" sagte Kapitän Nemo. „Wir dürfen den ‚Nautilus' nicht zu lange einem solchen Druck aussetzen. Halten Sie sich fest!"

Ich hatte noch nicht die Zeit gehabt, zu begreifen, warum der Kapitän mir das empfahl, als ich bereits auf dem Boden lag. Auf ein Signal des Kapitäns wurden die Maschinen ausgeschaltet, die Seitenflächen senkrecht gestellt, und der „Nautilus“ hob sich, wie ein Ballon in der Luft, mit ungeheurer Schnelligkeit. In vier Minuten hatte er die sechzehntausend Meter, die ihn von der Oberfläche des Ozeans trennten, überwunden, und nachdem er wie ein fliegender Fisch aus dem Wasser geschossen war, fiel er zurück, daß die Wogen hoch aufspritzten.

DER SÜDPOL

Ich hatte gedacht, auf der Höhe von Kap Hoorn würde Kapitän Nemo westlich halten, um wieder die Meere des Pazifiks zu erreichen und seine Weltreise zu beenden. Doch nichts dergleichen geschah; er fuhr weiter nach Süden. Wohin sollte die Fahrt gehen? Zum Pol? Bisher waren alle Versuche, diesen Punkt der Erdkugel zu erreichen, fehlgeschlagen. Die Jahreszeit war im übrigen schon sehr vorgerückt, denn der 13. März in den antarktischen Regionen entspricht dem 13. September in nördlichen Ländern. Ich begann zu glauben, daß die Tollkühnheit Kapitän Nemos die Befürchtungen Ned Lands rechtfertigen könnte.

Der Kanadier sprach seit einiger Zeit nicht mehr von seinen Fluchtplänen. Er war weniger mitteilsam geworden. Ich merkte ihm an, wie sehr ihn diese lange Gefangenschaft belastete. Wenn er den Kapitän sah, lag ein düsteres Feuer in seinen Augen, und ich fürchtete stets, er könnte sich von seiner heftigen Natur zu einer Unbesonnenheit hinreißen lassen.

An diesem Tag, am 14. März, suchten mich Conseil und er in meinem Zimmer auf. „Was glauben Sie, wie viele Leute befinden sich an Bord des ‚Nautilus‘, Herr Professor?“

„Das wüßte ich nicht zu sagen. Aber so wie die Dinge liegen, sollten zehn Mann genügen, um das Schiff zu handhaben.“

„Nun gut“, sagte der Kanadier, „warum aber sind dann viel mehr Menschen an Bord?“

Ich schaute Ned Land an. Seine Absichten waren leicht zu erraten. „Weil“, sagte ich, „der ‚Nautilus‘ nicht nur ein Schiff ist. Er muß ein Zufluchtsort sein für jene, die alle Beziehungen zur Welt abgebrochen haben.“

„Mag sein. Aber schließlich kann der ‚Nautilus' nur eine bestimmte Anzahl Menschen fassen", mischte sich Conseil ein. „Könnte mein Herr nicht abschätzen, wie viele das höchstens sein können?"

„Wie das, Conseil?"

„Mein Herr kennt das Fassungsvermögen des Schiffes, und daraus ergibt sich die vorhandene Luftmenge. Wenn man anderseits weiß, wieviel Luft jeder Mensch verbraucht und das in Verbindung bringt mit der Tatsache, daß der ‚Nautilus' alle vierundzwanzig Stunden aufsteigen muß ..."

„Ich verstehe, was du meinst", sagte ich. „Aber diese Rechnung kann nur eine sehr unsichere Zahl ergeben."

„Macht nichts", beharrte Ned Land.

„Also gut", gab ich nach, „rechnen wir also. Jeder Mensch verbraucht in vierundzwanzig Stunden den Sauerstoffgehalt von zweitausendvierhundert Liter Luft. Der ‚Nautilus' hat eine Kapazität von fünfzehnhundert Tonnen und enthält also anderthalb Millionen Liter Luft. Dividiert durch zweitausendvierhundert ergibt sechshundertfünfundzwanzig. Das heißt, daß die im ‚Nautilus' vorhandene Luft ausreichen würde für sechshundertfünfundzwanzig Menschen während vierundzwanzig Stunden."

„Sechshundertfünfundzwanzig!" wiederholte Ned.

„Aber Sie können als sicher annehmen", fügte ich hinzu, „daß es, alles in allem genommen, nicht ein Zehntel dieser Zahl sind."

„Immer noch zuviel für drei Leute", murmelte Conseil.

„Ich kann Ihnen also nichts anderes als Geduld anraten, mein armer Ned."

„Mehr noch als Geduld", warf Conseil ein. „Resignation."

Er hatte das richtige Wort gefunden. Der Kanadier schüttelte den Kopf, strich sich mit der Hand über die Stirn und verließ das Zimmer.

„Möge mein Herr mir erlauben, eine Bemerkung zu machen", sagte darauf Conseil. „Dieser arme Ned denkt immer an das, was er nicht haben kann. Man muß ihn verstehen. Was hat er hier zu suchen? Nichts. Er ist nicht ein Gelehrter wie mein Herr, und er findet nicht wie wir Geschmack an den Wundern des Meeres. Er gäbe alles darum, statt dessen in einer Taverne seiner Heimat zu sitzen!"

Das eintönige Dasein an Bord mußte dem Kanadier unerträglich erscheinen. Doch an diesem Tag erinnerte ein Zwischenfall ihn an seine glücklichen Zeiten als Harpunier.

Gegen elf Uhr morgens saßen wir auf der Plattform. Es war ein schöner Tag. Da sichtete der Kanadier am östlichen Horizont einen Wal. Man konnte sehen, wie sich sein schwärzlicher Rücken über den Fluten hob und senkte.

„Wenn ich an Bord eines Walfängers wäre", rief Ned Land, „könnte mir keine Begegnung größere Freude machen! Zum Teufel, warum muß ich nur an dieses Stück Eisen gefesselt sein!"

„Wie, Ned", gab ich zurück, „sind Sie noch nicht geheilt von Ihren alten Jagdinstinkten?"

„Wie könnte ein Walfänger seinen alten Beruf je vergessen? Wird man je der Freuden einer solchen Jagd müde? Seht! Das ist nicht ein Wal, das sind zehn, zwanzig – ein ganzes Rudel! Und nichts unternehmen zu können! An Händen und Füßen gebunden zu sein!"

„Aber Ned", schlug Conseil vor, „warum nicht einfach Kapitän Nemo um die Jagderlaubnis fragen?"

Conseil hatte noch nicht ausgesprochen, als Ned Land sich schon durch die Luke geschwungen hatte und den Kapitän suchen ging. Wenige Augenblicke später erschien er mit ihm auf der Plattform.

Kapitän Nemo beobachtete das Walrudel, das eine Meile vom „Nautilus" an der Wasseroberfläche spielte.

„Es sind Südkaper", sagte er. „Mit dieser Herde könnte eine ganze Walfängerflotte ihr Glück machen."

„Herr Kapitän", bat der Kanadier, „darf ich nicht Jagd auf sie machen?"

„Wozu", antwortete Kapitän Nemo, „nur um zu vernichten! Wir haben mehr als genug Tran an Bord."

„Aber im Roten Meer haben Sie uns erlaubt, einen Dugong zu verfolgen!"

„Damals ging es darum, frisches Fleisch für meine Mannschaft zu erbeuten. Hier wäre es Töten um des Tötens willen. Ich weiß wohl, daß das ein Vorrecht des Menschen ist, aber ich lasse solch mörderischen Zeitvertreib nicht zu. Indem sie den Südkaper ausrotten wie den Nordwal – beides harmlose und gutartige Geschöpfe –, Meister Land, begehen Leute wie Sie eine verwerfliche Tat. Sie sind drauf und dran, eine Klasse nützlicher Tiere zu vernichten. Lassen Sie also die Wale in Frieden! Sie haben genug natürliche Feinde, ohne daß Sie sich einmischen."

Der Kapitän hatte recht. Aber Ned Land pfiff zwischen den Zähnen den „Yankee-doodle" und kehrte uns den Rücken.

„Ich hatte recht, als ich behauptete, der Glattwal habe genug Feinde", sagte Kapitän Nemo. „Sehen Sie dort drüben, etwa acht Meilen im Westen, die dunklen Punkte?"

„Ja, Kapitän", antwortete ich.

„Es sind Pottwale. Sie sind so grausam und schädlich, daß man allen Grund hätte, sie auszurotten."

Der Kanadier drehte sich hastig um. „Eh bien, Kapitän", sagte ich, „noch ist es Zeit, und im Interesse der Glattwale ..."

„Es ist unnötig, sich in Gefahr zu begeben, Herr Professor. Der ‚Nautilus' genügt, um diese Pottwale zu zerstreuen. Er ist mit einem eisernen Schiffsschnabel ausgerüstet, der meines Erachtens nicht minder wirksam ist als die Harpune von Meister Land."

Der Kanadier konnte es sich nicht versagen, mit den Schultern zu zucken. Wale mit einem Schiffsschnabel angreifen! Wer hatte je so etwas gehört?

„Warten Sie, Herr Aronnax", sagte Kapitän Nemo. „Wir werden Ihnen eine Jagd zeigen, die Sie noch nicht kennen. Mit diesen räuberischen Walen habe ich kein Erbarmen. Sie bestehen nur aus Maul und Zähnen."

Maul und Zähne! Man konnte den Pottwal, der oft über fünfundzwanzig Meter lang wird, nicht besser beschreiben. Sein enormer Kopf nimmt ungefähr ein Drittel seiner Länge ein. Besser bewaffnet als der Glattwal, besitzt er fünfundzwanzig große, zwanzig Zentimeter hohe Zähne. Im Oberteil des gewaltigen Kopfes finden sich drei- bis vierhundert Kilo des kostbaren Öls, das „Walrat" genannt wird.

Das scheußliche Rudel traf Anstalten, die Glattwale anzugreifen. Der „Nautilus" tauchte unter. Conseil, Ned und ich setzten uns an die Fenster des Salons. Kapitän Nemo begab sich zum Rudergänger, um sein Schiff zu lenken. Bald spürte ich, wie sich das Schlagen der Schraube beschleunigte und der „Nautilus" schneller fuhr.

Der Kampf zwischen den Pottwalen und den Glattwalen hatte bereits begonnen, als der „Nautilus“ dazukam. Die Großköpfigen zeigten sich anfänglich wenig beeindruckt von dem neuen Ungeheuer, das sich in den Kampf mischte. Aber bald mußten sie sich vor seinen Schlägen in acht nehmen. Der „Nautilus“ war eine fürchterliche Harpune in der Hand seines Kapitäns. Er warf sich gegen die Fleischmassen und schnitt sie entzwei, in seinem Kielwasser nur blutende Hälften zurücklassend. Kaum hatte er einen Pottwal erledigt, stürzte er sich auf den nächsten, drehte sich um sich selbst, um seine Beute nicht zu verfehlen, griff sie von vorn und von hinten an, tauchte und stieg auf, zerschnitt oder zerfleischte in allen Richtungen.

Eine Stunde lang dauerte dieses Massaker. Mehrmals taten sich zehn oder zwölf dieser Großköpfe zusammen und versuchten, den „Nautilus“ unter ihrer Masse zu zermalmen. Vom Fenster aus sah man ihre riesigen, mit Zähnen gepflasterten Mäuler und ihre bösen Augen. Man merkte, wie sie sich an unser Schiff klammerten, wie eine Koppel Jagdhunde, die im Dickicht ein Wildschwein gestellt hat. Aber der „Nautilus“ riß sie mit sich, ohne sich um ihr gewaltiges Gewicht oder ihre mächtige Umklammerung zu kümmern.

Schließlich waren die Pottwale zerstreut, und das Meer beruhigte sich. Ich spürte, daß wir zur Oberfläche des Ozeans aufstiegen. Die Aussteigeluke wurde geöffnet, und wir stürzten auf die Plattform. Das Meer war mehrere Meilen weit rot gefärbt und mit verstümmelten Kadavern bedeckt, bläulich am Rücken, weißlich am Bauch. Einige wenige Pottwale sah man am Horizont fliehen.

Kapitän Nemo gesellte sich zu uns. „Nun, Meister Land?“ sagte er.

„Ja“, antwortete der Kanadier, dessen Begeisterung sich gelegt hatte, „es ist in der Tat ein Schauspiel. Aber ich bin nicht ein Schlächter, ich bin Jäger, und das hier war eine Metzelei.“

„Es ist das Massaker bösartiger Tiere“, antwortete der Kapitän. „Der ‚Nautilus‘ ist nicht ein Schlächtermesser.“

Ich fürchtete schon, sie würden sich zu Tätlichkeiten hinreißen lassen. Aber sie wurden abgelenkt durch den Anblick eines Glattwals, der den Zähnen der Pottwale nicht hatte entkommen können. Er trieb mit zerfleischtem Bauch auf der Flanke, tot. Seinem offenen Maul entströmten Wasser und Blut. An seiner verstümmelten Flosse hing noch ein Jungtier, das er nicht vor dem Gemetzel hatte retten können.

Kapitän Nemo führte den „Nautilus" an den Kadaver des Tieres heran. Zwei seiner Leute stiegen auf die Flanke des Glattwals und molken aus seinen Zitzen zwei bis drei Fässer voll Milch. Der Kapitän bot mir eine Tasse dieser noch warmen Milch an und versicherte mir, sie unterscheide sich in keiner Weise von Kuhmilch. Ich kostete sie und teilte seine Ansicht. In Form von gesalzener Butter oder Käse bildete sie später eine erfreuliche Bereicherung unserer Speisekammer, als der „Nautilus" seine unentwegte Fahrt gen Süden fortsetzte, wobei er dem fünfzigsten Längengrad folgte.

Am 14. März, als wir den 55. Breitengrad passierten, bemerkte ich Treibeis – Schollen von zwanzig bis fünfundzwanzig Fuß Länge bildeten kleine Klippen, an denen sich die Wellen schäumend brachen. Am Horizont im Süden erstreckte sich ein blendendweißer Streifen. Die englischen Walfänger haben ihm den Namen „ice blink" gegeben. Wie dick auch die Wolken sein mögen, sie können sein strahlendes Weiß nicht verdunkeln. Er zeigt das Vorhandensein von Packeis oder einer Eisbank an.

Je tiefer wir nach Süden kamen, desto zahlreicher und größer wurden die Eisinseln. Polarvögel nisteten zu Tausenden auf ihnen, und das schrille Geschrei der Sturmvögel, Kaptauben und Tölpel gellte in unseren Ohren.

Kapitän Nemo steuerte seinen „Nautilus" mit vollendeter Geschicklichkeit, wich gewandt den Eismassen aus, von denen einige mehrere Meilen lang waren – bei einer Höhe, die zwischen siebzig und achtzig Metern schwankte. Auf der Höhe des sechzigsten Breitengrads schien jede Fahrrinne verschwunden. Aber Kapitän Nemo fand tatsächlich noch einen schmalen Durchgang. Kühn passierte er ihn, obwohl er genau wußte, daß er sich hinter ihm wieder schloß.

Am 16. März, gegen acht Uhr morgens, durchschnitt der „Nautilus", dem fünfundfünfzigsten Meridian folgend, den Südlichen Polarkreis. Das Thermometer zeigte in der Außenluft zwei bis drei Grad unter Null. Aber wir waren in warme Pelze gehüllt, für die Seehunde und Eisbären hatten das Leben lassen müssen. Und das Innere des „Nautilus" war dank elektrischer Apparate gut geheizt. Zwei Monate vorher hätten wir in diesen Breiten ununterbrochen Tag gehabt; doch nun war es jeweils schon drei oder vier Stunden Nacht. Später würden diese Polargebiete sechs Monate lang in schattigem Dunkel liegen.

An diesem Tage versperrten die Eisfelder uns den Weg endgültig. Kapitän Nemo stürzte sich mit dem „Nautilus" in die eisige Masse und zerschmetterte sie mit gräßlichem Krachen. Die Eistrümmer wurden hoch hinaufgeschleudert und fielen wie Hagel um uns herum ins Wasser. Getrieben von seinem Schwung, hob der „Nautilus" sich auf das Eisfeld und zermalmte es unter seinem Gewicht. So schuf er sich einen Kanal.

In diesen Tagen wurden wir von starken Windböen geschüttelt. Manchmal herrschte dichter Nebel, so daß man nicht von einem Ende der Plattform zum andern sah. Der Wind drehte sprunghaft. Der Schnee lagerte sich in so dicken Schichten ab, daß wir sie mit Pickeln aufhacken mußten, und der „Nautilus" überzog sich mit einer Eisschicht. Mit einem Segelschiff wären wir nicht mehr vom Fleck gekommen, denn die Taue zur Bedienung der Segel wären festgefroren.

Die Kompaßnadel zeigte nach den verschiedensten Richtungen, je mehr wir uns dem magnetischen Erdpol näherten, der nicht zu verwechseln ist mit dem geographischen Pol. Wir mußten mehrere Kompasse an verschiedene Stellen des Schiffes bringen und zahlreiche Ablesungen machen, um einen annähernd richtigen Mittelwert zu gewinnen.

Am 17. März, nach zwanzig vergeblichen Angriffen gegen das Eis, wurde der „Nautilus" endgültig gebremst. Unsere Position war 51° 30′ Länge und 67° 39′ südlicher Breite, also bereits auf einem vorgeschobenen Punkt in den antarktischen Regionen. Vor uns lag eine aus zusammenhängenden Bergen gebildete, riesige Schranke.

„Die Eisbarriere!" erklärte der Kanadier.

Ich begriff, daß diese Mauer für Ned Land wie für alle Seefahrer, die vor uns hiergewesen waren, ein unüberwindliches Hindernis bildete. Vom Meer, vom Wasser sahen wir nichts mehr. Unter dem Schnabel des „Nautilus" erstreckte sich eine weite, zerklüftete Ebene, mit unregelmäßigen Blöcken wirr besät. Hier und dort spitze Gipfel, schlanke Nadeln, die sich zu einer Höhe von zweihundert Fuß erhoben; weiter weg schroffe Klippen von gräulicher Färbung, große Spiegel, die die paar im Nebel fast ertrunkenen Sonnenstrahlen zurückwarfen. Und über dieser Einöde bleiernes Schweigen, höchstens unterbrochen vom Flügelschlag der Sturmvögel. Alles war eingefroren, sogar die Geräusche.

Wer nicht weiterkann, kehrt in der Regel einfach um. Aber hier hatten sich die Wasserrinnen hinter uns geschlossen. Gegen zwei Uhr nachmittags bildete sich auf den Flanken des „Nautilus" mit erstaunlicher Schnelligkeit eine dicke Eisschicht.

Ich befand mich mit dem Kapitän auf der Plattform. „Ich glaube, wir sitzen in der Falle", sagte ich.

„So glauben Sie also, Herr Aronnax, daß der ‚Nautilus' sich nicht befreien kann?"

„Schwerlich, Kapitän, denn die Jahreszeit ist schon zu weit vorgerückt, als daß Sie auf ein Aufbrechen des Eises zählen dürften."

„Herr Professor, Sie sehen immer nur Hindernisse. Ich meinerseits versichere Ihnen, daß der ‚Nautilus' sich nicht nur befreien wird, sondern daß er noch weiterfährt!"

„Noch weiter nach Süden?" fragte ich und sah den Kapitän erstaunt an.

„Wir fahren zum Pol."

„Zum Pol!" Ich konnte eine ungläubige Geste nicht unterdrücken.

„Ja", versetzte der Kapitän kühl, „zum Südpol, zu diesem unbekannten Punkt, den noch keines Menschen Fuß betreten hat. Wir werden ihn gemeinsam entdecken!"

„Ich will Ihnen glauben, Kapitän", sagte ich etwas ironisch. „Also, frischauf, rücken wir vor! Für uns gibt es keine Hindernisse! Durchbrechen wir die Eisbarriere! Sprengen wir sie in die Luft! Wenn sie uns widersteht, verleihen wir dem ‚Nautilus' Schwingen, auf daß er über sie hinwegfliege!"

„Nicht über sie hinweg", sagte Kapitän Nemo gelassen, „aber unter ihr durch!"

„Unter ihr durch!" Plötzlich begriff ich, wie die großartigen Eigenschaften des „Nautilus" dieses übermenschliche Vorhaben möglich machen würden.

„Wir beginnen einander zu verstehen, Herr Professor", sagte der Kapitän lächelnd. „Sie ahnen bereits die Möglichkeit – ich meinerseits würde sagen: das Gelingen dieses Versuches. Der ‚Nautilus' kommt nicht durch, wenn der Pol auf festem Land liegt. Schwimmt jedoch das Land im freien Meer, so gelangt er ohne weiteres an den Pol!"

„In der Tat", nickte ich, mitgerissen von den Überlegungen des Kapitäns, „wenn die Oberfläche des Meeres verfestigt ist durch die Eismassen, so müssen seine unteren Schichten frei sein – in der Tiefe liegt ja die Temperatur des Meerwassers über dem Gefrierpunkt! Und wenn ich mich nicht täusche, verhält sich der Überwasserteil dieser Eisbarriere zum Unterwasserteil massenmäßig wie eins zu vier?"

„So ungefähr, Herr Professor. Da nun aber dieses Eisgebirge nicht höher als hundert Meter ist, beträgt auch der Tiefgang nicht mehr als dreihundert Meter. Und was sind schon dreihundert Meter für den ‚Nautilus'!"

Auf ein Signal hin erschien der Erste Offizier. Die beiden Männer unterhielten sich kurz in ihrer mir unverständlichen Sprache. Der Erste Offizier zeigte keinerlei Überraschung. Aber er war nicht gleichmütiger als Conseil, als ich ihm unsere Absicht eröffnete, zum Südpol vorzustoßen. Die einzige Antwort war: „Wie es meinem Herrn gefällt." Ned Land hingegen kehrte in seine Kabine zurück, „um nicht etwas zu tun, das ich zu bereuen hätte".

Inzwischen hatten die Vorbereitungen zu dem waghalsigen Versuch bereits begonnen. Die mächtigen Pumpen des „Nautilus" preßten Luft in die Tanks und speicherten sie unter hohem Druck. Gegen vier stiegen ein Dutzend Matrosen auf die Flanken des „Nautilus" hinaus und hackten das Eis los. Dann kehrten wir ins Innere zurück, und der „Nautilus" begann zu sinken.

In ungefähr dreihundert Meter Tiefe, wie Kapitän Nemo es vorausgesagt hatte, schwammen wir unter der Eisbarriere. Der „Nautilus" schlug einen direkten Kurs zum Pol ein, ohne vom 52. Längengrad abzuweichen. Er hatte noch 22½ Breitengrade zu überwinden, das heißt etwas mehr als fünfhundert Meilen. Das Boot fuhr mit einer Durchschnittsgeschwindigkeit von sechsundzwanzig Meilen die Stunde. Behielt er sie bei, würde er in vierzig Stunden den Pol erreichen.

Während eines Teils der Nacht bannte uns, Conseil und mich, die Neuheit der Situation ans Fenster des Salons. Das Meer war erhellt vom Scheinwerfer unseres Schiffes. Aber es war völlig verödet. Im eingeschlossenen Wasser hielten sich keine Fische auf.

Am nächsten Tag, dem 18. März, war ich schon um fünf Uhr früh wieder im Salon. Der elektrische Geschwindigkeitsmesser belehrte mich, daß der „Nautilus" sein Tempo gemäßigt hatte. Er stieg langsam. Mein Herz klopfte. Würden wir auftauchen? Nein. Ein Stoß machte mir klar, daß der „Nautilus" in tausend Meter Tiefe den Boden der Eisbarriere getroffen hatte. Das bedeutete, daß über unseren Köpfen noch dreizehnhundert Meter Eis waren, wovon dreihundert über dem Wasserspiegel lagen. Die Eisbarriere war also hier wesentlich höher als am Rand, ein wenig beruhigender Umstand.

Im Laufe des Tages wiederholte der „Nautilus" den Versuch mehrere Male, und jedesmal stieß er sich an der Mauer, die über ihm lag.

Am Abend war das Eis immer noch vier- bis fünfhundert Meter tief. Das war zwar weniger als vorher, aber wie dick war die Schicht noch, die uns von der Oberfläche des Ozeans trennte!

In dieser Nacht schlief ich schlecht. Hoffnung und Angst quälten mich abwechselnd. Mehrmals stand ich auf. Die Durchbruchsversuche des „Nautilus" hielten an. Gegen drei Uhr morgens beobachtete ich, daß der Grund der Eisbarriere nur noch fünfzig Meter tief war. Die Eisbarriere wurde allmählich dünner. Meine Augen verließen den Druckmesser nicht mehr. Wir stiegen stetig schräg aufwärts.

Endlich, um sechs Uhr, am 19. März, öffnete sich die Tür des Salons, und Kapitän Nemo erschien. „Wir sind im offenen Wasser!" verkündete er.

Ich stürzte auf die Plattform. Ja! Vor mir lag das offene Meer. Kaum noch ein paar verstreute Eisberge. Das Thermometer zeigte drei Grad über Null. Es herrschte eine Art Frühling hier, eingeschlossen von der Eisbarriere, deren ferne Massen sich am nördlichen Horizont abzeichneten.

„Sind wir am Pol?" fragte ich klopfenden Herzens den Kapitän.

„Ich weiß es nicht", antwortete er. „Um zwölf Uhr messen wir den Sonnenstand."

„Wird sich die Sonne bei diesem Nebel überhaupt zeigen?" erkundigte ich mich besorgt, den grauen Himmel musternd.

„Auch wenn sie nur ganz schwach durchdringt, genügt es mir", versetzte der Kapitän.

Zehn Meilen südlich vom „Nautilus" erhob sich ein etwa zweihundert Meter hohes Eiland. Vorsichtig steuerten wir darauf zu und umrundeten es. Es hatte einen Umfang von vier bis fünf Meilen. Ein schmaler Kanal trennte es vom festen Land, vielleicht einem Kontinent.

Um nicht zu stranden, stoppte der „Nautilus" drei Kabellängen vor einer Küste, die von einer prachtvollen Felsgruppe gekrönt war. Das Beiboot wurde aufs Wasser hinuntergelassen, und der Kapitän, zwei seiner Leute, die die Instrumente trugen, Conseil und ich stiegen ein. Es war zehn Uhr morgens. Ned Land hatte ich nicht zu Gesicht bekommen. Der Kanadier wollte zweifellos angesichts des Südpols seine vorherige Ansicht nicht widerrufen müssen. Einige Ruderschläge brachten das Boot an den Strand, wo es auflief. Conseil wollte an Land springen, doch ich hielt ihn zurück.

„Mein Herr", sprach ich zu Kapitän Nemo, „Ihnen kommt die Ehre zu, als erster den Fuß auf diesen Boden zu setzen!"

„Gut", antwortete der Kapitän. „Wenn ich nun nicht zögere, den Boden des Pols zu betreten, so darum, weil bisher kein menschliches Wesen die Spur seiner Schritte auf ihm hinterlassen hat."

Er sprang auf den Sand; Bewegung malte sich auf seinen Zügen. Er erstieg einen Felsen, der in einen überhängenden Vorsprung auslief, verschränkte die Arme und schien mit glühenden Blicken, stumm und reglos dastehend, Besitz von diesen südlichen Regionen zu ergreifen. Nachdem er fünf Minuten so verharrt hatte, drehte er sich nach uns um.

„Sie sind an der Reihe, mein Herr!" rief er.

Ich ging an Land, gefolgt von Conseil, die beiden Matrosen im Boot zurücklassend. Der Boden bestand aus rötlichem Tuff, der aussah wie zerstoßene Ziegelsteine. Die Vegetation dieses trostlosen Kontinents schien äußerst spärlich zu sein. Auf den schwarzen Felsen machten sich einige Flechten breit. Außerdem bestand die magere Flora aus gewissen mikroskopisch kleinen Pflanzen und karminrotem Seegras, das von der Brandung an den Strand geworfen wurde. Der Strand selbst war von Mollusken besät, kleinen Muscheln und Napfschnecken. Im seichten Wasser bemerkte ich Tierpflanzen – Korallenbüsche, wie sie, laut James Ross, in der Antarktis bis zu tausend Meter Tiefe vorkommen.

Am reichsten aber war das Leben in den Lüften. Dort flogen und flatterten Tausende von Vögeln verschiedener Arten und lärmten uns die Ohren voll. Andere saßen zu Haufen auf den Felsen. Da waren Albatrosse und riesige Sturmvögel. Eine halbe Meile weiter war der Boden durchlöchert von Pinguinnestern. Kapitän Nemo ließ später einige hundert Pinguine erlegen, denn ihr Fleisch ist sehr schmackhaft. Diese Tiere von der Größe einer Ente stießen Schreie aus wie ein Esel.

Inzwischen hatte sich der Nebel nicht gehoben, und um elf Uhr sah man noch nichts von der Sonne. Das beunruhigte mich. Ohne sie konnten wir keine Messungen machen. Und wie sollten wir dann feststellen, ob wir den Pol erreicht hatten?

Schweigend betrachtete Kapitän Nemo den Himmel. Er schien ungeduldig und verstimmt. Aber er konnte schließlich die Sonne nicht beherrschen, wie er das Meer beherrschte. Es wurde Mittag, ohne daß sich das Tagesgestirn gezeigt hätte. Und bald wurde aus dem Nebel Schnee.

„Auf morgen“, sagte der Kapitän schlicht, und wir gingen zum „Nautilus“ zurück.

Der Schneesturm dauerte am nächsten Tag an. Der „Nautilus“ strich im Zwielicht an der Küste entlang. Wenn wir den Sonnenstand am folgenden Tag nicht messen konnten, war das ein großes Mißgeschick. Morgen, am 21., dem Datum der Tagundnachtgleiche, verschwand die Sonne für sechs Monate unter dem Horizont, und die lange Polarnacht begann.

Kapitän Nemo war sich dessen wohl bewußt. „Aber“, sagte er, „gerade am 21. März wird unsere Position sehr leicht festzustellen sein – falls sich die Sonne morgen mittag unseren Augen zeigt. Da morgen Tagundnachtgleiche ist, werde ich meinen Chronometer nehmen, und wenn mittags um zwölf Uhr die Sonnenscheibe vom nördlichen Horizont genau halbiert wird, bin ich am Südpol.“

Am 21. März befand sich der „Nautilus" über eine Meile von Land entfernt. An der Küste erhob sich ein schroffer Berg von etwa vier- bis fünfhundert Meter Höhe.

„Das Wetter klart etwas auf", begrüßte mich Kapitän Nemo. „Nach dem Frühstück werden wir uns an Land begeben, um einen geeigneten Beobachtungsposten zu wählen."

Gern hätte ich Ned Land mitgenommen. Doch der Kanadier lehnte ab, und ich merkte, daß seine schlechte Laune von Tag zu Tag stieg. So brachte das Beiboot außer mir noch Kapitän Nemo, zwei Matrosen der Besatzung sowie einen Chronometer, ein Fernrohr und ein Barometer hinüber.

Um neun Uhr waren wir an Land. Der Himmel klarte auf; die Wolken verzogen sich; die Nebel hoben sich von der Wasserfläche. Kapitän Nemo hielt auf den Berggipfel zu. Es war ein mühsamer Aufstieg über scharfkantige Lava und Bimssteine. Wir brauchten zwei Stunden, um den Gipfel dieses halb aus Porphyr, halb aus Basalt bestehenden Berges zu erreichen. Zu unseren Füßen breiteten sich blendendweiße Felder und ein chaotisches Durcheinander von Felsen und Eisschollen aus. Über uns wölbte sich blaßblau der wolkenlose Himmel. Im Norden stand die Sonnenscheibe wie eine Feuerkugel; sie berührte bereits den Horizont. In der Ferne lag der „Nautilus" wie ein schlafender Wal auf dem Meer.

Auf dem Gipfel des Berges stellte Kapitän Nemo mit Hilfe des Barometers seine Höhe fest, denn diese mußte er in seine Berechnungen einbeziehen.

Um Viertel vor zwölf zeigte sich die Sonne, nur durch Brechung gesehen, wie eine goldene Scheibe am Horizont und warf ihre letzten Strahlen über diesen einsamen Kontinent und die Meere, die noch nie ein Mensch durchfahren hatte. Kapitän Nemo beobachtete mit einem Fadenkreuzfernrohr, das die Brechung korrigierte, die Sonne, die in einer langgezogenen Diagonale langsam unter dem Horizont versank. Ich hielt den Chronometer. Mein Herz schlug heftig.

„Zwölf Uhr!" rief ich.

„Der Südpol!" antwortete Kapitän Nemo in feierlichem Ton und reichte mir das Fernrohr. Ich schaute hindurch und sah, daß das Tagesgestirn vom Horizont in zwei genau gleiche Hälften geteilt war.

Kapitän Nemo legte mir die Hand auf die Schulter und sprach: „Mein Herr! Im Jahre 1600 erreichte der Holländer Gheritk den 64. südlichen Breitengrad und entdeckte die Süd-Shetland-Inseln. Am 17. Januar 1774 drang der berühmte Cook auf 71° 15′ südlicher Breite vor. 1825 kam ein schlichter Walfänger, der Engländer Weddell, bis 74° 15′. 1842 schließlich fand der Engländer James Ross das Victoria-Land. Danach kam er noch bis 78° 4′, den südlichsten Punkt, der bisher erreicht worden ist. Eh bien! Ich, Kapitän Nemo, habe heute, am 21. März 1868, den Südpol erreicht und nehme Besitz von diesem Teil der Erdkugel als dem sechsten Kontinent!"

„In wessen Namen nehmen Sie ihn in Besitz, Kapitän?"

„In meinem eigenen!"

Mit diesen Worten entfaltete Kapitän Nemo eine schwarze Flagge, die in der Mitte ein goldenes N trug. Dann wandte er sich dem Tagesgestirn zu, dessen letzte Strahlen den Meereshorizont bestrichen. „Leb wohl, Sonne!" rief er. „Lege dich zur Ruhe unter diesem freien Meer, und laß eine Nacht von sechs Monaten ihre Schatten über mein neues Reich breiten!"

UNFALL ODER ZWISCHENFALL?

Am nächsten Morgen, dem 22. März, um sechs Uhr früh, begannen die Vorbereitungen zum Aufbruch. Die Sternbilder funkelten mit überraschender Intensität. Das Thermometer zeigte zwölf Grad unter Null. Auf dem freien Wasser trieben immer mehr Eisschollen.

Der „Nautilus" steuerte direkt nach Norden. Gegen Abend befand er sich bereits unter dem riesigen Eisschild der Barriere.

Nachts tauchten all die vielen Erinnerungen an unsere Reise auf und ließen meinem Gehirn keinen Augenblick Ruhe. Um drei Uhr morgens wurde ich durch einen heftigen Stoß geweckt. Ich richtete mich auf und lauschte in die Dunkelheit; plötzlich wurde ich mitten ins Zimmer geschleudert. Es war klar, der „Nautilus" war aufgelaufen und hatte nun Schlagseite.

Ich schleppte mich über die Verbindungsbrücken bis zum Salon, in dem das Licht brannte. Die Möbel waren umgestürzt. Glücklicherweise hatten die Vitrinen, dank ihrem festen Sockel, dem Stoß standgehalten. Die Bilder an Steuerbord hingen flach an der Wand, während der untere Rand derjenigen an Backbord einen Fuß weit abstand. Der „Nautilus“ neigte sich also nach Steuerbord und lag zudem völlig still. Ich hörte wirre Stimmen. Als ich den Salon verlassen wollte, traten Ned Land und Conseil herein.

„Was ist los?“ fragte ich.

„Das wollte ich meinen Herrn fragen“, antwortete Conseil.

„Teufel!“ rief der Kanadier, „ich weiß es gut genug! Der ‚Nautilus‘ ist aufgelaufen, und nach seiner Lage zu urteilen, glaube ich nicht, daß er sich so leicht aus der Sache zieht wie das erstemal in der Torres-Straße.“

Ich prüfte den Druckmesser. Er zeigte eine Tiefe von dreihundertsechzig Metern an.

„Was soll das heißen?“ stieß ich hervor.

In diesem Augenblick kam Kapitän Nemo herein. Auf seinen sonst so gleichmütigen Zügen lag eine gewisse Besorgnis. Er betrachtete schweigend den Kompaß, den Druckmesser und die Karte. Als er sich einige Augenblicke später mir zuwandte, sagte ich, indem ich das Wort wiederholte, das er in der Torres-Straße gebraucht hatte: „Ein Zwischenfall, Kapitän?“

„Nein“, gab er zurück, „diesmal ein Unfall.“

„Ein schwerer?“

„Vielleicht. Der ‚Nautilus‘ ist aufgelaufen.“

„Und die Ursache?“

„Eine Laune der Natur, nicht Ungeschicklichkeit der Menschen. Ein riesiger Eisblock, ein ganzer Berg ist umgekippt. Wenn die Eisberge durch wärmeres Wasser oder wiederholte Stöße von unten ausgehöhlt werden, so verlagert sich ihr Schwerpunkt nach oben, und dann kippen sie um. Genau das ist eingetreten: Einer dieser Blöcke hat beim Kippen den ‚Nautilus‘ getroffen. Dann glitt er unter seinen Rumpf und hob ihn empor. Das Schiff liegt nun mit Schlagseite auf dem Eis.“

„Aber kann man den ‚Nautilus‘ nicht frei machen, indem man seine Tanks entleert und ihn so auch wieder ins Gleichgewicht bringt?“

„Genau das unternimmt man in diesem Augenblick. Sie können die Pumpen hören. Schauen Sie auf den Druckmesser – er zeigt an, daß der ‚Nautilus‘ aufsteigt. Aber der Eisblock steigt mit ihm auf, und bis irgendein Hindernis sein Aufsteigen unterbricht, ändert sich an unserer Lage nichts."

In der Tat, der „Nautilus" hatte immer noch Schlagseite nach Steuerbord. Er würde sich zweifellos aufrichten, wenn der Eisblock nicht weiter stieg. Aber wer weiß, ob wir in diesem Falle nicht von unten gegen die Eisbarriere stießen und zwischen den Eismassen eingeklemmt wurden. Kapitän Nemo ließ den Druckmesser nicht aus den Augen. Seit dem Kippen des Eisbergs war das Boot ungefähr hundertfünfzig Fuß gestiegen, aber es lag immer noch schief. Plötzlich bemerkten wir eine leichte Bewegung im Rumpf. Offensichtlich richtete sich der „Nautilus" ein wenig auf. Die Bilder hingen wieder einigermaßen normal an den Wänden, und diese standen wieder senkrecht. Der Boden unter unseren Füßen wurde waagerecht. „Das Schiff hat sich aufgerichtet!" rief ich.

„Ja", sagte Kapitän Nemo und ging auf die Tür zu.

„Aber werden wir wieder flott?" fragte ich.

„Gewiß", antwortete er, „denn die Tanks sind noch nicht geleert. Wenn sie leer sind, wird der ‚Nautilus' an die Oberfläche steigen."

In diesem Augenblick öffneten sich die Läden, und Licht fiel durch die Scheiben ein. Wir waren noch unter Wasser, aber in einer Entfernung von zehn Metern waren rings um den „Nautilus" weiße Eismauern. Oben, weil die untere Fläche der Eisbarriere als riesige Decke wirkte. Unten, weil der aufsteigende Eisblock sich an den Seiten verfangen hatte und nun in dieser Position eingeklemmt war. Der „Nautilus" war gefangen in einem echten Eistunnel mit einer Breite von ungefähr zwanzig Metern und gefüllt mit ruhigem Wasser. Es war also leicht für ihn, hinauszukommen, indem er entweder vorwärts oder rückwärts fuhr.

Die Deckenbeleuchtung war ausgegangen, und trotzdem war es hell im Salon, infolge der starken Reflexion der Eiswände, die das Licht unseres Scheinwerfers zurückwarfen. Jeder Grat, jede Facette strahlte je nach der Äderung des Eises ein anderes Licht aus. Man glaubte in einer Juwelenmine voller Saphire, Smaragde, Opale und Diamanten zu sein.

„Ein herrliches Schauspiel!" sagte ich, „nicht wahr, Ned?"

„Teufel, ja, es ist großartig", versetzte Ned Land. „Ob ich

will oder nicht, ich muß es zugeben. Derartiges hat man noch nie gesehen. Aber das Schauspiel kann uns teuer zu stehen kommen. Ich glaube, daß wir hier Dinge sehen, die Gott den Blicken des Menschen vorenthalten wollte!"

Plötzlich stieß Conseil einen Schrei aus und bedeckte seine Augen mit der Hand. „Ich bin blind!"

Mein Blick schweifte zum Fenster, doch auch ich konnte die Grelle nicht ertragen. Der „Nautilus" fuhr mit großer Geschwindigkeit. Damit hatte sich das ruhige Strahlen der Eiswände in blitzende Bänder verwandelt. Wir bedeckten mit den Händen unsere Augen, vor denen lauter feurige Lichtkugeln tanzten. Es brauchte eine Zeitlang, bis wir wieder normal sehen konnten.

Inzwischen war es fünf Uhr morgens geworden. In diesem Augenblick lief eine Erschütterung durch den Vorderteil des „Nautilus". Und dann fuhr das Boot plötzlich rückwärts.

„Wir fahren zurück?" fragte Conseil.

„Ja", antwortete ich. „Offenbar hat der Tunnel auf dieser Seite keinen Ausgang. So verlassen wir ihn durch den südlichen Ausgang."

Ich wollte sicherer scheinen, als ich in Wirklichkeit war. Eine Weile ging ich auf und ab. Meine Gefährten schwiegen. Schließlich warf ich mich auf einen Diwan und griff nach einem Buch, um so zu tun, als läse ich.

Nach einer Viertelstunde trat Conseil zu mir und sagte: „Liest mein Herr etwas Interessantes?"

„Etwas sehr Interessantes", antwortete ich.

„Das glaube ich. Mein Herr liest das Buch meines Herrn!"

„Mein eigenes Buch?" In der Tat, ich hielt mein Werk über den Meeresboden in den Händen. Ich hatte es nicht einmal gemerkt. Ich schloß das Buch, erhob mich und ging von neuem auf und ab. Ned und Conseil standen auf, um sich zurückzuziehen. „Bleibt, meine Freunde", bat ich und hielt sie zurück. „Bleiben wir zusammen, bis wir aus dieser Sackgasse heraus sind."

„Wie mein Herr wünscht", antwortete Conseil.

Es verstrichen mehrere Stunden. Öfters blickte ich auf die an der Wand hängenden Instrumente. Der Druckmesser zeigte an, daß der „Nautilus" sich in einer konstanten Tiefe von dreihundert Metern hielt; der Kompaß, daß er immer noch Kurs nach Süden hatte; das Log, daß er mit einer Geschwindigkeit von zwanzig Meilen die Stunde fuhr, ein ungewöhnliches Tempo in so beschränktem Raum. Aber Kapitän Nemo wußte, daß die Zeit kostbar war.

Um acht Uhr fünfundzwanzig erfolgte eine zweite Erschütterung. Diesmal am Heck. Ich erbleichte und ergriff Conseils Hand. In diesem Augenblick betrat der Kapitän den Salon.

„Der Weg ist im Süden versperrt?" fragte ich ihn.

„Ja. Der Eisberg hat sich gedreht und jeden Ausgang verschlossen. Wir sind gefangen."

Der Kanadier schlug mit seiner mächtigen Faust auf einen Tisch. Conseil schwieg. Ich schaute den Kapitän an. Seine Züge zeigten wieder die gewohnte Gelassenheit. „Meine Herren", sagte er ruhig, „unter den Bedingungen, in denen wir uns befinden, kann man auf zwei Arten sterben. Die erste ist der Tod durch Zerquetschtwerden. Die zweite ist der Erstickungstod. Ich spreche nicht von der Möglichkeit des Verhungerns, denn die Vorräte des ‚Nautilus' reichen für länger aus, als wir leben. Beschäftigen wir uns also mit unseren Aussichten."

„Was den Erstickungstod anbelangt, Kapitän", antwortete ich, „so haben wir ihn nicht zu befürchten, denn unsere Tanks sind voll."

„Richtig", nickte Kapitän Nemo. „Aber wir sind seit über zwanzig Stunden unter Wasser, und schon ist die Luft im ‚Nautilus' so stickig, daß sie erneuert werden sollte. In achtundvierzig Stunden wird unser Vorrat erschöpft sein."

„Eh bien, Kapitän, befreien wir uns eben vor Ablauf dieser Zeit!"

„Wir werden es mindestens versuchen, indem wir die Mauer durchstoßen, die uns umgibt. Wir landen mit dem ‚Nautilus' auf der unteren Eisbank und sondieren. Meine Leute werden dann in Tauchanzügen den Eisberg an jener Wand angreifen, die am wenigsten dick ist."

Kapitän Nemo ging hinaus. Bald sank der „Nautilus" langsam und blieb in einer Tiefe von dreihundertfünfzig Metern auf der unteren Eisbank liegen.

„Meine Freunde", sagte ich, „die Situation ist ernst, aber ich zähle auf euren Mut und eure Energie."

„Mein Herr“, antwortete mir der Kanadier, „es ist nicht der Moment, Sie mit meinen Klagen zu langweilen. Ich bin bereit, für unsere Rettung alles zu tun.“

„Gut, Ned“, sagte ich und streckte ihm die Hand hin.

„Ich möchte hinzufügen“, fuhr er fort, „daß ich ebenso gut mit dem Pickel umzugehen weiß wie mit der Harpune, und wenn ich dem Kapitän nützlich sein kann, soll er über mich verfügen.“

„Er wird Ihre Hilfe nicht ablehnen. Kommen Sie, Ned.“ Ich führte den Kanadier in den Umkleideraum, wo die Leute des „Nautilus“ ihre Tauchanzüge anlegten. Der Kapitän nahm das Angebot Neds an.

Als Ned seinen Meeranzug angezogen hatte, kehrte ich in den Salon zurück, dessen Läden jetzt offen waren, und trat neben Conseil. Einige Augenblicke später sahen wir ein Dutzend Leute auf die Eisbank hinaustreten.

Kapitän Nemo war bei ihnen. Lange Sonden wurden in die Seitenwände getrieben; aber nach fünfzehn Metern war die dicke Mauer immer noch nicht durchstoßen. Es an der Decke zu versuchen war überflüssig, denn diese wurde von der Eisbarriere selbst gebildet, die mehr als vierhundert Meter hoch war. Daraufhin ließ Kapitän Nemo die untere Eisbank untersuchen. Hier trennten uns zehn Meter vom Wasser. Dies war die Dicke des Eisfelds. Nun handelte es sich darum, ein Stück herauszuschneiden, das so lang und so breit war wie der „Nautilus“. Es waren ungefähr sechstausendfünfhundert Kubikmeter herauszubrechen, damit das Loch groß genug war, um das Boot durch das Eisfeld ins Wasser gleiten zu lassen.

Statt um den „Nautilus“ herumzugraben, was viel schwieriger gewesen wäre, ließ Kapitän Nemo den großen Umriß des Schiffes acht Meter an Backbord aufzeichnen. Die Pickel verbissen sich in das Eis, und große Blöcke wurden herausgebrochen. Infolge des spezifischen Gewichts waren diese Blöcke weniger schwer als das Wasser, und es ergab sich die merkwürdige Wirkung, daß sie sozusagen zur Decke des Tunnels flogen, die sich so oben um ebensoviel verdickte, wie sie sich unten verminderte.

Nach zwei Stunden angestrengter Arbeit kehrte Ned Land erschöpft zurück. Er und seine Gefährten wurden abgelöst von neuen Arbeitern, zu denen Conseil und ich uns gesellten.

Das Wasser schien mir ausnehmend kalt, aber beim Pickeln wurde mir bald warm. Als ich nach zwei Stunden zurückkehrte, bemerkte ich einen beträchtlichen Unterschied zwischen der reinen Luft, die mir das Rouquayrolgerät vermittelte, und der Atmosphäre des „Nautilus“, die schon schwer von Kohlensäure war.

Nach zwölf Stunden Arbeit hatten wir eine einen Meter dicke Eisschicht entfernt, ungefähr sechshundert Kubikmeter. Vorausgesetzt, daß wir in zwölf Stunden immer gleich viel leisteten, brauchten wir noch fünf Nächte und vier Tage, um unser Vorhaben zu vollenden. Wir hatten aber nur noch für zwei Tage Luft in den Tanks.

„Dazu kommt“, ergänzte Ned, „daß wir, einmal heraus aus diesem verdammten Gefängnis, immer noch unter der Eisbarriere eingeschlossen sein werden.“

Nachts wurde eine weitere Schicht von einem Meter Dicke abgehoben. Aber am Morgen, als ich in meinem Tauchanzug im Wasser herumging, bemerkte ich, daß die Seitenmauern einander langsam näher rückten. Die Wasserschichten, die vom Graben weiter entfernt waren und durch die Arbeit der Leute nicht erwärmt wurden, gefroren. Wie wollten wir die Verfestigung des Wassers verhindern, die die Wände des „Nautilus“ wie Glas zerdrücken konnte?

Ich machte meine beiden Gefährten nicht auf diese neue Gefahr aufmerksam. Aber als ich an Bord zurückkam, erstattete ich Kapitän Nemo Bericht.

„Ich weiß es“, sagte er in seinem gelassenen Ton. „Unsere einzige Chance besteht darin, schneller zu sein als die Eisbildung.“

An diesem Tag handhabte ich den Pickel mehrere Stunden lang verbissen. Gegen Abend war der Graben wieder einen Meter tiefer. Als ich an Bord zurückkehrte, wäre ich beinahe erstickt an dem Kohlendioxyd, mit dem die Luft gesättigt war.

An diesem Abend mußte Kapitän Nemo die Hähne seiner Reservetanks öffnen und reine Luft ins Innere des „Nautilus“ strömen lassen. Ohne diese Vorsichtsmaßnahme wären wir am Morgen nicht mehr erwacht.

Tags darauf, am 25. März, nahm ich meine Arbeit als Hauer wieder auf und ging den fünften Meter an. Die Seitenwände und der Boden der Eisbarriere wurden sichtlich dicker. Sie würden sich zusammenschließen, bevor es dem „Nautilus“ gelang, sich zu befreien.

An Bord, im Salon, sprach ich darüber mit dem Kapitän.

„Herr Aronnax“, sagte er, „wir müssen irgendein Mittel versuchen, oder wir werden eingemauert werden wie in Zement.“

„Ja“, sagte ich, „aber was sollen wir tun? Wie lange erlaubt uns die Luft der Tanks noch, an Bord zu atmen?“

„Die Tanks werden übermorgen leer sein!“ Schweigend überlegte Kapitän Nemo. Offenbar ging ihm ein Gedanke durch den Kopf. „Kochendes Wasser!“ murmelte er schließlich. „Würden nicht Strahlen kochenden Wassers die Eisbildung verzögern?“

„Man muß es versuchen“, antwortete ich entschlossen.

Das Thermometer zeigte minus sieben Grad Außentemperatur. Kapitän Nemo führte mich in die Küche, wo große Destillationsapparate standen, die durch Verdampfung Trinkwasser lieferten. Sie wurden mit Wasser gefüllt, und die ganze elektrische Hitze der Batterien wurde durch Rohrschlangen in die Flüssigkeit gejagt. Binnen wenigen Minuten war das Wasser hundert Grad heiß. Es wurde in die Pumpen geleitet und nach draußen gespritzt. Fünf Stunden später zeigte das Thermometer nur noch vier Grad unter Null.

Während der Nacht stieg die Wassertemperatur auf ein Grad unter Null. Endlich waren wir gegen die Gefahren der Eisbildung gesichert.

Am nächsten Tag, dem 26. März, war die Eisbank um sechs Meter abgebaut. Wir hatten nur noch vier Meter aufzuhacken. Das bedeutete aber noch achtundvierzig Stunden Arbeit. Im Innern des „Nautilus“ konnte die Luft nicht mehr erneuert werden. Und sie wurde immer schlechter. Unerträgliche Schwere drückte mich nieder. Gegen drei Uhr nachmittags erreichte meine Beklemmung den Höhepunkt. Ich keuchte, meine Lungen brauchten Sauerstoff zum Atmen, aber der Sauerstoff wurde immer dünner. Empfindungslosigkeit ergriff mich. Conseil, der das gleiche litt, hielt meine Hand und versuchte mir Mut zu machen. Ich hörte ihn murmeln: „Ach, wenn ich aufhören könnte zu atmen, damit mein Herr mehr Luft hat!“

Tränen stiegen mir in die Augen, als ich ihn so sprechen hörte.

Hastig und mit Freuden legten wir unsere Tauchanzüge an, um arbeiten zu gehen. Die Pickel klirrten auf dem Eis. Die Arme wurden müde, die Hände bedeckten sich mit Schwielen, aber was bedeutete das schon! Belebende Luft drang in unsere Lungen! Wir konnten atmen! Nach getanem Werk übergab jeder einem nach Luft ringenden Gefährten das Gerät, das ihm Leben einflößte, und kehrte in die verdorbene Atmosphäre an Bord zurück.

An diesem Tag wurde die gewohnte Arbeit noch eifriger verrichtet. Nur zwei Meter Eis blieben noch aufzuhacken. Aber die Tanks waren fast leer. Nachts kam zu den Kopfschmerzen ein betäubender Schwindel. Ein paar der Matrosen röchelten.

Am nächsten Morgen entschied Kapitän Nemo, Pickel und Hacke seien zu langsam, und er beschloß, die Eisdecke, die uns noch vom Wasser trennte, zu zermalmen. Auf seinen Befehl wurde das Schiff durch eine Veränderung des spezifischen Gewichts von der Eisunterlage gehoben. Als es schwamm, zog man es über das große Loch. Dann wurden seine Wassertanks gefüllt, es sank und fügte sich in die Höhlung ein. Nun kehrte die ganze Mannschaft an Bord zurück.

Der „Nautilus" lag jetzt auf einer Schicht Eis, die nicht ganz einen Meter dick war und die die Sonden an hundert Stellen durchlöchert hatten. Die Ventile der Lufttanks wurden weit geöffnet, und hundert Kubikmeter Wasser strömten ein und erhöhten das Gewicht des „Nautilus" um hunderttausend Kilo. Wir warteten, wir lauschten, vergaßen unsere Leiden. Wir hatten alles auf eine Karte gesetzt. Trotz des Sausens, das meinen Kopf erfüllte, hörte ich bald ein Rauschen unter dem Rumpf des „Nautilus". Das Eis brach mit lautem Krachen, und das Boot senkte sich.

„Wir kommen durch!" murmelte Conseil.

Ich konnte ihm nicht antworten; ich ergriff seine Hand und drückte sie. Auf einmal bohrte sich der „Nautilus" infolge seines Übergewichts wie eine Kugel ins Wasser. Jetzt wurde die ganze elektrische Energie an die Pumpen gewandt, die alsbald begannen, das Wasser aus den Tanks zu treiben. Nach einigen Minuten zeigte der Druckmesser ein leichtes Steigen an. Der Propeller drehte sich mit voller Geschwindigkeit und ließ den ganzen Rumpf erzittern.

Wir fuhren gen Norden. Aber wie lange sollte diese Fahrt unter der Eisbarriere bis zum offenen Meer dauern? Noch einen Tag? Ich wäre vorher gestorben. Halb hingestreckt auf einen Diwan der Bibliothek, rang ich nach Luft. Ich sah und hörte nichts mehr. Ich hatte das Gefühl, ich müsse sterben ...

Plötzlich kam ich wieder zu mir. Luft drang in meine Lungen. Waren wir an die Wasseroberfläche gestiegen? Nein! Ned und Conseil hatten in einem der Geräte noch einen Rest Luft gefunden. Statt sie einzuatmen, hatten sie sie für mich aufbewahrt. Ich wollte das Gerät von mir schieben. Doch sie hielten meine Hände fest, und während einiger Augenblicke atmete ich mit Lust.

Meine Blicke richteten sich auf die Uhr. Es war elf Uhr morgens. Der „Nautilus“ fuhr mit der erschreckenden Geschwindigkeit von vierzig Stundenmeilen. Das Manometer zeigte, daß wir nur noch zwanzig Fuß unter der Oberfläche waren. Ein dünnes Eisfeld trennte uns von der Luft. Konnte man es nicht durchbrechen? Vielleicht! Auf jeden Fall würde es der „Nautilus“ versuchen.

Sein Heck sank ab, sein Schnabel hob sich. Er griff das Eisfeld von unten an wie ein wutschnaubender Widder. Da, es barst; das Boot schoß auf die eisglatte Oberfläche hinauf und zermalmte sie unter seinem Gewicht.

Die Luken wurden aufgerissen, und reine Luft strömte in den „Nautilus“.

VOM KAP HOORN ZUM AMAZONAS

Wie ich auf die Plattform kam, wüßte ich nicht zu sagen. Aber ich atmete, und meine beiden Gefährten berauschten sich neben mir an dieser frischen Luft. Die ersten Worte, die ich aussprach, waren Worte des Dankes. Ned und Conseil hatten mir das Leben gerettet.

„Schon gut, Herr Professor“, wehrte Ned Land ab. „Es war nur eine Frage der Arithmetik. Ihr Leben galt mehr als das unsere.“

„Niemand ist mehr wert als ein großmütiger und guter Mensch, und das sind Sie, Ned. Und du, mein braver Conseil, du hast sehr gelitten! Wir sind auf ewig aneinander gebunden, und ihr habt Rechte an mich –“

„Die ich mißbrauchen werde“, fiel mir der Kanadier ins Wort.

„Was sagen Sie da?“ fragte Conseil verdutzt.

„Ja“, fuhr Ned Land fort, „das Recht, Sie mitzunehmen, wenn ich diesen höllischen ‚Nautilus‘ verlassen werde.“

„Sind wir denn auf dem richtigen Weg?“ fragte Conseil.

„Ja“, antwortete ich, „denn wir fahren der Sonne nach, und Sonne heißt hier Norden.“

„Aber fahren wir in den Pazifik oder in den Atlantik, das heißt in verlassene oder bevölkerte Gegenden?“ fragte Ned.

Darauf wußte ich keine Antwort, aber dieser wichtige Punkt sollte bald entschieden werden. Am 31. März befanden wir uns vor Kap Hoorn.

Jeden Tag wurde unsere Position auf der Karte eingetragen. Zu meiner größten Genugtuung wurde es klar, daß wir mit Kurs Nord in den Atlantik einliefen. Der „Nautilus“ folgte den langen Windungen der Küste Südamerikas. Am 3. April passierten wir den Wendekreis des Steinbocks. Kapitän Nemo schien, zum großen Mißvergnügen von Ned Land, die Nähe dieser bewohnten Küsten Brasiliens nicht zu schätzen, denn er fuhr mit atemberaubender Geschwindigkeit. Als wir Kap San Roque, den östlichsten Punkt Südamerikas, sichteten, suchte der „Nautilus“ die große Tiefe eines unterseeischen Tales auf, das zwischen diesem Kap und Sierra Leone an der afrikanischen Küste liegt.

Nachdem wir den Äquator überquert hatten, stiegen wir am 11. April bei der Mündung des Amazonenstromes an die Oberfläche. Der Fluß bildet ein riesiges Delta, dessen Wassermengen so beträchtlich sind, daß das Meer auf einen Raum von mehreren Meilen süß wird. Zwanzig Meilen westlich lag Guayana, französischer Boden, auf dem wir leicht Zuflucht gefunden hätten. Aber es wehte ein stürmischer Wind, und die aufgewühlten Wogen hätten ein kleines Boot unweigerlich zum Kentern gebracht.

Ich hielt mich für diese Verzögerung mit Leichtigkeit schadlos durch interessante Studien. Am 11. und 12. April blieb der „Nautilus“ an der Oberfläche des Meeres, und sein Sacknetz brachte ihm einen wunderbaren Fischzug an Tierpflanzen, Fischen und Reptilien ein. Unter den Fischen dieser Gegenden, die zu studieren ich noch keine Gelegenheit gehabt hatte, bemerkte ich eine Art Aal mit grünlichem Kopf und violetten Flossen, die Iris der Augen goldumrandet. Ferner waren da Küraßfische, deren getupfte Flanken golden glitzern; der hellviolette Drükkerfisch; drei Dezimeter lange Sardinen mit silbrigem Schimmer; und Rotbrassen, auf deren Schuppenkleid Gold und Silber ihren Glanz mit dem von Rubinen und Topasen mischen.

Insbesondere muß ich einen Fisch nennen, an den Conseil sich noch lange erinnern wird. Eines unserer Netze hatte einen flachen Rochen eingebracht, der ohne Schwanz eine vollendete Scheibe gebildet hätte und zwanzig Kilo wog. Er war unten weiß, oben rötlich, mit großen, runden, dunkelblauen, schwarz eingefaßten Flecken und ganz glatter Haut. Auf die Plattform gezogen, wehrte er sich, versuchte, durch zuckende Bewegungen ins Meer zurückzugelangen. Doch Conseil stürzte sich auf ihn, und bevor ich ihn zurückhalten konnte, ergriff er ihn mit beiden Händen. Da wurde er zurückgeschleudert, die Beine in der Luft, die eine Körperseite gelähmt, und schrie: „Mein Herr, mein Herr! Helfen Sie mir!"

Der Kanadier und ich frottierten ihn aus Leibeskräften, und als er sich wieder gefaßt hatte, murmelte dieser ewige Pedant: „Klasse der Knorpelfische, Ordnung der Knorpelflosser, Unterordnung der Haie, Familie der Rochen, Art Zitterrochen."

„Ja, mein Freund", antwortete ich, „es ist ein Zitterrochen."

Er hatte sich mit einem Rochen der gefährlichsten Art eingelassen: mit einem Augenfleck-Zitterrochen. So groß ist die Gewalt seines elektrischen Organs, daß es Beutefische auf mehrere Meter Entfernung erlegt.

„Ich werde mich an diesem Tier rächen", murmelte Conseil. „Ich werde es essen." Was er noch am selben Abend tat, aber nur aus Rachelust, denn das Fleisch war äußerst zäh.

Während einiger Tage entfernte sich der „Nautilus" stetig von der amerikanischen Küste. Offenbar wollte er nicht in den Golf von Mexiko oder das Karibische Meer einlaufen. Wahrscheinlich sagten diese von Dampfern durchfurchten Gewässer Kapitän Nemo nicht zu. Am 16. April sichteten wir in einer Entfernung von ungefähr dreißig Meilen Martinique und Guadeloupe.

Der Kanadier, der damit gerechnet hatte, seine Fluchtpläne in diesem Golf auszuführen, war bestürzt und enttäuscht. Seit sechs Monaten waren wir Gefangene an Bord des „Nautilus“. Wie Ned Land richtig sagte, war kein Ende abzusehen. Jetzt machte er den Vorschlag, daß wir Kapitän Nemo kategorisch die Frage stellten, ob er beabsichtige, uns für immer an Bord zu behalten.

Ich war der Ansicht, ein derartiges Vorgehen würde zu nichts führen. Wir hatten vom Kommandanten des „Nautilus“ nichts zu erwarten, hingegen alles von uns selbst. Übrigens war Kapitän Nemo seit einiger Zeit verschlossener, weniger gesellig. Was war die Ursache dieser Veränderung? War ihm unsere Anwesenheit an Bord unangenehm? Aber auch dann durfte ich nicht hoffen, daß er uns die Freiheit zurückgeben würde.

Ich bat also Ned um Bedenkzeit. Wenn dieser Schritt erfolglos blieb, konnte er erneut Kapitän Nemos Argwohn wecken und den Plänen des Kanadiers schaden. Ich möchte hinzufügen, daß ich unseren Gesundheitszustand nicht ins Treffen führen konnte. Abgesehen von den harten Strapazen, die wir an der Eisbarriere des Südpols durchgemacht hatten, waren wir nie in besserer Verfassung gewesen. Die gesunde Ernährung, die gute Luft, der geregelte Tagesablauf und die gleichmäßige Temperatur – für einen Mann wie Kapitän Nemo, der sich nicht nach dem Festland sehnte, der sein eigener Herr und Meister war, schien ein solches Leben begreiflich. Wir aber hatten mit der Menschheit nicht gebrochen. Was mich anging, wollte ich nicht, daß meine Studien mit mir begraben würden. Ich hatte jetzt das Recht, das wahre Buch des Meeres zu schreiben, und wollte, daß dieses Buch lieber früher als später erschien.

Auch hier, in den Gewässern der Antillen, hatte ich Gelegenheit, interessante Geschöpfe zu beobachten und aufzunotieren. Am 20. April fuhren wir in einer mittleren Tiefe von fünfzehnhundert Metern. Das nächste Land waren die Bahamas. Dort erhoben sich hohe unterseeische Klippen, mit üppiger Vegetation überzogen, mit riesigen Tangen und Seegräsern, einem wahren Spalier von Wasserpflanzen, würdig einer Titanenwelt.

„Eh bien“, sagte ich, „das sind richtige Höhlen für Riesenkalmare, und ich wäre nicht erstaunt, hier ein paar dieser Ungeheuer zu sehen.“

„Ich möchte zu gern einem dieser Polypen, die ganze Schiffe in die Tiefe reißen können, von Angesicht zu Angesicht begegnen“, sagte Conseil. „Diese Tiere nennt man, glaube ich, Kraken.“

„Man wird mir nie einreden können“, sagte Ned Land, „daß es solche Tiere wirklich gibt.“

„Warum nicht?“ antwortete Conseil. „Wir haben ja auch an den Narwal meines Herrn geglaubt.“

„Und wir hatten nicht recht damit, Conseil.“

„Nun, ich selbst“, sagte Conseil ernsthaft, „ich erinnere mich genau, gesehen zu haben, wie ein großes Boot von den Armen eines solchen Kopffüßers unter Wasser gezogen wurde.“

„Und wo, wenn ich fragen darf?“ fragte der Kanadier.

„In Saint-Malo“, entgegnete Conseil unbeirrt.

„Im Hafen?“

„Nein, in einer Kirche“, antwortete Conseil. „Es war ein Bild, das diesen Kraken darstellte!“

„Gut!“ prustete Ned Land. „Herr Conseil hat mich an der Nase herumgeführt!“

„Er hat recht“, sagte ich. „Ich habe von diesem Bild gehört; aber die Szene, die es darstellt, entstammt einer Legende, und Sie wissen, was in bezug auf Naturgeschichte von Legenden zu halten ist. Immerhin braucht es für die Phantasie der Erzähler, wenn nicht einen Grund, so doch einen Anlaß. Man kann nicht bestreiten, daß es sehr große Polypen und Kalmare gibt. Das Erstaunlichste hat sich vor einigen Jahren, 1861, ereignet; der Vorfall läßt keinen Zweifel mehr an der Existenz dieser riesigen Tiere.“

„Was geschah damals?“ fragte Ned Land.

„Nordöstlich von Teneriffa, ungefähr auf der Breite, auf der wir uns in diesem Augenblick befinden, sichtete die Besatzung des Avisoschiffs ‚Alecton‘ einen monströsen Kalmar in der Nähe des Schiffes. Kapitän Bouguer griff das Tier mit Harpunen und Gewehren an, aber sowohl Kugeln als auch Harpunen gingen durch das weiche Fleisch wie durch Gallerte. Endlich gelang es den Matrosen, eine Schlinge um den Leib der Molluske zu werfen. Die Schlinge glitt bis zur Schwanzflosse und zog sich dort zu. Man versuchte, das Ungeheuer an Bord zu hieven, aber sein Gewicht war so groß, daß unter dem Zug des

Seiles der Schwanz abriß, und ohne diesen Schmuck verschwand das Geschöpf in der Tiefe. Man hat dann vorgeschlagen, diesen Polypen ‚Bouguer-Kalmar' zu nennen."

„Und wie lang war er?" erkundigte sich der Kanadier.

„Maß er nicht ungefähr sechs Meter?" sagte Conseil, der am Fenster stand.

„Genau", antwortete ich.

„Und war sein Kopf", fuhr Conseil fort, „nicht von acht Fangarmen gekrönt, die sich auf dem Wasser bewegten wie ein Schlangennest?"

„Ja, Conseil."

„Und glich sein Maul nicht einem Papageienschnabel, aber einem sehr großen?"

„In der Tat, Conseil."

„Eh bien! Mein Herr möge zum Fenster hinaussehen", versetzte er gelassen, „wenn dies nicht der Kalmar von Kapitän Bouguer ist, so ist es mindestens einer seiner Brüder."

Ich schaute nun auch hinaus und konnte eine Gebärde des Ekels nicht unterdrücken. Vor meinen Augen bewegte sich ein kolossaler Kalmar auf den „Nautilus" zu. Er glotzte uns mit seinen riesigen meergrünen Augen an. Einige der Saugnäpfe an der Innenseite seiner Fangarme preßten sich auf die Scheibe des Fensters und saugten sich an. Der Hornschnabel öffnete sich, und die Zunge aus Hornmasse trat schwirrend aus dieser Schere von Maul hervor. Der spindelförmige Leib bildete eine fleischige Masse, die zwanzig- bis fünfundzwanzigtausend Kilo wiegen mochte. Seine wechselnde Farbe, die sich je nach der Stimmung des Tieres schnell veränderte, ging von fahlem Grau in rötliches Braun über.

Der Zufall hatte uns mit diesem Kalmar zusammengebracht, und ich wollte die Gelegenheit nicht ungenutzt vorübergehen lassen. Ich überwand den Abscheu, den mir sein Anblick einflößte, ergriff einen Bleistift und begann ihn zu zeichnen.

„Das ist vielleicht derselbe, mit dem die ‚Alecton' zu tun hatte", bemerkte Conseil.

„Nein", erwiderte der Kanadier, „der andere hat ja seinen Schwanz verloren!"

„Das wäre noch kein Grund", erklärte ich. „Die Arme und der Schwanz dieser Tiere wachsen nach."

„Übrigens“, sagte Ned, „wenn er es nicht ist, so ist es vielleicht einer von denen da!“

In der Tat erschienen noch weitere Polypen am Steuerbordfenster. Ich zählte sieben. Sie gaben dem „Nautilus“ das Geleit, und ich hörte das Knirschen ihrer Schnäbel auf der Eisenverschalung. Plötzlich hielt der „Nautilus“ an. Ein Stoß ließ ihn erzittern.

„Sind wir aufgelaufen?“ fragte ich.

„Wir schwimmen noch“, antwortete der Kanadier.

Der „Nautilus“ schwamm, aber er fuhr nicht mehr. Eine Minute verstrich. Kapitän Nemo, gefolgt von seinem Ersten Offizier, betrat den Salon. Ohne das Wort an uns zu richten, ging er zum Fenster, betrachtete die Polypen und sagte etwas zu seinem Ersten Offizier.

„Eine merkwürdige Sammlung Polypen“, sagte ich in leichtem Ton zu ihm.

„Gewiß, Herr Naturforscher“, antwortete er, „und wir werden mit ihnen handgemein werden.“

„Handgemein?“ wiederholte ich.

„Ja. Der Propeller ist blockiert. Ich vermute, daß die Hornkiefer eines dieser Kalmare sich in seinen Flügeln verfangen haben. Somit können wir nicht fahren. Ich werde an die Oberfläche aufsteigen und das ganze Gezücht massakrieren.“

„Ein schwieriges Unternehmen.“

„Das stimmt. Die Geschosse finden in dem weichen Fleisch nicht genug Widerstand, um zu explodieren. Wir werden sie mit dem Beil angreifen.“

„Und mit der Harpune“, sagte der Kanadier, „wenn Sie meine Hilfe nicht ablehnen.“

„Ich nehme sie an, Meister Land.“

„Wir werden Sie begleiten“, sagte ich.

Auf der Mitteltreppe hielten sich ein Dutzend Männer, bewaffnet mit Enterbeilen, zum Angriff bereit. Conseil und ich ergriffen zwei Äxte, Ned Land eine Harpune. Einer der Matrosen stand auf den obersten Stufen und schraubte die Bolzen der Ausstiegluke los. Kaum waren die Schraubenmuttern gelöst, als der Lukendeckel aufgerissen wurde, augenscheinlich von den Saugnäpfen eines Krakenarms. Gleich darauf glitt einer dieser Fangarme wie eine Schlange durch die Öffnung, und weitere bewegten sich über ihm. Mit einem Axthieb trennte Kapitän Nemo den furchtbaren Fangarm ab, und er glitt zuckend die Stufen herunter.

Während wir uns drängten, um die Plattform zu erreichen, peitschten zwei andere Arme durch die Luft, umschlangen den Matrosen, der vor Kapitän Nemo stand, und rissen ihn mit unwiderstehlicher Gewalt vom Boden. Kapitän Nemo stürzte auf die Plattform. Wir folgten ihm Hals über Kopf.

Was für ein Schauspiel! Der Unglückliche, vom Fangarm ergriffen, wurde wild in der Luft herumgeschwenkt. Er keuchte, er schrie: „A moi! A moi – zu Hilfe!“

Diese Worte, auf französisch gerufen, ließen mich erstarren. Ich hatte also einen Landsmann an Bord, mehrere vielleicht gar! Diesen herzzerreißenden Hilfeschrei werde ich mein ganzes Leben hören! Aber wer konnte den Unglücklichen dieser mächtigen Umklammerung entreißen? Kapitän Nemo hatte sich auf den Kraken gestürzt und ihm mit dem Beil einen weiteren Fangarm abgeschlagen. Sein Erster Offizier kämpfte gegen die andern Monstren an, die sich auf die Flanken des „Nautilus“ schlängelten. Die ganze Mannschaft schlug mit Beilen drein. Der Kanadier, Conseil und ich hieben mit unseren Waffen in die fleischigen Massen. Heftiger Moschusgeruch verpestete die Luft.

Einen Augenblick lang glaubte ich, der Unglückliche werde dem Kraken entrissen. Sieben von acht Armen waren dem Tier bereits abgehauen worden. Ein einziger noch wand sich in der Luft und schwenkte das Opfer wie eine Feder. Aber in dem Augenblick, da sich Kapitän Nemo und sein Erster Offizier auf es stürzten, schleuderte ihnen das Tier aus einem Beutel in seinem Leib eine schwärzliche Flüssigkeit entgegen. Wir wurden davon geblendet. Als diese Wolke sich verzog, war der Kalmar verschwunden und mit ihm mein unseliger Landsmann.

Unbeschreibliche Wut gegen diese Ungeheuer ergriff uns. Zehn oder zwölf Kraken hatten sich an der Plattform festgesogen. Wir wälzten uns in wildem Durcheinander unter diesen zerschnittenen Armen, die in Lachen von Blut und schwarzer Tinte zuckten. Es war, als ob diese zähen Fangarme wie die Köpfe der Hydra nachwüchsen. Die Harpune Ned Lands bohrte sich bei jedem Stoß in die meergrünen Augen der Kalmare. Aber plötzlich wurde mein tollkühner Gefährte von einem Kraken zu Boden geworfen. Der schreckeneinflößende Schnabel des Kalmars klappte über Ned Land auf. Der Unglückliche würde in zwei Teile zerschnitten werden! Ich eilte ihm zu Hilfe. Aber Kapitän Nemo kam mir zuvor. Seine Axt verschwand zwischen den enormen Kiefern, und wie durch ein Wunder gerettet, erhob sich der Kanadier und stieß seine Harpune bis zum Schaft ins dreifache Herz des Polypen.

„Diese Revanche war ich mir schuldig!" sagte Kapitän Nemo zum Kanadier.

Ned verneigte sich, ohne zu antworten.

Der Kampf hatte eine Viertelstunde gedauert. Besiegt überließen uns die Scheusale endlich das Feld und verschwanden in den Fluten. Kapitän Nemo, rot von Blut, stand unbeweglich beim Scheinwerfer, schaute auf das Meer hinaus, das einen seiner Gefährten verschlungen hatte, und große Tränen rollten über seine Wangen. Es war der zweite Gefährte, den er verlor, seit wir an Bord waren. Und dieser Freund durfte nicht mit seinen Gefährten in den friedlichen Wassern des Korallenfriedhofs ruhen!

Kapitän Nemo kehrte auf sein Zimmer zurück, und ich bekam ihn eine Zeitlang nicht mehr zu Gesicht. Aber wie bekümmert, unentschlossen mußte er sein, wenn ich nach diesem Schiff urteilte, dessen Seele er war. Der „Nautilus" folgte keiner bestimmten Richtung mehr. Er trieb wie ein Leichnam dahin, ein Spiel der Wellen. Sein Propeller war gereinigt worden, und doch bediente Kapitän Nemo sich seiner kaum.

So VERSTRICHEN zehn Tage. Erst am 1. Mai richtete der „Nautilus" seinen Bug endgültig wieder nach Norden, nachdem wir die Bahamas gesichtet hatten. Wir folgten nun dem Lauf der größten Meeresströmung, dem Golfstrom. Ich war mit Conseil auf der Plattform und lud ihn ein, seine Hände ins Wasser zu tauchen. Conseil war sehr erstaunt, weder Kälte noch Wärme zu empfinden.

„Das kommt daher", sagte ich zu ihm, „daß die Temperatur des Golfstroms, wenn er den Golf von Mexiko verläßt, sich von der Körpertemperatur wenig unterscheidet. Der Golfstrom ist eine große Heizung, die den Küsten Europas erlaubt, sich mit ewigem Grün zu schmücken."

Später sahen wir am Salonfenster, wie dieser Strom eine ganze Welt von Lebewesen mit sich trug: Rochen mit sehr dünnem Schwanz und rautenförmigen Körpern, fünfundzwanzig Fuß im Durchmesser; ungefähr einen Meter lange Haie, mit kurzer, runder Schnauze; Papageifische, die an Farben mit den schönsten Tropenvögeln wetteifern können; kleine, braungefleckte Grundeln; und schließlich den prachtvollen Ritterfisch, mit Orden dekoriert und mit Bändern besetzt.

Am 8. Mai befanden wir uns gegenüber vom Kap Hatteras, auf der Höhe von Nord-Carolina. Der Golfstrom ist dort fünfundsiebzig Meilen breit. Die Ufer waren bewohnt, und das Meer wurde ständig von Dampfern durchfurcht. Unter diesen Umständen konnte eine Flucht gelingen.

Aber das Wetter war stürmisch. Der bewegten See auf einem zerbrechlichen Boot trotzen hieß ins Verderben rennen. Das sah auch Ned Land ein. Doch er ärgerte und grämte sich immer mehr. „Mein Herr“, sagte er zu mir, „das muß aufhören! Ich habe genug vom Südpol, und ich werde Ihrem Kapitän Nemo nicht zum Nordpol folgen.“

„Aber was tun, Ned?“

„Ich komme auf meinen Vorschlag zurück. Wir müssen mit dem Kapitän sprechen. Sie haben nichts gesagt, als wir in den Gewässern Ihres Landes waren. Ich will sprechen, jetzt, da wir in den Meeren des meinigen sind. Wenn ich denke, daß der ‚Nautilus‘ in wenigen Tagen auf der Höhe der Mündung des Sankt-Lorenz-Stromes sein wird und daß das mein Strom ist, der Strom von Quebec, meiner Heimatstadt – wenn ich daran denke, steigt mir das Blut in den Kopf. Hören Sie, ich will wissen, was für Absichten Kapitän Nemo in bezug auf uns hat. Fragen Sie ihn. Sprechen Sie nur für mich, nur in meinem Namen, wenn Sie wollen.“

Der Kanadier war offensichtlich am Ende seiner Geduld angelangt. Ich ahnte, was er leiden mußte, denn auch ich hatte Heimweh. An die sieben Monate waren verstrichen, ohne daß wir Nachrichten vom Festland bekommen hätten. Dazu kam, daß die Isolierung Kapitän Nemos, seine Schweigsamkeit, besonders seit dem Kampf mit den Kraken, mich die Dinge in einem anderen Licht sehen ließen.

„Nun, Herr Professor“, drängte Ned.

„Ich sehe den Kapitän so selten."

„Das ist ein Grund mehr, ihn aufzusuchen. Oder wollen Sie, daß ich selbst zu ihm gehe?"

„Nein, lassen Sie mich machen. Morgen ..."

„Heute", sagte Ned Land.

„Gut, heute", antwortete ich dem Kanadier, der auf eigene Faust bestimmt alles verdorben hätte.

Ich blieb allein. Nachdem die Frage entschieden war, beschloß ich, sofort zu handeln. Ich habe Unangenehmes lieber hinter mir als vor mir und ging zum Zimmer des Kapitäns und klopfte. Keine Antwort. Ich klopfte nochmals, dann drehte ich den Türknauf. Die Türe ging auf.

Der Kapitän blickte von seinem Arbeitstisch auf, runzelte die Brauen und sagte: „Ich bin beschäftigt, mein Herr, ich arbeite."

Dieser Empfang war wenig ermutigend. „Herr Kapitän", sagte ich kalt, „ich habe Ihnen von einer Sache zu sprechen, die ich nicht aufschieben darf."

„Von welcher Sache?" antwortete er ironisch. „Hat Ihnen das Meer neue Geheimnisse enthüllt, die mir entgangen sind?" Wir redeten aneinander vorbei. Bevor ich aber antworten konnte, zeigte er mir ein Manuskript, das offen auf seinem Tisch lag, und sagte ernst: „Sehen Sie, dieses Manuskript ist in mehreren Sprachen abgefaßt und mit meinem Namen unterzeichnet. Es enthält die Zusammenfassung meiner Studien über das Meer, ergänzt durch meine Lebensgeschichte. Wenn es Gott gefällt, wird es nicht mit mir untergehen. Der letzte Überlebende an Bord des ‚Nautilus' wird es in einem unsinkbaren Behälter ins Meer werfen, und es wird dorthin gelangen, wohin die Fluten es tragen."

Der Name dieses Mannes! Seine Geschichte, aufgezeichnet von ihm selbst! Würde sein Geheimnis also eines Tages enthüllt? Aber in diesem Augenblick sah ich in der Mitteilung nur eine Möglichkeit, auf mein Anliegen zu sprechen zu kommen.

„Kapitän", antwortete ich, „ich billige die Überlegung, die Sie so handeln läßt, vollauf. Aber das Mittel, das Sie benutzen, scheint mir nicht richtig. Wer weiß, in welche Hände der Behälter fällt? Können Sie sich nicht etwas Besseres ausdenken? Können nicht Sie oder einer der Ihren ...?"

„Niemals", unterbrach mich der Kapitän lebhaft.

„Aber ich und meine Gefährten, wir sind bereit, dieses Manuskript aufzubewahren, und wenn Sie uns die Freiheit wiedergeben ..."

„Die Freiheit!" Kapitän Nemo erhob sich.

„Ja, mein Herr, und über diese Frage wollte ich mit Ihnen sprechen. Seit sieben Monaten sind wir auf Ihrem Schiff. Haben Sie die Absicht, uns für immer an Bord zu behalten?"

„Herr Aronnax", sagte Kapitän Nemo, „ich antworte Ihnen heute das, was ich Ihnen schon vor sieben Monaten geantwortet habe: Wer auf den ‚Nautilus' kommt, darf ihn nicht mehr verlassen."

„Das ist Sklaverei! Und überall hat der Sklave das Recht, seine Freiheit wiederzuerlangen!"

„Wer bestreitet Ihnen dieses Recht?" antwortete Kapitän Nemo. „Habe ich es mir je einfallen lassen, Sie durch einen Eid zu binden?"

„Mein Herr", sagte ich, „es handelt sich nicht nur um meine Person. Für mich ist das Forschen eine Hilfe, eine Leidenschaft, die mich alles vergessen läßt. Wie Sie lebe ich gerne unbeachtet und im verborgenen, in der schwachen Hoffnung, eines Tages der Zukunft das Ergebnis meiner Arbeiten zu vermachen. Mit einem Wort, ich kann Sie bewundern und Ihnen ohne Mißvergnügen in einer Rolle folgen, die ich in gewissen Punkten verstehe. Aber es gibt noch andere Aspekte Ihres Lebens, die von Geheimnissen umgeben sind, an denen meine Gefährten und ich kein Teil haben. Und wenn unser Herz für Sie schlug, bewegt von Ihren Schmerzen oder Ihren großmütigen und tapferen Handlungen, mußten wir diese Sympathie unterdrücken. Dieses Gefühl, daß wir allem, was Sie angeht, fremd sind, macht unsere Lage unmöglich, selbst für mich, vor allem aber für Ned Land. Jeder Mensch ist es wert, daß man auf ihn Rücksicht nimmt. Haben Sie sich je gefragt, was die Freiheitsliebe für Rachepläne hervorrufen kann bei einer Natur wie der des Kanadiers – was er denken, wagen, versuchen könnte?"

Ich verstummte. Kapitän Nemo erhob sich.

„Was Ned Land denkt und versucht – was geht das mich an? Nicht ich habe ihn gesucht! Nicht zu meinem Vergnügen halte ich ihn an Bord! Mehr habe ich nicht zu antworten. Dieses erste Mal, da Sie dies Thema zur Sprache bringen, möge auch das letzte sein."

Ich zog mich zurück. Von diesem Tag an wurde unsere Lage sehr gespannt. Ich berichtete das Gespräch meinen beiden Gefährten. „Jetzt wissen wir", sagte Ned, „daß wir von diesem Mann nichts zu erwarten haben. Der ‚Nautilus' nähert sich Long Island. Wir werden fliehen, wie immer das Wetter sein wird."

Aber der Himmel überzog sich immer bedrohlicher. Ein Orkan kündigte sich an. Ein weißlicher, milchiger Dunst stieg auf. Tiefhängende Wolken jagten über den Horizont. Das Meer wogte und schwoll. Die Vögel verschwanden, mit Ausnahme der Sturmvögel. Das Barometer sank merklich. Am 18. Mai, gerade als der „Nautilus" sich einige Meilen vor New York befand, brach der Sturm los. Statt in die Tiefe des Meeres zu fliehen, wollte ihm Kapitän Nemo aus einer unerklärlichen Laune an seiner Oberfläche trotzen. Gegen drei Uhr nachmittags wehte der Wind aus Südwest mit einer Geschwindigkeit von fünfundzwanzig Metern in der Sekunde. Kapitän Nemo war auf der Plattform. Er hatte einen Strick um seine Mitte geschlungen und sich angebunden, um nicht von den Sturzfluten weggerissen zu werden. Ich hatte mich ebenfalls angebunden und teilte meine Bewunderung zwischen dem Sturm und diesem Manne, der ihm die Stirn bot. Der „Nautilus", bald auf der Flanke liegend, bald aufrecht wie ein Mast, rollte und schlingerte und stampfte entsetzlich.

Gegen fünf Uhr stürzte eine Regenflut herab, die weder den Wind noch das Meer beruhigte. Der Orkan brach mit einer Geschwindigkeit von fünfundvierzig Metern in der Sekunde los. Die Wellen erreichten bis zu fünfzehn Meter Höhe, bei einer Länge von hundertfünfzig bis hundertfünfundsiebzig Metern. In der Nacht nahm die Gewalt des Sturmes zu. Um zehn Uhr stand der Himmel in Brand. Auf allen Seiten zuckten Blitze. Ein entsetzliches Getöse erfüllte die Lüfte, ein Lärm, gemischt aus dem Brüllen brechender Wogen, dem Heulen des Windes, dem Rollen des Donners. Die Regentropfen verwandelten sich in funkelnde Strahlenbündel. Man hätte glauben können, daß Kapitän Nemo einen Tod, der seiner würdig war, ersehnte und sich vom Blitz erschlagen lassen wollte. Ich sah, wie der Bug des „Nautilus" Funken sprühte. Erschöpft rutschte ich bäuchlings auf die Einstiegluke zu und stieg in den Salon hinunter. Es war unmöglich, sich im Innern des Schiffes aufrecht zu halten.

Kapitän Nemo kehrte gegen Mitternacht zurück. Ich hörte, wie sich die Tanks nach und nach füllten. Der „Nautilus“ tauchte sanft in die Fluten. Durch die Scheiben des Salons sah ich verstörte große Fische, die wie Phantome vorüberglitten. Einige davon wurden vor meinen Augen vom Blitz erschlagen.

Erst in fünfzig Meter Tiefe hatte sich das Meer beruhigt. Aber welche Ruhe, welcher Frieden herrschten hier! Wer hätte hier geahnt, daß an der Oberfläche dieses Ozeans ein furchtbarer Wirbelsturm tobte?

EIN SÜHNOPFER

Durch den Sturm waren wir nach Nordosten abgetrieben worden. Jede Hoffnung, in der Nähe von New York zu entfliehen, war zunichte geworden. Verzweifelt sonderte sich der arme Ned ab wie Kapitän Nemo. Conseil und ich waren ständig beisammen.

Während einiger Tage irrte der „Nautilus“ in diesen Nebeln umher, die von den Seefahrern mit Recht gefürchtet werden. Am 15. Mai waren wir an der Südspitze der Neufundlandbank. Diese Bank ist durch Anschwemmungen entstanden, eine dicke Schicht von organischen Ablagerungen, teils durch den Golfstrom vom Äquator hergebracht, teils vom Nordpol durch die kalte Gegenströmung, die der amerikanischen Küste folgt. Das Meer ist hier höchstens einige hundert Faden tief. In diesen Gewässern ist der Kabeljau sehr zahlreich. Während der „Nautilus“ sich durch die Phalanx dieser Fische einen Weg bahnte, sagte Conseil: „Das sollen Kabeljaue sein? Ich glaubte, die seien flach wie Seezungen.“

„Du Naivling!“ lachte ich. „Die Kabeljaue sind nur beim Fischhändler flach, wo sie aufgeschnitten und ausgebreitet angeboten werden. Im Wasser aber sind es spindelförmige Fische, die schnell schwimmen können.“

„Ich will es meinem Herrn glauben“, antwortete Conseil. „Was für ein Schwarm!“

„Oh, mein Freund, es wären noch viel mehr ohne ihre Feinde, die Skorpionfische und die Menschen! Weißt du, daß man in einem einzigen Weibchen elf Millionen Eier gezählt hat?“

„Ich verlasse mich auf meinen Herrn. Ich werde sie nicht zählen.“

Während wir an dem Sockel der Neufundlandbank entlangstrichen, mußte der „Nautilus“ sich unter Wasser geschickt durch ein ganzes Netz von langen Leinen mit zweihundert Angelhaken hindurchwinden, die von Schiffen ausgelegt worden waren. Dann nahm er Kurs gegen Osten, als wollte er dem „Telegraphenplateau“ folgen, auf dem das Transatlantikkabel aufliegt.

Am 17. Mai, in einer Entfernung von ungefähr fünfhundert Meilen von Neufundland, bemerkte ich in zweitausendachthundert Meter Tiefe das Kabel auf dem Boden. Conseil hielt es für eine riesige Seeschlange und schickte sich an, sie nach seiner gewohnten Methode zu klassifizieren. Aber ich mußte ihn enttäuschen und erzählte ihm, wie dieses Kabel gelegt worden war.

Das erste Kabel wurde 1857–58 gelegt; aber nachdem es ungefähr vierhundert Telegramme übermittelt hatte, hörte es auf zu funktionieren. 1863 konstruierten die Ingenieure ein neues Kabel, aber sechshundertachtunddreißig Meilen von der irischen Küste entfernt brach es. Die Amerikaner ließen sich nicht entmutigen. Der unternehmungslustige Cyrus Field, der Schöpfer des Werkes, veranlaßte eine neue Subskription. Sie war binnen kurzem überzeichnet. Ein neues Kabel, besser isoliert und geschützt, wurde auf die „Great Eastern“ geladen, die am 13. Juli 1866 damit in See ging. Am 23. Juli, die „Great Eastern“ war nur noch achthundert Kilometer von Neufundland entfernt, kam von Irland ein Telegramm mit der Nachricht vom Waffenstillstand, den Preußen und Österreich nach der Schlacht von Sadowa geschlossen hatten. Am 27. lief das Schiff in dichtem Nebel in den Hafen von Heart’s Content ein. Das Unternehmen war glücklich beendet, und mit seiner ersten Depesche richtete das junge Amerika an das alte Europa diese weisen, so selten verstandenen Worte: „Ehre sei Gott in der Höhe, und Friede auf Erden den Menschen, die guten Willens sind.“

Inzwischen war das Kabel von Muschelgehäusen bedeckt und in eine steinartige Kruste eingebettet, die es schützte. Die Wasserbewegungen konnten ihm nichts anhaben. Der „Nautilus“ folgte ihm bis zu seiner tiefsten Stelle, die bei 4431 Meter liegt, und auch dort lag es noch völlig glatt.

Dann fuhren wir weiter nach Osten, drehten nach Süden und umfuhren Irland. Würde es der „Nautilus" wagen, in den Ärmelkanal einzulaufen? Ned Land stellte mir diese Frage unaufhörlich. Was sollte ich ihm antworten? Kapitän Nemo blieb unsichtbar. Am 30. Mai passierten wir in Sichtweite Land's End, zwischen dem äußersten Punkt Englands und den Scilly-Inseln. Wenn der Kapitän in den Ärmelkanal wollte, mußte er Ostkurs halten. Er tat es nicht.

Während des ganzen Tages des 31. Mai beschrieb der „Nautilus" eine Reihe von Kreisen auf dem Meer, und meine Neugierde wurde aufs äußerste gereizt. Am nächsten Tag verhielt er sich ebenso. Es war offenkundig, daß er einen bestimmten Punkt des Ozeans suchte. Kapitän Nemo kam, den Sonnenstand zu messen. Das Meer war ruhig, der Himmel klar. Im Osten, in einer Entfernung von acht Meilen, zeichnete sich ein großer Dampfer am Horizont ab. Er hatte keine Flagge gehißt, und ich konnte seine Nationalität nicht ausmachen. Einige Minuten, bevor die Sonne im Zenit stand, nahm Kapitän Nemo seinen Sextanten und visierte mit äußerster Genauigkeit. Die ruhige See erleichterte die Beobachtung. Der „Nautilus" lag unbeweglich. Plötzlich sagte der Kapitän: „Hier ist es!"

Er stieg durch die Luke hinunter. Hatte er das Schiff gesehen, das seinen Kurs geändert hatte und auf uns zuzukommen schien? Ich wußte es nicht. Ich ging in den Salon zurück. Der „Nautilus" begann zu sinken. In einer Tiefe von achthundertdreiunddreißig Metern setzte er auf dem Grund auf.

Die Leuchtdecke des Salons erlosch, die Läden öffneten sich, und durch die Scheiben sah ich das Meer, das in einem Umkreis von einer halben Meile erleuchtet war.

Steuerbord zeichnete sich eine Erhebung ab, die meine Aufmerksamkeit erregte. Man hätte sie für Ruinen halten können, die unter einer Kruste von weißlichen Muschelschalen begraben waren wie unter einem Mantel von Schnee. Als ich die Masse aufmerksam musterte, glaubte ich die Umrisse eines Schiffes ohne Masten zu erkennen. Das Wrack mußte viele Jahre auf dem Grund des Meeres gelegen haben.

Was war es für ein Schiff? Warum besuchte der „Nautilus" sein Grab? War das Schiff vielleicht nicht durch Schiffbruch untergegangen?

Ich wußte nicht, was denken, als ich plötzlich neben mir die Stimme Kapitän Nemos vernahm, der langsam sagte: „Dieses Schiff wurde 1762 vom Stapel gelassen. Es trug vierundsiebzig Geschütze und nahm an vielen Schlachten teil. Am 16. April 1794 kam es in Brest zum Geschwader von Villaret-Joyeuse, das von der Französischen Republik den Auftrag hatte, einer Weizenflotte sicheres Geleit zu geben, die von Amerika kam. Am 11. und 12. Prairial des Jahres II der Revolution geriet dieses Geschwader mit englischen Schiffen aneinander. Mein Herr, heute haben wir den 13. Prairial, den 1. Juni 1868. Es sind auf den Tag vierundsiebzig Jahre her, daß dieses Schiff, hier an dieser Stelle, auf 47° 24′ nördlicher Breite und 17° 28′ westlicher Länge, nach heldenhaftem Kampf, nach dem Verlust seiner drei Masten und nachdem ein Drittel seiner Mannschaft kampfunfähig war, es vorzog, sich mit seinen dreihundertsechsundfünfzig Matrosen selbst zu versenken, statt sich zu ergeben! Mit ans Deck genagelter Trikolore verschwand es in den Fluten, unter dem Ruf: „Es lebe die Republik!“

„Die ‚Vengeur‘!“ rief ich.

„Ja, die ‚Vengeur‘! Der ‚Rächer‘! Ein schöner Name!“ murmelte Kapitän Nemo und kreuzte die Arme auf der Brust.

Die Erregung, mit der der seltsame Mann die letzten Worte gesprochen hatte, der Name „Rächer“, dessen Bedeutung mir nicht entgehen konnte – all das befremdete mich. Als Kapitän Nemo so mit glühendem Blick das glorreiche Wrack betrachtete, begriff ich, daß nicht eine allgemeine Menschenfeindlichkeit ihn und seine Gefährten in den „Nautilus“ getrieben hatte, sondern ein Haß, den die Zeit nicht hatte schwächen können. Ging dieser Haß noch auf Rache aus?

Der „Nautilus“ stieg langsam wieder auf. Bald bewies mir ein leichtes Schlingern, daß wir auf den Wellen schwammen.

In diesem Augenblick ertönte ein dumpfer Knall. Ich schaute den Kapitän an. Er rührte sich nicht. „Kapitän?“ sagte ich.

Er gab keine Antwort. Ich stieg auf die Plattform. Conseil und der Kanadier waren bereits da.

„Was für eine Detonation war das?“ fragte ich.

„Ein Kanonenschuß“, antwortete Ned Land.

Ich schaute in die Richtung des Schiffes, das ich schon früher bemerkt hatte. Es war nur noch sechs Meilen entfernt.

„Was ist das für ein Schiff, Ned?"

„Nach der Takelage und den Masten zu schließen, würde ich wetten, es sei ein Kriegsschiff. Ach, wenn es diesen verdammten ‚Nautilus' doch versenken würde!"

„Können Sie seine Nationalität erkennen?"

Der Kanadier zog die Brauen zusammen. „Nein, es trägt keine Flagge. Aber an der Spitze des Großmastes führt es einen langen Wimpel."

Eine Viertelstunde lang beobachteten wir das Schiff, das auf uns zuhielt. Bald teilte mir der Kanadier mit, das Schiff sei ein großes Kriegsschiff mit Rammsporn, ein gepanzerter Zweidecker. Dicker Rauch entquoll seinen beiden Schloten; die Segel waren festgemacht. Immer noch zeigte es keine Flagge. Wegen der Entfernung konnten wir die Farben des Wimpels nicht erkennen.

„Wenn dieses Schiff eine Meile von uns vorüberfährt", sagte Ned Land, „werfe ich mich ins Meer, und ich fordere Sie auf, es mir gleichzutun."

„Mein Herr wird sich gewiß erinnern", sagte Conseil, „daß wir einige Erfahrung im Schwimmen haben. Er kann sich darauf verlassen, daß ich ihn ins Schlepptau nehme."

Ich wollte gerade etwas erwidern, als eine weiße Rauchwolke am Vorderteil des Kriegsschiffes aufstieg. Einige Sekunden später fiel etwas Schweres hinter dem „Nautilus" ins Wasser, so daß es hoch aufspritzte. Wieder hörte ich eine Detonation.

„Die schießen ja auf uns!" rief ich.

„Wenn mein Herr – na!" brummte Conseil und schüttelte das Wasser ab, mit dem eine weitere Kugel ihn überschüttet hatte. „Wenn mein Herr nichts dagegen hat: Sie beschießen den Narwal."

„Aber sie müssen doch sehen, daß sie es mit Menschen zu tun haben!"

„Vielleicht gerade darum!" antwortete Ned Land und schaute mich an.

Plötzlich begriff ich alles. Zweifellos wußte man inzwischen genau, was von dem angeblichen Ungeheuer zu halten war. Beim Zusammenstoß mit der „Abraham Lincoln", als der Kanadier den „Nautilus" mit der Harpune angriff, mußte Kapitän Farragut erkannt haben, daß der Narwal in Wirklichkeit ein

Unterseeboot war, gefährlicher als der größte Wal. Ja, so mußte es sein! Und sicher machte man jetzt auf allen Meeren Jagd auf diesen Zerstörer!

Benutzte Kapitän Nemo den „Nautilus" zu seinem Rachewerk? In jener Nacht, mitten im Indischen Ozean, als er uns einschloß, hatte er da nicht irgendein Schiff angegriffen? War der Mann, der jetzt im Korallenfriedhof begraben lag, nicht einem Zusammenstoß, den der „Nautilus" provoziert hatte, zum Opfer gefallen? Ja, es mußte so sein. Die Nationen der Erde jagten jetzt nicht mehr ein Fabelwesen, sondern einen Mann, der ihnen unversöhnlichen Haß geschworen hatte. Wir würden auf diesem Schiff, das sich näherte, keine Freunde finden, sondern nur unbarmherzige Feinde. Indessen schlugen immer mehr Kugeln rund um uns ein. Das Panzerschiff war nur noch drei Meilen entfernt.

Der Kanadier sagte plötzlich zu mir: „Geben wir Signale! Vielleicht wird man doch verstehen, daß wir anständige Leute sind!" Er zog sein Taschentuch hervor, um es zu schwenken. Doch kaum hatte er es entfaltet, wurde er gepackt und trotz seiner Körperstärke zu Boden geschleudert.

„Elender", rief der Kapitän mit Donnerstimme, „willst du, daß ich dich an den Bug des ‚Nautilus' nagle, bevor er sich auf dieses Schiff stürzt!"

Schrecklich anzuhören war Kapitän Nemo, doch noch schrecklicher anzusehen. Sein Gesicht war bleich, seine Pupillen hatten sich verengt. Dann ließ er den Kanadier los und wandte sich gegen das Kriegsschiff: „Ah! Du weißt, wer ich bin, Schiff einer verfluchten Nation!" rief er mit mächtiger Stimme. „Ich brauchte deine Flagge nicht zu sehen, um dich zu erkennen! Sieh! Ich werde dir meine zeigen!"

Und Kapitän Nemo entfaltete auf dem Vorderteil der Plattform eine schwarze Fahne, jener gleich, die er am Südpol aufgepflanzt hatte. In diesem Augenblick traf eine Kugel seitlich den Rumpf des „Nautilus", prallte ab, streifte beinahe den Kapitän und fiel ins Meer.

Kapitän Nemo wandte sich an mich: „Gehen Sie hinunter, Sie und Ihre Gefährten."

„Mein Herr", rief ich aus, „werden Sie denn dieses Schiff angreifen?"

„Ich werde es versenken. Und maßen Sie sich kein Urteil über mich an. Ein Mißgeschick wollte es, daß Sie sahen, was Sie nicht sehen sollten. Der Angriff ist erfolgt, die Vergeltung wird furchtbar sein. Gehen Sie hinunter!"

„Was für ein Schiff ist es?"

„Sie wissen es nicht? Nun, um so besser! Steigen Sie hinunter!"

Es blieb uns nichts anderes übrig, als zu gehorchen. Ungefähr fünfzehn Matrosen des „Nautilus" umringten den Kapitän und betrachteten mit Erbitterung und Haß das Schiff, das auf sie zufuhr. Man spürte, daß Rachedurst sie alle erfüllte.

Ich stieg durch die Luke, als wieder ein Geschoß den Rumpf des „Nautilus" traf, und ich hörte, wie der Kapitän rief: „Schlag zu, Wahnsinniger! Du wirst dem ‚Nautilus' nicht entgehen! Aber nicht an diesem Platze sollst du dein Ende finden! Ich will nicht, daß deine Trümmer sich mit denen der ‚Vengeur' vermischen!"

Ich ging auf mein Zimmer. Die Schraube begann sich zu drehen. Der „Nautilus" befand sich binnen kurzem außer Reichweite der Geschosse des Kriegsschiffs. Aber dieses folgte ihm.

Gegen vier Uhr nachmittags konnte ich meine Ungeduld nicht mehr unterdrücken und stieg die Mitteltreppe empor. Der Kapitän ging immer noch auf der Plattform hin und her und blickte nach dem Schiff, das sich fünf oder sechs Meilen in Lee hielt. Er umkreiste es wie ein wildes Tier und reizte es zur Verfolgung, wobei er es gegen Osten lockte. Doch er griff es nicht an. Warum zögerte er noch? Ich wollte mich ein letztes Mal ins Mittel legen. Aber kaum hatte ich Kapitän Nemo angesprochen, als er mir auch schon Schweigen gebot.

„Ich bin das Recht, ich bin die Gerechtigkeit! Ich bin der Unterdrückte, dort ist der Unterdrücker! Durch ihn habe ich alles verloren, was ich liebte – meine Heimat, meine Frau, Kinder, meinen Vater, meine Mutter. Alles, was ich hasse, ist in ihm verkörpert! Schweigen Sie!"

Ich warf einen letzten Blick auf das Kriegsschiff und kehrte zu Ned und Conseil zurück. „Wir werden fliehen!" sagte ich. „Das Schiff wird untergehen, bevor es Morgen wird. Woher auch immer es kommt, es ist besser, mit ihm zu verderben, als zum Komplicen einer solchen Vergeltung zu werden."

„Dieser Meinung bin ich auch“, antwortete Ned Land kühl, „warten wir die Nacht ab.“

Die Nacht brach ein. Tiefe Stille herrschte an Bord. Wir fuhren immer noch über Wasser. Meine Gefährten und ich hatten beschlossen zu fliehen, wenn das Schiff nahe genug gekommen war, daß man uns entweder hören oder sehen konnte. Mehrmals glaubte ich, der „Nautilus“ schicke sich zum Angriff an. Aber er begnügte sich damit, seinen Gegner näher kommen zu lassen, und dann nahm er seine scheinbare Flucht wieder auf. Wir lauerten auf die Gelegenheit zum Handeln. Ich glaubte, der „Nautilus“ würde den Zweidecker über Wasser angreifen, und dann wäre es leicht zu entfliehen.

Um drei Uhr früh trieb mich meine Unruhe auf die Plattform. Kapitän Nemo hatte sie nicht verlassen. Er stand nahe seiner Flagge und ließ kein Auge von dem feindlichen Schiff. Der Mond passierte den Meridian. Das Wasser bot dem nächtlichen Gestirn den schönsten Spiegel, der je sein Bild zurückgeworfen hatte. Wenn ich an diese tiefe Ruhe der Elemente dachte und sie mit dem Haß verglich, der im „Nautilus“ glomm, schauderte ich.

Das Schiff war zwei Meilen entfernt. Es folgte dem phosphoreszierenden Schein, der die Anwesenheit des „Nautilus“ verriet. Ich sah seine Positionslichter, grün und rot, und das weiße Licht seiner am Fockmast hängenden Laterne. Ein vager Widerschein beleuchtete seine Takelage und zeigte an, daß die Heizer ununterbrochen schaufelten; Funkengarben und glühende Schlacke flogen aus den Schloten und versprühten in der Luft.

Ich blieb auf der Plattform bis sechs Uhr, ohne daß Kapitän Nemo mich zu bemerken schien. Mit dem ersten Tageslicht setzte das Geschützfeuer des Schiffes wieder ein. Der Augenblick konnte nicht mehr fern sein, da der „Nautilus“ seinen Gegner angriff. Ich schickte mich an hinunterzugehen, um meinen Gefährten Bescheid zu sagen, als der Erste Offizier auf die Plattform stieg. Er war begleitet von mehreren Matrosen. Gewisse Anordnungen wurden getroffen, die den „Nautilus“ wohl „klar zum Gefecht“ machten. Das Seil, das ein Geländer um die Plattform bildete, wurde eingezogen. Das Steuergehäuse und der Scheinwerfer wurden ebenfalls in den Rumpf versenkt, so daß sie ihn kaum mehr überragten. Die Oberfläche der langen Eisenzigarre bot keinen einzigen Vorsprung mehr, der ihre Fahrt behindern konnte.

Ich ging in den Salon zurück. Der „Nautilus" mäßigte seine Geschwindigkeit. „Meine Freunde", sagte ich, „der Augenblick ist gekommen. Reichen wir uns die Hand, und möge Gott uns schützen!"

Ned Land war entschlossen, Conseil ruhig; ich selbst war nervös und beherrschte mich mit Mühe. Wir gingen durch die Bibliothek. In dem Augenblick, als ich die Tür zur Mitteltreppe aufstieß, hörte ich, wie die Ausstiegluke brüsk geschlossen wurde. Der Kanadier stürzte zur Treppe, aber ich hielt ihn zurück. Ein Brausen, das ich gut kannte, belehrte mich, daß das Wasser in die Tanks einschoß. Binnen weniger Augenblicke sank der „Nautilus" einige Meter unter die Oberfläche.

Ich begriff das Manöver. Der Kapitän dachte nicht daran, den Zweidecker an seiner undurchdringlichen Panzerung über Wasser anzugreifen; er würde ihn unter der Wasserlinie angreifen, dort, wo der Metallschild das Schiff nicht mehr schützte. Es war zu spät zum Handeln. Wir waren von neuem gefangen, waren gezwungen, Zeuge des düsteren Dramas zu sein, das anhub.

Wir flüchteten in mein Zimmer und schauten einander wortlos an. Ich war wie betäubt. Ich wartete auf das Unausweichliche; ich lauschte.

Der „Nautilus" hatte seine Geschwindigkeit merklich erhöht. So nahm er einen Anlauf. Sein ganzer Rumpf zitterte. Plötzlich stieß ich einen Schrei aus. Es erfolgte ein Stoß, aber er war verhältnismäßig leicht. Ich spürte die Durchschlagskraft des eisernen Schiffsschnabels, hörte ein Kratzen und Scharren. Der „Nautilus" drang durch das Schiff wie die Nadel eines Segelmachers durch die Leinwand.

Ich konnte nicht mehr an mich halten. Wie wahnsinnig stürzte ich aus dem Zimmer und in den Salon. Kapitän Nemo war dort. Stumm, finster, unversöhnlich blickte er durch das Backbordfenster, um den Todeskampf seines Opfers auszukosten. Zehn Meter von mir entfernt sah ich den aufgerissenen Rumpf, in den sich das Wasser mit Donnergetöse ergoß, dann die doppelte Reihe der Geschütze. Auf dem Deck sah ich schwarze Schatten wimmeln. Die Unglücklichen stürzten in die

Wanten, klammerten sich an die Masten, wanden sich im Wasser. Es war ein menschlicher Ameisenhaufen, überrascht von einer Sturzflut!

Gelähmt vor Todesangst, mit stockendem Atem und versagender Stimme schaute ich zu, auch ich!

Der „Nautilus" folgte dem riesigen Schiff und belauerte jede seiner Bewegungen. Plötzlich erfolgte eine Explosion; die komprimierte Luft ließ die Decks bersten. Der Druck war so groß, daß der „Nautilus" abgedrängt wurde. Nun sank das Schiff schnell. Die dunkle Masse verschwand – und mit ihr die Besatzung.

Kapitän Nemo, dieser furchtbare Rächer, ein wahrer Erzengel des Hasses, blickte immer noch starr durch das Fenster. Als alles vorbei war, ging er in sein Zimmer. Ich folgte ihm mit den Blicken. An der Wand, unter den Bildern seiner Helden, sah ich das Porträt einer jungen Frau und zweier kleiner Kinder. Kapitän Nemo schaute sie an, streckte die Arme nach ihnen aus, sank in die Knie und schluchzte.

KAPITÄN NEMOS LETZTE WORTE

Die Läden schlossen sich über dem entsetzlichen Bild, aber das Licht im Salon ging nicht wieder an. Im Innern des „Nautilus" herrschten Finsternis und Schweigen. Ich kehrte in mein Zimmer zurück, wo Ned und Conseil schweigend verharrten. Ich empfand ein unüberwindliches Grauen vor Kapitän Nemo. Was immer er von den Menschen gelitten hatte, er hatte nicht das Recht, sie so zu strafen. Er hatte mich, wenn nicht zum Komplicen, so doch mindestens zum Zeugen seiner Rache gemacht. Schon das war zuviel.

Um elf Uhr ging das elektrische Licht wieder an. Ich begab mich in den Salon. Er war leer. Ich blickte auf die verschiedenen Instrumente. Der „Nautilus" hielt nach Norden, mit einer Geschwindigkeit von fünfundzwanzig Meilen die Stunde, dreißig Fuß unter der Oberfläche des Meeres. Aus der Karte ersah ich, daß wir den Ärmelkanal hinter uns ließen und mit erstaunlicher Schnelligkeit den nördlichen Meeren entgegenfuhren. Aber wohin?

Ich ging zu Bett, doch ich konnte nicht einschlafen. Alpträume quälten mich. Das Bild der Zerstörung stand vor meinem geistigen Auge.

Wer konnte von nun an sagen, wie weit uns der „Nautilus" ins Becken des Nordatlantiks führte? Auf der Karte war die Position nicht mehr eingetragen. Ich wußte nicht, wo wir waren. Ich konnte auch die Zeit nicht mehr abschätzen, die verstrich. Die Uhren an Bord standen still. Es schien, als ob Tag und Nacht, wie in den Polgegenden, nicht mehr ihrem geregelten Ablauf folgten.

Ich schätze, daß diese verwegene Fahrt zwei oder drei Wochen dauerte, und ich weiß nicht, wie lange sie gedauert hätte ohne die Katastrophe, die ihr ein Ende setzte. Kapitän Nemo zeigte sich nicht mehr. Nie sahen wir außer dem Steward auch nur einen Mann der Besatzung. Der „Nautilus" fuhr fast ständig unter Wasser. Wenn er aufstieg, um die Luft zu erneuern, öffneten oder schlossen sich die Luken automatisch.

Ich muß auch sagen, daß der Kanadier, am Ende seiner Kraft und seiner Geduld, nicht mehr erschien. Conseil fürchtete, daß er in einem Anfall von Raserei und übermächtiger Sehnsucht Selbstmord begehen könnte. Er überwachte ihn daher unablässig.

Eines Morgens – an welchem Datum wüßte ich nicht zu sagen – war ich gegen Tagesanbruch eingeschlummert. Ich schlief schlecht. Als ich erwachte, erblickte ich Ned Land, der sich über mich beugte, und hörte ihn mit leiser Stimme sagen: „Wir werden fliehen!"

Ich richtete mich auf. „Wann?"

„Heute nacht. Ich habe heute morgen durch den Nebel Land gesehen, ungefähr zwanzig Meilen im Osten."

„Was für ein Land ist es?"

„Ich weiß es nicht, aber was immer es auch ist, wir werden dorthin fliehen."

„Ja, Ned. Ja, wir werden heute nacht fliehen, und wenn uns das Meer verschlingt!"

„Die See geht hoch, es weht ein heftiger Wind; aber ich schrecke nicht davor zurück, in dem Beiboot des ‚Nautilus' zwanzig Meilen zu fahren. Wenn ich überrascht werde, will ich mich verteidigen und mich töten lassen."

„Wir werden zusammen sterben, Freund Ned.“

Wie lang war dieser Tag, der letzte an Bord des „Nautilus“. Ned Land und Conseil vermieden es, mit mir zu sprechen, aus Angst, sich zu verraten. Um halb sieben trat Ned Land in mein Zimmer. Er sagte: „Wir werden uns vor dem Aufbruch nicht mehr sehen. Um zehn Uhr ist der Mond noch nicht aufgegangen. Wir werden die Dunkelheit ausnützen. Kommen Sie zum Boot. Conseil und ich werden Sie dort erwarten.“

Damit ging der Kanadier hinaus, ohne mir Zeit zu lassen, etwas zu erwidern.

Ich zog meinen warmen Meeranzug an, sammelte meine Notizen und verstaute sie sorgfältig in einer Innentasche. Mein Herz pochte wild. Wenn ich Kapitän Nemo begegnet wäre, hätten mich meine Verwirrung und meine Erregung verraten. Was tat er in diesem Augenblick? Ich legte das Ohr an die Tür seines Zimmers und hörte Schritte. Kapitän Nemo war da. Bei jedem Geräusch kam es mir so vor, als würde er auf der Schwelle erscheinen und mich fragen, warum ich fliehen wollte.

Um halb zehn streckte ich mich auf meinem Bett aus, um meine Nerven zu besänftigen. Aber in meinem überreizten Hirn zog nochmals meine ganze Zeit an Bord des „Nautilus“ vorüber, alle glücklichen und unglücklichen Vorfälle, die sich seit meinem Verschwinden von der „Abraham Lincoln“ ereignet hatten. Diese Erlebnisse zogen vor meinen Augen vorbei wie Szenen im Theater. Die Gestalt Kapitän Nemos wuchs zu Übergröße. Sein Bild nahm übermenschliche Proportionen an. Er war nicht mehr meinesgleichen, er war der Herr der Wasser, der Genius der Meere. Ich hielt mir den Kopf mit beiden Händen, damit er nicht berste. Ich schloß die Augen. Ich wollte nicht mehr denken.

In diesem Augenblick vernahm ich die vagen Akkorde der Orgel, melancholische Harmonien, einen undefinierbaren Gesang, das Klagen einer Seele, die ihre irdischen Bande zerbrechen will. Ich lauschte mit allen meinen Sinnen, ich atmete kaum mehr; ich war versunken in diese musikalischen Ekstasen, die Kapitän Nemo über die Grenzen dieser Welt hinaushoben. Plötzlich kam mir ein entsetzlicher Gedanke. Kapitän Nemo hatte also sein Zimmer verlassen. Er war im Salon, den ich durchqueren mußte, um zu fliehen. Dort würde ich ihm ein

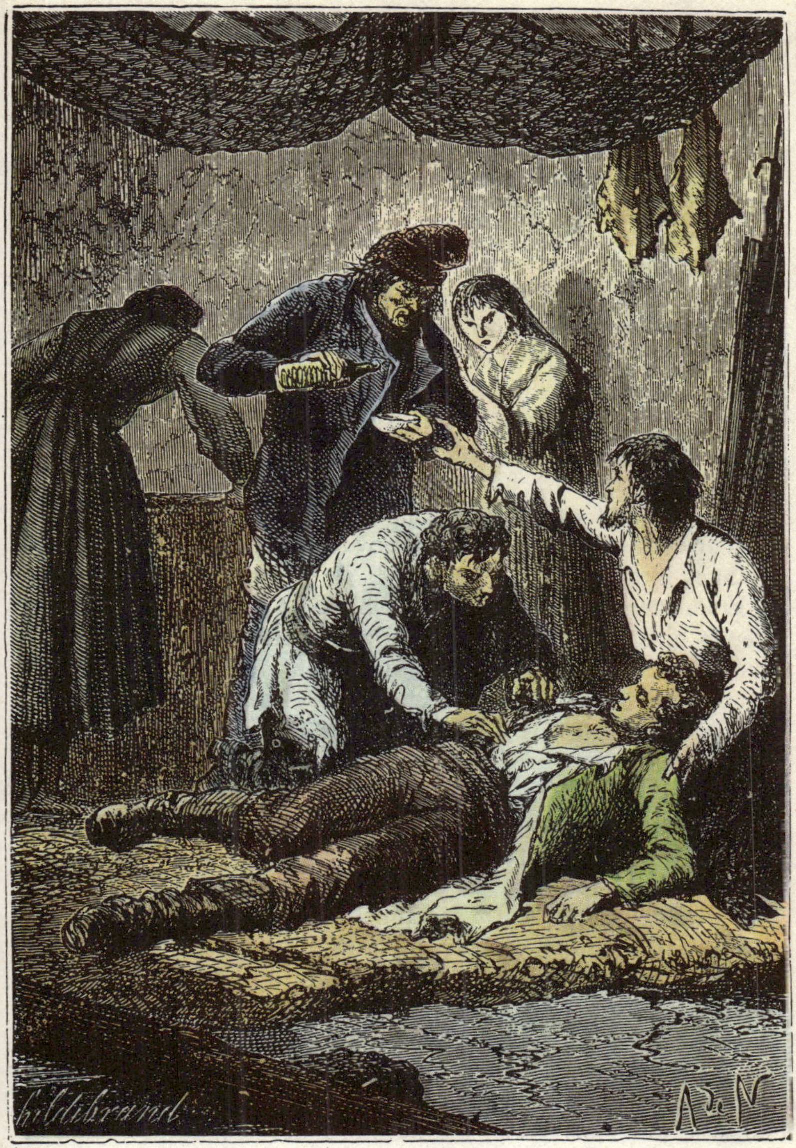

letztes Mal begegnen. Eine Gebärde von ihm konnte mich vernichten, ein einziges Wort würde mich an sein Schiff fesseln!

Doch gleich würde es zehn schlagen. Es gab kein Zögern. Ich öffnete vorsichtig meine Türe und schlich mich über die dunklen Verbindungsgänge. Ich kam zur Ecktüre des Salons und öffnete sie leise. Der Raum war in tiefes Dunkel getaucht. Kapitän Nemo saß an der Orgel. Er sah mich nicht. Ich glaube, er hätte mich sogar bei vollem Licht nicht bemerkt, so sehr erfüllte ihn seine Ekstase.

Ich brauchte fünf Minuten, um die Tür zur Bibliothek zu erreichen. Schon wollte ich sie öffnen, als ein Seufzer Kapitän Nemos mich erstarren ließ. Ich hörte, wie er sich erhob. Ich sah sogar den Umriß seiner Gestalt, denn ein paar Lichtstrahlen aus der Bibliothek drangen in den Salon. Er kam auf mich zu, die Arme über der Brust verschränkt, gleitend wie eine Geistererscheinung. Und ich hörte ihn seufzend diese Worte murmeln: „Allmächtiger Gott! Genug! Genug!"

War es das Geständnis der Reue, das sich dem Gewissen dieses Mannes entrang?

Erschüttert stürzte ich in die Bibliothek. Ich stieg die Mitteltreppe hinauf und gelangte über die obere Verbindungsbrücke zum Boot. Durch die Öffnung, die schon meine beiden Gefährten benutzt hatten, schlüpfte ich hinein. „Los! Los!" drängte ich.

„Sofort!" antwortete der Kanadier. Die Öffnung im Rumpf des „Nautilus" wurde mittels eines Schraubenschlüssels verschlossen, dessen Ned Land sich bemächtigt hatte. Dann schloß der Kanadier die entsprechende Öffnung im Beiboot und begann die Schraubenmuttern zu lösen, die uns noch am Unterseeboot festhielten.

Plötzlich erscholl Lärm im Innern des Bootes. Es erhob sich ein lebhaftes Stimmengewirr. Was war geschehen? Hatte man unsere Flucht bemerkt? Ich spürte, wie mir Ned Land einen Dolch in die Hand schob. „Ja!" murmelte ich, „wir werden zu sterben wissen!"

Der Kanadier hatte in seiner Arbeit innegehalten. Ein Wort, zwanzigmal wiederholt, ein schreckliches Wort enthüllte mir die Ursache der Aufregung, die an Bord des „Nautilus" um sich griff. Die Mannschaft meinte nicht uns. „Malstrom! Malstrom!" riefen die Stimmen durcheinander.

Konnte ein schrecklicherer Name an unser Ohr dringen? Befanden wir uns also in diesen gefährlichen Gewässern an der norwegischen Küste? War der „Nautilus“ in diesen furchtbaren Strudel geraten, in dem Augenblick, da unser Boot sich von ihm lösen wollte?

Die zwischen den Lofoten und der Insel Værøy gestauten Wasser strömen während der steigenden Flut mit unwiderstehlicher Gewalt. Sie bilden einen Strudel, aus dem noch kein Schiff herausgekommen ist. Hierher war der „Nautilus“ – unfreiwillig oder vielleicht freiwillig – von seinem Kapitän geführt worden. Er beschrieb eine Spirale, die sich mehr und mehr verengte. Wie er wurde das noch an seiner Flanke hängende Boot mit atemraubender Geschwindigkeit fortgerissen. Ich empfand einen Schwindel. Das Blut stockte uns, kalter Schweiß brach uns aus allen Poren. Und welch ein Lärm um unser zerbrechliches Boot. Welches Tosen, welches Brausen, vom Echo meilenweit getragen! Welches Krachen, wenn sich die Wasser auf den spitzen Felsen des Grundes brachen. Der „Nautilus“ wehrte sich wie ein menschliches Wesen. Seine Stahlmuskeln krachten, manchmal richtete er sich auf und wir mit ihm!

„Wir müssen dranbleiben“, rief Ned, „und die Schrauben wieder anziehen. Wenn wir am ‚Nautilus‘ bleiben, können wir uns noch retten!“

Da ertönte ein ohrenbetäubendes Krachen. Die Schrauben lösten sich, das Boot wurde von seiner Unterlage losgerissen und mitten in den Strudel geschleudert.

Mein Kopf prallte an einen Eisenrahmen, und der heftige Schlag ließ mich das Bewußtsein verlieren.

HIER DAS ENDE dieser Reise unter Wasser. Was in dieser Nacht noch geschah, wie das Boot dem furchtbaren Wirbel des Malstroms entkam, wüßte ich nicht zu sagen. Aber als ich wieder zu mir kam, lag ich in der Hütte eines Fischers auf den Lofoten. Meine beiden Gefährten saßen unversehrt neben mir und hielten meine Hände. Wir umarmten einander überschwenglich.

Vorläufig können wir nicht daran denken, nach Frankreich zurückzugelangen. Wir sind gezwungen zu warten, bis der Dampfer kommt, der alle zwei Monate vom nördlichen Norwegen nach dem Süden fährt.

Hier also, unter den braven Leuten, die uns aufgenommen haben, sehe ich die Aufzeichnung unserer Abenteuer durch. Sie ist richtig. Nichts wurde ausgelassen, keine Einzelheit übertrieben. Es ist die getreue Schilderung dieser unwahrscheinlichen Expedition in einem Element, das dem Menschen unzugänglich ist, das der Fortschritt aber eines Tages erschließen wird.

Wird man mir Glauben schenken? Ich weiß es nicht. Es ist auch wenig wichtig. Doch habe ich jetzt das Recht, von diesen Meeren zu sprechen, unter denen ich in weniger als zehn Monaten zwanzigtausend Meilen zurückgelegt habe.

Was ist aus dem „Nautilus" geworden? Hat er der Umklammerung des Malstroms widerstanden? Lebt Kapitän Nemo noch? Übt er noch seine Rache in den Tiefen des Ozeans, oder hat er nach diesem letzten Sühnopfer darauf verzichtet? Werden die Fluten eines Tages das Manuskript der Geschichte seines Lebens an ein Gestade spülen? Werde ich endlich den Namen dieses Mannes erfahren? Wird uns das verschwundene Kriegsschiff durch seine Nationalität die Nationalität Kapitän Nemos verraten?

Ich hoffe es. Ich hoffe auch, daß der „Nautilus" den furchtbarsten Wirbel des Meeres überwunden hat und dort überlebte, wo so viele Schiffe untergegangen sind. Wenn dem so ist, wenn Kapitän Nemo immer noch die Ozeane, seine Wahlheimat, durchfährt – möge dann der Haß in diesem leidenschaftlichen Herzen erloschen sein! Möge die Betrachtung so vieler Wunderwerke den Geist der Rache in ihm ersticken! Möge der Rächer zurücktreten, der Gelehrte die friedliche Erforschung der Meere fortsetzen! Wenn sein Los seltsam ist, ist es doch auch erhaben. Habe ich selbst es nicht auch begriffen? Habe ich nicht zehn Monate lang dieses außernatürliche Leben geführt? Auf die Frage, die vor sechstausend Jahren der weise Salomon stellte: „Wer hat je die Tiefen ergründen können?", haben von allen Menschen nur zwei das Recht, jetzt zu antworten. Kapitän Nemo und ich.